aufbau taschenbuch
AUFBAU VERLAGSGRUPPE

Manfred Böckl, geboren 1948 in Landau, ist erfolgreicher Autor zahlreicher Romane und Sachbücher. Er lebt im Bayerischen Wald.

Im Aufbau Taschenbuch Verlag erschienen bisher die beiden Kelten-Romane: *Die Bischöfin von Rom* (AtV 1293) und *Die letzte Königin der Kelten* (AtV 1296) sowie *Agnes Bernauer. Hexe, Hure, Herzogin* (AtV 1290), *Jennerwein* (AtV 1291), *Mühlhiasl. Die Weissagungen des Sehers vom Rabenstein* (AtV 1292), *Die Geliebte des Kaisers* (AtV 1294) und *Die Leibeigenen* (AtV 1295).

Im Spätsommer des Jahres 520 fühlt der greise Merlin, der einsam in einem druidischen Apfelhain in den Kaledonischen Wäldern lebt, seinen Tod nahen und schickt einen geistigen Ruf in den Süden zur Insel Avalon. Wochen später, als seine Kräfte schwinden, erscheint unter frühherbstlichem Himmel eine Druidin in Begleitung einer Schar berittener Krieger und mit einer Sänfte. Es ist Nimue, die Herrin von Avalon, die gekommen ist, den großen Druiden und ehemaligen Lehrer und Freund König Arthurs auf seinem letzten Weg in sein Heimatland Cymru zu begleiten. Dort soll er sein irdisches Dasein noch einmal durchleben, danach wird er in Nimues Armen sterben und auf der Ynys Vytrin beigesetzt werden. In einer Höhle auf dem Gipfelmassiv der Gläsernen Insel erschaut Merlin sein Leben noch einmal in seiner ganzen Dramatik.

Manfred Böckl

Merlin

Der Druide von Camelot

Roman

Aufbau Taschenbuch Verlag

ISBN 978-3-7466-1299-7

Aufbau Taschenbuch ist eine Marke
der Aufbau Verlagsgruppe GmbH

1. Auflage 2007

Umschlaggestaltung Preuße & Hülpüsch Grafik Design
unter Verwendung des »Soiscél Molaise«-Reliquiars, Irland, 9. Jh.
Druck und Binden GGP Media GmbH, Pößneck
Printed in Germany

www.aufbau-taschenbuch.de

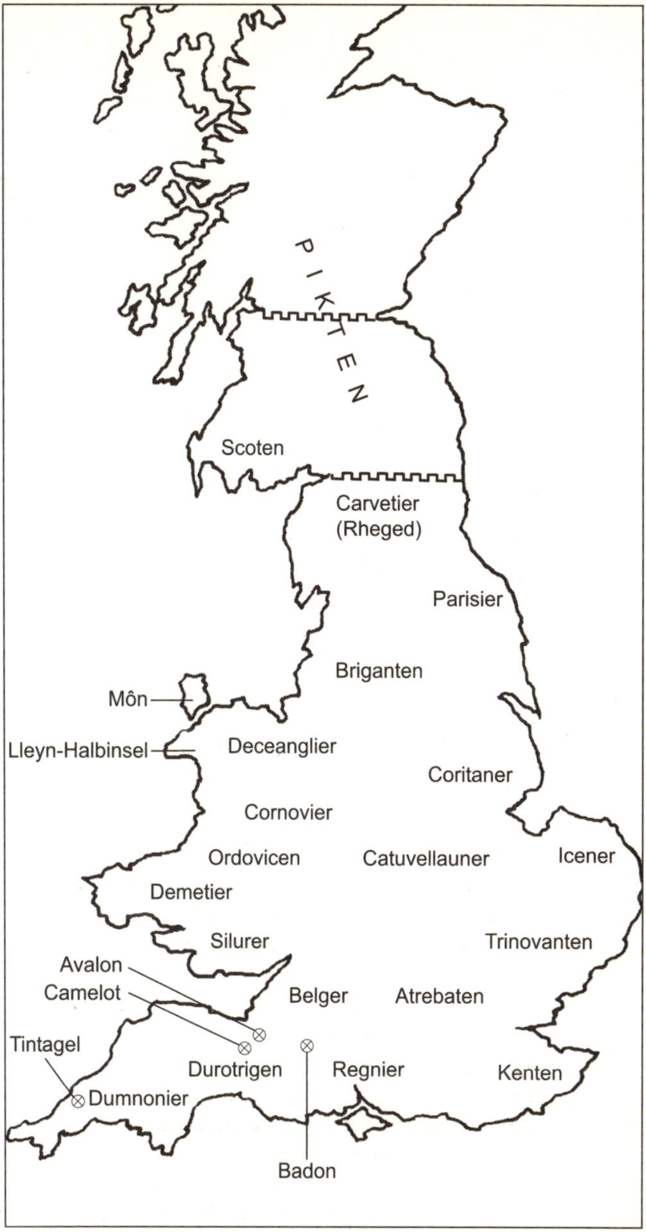
PIKTEN
Scoten
Carvetier
(Rheged)
Parisier
Briganten
Môn
Lleyn-Halbinsel
Deceanglier
Coritaner
Cornovier
Ordovicen
Catuvellauner
Icener
Demetier
Silurer
Trinovanten
Avalon
Camelot
Belger
Atrebaten
Tintagel
Durotrigen
Regnier
Kenten
Dumnonier
Badon

Inhaltsverzeichnis

Für meine geliebte Mutter,
die nach Annwn ging,
während dieses Buch entstand.

Vorwort

Der mittelalterliche Chronist, dem wir die ältesten und damit verläßlichsten schriftlichen Aufzeichnungen über »Merlin« verdanken, hieß Geoffrey von Monmouth. Um das Jahr 1100 wurde er in der südostwalisischen Stadt Monmouth geboren, von 1129 bis 1151 war er als Kleriker, Lehrer und Schriftsteller in Oxford tätig. Danach wirkte er einige Zeit in London, bis er dort auf dem Höhepunkt seiner Karriere zum Bischof der Diözese St. Asaph in Nordwales geweiht wurde. Da in Geoffreys Heimat jedoch ein erbitterter Freiheitskampf der keltischen Waliser gegen die seit 1066 in Britannien herrschenden Normannen tobte, konnte der neue Bischof von St. Asaph sein Amt aufgrund der Kriegswirren nicht antreten. Er mußte in London bleiben, wo er wenige Jahre später – wahrscheinlich 1155 – starb.

Als Kleriker war Geoffrey von Monmouth unbedeutend geblieben, als Schriftsteller hingegen erwarb er sich große Verdienste. Denn er verfaßte zwei Bücher in lateinischer Sprache mit den Titeln *Historia Regum Britanniae* (*Geschichte der Könige Britanniens*) und *Vita Merlini* (*Das Leben Merlins*). Diese frühen westeuropäischen Geschichtswerke enthalten – was Geoffrey gelegentlich den Vorwurf eingetragen hat, ein unseriöser Autor gewesen zu sein – zum Teil rein phantastische oder mythologische Textstellen, die als typisch mittelalterliche »Arabesken« von Fachleuten freilich ohne Schwierigkeiten zu erkennen sind. In anderen Passagen der *Historia Regum Britanniae*, vor allem aber in seinem Buch *Vita Merlini* veröffentlichte Geoffrey jedoch auch uralte Überlieferungen, die bis in die frühmittelalterlichen »Dark Ages« Britanniens zurückreichen – und hierbei handelt es sich um historisch

durchaus relevante Informationen, die sich auf den spätkeltischen König »Arthurus« und mehr noch auf das Leben, die Taten und die Prophezeiungen des Druiden »Merlinus« beziehen. Nach eigenen Angaben war Geoffrey, ehe er seine Bücher schrieb, durch Vermittlung eines Freundes in den Besitz jahrhundertealter Aufzeichnungen gelangt (denen wohl mündliche Bardenüberlieferungen aus Wales zugrunde lagen) und hatte ihnen die Informationen entnommen, die er dann in seinen beiden Werken an die Leser seiner Zeit weitergab.
Rasch wurden Geoffreys Bücher zu »Bestsellern« des Hochmittelalters – dies allerdings mit fragwürdigen Folgen. Denn angesichts der Popularität, welche die Geschichten um »Arthurus« und »Merlinus« genossen, entstanden nunmehr zahlreiche weitere Werke, die sich mit dem heldenhaften britannischen König und dem geheimnisumwitterten Druiden beschäftigten: Bücher, die zwar in gewisser Weise auf Geoffreys Werken basierten, in denen die historische Wahrheit aber durch poetische und christliche Umformungen mehr und mehr verdrängt wurde – bis die geschichtlichen Fakten zuletzt fast völlig verschüttet waren.

Betrachtet man die erfolgreichsten Dichtungen dieser Art in der Reihenfolge ihrer Entstehung, so wird deutlich, wie sehr die ursprünglichen Überlieferungen Schritt für Schritt übertüncht oder gar verfälscht wurden.

Bereits 1155, noch im vermutlichen Todesjahr Geoffreys, erschien der französische *Roman de Brut* (*Roman des Brutus*), der von einem Bewohner der Kanalinsel Jersey namens Wace verfaßt worden war. In diesem Buch, das sich in seinem Titel auf einen sagenhaften Urkönig Britanniens namens Brutus bezieht, taucht erstmals das rein poetische Motiv von den Rittern der Tafelrunde auf, die sich in einer hochmittelalterlichen Burg um ihren Herrscher »Artus« scharen. Nur eineinhalb Jahrzehnte später, um 1170, veröffentlichte der ebenfalls französische Dichter Chrétien de Troyes gleich fünf umfangreiche Erzählungen um »Arthur« und »Merlinus«; diese Geschichten sind noch stärker als der *Roman de Brut* von typisch hochmittelalterlichen Idealen wie ritterlicher Tugend und höfischer Minne geprägt. Gegen Ende des 12. Jahrhunderts schrieb der Burgunder Robert de Boron eine Romantrilogie über einen von römisch-spätantikem Geist beseelten »Artus« und dessen Hofstaat; in seinem Werk führte er das christliche Motiv der Gralssuche ein und definierte den Gral als den Kelch, aus dem Jesus beim Letzten Abendmahl getrunken haben soll. In der ersten Hälfte des 13. Jahrhunderts publizierte ein anonymer Herausgeber unter dem Titel *Vulgate Cycle* eine voluminöse Anthologie von Geschichten um »Artus«, »Merlinus« und die Ritter der Tafelrunde, in denen sich zahlreiche weitere frei erfundene poetische Ausschmükkungen finden – und 1485 erschien schließlich das Werk, welches die (falschen) Vorstellungen über Camelot und seine Bewohner bis heute ganz entscheidend prägt: *Le Morte d'Arthur* des Engländers Sir Thomas Malory.

In diesem Buch agiert »Arthur« ganz wie in den vorangegangenen Dichtungen als hochmittelalterlicher Held und feudal regierender König von Britannien; zudem verfügt er, obwohl er andererseits als frommer Christ geschildert wird, über magische Fähigkeiten. Letzteres gilt noch mehr für den »Zauberer Merlin«, der den Herrscher von Camelot mit Hilfe seiner übernatürlichen Kräfte unterstützt. Beide zusammen begründen mit Hilfe der Ritter der Tafelrunde, die sich zwischendurch auch noch auf die Suche nach dem Gral begeben, eine Art von mittelalterlich-christlichem Idealstaat. Am Ende jedoch, nachdem »Arthur« in seiner letzten Schlacht gegen einen Verräter den Tod gefunden hat und »Merlin« von einer tückischen Magierin entmachtet und aus der irdischen Welt verbannt worden ist, geht das von ihnen geschaffene Reich wieder unter.

Mit der ursprünglichen Geschichte, wie sie Geoffrey von Monmouth überlieferte, haben die poetischen Umformungen von Sir Thomas Malory und seinen Vorgängern nur noch sehr wenig zu tun; trotzdem bestimmen sie die allgemeinen Vorstellungen von »Arthurs« und »Merlins« Leben und Taten bis herauf in die Gegenwart. Eine wahre Flut von Büchern und Filmen unserer Tage verbreitet die phantastischen, aber historisch nicht haltbaren Geschichten um Camelot auf genau dieselbe Art wie die hoch- und spätmittelalterlichen Autoren, die Geoffreys Aussagen grundlegend veränderten – keiner der modernen Romanciers und Drehbuchschreiber scheint sich bisher die Mühe gemacht zu haben, die originalen und geschichtlich sehr viel tragfähigeren Quellen zu sichten und zu verarbeiten, wie sie bei Geoffrey von Monmouth (und anderswo abseits der üblichen Recherchepfade) zu finden sind.

Dies jedoch ist der einzig sinnvolle Weg, um dem wahren Hintergrund der uralten Überlieferungen, welche die Menschen seit so vielen Jahrhunderten faszinieren, auf die Spur zu kommen. Denn nur in Geoffreys Werk haben sich reale Erinnerungen an jene äußerst dramatischen Ereignisse vor eineinhalb Jahrtausenden erhalten, die sich später – zunehmend verfälscht – in den Dichtungen um Camelot niederschlugen. Allein in Geoffreys Buch *Historia Regum Britanniae* ist der tatsächlich existierende »Arthur« greifbar, und sehr viel deutlicher noch tritt im Werk *Vita Merlini* die historische Gestalt »Merlins« – der Hauptperson des vorliegenden Romans – aus den dunklen Schatten der frühmittelalterlichen Vergangenheit ins Licht.

Wertet man Geoffreys letztgenanntes Buch unvoreingenommen und gründlich aus, so nimmt das geschichtlich fundierte Erscheinungsbild des genialen Druiden »Merlin« sehr klare Umrisse an. Unter anderem wird »Arthurs« Erzieher, Freund und Berater als Fürstensproß aus Wales, als ein mit paranormalen Fähigkeiten ausgestatteter Prophet, dessen höchst beeindruckende Visionen bis herauf ins dritte Jahrtausend reichen, sowie – nach »Arthurs« Tod – als König und Feldherr des südwestwalisischen Stammes der keltischen Demetier kenntlich, der gegen das Christentum und für das

Überleben des Heidentums kämpft. Und wenn man Geoffreys Informationen über »Merlin« mit uralten walisischen Überlieferungen kombiniert, die sich teils schriftlich in halbvergessenen Texten wie dem *Black Book of Carmarthen* und teils in mündlichen Erzähltraditionen erhalten haben, und man außerdem die aktuellsten Ergebnisse der modernen Geschichtsforschung und Archäologie in Britannien in diese Recherchearbeit mit einbezieht, dann werden die Konturen noch schärfer. So scharf, daß sich der Lebensweg »Merlins« beinahe lückenlos rekonstruieren läßt – und im vorliegenden Roman auch der wahre Name des herausragenden Druiden verwendet werden kann.

Er lautet Myrddin (ausgesprochen Merddin, wobei das walisisch/brytonische[1] dd einem weichen englischen th entspricht); daraus machte Geoffrey von Monmouth das lateinische »Merlinus«, und aus dieser Schreibweise entwickelte sich später die englische Variation »Merlin«. Ähnliches gilt für den Namen »Arthur«, der sich mit sehr großer Wahrscheinlichkeit auf das walisisch/brytonische Arddwr (ausgesprochen Arddur, denn das walisische w ist ein u) zurückführen läßt; die Bedeutung dieses Wortes wird, ebenso wie der Name Myrddin, später im Roman erklärt.

Weitere walisische, also in ihrem historischen Ursprung noch rein keltische Überlieferungen nennen auch den Ort, wo Myrddin nach seinem Tod beigesetzt wurde: in einer Höhle auf der mit der Anderswelt verbundenen Ynys Enlli (Insel Bardsey) vor der nordwestwalisischen Lleyn-Halbinsel. Und wiederum aufgrund uralter, nicht christlich oder poetisch verfälschter Erzähltraditionen wird darüber hinaus klar, daß Myrddin auf dieser im heidnischen Denken heiligen Ynys Vytrin (Gläsernen Insel) keineswegs von einer bösen Magierin in einen Felsen oder einen Wald gebannt wurde, sondern daß er auf seinem letzten irdischen Weg liebevolle Beglei-

1 Erläuterungen spezieller Begriffe finden sich im Glossar.

tung durch eine Druidin aus Avalon erfuhr, die ihm in tiefer Freundschaft verbunden war.

Dank der Informationen, die sich bei Geoffrey von Monmouth und in den übrigen ernstzunehmenden Quellen über Myrddin und Arddwr finden, lassen sich schließlich auch die Lebensdaten des großen britannischen Königs und seines druidischen Erziehers, Freundes und Beraters sehr präzise rekonstruieren. Der wichtigste zeitliche Schlüssel dazu ist die Aussage Geoffreys, wonach der halbwüchsige Myrddin dem britannischen Hochkönig Gwrtheyrn (besser bekannt unter dem Namen Vortigern, der eine Verballhornung eines seiner Titel darstellt) folgendes prophezeite: Gwrtheyrn werde, weil er die Macht unrechtmäßig usurpiert habe, noch im gleichen Jahr einen gewaltsamen Tod erleiden. Da bekannt ist, daß der in den Geschichtsquellen gut faßbare Gwrtheyrn Anno 463 im Kampf fiel, muß Myrddin – wenn er zum Zeitpunkt der Prophezeiung ungefähr dreizehn war – um das Jahr 450 geboren worden sein. Auf ähnliche Weise lassen sich weitere wichtige Eckdaten aus Myrddins und auch Arddwrs Biographie erschließen, und jenen Leserinnen und Lesern, die sich für die historische Herleitung dieser Lebensdaten interessieren, sei das Sachbuch des Autors *Merlin – Leben und Vermächtnis des keltischen Menschheitslehrers* empfohlen.

Damit dieses Sachbuch und der hier vorliegende Roman erarbeitet werden konnten, waren sehr umfangreiche geschichtliche Recherchen und zahlreiche Reisen zu den historischen Schauplätzen in England und Wales nötig. Nur so – und zusätzlich stets mit Hilfe der Bücher Geoffreys von Monmouth, der anderen unverfälschten uralten Textquellen sowie der mündlichen, oft regionalen Erzähltraditionen – war es möglich, dem wahren, keltisch-heidnischen Wesen Myrddins, Arddwrs und ihrer Zeitgenossen wieder näherzukommen.

Diese Annäherung an eine spätkeltische Welt, die noch vor eineinhalb Jahrtausenden in Britannien existierte, war für den Autor von großer Faszination. Am faszinierendsten aber war die Wiederentdeckung jener »verschollenen« Abschnitte von Myrddins und Arddwrs Lebensläufen, welche den poetischen und christlichen Verfälschungen der historischen Fakten im Hoch- und Spätmittelalter zum Opfer fielen – und hinzu kam bei der Ausarbeitung des Romans die erregende Beschäftigung mit den prophetischen Erkenntnissen, geheimnisvollen Druidenritualen, paranormalen Phänomenen und schicksalhaften Verstrickungen, wie sie insbesondere für die bislang nur höchst lückenhaft bekannte Vita Myrddins kennzeichnend sind …

PROLOG

Coed Celyddon

Spätsommer 515 bis Spätherbst 520

Die Pikten und Scoten, welche den Norden Britanniens besiedelten, mieden den Urwald, der sich an der Südwestgrenze Albas erstreckte. Auch von den Stämmen der Carvetier und Briganten, die südlich des Coed Celyddon lebten, wagte sich nur selten ein Jägertrupp in die von Auerochsen, Wölfen und Bären durchstreifte Wildnis. Schier endlos dehnten sich die dichtbewaldeten Hügelketten; in den sumpfigen, von Schilffeldern, Farnwiesen und Buschinseln überwucherten Talsenken dazwischen rauschten Bäche, die manchmal jäh zu schäumenden, über Felstrümmer hinabstürzenden Katarakten wurden. Da und dort suhlten sich im Morast nahe der Wasserläufe Wildschweinrudel; anderswo wieder kreisten Adler, Geier oder andere Greifvögel über den Baumwipfeln und spähten nach Beute.

Im Archaischen schien die Welt des Coed Celyddon verharren zu wollen; abweisend zeigte sie sich gegenüber den wenigen menschlichen Eindringlingen – und dennoch gab es tief in den urtümlichen, unter dem Meerwind rauschenden Wäldern einen Ort, der von Menschenhand gestaltet worden war.

Es handelte sich um einen kleinen Hain am Sonnenhang eines von Steinbänken gerippten Hügels. Einst – lange vor der Zeit, da der flüchtige König der Demetier den Platz entdeckte – hatten drei wandernde Druidinnen, die ebenso wie Myrddin aus dem von ständigen Kämpfen gepeinigten Südland gekommen waren, die Lichtung gerodet. Danach hatten sie auf dem urbar gemachten Stück Erde, an dessen westlichem Saum ein Quellbach rieselte, einen Ring von Wildapfelbäumen gepflanzt und in seiner Mitte ein Rundhaus mit lehmverstrichenen Flechtwerkwänden und einer tief herabgezogenen Dachhaube aus Reet errichtet. Außerdem hatten die Priesterinnen Ceridwens im Inneren des von ihnen geschaffenen Hains ein bescheidenes Kornfeld sowie Gemüsebeete angelegt und hatten dem jungfräulichen Erdreich eine erste Aussaat von mitgebrachtem Samen anvertraut.

Dank der Wildäpfel, des Emmers, der Gartenfrüchte und dessen, was ihnen der Urwald zusätzlich an Pilzen, Beeren, Fischen und Krebsen schenkte, war es den Druidinnen gelungen, in der Wildnis zu überleben. Jahr um Jahr hatten die Priesterinnen der Großen Göttin auf ihrer weltabgeschiedenen Lichtung im Herzen des Coed Celyddon gesät, geerntet und Ceridwen, der Herrin allen Daseins und des ewigen Lebenskreislaufes, mit Gebeten, Meditationen und Ritualen gedient. So waren die anfangs noch jungen Druidinnen im Lauf der Zeit zu reifen und schließlich zu alten, zutiefst mit den Geheimnissen der Natur vertrauten Frauen geworden – und dies sowie ihr Wissen um die enge Verflechtung von irdischer und verborgener Welt ermöglichten es ihnen zuletzt, als sie das Ende ihres diesseitigen Pfades erreichten, in ein und derselben Nacht gemeinsam die Reise nach Annwn anzutreten.

Es geschah zu Samhain; röhrender Herbststurm durchtobte die mondlose Finsternis, schier anderweltliche Schwärze schien die waldbepelzten Hügelflanken ins Nichts entrückt zu haben. Dennoch fanden die drei greisen Druidinnen ihren Weg; mühsam, aber unverdrossen schleppten sie sich nach Westen, bis sie um Mitternacht den Platz ihrer Bestimmung erreichten: eine uralte Eiche mit weitausladender Krone. Die Frauen, die ihr ganzes Leben der Großen Göttin geweiht hatten, traten an den mächtigen Stamm heran, umringten ihn, breiteten die Arme aus und umfingen den knorrigen Baumriesen – im selben Augenblick verdoppelte der Sturmwind seine Kraft und entwurzelte die jahrhundertealte Eiche. Mit elementarer Wucht niederkrachend, löschte der Baum das irdische Dasein der Druidinnen aus. Die Seelen der Greisinnen lösten sich von den zerschmetterten Körpern und strebten der lichterfüllten Schönheit Annwns zu, um dort ihrer Wiedergeburt entgegenzureifen; die Leiber der Druidinnen wurden während der folgenden Monate und Jahre ungeschändet eins mit der Erde, denn kein Raubwild wagte sich in den Bannkreis der vom Samhain-Sturm gefällten Eiche.

Dies hatte sich ein Menschenalter vor jener Zeit ereignet, da der verwundete König der Demetier auf seiner verzweifelten Flucht in den Coed Celyddon gekommen war und den verlassenen Hain entdeckt hatte. Unsäglichen Schmerz im Herzen, war Myrddin auf die Lichtung am Sonnenhang der von Felsschroffen gerippten Erhebung getaumelt. Noch immer schienen die schrillen oder röchelnden Schreie derer, die auf dem Schlachtfeld von Arfderryd gefallen waren, in seiner Erinnerung nachzuhallen; die Todesschreie seiner eigenen Krieger, die Todesschreie der Männer von Gwynedd – und vor allem der Todesschrei des mit ihm verbündeten Herrschers und vertrauten Freundes, mit dem er, Myrddin, einst in der Königshalle von Camelot gesessen hatte und an dessen Seite er in diesem Sommer nach Arfderryd und in den Kampf gegen Rhydderch Hael, den verhaßten Verräter an den Volksstämmen Britanniens, gezogen war.

Seine letzten Kräfte aufbietend, hatte sich der am Schildarm verwundete Fünfundsechzigjährige zu dem halbverfallenen Rundhaus inmitten des Kreises der Wildapfelbäume geschleppt; unter dem von Wind und Regen durchlöcherten Reetdach hatte er das Bewußtsein verloren und war zusammengebrochen. Als er später, irgendwann, wieder zu sich kam, hätte Myrddin nicht zu sagen vermocht, ob er nur Stunden oder womöglich mehrere Tage und Nächte ohnmächtig in der Hausruine gelegen hatte. Er stellte jedoch fest, daß die Schmerzen in seinem verletzten Oberarm nachgelassen hatten; daß offenbar auch das Fieber, unter dem er zuvor gelitten hatte, abgeklungen war und seine Speerwunde zu vernarben begann. Zudem quälte ihn der grauenhafte mentale Nachhall der Todesschreie von Arfderryd nicht mehr, statt dessen verspürte er nach langer Zeit erstmals wieder Hunger; Heißhunger sogar. Deshalb verließ der Fünfundsechzigjährige, der vor wenigen Monaten noch allen Wohlstand im Königs-Dun der Demetier genossen hatte, das von der Witterung zerstörte Rundhaus und tappte zu einem der Apfelbäume, welche den verlassenen Druidenhain säumten.

Die Früchte waren sonnendurchwärmt und zu dieser Jahreszeit gerade ausgereift. Gierig verschlang Myrddin einen der kleinen, sauer schmeckenden Wildäpfel nach dem anderen; nachdem er satt war, ging er mit festeren Schritten zurück zur Hausruine, suchte sich dort einen bequemeren Liegeplatz als vordem und schlief erneut ein. Als er abermals erwachte, fühlte er sich deutlich gestärkt; einige Tage später dann hatten ihn die behütende Ruhe im Hain und die nahrhafte Apfelkost soweit wiederhergestellt, daß er darangehen konnte, die Schäden an dem halbverfallenen Rundhaus zu beheben.

Nachdem er Haufen von verrottetem Reet, sonstigen Schutt und die unbrauchbar gewordenen Einrichtungsgegenstände aus der Hausruine geräumt hatte, arbeitete Myrddin wochenlang, um die teilweise eingebrochenen Wände auszuflicken und das durchlöcherte Dach neu zu decken. Ebenso stellte er einfache Möbel her, indem er mit seinem Schwert geeignetes Jungholz im Urwald schlug, die Einzelstücke für eine Bettstatt, einen Knüppeltisch sowie einen Hocker mit seinem Dolch zurechtschnitzte und die so gut wie möglich aneinandergepaßten Holzteile zuletzt mit Schnüren aus verflochtenen Pflanzenfasern verzurrte.

Während er all dies tat, wußte Myrddin, daß einst, vor langer Zeit, Große Wissende wie er auf der weltabgeschiedenen Lichtung im Coed Celyddon gelebt hatten; an der besonderen Anlage des Hains war dies unschwer zu erkennen. Näheres indessen blieb ihm verschleiert, doch nächtens glaubte er manchmal, ferne Frauenstimmen raunen zu hören – und einmal, als das Haus längst wieder bewohnbar war und um

Mitternacht herbstlicher Sturm aufkam, der ihn weckte, vermeinte der Fünfundsechzigjährige, aus andersweltlichen Nebeln drei Greisinnen auftauchen zu sehen, die sich einer uralten Eiche tief in der Wildnis näherten. Er wußte plötzlich auch, daß die Druidinnen unter jenem Baum die Umarmung der Todesgöttin gesucht hatten – und kaum hatte er dies intuitiv begriffen, kehrten seine Erinnerungen an das tausendfache Sterben auf dem Schlachtfeld von Arfderryd zurück, und schmerzhafter denn je brachen seine seelischen Wunden von neuem auf.

Rauh schluchzend, mehrmals den Namen seines verlorenen königlichen Freundes stammelnd, floh er aus dem Rundhaus. Er flüchtete in den finsteren Urwald, rannte im Sturmbrausen unter den peitschenden Baumwipfeln dahin. Um ein Haar wäre er in eine Bachschlucht gestürzt, konnte sich gerade noch an einer Felsschroffe festklammern, lachte in bitterer Verzweiflung schrill auf, hetzte weiter. Erst als der Morgen graute, vermochte er wieder klar zu denken. Er erkannte, daß er stundenlang ziellos, von Panik getrieben, durch die Wildnis geirrt war; jetzt brach er, abermals haltlos schluchzend, völlig erschöpft zusammen. Später benötigte er fast den ganzen Tag, um zu seinem Refugium zurückzufinden. Es dämmerte bereits wieder, als er den Hain erreichte; während er ins Rundhaus stolperte, glaubte er noch einmal das blutüberströmte Antlitz des toten Herrschers und die Leichen der vielen anderen Gefallenen vor sich zu sehen.

Im Lauf der folgenden Tage und Wochen suchte Myrddin Ablenkung von seinem Schmerz, indem er ausgedehnte Jagdzüge unternahm. Sofern er den Winter überstehen wollte, benötigte er Fleisch; Fleisch von kleineren Tieren, die er entweder in Fallen fing oder mit einer Steinschleuder, die er schon einige Zeit zuvor angefertigt hatte, zur Strecke brachte. Myrddin räucherte das Wildbret über der Feuerstelle in seiner Behausung; die schwarz verfärbten Fleischstücke hängte er, um sie vor Nagern zu schützen, ins Dachgebälk. Schließlich, als die Nächte frostig wurden, besaß er einen Vorrat für mehrere Monate. Das Räucherfleisch und dazu die Früchte, die er von den Apfelbäumen geerntet und ebenfalls im Rundhaus eingelagert hatte, würden sein Überleben während der kalten Jahreszeit sichern; dasselbe galt für die Fellkleider, die er sich aus den Pelzen der erlegten Wildtiere angefertigt hatte und die er nun anstelle der bereits arg zerschlissenen Brünne trug, in welcher er auf die Walstatt von Arfderryd geritten war.

Myrddin überstand den Winter bei körperlicher Gesundheit; seelisch jedoch litt er in jener Zeit, da der Eisregen auf das Reetdach niederprasselte oder der Schnee die Bäume ringsum überkrustete, noch öfter auf ähnlich grausame Weise wie damals, als er in panischer Verzweiflung durch den Urwald gehetzt war. Die Geister der Toten von Arfderryd wollten nicht weichen; insbesondere der Geist des einen nicht: des Königs und Freundes mit dem blutbesudelten Antlitz. Und manchmal schienen dessen verzerrte Gesichtszüge mit denen eines anderen Herrschers zu verschmelzen: mit denen des Rhiotam, des wütenden Wildebers, dessen Hauer auf all den früheren Schlachtfeldern rote Furchen durch die Kriegerscharen der Sassenach gepflügt hatten, bis dieser Einzigartige, der Eber von Cornueille, durch die Tücke der Natter von Gwynedd gefällt worden war – und wenn dies geschah, wenn ihn diese doppelt schmerzhaften Erinnerungen quälten, dann war Myrddin dem Wahnsinn nahe; war mehr als einmal versucht, die schier unerträgliche Seelenpein zu beenden, indem er sein Schwert gegen sich selbst richtete.

Seine außergewöhnliche innere Kraft indessen, die ihn zeitlebens ausgezeichnet hatte, ließ ihn dieser Versuchung stets von neuem widerstehen, und als der Winter endlich wich und die milderen Lüfte des Frühlings über den Coed Celyddon zu wehen begannen, hatte Myrddin gelegentlich das Gefühl und die Hoffnung, daß mit der Kälte womöglich auch seine seelischen Heimsuchungen verschwinden könnten. Dem war in der Tat so; in jenen Wochen, da die Natur wieder erwachte und die Pflanzen ihr erstes zartes Grün austrieben, kam der alte Mann wie nach einem langen Alptraum zur Ruhe. Und eines Tages, es mußte nun bereits der Monat vor Beltane sein, verspürte Myrddin den plötzlichen, beinahe unbezwingbaren Wunsch, die Wildnis zu verlassen und den langen Weg von Alba an die Südwestküste Cymrus auf sich zu nehmen, um noch einmal die Heimat zu sehen.

Doch kaum war ihm dies durch den Kopf geschossen; kaum hatte er vor seinem inneren Auge die Ringwälle des Duns erblickt, in welchem er noch vor Jahresfrist als König über seinen Volksstamm geherrscht hatte, da vernahm er, von Westen herandringend, das heisere, bedrohliche Krächzen von Schwarzvögeln. Der Rabenschwarm umkreiste den Hain, umkreiste danach das Rundhaus, umkreiste schließlich ihn selbst – und da begriff Myrddin, daß ihm die dunkle Göttin die Rückkehr in den Süden verweigerte; daß Ceridwen ihm nur noch einen einzigen Weg erlauben würde: den zu seiner Grabstätte.

Der alte Mann sank in die Knie, fügte sich in sein Schicksal; während er zur Göttin betete, fühlte er, daß der Tod noch eine kleine Lebensspanne entfernt war. Am nächsten Morgen dann fing er damit an, auf dem verwilderten Kornfeld zu arbeiten, das vor mehr als einem Menschenalter von den drei Druidinnen angelegt und bebaut worden war.

Tagelang kniete Myrddin zwischen den Furchen; er jätete das Unkraut, das jetzt dort wucherte, und legte auf diese Art mehr und mehr Emmerbüschel frei, die einst, nach dem Heimgang der drei Frauen, aus zufällig zurückgebliebenen Samenkörnern entstanden waren. Als er mit dem Unkrautjäten fertig war, begoß der Alte die Pflänzchen, die ihm später zu Brot verhelfen sollten, mit Wasser aus dem Quellbach, und auch in den folgenden Wochen und Monaten kümmerte er sich hingebungsvoll um die langsam aufsprießenden Ähren mit den sich allmählich füllenden Fruchtständen. Ebenso tat er alles, um auch die einstigen Gemüsebeete der Druidinnen wieder ertragreich zu machen. Ähnlich wie auf dem Getreidefeld hatten dort einzelne samentragende Pastinaken, Schwarzwurzeln und Rüben überlebt – und als die Erntezeit kam, konnte Myrddin einen beachtlichen Vorrat an Korn und Erdfrüchten im Rundhaus einlagern; zusätzlich besaß er für den nun abermals bevorstehenden Herbst und Winter mehrere große Weidenkörbe voller Äpfel.

Die ganze warme Jahreshälfte hindurch war der alte Mann nicht wieder von den schrecklichen Erinnerungen an Arfderryd gequält worden; auch im Frühherbst, als er häufig jagte und das erbeutete Wildfleisch durch Räuchern haltbar machte, schlief er ruhig. Um die Zeit von Samhain jedoch, da erneut Stürme über den Coed Celyddon tobten, suchte ihn das Grauen abermals heim. Wieder peinigten ihn die fürchterlichen Bilder; neuerlich hörte er die Todesschreie und sah die gräßlich zugerichteten Leichen auf dem Schlachtfeld liegen. Er sah die blutüberströmten Gesichtszüge des königlichen Freundes aus Cymru, sah das Antlitz des anderen Toten, des Rhiotam; er sah Medraut, die tückische Natter von Gwynedd, und sah das triumphierende Feixen dessen, der zum Verräter an den keltischen Gottheiten geworden war: das Feixen des Götzenanbeters Rhydderch Hael.

Myrddin, wegen der Unbilden der Witterung jetzt wieder an seine Behausung gefesselt, litt ärger denn je, und seine Qualen steigerten sich noch, je näher die dunkelste Nacht des Jahres, die Nacht von Alban Arthuan, rückte. Und genau zur Wintersonnenwende dann, als der Urwald wie gebannt schwieg und die Mächte von Annwn die Herrschaft über das Diesseits ergriffen zu haben schienen, schlugen die schrecklichen Alpträume des Alten in ovatische Trance um – und Myrddin erlebte, ganz wie einst in seiner frühen Jugend, eine Vision, deren wirbelnde Bilder alle irdischen Dimensionen sprengten.

Es war ihm, als würden die Wildapfelbäume in changierenden Gestalten, die teils pflanzlich, teils menschlich, teils tierisch wirkten, durch die Wände des Rundhauses dringen. Die ständig ihre Erscheinungsformen verwandelnden knorrigen, pelzigen, nackthäutigen Wesen umringten ihn; sie rauschten, brüllten, wisperten; sie forderten ihn heraus: forderten ihn auf, sein Drittes Auge zu öffnen. Und dann, im selben Moment, da Myrddin ihnen gehorchte, wichen sie bis zu den Wänden des Raumes zurück und verharrten dort schweigend. Nur eines der menschenartigen Baum- und Tierwesen blieb, veränderte seine eben noch dreifach-vielfältige Gestalt zum rein pflanzlichen Erscheinungsbild und wurde zu einem prachtvollen Apfelbaum mit wundersam süß duftenden Früchten, dessen Astwerk sich gleich einem schützenden, unendlich behütenden Dach über dem Haupt Myrddins ausbreitete. Und im selben Moment, da dies geschah, erfüllte den alten Mann andersweltliche prophetische Kraft; er öffnete den Mund, sang dem Baum, der Natur und der Menschheit ein dreistrophiges ovatisches Lied und verspürte dabei unsägliche Beglückung.

Als Myrddin aus seiner Verzückung erwachte, war aus der Nacht von Alban Arthuan heller Tag geworden; strahlender Sonnenschein badete den Coed Celyddon in goldenes Licht. Mit bewegtem Herzen betete der Alte zu Lugh und Ceridwen; während er die Gottheiten ehrte und ihnen für die Geschenke der wiedergeborenen Sonne und der prophetischen Erkenntnis dankte, hallten die Sentenzen seines ovatischen Gesanges in Myrddins Seele nach. Dies blieb auch so, als der Alte nach seiner Andacht eine lange Wanderung durch den lichtdurchfluteten winterlichen Urwald unternahm – und als er schließlich in der Abenddämmerung zu seinem Hain zurückkehrte, wußte Myrddin, daß sein Lied die kommenden Jahrhunderte und Jahrtausende überdauern und noch in fernster Zukunft zu den größten geistigen Schätzen Britanniens und des Abendlandes zählen würde.

Die erlösende Vision hatte Frieden in das Herz des alten Mannes gesät; die Alpträume, die er früher durchlitten hatte, schienen während der folgenden Monate nur noch Schatten einer immer weiter von ihm abrückenden Vergangenheit zu sein. So konnte Myrddin den Spätwinter, den Frühling und den Sommer in mentaler Entspannung durchleben; als erneut der Herbst kam und das Laub der Bäume färbte, entsann sich der Alte eines Tages des Rabenschwarms, der einst den Hain, das Rundhaus und ihn selbst umkreist hatte – und begriff im selben Augenblick, daß er sich von jetzt an der letzten Aufgabe seines irdischen Daseins widmen mußte: der geistigen Vorbereitung auf den Tod.

Während die nächsten Jahre verstrichen und das Grauen von Arfderryd zu bloßer, in immer größerer Ferne verblassender Erinnerung wurde, löste sich der Alte seelisch mehr und mehr von der Diesseitswelt und näherte sich in seinen Meditationen Schritt für Schritt den Gefilden von Annwn. Nach wie vor ernährten ihn die Früchte der Wildapfelbäume, des Getreidefeldes und der Gemüsebeete; Fleisch hingegen genoß Myrddin in diesem finalen Abschnitt seines Lebens nicht mehr. Denn obwohl er noch immer zur Jagd auf Kleinwild fähig gewesen wäre, lehnte er es nun – da er zunehmend eins mit dem Wesen der Anderswelt wurde – innerlich ab, die Tiere des Waldes zu erlegen.

So erreichte und vollendete er sein siebzigstes Lebensjahr, und als er in jenem Frühling, da seit seiner Geburt volle sieben Jahrzehnte vergangen waren, wie stets seinen Acker bebauen wollte, wurde ihm bewußt, daß seine Kräfte kaum noch ausreichten, das schwere Grabscheit zu führen. Trotzdem brachte er schließlich das Korn in die Erde; er tat es jedoch nur, um die Saat nicht zu vergeuden und dem Emmer das ihm gemäße Dasein zu schenken. Er selbst, dies spürte er tief in seinem Herzen, würde das Getreide im kommenden Herbst und Winter nicht mehr benötigen; für die kurze Zeitspanne, die ihm jetzt noch blieb, würden auch die Äpfel und die Früchte der Gemüsebeete genügen.

Da der Greis während des Spätfrühlings und der darauffolgenden heißen Jahreszeit immer seltener Hunger verspürte und daher immer weniger Nahrung zu sich nahm, magerte er nun rasch ab. Im ausgehenden Sommer war er körperlich so schwach geworden, daß er seine Behausung kaum noch verlassen konnte; sein Geist hingegen war während der Meditationen, die er nach wie vor durchführte, empfänglicher denn je für den Anhauch der Anderswelt. Und so kam es, daß Myrddin in einer spätsommerlichen Nacht mit großer Klarheit erschaute, wie die Seele von seinem Leichnam wich und wie bald danach der erste Schnee des Winters ein majestätisches Bergmassiv bedeckte, welches unweit seines leblosen Körpers aufragte – und kaum hatte der entrückt auf seiner Bettstatt kauernde Greis diese Vision erlebt, bemühte er sich intuitiv, seine Trance noch zu vertiefen.

Myrddin bündelte die Kraft seines Geistes und sandte das, was sein Innerstes ausmachte, nach Süden. Sein unsterbliches Ich überflog den Coed Celyddon, die Gebirgszüge und Hügel Cymrus und zuletzt das sanftwellige Land, welches sich rings um den heiligen See erstreckte. Dann erblickte Myrddin die Fluten dieses Gewässers aus nächster Nähe; er sah die Insel der Druidinnen mit den drei, der Göttin geweihten Erhebungen vor sich auftauchen. Gleich darauf erschaute er die Apfelbaumhaine, welche dem Eiland seinen Namen gaben; im goldenen Spätsommerlicht prangten die schwer mit Früchten behangenen Bäume, und am Saum eines der Haine erblickte Myrddin ein gediegenes, sehr altes Rundhaus, über dem eine andersweltliche Aura zu flirren schien. Dort, im Herzen der Ynys Avallach, verharrte der Geist des Todgeweihten; verharrte, verband sich mit dem innersten Wesen eines anderen äußerst hochstehenden Menschen und löste sich dann sanft wieder aus der mentalen Kommunikation, um in den Coed Celyddon zurückzukehren.

Als der Greis die Seelenreise beendet hatte, brach er völlig erschöpft auf seinem Ruhelager zusammen und fiel in beinahe agonischen Schlaf. Erst gegen Abend des nächsten

Tages erwachte er wieder, kam taumelig auf die Beine und schleppte sich mühsam nach draußen zum Quellbach. Nachdem Myrddin einen Trunk Wasser zu sich genommen und sich gewaschen hatte, merkte er, daß die Kraftlosigkeit ihn neuerlich übermannen wollte. Mit knapper Not schaffte er es, zurück ins Haus zu kommen, wo er abermals halb besinnungslos auf die Bettstatt sank.

Auch während der folgenden Wochen erlitt der Greis häufig derartige Schwächeanfälle; zunehmend wurde ihm sein versickerndes Leben zur Last, und manchmal sehnte er die Stunde, da Ceridwens Umarmung sein irdisches Dasein auslöschen würde, förmlich herbei. Doch zu anderen Zeiten wieder bäumte sich sein Lebenswille gegen das Unausweichliche auf. Es geschah, weil Myrddin spürte, daß er den Weg nach Annwn noch nicht gleich zurücklegen sollte; daß ihm, ehe er aus der Diesseitswelt schied, noch etwas aufgegeben war. Und dann, als er sich eines Tages in der Abenddämmerung einmal mehr zum Bachlauf am westlichen Saum des Hains schleppte, zeigte sich ihm der Wildeber.

Unvermittelt erschien das mächtige Tier vor der tiefroten Scheibe der untergehenden Sonne; Myrddin hatte das Empfinden, als wäre der Eber, aus Annwn kommend, durch den wie magisch glühenden Lichtkreis in die irdischen Gefilde eingetreten. Tiefschwarz schimmerte das Fell des Urtiers, drohend gesträubt war sein borstiger Nackenkamm; von mörderischer Größe und Schärfe waren die gebogenen Hauer, die wie in Blut getaucht wirkten. Jetzt wandte sich der Wildeber dem wie erstarrt dastehenden Greis zu, schleuderte roten Schaum von seinen Krummzähnen, scharrte den Boden in archaischer Wut mit den Hufen, fetzte Erdbrocken und Graswasen hinter sich – und griff an.

Myrddin sank in die Knie. In tranceartiger Verzückung sah er das Urtier auf sich zu rasen; näher und näher kam der zornschnaubende Eber. Schon glaubte der Greis zu spüren, wie sich die dolchscharfen Hauer in seinen Leib bohrten; wie die

Krummzähne sein Fleisch zerrissen – da plötzlich wich das Urtier zurück und verwandelte seine Erscheinungsform.

Eben noch von gewaltiger Gestalt, dunkel und alt, wurde es nun zum kleineren und deutlich heller gefärbten Jungtier. Die Hauer zogen sich ins Maul zurück, schrumpften und verschwanden fast ganz; auch das Verhalten des Wildebers veränderte sich. Jetzt bewegte er sich wie in spielerischem Tanz vor dem Greis; kam gleich darauf zur Ruhe, ließ sich friedlich vor Myrddin nieder und bannte ihn mit seinem nun beinahe menschlichen Blick. Der alte Mann spürte, daß das andersweltliche Tierwesen den geistigen Austausch mit ihm suchte; im nächsten Moment begriff Myrddin, wer ihm, aus Annwn kommend, gegenübergetreten war: der Eber von Cornueille, der auf der Walstatt von Camlann durch die Tücke der Natter gefallene Rhiotam; der bis dahin nie besiegte Held der britannischen Stämme, welcher die Heere der Sassenach in so vielen Schlachten geschlagen hatte.

Der Greis stieß den Namen dessen hervor, der unter seiner druidischen Obhut im heiligen Ritual gezeugt worden war und den er über alles geliebt hatte. Die Seele Arddwrs antwortete ihm, grüßte ihn, fing ihn auf in seiner tiefen Ergriffenheit. Dann raunte der Jungeber ihm Verborgenes zu; Verborgenes, das künftige Jahrhunderte und Jahrtausende betraf. Die lautlos hallenden Worte drangen tief in Myrddins Innerstes; sie bewirkten, daß sich sein Drittes Auge öffnete – gleich darauf sang der Greis dem jetzt in schimmernder jugendlicher Wiedergeburtsschönheit erstrahlenden Wildeber ein dreizehnstrophiges ovatisches Lied und wußte dabei unendlich beglückt: Diese Prophezeiung würde – ebenso wie jene andere, die er unter der behütenden Krone des Wildapfelbaumes ausgesprochen hatte – in den kommenden Zeiten und bis hin in die fernste Zukunft befreiende und erlösende Botschaft für Britannien und das Abendland sein.

Als die seherische Entrückung von Myrddin wich, erblickte er noch einmal das Andersweltier. Östlich des Hains tauchte der Jungeber in die zartrot leuchtende Scheibe der aufgehenden Sonne ein; im nächsten Moment hatte der Greis den Eindruck, als würde die Tiergestalt wachsen und sich erneut in ihre kämpferische, ungebärdige, zornschnaubende Erscheinungsform verwandeln. Es war, als wollte der unsterbliche Geist Arddwrs abschiednehmend bestätigen und vertiefen, was Myrddin in seiner Vision erschaut hatte; in heftigster seelischer Erschütterung empfing der alte Mann diese letzte, noch sehr viel umfassendere Botschaft des Ebers aus Annwn – und mit demselben Lidschlag stürzte er besinnungslos zu Boden.

Irgendwann kam der Siebzigjährige wieder zu sich, doch das Erwachen aus der Ohnmacht war verbunden mit beklemmender Pein. Myrddins Herz raste und schmerzte; feurige Funken flimmerten vor seinen Augen, jeder Atemzug bereitete ihm Mühe. Ächzend kroch er zum Quellbach, schöpfte mit zitternder Hand Wasser; schluckte das Naß und hoffte dabei, daß der Trunk ihm die nötige Kraft schenken würde, um ins Rundhaus zurückzukehren. Mit äußerster Anstrengung schaffte er es schließlich; kaum aber war er auf seiner Bettstatt niedergesunken, verlor er von neuem das Bewußtsein.

Als er wieder aus seiner Agonie aufschreckte, war es finstere Nacht; ob seit seiner Vision nur ein einziger Tag oder mehrere verstrichen waren, hätte der todgeweihte Greis nicht zu sagen vermocht. Doch mit unverbrüchlicher Sicherheit fühlte Myrddin, daß die Umarmung Ceridwens, die sein irdisches Dasein beenden würde, nun schon sehr nahe bevorstand. Und mit dieser inneren Gewißheit trieb der Siebzigjährige, entweder besinnungslos oder in hilflosem Dämmerzustand auf seinem Bett liegend, durch eine weitere, für ihn nicht länger meßbare Spanne seines verwelkenden Lebens.

Zuletzt dann schien sich ihm die Große Göttin in ihrer schwarzen Emanation zu nähern. Sanft zog sie ihn an ihre Brust, schenkte ihm mütterliche Geborgenheit und brachte durch ihre liebevolle Gegenwart sein körperliches Empfinden zum Erlöschen.

***

Myrddin schwebte durch abgrundtiefe, grenzenlose Dunkelheit; er hatte den Eindruck, als würde ein Meer anderweltlicher Finsternis ihn auf Wellen wiegen, die Ewigkeiten weit wogten. Myriaden von Jahren, die dennoch nicht mehr als ein flüchtiger Moment im kosmischen Atem waren, schienen zu verstreichen; Jahrmillionen, die sich schließlich in jäher, dröhnender Umwandlung zu einem winzigen Knoten Zeit zusammenballten. Und aus diesem wie rasend um sich selbst wirbelnden Zeitknoten brach jetzt plötzlich Licht: Kaskaden zauberhaft strahlender Farben, die ebenso Tonfolgen unsagbar ergreifender Musik waren; zugleich erschien jenseits der Farb- und Tonkaskaden eine traumhaft schöne Küstenlandschaft.

Duftige, sonnendurchflutete Nebelschleier hingen über einem mächtigen Bergmassiv und einer dem Gebirge vorgelagerten Halbinsel, die sich in weitem Bogen in die glänzende See hinaus erstreckte. Ganz in der Ferne, vor dem äußersten Kap der Landzunge, lag eine entrückt wirkende Felseninsel im Meer – und von dort näherte sich nun eine Barke, in deren Bug eine Frau in dunklem Umhang stand.

Im nächsten Augenblick landete das Schiff in unmittelbarer Nähe Myrddins, der jetzt über den goldroten Sand einer von pechschwarzen Klippen gesäumten Bucht schritt. Myrddin sah, wie die Dunkelgekleidete die Barke verließ; nun kam sie ihm über den Strand entgegen, ergriff seine Hand und sprach zu ihm. Er konnte nicht verstehen, was sie sagte, doch ihre Worte berührten ihn wundersam weich. Er gab sich dem Wohlklang ihrer Stimme mit seinem Innersten hin; er ließ sich hineinsinken in das Behütende und Bergende, das von ihr ausging. Dann auf einmal verspürte er sanft heranflutende Müdigkeit und schloß die Lider; er schlief, erwachte wieder – und erkannte das Gesicht der Frau, die ihn in ihren Armen hielt.

»Nimue …« flüsterte er. »Du hast meinen geistigen Ruf gehört …«

»Ich vernahm ihn auf der Ynys Avallach«, erwiderte die Dunkelgekleidete, die bei ihm auf der Bettstatt im Rundhaus saß und auf deren schönem, gereiftem Antlitz der Ausdruck tiefer Weisheit und Menschenliebe lag. »Und sofort nachdem ich deine Botschaft empfangen und die nötigen Reisevorbereitungen getroffen hatte, machte ich mich auf den Weg zum Coed Celyddon.«

Myrddin wollte der Pendruid von Avalon danken, doch ein Schwächeanfall, der sein Herz plötzlich schmerzhaft jagen ließ, raubte ihm den Atem. Beruhigend redete Nimue auf ihn ein und wiegte ihn behutsam an ihrer Brust; endlich bekam der Greis wieder Luft, hustete und sagte gepreßt: »Als du hier ankamst, stand ich bereits an der Schwelle des Todes, nicht wahr?«

Mit ernster Miene nickte die Pendruid. »Du hattest den Pfad nach Annwn in der Tat schon betreten. Gerade noch konnte ich eingreifen, um deine Seele im Diesseits zurückzuhalten. Mehrere Tage und Nächte währte der Kampf um dein körperliches Leben – aber jetzt darfst du gewiß sein, daß dir aufgrund der Gnade Ceridwens ein Abschied von der irdischen Welt an einem sehr heiligen Ort vergönnt sein wird.«

»Ich wünschte, ich könnte dir vergelten, was du für mich getan hast … und noch tun wirst«, flüsterte Myrddin mit feuchten Augen. »Doch es wird mir in diesem Dasein nicht mehr möglich sein …«

Nimue zog ihn enger an sich. »Du schuldest mir keinen Dank. Nicht du, der alles gab, um die Stämme Britanniens vor dem Untergang zu retten. Und der du selbst im hohen Alter noch mit größter Tapferkeit kämpftest, um die druidische Weisheit gegen ihre Feinde zu verteidigen.«

Eine bittere Antwort lag Myrddin auf der Zunge. Aber dann erinnerte er sich an seine tröstlichen Visionen und schwieg; gleich darauf fuhr die Pendruid fort: »Ich werde dich zu jenem eng mit Annwn verbundenen Eiland bringen, nach dem dein Geist sich sehnt. Doch ehe wir unter dem Schutz der berittenen Krieger, die ich bei mir habe, dorthin aufbrechen können, werden noch einige Tage verstreichen. Denn zunächst mußt du dich weiter erholen, um kräftig genug für deine letzte irdische Reise zu sein.«

Myrddin nickte; im nächsten Moment verspürte er unwiderstehliche Müdigkeit, schloß die Lider und schlief in Nimues Armen ein. Die Pendruid ließ den Greis eine Weile an ihrer Brust schlummern; schließlich löste sie sich von ihm, bettete ihn sanft auf sein Ruhelager und ging zur Feuerstelle. Am Dreifuß über der Glut hing ein kleiner Kupferkessel; Nimue hatte ihn von Avalon mitgebracht und in ihm seit ihrer Ankunft regelmäßig den stärkenden, mit einer gewissen Pilzdroge versetzten Kräutersud zubereitet, mit dessen Hilfe es ihr gelungen war, den auf den Tod geschwächten Greis noch einmal ins Leben zurückzuholen.

Nun nahm die Pendruid den Kessel vom Haken, trug ihn vor die Tür des Hauses und goß einen Rest der Flüssigkeit, die sie jetzt nicht mehr benötigte, weg. Dann winkte sie einen der durotrigischen Stammeskrieger heran, der sich in der Nähe aufhielt, und bat ihn, den Kupferkessel mit frischem Wasser aus dem Quellbach am Rand der Lichtung zu füllen. Nachdem dies geschehen war, brachte Nimue den Kessel wieder ins Rundhaus und hängte ihn erneut über den Feuerplatz. Sie wartete ab, bis das Quellwasser kochte; sodann schüttete sie abermals Kräuter hinein, verzichtete diesmal jedoch auf die Beigabe des Drogenpulvers. Bald erfüllte aromatischer Duft den Raum, und als Myrddin nach einiger Zeit wieder erwachte, flößte die Pendruid ihm einen Becher des frisch zubereiteten Suds ein, welcher nun lediglich noch die körperlichen Kräfte des Greises stärken sollte.

Im weiteren Verlauf des Tages und auch während der Nacht sorgte Nimue dafür, daß Myrddin den Kräutertrank in regelmäßigen Abständen zu sich nahm. Am nächsten Morgen dann – einer der Durotrigen hatte am Vorabend Jagdglück im Urwald gehabt und einen Hirsch erlegt – brachte die Pendruid den Greis dazu, eine Schale Fleischbrühe zu schlürfen. Zwei Tage danach konnte Myrddin erstmals wieder das Haus verlassen; er trug ein neues, warmes Gewand, das Nimue ihm gegeben hatte, und wurde von der Pendruid gestützt. Das Sonnenlicht, das er als grell empfand, schmerzte in seinen Augen; blinzelnd bemühte sich der Greis, seine Umgebung zu erkennen. Gleich darauf stellte er fest, daß sich das Aussehen des Coed Celyddon gewandelt hatte, seit er den Wald das letzte Mal bewußt wahrgenommen hatte: Damals war das Baumlaub noch spätsommerlich grün gewesen; jetzt aber prangte der Urwald bereits in den gelben, roten und braunen Farben des Frühherbstes.

Als Myrddin begriff, wie lange er in hilfloser Agonie unter dem Reetdach seiner Behausung gelegen hatte, fröstelte ihn; zugleich jedoch fühlte er sich nun stark genug, um seine Begleiterin zu ersuchen: »Laß uns dort hinüber zu den Kriegern gehen.«

»Es wird wahrhaftig Zeit, daß du die Männer, die uns zur Ynys Vytrin begleiten werden, kennenlernst«, entgegnete Nimue; sodann führte sie den Greis, der sich jetzt bei ihr untergehakt hatte, quer über die Lichtung zur Bachquelle, wo die Durotrigen einen Lagerplatz mit etlichen Laubhütten, einer mit Steinen eingefaßten Feuerstelle sowie einer einfachen Hürde für ihre Pferde eingerichtet hatten.

Als die Pendruid und Myrddin herankamen, erhoben sich die dreizehn Männer von ihren Rasensitzen am Kochfeuer und begrüßten den Greis, indem sie sich ehrfurchtsvoll vor ihm verneigten. Danach sagte der adlige Anführer des Kriegerbundes, der ebenso wie seine Männer ein Rabenamulett als Totemzeichen um den Hals trug, zu Myrddin: »Ich und meine Gefährten empfinden es als große Auszeichnung, dir dienen zu dürfen, König der Demetier!«

Schweigend drückte der Greis die Hand des Durotrigen;

dann plötzlich musterte er den etwa fünfunddreißigjährigen Adelskrieger mit gespannter Aufmerksamkeit und stieß hervor: »Ich kenne dich! Dein Name lautet Cadog ... und auf dem Schlachtfeld von Camlann warst du einer der Männer, welche ...«

Erschüttert verstummte Myrddin; nach kurzem Zögern vollendete Cadog den Satz: »... welche den Leichnam des Rhiotam mit ihren Schilden deckten, bis er von der Walstatt getragen werden konnte.«

Mit zittrigen Bewegungen umarmte der Greis den Durotrigen; anschließend sagte er leise: »Elf lange Jahre sind verstrichen, seit Arddwr den Weg nach Annwn antrat ... Elf Jahre, die mir jetzt aber nur noch wie ein flüchtiger Zeitenhauch erscheinen wollen ... Und dies liegt wohl daran, daß ich dem Rhiotam nun schon sehr bald in die Anderswelt folgen werde ...«

Cadog preßte die Lippen zusammen und senkte den Kopf; ähnlich verhielten sich die übrigen Totemkrieger – bis Nimue die bedrückte Spannung löste, indem sie erklärte: »Wie wir alle wissen, ist Annwn unsere wahre Heimat. Deshalb brauchen wir diejenigen nicht zu bemitleiden, welche dorthin wandern, nachdem sich ihr diesseitiges Dasein vollendet hat. Vielmehr sollten wir uns mit ihnen freuen, denn in der Anderswelt werden sie den Gottheiten, den Sídhe und den ihnen teuren Toten um vieles näher sein als hier in den irdischen Gefilden.«

»Aus deinen Worten spricht die Weisheit Avalons«, äußerte Myrddin; sodann wandte er sich erneut dem Anführer der Durotrigen zu und sagte: »Wir wollen die Reise, die vor uns liegt, frohen Mutes antreten, mein Freund – so wie es Männern geziemt, die einst an Arddwrs Seite kämpften.«

Bewegt nickte Cadog, dann beteuerte er: »Du wirst es bequem haben, während wir dich und die Pendruid der Ynys Avallach zur Meeresküste geleiten. Denn wir haben aus dem Südland eine Pferdesänfte für dich mitgebracht.«

»Nimue sprach bereits davon«, antwortete Myrddin lächelnd; mit dem nächsten Lidschlag forderte er den Adligen auf: »Zeig mir das gute Stück doch gleich einmal.«

»Gerne«, erwiderte Cadog, nun ebenfalls schmunzelnd. Gleich darauf führte er den Greis zur Roßkoppel; Nimue und die einfachen Krieger folgten den beiden – und bei der Hürde betrachtete Myrddin eingehend die Sänfte, die dort unter einem Laubdach bereitstand. Zuletzt erklärte der Greis augenzwinkernd: »Ich habe den Eindruck, als würde meine letzte Reise durch Britannien zugleich zur behaglichsten meines Lebens werden, denn der Tragstuhl ist offenbar aufs allerbeste ausgepolstert. Und angesichts dessen würde ich lieber heute als morgen aufbrechen.«

Die Pendruid schenkte Myrddin einen weichen Blick. »Eine Weile wirst du dich schon noch gedulden müssen. Und jetzt sollten wir allmählich wieder ins Haus gehen, damit du dich ausruhen und eine warme Mahlzeit zu dir nehmen kannst.«

»Du hast recht, ich fühle mich tatsächlich ein wenig erschöpft«, gestand der Greis ein; danach verabschiedete er sich mit einigen herzlichen Sätzen von den Durotrigen und reichte Nimue sodann den Arm, um sich zurück zum Rundhaus führen zu lassen.

Im Verlauf der folgenden Tage wurde Myrddin unter der Obhut der Pendruid zunehmend kräftiger, und schließlich hatte Nimue das Gefühl, daß der Siebzigjährige nun stark genug war, um den Weg in den Süden anzutreten. »Wenn du einverstanden bist, können wir morgen früh abreisen«, erklärte sie ihm am vierten Abend nach dem kurzen Gang zum Lager der Kriegerschar – und ohne zu zögern, antwortete Myrddin: »Ich denke ebenfalls, daß wir nicht länger im Coed Celyddon verweilen sollten.«

Als der Greis bald nach Sonnenaufgang des nächsten Tages reisefertig aus dem Haus trat und noch einmal lange auf den Hain der Wildapfelbäume schaute, wurde ihm das Herz trotz der behütenden Gegenwart Nimues schwer. Fünf Jahre hatte er auf der abgeschiedenen Lichtung tief im Urwald gelebt; er hatte hier grausame Seelenqualen ausgestanden, hatte aber in seinem Leid auch visionären, aus der Anderswelt kommenden Trost erfahren und dank dieser Offenbarungen seinen inneren Frieden wiedergefunden. Deshalb vermochte er sich jetzt nur sehr schwer loszureißen, doch endlich schaffte er es. »Laß uns aufbrechen!« wandte er sich mit fester Stimme an die neben ihm stehende Pendruid; dann ging er mit entschlossenen Schritten zu der Stelle etwas abseits des Rundhauses, wo die durotrigischen Totemkrieger mit den Pferden warteten.

Wenig später verließ die Kavalkade den Hain. Cadog und sechs seiner Männer ritten voraus; hinter ihnen kam die zwischen zwei starkknochigen Tragrössern schaukelnde Sänfte, deren hölzerner Rahmen mit Lederplanen überzogen war. Nimue, die im Sattel einer edlen Rappstute saß, hielt sich an Myrddins linker Seite; den Abschluß des Reiterzuges bildeten die restlichen Durotrigen. Während die Kavalkade dem Lauf des Quellbaches folgte und auf diesem natürlichen Pfad in den Urwald eindrang, stellte der Greis fest, daß die Pferdesänfte in der Tat recht bequem war. Eingehüllt in eine warme Schaffelldecke, saß Myrddin auf weichen Federkissen; auch gab es mehrere Haltegriffe im Inneren des Tragstuhls, welche dem Greis auf abschüssigen oder steil ansteigenden Wegstrecken hilfreich sein würden.

Bis zur Mittagsstunde bewegte sich der Reiterzug in südlicher Richtung durch die Wildnis; als die Sonne im Zenit stand, rastete man geraume Zeit, damit Mensch und Tier frische Kräfte sammeln konnten. Danach ging es bis zum Spätnachmittag weiter; anschließend wurde an einem günstigen Platz, wo es Wasser und Futter für die Pferde gab, das Nachtlager aufgeschlagen. Nachdem die Dämmerung eingefallen war und die Reisenden noch eine Weile in leisem Gespräch an der Feuerstelle gesessen hatten, begab sich Myrddin in seiner Sänfte zur Ruhe; Nimue und die Krieger schliefen unter einfachen Laubdächern.

Ähnlich verliefen die folgenden vier Tage und Nächte; am fünften Morgen nach dem Aufbruch vom Hain der Wildapfelbäume, als sich die Kavalkade bereits in den letzten Ausläufern des Coed Celyddon befand, gelang es einem der Durotrigen, einen jungen Auerochsen zu erlegen, welcher sich in einem Morast gesuhlt hatte. So konnten die Reisenden zusätzlich zu dem haltbaren Proviant, den sie mit sich führten, an diesem Abend Frischfleisch genießen. In bester Stimmung rösteten die Krieger ihre Bratenstücke am Lagerfeuer; Myrddin hingegen, der sich etwas entfernt von den anderen im Moos unter einer knorrigen Eiche niedergelassen hatte, saß wie in tiefen Gedanken versunken da und wirkte auffallend bedrückt.

Schließlich ging Nimue zu ihm. Sie glaubte zu wissen, was den Greis quälte, und sprach ihre Vermutung offen aus: »Arfderryd ist nahe. Im Lauf des kommenden Tages werden wir die Walstatt passieren. Und das belastet dich, nicht wahr?«

Stumm nickte Myrddin; die Pendruid setzte sich neben ihn, tastete nach seiner Hand und fragte: »Sollen wir das Schlachtfeld besser in einiger Entfernung umgehen, damit sein Anblick dich nicht peinigt?«

Der Greis zögerte mit der Antwort; endlich murmelte er: »Nein … Denn ich spüre, daß es mir aufgegeben ist, den Ort, wo das Blut so vieler guter Männer vergossen wurde, nochmals zu sehen … Zugleich aber erschreckt mich diese Vorstellung zutiefst …«

»Wenn die Mächte von Annwn dich nach Arfderryd rufen, mußt du gehorchen«, sagte Nimue leise. »Doch du wirst auf der Walstatt nicht allein in deinem Schmerz sein …«

»Das weiß ich«, entgegnete Myrddin; im nächsten Moment faßte er sich und ersuchte die Pendruid: »Laß uns ein Ritual zelebrieren und auf diese Weise auch die Gottheiten um Hilfe bitten!«

Nimue erfüllte seinen Wunsch. Auf einer abgeschiedenen Lichtung im Forst verbrannten sie Sakralkräuter und hielten spirituelle Zwiesprache mit den Andersweltlichen; erst um die Mitternachtsstunde kehrten sie zum Lagerplatz zurück – und am Morgen war die seelische Beklemmung von Myrddin gewichen.

Als Cadog zum Aufbruch mahnte, bestieg der Greis, ohne zu zaudern, seinen Tragstuhl, und während des Vormittags sprach er dann und wann unbefangen mit der Pendruid, die wie stets an seiner Seite ritt. Dies war für Nimue problemloser als in den vergangenen Tagen, weil der Urwald sich nun allmählich lichtete; schließlich, als die Sonne ihren Höchststand erreicht hatte, gelangte die Kavalkade an den Saum von freiem, leicht hügeligem Heideland, das sich bis zum Horizont nach Süden erstreckte.

Unter den letzten Bäumen des Coed Celyddon wurde die übliche Mittagsrast gehalten. Nach etwa eineinhalb Stunden trabten die Rösser erneut los; auf dem offenen, nur mit Wacholderstauden und Buschinseln bewachsenen Gelände kamen sie nun sehr rasch voran, und bald war der Waldrand im Norden bloß noch als ungewisse, dunkle Silhouette zu erkennen. Nimue bemerkte, daß Myrddin sich jetzt immer wieder aus der Sänfte beugte und angespannt nach vorne spähte; dann wies er plötzlich erregt nach Südosten und rief der Pendruid zu: »Dort drüben ist es!«

Gleich darauf wendete Cadog seinen Hengst, kam von der Spitze des Zuges zurückgeritten und wandte sich an den Greis: »Willst du tatsächlich da hinüber? Ich meine ... ihr hattet es zwar beschlossen, du und Nimue ... Aber wir könnten ebensogut noch einen Bogen schlagen, falls dir das nun doch lieber wäre ...«

Der Siebzigjährige schüttelte den Kopf. »Hab Dank für deine Fürsorge, mein Freund. Aber ich möchte der Begegnung mit den Geistern der Toten nicht feige ausweichen.«

Mit gepreßten Lippen nickte Cadog, galoppierte wieder davon und gab den Männern des Vortrabs einen Befehl. Die Reiter schwenkten schräg nach links ab – und kaum eine Viertelstunde später erreichte die Kavalkade das Schlachtfeld, wo Myrddin die grausamste Niederlage seines Lebens erlitten hatte.

Fünf lange Jahre waren seit dem Gemetzel von Arfderryd verstrichen; trotzdem hatte der Greis jetzt das beklemmende Gefühl, als wäre alles erst vor wenigen Wochen oder gar Tagen passiert. Es war ihm, als würde er jede steinige Bodenfalte, jede Felsschroffe und jeden Strauch auf der hier so seltsam rauh und abweisend wirkenden Heide wiedererkennen. Und auch die Raben, welche nun beim Herannahen des Zuges aufflatterten, schienen Myrddin nicht fremd zu sein; er hatte das Empfinden, als wären es die gleichen Schwarzvögel, welche damals mit heiserem, aufgeregtem Krächzen über der Walstatt gekreist waren und nach dem Blut und Fleisch der Gefallenen gegiert hatten.

Die vielen flachen, von Ginster- und Distelbüschen überwucherten Hügel der Massengräber hingegen, welche den Boden in unregelmäßigen Gruppen bedeckten, waren an jenem schrecklichen Tag vor fünf Jahren noch nicht dagewesen. Ihr Anblick half dem Greis jetzt, da sich die Kavalkade langsam über das Schlachtfeld bewegte, doch wieder einen gewissen Abstand von dem fürchterlichen Geschehen der Vergangenheit zu gewinnen. Freilich gelang ihm dies bloß kurz, denn nur Augenblicke später gewahrte er hart neben der Sänfte einen zerbrochenen Schild und ein verrostetes Schwert, das bis zur halben Klinge in der Erde steckte; kaum war er darauf aufmerksam geworden, hatte er neuerlich den Eindruck, als wäre der Krieger, dem die Waffen gehört hatten, erst vor ganz kurzer Zeit ums Leben gekommen.

Und dieses Empfinden wurde noch sehr viel bedrückender, als die Reiter und die Rösser mit dem Tragstuhl auf jenem Teil der Walstatt anlangten, wo die Schlacht am heftigsten getobt hatte. Hier nämlich lagen die im Kampf unbrauchbar gewordenen Waffen- und sonstigen Rüstungsstücke zuhauf: zersplitterte, halbverrottete Pfeil- und Speerschäfte; verfaulte, pilzbefallene Teile von Brünnen; dazu abermals zerspellte Schilde, vom Rost zerfressene Schwerter und schartig gehauene Streitäxte.

Mit tränenfeuchten Augen starrte Myrddin auf all diese Relikte des grauenvollen Geschehens, das sich auf der Walstatt von Arfderryd abgespielt hatte. Auch Nimue und die Durotrigen, von denen die meisten nun von ihren Pferden gestiegen waren, konnten ihre Erschütterung nicht verbergen. Bedrückt flüsterten die Totemkrieger untereinander; manch einer schaute zwischendurch wie hilfesuchend zu dem Greis, der reglos in seiner Sänfte saß. Doch Myrddin schien die Blicke überhaupt nicht zu bemerken; er reagierte auch nicht, als die Pendruid jetzt an den Tragstuhl herantrat und den Mund öffnete, um ihn anzusprechen.

Nimue begriff, daß der Geist des Greises anderswo weilte. Daher sagte die Pendruid nichts und zog sich still wieder ein paar Schritte zurück. Im selben Moment wurde die Trance des Siebzigjährigen noch tiefer, und es war ihm, als befände er sich erneut mitten im tosenden Chaos der mörderischen Schlacht.

Myrddin focht im Sattel seines fuchsfarbenen Kampfrosses; mit dem kleinen Reiterschild wehrte er die Wurfgeschosse und Schwerthiebe der Feinde ab, mit der Rechten führte er die eigene schwere Klinge. Er spaltete einem auf ihn eindringenden Fußkrieger den Schädel, traf sofort danach einen zweiten Gegner tödlich; als er sich so für einige Atemzüge Luft verschafft hatte, riß er seinen Hengst im Halbkreis herum, um Ausschau nach Gwenddolau zu halten. Er gewahrte den mit ihm verbündeten König von Gwynedd zu seiner Linken; gerade hatte auch Gwenddolau einen der feindlichen Kämpfer aus dem Norden gefällt, nun spähte er seinerseits zu Myrddin herüber. Für die Dauer eines Herzschlags verschmolzen ihre Blicke; der Herrscher der Demetier glaubte, Siegeszuversicht auf dem Antlitz des Freundes zu erkennen. Auch Myrddin selbst hatte in diesem Moment das beinahe berauschende Gefühl, daß es seinem und Gwenddolaus Heer wider Erwarten glücken könnte, die gegnerische Streitmacht zu überwinden – unmittelbar darauf aber zuckte er, zu Tode erschrocken, zusammen.

Denn auf einem langgestreckten Hügelrücken östlich der Walstatt tauchten plötzlich weitere feindliche Kriegerscharen auf: Aberhunderte von Männern, die in breiter Front heranstürmten. Und es waren, wie der Demetier-König im nächsten Augenblick erkannte, keine britannischen, sondern fremdländische Kämpfer: fellbekleidete, mit langstieligen Streitäxten, gehörnten Helmen und Rundschilden bewaffnete Sassenach – und zwischen ihnen, im Zentrum der Angriffslinie, mehrere starke, in Karrees gegliederte Einheiten von Kriegsleuten, die allesamt Kammhelme, Kettenhemden, Viereckschilde und kurze Stoßlanzen trugen.

Ruheiniog! schoß es Myrddin durch den Kopf. Einen Lidschlag später hieb er einen gegnerischen Kämpfer nieder, der Anstalten machte, seinem Fuchshengst den Bauch aufzuschlitzen; während der Mann mit einem gurgelnden Schrei stürzte, dachte der Demetier-König: Unmöglich! Schon seit einem Jahrhundert gibt es keine Legionäre auf unserer Insel mehr! Doch die Kämpfer in den blitzenden Rüstungen sahen genauso aus wie jene, die einst Britannien tyrannisiert hatten; Myrddin kannte Steinbildnisse und Zeichnungen in alten Buchrollen, auf denen die Ruheiniog exakt so dargestellt waren wie jene Kriegsleute, welche dort drüben im Laufschritt anrückten.

Verwirrt, jäh an seinem Verstand zweifelnd, starrte der Demetier-König nach Osten; dann zischte von der anderen Seite her ein Speer hart an seinem Körper vorbei. Myrddin riß den Schild hoch und fuhr herum; er konnte den Feind, welcher die Wurfwaffe geschleudert hatte, nicht mehr ausmachen – sah aber, wie sein Verbündeter Gwenddolau jetzt mehrmals hintereinander sein Roß steigen ließ und dabei hektisch mit dem Schwert in Richtung Norden gestikulierte. Und als der

Demetier-König nun ebenfalls dorthin schaute, schien ihm erneut das Blut in den Adern gefrieren zu wollen.

Denn im nördlichen Bereich des Schlachtfeldes, wo der götzenanbeterische gegnerische Herrscher mit seiner berittenen Kerntruppe vorhin schon zurückgewichen war, wendete sich soeben das Blatt. Das Banner des verräterischen Königs Rhydderch Hael wurde jetzt in wildem Sturmangriff wieder nach vorn getragen; das riesige, fahlweiße Banner mit dem pechschwarzen, kantigen Emblem: dem Balkenkreuz, welches das Feldzeichen der ärgsten Feinde Britanniens, der abgöttischen Christen, war.

Der Demetier-König begriff, daß der scheinbare Rückzug von Rhydderch Haels Reiterei nur eine Finte gewesen war, um die Kämpfer aus Cymru von der Gefahr abzulenken, die ihnen von Osten her drohte. So hatten sich die Sassenach und die eisengepanzerten Krieger, welche wie Ruheiniog aussahen, der Walstatt weitgehend unbemerkt nähern können – und kaum hatte Myrddin die Zusammenhänge erkannt, entwickelte sich die Schlacht für die Kelten aus dem Süden zum Debakel. Während der Kampfverband, über dem das verfluchte Kreuzbanner wehte, tief in die nun verstört wankenden Reihen von Myrddins und Gwenddolaus Heermännern eindrang, griffen die so überraschend aufgetauchten Hilfstruppen des Christenkönigs die Flanke der heidnischen Streitmacht an.

Angesichts dessen mußte sich das Heer der beiden verbündeten Stammesherrscher jetzt nach zwei Seiten hin verteidigen, was die Verwirrung der Krieger und bald auch ihrer Anführer noch steigerte. Zunehmend verbreitete sich Kopflosigkeit bis hin zur Panik unter den Kämpfern aus dem Süden – und schließlich wurde der Waffengang auf der Heide von Arfderryd zur fürchterlichen Katastrophe für die Streitmacht, die Myrddin und Gwenddolau in den Norden geführt hatten. Mehr und mehr artete die Schlacht in ein Gemetzel an den in die Zange genommenen Heiden aus; ebenso wie ihre Männer fochten die Könige aus Cymru verzweifelt um ihr Leben – dann plötzlich sah Myrddin, wie Gwenddolau samt seinem Roß von mehreren Gegnern niedergerissen wurde und wie ein über und über mit Blut besudelter feindlicher Krieger sein Langschwert schwang, um dem Gestürzten den Rest zu geben.

In unsäglichem Seelenschmerz schrie Myrddin den Namen des Freundes heraus. Den Namen des vertrauten Gefährten aus der Zeit von Camelot, welcher mit dem Rhiotam und den anderen im ovalen Eichenhain gesessen hatte; den Namen seines Schützlings, welcher nach dem jähen Tod von Uddyr Pendraig in Gwynedd geherrscht hatte. Den Namen des Königs, welcher das Land regiert hatte, in dem Arddwrs Vater geboren worden war; das Land, wo der Eber von Cornueille durch die Tücke der Natter Medraut sein tragisches Ende gefunden hatte. Den Namen des heißblütigen, bis zur Selbstaufgabe tapferen Gwenddolau, auf welchen so viele, auch Myrddin, die Hoffnung gesetzt hatten, er könnte, wenn die Zeit erst gekommen sei, das Werk des Rhiotam erneuern.

Gellend hallte der schmerzerfüllte Schrei des Demetier-Königs über die Walstatt hin; zugleich zwang Myrddin seinen Hengst mit aller Gewalt vorwärts, um dem Herrscher von Gwynedd in todesverachtendem Ansturm zu Hilfe zu eilen – aber da sauste ein Speer heran, und die messerscharf geschliffene Spitze der Wurfwaffe bohrte sich hart unterhalb der Schulter in Myrddins Schildarm …

Der Siebzigjährige schreckte aus seiner Trance auf, schaute verwirrt um sich, fand in die Realität zurück. Neuerlich trat Nimue an den Tragstuhl heran und sagte leise: »Ich spürte, daß du denen, die jetzt in Annwn weilen, sehr nahe warst.«

»Ich litt große Seelenpein … vor allem wegen des königlichen Gefallenen, dessen Kraft und Mut Britannien so dringend benötigt hätte«, antwortete Myrddin.

»Aber im Coed Celyddon wurden dir Visionen geschenkt, und sie spendeten dir Trost«, entgegnete die Pendruid.

»So war es«, nickte der Greis. Er atmete tief durch, dann bat er Nimue: »Hilf mir, aus der Sänfte zu steigen. Ich möchte zu der Stelle gehen, wo Gwenddolau starb. Dort will ich seinen Geist ehren, denn an seiner Grabstätte Zwiesprache mit ihm zu halten, ist mir ja nicht möglich.«

»Die Gebeine des Herrschers von Gwynedd wurden im Winter nach der Schlacht von getreuen Männern in den Süden gebracht, wie ich dir im Apfelbaumhain erzählte«, erwiderte die Pendruid. Danach reichte sie Myrddin die Hand, um ihn beim Verlassen des Tragstuhls zu unterstützen – doch ehe der Greis sich erheben konnte, stieß einer der Durotrigen einen Warnruf aus: »Reiter! Da drüben!«

Myrddin, der sich bereits ein Stück aus der Sänfte gebeugt hatte, blickte in die angegebene Richtung und erschrak bis ins Mark. Denn genau wie vor fünf Jahren strömten über den Kamm des langgestreckten Hügelrückens östlich der Walstatt Bewaffnete: eine etwa hundertköpfige Reiterschar, die von einem hochgewachsenen Mann in pechschwarzer Brünne angeführt wurde.

Wie gelähmt starrte der Greis auf den Schwarzgepanzerten; er bemerkte kaum, daß die Durotrigen ihre Schwerter zogen und den Tragstuhl schützend umringten. Wenig später, als die von Osten herbeigaloppierende Kriegerschar bis auf Pfeilschußweite herangekommen war, machte Myrddin auf der Brust ihres Befehlshabers ein silbern glänzendes Wappenemblem aus, das ihm zutiefst verhaßt war. Es handelte sich um das Balkenkreuz der Christen, und im selben Moment, da der Greis es erkannte, ahnte er, wer der große Mann in der pechschwarzen Brünne war. Dann, als die Reiterkrieger ihre Rösser kaum zehn Schritte von der Sänfte entfernt zügelten, wurde die Befürchtung des Siebzigjährigen zur Gewißheit; mit zitternder Bewegung tastete er nach Nimues Schulter und raunte ihr zu: »Rhydderch Hael …«

»Myrddin, der Demetier!« hörte er unmittelbar darauf seinen eigenen Namen. Der Christenkönig hatte den Ruf ausgestoßen; jetzt trieb er seinen Hengst noch ein, zwei Schritte näher und setzte höhnisch hinzu: »Welch ein Vergnügen, dich wiederzusehen! Ich dachte eigentlich, dein Kadaver wäre längst im Coed Celyddon verfault. Doch du bist nochmals aus deinem Rattenloch in der Wildnis herausgekrochen, und ...«

»Wie kannst du es wagen, einen, der unendlich höher als du steht, derart zu beleidigen?!« Cadogs Stimme bebte vor Zorn. »Einen Druiden, den die Gottheiten auserwählt haben, anderen Menschen Lehrer und geistiger Führer zu sein!«

Rhydderch Hael zückte die Stoßlanze, die er in der Rechten trug. »Halte deine Zunge im Zaum, durotrigischer Hund! Sonst beweise ich dir, daß ich hier auf dem Feld von Arfderryd, das meinen größten Sieg sah, alles wagen kann! Denn meine Männer sind den deinen vielfach überlegen!«

»Laß uns die Heidenbrut im Namen Christi abschlachten, König!« schrie einer der Gefolgsleute Rhydderch Haels.

»Vor allem den dämonischen Zauberer und Teufelssproß, der vor fünf Jahren feige von der Walstatt floh!« kam es von einem anderen Krieger; ein dritter brüllte: »Nicht zu vergessen seine satanische Buhlin, mit der er es vermutlich im Urwald getrieben hat!«

Feixend musterte Rhydderch Hael den krampfhaft schluckenden Cadog, dann die Pendruid und den totenbleichen, wie entrückt in der Sänfte sitzenden Greis; eben als der Schwarzgepanzerte Anstalten machte, sich erneut an Myrddin zu wenden, sagte Nimue, wobei sie nach der Hand des Siebzigjährigen griff und sie fest umschloß: »Deine Gefolgschaft, Christenkönig, besteht aus Männern, die ich wahrlich nur als Abschaum zu bezeichnen vermag! Und einer, der solches Gesindel anführt, ist nie und nimmer zum Herrschen geeignet! Denn er ist selbst übelster Abschaum und steht, auch wenn er über scheinbar unüberwindliche Macht verfügt, niedriger als der niedrigste Knecht!«

Wutentbrannt zückte Rhydderch Hael abermals seine Lanze. Unbeherrschter Zorn glühte in seinen Augen; er machte den

Eindruck, als wollte er Nimue in maßlosem Grimm durchbohren. Doch bevor er zustoßen konnte, erhob sich Myrddin erstaunlich rasch, wie von anderswehtlicher Kraft beflügelt, aus seinem Tragstuhl, reckte dem Christenkönig mit gebieterischer Geste den Arm entgegen und rief: »Halt ein, Rhydderch! Ich befehle es dir im Namen Ceridwens, der Dreifachen Göttin! Morde nicht die Pendruid von Avalon, denn sonst wirst du von den Mächten Annwns fürchterlich bestraft werden!«

Scheu schnaubend wich der Hengst des Christenkönigs zurück; Rhydderch Hael schien plötzlich geduckt und sehr unsicher im Sattel zu sitzen, seine Stoßlanze hatte er wieder gesenkt. Dann, als Myrddin langsam auf den schwarzgepanzerten Reiter zuging, war es, als würde die Verstörung des Christenkönigs noch wachsen; sein Roß drängte weiter und weiter von der Sänfte weg, und es schien, als sei es Rhydderch Hael unmöglich, das Tier zu bemeistern. Zuletzt, nachdem Myrddin den neunten Schritt getan hatte, geschah das Unerhörte: Mit unsicheren Bewegungen stieg der Christenkönig vom Pferd, ließ die Lanze zu Boden gleiten und sank vor dem greisen Druiden auf die Knie.

Ungläubiges Raunen lief durch die Reihen der Reiterkrieger, welche im Rücken Rhydderch Haels hielten; gebannt starrten die Durotrigen auf das Bild, das sich ihnen bot. Nimue hingegen stand mit feinem, kaum sichtbarem Lächeln da; jetzt tauschte Myrddin einen Blick tiefen Einverständnisses mit der Pendruid von Avalon, sodann redete er den Christenkönig an: »Wie kommt es, Rhydderch, daß du mir nun deine Ehrerbietung erweist? Verspürst du denn nicht länger den Wunsch, mich und meine Gefährten zu töten? Hast du etwa gar erkannt, daß es zu deinem eigenen Nutzen ist, wenn du dich vor jenen Mächten beugst, denen wir Großen Wissenden dienen?«

Wie betäubt schaute der Christenkönig auf den Greis; es schien, als wollte er antworten, aber er brachte keinen Ton heraus.

Myrddin wartete eine Weile ab; schließlich trat er an Rhydderch Hael heran, legte ihm die Rechte aufs Haupt und sagte leise: »Sprich jetzt! Erkläre mir, warum du vor mir auf den Knien liegst. Du, der du doch der Sieger in der Schlacht von Arfderryd warst. Du, der du doch einer von denen bist, welchen die Zukunft gehört, da sich in Britannien mehr und mehr Menschen dem Kreuz unterwerfen. Du, der du doch weißt, daß die Kraft derer, welche die alten und ewigen Gottheiten verehren, überall im Schwinden begriffen ist.«

Der Schwarzgepanzerte schüttelte wie benommen den Kopf, stammelte unartikuliert und murmelte dann: »Womöglich wird Christus die Herrschaft über den Weltkreis erringen ... Aber nur für eine kurze Zeitspanne, die kaum zählt im Zeitmaß der Großen Mutter, der von göttlichem Geist beseelten Erde ... Und danach wird niemand mehr von jenem wissen, unter dessen Zeichen ich vor fünf Jahren auf die Walstatt ritt ... Denn neuerlich werden die alten und ewigen Gottheiten erkannt und geehrt werden, mit denen du verbunden bist, Druide von Camelot ...«

»So wird es sein!« Sehr bedeutsam nickte Myrddin dem Christenkönig zu; gleich darauf löste er seine Hand mit einer Bewegung, die wie eine segnende Geste aussah, von Rhydderch Haels Haupt und befahl ihm aufzustehen.

Taumelig, nach wie vor betäubt wirkend, kam der Schwarzgepanzerte auf die Beine. Stumm blickte er dem greisen Druiden in die Augen; sodann verbeugte er sich noch einmal demütig vor ihm, ging mit schleppenden, müden Schritten zu seinem Roß, welches mittlerweile ein wenig abseits weidete, stieg in den Sattel und zog das Pferd herum.

Langsam trabte Rhydderch Hael nach Osten davon; schweigend folgten ihm seine Krieger. Myrddin, Nimue, Cadog und die übrigen Durotrigen schauten der Reiterschar nach, bis sie hinter dem langgestreckten Hügelrücken verschwunden war; danach wandte sich die Pendruid an den Siebzigjährigen und sagte mit bewegter Stimme zu ihm:

»Heute stehst du als Sieger auf dem Schlachtfeld von Arfderryd.«

»Dank deiner geistigen Kraft, die du durch deinen innigen Händedruck mit meiner eigenen verflochten hattest, gelang es mir, den Christenkönig zu überwinden«, antwortete Myrddin. »Und nun, da Rhydderch Hael die Walstatt als Geschlagener verlassen hat, können auch wir in Frieden weiterziehen.«

Wenig später setzte die von Cadog geführte Kavalkade ihren Weg fort, und bald lag das Schlachtfeld wieder einsam da. Kurz vor Einbruch der Abenddämmerung erreichte der Reiterzug, in dessen Mitte die Sänfte schaukelte, den südlichen Saum des Heidelandes. Dort lagerte man am Rand eines Waldgebietes; am nächsten Morgen ging es durch den Forst in südwestlicher Richtung weiter. Zwei Tage danach gelangte die Kavalkade an den von Dünen gesäumten Strand eines nach Westen offenen Fjords, der tief ins Festland einschnitt – und hier, in der Mündungsbucht eines kleinen Flusses, wartete eine hochseetüchtige Barke auf den greisen Druiden und dessen Begleiter.

Boten, die zur selben Zeit wie Nimue von Avalon aufgebrochen waren, hatten dafür gesorgt, daß das Schiff jetzt für die Weiterreise der Pendruid, des ihr anbefohlenen Todgeweihten und der durotrigischen Krieger bereitlag. Ehrfürchtig begrüßten der Steuermann und dessen vier Untergebene den Siebzigjährigen und Nimue; sodann bezogen die beiden Großen Wissenden das beste Quartier auf dem Segler: eine geräumige Kajüte im Heck. Cadog und seine Totemkrieger brachten zunächst ihre Pferde im ungedeckten, mittschiffs liegenden Laderaum der hochbordigen Barke unter; anschließend machten die Durotrigen es sich in verschiedenen Kammern im Bugbereich des Seglers bequem.

Kurz nach Sonnenaufgang des folgenden Tages lichtete das Schiff Anker und stach in See. Günstiger Wind und gutes Wetter ermöglichten der Barke eine schnelle, problemlose

Fahrt nach Südwesten; zuerst noch an der Küste des sich immer weiter ausdehnenden, trichterförmigen Fjords entlang, später über das offene Meer zwischen Britannien und Erinn mit seinen breiten, graublauen Wogenkämmen.

Am dritten Morgen tauchte über der Kimmung ein Eiland auf; Myrddin, der sich zusammen mit Nimue gerade auf dem Achterkastell des Seglers aufhielt, sagte mit bedeutungsvollem Unterton: »Die Insel Manx!«

»Das heilige Eiland, in dessen mit uralten Sakralstätten verbundenen Hainen sehr viele Eingeweihte unseresgleichen leben«, nickte die Pendruid; einen Lidschlag später fügte sie hinzu: »Und ich denke, die Großen Wissenden von Manx werden gemeinsam mit den Adligen und einfachen Leuten am Strand versammelt sein, wenn unser Schiff ihre Insel passiert.«

Dem war in der Tat so. Als die Barke am Spätvormittag in geringer Entfernung an der Ostküste des Eilands vorbeisegelte, erblickten Myrddin und die anderen immer wieder Scharen von Menschen, die hell rauchende Grußfeuer entzündet hatten und zum Schiff herüberwinkten. Ganz offensichtlich wollten die Bewohner von Manx den Greis, der sich auf dem Weg nach Annwn befand, ehren; ihn und auch die Herrin der Ynys Avallach, die an Myrddins Seite auf dem hohen Achterdeck der Barke stand.

Nachdem der Segler das Südkap der Insel hinter sich gelassen hatte, begleitete Nimue den Greis, der tiefbewegt wirkte, in die Kajüte. Dort saßen beide geraume Zeit in vertrautem Gespräch beisammen; zuletzt umarmte die Pendruid den Siebzigjährigen und sagte: »Noch in drei, noch in neun und noch in neunmal neun Generationen werden sich die Menschen auf Manx erzählen, daß du auf deiner Reise zur Ynys Vytrin an ihrem Eiland vorbeikamst, und diese Erinnerung wird ein Knoten in jenem sehr viel umfassenderen geistigen Geflecht sein, welches das Andenken an dich bis in die fernste Zukunft bewahren wird.«

Während der nächsten Tage, die ereignislos verliefen, dachte Myrddin oft an diese Worte Nimues; dann, die Barke war nun schon eine knappe Woche auf See, erschien – neuerlich in der Morgenstunde – eine weitere Insel am Horizont. Es handelte sich um Môn, wo die Ruheiniog vor beinahe einem halben Jahrtausend im Verlauf ihres mit äußerster Brutalität geführten Krieges gegen die heldenhafte Icener-Königin Boadicea zahllose Große Wissende abgeschlachtet und ihre Haine niedergebrannt hatten. Lange waren die heiligen Orte des Eilands, wo seit Menschengedenken den Gottheiten geopfert worden war, verwaist gewesen; doch nach dem Abzug der Legionäre im vergangenen Jahrhundert hatten sich erneut Druiden auf Môn angesiedelt, und bald war die Insel wieder ähnlich bedeutend wie vor ihrer grausamen Heimsuchung durch die Ruheiniog geworden.

So bedeutend, daß auch ich dort drüben einst zum Großen Wissenden ausgebildet wurde, überlegte Myrddin, als er zum flachen Gestade von Môn hinüberblickte. Eine ganze Weile lehnte er, tief in seine Erinnerungen versunken, an der Reling des Schiffes; schließlich wandte er sich an Nimue, welche auch heute wieder an seiner Seite stand, und sagte: »Viele Sommer und Winter verbrachte ich auf diesem Eiland, um in jene Weisheit eingeweiht zu werden, die uns bereits zu Lebzeiten befähigt, die Schönheit, die Wunder und die Geheimnisse der Anderswelt zu erschauen. Später wanderte oder ritt ich zusammen mit dem jugendlichen Arddwr über die Gefilde von Môn Mam Cymru und führte ihn, den künftigen Rhiotam, in die druidische Lehre und in die Waffenkunst der Edlen ein. Zahlreiche Fäden verknüpfen meine Seele also mit der Insel, die vor uns liegt – jetzt aber muß ich von ihr Abschied nehmen ...«

Nimue tastete nach seiner Hand. »Ceridwen will es so – doch weil die Göttin, die in ihrem Wesen auch Teil dieses Eilands ist, deine Wehmut erkennt, macht sie dir in der Stunde deiner letzten Annäherung an die heilige Insel ein tröstliches

Geschenk ...« Die Pendruid drehte sich halb um und deutete nach Südosten. »Richte deinen Blick dort hinüber, wo das Gestade von Môn fast das Festland berührt ...«

Als Myrddin der Aufforderung folgte, sah er ein Bild von beinahe überirdischem Zauber. Denn soeben lichtete sich der Nebel, der kurz zuvor noch hellgrau wabernd über den Küstenbergen jenseits des Eilands gehangen hatte – und aus den durchsichtig werdenden Dunstschleiern tauchte, vom zartroten Schein der Morgensonne umglänzt, das Bergmassiv des Eryri Gwyn auf. Zuerst waren die teils bewaldeten, teils von Steinkaren durchzogenen Hangflanken, die steilen Felsgrate und die himmelstürmenden Gipfelschroffen des mächtigen Gebirgsstocks nur zu erahnen; gleich darauf aber, als sich der Nebel weiter auflöste und das Sonnenlicht einen fast magischen, goldroten Farbton annahm, erblickten der Greis und die Pendruid von Avalon das Bergmassiv in schier andersweltlicher Schönheit. Bloß noch hinter einem hauchfeinen Schleier verborgen und vom Schein der Sonne in eine golden glühende Aura gefaßt, schien der majestätische Gebirgsstock reine, unendlich beglückende Verheißung zu sein: Verheißung, die aus Annwn kam und Myrddins Innerstes mit tiefer, sehnsüchtiger Vorfreude erfüllte.

Nur eine sehr kurze Spanne Zeit noch, dann werde ich den Gottheiten, den Sídhe und den Toten in den jenseitigen Gefilden begegnen, dachte der Greis – im nächsten Moment wurde ihm bewußt, daß er das Bergmassiv des Eryri Gwyn im Spätsommer dieses Jahres in einer Vision gesehen hatte. Mit großer Klarheit hatte er damals, während seiner letzten Wochen im Coed Celyddon, erschaut, wie die Seele von seinem Leichnam weichen und wie bald darauf der erste Winterschnee jenen mächtigen Gebirgsstock bedecken würde, der da drüben über der Küste von Gwynedd emporwuchs – und nun, da er sich daran erinnerte, lächelte Myrddin versonnen, und aus seinen Augen strahlte etwas wie grenzenlose Hingabe an den Willen der Göttin.

Nimue erkannte, daß Ceridwen den durch den Anblick Môns ausgelösten Abschiedsschmerz des Greises von dessen Seele hinweggenommen hatte. Mit einem stillen Gebet dankte die Pendruid der Göttin; anschließend blickten Myrddin und Nimue noch eine ganze Weile zu den vom rotgoldenen Sonnenlicht verzauberten Hangflanken, Felsgraten und Gipfelschroffen des Eryri Gwyn hinüber. Erst als sich Cadog zu den beiden gesellte, wurden sie abgelenkt. Im Verlauf der folgenden Stunde standen die Pendruid, der Greis und der Anführer der Totemkrieger in vertrautem Gespräch auf dem Heckkastell der Barke; dann hatte sich das Schiff der Insel Môn Mam Cymru so weit genähert, daß drüben am Strand Einzelheiten auszumachen waren.

Flache Dünenzüge säumten das Gestade; in die windgeschützten Mulden zwischen ihnen duckten sich da und dort kleine Gruppen von Rundhäusern. Die Curraghs der Fischer, welche dort lebten, waren, wie es schien, seltsamerweise allesamt an Land gezogen worden – und der Grund dafür wurde den Reisenden an Bord des Seglers wenig später klar. Denn jetzt flammten am Strand von Môn plötzlich Scheiterhaufen auf, und zahlreiche, aus den Häusern kommende Menschen versammelten sich bei den brennenden Holzstößen, um der Barke zuzuwinken. Es war ganz wie einige Tage zuvor auf Manx: Die Fischerfamilien sowie die Großen Wissenden, Adligen und Bauern, die sich bei ihnen eingefunden hatten, ehrten den greisen Druiden, welcher einst der geistige Führer und Freund des Rhiotam gewesen war; ebenso ehrten sie die neben ihm stehende Herrin von Avalon – und während die Barke im Lauf des Vormittags die Westküste des heiligen Eilands passierte, wurden am Ufer ständig weitere Grußfeuer entzündet, bei denen sich Hunderte von Menschen zusammengeschart hatten.

Gegen Mittag ließ das Schiff die Insel wieder hinter sich und segelte nun über eine Meeresbucht, die im Südosten und Süden von einer langgestreckten, gebirgigen Landzunge begrenzt wurde. Obwohl der Herbst bereits weit fortgeschritten war, schenkten die im Zenit stehende Sonne und der warme Wind den Reisenden an Bord der Barke das Gefühl, noch einmal fast spätsommerliches Wetter genießen zu dürfen. Entspannt schaute Myrddin, in einem lederbezogenen Faltstuhl auf dem Achterdeck des Seglers sitzend, zu der bergigen Lleyn-Halbinsel hinüber; gelegentlich aß er ein Stück Brot oder ein Apfelspeit von dem Teller, den Nimue ihm vor einer Weile gebracht hatte.

Geraume Zeit verstrich; langsam rückte die ferne Küstenlandschaft näher – plötzlich hatte der Greis das Empfinden, als hätte er die Halbinsel früher schon in einer Vision gesehen; ganz so wie das Massiv des Eryri Gwyn. Im nächsten Moment erinnerte er sich an die Einzelheiten seiner Schauung; zugleich schien sich das Bild der gebirgigen Landzunge zu verwandeln. Es war, als würde sie von duftigen, sonnendurchfluteten Nebelschleiern umhüllt und verzaubert; wiederum einen Augenblick später schien sie mit dem wie aus dem Nichts auftauchenden Bergstock des Eryri Gwyn zu verschmelzen und ihre Schönheit dadurch ins Andersweltliche zu steigern. Dann bildeten sich vor dem äußersten Kap der vom Gebirgsmassiv überragten Halbinsel die Umrisse eines Eilands aus; die Konturen einer völlig entrückt wirkenden Felseninsel, die sich jetzt ganz sanft, wie von wogenden Schleiernebeln getragen, über die See erhob und schwebend verharrte – und von dort näherte sich nun eine Barke, in deren Bug eine Frau in dunklem Umhang stand …

All dies sah Myrddin und sah es mit dem nächsten Lidschlag wieder verweichen; gleichzeitig wurde ihm bewußt, wann er die traumhafte Landschaft und die Große Göttin in ihrer schwarzen Emanation erstmals erblickt hatte: in seiner Agonie unmittelbar vor der Ankunft Nimues im Coed Celyddon. Und während er sich daran erinnerte, ließ sich die Pendruid neben ihm auf die Knie nieder, umfaßte seine Hände und sagte: »Du hast das Ziel unserer Reise soeben mit deinem Dritten Auge wahrgenommen, und noch ehe der heutige Tag sich neigt, wirst du die Ynys Vytrin auch in ihrer diesseitigen Gestalt sehen.«

Versonnen nickte der Greis; im Verlauf der folgenden beiden Stunden tauschte er sich entweder in leisem Gespräch mit Nimue aus, welche jetzt auf einem Faltstuhl bei ihm saß, oder er schaute still auf die Lleyn-Halbinsel, deren teils schroffe, teils von Sandbuchten gesäumte Küste an Backbord des Schiffes vorbeizog. In der Nachmittagsmitte sodann passierte der Segler den mächtigsten Berg der Landzunge, welcher von zwei kegelförmigen Gipfeln gekrönt war. Auf einem davon vermeinte Myrddin einen aus dunklem Gestein erbauten Ringwall auszumachen; da und dort wuchsen die Spitzdächer von Rundhäusern über die Mauer empor, und an der höchsten Stelle des Felsen-Duns schien ein gewaltiger Cairn gen Himmel zu ragen.

»Die uralte Stadt Tre'r Ceiri, wo die Gebeine der heldenhaften Icener-Königin Boadicea beigesetzt wurden, nachdem sie im verzweifelten Kampf gegen die Ruheiniog gefallen war«, äußerte der Greis.

»Eadha und Ailme, ihre Töchter, brachten die Urne mit Boadiceas sterblichen Überresten nach dem Tod der Königin in Caer Llundain hierher«, bestätigte die Pendruid; danach blickten sie und Myrddin lange schweigend zu der Bergkuppe hinüber, auf welcher sich die geheimnisvolle Festungsstadt mit der Grabstätte der unvergessenen britannischen Herrscherin erhob. [2]

Schließlich schoben sich andere steile Erhebungen der Halbinsel vor das Bergmassiv mit dem Doppelgipfel, und die beiden Großen Wissenden auf dem Heckkastell der Barke nahmen ihre vertrauliche Unterhaltung wieder auf. Etwa eine halbe Stunde verstrich – dann plötzlich richtete sich der Greis, der bis dahin bequem zurückgelehnt in seinem Lederstuhl ge-

2 Die Geschichte Boadiceas wird im Roman »Die letzte Königin der Kelten« (AtV 1296) von Manfred Böckl erzählt.

sessen hatte, jäh auf, spähte angespannt in Richtung der Landzunge und stieß hervor: »Nant Gwrtheyrn!«

Als auch Nimue zur Küste schaute, sah sie dort eine schluchtartige Felsenbucht, deren Wände aus grauschwarzem Schiefergestein sich extrem schroff auftürmten. Unwillkürlich hatte die Pendruid das Empfinden, daß diese Felsmauern die Klamm am Meer brutal von der Welt der Lebenden abschnitten; kaum war ihr das durch den Kopf geschossen, hörte sie erneut Myrddins Stimme: »Diese Kluft, die wie von finsteren Fomoriern geschaffen erscheint, erblickte ich in meiner ersten großen Vision. In Dun Emrys geschah es, wo ich, erst dreizehnjährig, dem von den Göttern verfluchten Gwrtheyrn gegenübertrat. Wo mir, tief im Erdreich verborgen, die beiden Drachen erschienen und wo ich dem unrechtmäßig zur Macht gekommenen Verräter an unserem Volk seinen dreifachen Tod in jener Schlucht dort drüben prophezeite, die seither seinen schändlichen Namen trägt.«

»Die Andersweltlichen bestraften Gwrtheyrn auf grauenhafte Art für seine Vermessenheit«, murmelte Nimue. »Du aber machtest der Menschheit durch deine von den Drachen inspirierte Weissagung, die keineswegs nur das Schicksal des sogenannten Fawr Tigern betraf, ein außerordentlich wertvolles Geschenk.«

Gedankenverloren nickte der Greis; danach tauschten er und die Pendruid sich noch längere Zeit über die dramatischen Geschehnisse aus, welche sich vor mehr als einem halben Jahrhundert in Dun Emrys, Nant Gwrtheyrn und anderswo in Britannien abgespielt hatten. Erst als die so dunkel und abweisend wirkende Schieferfelsenbucht außer Sicht kam, wandte sich das Gespräch zwischen den beiden Großen Wissenden wieder anderen Dingen zu, und ungefähr eine Stunde später – die Herbstsonne stand jetzt bereits schräg am Nachmittagshimmel – sagte Nimue: »Nun haben wir das Ziel unserer Reise fast erreicht, denn sobald das Schiff jenes letzte Kap der Lleyn-Halbinsel dort vor uns umrundet hat, werden wir die Ynys Vytrin sehen.«

Daraufhin erhob sich Myrddin aus seinem Faltstuhl und bat die Pendruid, mit ihm zur Backbordreling des Achterdecks zu gehen. Von diesem Platz aus schauten die beiden Großen Wissenden zu dem langsam vorbeigleitenden äußersten Vorgebirge der Landzunge hinüber; dann kam der Moment, von dem die Pendruid von Avalon gesprochen hatte. Als die Barke die letzte mächtige Klippenbastion des Kaps passierte, erblickten der Greis und Nimue die Gläserne Insel: ein Eiland, welches traumhaft entrückt und zugleich urtümlich wild wirkte und das mehr mit Annwn denn mit der Diesseitswelt verbunden zu sein schien.

Vom warmen Licht des Spätnachmittags übergossen lag die Ynys Vytrin draußen in der offenen See. In weichem, flachem Schwung stieg ihre dem Schiff zugewandte Flanke aus dem Meer; jenseits dieses sanft zum Wasser abfallenden Hanges wuchs die steinerne Hauptmasse der Insel steil empor und türmte sich zu einem wuchtigen, zerklüfteten Bergrücken auf, der schließlich beinahe senkrecht wieder in die See abstürzte. Über dem wie fließend ins Meer eintauchenden Gestade des Eilands tanzten Möwen mit weiß leuchtendem Gefieder; weiter oben, im schroffen Gipfelbereich des Inselberges, waren aber auch Schwärme von Schwarzvögeln zu erahnen.

Wie gebannt stand Myrddin an der Reling; es schien, als sei er in Trance versunken. Auf einmal fuhr er zusammen; unmittelbar darauf breitete er wie in tiefer, verzückter Anbetung einer Gottheit die Arme gegen die Ynys Vytrin hin aus – und im nächsten Moment ging mit dem Eiland eine wundersame, die Naturgesetze scheinbar außer Kraft setzende Verwandlung vor.

Es war, als würde sich die Insel mit feinen Schleiern überziehen; ihr eben noch festes Felsgestein schien zu flutenden, geheimnisvoll changierenden Nebeln zu werden – und dann war es, als würde sich die Ynys Vytrin langsam von der Wasseroberfläche lösen und schwebend über den Wogen verharren, die sich im regelmäßigen Atem der See unter ihr bewegten.

Eine ganze Weile blieb dies so; schließlich – im selben Augenblick, da der Greis seine ausgebreiteten Arme senkte – nahm das Eiland wieder seine irdische Gestalt an. Wie zuvor gischtete die Brandung gegen die gigantischen Blöcke der Uferklippen am Fuß des Bergmassivs; eine niedrig hängende Wolke trieb über die Insel hin und warf ihren rasch wandernden Schatten auf deren Hänge – und auf der flach auslaufenden Flanke des Eilands, das jetzt plötzlich in sehr viel geringerer Entfernung von der Barke als bisher dalag, waren nun auch Menschen zu sehen.

Die Inselbewohner schienen sich bei einer kleinen, von schräg emporwachsenden Riffs geschützten Hafenbucht im höchsten Bereich des sanft ansteigenden Strandabschnitts zu versammeln; gleich darauf glühte dort Feuerschein auf, und heller Rauch stieg gen Himmel. Die Seeleute und die durotrigischen Totemkrieger auf dem Schiff, welche eben noch tief erschüttert zur Ynys Vytrin hinübergestarrt hatten, begannen unter sich zu flüstern; Nimue wiederum tastete nach Myrddins Hand und sagte: »Soeben hieß dich der anderweltliche Geist des Gläsernen Eilands willkommen, und jetzt ehren dich auch die Männer, Frauen und Kinder, welche hier leben.«

»Feuerstöße, die weiße Rauchwolken zum Firmament sandten, brannten auf Manx und später auf Môn, und nun, da der lichte Rauch das dritte Mal emporweht, bin ich am Ziel meines diesseitigen Lebenspfades angelangt«, antwortete der Greis.

Die Pendruid zog Myrddin an ihre Brust und schenkte ihm körperliche und seelische Geborgenheit; danach warteten die beiden Großen Wissenden schweigend ab, bis die Barke das letzte Stück ihres Weges zur heiligen Insel zurückgelegt hatte.

Als das Schiff an der Hafenmole anlegte, berührte die sinkende Sonne fast schon den Horizont, und rotgoldenes Abendlicht schien das Eiland erneut verzaubern zu wollen. Von Nimue gestützt, ging Myrddin an Land; Cadog und die übrigen Durotrigen folgten dem Greis und der Pendruid, die Besatzung der Barke schloß sich den Totemkriegern an. Über eine Reihe steiler Stufen, welche ins Ufergestein gehauen waren, erklommen die beiden Großen Wissenden und ihre Begleiter ein Felsplateau oberhalb der Hafenbucht; dort lohte das Ehrenfeuer, bei dem sich die Inselbewohner versammelt hatten.

Es waren um die hundertfünfzig Erwachsene und Kinder, welche jetzt ein feierliches Willkommenslied anstimmten; als der letzte Ton verklungen war, trat ein grauhaariger Druide in schwarzem Umhang vor den Greis und Nimue hin und sprach: »Im Namen aller, die hier auf dem Gläsernen Eiland leben, begrüße ich dich, Myrddin, der du geistiger Führer Britanniens warst und dies dereinst von neuem und dann noch über die Grenzen unseres Landes hinaus sein wirst. Ebenso begrüße ich dich, Nimue, die du die Herrin der Ynys Avallach bist und damit das andersweltliche Herz der britannischen Stammesgebiete behütest. Und schließlich«, er richtete den Blick auf die Durotrigen und Seeleute, »begrüße ich euch, die ihr treue Gefährten dessen wart, der nun das Ende seines irdischen Pfades erreicht hat.«

»Wir danken dir, Fychan«, antwortete die Pendruid; Myrddin fügte hinzu: »Es tut meiner Seele wohl, dich nach so langer Zeit wiederzusehen, alter Freund.«

Gleich darauf umarmten sich die beiden betagten Druiden; nachdem Fychan sich wieder von Myrddin gelöst hatte, sagte er: »Ja, es sind in der Tat viele Jahre verstrichen, seit wir uns das letzte Mal begegneten. Aber jetzt habe ich das Gefühl, als sei es erst gestern gewesen, daß wir zusammen im Eichenhain von Camelot saßen und den Erinnerungen an unsere gemeinsame Ausbildung auf Môn Mam Cymru nachhingen.«

»Damals lebten Arddwr und Gwynhwyfara noch, und in Avalon herrschte Morgana«, murmelte Myrddin versonnen.

»Und am Quellbach von Camelot tränkten Gwalchmai, Pereddwr, Morvan und die anderen heldenhaften Edlen, die mittlerweile nicht mehr unter uns weilen, ihre Rösser«, äußerte Fychan nicht weniger gedankenvoll.

»Sie alle gingen uns nach Annwn voraus«, nickte Myrddin und blickte Fychan dabei bedeutungsvoll an; dann lächelte er leise und fuhr fort: »Zumindest ich jedoch werde ihnen nun sehr bald folgen – und ich freue mich, daß ich hier auf der Ynys Vytrin, welche deiner geistigen Obhut anvertraut wurde, Abschied von der Diesseitswelt nehmen kann.«

»Dank der Botschaft, die ich von Nimue erhielt, konnte ich alles Nötige vorbereiten lassen«, sagte Fychan mit rauher Stimme.

»Ceridwen möge es dir und deinen Leuten vergelten!« Noch einmal zog Myrddin den Druiden der Gläsernen Insel an seine Brust; danach wandte er sich den einfachen Bewohnern des Eilands zu und wechselte einige freundliche Sätze mit verschiedenen Fischern, Hirten und Bauern. Schließlich gesellte er sich wieder zu Fychan und Nimue, die sich unterdessen kurz mit dem Inseldruiden unterhalten hatte, und bat Fychan: »Sei so gut, uns jetzt zu deinem Haus zu führen.«

»Es ist nicht sehr weit, und falls dir der Weg zu beschwerlich werden sollte, können Nimue und ich dich stützen«, erklärte der Druide der Ynys Vytrin. Gleich darauf verließen die drei Großen Wissenden die Hafenbucht auf einem Fußpfad, welcher sich zwischen flachen Klippen schlängelte; ein Teil der Bevölkerung des Eilands folgte ihnen, die meisten Männer aber blieben bei den Durotrigen und Schiffsleuten und waren ihnen behilflich, die Pferde der Totemkrieger von der Barke an Land zu bringen.

Nach ungefähr einer Viertelstunde sahen Myrddin und die Pendruid von Avalon ihr Ziel vor sich: eine Ansiedlung von etwa dreißig Gebäuden, welche in einer Bodenmulde an einem Ausläufer des hohen Inselberges und damit in seinem Windschutz lag. Das Dorf, dessen mit Reethauben gedeckte Rundhäuser sich in einem lockeren Kreis um einen grasbewachsenen Anger mit einem flachen Felsteich in der Mitte gruppierten, machte einen äußerst anheimelnden Eindruck; unwillkürlich dachte der todgeweihte Greis: Hier hätte ich womöglich schon vor Jahren Frieden finden können.

Wenig später – die Angehörigen der Fischer-, Hirten- und Bauernfamilien verliefen sich nun in kleinen Gruppen wieder, um ihren abendlichen Verrichtungen nachzugehen – überquerten Myrddin und seine Begleiter den weiten Rasenplatz und gelangten an seinem jenseitigen Rand zu einem etwas abseits stehenden Wohngebäude, welches von den weit ausladenden Ästen einer uralten Eibe überschattet wurde. »Seit Menschengedenken leben unter diesem heiligen Baum die Großen Wissenden der Ynys Vytrin«, sagte Fychan; sodann öffnete er die Tür des Hauses und ersuchte seine Gäste einzutreten.

Als Myrddin sich auf einer Bank an der Feuerstelle niederließ, spürte er, wie erschöpft er nach dem kurzen Fußmarsch war. Noch eine ganze Weile atmete er schwer, und sein Herz jagte; erst nachdem Nimue eine Phiole aus ihrer Umhängetasche genommen und ihm einige Schlucke Kräutersud eingeflößt hatte, erholte er sich langsam wieder. Bei Einbruch der Dunkelheit dann nahm der Greis zusammen mit Fychan und der Pendruid das von einer Frau aus der Ansiedlung zubereitete Nachtmahl ein, welches aus gebratenem Fisch, Gemüse und Brot bestand; während die drei Großen Wissenden im Rundhaus des Inseldruiden speisten, wurden anderswo im Dorf auch die Seeleute und die durotrigischen Krieger verköstigt.

Nach dem Abendessen tauschte sich Myrddin noch einige Zeit mit Fychan und Nimue aus; schon bald aber wurde er so müde, daß ihm immer wieder die Augen zufielen. Daher hielten sein Gastgeber und die Pendruid es schließlich für das beste, ihm von seinem Platz am Herdfeuer aufzuhelfen und ihn zu Bett zu bringen. Kaum lag der Greis unter einer warmen Felldecke auf seiner Ruhestatt, schlief er völlig ermattet ein. Gedankenvoll betrachtete ihn Nimue, dann raunte sie Fychan zu: »Seine Kräfte schwinden jetzt rasch. Deshalb war der Entschluß, den wir vorhin gemeinsam mit ihm faßten, zweifelsohne der einzig richtige.«

»So ist es«, bestätigte der Inseldruide leise. »Wir müssen unseren todgeweihten Freund bereits morgen zu dem Ort bringen, wo sich ihm der Pfad nach Annwn öffnen wird.«

»Und wir können nur hoffen, daß ihm der Weg dorthin nicht allzu beschwerlich fallen wird«, flüsterte Nimue; danach kehrten sie und Fychan zur Feuerstelle zurück und sprachen noch lange in gedämpftem Tonfall miteinander.

Am nächsten Tag schien es jedoch, als hätte sich die Pendruid grundlos Sorgen gemacht. Nachdem er aus seinem langen Schlaf erwacht war, wirkte Myrddin erholt. Er frühstückte mit gutem Appetit; als Nimue ihm während des Morgenmahls einen Becher mit Kräutersud brachte, scherzte er sogar: »Eigentlich habe ich das doch gar nicht nötig, oder?«

Wenig später, das fahle Sonnenlicht kämpfte mit flutenden Nebelschleiern, welche heute über der Ynys Vytrin hingen, verließ der Siebzigjährige mit festen Schritten das Rundhaus. Draußen blieb er unter einem tiefhängenden Ast der mächtigen Eibe stehen und spähte durch die treibenden Dunstschwaden auf den Anger der Ansiedlung hinaus; als sich Fychan und die Pendruid zu ihm gesellten, sagte er: »Ich glaube, da drüben kommen schon die Durotrigen und Schiffsmänner heran.«

»Gleich bei Tagesanbruch ließ ich sie verständigen«, erklärte Fychan; dann warteten die drei Großen Wissenden schweigend ab, bis die Totemkrieger und Seeleute sowie die Dorfbewohner, die ihnen in Scharen folgten, beim Haus angelangt waren.

Cadog und fünf seiner Männer schleppten den Tragstuhl, in welchem Myrddin vom Coed Celyddon ans Meer gereist war. Nun stellten sie die Sänfte nahe des Eibenbaumes ab, und der durotrigische Edle beschied den Siebzigjährigen: »Heute mußt du mit mir und meinen verdientesten Kriegern anstelle der Tragrösser vorliebnehmen, denn die Pferde könnten den schwierigen Bergpfad, der zu unserem Ziel führt, nicht bewältigen.«

»Ich danke euch schon jetzt von Herzen für den letzten Dienst, den ihr mir erweisen werdet«, entgegnete Myrddin; sodann wandte er sich der Gruppe der Seeleute zu und fuhr fort: »Auch euch, die ihr mich und meine Begleiter sicher über das Meer gebracht habt, möchte ich meinen innigen Dank aussprechen ... und zugleich Abschied von euch nehmen.«

Mit tränenfeuchten Augen trat der Steuermann der Barke vor und drückte wortlos die Hand des Greises; anschließend folgten die übrigen Schiffsleute seinem Beispiel. Danach richtete Myrddin den Blick auf die Inselbewohner, welche sich nahebei im Halbkreis gruppiert hatten, und sagte: »Ceridwen möge euch die Gastfreundschaft vergelten, die ihr den Seemännern aus dem Norden und den Totemkriegern aus dem Süden bis zum heutigen Morgen gewährt habt und die ihr ihnen auch weiterhin gewähren werdet, solange es nötig ist. Ich aber möchte euch für eure Gutherzigkeit danken, indem ich auf euch und das Eiland, auf dem ihr lebt, den Frieden der Göttin herabrufe, bevor ich meinen letzten Weg antrete ...«

Damit breitete der Greis segnend die Arme gegen die Fischer-, Hirten- und Bauernfamilien hin aus und verharrte, während viele der Dorfbewohner leise schluchzten, eine Weile in entrücktem Gebet. Dann wandte er sich still ab und begab sich mit langsamen, plötzlich wieder müde wirkenden Bewegungen zu seiner Sänfte. Nimue war ihm beim Einsteigen behilflich; als Myrddin bequem saß, gab die Pendruid dem Anführer der Durotrigen das Zeichen zum Abmarsch.

Cadog und die fünf von ihm auserwählten Krieger legten sich die Gurte des Tragstuhls über die Schultern, hoben die Sänfte hoch und folgten Nimue und Fychan, welche ihnen über den vom Nebel bedeckten Anger voranschritten. Die übrigen Durotrigen reihten sich hinter dem Tragstuhl ein; die Seeleute und Inselbewohner hingegen blieben beim Rundhaus unter der uralten Eibe zurück und schauten den Scheidenden schweigend nach.

Auch Nimue, Fychan und die durotrigischen Totemkrieger sprachen kaum ein Wort, während sie in Richtung des gewaltigen, in Wolken gehüllten Bergmassivs zogen, welches die Ynys Vytrin überragte. Anfangs war der Weg noch nicht beschwerlich; später jedoch, als der Pfad steiler wurde, mußten die Sänftenträger ihre Last gelegentlich abstellen, um neue Kräfte zu schöpfen. Daher verstrichen mehrere Stunden, ehe der Zug den Rand der Gipfelregion erreichte: eine wilde, aus gigantischen Felsblöcken aufgetürmte Steinlandschaft, welche in den treibenden Nebelwolken einen fast andersweltlichen Eindruck erweckte.

Da Myrddin erschöpft war und zudem Mitleid mit Cadog und seinen Männern hatte, schlug er vor, hier einige Zeit zu rasten. Die anderen waren gerne einverstanden; im Windschutz einer von Schwarzvögeln umschwärmten Felsschroffe lagerte man, um einen Imbiß einzunehmen. Wie üblich kümmerte sich Nimue hingebungsvoll um den Greis; sie sorgte dafür, daß er genügend aß, und schenkte ihm nach dem einfachen Mahl ganz wie am Morgen einen Becher Kräutersud aus ihrer lederüberzogenen Gürtelflasche ein. Dankbar nahm Myrddin den stärkenden Trank zu sich; anschließend bat er die Pendruid, ein Stück mit ihm zu gehen, damit sich seine verkrampften Glieder lockern sollten.

Als der Siebzigjährige und Nimue zu ihrem kleinen Spaziergang aufbrachen, schloß sich ihnen Fychan an. Die drei Großen Wissenden umrundeten die Steinschroffe und folgten einem flachen Felsband nach Westen; nachdem sie ungefähr hundert Schritte zurückgelegt hatten, stutzte Myrddin auf einmal, deutete nach links, wo sich ein kleines Plateau öffnete, und fragte den Inseldruiden: »Ist das da drüben etwa eine Grabstätte?«

»Ja«, erwiderte Fychan. »Dort liegen die sterblichen Überreste eines Paares, das vor eineinhalb Jahrhunderten auf der

Ynys Vytrin lebte und dessen Andenken bis heute unvergessen ist.«

»Laßt uns die Seelen der Toten ehren«, ersuchte der Greis seine Begleiter – und wenig später standen er, Fychan und die Pendruid vor dem etwa hüfthohen Steinkistengrab, welches aus dunklen Schieferplatten zusammengefügt war.

Versonnen betrachtete Myrddin die letzte irdische Ruhestätte der beiden Menschen, von denen sein alter Freund gesprochen hatte; still brachte er seinen Geist mit dem der Verstorbenen in Einklang – dann, als er sich wieder aus seiner seelischen Versunkenheit löste, erkannte er verwitterte Ogham-Schriftzeichen auf dem Deckstein des Grabmals. Der Siebzigjährige versuchte sie zu entziffern, aber seine Augen waren zu schwach. Deshalb bat er Nimue: »Sei so gut, mir vorzulesen, was auf der Schieferplatte geschrieben steht.«

Die Pendruid kniete bei dem Steinkistengrab nieder; gleich darauf entschlüsselte sie langsam die Inschrift: »Hier wurden im Frieden Ceridwens beigesetzt ... Branwyn die Priesterdruidin ... und Eolo Goch der Barde und Krieger ... die einander nach weiten Wanderungen ... in Liebe fanden.«

»Ein schöner und zugleich geheimnisvoller Grabspruch«, murmelte Myrddin. Er wandte sich an Fychan. »Könntest du uns mehr über dieses Paar erzählen?«

Der Inseldruide entfernte behutsam einen verdorrten, im Wind flatternden Farnwedel, der sich in einer Fuge der Grabstätte verfangen hatte; dann berichtete er: »Branwyn und Eolo Goch lebten, wie ich bereits sagte, vor fünf Generationen auf diesem Eiland. Sie waren sich in sehr tiefer Zuneigung verbunden, doch ehe sie ihr gemeinsames Liebesglück genießen durften, waren sie lange Zeit getrennt und wurden hart vom Schicksal geprüft. Eolo, der begnadete Barde von Môn, führte das Schwert im Krieg gegen mordlüsterne Feinde Cymrus, statt seine Harfe zu spielen und die Menschen durch seine Gesänge zu erfreuen. Branwyn wiederum, die hier auf der Ynys Vytrin zur priesterlichen Druidin erzogen worden war, vernahm in Avalon einen zweifachen andersweltlichen Ruf. Er kam sowohl von der Dreifachen Göttin als auch vom Geist jenes vor einem halben Jahrtausend in Judäa gekreuzigten Mannes namens Jesus, den die Christen in Verkennung seines wahren Wesens als Gott bezeichnen. Und die Botschaft, die Branwyn aus Annwn erhielt, besagte folgendes: Sie sollte nach Rom reisen, um dort auf druidische Weise gegen die Verblendeten und Machthungrigen in der christlichen Kirche zu kämpfen. Gegen jene, welche damals begonnen hatten, die allein der Nächstenliebe verpflichteten Anhänger Jesu und dazu die Menschen unseresgleichen, welche den alten und ewigen Gottheiten treu waren, aufs grausamste zu verfolgen ...«

»Es scheint, als hätte Branwyn bei der Erfüllung ihrer Aufgabe versagt«, warf Myrddin mit bitterem Unterton ein.

Fychan schüttelte den Kopf. »Sie war ganz im Gegenteil sehr erfolgreich. Ohne die Göttin zu verraten, stieg sie in Rom zur Presbyterin einer Christengemeinde auf und wurde später unter ihrem lateinischen Namen Theodora sogar zur Bischöfin in der Tiberstadt gewählt ...« [3]

»Höchst erstaunlich!« unterbrach Myrddin den Inseldruiden erneut. »Wo die Kreuzanbeter doch heutzutage behaupten, daß es nach der Lehre Jesu einzig männliche Priester geben dürfe.«

»Diese verderbliche Lüge wurde von den Christen mittlerweile zum Dogma erhoben«, mischte sich nunmehr Nimue ein. »Aber zu Branwyns Lebzeiten, und ich kenne ihre Geschichte teilweise von der Ynys Avallach her, hatten mutige Frauen wie sie noch die Möglichkeit, um ihre natürlichen Rechte zu kämpfen. Allerdings scheiterte Branwyn letztlich, da die Bösartigkeit ihrer Feinde allzu groß war.«

Fychan nickte. »Die Druidin, die zugleich als Bischöfin gewirkt hatte, geriet in tödliche Gefahr und mußte unter dramatischen Umständen aus Rom fliehen. Doch in Wahrheit

3 Die Geschichte der historischen Episcopa Theodora wird im Roman »Die Bischöfin von Rom« (AtV 1293) von Manfred Böckl erzählt.

hatte sie keineswegs versagt. Es war ihr nämlich gelungen, vielen Menschen, die unter der Knute der Kirche litten, Hoffnung zu schenken. Und so sah es zweifellos auch die Göttin, denn Ceridwen führte die Priesterdruidin schließlich wieder auf die Ynys Vytrin heim und vereinte Branwyn hier mit dem Mann, den sie schon lange zuvor geliebt hatte: mit dem Barden und Krieger Eolo Goch.«

Nachdem Fychan geendet hatte, verweilten die drei Großen Wissenden noch eine ganze Weile still am Grabmal des ungewöhnlichen Paares; erst als sich eine tief herantreibende Wolke am Berg fing und Myrddin in der naßkalten Luft zu frösteln begann, sagte Nimue: »Ich denke, wir sollten jetzt zu den anderen zurückkehren.«

Wenig später bestieg der Greis von neuem seine Sänfte, und der Zug, in dessen Mitte der Tragstuhl schaukelte, setzte seinen Weg fort. Während der nächsten Stunden ging es auf teilweise extrem schwierigen Pfaden über das langgestreckte, stark zerklüftete Gipfelplateau des Inselberges. Dann und wann tauchten weitere verwitterte Steinkistengräber oder noch sehr viel ältere Cairns und Dolmen aus den dahinziehenden Nebelschwaden auf, und in der Nachmittagsmitte, als man abermals eine längere Rast einlegen mußte, erklärte Fychan den anderen: »Seit Urzeiten ist die Ynys Vytrin Begräbnisplatz für Menschen, welche in ihrem Leben hoch über der Masse des einfachen Volkes standen. Schon lange bevor die ersten keltischen Stämme in Britannien landeten, wurden hier oben Priesterfürsten und Häuptlinge beigesetzt; in den darauffolgenden Zeiten fanden in der Bergeinsamkeit dieses Eilands insbesondere Druidinnen und Druiden ihre letzte Ruhestätte. Manche dieser Großen Wissenden wirkten als geistige Mütter und Väter der Fischer, Hirten und Bauern auf der Ynys Vytrin; andere nahmen, wenn sie das Ende ihres irdischen Daseins nahen fühlten, noch wochen- oder gar monatelange Reisen auf sich, damit sie hier sterben konnten.«

»Die Insel, auf der wir uns befinden, liegt im äußersten Westen Cymrus, und daher öffnet sich von ihr aus eine breite Brücke nach Annwn«, sagte Myrddin versonnen.

»Ein sehr viel breiterer Pfad als anderswo«, bestätigte Fychan. »Denn der Horizont, hinter dem die Sonne versinkt, berührt die verborgenen Gefilde der Anderswelt. Und wer dem Westhorizont so nahe ist wie der Sterbende auf diesem Eiland, der wird die Schleier zwischen Leben und Tod mühelos durchschreiten.«

»Er wird das Diesseits sanft, schmerzlos und wie im Traum verlassen«, fügte Nimue hinzu; während sie die bedeutsamen Worte sprach, legte sie behütend den Arm um Myrddins Schultern.

»So wird es sein«, nickte der Greis; anschließend bat er die Pendruid und Fychan, ihn wie bei ihrer ersten Rast auf einem kleinen Spaziergang zu begleiten. Etwa eine Viertelstunde vertrat sich der Siebzigjährige, von Nimue gestützt, die Beine und tauschte sich dabei in leisem Gespräch mit den beiden anderen Großen Wissenden aus. Schließlich kehrten die drei Druiden zu dem Platz zurück, wo die Durotrigen lagerten; kurze Zeit danach brach der Zug wieder auf, um nunmehr das letzte Stück seines Weges hinter sich zu bringen.

Am Spätnachmittag sodann, die Nebel schienen jetzt weichen zu wollen, erreichte man ein schroffes Felsenkap, das im äußersten Westen der Ynys Vytrin steil zur See hinunter abstürzte. Von der Höhe aus schweifte der Blick schier endlos in die Ferne; plötzlich, als der Dunst sich für einen Moment völlig auflöste und heller, goldfarbener Sonnenschein das Meer überstrahlte, war am Horizont die unsagbar zarte Silhouette eines Landes zu erahnen, das wie verzaubert wirkte. Gleich darauf jedoch bildeten sich erneut Nebelbänke über der See, und der Wind, der über das Inselplateau fegte, frischte unvermittelt zu Sturmstärke auf.

Die Träger, welche die Sänfte für eine Weile niedergestellt hatten, hoben sie nun rasch wieder hoch; Fychan deutete auf eine Felsgruppe, die ein Stück vom Klippenabsturz entfernt aufragte, und rief Cadog und dessen Männern zu: »Dort hinüber!«

Sich gegen die böig heranheulenden Windstöße stemmend, schleppten die sechs Durotrigen den Tragstuhl zu den hohen Steinschroffen; kaum waren sie in deren Schutz gelangt, hörten sie den Sturm nur noch gedämpft brausen. Erleichtert setzten sie die Sänfte abermals ab; im nächsten Moment tauchten auch Nimue, Fychan und die übrigen Totemkrieger an der windabgewandten Seite der eng beieinanderstehenden Felsblöcke auf, und der Druide der Ynys Vytrin erklärte: »Wir sind am Ziel unseres anstrengenden Marsches angekommen!«

Die Pendruid half Myrddin aus dem Tragstuhl; als der Greis sich umschaute, erblickte er im Hintergrund des von den wuchtigen Steinklötzen umschlossenen Areals einen finsteren Schlund. Der aus schweren Schieferplatten gebildete Höhleneingang befand sich im Sockel einer mächtigen Klippenbastion, welche über der Felsgruppe aufwuchs – und als Myrddin jetzt, von Nimue und Fychan begleitet, zu dem Kavernenschlund schritt, wußte er, daß er sich einem seit Urzeiten geheiligten Ort näherte.

Gleich darauf erkannte der Siebzigjährige sakrale Symbole, welche im Schiefergestein eingefurcht waren: Dreiecke, die für den ewig gebärenden Schoß der Großen Göttin standen; dazu Schlangenlinien, welche die endlose Abfolge von Leben, Tod und neuem Leben versinnbildlichten; ebenso Spiralkreise, in deren hin und her changierenden Ringformen das immerwährende Pulsen des Daseins zwischen der jenseitigen Welt von Annwn und den irdischen Gefilden ausgedrückt war.

In tiefer Versunkenheit betrachtete Myrddin die heiligen Zeichen; schließlich forderte er die Pendruid und Fychan auf: »Laßt uns in die Höhle gehen.«

Der Inseldruide, der bereits eine Fackel entzündet hatte, betrat den Kavernenschlund als erster; dann führte Nimue den Greis hinein, und die Durotrigen schlossen sich an. Zunächst war der Höhlenmund eng; bald aber erweiterte sich der Gang etwas und bog, leicht ansteigend, nach links ab. Wenig später mußten die drei Druiden und die Totemkrieger eine steilere und erneut ziemlich beengte Passage überwinden; nachdem sie dieses schwierige Wegstück hinter sich gebracht hatten, gelangten sie durch einen schmalen Schlupf in einen kuppelförmigen Raum.

Diese fast runde Kaverne mit der weich gemuldeten Decke war nicht sonderlich groß, höchstens ein Dutzend Schritte im Durchmesser; gerade deshalb jedoch empfand Myrddin hier sofort ein Gefühl von Geborgenheit. Es schien ihm, als hätte ihn ein behütender steinerner Schoß aufgenommen; hinzu kam so etwas wie seelische Befreiung nach dem Weg durch die Finsternis, denn die Höhle war von sanfter, dämmeriger Helligkeit erfüllt. Der Lichtschein, welcher dies bewirkte, fiel durch eine flach gewölbte Öffnung im Fels gegenüber dem Zugangsschlupf herein – und als die Pendruid den Greis nun dorthin geleitete, stellte Myrddin fest, daß das Steinfenster einen schier grenzenlosen Blick in westlicher Richtung auf die See hinaus ermöglichte.

Dankbar tastete der Todgeweihte nach Nimues Hand; während sich ihre Finger verflochten, löste sich draußen neuerlich der Nebeldunst auf, und am Horizont war abermals die Silhouette jenes fernen, wie verzaubert wirkenden Landes zu erahnen. Still warteten Myrddin und die Pendruid ab, bis die andersweltliche Erscheinung wieder hinter diesigen Schleiern verschwand; sodann nahmen sie die Einrichtung der Kaverne in Augenschein.

Nahe dem Fensterbogen im Fels gab es eine von Rundsteinen umgebene Feuerstelle, über der an einem Dreibein ein eiserner Kochkessel hing; daneben standen eine fellüberzogene Liege mit schräger Rückenstütze sowie ein kunstvoll gedrechselter Holzstuhl. Unweit davon lag in einer Nische in der Höhlenwand ein Brennholzvorrat für mehrere Tage, und in einer anderen Einbuchtung der Kaverne waren zwei Betten mit Pelzdecken zu sehen. Ein Regal über diesen Ruhestätten trug verschiedene Näpfe, Becher, Kräuterbeutel und Tonkrüge, wie sie in britannischen Häusern zur Aufbewahrung haltbarer Lebensmittel benutzt wurden; auf dem Höhlenboden schließlich waren Binsenmatten ausgebreitet – und all dies zusammen erweckte einen sehr anheimelnden Eindruck.

Nachdem er und Nimue sich in der Kaverne umgesehen hatten, wandte sich Myrddin dem Inseldruiden zu und sagte gerührt: »Wir danken dir von Herzen für die Mühe, welche du dir um unseretwillen gemacht hast.«

»Ich brachte die Dinge, die ihr nötig habt, nicht allein hierher, sondern hatte zahlreiche Helfer aus dem Dorf«, erwiderte Fychan bescheiden. Dann deutete er zum Höhlendach und fragte: »Sind euch auch die heiligen Symbole dort oben aufgefallen?«

»Ja, aber wir konnten sie noch nicht genauer betrachten«, antwortete der Siebzigjährige; anschließend gingen die drei Großen Wissenden einmal langsam um das Rund der Kaverne und ließen den Anblick der dreieckigen, schlangenartig gewundenen oder spiralförmigen Steingravuren, die überall am Rand der Höhlendecke zu erkennen waren, auf sich wirken.

Danach sorgte Nimue dafür, daß Myrddin sich auf dem Liegestuhl an der Herdstelle niederließ. Während die Pendruid einen Apfel für den Greis zerteilte und aus ihrer Gürtelflasche Kräutersud in einen Trinkbecher goß, entfachten Fychan und Cadog ein Feuer. Einer der einfachen Totemkrieger wiederum nahm den Eisenkessel vom Dreifuß über dem Kochplatz und trug ihn hinaus, um das Gefäß im Freien bei der Felsgruppe, wo es eine kleine natürliche Zisterne gab, mit Regenwasser zu füllen.

Wenig später strahlte das Herdfeuer wohlige Wärme aus, und bald darauf begann das Wasser im Kessel zu brodeln. Nun gaben die Durotrigen Getreideschrot und Rauchfleischstücke hinein, die sie bei sich hatten; nach etwa einer Stunde sodann war der Eintopf gar. Während allmählich die Abenddämmerung kam und sich das Kavernenfenster langsam verschattete, ließen sich die Krieger, Fychan und Nimue das kräftige Mahl schmecken; auch Myrddin aß mit Appetit – kaum jedoch war er satt, verspürte er unvermittelt beinahe lähmende Müdigkeit und bat die Pendruid mit schwacher Stimme, ihn zu Bett zu bringen.

Kaum hatte sich der Greis unter der Pelzdecke auf seinem Ruhelager in der Seitenbucht der Höhle ausgestreckt, schlief er ein. Auf der zweiten Bettstatt sitzend, bewachte Nimue seinen Schlummer; dann und wann kam Fychan herbei, um den Todgeweihten still zu betrachten. Wenn dies geschah, verstummte das leise Gespräch der Durotrigen an der Feuerstelle jedesmal völlig; schließlich, etwa zwei Stunden nach Einbruch der Nacht, begannen die ersten Männer zu gähnen, und alsbald legten sie ihre Umhänge ab und benutzten sie, um sich Ruhestätten auf den Binsenmatten des Kavernenbodens herzurichten.

Wiederum nach einer Weile waren nur noch die Atemzüge der Schlafenden zu hören; auch Nimue schlummerte jetzt auf ihrem Bett in der Höhlennische. Einzig Fychan war wach geblieben. Einsam saß er am Herdplatz; legte, wenn es nötig war, ein Holzscheit nach – und schaute ansonsten unverwandt auf seinen alten Freund aus den Tagen von Môn und Camelot; schaute und schaute und nahm so innerlich Abschied von Myrddin.

Nach dem Frühstück am folgenden Morgen, bei dem außer den drei Großen Wissenden kaum einer ein Wort sprach, umarmte Fychan den Todgeweihten nochmals lange und raunte ihm zuletzt etwas zu; anschließend kamen Cadog und die übrigen Totemkrieger zu Myrddin, um ihn ebenfalls an die Brust zu ziehen. Dann verließen der Inseldruide und die Durotrigen die Kaverne; draußen bei den Felsschroffen, welche vor dem Höhlenschlund aufragten, schlangen sich einige Krieger die Tragegurte der am Vortag im Schutz der Steinblöcke abgestellten Sänfte um die Schultern, und danach machten sich Fychan und die Durotrigen auf den Rückweg zum Dorf am anderen Ende der Ynys Vytrin.

Als der Inseldruide und die Totemkrieger gegangen waren, saßen Myrddin und Nimue eine ganze Weile schweigend am Feuer und blickten durch das Kavernenfenster aufs Meer hinaus, über dem auch heute wieder Nebel trieb. Schließlich räusperte sich der Greis, hustete rauh und murmelte: »Fychan bemühte sich sehr, mich durch seine Abschiedsworte zu trösten ...«

»Was sagte er dir?« erkundigte sich die Pendruid leise.

»Mein alter Freund meinte, wir würden uns wohl schon bald in Annwn wiedersehen«, antwortete Myrddin.

Nimue beugte sich von ihrem gedrechselten Stuhl nieder, um ein weißrindiges Birkenscheit in die Glut zu schieben; danach wandte sie sich erneut dem bequem auf seiner Liege mit der schrägen Rückenstütze ruhenden Greis zu und erwiderte: »Wir alle kehren, wenn sich unser irdisches Dasein erfüllt hat, in die Anderswelt heim ... Und du wirst den Pfad durch die Schleier bereits in wenigen Tagen beschreiten ...«

Auf Myrddins Antlitz malte sich Hingabe an das Unausweichliche. »Ja ... Ich weiß, wie es um mich steht ...«

Die Pendruid von Avalon ergriff seine Hand. »So gerne hätte ich dir noch eine behütete Zeit der Ruhe vergönnt. Aber obwohl du die gestrigen Anstrengungen gut überstanden hast, spüre ich, daß deine Lebenskraft nun rasch schwinden wird ...«

»Auch ich habe dieses Gefühl«, flüsterte der Greis. »Und deshalb solltest du ...«

Nimue nickte, streichelte dem Todgeweihten sanft übers Haar und sagte: »Ich werde die nötigen Vorbereitungen sogleich treffen. Und danach, noch in dieser Stunde, wirst du zu deiner letzten und größten diesseitigen Reise aufbrechen ...«

ERSTES BUCH

Die drei weißen Steine

Der erste weiße Stein
Morvryns Sohn

Sommer 453 bis Frühling 459

Nachdem er Nimue eine Weile bei ihren vorbereitenden Verrichtungen zugesehen hatte, war Myrddin kurz eingeschlummert. Jetzt, da er wieder erwachte, lächelte ihn die Pendruid liebevoll an, reichte ihm einen Becher und sagte: »Nimm diesen Sud aus sorgsam ausgewählten Kräutern zu dir. Im Zusammenklang mit der Magie des Kessels wird der Trank dir die umfassende Erinnerung an dein Leben schenken; die Erinnerung von frühester Kindheit an. Alles, sowohl dein eigenes Handeln und Empfinden als auch die Taten und Gedanken der anderen, wird dir dabei in deinem Innersten gegenwärtig werden. So wirst du dein ganzes, nun erlöschendes Dasein noch einmal durchwandern und dich damit Schritt für Schritt vom Irdischen lösen, so daß du die Brücke nach Annwn am Ende völlig befreit überqueren kannst.«

Langsam leerte der Todgeweihte das Trinkgefäß; während er die warme, betäubend duftende Flüssigkeit schluckte, sprach Nimue weiter: »Neunmal wird dein Geist in die Vergangenheit eintauchen. Dreimal in den ersten, weißen Abschnitt deines Lebens; dann dreimal in den mittleren, roten; danach dreimal in den letzten, schwarzen. So wird sich der Kreis deines Daseins von der Geburt bis zum hohen Alter schließen, und für jedes Teilstück deines Lebensweges wird einer von neun Steinen stehen ...«

Die Pendruid stellte den Becher, den Myrddin inzwischen ausgetrunken hatte, beiseite; sodann griff sie in ihre Umhängetasche und holte einen Beutel aus Hirschhaut hervor. Nachdem sie die Verschnürung des Lederbeutels geöffnet hatte, nahm sie eine Handvoll Kiesel heraus und zeigte sie dem Greis.

Myrddin sah, daß drei der Steine von heller Farbe waren; drei leuchteten rötlich, die restlichen drei waren dunkel. In tiefer Versunkenheit betrachtete der Greis die Kiesel; zugleich hörte er neuerlich Nimues Stimme: »Diese Steine stammen von besonderen Orten in den verschiedensten Gegenden Britanniens. Sie kommen aus all jenen Landschaften, welche in deinem Dasein von schicksalhafter Bedeutung waren. Und dieser da«, sie gab Myrddin einen der weißen Kiesel, »lag einst am Gestade des Tywi im Stammesgebiet der Demetier ...«

»Er wurde von den Wassern des Flusses bespült, welcher sich durch das Tal unterhalb des Königs-Duns meines Volksstammes schlängelt«, flüsterte der Greis ergriffen.

»So ist es«, nickte die Pendruid, wobei sie die acht anderen Steine wieder in den Hirschlederbeutel gleiten ließ. »Und nun wird der helle Kiesel dich ins Land deiner Ahnen heimführen ...«

Damit verschloß Nimue den Beutel und steckte ihn zurück in ihre Umhängetasche; anschließend brachte sie einen kleinen, fast bis zum Rand mit Wasser gefüllten Kupferkessel herbei und stellte ihn zu Myrddins Füßen nieder. Der Greis kannte den Kessel; schon im Coed Celyddon hatte die Pendruid ihn benutzt, um die Elixiere für ihn zu brauen, dank deren Kraft er damals noch einmal auf die Beine gekommen war.

Jetzt streckte Nimue die Hand aus, und Myrddin reichte ihr den weißen Stein, den sie ihm zuvor gegeben hatte. Dann beugte sich der Todgeweihte, der sich nun wie in leichter Trance fühlte, langsam auf seiner Liege vor und konzentrierte sich auf den Anblick des Kupferkessels. Plötzlich schien dessen edles Rotmetall vor Myrddins Augen aufzuglühen und zu pulsen; gleich darauf sah der Greis, wie die Pendruid von Avalon den Kiesel in das Gefäß fallen ließ.

Wasserkreise, die wie wabernde Spiralringe wirkten, breiteten sich aus, berührten den Kesselrand, bewegten sich wieder zum Zentrum des vom Kupfersaum umschlossenen Rundes – und während sie dort sowohl aufzuwallen als auch zum

Grund zu dringen schienen, vernahm der Todgeweihte Nimues beschwörende Worte: »Tauche jetzt ein in die Flut der Zeit, tauche ein in den ersten Abschnitt deines Lebens ... Laß dich führen vom Stein der Erinnerung ... Und tauche wieder empor aus der Zeitenflut im Herrscher-Dun über dem Flußtal des Tywi ...«

Myrddin hatte das Empfinden, als schlüge der letzte Satz lautlos hallend aus sehr weiter Entfernung an sein Ohr – im nächsten Moment wurde der Geist des Todgeweihten entrückt.

Es war Myrddin, als würde er in der tiefen Geborgenheit eines Mutterleibes ruhen; er hatte das Gefühl, als sei er von unendlich beschützender, beinahe noch andersweltlicher Wärme umhüllt. Dann aber saugte und schwemmte ihn ein jäher Sog hinweg; er quälte sich durch einen engen, klammernden, zuckenden Schlund, stürzte als Neu- und Wiedergeborener ins irdische Dasein. Er verspürte Kälte, Schmerzen, beklemmende seelische Heimatlosigkeit; schließlich aber löschte erlösende Erschöpfung diese Empfindungen aus, und er schlief ein.

In stetem Wechsel von Schlummer und wacher, jedoch noch kaum bewußter Wahrnehmung seiner Umgebung trieb er durch die darauffolgenden Tage, Wochen und Monate. Irgendwann begann er, seine Sinneseindrücke zu verarbeiten: Sie äußerten sich ihm zunächst als verschwommene, flüchtige Bilder und Geräusche; später verbesserte sich seine Aufnahmefähigkeit allmählich, und seine Wahrnehmungen wurden deutlicher. Nun erkannte er bereits die Mutter, bald auch den Vater; beide beschützten ihn, während er sein erstes und zweites Lebensjahr durchlief; sie waren bei ihm, als er ins dritte eintrat – dann, ganz unvermittelt und völlig klar, erblickte er etwas Grauenhaftes, das sein Innerstes erschütterte und ihn panisch aufschreien ließ ...

***

Der Angstschrei des dreijährigen Knaben gellte durch den finsteren, von bedrohlichen Schatten erfüllten Raum, in dem lediglich eine flackernde Öllampe brannte. Der schüttere, dunkelrot glühende Lichtfleck befand sich ganz im Hintergrund der Schlafstube, und als er dort nicht sofort eine Bewegung ausmachen konnte, brüllte der Dreijährige seine Furcht erneut heraus. Er schrie und schrie, bis seine Mutter Arwen herbeihastete, sich zu ihm aufs Bett setzte, ihn an ihrer Brust barg und fragte: »Was ist mit dir, mein Schatz? Hattest du einen bösen Traum?«

»Nicht geträumt ...« stieß der Knabe, unterdrückt schluchzend, hervor. »Hab' erschaut ... Papa, die anderen Krieger ... Überall Blut ... Schwarzvögel am Himmel ... Geier auf dem Feld ... Tote, so viele Tote ... Und Vater ... Sein Pferd erschlagen ... Und der riesige Krieger mit dem Beil ...«

Der Dreijährige verstummte mit einem würgenden Laut; die grausame Angst, die ihn abermals übermannt hatte, ließ ihn haltlos zittern. Arwen hatte große Mühe, ihn neuerlich zu beruhigen. Besänftigend redete sie auf ihren Sohn ein; nachdem sich sein Panikanfall gelegt hatte, flüsterte sie: »Vergiß, was du gesehen hast. Es war bestimmt nur ein Alptraum. Und jetzt laß uns ...«

Sie unterbrach sich, weil von draußen plötzlich dumpfer Lärm hereindrang. Gleich darauf wurde die Tür aufgerissen; eine Dienerin, die einen brennenden Kienspan in der Hand trug, kam in den Raum gerannt und rief: »Der Heerbann, den Morvryn anführte ...«

»Mein Gatte?!« Arwen sprang auf. »Ist er ...?!«

»Ich weiß nicht«, versetzte die Magd. »Sie öffnen gerade erst das Festungstor ...« Mit dem nächsten Lidschlag drehte sie sich um und verschwand wieder.

Ihren Sohn auf dem Arm, folgte Arwen der Dienerin; als die junge Frau durch das Portal des doppelstöckigen Rundhauses auf den Anger des Königs-Duns hinauslief, drang erneut ein unterdrückter Schrei aus der Kehle des Dreijährigen.

Auch Arwen fuhr erschrocken zusammen – schuld daran war der Anblick der Reiter, die soeben durch den Torschlund der Hügelfestung trabten.

Der fahle Mondschein und die wild lohenden Flammen der Feuerbrände, welche die aufgestörten, von allen Seiten herbeirennenden Bewohner des Duns trugen, beleuchteten die Berittenen; ungefähr ein Dutzend Männer in metallbesetzten Brünnen oder schlichteren Lederkollern, welche grausige Kampftrophäen an den Zäumen oder Sätteln ihrer Rösser hängen hatten: die abgeschlagenen, von schwarzem, geronnenem Blut bedeckten Köpfe von Feinden.

Arwen hastete den Reitern entgegen; sie achtete kaum noch auf den Knaben, der sich an ihrer Brust wand und den nun hektisches Schluchzen schüttelte. Aber der Dreijährige weinte nicht wegen der Schädel, denen der gewaltsame Tod die Gesichtszüge so gräßlich verzerrt hatte; er schluchzte vielmehr, weil ihn unsägliche Angst um seinen Vater peinigte. Während Arwen und er dem Festungstor immer näher kamen, glaubte er einmal mehr die fürchterlichen Bilder aus seiner alptraumhaften Schauung zu sehen: das Schlachtfeld, die Totenvögel, die unzähligen, verkrümmt daliegenden Leichen – und dazu, mitten auf der Walstatt, die Gestalt und das Antlitz seines Vaters; das Gesicht Morvryns, dessen Augen wie in ungläubigem, abgrundtiefem Entsetzen aufgerissen waren.

Dann, nachdem die Berittenen an seiner Mutter und ihm vorbeigetrabt und die an den Hälsen und Flanken der Pferde wippenden Kopftrophäen aus seinem Blickfeld geraten waren, verflüchtigte sich die quälende Vision des Knaben. Sein Körper erschlaffte in den Armen Arwens, sein Weinen verstummte; statt dessen starrte er nun wie gebannt auf den Torschlund.

Dort drängte jetzt eine Schar Fußkrieger in den Dun; gleich darauf erschienen abermals Reiter, deren Rösser jedoch im Gegensatz zu denen der Vorhut im Schritt gingen und keine abgetrennten Schädel trugen. Der Dreijährige sah, daß mehrere der Berittenen verletzt waren und im Sattel wankten; wiederum wenig später – seine Mutter und er hatten das Festungstor inzwischen erreicht – erblickte der Knabe die ersten Schwerverwundeten.

Die blutüberströmten Männer lagen auf einem hochrädrigen Karren, der von Maultieren gezogen wurde. Einer, in dessen Leib ein abgebrochener Pfeilschaft steckte, brüllte vor Schmerzen; die anderen stöhnten entweder unterdrückt oder machten einen teilnahmslosen, betäubten Eindruck. Kaum war der Maultierkarren im Inneren des Duns angelangt, stürzten Frauen herbei, die lauthals jammerten; Alte und Halbwüchsige folgten ihnen. Sie alle umringten das Gefährt und begleiteten es zur Großen Halle der Festung, wo mittlerweile die Arztdruiden und ihre Helfer warteten; während dies geschah, kamen weitere Karren mit Verletzten und nach ihnen erneut Haufen von Fußkämpfern durchs Tor – dann plötzlich gewahrten der Dreijährige und seine Mutter den edelsten Krieger des Heerbanns, nach dem sie beide voll lähmender Furcht Ausschau gehalten hatten.

Morvryn ritt den mächtigen Hengst, auf dem er ins Feld gezogen war; sein Helm und seine bronzebeschlagene Brünne glänzten im Fackelschein. Aufrecht, Schild und Speer in der Linken haltend und mit der Rechten die Zügel führend, saß er im Sattel. Hinter ihm trabte ein geschlossener, ebenfalls schwergepanzerter Trupp anderer Adelskrieger auf den Anger des Duns, und einer dieser Männer trug das Kampfbanner Morvryns, das ein zur Hälfte schwarzes, zur Hälfte rotes Hirschgeweih auf weißem Untergrund zeigte.

Arwen preßte ihren Sohn an die Brust und stieß zutiefst erleichtert hervor: »Siehst du, er lebt und ist unversehrt! Du hattest vorhin nur einen Alptraum! Und jetzt laß uns Papa begrüßen!«

Damit rannte die junge Frau zu ihrem Gemahl; als Morvryn sie herankommen sah, zügelte er sein Roß so scharf, daß es sich aufbäumte. Im nächsten Moment hatte er sich vom Rücken des Hengstes geschwungen, und während das Roß ledig weitertrabte, zog Morvryn seine Gattin an sich. Speerschaft und Schildfessel drückten sich hart, fast schmerzhaft gegen Arwens Schulterblätter, doch die junge Frau achtete kaum darauf. Einzig das Glück, den geliebten Mann gesund wieder bei sich zu haben, zählte für sie – und ähnlich empfand der Dreijährige auf Arwens Arm; geborgen zwischen den Oberkörpern seiner Eltern, konnte er nur noch eins denken: Vater ist nicht tot! Er ist hier bei uns! Ich hatte wirklich bloß einen bösen Traum ...

Irgendwann dann ruhte der Knabe an Morvryns breiter Brust, und auch die Großeltern waren nun da: Gruffydd, der bereits graubärtige Rhi des Stammes, und Gwendydd, seine gütige druidische Gemahlin. Der Dreijährige, der jetzt zunehmend schlaftrunken wurde, hörte, wie das Königspaar sich mit Morvryn über dessen Feldzug austauschte; manchmal wandten Gruffydd oder Gwendydd ihre Aufmerksamkeit aber auch dem Knaben zu, streichelten ihm übers Haar oder neckten ihn liebevoll. Zuerst verweilten die Erwachsenen und der Dreijährige dabei noch auf dem Festungsanger nahe dem Torturm; später, er mußte kurz eingeschlummert sein, fand sich der Knabe im behaglichen Wohnraum des Herrscherhauses wieder. Zusammengekuschelt lag er dort auf dem Schoß seiner Mutter; wohlig seufzend genoß er den Frieden und die Wärme in der innigen Nähe Arwens – und schließlich verlor er sich endgültig in den Schlaf.

***

An einem der folgenden Tage erklärte Gruffydd seinem Enkel, diesmal im elterlichen Rundhaus bei ihm sitzend, daß der von Morvryn befehligte Heerbann einen wichtigen Sieg über die Sassenach errungen hatte; über die Raubkrieger aus dem fernen Land jenseits des Meeres, die mit ihren Schiffen an der Westküste des demetischen Stammesgebietes gelandet waren.

Gespannt lauschte der Dreijährige den Worten seines Großvaters; zuletzt fragte er: »Werde auch ich einmal Männer in den Krieg führen? Und die Sassenach bekämpfen?«

Gruffydd lächelte. »Das kann gut sein. Schließlich bist du dank deiner Mutter Arwen, die ja meine und Gwendydds Tochter ist, von edelstem Blut und trägst deshalb bis zum Ende deiner Kindheit den Rufnamen Tarddu Rhi, Sproß des Königs. Und ein Königsenkel …«

»Warum heiße ich nur als Kind so?« unterbrach der Knabe den Graubärtigen. »Warum nicht auch später, wenn ich größer bin?«

»Weil du an deinem neunten Geburtstag einen neuen Namen erhalten wirst«, antwortete Gruffydd. »Einen, den dir die Pendruid unseres Volksstammes zuweisen wird.«

»Gwendydd?« erkundigte sich der Dreijährige.

»Ja, deine Großmutter«, bestätigte der König. »Sie ist das priesterliche Oberhaupt der Demetier, wie du weißt, und aus diesem Grund wird sie das Ritual deiner Namensgebung leiten.«

Der Knabe brauchte eine Weile, um das Gehörte zu verarbeiten; dann fragte er: »Hat mein Papa auch erst mit neun Jahren seinen richtigen Namen bekommen?«

»In allen Keltenfamilien ist das so üblich«, erklärte Gruffydd.

»Aber Morvryn ist kein Tarddu Rhi wie ich, oder?« äußerte der Dreijährige nunmehr.

»Nein«, beschied ihn sein Großvater. »Morvryn entstammt nicht unserer weit im Stammesgebiet verzweigten Königssippe, der wir beide und Arwen sowie deine anderswo lebenden Verwandten angehören. Trotzdem fließt sehr edles Blut in den Adern deines Papas, denn er wurde als Sohn eines Gauhäuptlings aus altadligem Geschlecht geboren, der bis zum vorletzten Sommer im nordwestlichen Küstengebiet unseres Landes geherrscht hat.«

»Geherrscht hat …« kam es von Gruffydds Enkel. Angestrengt überlegte der Knabe. »Und was tut er jetzt?«

»Morvryns Vater und auch seine Mutter sind früh in die Anderswelt gegangen«, sagte der König leise. »Der Häuptling fiel im Kampf gegen die Sassenach, und seine Gemahlin starb kurz nach ihm aus Gram über seinen Tod ...« Weil sich auf dem Gesicht des Dreijährigen jähes Erschrecken malte, hob Gruffydd ihn auf seinen Schoß; danach fuhr er fort: »Nun ist Morvryns ältester Bruder Gauhäuptling und schützt die Küste vor den Feinden. Er und seine Krieger haben schon viele von ihnen nach Annwn gesandt, und auch kürzlich, als die große Schlacht stattfand, hat er wieder sehr mutig gefochten. Fast so mutig wie dein Papa, welcher der tapferste Adelskrieger unseres Stammes ist, weshalb er auch Arwen zur Frau bekam und als mein Schwiegersohn zum obersten Anführer des Demetier-Heeres erhoben wurde.«

»Das wußte ich ...« murmelte der Knabe. »Daß Vater allen anderen Kämpfern befiehlt ...« Er schmiegte sich enger an den Graubärtigen. »Doch ich wußte nicht ... daß Morvryns Papa und Mama ... meine anderen Großeltern ... gestorben sind ...«

»Du warst noch sehr klein damals«, versuchte Gruffydd seinen Enkel zu trösten. »Außerdem hattest du deine Häuptlings-Großeltern zuvor nie gesehen ...«

»Warum nicht?« fragte der Dreijährige.

»Es ist ein weiter Weg von unserem Königs-Dun bis zur Meeresküste im Nordwesten des Landes«, erwiderte der Graubärtige. »Ein weiter und auch gefährlicher Weg dank der verfluchten Sassenach, die uns überall angreifen ...«

Einige Atemzüge lang saß Gruffydd stumm da und streichelte versonnen das Lockenhaar seines Enkels; schließlich räusperte er sich rauh, reckte sich, als wollte er sich von etwas befreien, zwinkerte dem Knaben zu und sagte: »Aber jetzt genug von diesen unerfreulichen Dingen! Wir beide haben Wichtigeres zu tun, als über unsere Feinde zu reden. Der Tag wird kommen, da wir Britannier sie besiegen werden; Männer wie dein Vater werden dafür sorgen. Und wir könnten nun eigentlich einmal nachsehen, wo Morvryn steckt. Womöglich finden wir ihn ja in der Stallung, wo die Rösser der Adelskrieger stehen, oder er hält vielleicht eine Waffenübung mit seinen engsten Kampfgefährten ab. Und sowohl die Pferde als auch das Fechten wären doch bestimmt interessant für dich – oder, mein kleiner Tarddu Rhi?«

Der Dreijährige schlüpfte vom Schoß seines Großvaters und hüpfte freudig vor Gruffydd herum. Gleich darauf verließen der König und sein Enkel das Rundhaus, um Morvryn zu suchen. Draußen auf dem Anger des mächtigen Herrscher-Duns erblickten sie Arwen und Gwendydd; der Knabe winkte ihnen ausgelassen zu – im nächsten Moment erspähte er seinen Vater, der sich unter dem hochaufragenden Weltenbaum der Hügelfestung tatsächlich gerade auf einen Übungskampf mit den Männern seiner Leibwache vorbereitete.

***

Während der folgenden Jahre wurde der Junge, den die Bewohner des Königs-Duns Tarddu Rhi riefen, noch häufig Zeuge, wie Morvryn sich in der Waffenkunst vervollkommnete. Es faszinierte ihn, wenn sein Vater und dessen Kampfgefährten mit Schwert und Schild gegeneinander fochten oder sich hoch zu Roß mit Speeren und Stoßlanzen bedrängten. Eines Tages werde ich ebenfalls zum Adelskrieger ausgebildet werden, dachte der Heranwachsende dann oft, und er stellte sich vor, wie es sein würde, Helm, Brünne, Schildwehr und Angriffswaffen zu tragen.

Andererseits jedoch gab es auch Zeiten, in denen der vier-, fünf-, sechsjährige Tarddu Rhi Abscheu vor allem empfand, was mit Kampf und Krieg zu tun hatte. Dies war immer dann so, wenn Morvryn einmal mehr an der Spitze seines Heerbannes auszog, um irgendwo im südlichen Britannien Schlachten gegen die Sassenach zu schlagen. An solchen Tagen konnte sich der Junge, sobald die Kämpfer den Dun verlassen hatten, stundenlang in seiner Kammer im Rundhaus verkriechen. Er quälte sich dort nicht weniger als Arwen, die ein weiteres Mal um das Leben ihres Gatten bangen mußte – und in manchen Nächten wurde der Knabe neuerlich von jenem furchtbaren Alptraum heimgesucht: jenem grauenhaften Nachtmahr, in dem er die Totenvögel und Leichenhaufen sah; dazu das gestürzte, blutüberströmte Pferd seines Vaters und den riesenhaften Feindkrieger mit dem Beil.

Manchmal flüchtete sich der Junge dann in seiner seelischen Panik zur Mutter und stammelte seine Angst heraus; manchmal litt er, zitternd auf seinem Bett kauernd, allein. Ähnlich wie er und Arwen quälten sich auch Gruffydd und Gwendydd, wenn sich Morvryn auf einem Feldzug befand; darüber hinaus litt insbesondere der ergraute König unter dem Wissen, daß die allgemeine Lage in Südbritannien zunehmend bedrohlicher für die keltischen Stämme wurde.

Vor allem von den östlichen Küstengegenden aus drangen die Feinde trotz des verzweifelten Widerstandes der britanischen Kämpfer immer weiter ins Landesinnere vor. Jedesmal berichtete dies der Vater des kleinen Tarddu Rhi, sobald er – glücklicherweise stets ohne ernsthafte Verwundungen – von seinen Kriegszügen zurückgekehrt war; das gleiche beklagten Königsboten der Volksstämme im Osten, wenn sie in den Zeiten, da Morvryn zu Hause weilte, im Herrscher-Dun der Demetier um erneute Waffenhilfe baten.

Später dann, als der jetzt rasch größer und kräftiger werdende Königsenkel im siebten und achten Lebensjahr stand, trafen noch schlimmere Nachrichten in der Festung über dem Tywi-Tal ein. Betroffen und verwirrt hörte der Knabe die Erwachsenen über Adelskrieger von verschiedenen östlichen Stämmen sprechen, die zu Verrätern an der keltischen Sache geworden waren und sich mit den Sassenach gegen die eigenen Landsleute verbündet hatten; sogar manche Häuptlinge hatten den Feinden aus Feigheit oder um ihres persönlichen Vorteils willen Kampfscharen zugeführt. Mehrmals vernahm der Sohn Arwens und Morvryns in solch schändlichem Zusammenhang den Namen Gwrtheyrn, und eines Abends erzählte ein wandernder Barde vom Volksstamm der Atrebaten, der sich als hochgeehrter Gast beim Königspaar der Demetier aufhielt, von Freveltaten dieses Gwrtheyrn, die alles Bisherige in den Schatten stellten.

»Er ist nichts weiter als ein Emporkömmling aus niedrigem Adel, dessen Macht sich auf brutalsten Gebrauch der Waffen gründet«, begann der geschichtskundige Dichter und Sänger. »Eine zutiefst verworfene Ausgeburt des Weißen Drachen ist Gwrtheyrn, auch wenn er von den Männern der Mord- und Raubhorden, die er anführt, als Fawr Tigern bezeichnet wird. Einen Großen Herrn nennen sie ihn, obwohl er doch in Wahrheit bloß Unheil, Leid und Verderben sät ...«

»Du sagst es!« warf Gruffydd ein. »Er dient dem Fahldrachen und damit dem Bösen!«

Gwendydd, Arwen und Morvryn nickten dazu; gleich darauf fuhr der Atrebat fort: »Zunächst intrigierte Gwrtheyrn, um seinen Aufstieg zu ermöglichen, unter den Gauhäuptlingen seines eigenen Stammes. Und auch wenn ich mich über diesen Volksstamm um der Achtung willen, die er früher genoß, nicht weiter auslassen möchte, so sage ich doch folgendes: Der Wühler und Lügner Gwrtheyrn schaffte es, gewisse Häuptlinge gegeneinander aufzuhetzen, so daß Bruderkämpfe entstanden. In deren Verlauf kamen zahlreiche Edle und schließlich sogar der Rhi des Stammes mit seiner ganzen Familie ums Leben – und letzteres machte sich der nichtswürdige Sklave des Weißen Drachen zunutze, um sich nun selbst zum Herrscher aufzuwerfen!«

Der Barde griff nach dem mit Metheglyn gefüllten Pokal, der vor ihm stand; nachdem er seinen Grimm durch einen kräftigen Trunk etwas abgedämpft hatte, sprach er weiter: »Dies war aber nur das erste Verbrechen, dessen Gwrtheyrn sich schuldig machte! Denn kaum hatte er die Herrschergewalt an sich gerissen, fiel er mit Heeresmacht in das Stammesgebiet der ihm benachbarten Coritaner ein. Er konnte es nämlich nicht verwinden, daß der dortige König sowie die Druiden und Adligen seine Schandtaten bei einem Druneme-ton mit scharfen Worten gegeißelt hatten. Allein deshalb griff Gwrtheyrn jetzt die coritanischen Duns und Dörfer an, so daß ein zweiter und noch schrecklicherer Bruderkrieg aus-brach, in welchem Kelten gegen Kelten kämpften. Immerhin jedoch«, der Atrebat berührte die goldene Triskele, die er um den Hals trug, »scheint es, als sei daraufhin der Zorn der Gottheiten auf den Kriegstreiber entbrannt, denn in der ent-scheidenden Schlacht siegten die Coritaner, und Gwrtheyrn mußte eine empfindliche Niederlage einstecken. Leider war ihm dies aber keineswegs eine Lehre; vielmehr krönte er sei-ne Verbrechen erst kürzlich durch einen unsäglichen Verrat an sämtlichen freiheitsliebenden britannischen Volksstäm-men ...«

»An allen Stämmen?!« stieß der knapp achtjährige Tarddu Rhi empört hervor. »Was tat der Knecht des Fahldrachen?! Der Mörder, den ...« Er unterbrach sich, rang nach Worten und vollendete den Satz: »Den die Götter dereinst ganz ge-wiß aufs schwerste bestrafen werden!«

Bisher hatte der Atrebat kaum Notiz von dem Knaben ge-nommen; nun jedoch musterte er den Enkel des Herrscher-paares sehr intensiv, nickte dann fast unmerklich, strich dem Tarddu Rhi übers Haar und sagte, mehr an den Knaben als an die Erwachsenen gewandt: »Gwrtheyrn verbündete sich mit den gefährlichsten Anführern der Sassenach!«

Danach richtete der Barde den Blick wieder auf Gruffydd und Gwendydd, die ihm gegenübersaßen, und fuhr fort: »Der Verfluchte schloß einen Pakt mit Hengist und Horsa, dem mordlüsternen und raubgierigen Königspaar von jenseits des Meeres, das mit seinem Beilkämpfer-Heer schon große Teile des südöstlichen Britannien überrannt hat. Es heißt, Gwrtheyrn hätte sein Blut mit dem der Sassenach-Fürsten in einem als Trinkgefäß dienenden Stierhorn gemischt, und auf diese Art sei das Waffenbündnis zwischen ihnen besiegelt worden; der Pakt, durch den Hengist, Horsa und der Verräter an der keltischen Sache sich zum wechselseitigen Beistand gegen ihre jeweiligen Feinde verpflichteten ...«

»Aber die Widersacher Gwrtheyrns sind die Coritaner und womöglich noch weitere britannische Volksstämme, nach deren Land und Gütern der Nichtswürdige seine blutige Hand ausstrecken will!« fiel Arwen dem Atrebaten erregt ins Wort. »Und was die Feinde der Sassenach-Fürsten angeht, so handelt es sich bei ihnen ebenfalls um keltische Stämme, die ihre Unabhängigkeit bewahren wollen und dafür verzweifelte Kampfanstrengungen machen!«

»Du drückst es sehr treffend aus«, nickte der Barde. »Gwrtheyrn bedroht jetzt gemeinsam mit Hengist und Horsa die Freiheit Britanniens! Und er wurde zum Verräter an euch Demetiern, uns Atrebaten und vielen anderen, weil er in seiner Machtgier offenbar größenwahnsinnig geworden ist!«

»Was meinst du damit?« fragte Gwendydd.

»Berichten zufolge, welche aus den von den Sassenach besetzten Gebieten kamen, prahlt Gwrtheyrn damit, daß es seine künftige Bestimmung sei, die Würde des britannischen Ard Rhi zu erlangen«, lautete die Antwort.

»Niemals!« fuhr Gruffydd auf.

»Ausgeschlossen!« rief Morvryn. »Torques, Zeremoniallanze und Mantel des Hochkönigs gebühren einzig dem Edelsten auf unserer Insel und keinesfalls einem Verbrecher!«

»Dennoch könnte Gwrtheyrn mit Hilfe des Fürstenpaares der Sassenach eine sehr starke Machtstellung gewinnen«, gab Gwendydd leise zu bedenken.

Der Barde wiegte den Kopf. »Vielleicht. Aber noch mächtiger als er werden stets Hengist und Horsa sein. Denn Gwrtheyrn wird immer nur den fragwürdigen Rückhalt durch jene Keltenstämme haben, die er mit Gewalt unterwerfen kann. Die Sassenach-Fürsten hingegen dürfen voll auf die Gefolgschaftstreue ihrer vielen tausend Heermänner zählen; außerdem ist es ihnen jederzeit möglich, zusätzliche Kampfverbände aus ihrem Heimatland nach Britannien zu rufen. Und deshalb denke ich, daß Hengist und Horsa ihren nichtswürdigen Verbündeten lediglich für ihre eigenen Zwecke benutzen wollen, um mit seiner Hilfe selbst die Oberherrschaft auf unserer Insel zu erringen – und ebenso denke ich, daß Gwrtheyrn ihnen in seiner verblendeten Machtgier gleich einem Tölpel auf den Leim gegangen ist.«

»So scheint es«, stimmte Gruffydd dem Atrebaten zu. »Doch ein schändlicher, zutiefst verachtenswerter Verräter bleibt der Emporkömmling trotzdem!«

»Irgendwann wird sich ein Ard Rhi finden, der den Verbrecher züchtigt!« äußerte Morvryn mit zornig blitzenden Augen.

»Auch ich glaube fest daran!« pflichtete ihm der Barde bei. »Und dies sage ich, obwohl der uralte Torques, die goldene Sichellanze und der Mantel mit den heiligen Webmustern nun schon seit Jahren von den Druidinnen der Ynys Avallach verwahrt werden, weil nach dem Tod des letzten Hochkönigs kein neuer gewählt werden konnte. Die allgemeine Unsicherheit und insbesondere die Uneinigkeit der Stämme verhinderten dies bislang – aber eines Tages, da bin ich völlig sicher, wird wieder ein Ard Rhi aus edelstem Blut in Britannien herrschen!«

Gruffydd hob seinen Pokal. »Laßt uns darauf trinken, daß die Gottheiten uns bald ein solches Oberhaupt schenken! Denn einzig ein starker Hochkönig könnte Gwrtheyrn und die übrigen Verräter bestrafen. Ebenso könnte er die jetzt zerstrittenen Volksstämme zur Vernunft bringen und sie unter seinem Banner vereinen, um sodann sehr viel machtvollere Heere als jene, über die wir derzeit verfügen, gegen die Sassenach zu führen!«

Gwendydd, Morvryn, Arwen und der Atrebat taten dem Stammesherrscher Bescheid; danach sprachen die Mitglieder der Königsfamilie und ihr druidisch gebildeter Gast noch geraume Zeit über die bedrohlichen Zustände auf der britannischen Insel und die ungewissen Zukunftsaussichten. Aufmerksam lauschte der knapp achtjährige Tarddu Rhi den Worten der Erwachsenen; allmählich jedoch wurden seine Lider schwer, und schließlich sagte seine Mutter zu ihm: »Ich denke, wir sollten jetzt in unser Haus hinübergehen, damit ich dich zu Bett bringen kann.«

Gehorsam erhob sich der Knabe und wünschte den anderen eine gute Nacht; eben wollte Arwen ihn nach draußen begleiten – aber da wandte sich der Barde an die Tochter des Herrscherpaares und bat sie: »Sei so freundlich und laß mich gebührenden Abschied von deinem Sohn nehmen.«

Etwas verwundert nickte Arwen. Gleich darauf trat der nun plötzlich wieder hellwach wirkende Tarddu Rhi vor den Atrebaten hin und musterte ihn gespannt. Mit einem Lächeln, das tiefe Zuneigung und zugleich hohe Achtung vor dem Knaben ausdrückte, legte der Barde die Hand auf die Schulter des Königsenkels und sagte: »Ich habe das Empfinden, als würdest du dereinst auf demselben Pfad wandeln wie deine Großmutter und ich ...«

»Du redest vom Weg der Großen Wissenden, nicht wahr?« erwiderte der Knabe.

»Ja!« bestätigte der Atrebat. »Ich meine, daß aus dir später einmal ein priesterlicher Druide, ein Barde oder vielleicht auch ein Ovate werden könnte, der über die Fähigkeit verfügt, künftige Ereignisse zu erschauen. Und jetzt würde ich gerne erfahren, ob du genauso wie ich darüber denkst?«

»Manchmal habe ich ... besondere Träume«, murmelte der Sohn Morvryns und Arwens.

»Dies spricht womöglich für ovatische Begabung«, stellte der Atrebat fest.

Stumm, wie in angestrengtem Nachdenken, blickte der Knabe auf den Erwachsenen; über seiner Nasenwurzel bildete sich eine schlangenförmig geschwungene Falte, dann entgegnete er: »Es könnte sein, daß ich Ovate sein werde, wenn die Zeit da ist. Aber ebenso könnte ich Seher, Barde,

Priester und noch mehr sein, sofern mir das von den Gottheiten vorbestimmt wäre.«

Fast wie in heiligem Erschrecken starrte der Atrebat auf den Königsenkel, dessen Worte in seinem Innersten nachzuklingen schienen; im nächsten Moment kniete er nieder, schloß den Knaben in die Arme und raunte ihm zu: »Kein Zweifel, du wirst den druidischen Pfad beschreiten! Ich ahnte es bereits, als du von der göttlichen Strafe sprachst, die Gwrtheyrn treffen wird. Und nun bin ich mir völlig sicher, denn deine Worte soeben waren die eines geistig Erweckten, obwohl du körperlich noch ein Kind bist.«

Arwens und Morvryns Sohn erwiderte nichts, er schaute dem Barden lediglich schweigend in die Augen; dennoch vermeinte der Atrebat ganz deutlich den lautlos hallenden Satz zu vernehmen: Du hast mich erkannt!

Gleich darauf löste sich der Knabe aus der Umarmung des Barden. Langsam, plötzlich wieder schläfrig wirkend, drehte er sich zu seiner Mutter um, tastete nach ihrer Hand und murmelte: »Auf einmal bin ich so müde … daß ich kaum mehr stehen kann …«

Nachdem sie einen langen, bedeutungsvollen Blick mit dem Atrebaten gewechselt hatte, hob Arwen ihren Sprößling hoch und trug ihn aus dem Raum; als die beiden draußen waren, wandte sich Gwendydd an den Barden und sagte: »Ich weiß bereits seit einigen Monaten, daß mein Enkel den Andersweltlichen näher ist als gewöhnliche Menschen, und jetzt hast du es auch erfahren.«

***

Der Atrebat war im Vorfrühling zu Gast bei der demetischen Königsfamilie gewesen; einige Wochen später konnte Morvryns und Arwens Sohn seinen Geburtstag feiern, und seine Eltern richteten auf dem Anger des Duns ein Fest für den nun achtjährigen Tarddu Rhi aus. Fröhlich vergnügte sich der Knabe mit den anderen Kindern – dann jedoch, als die Vorbereitungen für die Beltane-Rituale getroffen wurden, machte er einen zunehmend bedrückten Eindruck, denn sein Vater hatte ihm gesagt, daß ein weiterer Feldzug gegen die Sassenach bevorstand.

Morvryn und die übrigen in der Festung lebenden Adelskrieger nahmen noch an den Zeremonien zu Ehren der wiedererstarkten Sonne und des mit ihr verbundenen Gottes Lugh teil; am zweiten Morgen nach den Beltane-Feierlichkeiten sodann verabschiedete sich der Oberbefehlshaber des Demetier-Heeres von seiner Familie, schritt zu den Männern seiner persönlichen Gefolgschaft, welche schon auf ihren unruhig stampfenden Rössern saßen, und schwang sich in den Sattel seines Hengstes. Vom Torbau des Duns aus schauten das Königspaar, Arwen und ihr Sohn der von Morvryn angeführten Reiterschar nach; stumm beobachteten sie, wie die Adligen ins Tal des Tywi hinuntertrabten. Dort wartete bereits das Gros des Heerbanns: ungefähr fünfzig Berittene und etwa zehnmal so viele Fußkrieger, die aus den westlichen und nördlichen Gauen des von Gruffydd regierten Landes zur Herrscherfestung gekommen waren.

Der zwischen seiner Mutter und den Großeltern stehende Tarddu Rhi wußte, daß Morvryns Streitmacht später noch beträchtlich anwachsen würde, denn auf ihrem Marsch durch die Ostgaue des demetischen Königreiches sollten weitere Kampfscharen zu ihr stoßen: um die tausend Mann, wie sein Vater ihm erklärt hatte. Trotzdem litt der Achtjährige, wie schon so oft zuvor, auch jetzt wieder unter der quälenden Vorstellung, daß Morvryn nicht mehr aus dem Krieg heimkehren könnte; er litt um so mehr, als er in der vergangenen Nacht erneut einen seinen fürchterlichen Alpträume gehabt hatte. Daher blickte er mit tränenfeuchten Augen ins Flußtal hinab – und ähnlich wie ihm erging es Arwen, die das Schluchzen ebenfalls kaum zu unterdrücken vermochte.

Seit Jahren wußte sie um die Nachtmahre ihres außergewöhnlichen Sohnes, welche vielleicht tatsächlich Wahrträume waren; auch diesmal wieder hatte sie die Verstörung des Achtjährigen miterlebt – hinzu kam nun plötzlich die Erinnerung an den Besuch des Atrebaten; des Barden, welcher die druidischen Anlagen ihres Sohnes genauso wie zuvor bereits Gwendydd erkannt hatte. Und all dies zusammen ließ Arwen jetzt jäh erschauern; die Angst um Morvryn, dessen Gestalt unten im Tal nun langsam kleiner wurde, drohte ihr die Kehle zuzuschnüren. Aber dann auf einmal stahl sich die Hand des Achtjährigen in ihre; zugleich hörte sie den Knaben flüstern: »Wir sind nicht allein, Mama! Ich bin bei dir, und du bist bei mir!« Und dies gab ihr die Kraft, ihre panikartige Furcht zu überwinden und am Torschlund auszuharren, bis der Heerbann in einem ausgedehnten Waldstück nordöstlich der Ringwallfestung verschwunden war.

Während der folgenden Monate litten Arwen und der achtjährige Tarddu Rhi noch oft unter ihren Ängsten. Doch endlich, in der Sommermitte, kehrte Morvryn zurück. Er hatte den Feldzug einmal mehr ohne schwere Verletzung überstanden; lediglich eine fast schon verheilte Schnittwunde, die von seinem linken Jochbein zum Kinn lief, zeigte an, welchen Gefahren er ausgesetzt gewesen war. Zahlreiche andere Kämpfer aber hatten ihr Leben oder ihre Gesundheit auf dem Schlachtfeld verloren. Rund eineinhalbtausend Männer waren Morvryn in den Krieg gefolgt; kaum zwölfhundert hatte er wieder ins Stammesgebiet der Demetier heimführen können, und viele dieser Reiter oder Fußkämpfer waren nicht mehr fähig gewesen, den langen Weg aus eigener Kraft zurückzulegen, sondern man hatte sie auf Dutzenden von strohgepolsterten Karren transportieren müssen.

Jetzt waren die Arztdruiden im Königs-Dun – ganz wie nach früheren Feldzügen – Tag und Nacht tätig, um die Verwundeten zu versorgen. Die meisten Verletzten lagen in der Großen Halle der Festung, welche sonst für Versammlungen benutzt wurde; andere, die direkt aus dem Dun stammten, wurden in ihren eigenen Häusern behandelt. Es dauerte bis zum Frühherbst, ehe die letzten, nicht in der Ringwallfestung ansässigen Männer soweit wiederhergestellt waren, daß man sie in ihre Dörfer oder auf ihre Einödhöfe bringen konnte; kurz danach wurden im Herrscher-Dun die Vorbereitungen für die Samhain-Rituale getroffen.

Grauer, von der südlichen Meeresküste herantreibender Nebel verschleierte den Weltenbaum, die Wohngebäude und die Palisadenwälle der Festung, als die Königsfamilie und ihre Gefolgsleute am Samhain-Abend in langsamer Prozession neunmal um den Anger des Duns schritten. Anschließend opferten Gwendydd und die übrigen Druiden drei schwarze Stiere; der erste war für die Gottheiten bestimmt, durch das Blut des zweiten sollten die Sídhe geehrt werden, der dritte war eine Gabe an die Geister der Verstorbenen. Später, nachdem die Dunkelheit hereingebrochen war, saßen die Bewohner der Hügelfestung schweigend um ihre Herdfeuer und gedachten der Toten, deren Seelen in der Samhain-Nacht zwischen den jenseitigen und diesseitigen Gefilden wanderten.

Morvryn, der sich zusammen mit Arwen und seinem Sohn im Königshaus aufhielt, wirkte zutiefst bekümmert; die Erinnerung an die Gefallenen seines jüngsten Kriegszuges quälte ihn. Im Morgengrauen sodann, als der Heerführer, dessen Gemahlin und der Tarddu Rhi sich vom Herrscherpaar verabschiedet hatten und sich auf dem Weg zu ihrem Wohnhaus befanden, um sich dort zum Schlaf niederzulegen, versuchte Arwen ihren Gatten zu trösten. »Wenigstens in der kommenden Zeit wird doch wohl Frieden sein«, sagte sie. »Denn während des Herbstes und Winters werden die Feinde bestimmt in den von ihnen eroberten Duns im Südosten Britanniens bleiben und nicht angreifen.«

»Wahrscheinlich hast du recht«, antwortete Morvryn – aber schon zwei Wochen später wurden die Hoffnungen Arwens und ihres Gemahls bitter enttäuscht.

Es war ein naßkalter, windiger Vormittag. Gruffydd und Morvryn standen auf dem Palisadenwall beim Festungstor und besprachen sich mit einigen Handwerkern, die etliche angemorschte Pfosten des Wehrganges durch neue Eichenbalken ersetzen sollten. Plötzlich stutzte der König und spähte angespannt nach Südosten; gleich darauf gewahrte auch Morvryn den Reitertrupp, der sich dort draußen näherte. In vollem Galopp jagten die Berittenen, gelegentlich in Schwaden von Bodennebel eintauchend, auf den Dun zu; als sie nur noch ein paar Pfeilschüsse entfernt waren, erkannten Gruffydd, sein Schwiegersohn und die Zimmerleute, daß es sich um einen Adligen in schwerer Brünne sowie ein Dutzend leichter gerüsteter Krieger handelte.

Dann preschten die Reiter durch den Torschlund und rissen ihre Rösser vor dem König und Morvryn, die unterdessen vom Wall herabgestiegen waren, in die Hanken. Der Edle im metallbeschlagenen Kampfmantel sprang vom Pferd und warf die Zügel einem seiner Gefolgsmänner zu; im selben Moment stieß Gruffydd halb überrascht, halb erschrocken hervor: »Du, Geraint?! Der jüngste Sohn des silurischen Herrschers! Was ist passiert? Warum sandte dein Vater dich zu mir?«

»Weil ich dich dringend um die Waffenhilfe der Demetier bitten soll!« lautete die Antwort.

»Gegen die Sassenach?« fragte Morvryn mit rauher Stimme.

»Ja!« nickte Geraint. »Vor vier Tagen erschien eine mächtige Flotte der Feinde an unserer Ostküste. Um die siebzig Schiffe. Sie liefen in die Mündung des Usk ein, und entlang der Ufer dieses Stromes verheeren die Sassenach jetzt das Land.«

»Siebzig Schiffsbesatzungen!« Gruffydds Miene drückte tiefe Bestürzung aus. »Das sind mindestens zweitausend Feindkrieger! Ihr Silurer jedoch könnt wahrscheinlich kaum eineinhalbtausend Kämpfer gegen sie aufbieten.«

»Höchstens dreizehnhundert«, erwiderte Geraint. »Und die müssen erst aus den verschiedenen Gauen zusammengezogen werden, denn der Überfall der Sassenach erfolgte völlig überraschend für uns.«

»Bisher mußten wir hier in Cymru während der kalten Jahreszeit auch nie mit größeren Angriffen rechnen«, murmelte Morvryn. »Doch jetzt scheinen die Feinde bösartiger denn je geworden zu sein ...« Mit gerunzelter Stirn überlegte er, dann wandte er sich an Gruffydd: »Wenn wir sofort Reitboten zu den Ansiedlungen im weiteren Umkreis unseres Duns aussenden würden, könnten bis zum Abend etwa zehn Dutzend Krieger zur Stelle sein. Mit denen und meinem persönlichen Gefolge könnten Geraint und ich gleich morgen früh aufbrechen, um sodann auf dem Marsch zur silurischen Grenze noch mehr Kampfscharen an uns zu ziehen. Auf diese Weise könnten wir dem König unseres Nachbarstammes ein Hilfsheer von fünf- bis sechshundert Mann zuführen, so daß unsere verbündeten Streitkräfte den Feinden zumindest einigermaßen ebenbürtig wären.«

Nach kurzem Nachdenken stimmte Gruffydd dem Vorschlag seines Schwiegersohnes zu. Mit bewegten Worten dankte Geraint dem demetischen Herrscher und Morvryn; danach schritten die drei Hochadligen zur Großen Halle, wo sich nun rasch auch die übrigen Edlen aus der Ringwallfestung, darunter Gwendydd und Arwen mit ihrem Sohn, einfanden. Wenig später, während die am Beratungsfeuer sitzenden Adligen von Geraint Näheres über den Flottenangriff der Sassenach und deren Mord- und Raubtaten an der silurischen Küste erfuhren, galoppierten die berittenen Boten durch das Tor des Duns und zerstreuten sich draußen in alle Himmelsrichtungen.

Bereits am Nachmittag trafen die ersten von den Reitboten alarmierten Kampfhaufen ein; als sich die Schatten der Abenddämmerung über die Königsfestung senkten, war das Aufgebot, welches zusammen mit Morvryn und Geraint nach Südosten marschieren sollte, fast vollzählig. Im Verlauf der frühen Nachtstunden kamen die letzten Kriegergruppen im Dun an – und kaum fingerten die fahlen Strahlen der nebelverhangenen Morgensonne über die flach geschwungenen

Hügelketten am Horizont, brachen Morvryn und Geraint mit ihrem schwachen Heerbann von ungefähr einhundertsiebzig Berittenen und Fußkämpfern auf.

Wie so oft zuvor schon schauten das Herrscherpaar, Arwen und der achtjährige Tarddu Rhi dem Zug der Bewaffneten vom Torbau der Ringwallfestung aus nach. Morvryns Gemahlin war kreidebleich; ihr Sohn wirkte verstört, sprach aber weder mit seiner Mutter noch mit den Großeltern über die Alpträume, die ihn auch während der vergangenen Nacht wieder gequält hatten. Stumm starrte er ins Tal des Tywi hinab, bis das kleine Heeresaufgebot seines Vaters von den Nebelschwaden verschluckt wurde – dann schluchzte er unterdrückt auf und rannte davon, um mit seinem Schmerz allein zu sein.

Im Lauf der nächsten Tage blieb der Achtjährige verschlossen und in sich gekehrt. Nur ganz allmählich schaffte es Arwen, ihn von seinen Ängsten abzulenken und ihn auf andere Gedanken zu bringen; sie schaffte es, obwohl sie selbst von ständiger Furcht um ihren Gatten gepeinigt wurde. Doch schließlich halfen ihr die Pflichten, die sie in ihrem Haus und im Dun zu erfüllen hatte, seelisch wieder Tritt zu fassen; jetzt sagte sie sich, daß ihr Gemahl ein außerordentlich erfahrener Heerführer war und bislang noch immer Glück auf seinen Feldzügen gehabt hatte.

So verstrich ein halber Monat; eines Abends sodann preschte ein Reiter durchs Festungstor, welcher aus dem Stammesgebiet der Silurer kam. Der Kurier, der von Morvryn abgesandt worden war, berichtete, daß eine Schlacht gegen die Sassenach stattgefunden hatte. Es sei den demetischen und silurischen Kampfscharen aber nicht gelungen, den Feinden eine entscheidende Niederlage beizubringen. Die Sassenach seien lediglich auf ihre Schiffe zurückgetrieben worden; danach hätten sie sich auf dem Seeweg entlang der Küste nach Westen abgesetzt. Das Keltenheer sei den Feinden in Eilmärschen gefolgt, wobei es sich jedoch stets in Deckung der Küstenhügel gehalten habe – und nun hofften Geraint, Morvryn und die übrigen Anführer darauf, daß sie die Sassenach, sofern diese erneut ins Landesinnere vorzudringen versuchten, in einer zweiten Schlacht stellen und vernichtend schlagen könnten.

Zeitig am nächsten Morgen verließ der Bote den Dun wieder. Er ritt ein frisches Pferd aus der königlichen Stallung, und in seiner Satteltasche steckte ein persönlicher Brief Arwens an ihren Gatten, welchem der achtjährige Tarddu Rhi einige Zeilen in noch unbeholfener Ogham-Schrift angefügt hatte.

Abermals zwei Wochen später, die Wintersonnenwende war jetzt bereits nahe, kam ein weiterer Kurier Morvryns an. Der Krieger erzählte von einigen kleineren Gefechten an der Südküste Cymrus, durch welche die Feinde zwar geschwächt, aber nicht besiegt worden seien. Ansonsten befände sich die Sassenach-Flotte mittlerweile nicht mehr vor den silurischen, sondern den demetischen Gestaden; einen tieferen Vorstoß der Feinde in das von Gruffydd regierte Stammesgebiet jedoch, so beteuerte der Kurier, könne der keltische Heeresverband gewiß verhindern, denn es hätten sich kürzlich fast dreihundert zusätzliche Kämpfer aus den östlichen Küstengauen der Demetier mit Morvryns schon länger im Feld stehenden Kriegerscharen vereinigt.

Diese Nachrichten waren geeignet, die Menschen im Dun über dem Tywi-Tal einigermaßen zu beruhigen. Trotzdem feierte man das Wiedererstarken der Sonne an Alban Arthuan längst nicht so ausgelassen wie in früheren Jahren, und in den frostigen Regennächten, die auf das Fest folgten, lag Arwen oft lange wach und dachte voll banger Sehnsucht an ihren Gemahl. Einmal, als im Morgengrauen heulender Sturm aufkam, schlüpfte der Sohn der Königstochter panisch schluchzend zu ihr ins Bett; Arwen barg den Knaben in ihren Armen, tröstete ihn, so gut sie es vermochte, und raunte ihm zuletzt ins Ohr: »Bald wird ein Bote die Kunde bringen, daß die Kämpfe beendet sind. Entweder werden die Winterstürme die Schiffe der Sassenach zerstreuen, oder unsere Krieger, die nun in der

Überzahl sind, werden die Feinde schlagen. Und dann wird Vater heimkehren, und wir werden den Gottheiten gemeinsam mit ihm für den Sieg danken ...«

Doch während der nächsten Wochen warteten die Bewohner der Ringwallfestung vergeblich auf einen dritten Kurier Morvryns. Kein Reiter galoppierte von der jetzt zeitweise mit einer dünnen Schneeschicht bedeckten Hügelkette östlich des Duns herab; einzig Bauernwagen kamen manchmal von dort drüben zur Festung: hochrädrige Fuhrwerke, die Brennholz oder von den königlichen Jägern erlegtes Wild brachten. Stets kreisten Schwärme hungriger Krähen über diesen Gespannen, und jedesmal wenn der Enkel des Herrscherpaares die Schwarzvögel erblickte, verspürte er jähen seelischen Schmerz. Unter diesem immer wieder aufflackernden inneren Weh litt der Knabe länger als einen Monat; dann aber, eines Morgens kurz vor den Imbolc-Feierlichkeiten, bereitete sein Großvater Gruffydd ihm eine unverhoffte Freude, die ihn alles andere vergessen ließ.

»Das Wetter wird heute sonnig und mild«, sagte der Stammesherrscher beim Frühstück, das er an diesem Tag zusammen mit Arwen und deren nun beinahe schon neunjährigem Sohn einnahm. »Und daher«, er zwinkerte seinem Enkel zu, »könnten wir beide eigentlich einen Jagdausflug unternehmen.«

»Nur du und ich?!« stieß der Knabe begeistert hervor.

»Bloß wir zwei!« nickte der König schmunzelnd. »Und zwar hoch zu Roß, wie es sich für Edle unseresgleichen gehört. Ich werde mir meinen treuen alten Streithengst satteln lassen, und du ...«

»Laß mich den kleinen Schecken reiten, mit dem ich mich so gut verstehe!« fiel Arwens Sohn seinem Großvater ins Wort.

»Abgemacht«, lächelte Gruffydd – und eine Stunde später trabten der König und sein Enkel durch den Torschlund des Duns und folgten draußen dem Pfad, der entlang der Hügelflanke ins Tal des Tywi hinabführte. Am Ufer des langsam dahinströmenden Flusses angelangt, lenkte Gruffydd, der ebenso wie der Knabe mit Bogen und Pfeilköcher ausgerüstet war, seinen Hengst nach Osten. Sich stets im Auwald haltend, legten die Reiter ein beträchtliches Wegstück zurück – plötzlich schwirrte nur wenige Schritte vor den Pferden eine Kette von Rebhühnern hoch.

Blitzschnell hatte der König ein Geschoß auf der Bogensehne; mit dem nächsten Lidschlag sauste der Jagdpfeil durch die Luft und durchbohrte einen der braunen Vögel. Während das Rebhuhn zur Erde wirbelte, traf der Enkel des Herrschers einen zweiten Vogel; unmittelbar darauf freilich war der Rest des Schwarms außer Schußweite und entfloh zum jenseitigen Gestade des Tywi. Dennoch strahlte der Knabe vor Genugtuung über das Jagdglück, das er und sein Großvater gehabt hatten; mit leuchtenden Augen schwang er sich aus dem Sattel des Schecken und holte die erlegten Rebhühner herbei.

Nachdem Gruffydd die Pfeile aus den Tierleibern gezogen und gereinigt hatte, band er die Vögel mit Lederschnüren an seinem Sattelhorn fest. Sodann trabten die beiden Reiter weiter, und im Lauf des Vormittags brachten sie noch ein gutes Dutzend anderer Wildtiere zur Strecke: fünf kupferfarbene Fasane, drei buntgefiederte Entenerpel sowie etliche graufellige Feldhasen.

Schließlich, die Sonne stand jetzt im Zenit, kehrten der König und sein Enkel um. Auf dem Heimweg ließen sie ihre Pferde häufig galoppieren, so daß sie sich schon nach einer Stunde wieder in der Nähe des Duns befanden. Hoch über dem Tywi-Tal erhob sich die Hügelfestung; auf dem Palisadenwall, wo die Wächter patrouillierten, war das Blitzen von Speerspitzen auszumachen, und von den kegelförmigen Hausdächern im Inneren des Duns kräuselten dünne Rauchfäden empor.

Gruffydd ließ sein Roß in Schritt fallen und wartete ab, bis auch der Knabe den übermütig kapriolenden Schecken gezügelt hatte. Dann deutete der König zur Festung und sagte schmunzelnd zu seinem Enkel: »Überall brennen die Herdfeuer der Frauen, wie du siehst. Und was Gwendydd und Arwen angeht, so hoffen sie sicher schon sehnsüchtig darauf, daß wir ihnen einen fetten Braten bringen, den sie an den Spieß stecken können.«

»Sie werden bestimmt mit uns zufrieden sein!« entgegnete der Knabe lachend; im nächsten Moment begann sein kleines Pferd erneut ungebärdig zu tänzeln. Einen Lidschlag später, weil der Königsenkel allzu forsch am Zaumzeug gezogen hatte, drängte der Schecke seitlich weg und bäumte sich dabei halb auf – und wiederum im nächsten Augenblick stieß der Junge einen gellenden Schrei aus.

»Was ist los?!« kam es erschrocken von Gruffydd.

»Da drüben!« Obwohl sein Pferd nun voll stieg, ließ der Königsenkel den rechten Zügelriemen fahren und wies mit dem freien Arm nach Südwesten. »Dort bei dem Waldstück! Berittene! Eine große Schar!«

Unmittelbar darauf preschte der Knabe in voller Karriere davon; auch Gruffydd setzte seinen Hengst in Galopp, folgte dem Schecken und schloß zu ihm auf. Seite an Seite jagten der König und sein Enkel auf den Forst in der Ferne zu; bald konnten sie nicht nur die Vorhut, sondern auch das Gros des heranziehenden Heerbannes erkennen: Reitertrupps, Haufen von Fußkämpfern, dazwischen Pulks hochrädriger Fuhrwerke.

Schließlich erreichten Gruffydd und der Junge den Vortrab des Heeres. Die etwa zwanzig demetischen Adelskrieger zügelten ihre Pferde; zugleich rissen der König und sein Enkel ihre Rösser in die Hanken, dann rief Gruffydd: »Wo ist Morvryn?!«

Keiner der Edlen antwortete; stumm, mit gesenkten Köpfen, saßen sie in den Sätteln. Erst als der König seine Frage mit bebender Stimme wiederholte, trieb ein Adelskrieger sein Pferd drei Schritte vor und beschied Gruffydd: »Dein Schwiegersohn ... Er liegt auf einem der Wagen hinten ... Denn Morvryn ist ...«

»Vater!« Grenzenloser Schmerz malte sich auf dem Antlitz des Knaben. »Ich habe es geträumt! So oft!«

Damit galoppierte der zutiefst verstörte Tarddu Rhi weiter; neuerlich jagte der nicht weniger entsetzte König ihm hinterher und dachte dabei unentwegt: Arwens Gatte ist tot! Sie bringen seine Leiche heim! Morvryn ist gefallen, er ist tot!

Die Fußkämpfer und Reiter, welche der Vorhut folgten, wichen den dahinpreschenden Rössern hastig und oft nur mit knapper Not aus; Gruffydd und sein Enkel bemerkten es kaum – dann erspähte der Knabe auf dem vordersten Gefährt einer Kolonne von vier oder fünf Maultiergespannen den zusammengekrümmten Körper seines Vaters. Morvryns bronzebeschlagene Brünne war von Blutkrusten bedeckt; im linken Schulter- und Brustbereich war der Kriegsmantel aufgerissen, und der jetzt haltlos schluchzende Tarddu Rhi wußte, daß ein fürchterlicher Hieb mit einem Schlachtbeil den Oberkörper seines Vaters getroffen hatte. Wieder und wieder hatte er die Streitaxt mit der breiten, halbmondförmig geschwungenen Klinge in seinen Nachtmahren erblickt – und nun, da er vom Pferd sprang, um den Wagen zu erklimmen, glaubte er abermals zu sehen, wie das Beil niedersauste und den Leib Morvryns zerfleischte.

Mit dem nächsten Herzschlag verwich das grauenhafte Bild; statt dessen war jetzt Gruffydds Antlitz da, ganz nahe, und der Knabe hörte seinen Großvater mit seltsam flatternder Stimme sagen: »Schau nicht hin ... Komm weg hier ... Laß ihn in Frieden ...«

Gleich darauf versuchte Gruffydd, seinen Enkel von dem Gefährt wegzuziehen; der Junge wehrte sich, schlug sogar mit den Fäusten nach seinem Großvater – bis es ihm auf einmal schwarz vor Augen wurde und er besinnungslos zur Erde sank.

***

Als der Königsenkel wieder zu sich kam, roch er den Rauch eines Herdfeuers; einen Moment später erkannte er Gwendydd, die sich über ihn beugte. Der Knabe begriff, daß er sich im Herrscherhaus des Duns befand; zugleich kehrte die Erinnerung an Morvryn zurück, und er stieß hervor: »Vater! Er ist tot!«

Mit unendlich mitleidigem Gesichtsausdruck umschlang seine Großmutter ihn, zog ihn halb von seinem Lager hoch und raunte ihm beruhigend zu: »Nein, mein Junge! Morvryn lebt! Arwen und ein Arztdruide kümmern sich drüben in eurem Haus um ihn …«

»Aber die Streitaxt …« stammelte der Knabe. »Die schreckliche Wunde …«

»Die Verletzungen deines Vaters sind schwer«, nickte Gwendydd. »Doch wenn die Gottheiten gnädig sind, wird er sich erholen.«

Aus der Kehle des Königsenkels drang ein schluchzender Laut äußerster Erleichterung; dann entwand er sich den Armen seiner Großmutter und sprang auf. »Ich will zu ihm!«

»Nicht jetzt!« widersprach Gwendydd. »Wir würden den Druiden und Arwen, die sich um Morvryn bemühen, nur stören!«

Stumm starrte der Knabe zur Feuerstelle hinüber; nach einem tiefen Atemzug fragte er: »Wann darf ich Vater sehen?«

»Vielleicht heute abend.« Die Antwort kam nicht von Gwendydd, sondern von Gruffydd, der soeben in den Raum trat. »Aber vorerst ist es unmöglich. Ich redete gerade mit dem Arztdruiden, und er erklärte mir, daß es noch geraume Zeit dauern werde, bis er und Arwen mit der Versorgung Morvryns fertig seien.«

Damit mußte sich der Junge zufriedengeben. In banger Sorge um seinen Vater verbrachte er die restlichen Nachmittagsstunden am Herdfeuer im Wohnraum des Herrscherhauses; Gwendydd leistete ihm Gesellschaft und tröstete ihn in seiner Angst um Morvryn. Gruffydd hingegen saß nur gelegentlich für eine Weile bei seiner Gemahlin und dem Knaben; meistens wurde er draußen auf dem Festungsanger oder in der Großen Halle gebraucht, denn auf dem Wiesenplan im Zentrum des Duns mußten Hunderte von Kriegern verpflegt und unter dem Dach des Versammlungsgebäudes Dutzende von Verletzten zugleich behandelt werden, was immer wieder Probleme verursachte.

Erst bei Sonnenuntergang wurde es ruhiger in der Ringwallfestung; dann, kurz nach Einbruch der Nacht, kam Arwen ins Königshaus. Sie wirkte erschöpft – aber dann lächelte sie ihren Sohn an und sagte: »Nun kannst du zu deinem Vater.«

Wenig später trat der Junge an Morvryns Krankenlager; bei ihm waren Arwen, Gwendydd und Gruffydd. Der Schwerverwundete lag mit geschlossenen Augen da; es schien, als sei er bewußtlos – doch als sich der Arztdruide, welcher am Kopfende der Bettstatt stand, zu Morvryn niederbeugte und ihm etwas zuflüsterte, öffnete der Oberbefehlshaber des Demetier-Heeres die Lider. Im nächsten Moment kniete sein Sohn bei ihm, umklammerte Morvryns unverletzte Rechte und stieß hervor: »Du darfst nicht sterben! Bitte versprich es!«

Der Verwundete wollte antworten, war aber nicht dazu fähig; er vermochte lediglich einige undeutliche Laute zu hauchen. Jähe Furcht malte sich auf dem Antlitz des Knaben; doch dann sah er, wie sein Vater den Kopf bewegte, wie er mühsam nickte – und gleichzeitig hörte er den Druiden sagen: »Der Schlaf- und Heiltrank, den ich Morvryn vorhin verabreicht habe, betäubt bereits seine Sinne. Deshalb kann er nicht sprechen. Aber du brauchst keine Angst mehr um deinen Vater zu haben, Tarddu Rhi. Denn starke Kräutersalben lindern seine Schmerzen, und seine Verletzungen sind nicht lebensbedrohend, wie du ja sicher schon von Gwendydd weißt.«

Besänftigend streichelte der Arztdruide dem Jungen über das Lockenhaar; nach einem Blick auf den Verwundeten, welcher die Augen wieder geschlossen hatte, fort er fort: »Jetzt jedoch muß Morvryn Ruhe haben, und daher solltest du nicht zu lange bei ihm bleiben. Am besten wäre es, wenn du die Göttin in einem stillen Gebet um die baldige Genesung deines Vaters bitten und ihn anschließend in seinem Heilschlaf allein lassen würdest.«

Ohne Morvryns Hand loszulassen, richtete der Königsenkel sein Innerstes auf Ceridwen aus und flehte die Göttin an, seinem schwerverletzten Vater beizustehen; auch Arwen und das Herrscherpaar erbaten in tiefer geistiger Versenkung die Hilfe der Herrin über Leben und Tod. Danach gab der Knabe die Rechte Morvryns behutsam frei und verließ zusammen mit den Erwachsenen den Raum; draußen legte ihm Gruffydd den Arm um die Schultern und sagte: »Wir wollen uns nun zurück ins Königshaus begeben. Dort wird uns der Gauhäuptling Beda, welcher den Heerbann heimführte und mit dem ich mich bisher nur kurz austauschen konnte, einen genauen Bericht über die Ereignisse der letzten fünf Wochen erstatten. Und ich denke, du bist mittlerweile alt genug, um ebenso wie deine Mutter, Gwendydd und ich zu erfahren, was seit Alban Arthuan im einzelnen auf dem Feldzug geschah und auf welche Weise Morvryn verwundet wurde.«

»Ich weiß längst, daß im Krieg grausame Dinge geschehen ...« murmelte der knapp neunjährige Tarddu Rhi; dann schritten er und seine Angehörigen wieder zum Herrscherhaus hinüber.

Unter dessen Portal gesellte sich Beda zur Königsfamilie und erklärte: »Das war ein harter Tag! Erst der Marsch mit den erschöpften Kämpfern und den zahlreichen Verletzten; anschließend die Mühe, welche die Unterbringung und Versorgung all der gesunden und kranken Männer machte. Aber jetzt ist es geschafft; zudem hat Morvryn, wie ich zu meiner großen Erleichterung mitbekommen habe, das Schlimmste überstanden. Deshalb dürfen wir uns nun endlich ein wenig entspannen, und ich kann euch ausführlich erzählen, was sich auf unserem Feldzug ereignete, seit wir euch letztmals einen Boten sandten.«

Wenig später ließen sich die Herrscherfamilie und der Gauhäuptling am Feuerplatz im Wohnraum des Königshauses nieder. Zwei Mägde brachten Rauchfleisch, Brot und Metheglyn; nachdem Beda ein paar Bissen genossen und einige Schlucke Honigwein getrunken hatte, begann er: »Wie sich die Dinge in der Zeit vor der Wintersonnenwende entwickelten, habt ihr ja noch von dem Kurier gehört, der damals zu euch kam. In jenen Tagen hatten wir die Feindflotte von der silurischen Westküste bis zu den südöstlichen Gestaden unseres eigenen Stammesgebietes verfolgt, wobei es zu etlichen kleineren Gefechten gekommen war. Wann immer die Sassenach den Versuch unternommen hatten, an Land zu gehen, waren wir ihnen entgegengetreten, und so hatten wir sie zunehmend geschwächt. Schließlich waren auch noch frische Kampfscharen zu uns gestoßen, und infolgedessen glaubten die meisten von uns, daß wir den Feinden, sobald sie ihren nächsten Landungsversuch wagen würden, den entscheidenden Schlag versetzen könnten ...«

Der Häuptling unterbrach sich und griff nach seinem Metheglynbecher; Gruffydd fragte ahnungsvoll: »Doch darin hattet ihr euch getäuscht, oder?«

»Und ob!« bestätigte Beda. Er tat einen kräftigen Zug aus dem Pokal und fuhr fort: »Eines Morgens nämlich erschien eine weitere Sassenach-Flotte vor der Küste; nochmals um die zwanzig Schiffe. Damit waren die Feinde uns wieder deutlich überlegen, und sie zögerten nicht, diesen Vorteil zu nutzen. Schon wenige Stunden nachdem sich die beiden Flottenverbände vereinigt hatten, ruderten die Sassenach in Hunderten von Booten zum Strand einer breiten Bucht und besetzten deren sandigen Küstenstreifen sowie die dahinterliegenden Dünen. Von dort aus verhöhnten uns die Feinde durch beleidigendes Geschrei, um uns zu einem unüberlegten Angriff herauszufordern. Aber wir Kelten gingen den Sassenach nicht auf den Leim; vielmehr blieben wir in unserer geschützten Stellung am Hang eines langgestreckten Hügels, welcher die Meeresbucht überragte ...«

Erneut führte der Gauhäuptling seinen Metheglynbecher zum Mund; danach sagte er mit rauher Stimme: »Wir wollten die Feinde zum Sturm auf die steile Hügelflanke zwingen, wodurch wir in einer besseren Kampfposition als sie gewesen wären – doch keiner von uns hatte, als wir diesen Plan faßten, mit der abgrundtiefen Bösartigkeit der Sassenach gerechnet!«

»Was geschah?!« fragte der König.

»Ein Verbrechen, wie es seit der Tyrannenherrschaft der Ruheiniog nicht mehr in Britannien zu beklagen war!« antwortete Beda. »Denn am frühen Nachmittag brachten die Feinde ungefähr fünfzig gefangene Kelten an Land, welche sie offenbar auf den Schiffen ihrer zweiten Flotte mitgeschleppt hatten. Es handelte sich sowohl um Männer als auch um Frauen und Kinder. Allen, selbst den Kleinsten, hatte man die Arme auf den Rücken gefesselt; daher waren sie völlig wehrlos und konnten gleich einer Viehherde auf einen der Dünenkämme getrieben werden. Und dort oben begannen die Sassenach nun damit, ihre Opfer mit Äxten und Schwertern hinzumetzeln; zuerst die männlichen Gefangenen, danach die Frauen und schließlich ...«

»Schweig!« fiel Arwen dem Häuptling entsetzt ins Wort. »Ich kann es nicht ertragen! Die Vorstellung, daß sogar hilflose Kinder ...«

»Wir vermochten den grauenhaften Anblick ebensowenig auszuhalten!« In der Erinnerung an das Furchtbare, das er mit angesehen hatte, krampfte sich Bedas Hand um den Schwertgriff. »Und deshalb vergaßen wir jegliche Vorsicht und stürmten von unserem Hügel zum Strand hinunter, um die Feinde für ihre unsägliche Schandtat zu bestrafen ...«

Einen Moment starrte der Gauhäuptling mit zusammengepreßten Lippen ins Feuer; dann berichtete er, was sich weiter zugetragen hatte: »Natürlich hatten die Sassenach nur darauf gewartet, daß wir in unserer Verzweiflung blindwütig angreifen und dadurch unsere gute Verteidigungsstellung aufgeben würden. Und während der Schlacht, die jetzt bei den Dünen ausgefochten wurde, bezahlten wir bitter dafür, daß wir den Feinden in die Falle gegangen waren. Denn obwohl unsere Krieger mit äußerster Todesverachtung kämpften, konnten wir die verfluchten Sassenach nicht bezwingen. Ihre Übermacht war allzu groß, weshalb wir letztlich beinahe ein Drittel unserer Männer verloren und unser geschlagenes Heer sich am Ende fluchtartig in die Küstenberge westlich der Meeresbucht zurückziehen mußte.«

Beda leerte seinen Pokal, füllte ihn wieder aus einer Kupferkanne, die ihm Gwendydd reichte, und setzte seine beklemmende Erzählung fort: »Eine ganze Woche lang trieben uns die Feinde vor sich her; ihre Schiffe hatten sie wahrscheinlich unter der Bedeckung durch eine kleinere Streitschar am Strand jener Bucht gelassen, wo es zu dem Massaker gekommen war. Schließlich, nachdem unser Heer der völligen Vernichtung mehrmals mit knapper Not entronnen war, erreichten wir im südwestlichen Bergland unseres Stammesgebietes einen verlassenen Dun. Die uralte Festung erhebt sich auf einem steilen Hügel inmitten wilder Wälder, und hinter ihren immer noch starken Ringwällen fanden wir den Schutz, den wir so nötig brauchten. Die Sassenach freilich schlossen uns dort ein, und dies bedeutete, daß wir nun eine Belagerung ertragen mußten ...«

»Aus diesem Grund konntet ihr uns also keinen Boten mehr senden«, unterbrach Gruffydd den Häuptling.

Beda nickte. »Es war unmöglich! Die Feinde hatten uns von allen Seiten umzingelt, weshalb jeder Versuch, den Dun zu verlassen, tödlich geendet hätte.«

»Das heißt, ihr befandet euch in einer höchst bedrängten Lage«, warf Gwendydd ein.

»So war es!« bestätigte der Gauhäuptling. »Volle zwei Wochen mußten wir den Attacken der Sassenach standhalten! Tag für Tag griffen sie an; tagtäglich hatten wir Dutzende von Gefallenen zu beklagen, und außerdem litten wir unter immer schlimmerem Mangel an Verpflegung. Zwar gab es einen Teich im Inneren der Festung, so daß wir unseren Durst zu stillen vermochten; doch bald waren unsere Vorräte an haltbarem Haferbrot und Rauchfleisch verbraucht. Daraufhin sahen wir uns gezwungen, die schwachen, nicht länger kampftauglichen Pferde zu schlachten, und als auch deren Fleisch verzehrt war, ernährten wir uns ebenso notdürftig wie die noch lebenden Rösser von Baumrinde, Farn und Moos. Dies alles war schon hart genug; darüber hinaus setzte uns das regnerische Winterwetter arg zu, und so kam es, daß zuletzt äußerstes Elend unter uns herrschte. Bloß eine einzige Hoffnung hatten wir jetzt noch: das mächtige Feuer, welches wir jeden Morgen entfachten und in das wir von Zeit zu Zeit einen Haufen feuchtes Laub warfen, woraufhin dunkle, weithin sichtbare Rauchwolken über dem Dun aufstiegen …«

»Dadurch wolltet ihr Hilfe herbeirufen«, murmelte Arwen.

»Ja«, entgegnete Beda. »Und am Ende, nachdem wir einen halben Monat durchgehalten hatten, kam sie auch. Eines Tages erblickten wir jenseits des Einkesselungsringes andere Feuerzeichen, die uns anzeigten, daß sich dort draußen Kelten versammelt hatten. Und bereits eine Stunde später, als diese Kriegerscharen nahe genug an die Feinde herangerückt waren, um einen Teil von ihnen in ein Scharmützel mit Fernwaffen zu verwickeln, riefen wir Lugh und Taranis um Beistand in dem Verzweiflungskampf an, der nun entbrennen sollte. Danach stürmten wir im Vertrauen auf die Hilfe der Götter von unserem Festungshügel herab und durchbrachen die Front der Sassenach.«

»Ihr habt die Feinde geschlagen!« rief Gruffydd mit leuchtenden Augen aus.

»Wir besiegten sie, aber erst nach sehr blutiger Schlacht«, erwiderte der Häuptling. »Und ohne die außerordentlich tapfere Unterstützung der etwa fünfhundert Krieger aus dem Südwesten unseres Landes, welche mittels unserer Rauchsignale herbeigerufen worden waren, wäre es uns niemals gelungen. So jedoch glückte es uns, die Sassenach zu überwinden und sie in die Flucht zu treiben. Anschließend jagten wir sie fast den ganzen Tag lang nach Süden; zuerst durch den Bergwald, danach über hügeliges Heideland. Am Spätnachmittag allerdings, wir befanden uns jetzt bereits wieder nahe dem Meeresgestade, schafften es die Feinde, sich noch einmal in Kampfordnung zusammenzuschließen. Auf einer flachen Erhebung in der Küstenebene bildeten sie Schlachtreihen; auch wir Kelten formierten uns wieder zum Angriffskeil – und dann kam es zu dem auf beiden Seiten mit wilder Wut ausgetragenen Waffengang, auf dessen Höhepunkt Morvryn um ein Haar sein Leben gelassen hätte ...«

»Der riesige Beilkrieger!« stieß der Königsenkel hervor. »Zuerst tötete er das Roß meines Vaters, danach ...«

Die Stimme des mit bleichem Gesicht dasitzenden Tarddu Rhi versagte; Beda fragte verblüfft: »Woher weißt du das, Junge?!«

Der Knabe gab keine Antwort; er wirkte plötzlich seltsam entrückt, fast wie in Trance.

Eine Weile herrschte tiefes Schweigen am Feuerplatz; schließlich zog Arwen ihren Sohn an sich und forderte den Gauhäuptling leise auf: »Berichte weiter.«

»Der ungewöhnlich hochgewachsene Sassenach mit der gewaltigen Streitaxt, deren Blatt dem Sichelmond glich ...« Beda verstummte, schüttelte verwirrt den Kopf und fuhr fort: »Der Beilkrieger ... er war ein Anführer der Feinde und kämpfte in vorderster Front. Ebenso wie Morvryn auf unserer Seite, und daher gerieten beide aneinander. Ich war ganz in der Nähe, und anfangs hatte ich den Eindruck, als könnte Morvryn seinen Widersacher überwinden, denn er focht im Gegensatz zu dem Sassenach vom Sattel seines Hengstes aus. Schon hatte Morvryn den riesigen Krieger ein Stück zurückgetrieben, aber dann traf dieser mit einem fürchterlichen Axthieb den Schädel des Rosses. Der Schlag fällte den Hengst; das Tier stürzte über den Rand der Anhöhe, auf welcher die Schlacht tobte, und riß Morvryn mit sich. Am Fuß der Erhebung blieb er, halb unter seinem Pferd begraben, liegen. Im nächsten Moment war der Beilkämpfer über ihm und holte unter Triumphgebrüll zum tödlichen Hieb aus, doch da bohrte sich ein Wurfspeer in die Kehle des Sassenach. Der riesenhafte Krieger brach in die Knie; sein Schlag verlor an Kraft, und das rettete Morvryns Leben, denn die Axt verfehlte seinen Kopf und grub sich statt dessen in seine Schulter und die Brust.«

Nach den letzten Worten des Häuptlings blieb es neuerlich eine Weile still; endlich wollte Gwendydd wissen: »Vermochtet ihr Morvryn gleich zu bergen? Oder blieb er, schwerverletzt, wie er war, noch längere Zeit auf der Walstatt liegen?«

»Ich und einige andere Männer schafften es, ihn wenigstens unter seinem blutüberströmten Roß hervorzuziehen«, entgegnete Beda. »Aber gleich darauf riß uns der Mahlstrom der Schlacht wieder von ihm weg, und erst in der Abenddämmerung, als die Feinde den Kampf aufgaben und nach Osten flüchteten, konnten wir uns um Morvryn kümmern und seine Wunden ...«

Der Gauhäuptling verstummte, weil sich der Königsenkel jäh aus Arwens Armen befreite; mit dem nächsten Lidschlag flüsterte der Knabe: »In der Stunde, da die Dunkelheit kam, waren Schwärme von Schwarzvögeln am Himmel ... Und auf dem Feld mit den Leichenhaufen hatten sich schon die ersten Geier niedergelassen ... Große, graubraune Aasvögel, die vor Entzücken über die vielen Toten tanzten und alsbald zu kröpfen begannen ...«

»Das kann ich nicht glauben!« Entgeistert starrte Beda den kreidebleichen Tarddu Rhi an. »Vorhin, noch ehe ich davon erzählte, wußtest du bereits haargenau, auf welche Weise dein Vater seine schweren Verletzungen davontrug! Und deine

Worte soeben hörten sich erneut ganz so an, als wärst du damals in der Abenddämmerung selbst auf der Walstatt gewesen und hättest alles mit eigenen Augen gesehen!«

»Ja ... etwas von mir ... war dort.« Die Stimme des Knaben zitterte. »In manchen Nächten wurde ich zum Schlachtfeld geführt ... Das erste Mal, als ich noch sehr klein war ... Und später wieder und wieder ...«

»Es ist wahr!« Neuerlich zog Arwen den verstörten Tarddu Rhi an sich; nachdem er Schutz an ihrer Brust gefunden hatte, erklärte sie dem Häuptling: »Seit seinem dritten Lebensjahr erschaute mein Sohn diese immergleichen, schrecklichen Ereignisse. Es geschah stets in den Zeiten, da Morvryn sich auf einem Kriegszug befand. Oft mußte ich den Tarddu Rhi trösten, wenn die vermeintlichen Alpträume ihn einmal mehr heimgesucht hatten. Die Nachtmahre, welche in Wirklichkeit ovatische Bilder waren; Visionen, die sich nunmehr voll und ganz bewahrheiteten!«

»Schauungen, die nach geraumer Zeit in allen Einzelheiten Realität wurden«, murmelte Beda. »Das kann nur eins bedeuten: Dein Sohn besitzt druidische Fähigkeiten.«

Gwendydd nickte dem Gauhäuptling bestätigend zu. »Uns hier ist dies bereits seit längerem bewußt. Auch ein atrebatischer Barde, der im Vorfrühling des vergangenen Jahres bei uns zu Gast war, erkannte die besonderen Gaben des Tarddu Rhi. Und deshalb soll Arwens und Morvryns Sohn schon bald nach seiner Namensgebungsfeier, welche in Kürze ansteht, auf die heilige Insel Môn reisen und dort entsprechend gefördert werden.«

Die Königsgemahlin beugte sich vor und tätschelte die Wange des Knaben; Gruffydd sagte versonnen: »So wird es sein.« Danach hob er seinen Pokal, trank Beda zu und forderte ihn auf: »Berichte nun, was sonst noch auf dem Feldzug passierte.«

»Der Rest meiner Geschichte ist schnell erzählt«, äußerte der Häuptling. Er schlürfte ebenfalls einen Schluck Metheglyn, dann fuhr er fort: »Nachdem wir die Sassenach in die Flucht geschlagen hatten, bestatteten wir unsere Gefallenen und errichteten zum Gedenken an sie einen Cairn über ihrer gemeinschaftlichen Grabstätte. Die Leichen der Feinde dagegen überließen wir den Geiern und Raben zum Fraß, denn die Sassenach hatten wegen des feigen Niedermetzelns ihrer keltischen Gefangenen drei Wochen zuvor nichts anderes verdient. Am nächsten Morgen sodann betteten wir unsere Verwundeten auf Tragbahren und folgten den Spuren der Feinde entlang der Meeresküste nach Osten. Später an diesem Tag brachten unsere Reiter aus einem Dorf, das wir in der Ferne erspäht hatten, eine Anzahl von Maultier- und Eselsgespannen heran, auf denen wir die Verletzten von da an bequemer befördern konnten ...«

Erneut führte Beda den Trinkbecher zum Mund; danach beendete er seinen Bericht: »So kamen wir jetzt rascher vorwärts und blieben dem dezimierten Heerbann der Sassenach während der folgenden Woche ununterbrochen auf den Fersen. Durch diese Vorsichtsmaßnahme wollten wir die Feinde daran hindern, ins Landesinnere vorzudringen und dort weitere Greueltaten zu begehen. Doch die Sassenach hielten sich stets in der Nähe der See, bis sie wieder zu jener Bucht gelangten, wo der Massenmord an den gefesselten Männern, Frauen und Kindern stattgefunden hatte und wo die Feindflotte zurückgeblieben war. Dort müssen sich die Sassenach schließlich unverzüglich eingeschifft und das Weite gesucht haben, denn als unsere Streitmacht zu der Meeresbucht kam, lag diese völlig verlassen da – und somit blieb mir sowie den übrigen demetischen und silurischen Befehlshabern nur noch eines zu tun: unser Heer heimzuführen und es auf dem Rückmarsch allmählich aufzulösen.«

»Wir danken dir für alles, was du während des Kriegszuges geleistet hast«, sagte Gwendydd, als der Gauhäuptling verstummt war. »Ganz besonders aber sind wir dir verpflichtet, weil du Morvryn trotz seiner gefährlichen Verwundungen lebend nach Hause gebracht hast – und nun wollen wir auf seine baldige Genesung hoffen!«

»Laßt uns darauf anstoßen«, kam es von Gruffydd. Gleich darauf klangen die Pokale zusammen, und im Lauf des Abends leerten das Königspaar und Beda noch etliche Becher Honigwein. Arwen und ihr Sohn jedoch saßen bloß noch kurze Zeit bei den anderen; weil der knapp neunjährige Tarddu Rhi jetzt immer öfter gähnte, entschloß sich seine Mutter alsbald zum Aufbruch.

An Arwens Hand tappte der Knabe zu dem Rundhaus, in welchem er aufgewachsen war und unter dessen Dach sein schwerverletzter Vater ruhte; einige Schritte vor dem von einer Fackel erleuchteten Portal blieb er plötzlich stehen und fragte: »Wird es sehr lange dauern, bis Papa wieder gesund ist?«

Arwen zögerte, dann antwortete sie: »Wir müssen damit rechnen, daß viele Wochen vergehen werden, ehe er sein Krankenlager verlassen kann. Und außerdem ...« Sie schluckte und setzte neu an. »Außerdem könnte sein Schildarm für immer steif bleiben.«

Erschrocken starrte der Junge auf seine Mutter. »Aber das würde bedeuten, er könnte unser Heer nicht mehr anführen!«

Schweigend nickte Arwen; im nächsten Moment erklärte ihr Sohn mit großem Nachdruck: »Das darf auf gar keinen Fall passieren! Unser Volksstamm hat Vaters Kampfkraft in den künftigen Kriegen, die gewiß kommen werden, bitter nötig! Und daher müssen wir die Gottheiten anflehen, ihn völlig genesen zu lassen!«

Arwen hatte das Empfinden, als hätte nicht ein Knabe, sondern ein reifer, willensstarker Mann gesprochen; unwillkürlich nickte sie ein zweites Mal und beschied ihren Sohn: »Wir wollen gleich jetzt noch an Morvryns Bett und danach täglich unter dem Weltenbaum zu den Mächten von Annwn beten!«

»So werden wir es halten!« erwiderte der Königsenkel; sodann schritt er seiner Mutter voran ins Haus.

***

Während der darauffolgenden Wochen bestätigte sich Arwens Vermutung. Nur langsam erholte sich Morvryn; erst gegen Ende des Winters war er soweit wiederhergestellt, daß er sich zumindest stundenweise von seinem Schmerzenslager erheben konnte. Den linken Arm jedoch vermochte er, trotz aller Bemühungen des Arztdruiden, kaum zu bewegen; selbst ein leichtes Einkrümmen der Finger bereitete ihm fast unerträgliche Pein. Und dies änderte sich auch nicht, als die Frühlingslüfte über den Dun zu wehen begannen; obwohl Arwen und ihr Sohn die Gottheiten tagtäglich um Beistand baten, mußten sie befürchten, daß Morvryn auf Dauer verkrüppelt bleiben würde.

Dann aber, eineinhalb Monate vor Beltane, geschah etwas Erstaunliches; etwas, worin viele Menschen in der Ringwallfestung später ein göttliches Wunder sahen.

Auch an diesem Morgen wieder beteten die Gattin Morvryns und der nun beinahe schon neunjährige Tarddu Rhi unter dem mächtigen, mit sakralem Schnitzwerk bedeckten Weltenbaum auf dem Anger des Duns. Plötzlich gesellte sich der blasse, abgemagerte Rekonvaleszent zu ihnen und sank ebenfalls auf die Knie. Eine Weile verharrten alle drei in stiller Andacht – auf einmal berührte der Knabe die Schulter seines Vaters, faßte Morvryn scharf ins Auge und raunte ihm in seltsam eindringlichem Tonfall zu: »Gerade vernahm ich in meinem Innersten Ceridwens Stimme! Die Göttin möchte, daß du deinen Schildarm fest um den Stamm des heiligen Baumes schlingst! Gelingt dir dies, so wirst du ganz gesund werden!«

Sofort erhob sich Morvryn; es war, als würde ihn der Wille seines Sohnes dazu zwingen. Mit entrücktem Gesichtsausdruck trat er völlig an den Weltenbaum heran, hob ruckweise und vor Anstrengung zitternd den linken Arm, winkelte ihn ab – und schaffte es, ihn eng um den Eichenstamm zu legen. So stand er einige heftige, qualvolle Atemzüge lang da; dann taumelte er, löste den Schildarm vom Weltenbaum und bat

Arwen und den Jungen stöhnend: »Bringt mich ... zurück ins Haus.«

Behutsam führten die beiden ihn weg; verschiedene andere Festungsbewohner, die mit angesehen hatten, was passiert war, folgten der dreiköpfigen Familie und flüsterten dabei erregt untereinander. Im Rundhaus angekommen, wurde Morvryn von schier lähmender Müdigkeit übermannt; kaum hatten seine Angehörigen ihm auf sein Ruhelager geholfen, schlief er ein.

Erst am nächsten Tag erwachte Morvryn wieder. Arwen und sein Sohn saßen bei ihm; nachdem er einen verschwörerischen Blick mit seiner Mutter getauscht hatte, ergriff der Knabe einen Becher mit Ziegenmilch und fragte seinen Vater: »Hast du Durst?«

»Und ob!« antwortete Morvryn, worauf ihm sein Sohn das Trinkgefäß reichte. Der Junge hielt ihm den Milchbecher jedoch so hin, daß Morvryn mit der Linken danach fassen mußte – und der Rekonvaleszent nahm das Gefäß wie selbstverständlich und ohne Schwierigkeiten entgegen. In großen Zügen schlürfte er die Ziegenmilch; dann plötzlich wurde ihm bewußt, daß er etwas getan hatte, was ihm am Vortag noch gänzlich unmöglich gewesen wäre. Ungläubig betrachtete er seinen Arm, hob ihn an, beugte ihn, streckte ihn; gleich darauf stieß er hervor: »Ceridwen! Die Göttin hat mich wahrhaftig geheilt!«

»Sie und vielleicht auch dein Sohn!« sagte Arwen leise; ihre Augen leuchteten dabei vor Glück. Sie küßte ihren Gemahl auf die Stirn, dann fügte sie hinzu: »Aber um ganz sicher sein zu können, sollten wir jetzt den Druiden rufen lassen.«

Wenig später unterzog der Heilkundige Morvryn einer gründlichen Untersuchung; zuletzt erklärte er ihm: »Du hast allen Grund, Ceridwen zu danken, denn sie hat dir außergewöhnliche Gnade erwiesen! Zwar ist dein Schildarm nach wie vor geschwächt, und du mußt ihn vorerst noch schonen und darfst ihn nicht überanstrengen. Doch seine Beweglichkeit ist über Nacht völlig wiederhergestellt worden, und deshalb bin ich gewiß, daß dein Arm seine frühere Muskelstärke zurückgewinnen wird, wenn du die Übungen ausführst, die ich dir zeigen werde.«

Im Verlauf der folgenden drei Wochen trainierte Morvryn seinen Schildarm täglich nach den Anweisungen des Arztdruiden – und schließlich kam der Morgen, an dem er sich kräftig genug fühlte, um auf dem Festungsanger, an dessen Saum sich zahlreiche Schaulustige versammelt hatten, einen Probekampf mit einem anderen Adelskrieger auszutragen. In voller Waffenrüstung schwang sich der Heerführer der Demetier auf den Rücken eines jungen Hengstes, den ihm Gruffydd als Ersatz für das in der Winterschlacht verlorene Tier geschenkt hatte; nachdem er das ungebärdig stampfende Roß mit fester Hand versammelt hatte, zog er sein Schwert, hob die Schildwehr und erwartete den Angriff seines Gegners. Dieser sprengte quer über den Wiesenplan auf Morvryn zu; gleich darauf maßen sich die beiden Kämpfer im Scheingefecht – und am Ende glückte dem Schwiegersohn des Königs eine geschickte Finte, die es ihm ermöglichte, seinem Kontrahenten das Langschwert aus der Faust zu schlagen.

Damit hatte Morvryn eindrucksvoll unter Beweis gestellt, daß er wieder über seine volle Kampfkraft verfügte. In einer freudigen Aufwallung ließ er den Hengst dreimal hintereinander steigen; dabei fiel sein Blick auf Arwen und den fast neunjährigen Tarddu Rhi, welche in der Nähe von Gwendydd und Gruffydd am Rand des Angers standen. Begeistert winkte der Knabe seinem Vater zu; im nächsten Moment rief Morvryn: »Komm her, mein Sohn!«

Der Königsenkel rannte über den Wiesenplan; sein Vater stieß das Schwert in die Scheide, warf den Schild auf den Rücken und trabte ihm entgegen – dann hob Morvryn den Knaben mit einer einzigen schwungvollen Bewegung zu sich aufs Roß. Seinen Sohn im linken Arm bergend, brachte der demetische Heerführer den Hengst erneut dazu, sich aufzubäumen; während sich das Tier mit wirbelnden Vorderhufen im Kreis drehte, scholl Morvryns Stimme über den Anger hin:

»Durch eine neunfache Umrundung des Weltenbaumes wollen der Tarddu Rhi und ich der Göttin danken, die mich auf so wunderbare Weise gesunden ließ!«

Einen Augenblick später preschte das Roß los; in weiten Bögen galoppierte es wieder und wieder um den heiligen Eichenstamm – und der Königsenkel genoß den schnellen Ritt über die Maßen. Beinahe exzessiv jauchzte und lachte er; lachte seine Freude und seine grenzenlose Erleichterung über die Genesung des Vaters heraus; jauchzte und lachte ununterbrochen – bis sich Gwendydd, als der Hengst den Weltenbaum zum neunten Mal umrundete, von der jubelnden Ekstase des Knaben anstecken ließ und wie in einer bardischen Eingebung ausrief: »Der Tarddu Rhi beweist in all der Dunkelheit, die über unserem Land lastet, mitreißenden Mut! Er jauchzt und lacht; er lacht über die Gefahren, die uns bedrohen! Und solch tapferes Gelächter, vor dem die Feinde erschrecken, wird dereinst Britannien retten; das Lachen meines Enkels, des Tarddu Rhi, der seinen bisherigen Namen in Kürze ablegen wird, um einen neuen zu erhalten!«

»So wird es geschehen!« erklang es aus dem Mund des Adelskriegers, den Morvryn überwunden hatte. »Ein Hoch auf den Königsenkel und die Herrscherfamilie!« kam es von einem zweiten Edlen, und dieser Satz wurde nunmehr von Hunderten Männern, Frauen und Kindern aufgenommen. Während die Ovationen erschollen, ließ Morvryn das Roß abermals steigen; wieder und wieder drehte sich der Hengst mit trommelnden Vorderbeinen im Kreis. Schließlich, als die Rufe verhallten, lenkte der demetische Heerführer das Roß dorthin, wo Arwen, Gruffydd und Gwendydd standen – und als der König seinen strahlenden Enkel vom Pferd hob, erlebte der Knabe nochmals eine große Freude, denn Gruffydd raunte ihm zu: »Ich glaube, vorhin hat deine Großmutter den Adelsnamen gefunden, welchen du an deinem jetzt schon nahe bevorstehenden Geburtstag bekommen wirst!«

***

Kurz vor dem Beltane-Fest vollendete der Sohn Morvryns und Arwens sein neuntes Lebensjahr. Am Morgen seines Ehrentages war der Himmel von makellosem Blau; als der Knabe und seine Eltern ihr Wohnhaus verließen, schwirrte ein Schwarm weißer Tauben heran, und es schien ganz so, als wollten die Vögel mit dem hellen Gefieder den Königsenkel grüßen.

»Brigid, die junge und lichte Göttin, will dich durch ihre Gegenwart auszeichnen«, sagte Arwen lächelnd zu ihrem Sohn; dann schritt die dreiköpfige Familie über den Anger, auf dem sich sämtliche Festungsbewohner versammelt hatten, zum Weltenbaum. Bei dem heiligen, an diesem Tag mit Girlanden aus frischem Baumlaub umwundenen Eichenstamm warteten bereits das Herrscherpaar sowie die im Dun lebenden Druiden und Adelskrieger. Nachdem der Neunjährige, Morvryn und Arwen herangekommen waren, stellten sich die Großen Wissenden und Edlen rings um den Knaben, dessen Eltern und das Königspaar auf; zugleich wurde es unter den einfachen Menschen, die sich nun in einem weiten Kreis um den Weltenbaum drängten, still.

Als völlige Ruhe eingetreten war, legte Gwendydd ihrem Enkel beide Hände auf die Schultern und sprach feierlich: »Heute beendest du deine Kindheit und trittst in den Lebensabschnitt deiner Jugend ein. Daher sollst du, den wir bisher Tarddu Rhi riefen, nunmehr einen anderen Namen erhalten; jenen, den du bis zu deinem Tod tragen wirst. In meiner Eigenschaft als Pendruid unseres Volksstammes werde ich dir diesen Adelsnamen verleihen, doch ehe es geschieht, wollen wir den Segen der Andersweltlichen für dich und dein zukünftiges Dasein erflehen.«

Mit diesen Worten gab Gwendydd den Neunjährigen wieder frei, schloß die Augen, breitete die Arme aus und hielt geistige Zwiesprache mit den Gottheiten, den Sídhe und den Toten. Die umstehenden Großen Wissenden und Edlen taten dasselbe; die übrigen Bewohner der Hügelfestung beteten, zumeist vorgegebene Formeln flüsternd, auf ihre bescheidenere Weise.

Schließlich, nachdem etwas wie ein leises Beben den Stamm des heiligen Baumes zum Erschauern gebracht hatte, löste sich Gwendydd im selben Moment wie die anderen Druiden und die Adligen aus ihrer tiefen Versunkenheit, berührte neuerlich die Schultern ihres Enkels und sagte zu dem noch immer wie entrückt wirkenden Neunjährigen: »Die Andersweltlichen haben unsere Bitten vernommen. Sie werden dir ihren Schutz auf deinem Lebensweg gewähren und dir helfen, die Aufgaben zu erfüllen, die sie dir zugedacht haben. Und auf dem Pfad, den du von jetzt an beschreiten wirst, sollst du einen besonderen Namen führen; einen Adelsnamen, welchen du dir kürzlich, als dein Vater seine Genesung unter Beweis stellte, selbst erworben hast.«

Der Knabe schien seine Trance abzuschütteln; ganz leicht, kaum sichtbar, schmunzelte er. Gleich darauf fuhr Gwendydd, ihren Blick nun auf Gruffydd, Arwen und Morvryn richtend, fort: »Ihr wurdet Zeugen dessen, was damals geschah. Ihr habt das befreiende Gelächter eures Sohnes und Enkels gehört; das mutige Jauchzen und Lachen, das uns allen trotz der Finsternis dieser Zeit Hoffnung vermittelte. Und deshalb frage ich euch jetzt, wie derjenige, welcher der Dunkelheit, die uns bedroht, so tapfer zu trotzen vermochte, vom heutigen Tag an heißen soll?«

»Myrddin, der Lachende!« riefen der König und die Eltern des Jungen aus.

»Myrddin!« wiederholten die übrigen Edlen; im nächsten Moment erscholl der Name aus Hunderten von Kehlen.

Gwendydd umarmte den Neunjährigen; engumschlungen harrten beide aus, bis der Aufruhr wieder abgeebbt war, sodann legte die Pendruid ihre Hände zum drittenmal auf die Schultern ihres Enkels und beschied ihn: »Du hast den Adelsnamen, den ich dir verleihen möchte, vernommen! Doch es ist allein deine Entscheidung, ob du ihn akzeptieren willst ...«

Der Knabe besann sich nicht lange. »Von dieser Stunde an sollt ihr mich Myrddin nennen!« entgegnete er. »Denn wenn dieser Name unserem Stamm Stärke und Zuversicht schenkt, kann es keinen besseren geben!«

»Somit trägst du nun den Adelsnamen Myrddin!« erklärte Gwendydd feierlich. »Ich wünsche dir, daß man ihn dereinst überall in Britannien mit hoher Achtung aussprechen wird! Und ebenso wünsche ich dir, daß die Taten, welche du unter diesem Namen vollbringen wirst, die Mächte von Annwn erfreuen werden!«

»Ich will mir Mühe geben, unseren Volksstamm und die Andersweltlichen nicht zu enttäuschen!« beteuerte der Neunjährige.

»Das ist ein Wort, wie es einem Jugendlichen von edelster Abstammung gebührt!« kam es stolz von Gruffydd.

Auf diesen Satz des Herrschers hin brach ringsum beifälliger Jubel aus; während die einfachen Menschen den Königsenkel hochleben ließen, schlossen ihn zunächst seine Angehörigen und sodann die Druiden und Adelskrieger in die Arme. Danach schritten die Herrscherfamilie und die anderen Edlen zur Großen Halle hinüber. Das Tor des Versammlungsgebäudes war mit Blumengirlanden geschmückt; drinnen umgaben kreisförmig angeordnete Reihen von Tischen und Bänken den Hochthron, welcher sich in der Mitte des riesigen Raumes nahe der mächtigen, mit hüfthohen Steinquadern eingefaßten Feuerstelle erhob, in der bereits eine dicke Schicht von Holzkohlen glühte.

Auf der Plattform des Hochsitzes standen um eine Rundtafel aus Edelholz fünf mit reichem Schnitzwerk versehene Lehnstühle; dort ließen sich nunmehr das Königspaar, Arwen mit ihrem Gemahl und zwischen seinen Eltern und Großeltern der neunjährige Myrddin nieder. Die Druiden und Adelskrieger nahmen auf der Bankreihe direkt beim Hochthron Platz; weiter hinten setzten sich die gewöhnlichen Bewohner des Duns an die Langtische.

Als einigermaßen Ruhe in der Halle eingekehrt war, hob Gruffydd gebieterisch den Arm; nachdem es völlig still geworden war, verkündete der König: »Wir haben uns zusammengefunden, um das Namensgebungsfest zu Ehren Myrddins zu feiern. Aus diesem Anlaß seid ihr heute allesamt Gäste meiner Familie, und ihr sollt reich bewirtet werden. Doch bevor der Festschmaus beginnt, wollen wir Edlen einem uralten Brauch Genüge tun.«

Damit gab Gruffydd einer Gruppe von neun Mägden, welche seitlich des Hochsitzes warteten, ein Zeichen. Eine der jungen Frauen brachte ein Tablett mit fünf Pokalen aus wertvollem Weißglas auf den Hochthron und reichte den Mitgliedern der Königsfamilie die gefüllten Kelche; die übrigen acht Mägde verteilten ähnliche Pokale an die Druiden und Adelskrieger. Anschließend zogen sich die Frauen wieder zurück; die Angehörigen der Herrscherfamilie und die Edlen aber standen jetzt von ihren Plätzen auf, und dann erklang neuerlich Gruffydds Stimme: »Laßt uns auf Myrddins Heil trinken, ihr Großen Wissenden und Adligen! Laßt uns gemeinsam mit Myrddin, der nicht länger Kind ist, Traubenwein genießen, der von weither übers Meer kam! Laßt uns Myrddin auf diese Weise in den Kreis derer aufnehmen, welche von den Gottheiten dazu berufen wurden, die Geschicke des Volksstammes der Demetier zu lenken!«

Als der König geendet hatte, nickte er seinem Enkel zu. Der Neunjährige ließ seinen Glaskelch gegen den von Gruffydd klingen und sagte mit klarer Stimme: »Ich bitte dich, Gwendydd, meine Eltern und die anderen Edlen, mir Bescheid zu tun!«

»Gerne wollen wir unsere Pokale auf dein Wohl leeren und dich dadurch ehren, Myrddin!« erscholl es daraufhin von allen Seiten; gleich darauf, während die übrigen Festgäste in Hochrufe ausbrachen, führten sowohl der Neunjährige als auch die Druiden und Adligen ihre Kelche zum Mund.

Nachdem sie Myrddin feierlich zugetrunken hatten, setzten sich die Edlen wieder, und der Knabe hätte dies in Befolgung des alten Brauches eigentlich ebenso halten müssen. Aber dessen ungeachtet blieb Myrddin stehen und blickte mit seltsam entrücktem Gesichtsausdruck über die Festgesellschaft hin; dann plötzlich hob er, genau wie zuvor der König, mit gebieterischer Geste die Rechte, in der er seinen Pokal hielt. Sofort verstummte der Lärm in der Halle; neugierig schauten die Bewohner des Duns auf den Neunjährigen – und im nächsten Moment hörten sie ihn Verse von hohem Wohllaut deklamieren:

»Wein trank ich
aus weißem Glas
mit Großen Wissenden
und tapferen Adelskriegern.
Myrddin ist mein Name,
Myrddin, Sohn des Morvryn.«[4]

Ganz wie ein geschulter Barde hatte der Knabe gesprochen; nun, da das letzte Wort seines Gedichts verklungen war, herrschte Totenstille unter dem Dach der Festhalle. Die Menschen konnten kaum glauben, was sie gerade erlebt hatten; verblüfft starrten sie den Königsenkel an, der jetzt mit bescheiden gesenktem Haupt verharrte – bis endlich einer der Druiden verkündete: »Zweifellos wurde Myrddins Geist soeben von Rhiannon befruchtet! Und dies beweist, daß selbst die Göttin, welche die Barden auf ihrem Erkenntnispfad begleitet, Arwens und Morvryns Sohn ein Geburtstagsgeschenk machen wollte!«

»Myrddin ist außerordentliche Gnade zuteil geworden!« rief daraufhin ein anderer Edler, und dies löste den Bann, unter dem die Demetier standen. Nun erscholl allgemeiner frenetischer Jubel; erst nach geraumer Zeit legte sich die begeisterte Ovation, durch welche das Genie des Neunjährigen

4 Dieses Gedicht Myrddins ist in walisischen Quellen überliefert. Allerdings fehlt im Originaltext die Zeile, die sich auf die Druiden bezieht.

gefeiert wurde. Myrddin, welcher die tosende Beifallskundgebung lächelnd hingenommen hatte, nahm wieder auf seinem Lehnstuhl Platz und tauschte sich kurz mit seinen stolzen Angehörigen aus; sodann erfreute Gruffydd die Festgäste durch die Erklärung: »Ich denke, wir sollten jetzt den Spießbraten hereinbringen lassen!«

Diese Ankündigung ließ die Stimmungswogen erneut hochschlagen; wenig später erschienen neun Knechte unter dem Hallentor und schleppten einen am Abend zuvor geschlachteten Stier zur Feuerstelle. Der Mastbulle steckte bereits an einem gewaltigen Eisenspieß, und dessen Enden wurden nunmehr auf die Halteböcke am Rand des von den Quadersteinen eingefaßten Glutbetts gehievt.

Bald verströmte der mit Meersalz und aromatischen Kräuterpasten gewürzte Stierbraten höchst aromatische Düfte; im Verlauf der folgenden Stunden wurde er von sechs Männern langsam gedreht, und während der mächtige Braten allmählich garte, trugen Dutzende von Mägden verschiedene Vorspeisen für die Demetier auf: frischgebackenes Brot, Fischsuppe, Eier in pikanten Soßen und anderes mehr. Dazu gab es starken Metheglyn aus den königlichen Vorräten; bis zum frühen Nachmittag wurde Faß um Faß angestochen – und dann war auch der Mastbulle durchgebraten, so daß sein Fleisch zerteilt werden konnte.

Myrddin bekam das erste Stück als Ehrenportion: eine äußerst schmackhafte Schnitte aus der Lende des Stiers. Nach ihm wurden das Herrscherpaar, die Eltern des Neunjährigen und die Edlen bedient; anschließend erhielten auch die einfachen Bewohner des Duns ihren Anteil. Vergnügt schmausten die Demetier; am Spätnachmittag war von dem Mastbullen nur noch das Gerippe übrig, und von da an sprach man neuerlich eifrig den gehaltvollen Getränken aus dem königlichen Vorratskeller zu.

Am Abend sodann traten Barden auf, welche die Taten der Herrscherfamilie in Krieg und Frieden priesen; zuletzt belohnte Gruffydd die Dichter und Sänger großherzig, indem er sie mit goldenen Armspangen beschenkte. Dies nahm Myrddin noch aufmerksam wahr; eine Weile später jedoch verspürte er jähe Müdigkeit, so daß er die Augen kaum noch offenzuhalten vermochte. Als Arwen es bemerkte, nahm sie ihren schlaftrunkenen Sohn auf den Schoß – und kaum fühlte er sich an der Brust seiner Mutter geborgen, schlummerte Myrddin ein …

Der zweite weiße Stein
Die Drachenprophezeiung

Frühling 459 bis Herbst 467

Als Myrddin mühsam die Lider öffnete, hämmerte sein Herz mit schnellen Schlägen. Dies und die schmerzhafte Beklemmung in der Brust ließen den Greis aufstöhnen; im nächsten Moment gewahrte er das gütige Antlitz einer gereiften Frau, die sich über ihn beugte, und hörte sie raunen: »Lange weiltest du im Herrscher-Dun über dem Flußtal des Tywi, doch nun ist dein Geist auf die Ynys Vytrin zurückgekehrt.«

»Nimue …« flüsterte der Siebzigjährige. »Der helle Kiesel, den du im Wasser versenkt hast …«

»Die Magie des Kupferkessels und der Kräutertrank, den ich dir verabreichte, führten dich ins Land deiner Kindheit«, erklärte die Pendruid von Avalon; zugleich legte sie Myrddin ihre Hand auf die Stirn – und fast sofort beruhigte sich sein Herzschlag.

Die Brustschmerzen verwichen; tief sog der Greis die kühle Luft ein, die durch das bogenförmige Höhlenfenster zum Feuerplatz heranwehte. Mit jedem Atemzug wurde Myrddins Denken klarer; dann sagte er zu Nimue: »Vieles aus meinen frühesten Lebensjahren hatte ich vergessen; zumindest glaubte ich das. Aber jetzt ist mir alles wieder gegenwärtig, als sei es erst gestern geschehen. Und dies verdanke ich dir, die du mir die umfassende Erinnerung an die erste Zeit meines Daseins geschenkt hast.«

»Weil ich dich auf diese Seelenreise sandte, vermochtest du manches zu begreifen, was dir in deinem kindlichen Wahrnehmungsvermögen noch rätselhaft erschienen war, und so konntest du abschließende, über deinen körperlichen Tod hinaus gültige Erkenntnis gewinnen«, antwortete die Herrin von Avalon.

Schweigend, wobei ein leises, versonnenes Lächeln um seine Lippen spielte, nickte der Greis. Danach herrschte für eine ganze Weile Stille in der kuppelartig gewölbten Kaverne. Stumm schaute Myrddin, auf seiner Liege mit der schrägen Rückenstütze ruhend, durch das Bogenfenster im Fels auf die See hinaus; Nimue kümmerte sich um das Holzfeuer, das unter dem Dreibein mit dem eisernen Kochkessel loderte. Das Knistern der Glut und der Anblick der weich flutenden Nebelschwaden draußen über dem Meer schläferten den Greis ein; schließlich murmelte er: »Ich bin müde, muß ein wenig ...«

»Der Schlummer wird dich kräftigen«, erwiderte die Pendruid der Ynys Avallach; gleich darauf streichelte sie dem Siebzigjährigen sanft über das schüttere Haar und löschte durch diese liebevolle Berührung sein Denken aus.

Als Myrddin wieder erwachte und die Lider aufschlug, sah er Sonnenstrahlen im flachen Halbrund des Felsenfensters flirren und vernahm Nimues Stimme: »Es ist Mittag, und ich hoffe, du hast Appetit auf eine Schale warmen Essens.«

Tatsächlich verspürte der Greis Hunger und außerdem Durst. Deshalb bat er die Pendruid, ihm zunächst einen Becher Wasser zu bringen; nachdem er getrunken hatte, genoß er den wohlschmeckenden Eintopf, den Nimue zubereitet hatte. Anschließend ruhte der Siebzigjährige erneut einige Zeit; am frühen Nachmittag sodann erhob er sich von seiner Liege.

Er trat vor die Fensteröffnung der Höhle und blickte auf das Meer, über welchem sich der Nebel zu dieser Stunde beinahe völlig aufgelöst hatte. Glitzernd spiegelte sich der Sonnenschein auf den Wogenkämmen der graublauen, bis zum Horizont reichenden Wasserfläche; da und dort glitten jedoch auch dunkle Wolkenschatten über die See und gemahnten den Greis an das unverbrüchliche Gesetz des irdischen Daseins, wonach Licht und Finsternis in ständigem Kampf miteinander lagen.

Manchmal ist dieser Widerstreit von zerstörerischer Brutalität, manchmal wirkt er aber auch befruchtend auf die Welt ein, überlegte Myrddin. Gleich darauf, als er sah, wie sich Sonnenstrahlen und Schatten an einer Stelle des Ozeans vermischten, dachte er daran, daß sich Helles und Dunkles bisweilen sogar ineinander umzuwandeln vermochten. Mit entrücktem Gesichtsausdruck sann der Greis über dieses Geheimnis nach; er wußte, es betraf insbesondere das Leben der Menschen und Völker. Endlich löste sich Myrddin aus seiner Versunkenheit, drehte sich zu Nimue um und sagte: »Ich glaube, wir sollten nun den zweiten weißen Stein im magischen Kessel versenken.«

»Soeben fühlte ich, daß du dich geistig darauf eingestellt hast«, entgegnete die Pendruid von Avalon; dann wartete sie ab, bis sich der Greis wieder auf seinem Ruhebett mit der schrägen Rückenstütze niedergelassen hatte.

Als Myrddin bequem lag, brachte Nimue den kleinen, bereits mit Wasser gefüllten Kupferkessel herbei und stellte das Gefäß zu Füßen des Siebzigjährigen nieder. Anschließend füllte die Pendruid Myrddins Trinkbecher mit jenem besonderen Kräutersud, welcher dem Greis die Rückführung in die Vergangenheit erleichtern würde. Nachdem der Siebzigjährige die warme, betäubend duftende Flüssigkeit geschluckt hatte, öffnete Nimue den Beutel aus Hirschhaut, in welchem sich die neun Kiesel aus den verschiedenen Gegenden Britanniens befanden. Die Pendruid nahm den hellen Rundstein heraus, welcher mit dem Eiland verbunden war, das Myrddins Jugend geprägt hatte, und reichte ihn dem Greis. Während Myrddin den Kiesel betrachtete, erklärte ihm Nimue: »Dieser Stein wurde einst von der Brandung an der Südwestküste der Insel Môn bespült; dort, wo sich die Weihestätte von Barclodiad y Gawres erhebt ...«

»Das Heiligtum, welches die Druidenschule behütet, in die ich aufgenommen wurde, nachdem ich meinen Namen erhalten hatte«, flüsterte der Siebzigjährige.

»So ist es«, nickte die Pendruid, wobei sie den Hirschlederbeutel wieder verschloß. »Und nun wird der Kiesel dich neuerlich zu den Großen Wissenden von Môn Mam Cymru führen ...«

Myrddin gab Nimue den Stein zurück, beugte sich auf seiner Liege vor und konzentrierte sich auf den Anblick des Kupferkessels. Plötzlich schien dessen edles Rotmetall aufzuglühen und zu pulsen; gleich darauf ließ die Pendruid von Avalon den Kiesel in das Gefäß fallen, und der Greis vernahm Nimues beschwörende Worte: »Tauche jetzt ein in die Flut der Zeit, tauche ein in den zweiten Abschnitt deines Lebens ... Laß dich führen vom Stein der Erinnerung ... Und tauche wieder empor aus der Zeitenflut bei der Weihestätte von Barclodiad y Gawres am Meeresgestade des heiligen Eilands ...«

Myrddin hatte das Empfinden, als schlüge der letzte Satz lautlos hallend aus sehr weiter Entfernung an sein Ohr – im nächsten Moment wurde der Geist des Greises entrückt.

***

Nackt kauerte Myrddin auf dem rissigen, vom Salzwasser umspülten Felsbuckel, wo er um Mitternacht ausgesetzt worden war. In einem Curragh hatten ihn zwei Ruderknechte und ein junger Priesterdruide zu der winzigen Schäre weit draußen in der See gebracht. Im ungewissen Sternenschein war der Knabe auf die mannshoch aus dem Meer ragende Felsschroffe geklettert. Oben angelangt, hatte er seinen schafwollenen Umhang abgelegt und ihn dem Großen Wissenden zugeworfen. Dann, während die Männer an den Riemen damit beschäftigt gewesen waren, das Boot zu wenden, hatte der Druide dem Neunjährigen eine bestimmte Anweisung gegeben. Gleich darauf war der Curragh in der Finsternis verschwunden, und seitdem, mehrere Stunden nun schon, hockte Myrddin frierend auf der Schäre.

Der Knabe bemühte sich, seine Angst und dazu das Gefühl grenzenloser Verlassenheit zu bekämpfen, das angesichts der

Dunkelheit und der ihn von allen Seiten umgebenden Wasserwüste immer von neuem in ihm aufstieg; wieder und wieder setzte er seine geistige Kraft ein, um Ruhe zu bewahren. Je höher die See an der Felsklippe emporleckte; je näher die manchmal ungebärdig rauschenden, manchmal gurgelnd saugenden Wogen ihm kamen, desto schwerer wurde es für ihn, die Fassung nicht zu verlieren. Schließlich, abermals war geraume Zeit verstrichen, überspülte das Meer die Schäre ganz. Das Wasser strömte um Myrddins Füße, benetzte seine Waden – und dies bedeutete, daß der Neunjährige jetzt tun mußte, was der Große Wissende ihm befohlen hatte.

Myrddin rutschte an den Rand des Felsbuckels und stürzte sich in die See. Mit schnellen Stößen schwamm er ein Stück von der Schäre weg; sodann drehte er sich auf den Rücken, breitete die Arme aus und ließ sich von der auflaufenden Flut davontragen. Lange, nochmals eine Stunde oder mehr, trieb der Knabe in der Finsternis dahin; endlich hörte er Brandungsgeräusche. Myrddin ließ seine Beine nach unten sinken, trat Wasser, orientierte sich und schwamm in Brustlage weiter; wenig später glaubte er die Silhouetten turmhoher Riffs und schräg links darüber den schwarzen Schatten einer mächtigen Landmasse zu erkennen.

Als der Neunjährige vom Meer zwischen die fast senkrecht emporwachsenden Uferklippen gesaugt wurde, hatte er das Empfinden, als würden die Felsklötze am Rand der schmalen, tief eingeschnittenen Bucht und der Saum der Steilküste hoch über ihm einen dunkelgrauen Farbton annehmen. Bald, während die Uferbrandung nun immer näher toste, konnte der Knabe vage Einzelheiten an den Riffs und oben auf dem Küstengrat ausmachen. Dann plötzlich gewahrte er im fahlen Dämmerlicht einen mit Geröll bedeckten Strandstreifen; gleich darauf berührten seine Ellbogen und Knie glitschigen Unterwassertang. Der Neunjährige richtete sich auf und watete durch die zusammenstürzenden Wogen, welche seine Schenkel peitschten, an Land – im selben Moment, da Myrddin festen Boden erreichte, glühte der Himmel auf, und die ersten Strahlen der Morgensonne schossen über die Insel Môn Mam Cymru hin.

Es war, als würden magische Funken aus den feuchten Klippen sprühen; droben auf dem Kamm des Hügels, welcher sich links über der Meeresbucht erhob, schien die Erdkuppel der Weihestätte unvermittelt von einer rotgoldenen Aura umflossen zu sein. Wie gebannt starrte der Neunjährige zum Heiligtum empor. Er vergaß die Kälte und die Furcht, die ihn seit der Mitternachtsstunde gequält hatten; der beinahe andersweltliche Anblick, der sich ihm jetzt darbot, entschädigte ihn für alles, was er durchgemacht hatte. Reglos, fast wie in Trance stand der nackte Knabe da; erst als er Schritte hörte, wich die Entrückung von ihm. Er schaute zur Seite und sah den jungen Druiden, der ihn im Curragh zur Schäre begleitet hatte, um eine Felsnase biegen.

Myrddin ging ihm entgegen; der Große Wissende empfing ihn mit einem feinen Lächeln und den Worten: »Ich war mir sicher, daß du die Prüfung bestehen würdest.« Danach reichte der Druide dem Knaben ein Tuch; nachdem Myrddin sich abgetrocknet hatte, hüllte er sich in seinen Wollumhang, den ihm der Große Wissende ebenfalls mitgebracht hatte. Dankbar spürte der Neunjährige, wie sein Körper sich erwärmte; der Druide wartete eine Weile, dann sagte er: »Folge mir nun zur Weihestätte.«

Der Pfad, welchen der Erwachsene und der Knabe einschlugen, führte am Nordrand der Bucht empor. Nach kurzer Zeit hatten die beiden den vom gewaltigen Rund des uralten Heiligtums gekrönten Hügelgrat der Steilküste erklommen. Dort oben, direkt vor dem aus Hohen Steinen gebildeten Portal der Weihestätte, hatten sich acht weitere Große Wissende beiderlei Geschlechts versammelt: sämtliche Druiden, die im Hain von Barclodiad y Gawres lebten. Ebenso wie der junge Priester, der Myrddin heraufgeführt hatte, trugen sie weiße Roben, die im jetzt schon kräftigeren

Sonnenschein schimmerten; nun, da der Knabe und sein Begleiter herankamen, stellten sie sich im Halbkreis auf.

Einige Schritte vor ihnen blieb Myrddin stehen, und nachdem sich der Priesterdruide zu den anderen Großen Wissenden gesellt hatte, richtete deren graubärtiges Oberhaupt das Wort an den Neunjährigen: »In der finstersten Stunde der Nacht wurdest du auf der Schäre weit draußen im Meer ausgesetzt. Als die steigende Flut das einsame Felsenriff überspülte, vertrautest du dich der See an und gehorchtest damit der Anweisung, die du erhalten hattest. Mutig ließest du dich von den Meereswellen durch die bedrohliche Dunkelheit tragen, bis du zuletzt an den Strand unseres Eilands gelangtest und hier das erlösende Licht des neuen Tages erschauen durftest.«

»So war es«, kam es im Chor von den übrigen Druiden. »Mit tapferem Herzen hast du gemeistert, was dir auferlegt wurde, Myrddin! Und jetzt, da du nach der bedrückenden Finsternis die strahlende Helligkeit erblickt hast, fragen wir dich, welche Lehre du aus alldem gezogen hast?«

»Derjenige, der lichte Erkenntnis sucht, muß seinen Weg unerschrocken gehen und darf sich von den Hindernissen, denen er auf seinem Pfad begegnet, nicht einschüchtern lassen«, erwiderte der Knabe.

Der Pendruid, sein Name lautete Gwydion, trat zu Myrddin und ergriff dessen Hände. »Du hast klug geantwortet, mein Freund! Damit hast du die Prüfung, der du dich unterziehen mußtest, um endgültige Aufnahme als Schüler im Hain von Barclodiad y Gawres zu finden, voll und ganz bestanden!« Der Graubärtige ließ sich auf die Knie nieder und zog den Jungen an seine Brust; dann richtete er sich wieder auf und fügte hinzu: »Und nun wollen wir im Heiligtum zu den Anderweltlichen beten und ihren Segen für den weiteren Verlauf deiner Ausbildung erflehen.«

Gleich darauf durchschritten Gwydion und Myrddin das Portal der an ihrer Basis mit Felsquadern umsäumten Erdkuppel; die übrigen acht Großen Wissenden schlossen sich ihnen an. Als sich die Augen des Neunjährigen an das Halbdunkel drinnen gewöhnt hatten, erkannte er, daß es außer dem steinernen Zentralraum, in dem er und die Druiden standen, noch drei andere Kammern gab. Sie waren kleeblattförmig um den Mittelraum angeordnet und aus mächtigen Felsblöcken erbaut; im Schein der Fackeln, die jetzt etliche der Großen Wissenden entzündeten, zeigten sich auf manchen der Wandsteine sakrale Gravuren: kunstvoll verwobene Dreiecke und Rauten, welche den Lebenskreislauf und den ewig neues Dasein gebärenden Schoß der göttlichen Erdmutter symbolisierten.

Während er die magischen Zeichen betrachtete, erinnerte sich Myrddin an das, was ihm Gwydion von der Weihestätte erzählt hatte. Das Grabheiligtum erhob sich bereits seit Jahrtausenden über der Felsenbucht; lange bevor die ersten keltischen Stämme in Britannien gelandet waren, hatten Angehörige eines in Cymru lebenden Urvolkes hier ihre edlen Toten beigesetzt. Längst waren die sterblichen Überreste dieser Frauen und Männer verschwunden, denn vor vier Jahrhunderten, zur Zeit der unvergessenen Icener-Königin Boadicea, hatten Legionäre der Ruheiniog die Weihestätten auf Môn geschändet. Doch ungeachtet dessen war der Geist der Toten noch immer in den Begräbniskammern gegenwärtig, und deshalb führte von hier aus nach wie vor eine spirituelle Brücke hinüber ins verborgene Reich von Annwn.

Als sich der Sohn Arwens und Morvryns in leichte Trance versetzte, spürte er die Schwingungen, welche das Diesseits und die Anderswelt miteinander verflochten. Myrddin gab sich dem Mysterium seelisch hin; nach einer Weile hatte er das Gefühl, als wären ihm die Gottheiten, die Sídhe und die Verstorbenen sehr nahe. Still betete er zu ihnen; auch die Großen Wissenden standen in tiefer Andacht versunken da. Schließlich empfanden sowohl die Druiden als auch der Knabe innigsten Einklang mit dem Wesen der Andersweltlichen; Raum und Zeit schienen bedeutungslos zu werden – irgendwann dann fand sich Myrddin, von den Großen Wissenden umringt, im Freien wieder. Stumm umarmten die weisen Frauen und Männer den Knaben; eine schon hochbetagte Druidin, die bis zuletzt gewartet hatte, raunte ihm dabei zu: »Die Macht deines keinesfalls mehr jugendlichen, sondern bereits sehr weit ausgereiften Geistes, der sich mit unserem Bewußtsein verband, hat uns alle erschüttert!«

Myrddin entgegnete nichts, er schenkte der Weißhaarigen aber ein Lächeln. Wenig später sodann, nachdem sie die Weihestätte zum Abschied dreimal umrundet hatten, verließen die Großen Wissenden und der Enkel des demetischen Herrscherpaares den geheiligten Ort.

Auf dem Weg zum Druidenhain, der ein Stück landeinwärts in einem von felsbesetzten Randhöhen geschützten Tal lag, erinnerte sich Myrddin an den Tag seiner Ankunft in Barclodiad y Gawres. Vor genau neun Wochen waren er und die berittenen Krieger seiner Bedeckung hier im äußersten Nordwesten Cymrus eingetroffen; einen halben Monat nachdem er in der Herrscherfestung der Demetier bewegten Abschied von seinen Angehörigen genommen hatte. Im Licht eines strahlenden Spätfrühlingstages hatte er erstmals die tief eingeschnittene Meeresbucht, die uralte Weihestätte und den Hain mit seinen von mächtigen Eichen überschatteten Rundhäusern erblickt. Warmherzig hatten Gwydion und die übrigen Großen Wissenden ihn empfangen; nicht weniger freundlich war die Begrüßung durch die ebenfalls in der Talsenke lebenden Druidenschüler und Bediensteten gewesen. Gwydion, der durch einen Eilboten Gwendydds rechtzeitig von der Ankunft des demetischen Fürstensohnes in Kenntnis gesetzt worden war, hatte Myrddin vorerst in seinem Wohnhaus aufgenommen und den ersten Abend in angeregtem Gespräch mit ihm verbracht. Im Lauf der nächsten Tage hatte der Knabe auch die anderen Großen Wissenden eingehender kennengelernt – und während der darauffolgenden Wochen war Myrddin von den Druiden behutsam, doch sehr zielbewußt auf die Prüfung vorbereitet worden, der er sich in der vergangenen Nacht unterzogen hatte ...

Der Königsenkel wurde von seinen Gedanken abgelenkt, weil es in der schmalen Schlucht, welche den Zugang zum Talboden bildete, plötzlich lebendig wurde. Unter den Haselbäumen und Birken dort erschien ein Zug von Jugendlichen und jungen Erwachsenen, von denen die vordersten Bodhrans trugen; im selben Moment, da Myrddin auf die in Dreiergruppen geordnete Prozession aufmerksam wurde, begannen die Trommler ihre Instrumente in raschem, fröhlichem Rhythmus zu schlagen.

»Die Druidenschüler von Barclodiad begrüßen dich, der du ab heute einer von ihnen bist«, rief Gwydion dem Fürstensohn zu; wenig später drängten sich die Genannten, die auf geheimnisvolle Weise vom Ausgang der Initiation erfahren haben mußten, um Myrddin und beglückwünschten ihn zu seinem Erfolg. Danach geleiteten die sowohl weiblichen als auch männlichen Druidenschüler den Königsenkel unter dem Klang der Bodhrans zum Hain; die Großen Wissenden schlossen sich an – und dann begann auf dem Anger zwischen den Rundhäusern, wo die Diener bereits Tafeln aufgestellt und einen leckeren Imbiß vorbereitet hatten, ein Freudenfest, das bis zum Abend dauern sollte.

Ausgelassen feierte Myrddin seinen Ehrentag mit den anderen; am nächsten Morgen machten sich die Reiterkrieger, die ihn nach Môn gebracht hatten, auf den Rückweg, und er selbst zog vom Wohnhaus des Pendruid in eines der behaglich ausgestatteten Gebäude um, welche der Unterbringung der Schüler dienten. Der Königsenkel teilte sich das Rundhaus mit vier etwas älteren Knaben und Mädchen; während der folgenden Wochen schloß er Freundschaft mit ihnen, und zusammen wurden sie täglich von verschiedenen Großen Wissenden unterrichtet.

Das intensive Lernen, aber auch die erfüllte Freizeit, die er in Gesellschaft der übrigen Druidenschüler genießen durfte, halfen Myrddin, das Heimweh, das er manchmal noch verspürte, zu überwinden. Als der Spätsommer sich in den Frühherbst drehte, fühlte der Neunjährige kaum noch seelischen Schmerz, wenn er an Arwen, Morvryn, Gwendydd und Gruffydd dachte. Zwar hatte er es hinnehmen müssen, daß die Berufung, der er in seinem Dasein folgen sollte, ihn körperlich von seinen Angehörigen geschieden hatte; er hatte jedoch in Barclodiad erfahren, daß seine innere Verbundenheit mit den Menschen, die er liebte, aufgrund der Trennung eher noch gewachsen war.

In diesem Bewußtsein drang Myrddin im Lauf des Herbstes und Winters immer tiefer in die faszinierende Geisteswelt der druidischen Lehre ein; nicht selten profitierte er dabei von dem, was ihm Gwendydd schon in seiner Kindheit beigebracht hatte. Begierig erweiterte er nun seinen Wissensschatz und übte seine spirituellen Fähigkeiten – und gelegentlich verblüffte er die Lehrer im Hain von Barclodiad y Gawres durch Einsichten, wie sie eigentlich nur von metaphysisch hochstehenden Erwachsenen gewonnen werden konnten.

Angesichts dessen entschied Gwydion, nachdem im Frühling die Beltane-Rituale zelebriert worden waren, daß der jetzt zehnjährige Fürstensohn am Unterricht einer Gruppe bedeutend älterer Schüler teilnehmen sollte. Auch in dieser Lerngemeinschaft behauptete sich Myrddin ohne Schwierigkeiten, und am Tag, an dem er seinen elften Geburtstag feierte, sagte der graubärtige Pendruid zu ihm: »Wenn du dich weiterhin so gut bewährst, wirst du dir den Rang eines Großen Wissenden lange vor der üblichen Zeit erwerben.«

Der Königsenkel freute sich sehr über dieses Lob; als er einige Wochen später wieder einmal die Möglichkeit hatte, einen Brief an seine Angehörigen zu senden, teilte er ihnen mit, was Gwydion geäußert hatte. Am nächsten Tag wurde die durch eine Lederhülle geschützte Wachstafel, in die Myrddin seine Ogham-Buchstaben eingeritzt hatte, zusammen mit anderen Schriftstücken von einem Diener aus dem Hain nach Aberffraw gebracht: dem unweit von Barclodiad gelegenen Herrschersitz der Deceanglier. Handelsschiffe dieses Stammes fuhren regelmäßig nach Süden, und ganz wie früher schon würde eine dieser Barken den Brief des Elfjährigen ins Demetier-Land mitnehmen.

Im Frühsommer erhielt Myrddin Antwort von seiner Familie. Arwen hatte das Schreiben verfaßt; Morvryn, Gruffydd und Gwendydd hatten Grüße beigefügt – und aus den Zeilen seiner Mutter erfuhr der Fürstensohn, daß alle im Dun über dem Tywi-Tal stolz auf ihn waren. Doch auch Trauriges las Myrddin. »Dein Großvater ist erkrankt«, schrieb Arwen. »In manchen Nächten geht sein Atem sehr schwer; Gruffydd bekommt dann kaum noch Luft, und sein Herz schmerzt. Aber nun, da die warme Jahreszeit angebrochen ist, wird er sich hoffentlich erholen.« Nachdem der Königsenkel diese Sätze entziffert hatte, verspürte er Weh in der eigenen Brust und saß eine Weile bedrückt da. Schließlich las er den letzten Teil des Briefes, in dem es um das Schicksal Britanniens ging: »Wie du vielleicht bereits weißt, wurde kürzlich Emrys, ein tapferer Stammesherrscher aus dem Osten unserer Insel, zum Ard Rhi erhoben. Er wird dem Verräter Gwrtheyrn, der im Bündnis mit den Sassenach steht und sich zu Unrecht als Fawr Tigern bezeichnen läßt, Widerpart bieten und ihn, so die Gottheiten wollen, für seine Verbrechen bestrafen.«

In der Tat hatte Myrddin, da die Druiden auf Môn stets bestens über die wichtigen Ereignisse in Britannien informiert waren, schon von der Hochkönigswahl gehört – und einen knappen Monat später sollte er miterleben, wie ein Heerbann von fünfhundert deceanglischen Kriegern Aberffraw verließ, um Emrys im Kampf gegen Gwrtheyrn beizustehen.

Uddyr, der noch junge, kaum zwanzigjährige Herrscher von Gwynedd, hatte sich entschlossen, dieses Aufgebot persönlich anzuführen, und drei Tage vor dem Abmarsch sandte er einen Boten zum Hain von Barclodiad, welcher Gwydion ausrichtete: »Der Pendraig läßt dich und die anderen Großen Wissenden bitten, nach Aberffraw zu kommen, um für ihn und seine Männer ein Opferritual zu zelebrieren, ehe sie in den Krieg ziehen.«

Bereits am nächsten Morgen brachen die neun Druiden auf; etliche ausgewählte Schüler durften sie begleiten, und einer dieser Jugendlichen war Myrddin. In der Vormittagsmitte langte man vor dem deceanglischen Königs-Dun an; die Festung war von mächtigen Wällen und einem tiefen Wassergraben geschützt, und ein Stück südlich des Duns, wo sich ein Fluß ins Meer ergoß, gab es einen Hafen, in dem mehrere breitbordige Schiffe ankerten. Als die Großen Wissenden und ihre Zöglinge das Haupttor der Herrscherfestung durchschritten, verneigten sich die Wachtposten ehrfürchtig vor ihnen; gleich darauf kam Uddyr an der Spitze einer Schar adliger Gefolgsleute herbei und hieß seine Gäste mit wohlgesetzten Worten willkommen.

Myrddin stellte fest, daß der junge König sehr gut aussah. Obwohl Uddyr von kräftigem Wuchs war, wirkte er geschmeidig und schlank; sein von dunkelbraunem Haar umrahmtes Antlitz war schmal und edel geformt, und seine blauen Augen strahlten sowohl Güte als auch kämpferischen Mut aus. Dieser Mann könnte dereinst, wenn Emrys' Zeit abgelaufen ist, zum Ard Rhi der britannischen Stämme erhöht werden, schoß es dem Elfjährigen wie in einer Eingebung durch den Kopf – und wenig später fand er Gelegenheit, einige Sätze mit Uddyr zu wechseln.

Denn Gwydion winkte Myrddin zu sich heran und sagte, nachdem der Knabe an seine Seite getreten war, zum Herrscher der Deceanglier: »In den Adern dieses Druidenschülers fließt ebenso edles Blut wie in deinen. Seine Großeltern Gruffydd und Gwendydd regieren den Volksstamm der Demetier als König und Pendruid, und sein Vater Morvryn, welcher mit der einzigen Tochter des Herrscherpaares verheiratet ist, erwarb sich viel Ruhm im Kampf gegen die Sassenach.«

Freundlich lächelte Uddyr den Elfjährigen an. »Ich begrüße dich herzlich in meinem Dun, Myrddin!«

Der Knabe erwiderte das Lächeln. »Du kennst meinen Namen?«

»Es hat sich herumgesprochen, welch hochbegabter Zögling in Barclodiad lebt«, antwortete der junge König. »Außerdem kam im vorletzten Sommer ein wandernder Barde nach Aberffraw, welcher erzählte, daß der Enkel des demetischen Herrschers schon an seinem neunten Geburtstag als Dichter glänzte.«

»Es waren nur wenige kurze Verse, die ich damals vortrug«, erklärte Myrddin bescheiden.

»Trotzdem trugen sie dir Ehre ein«, entgegnete Uddyr, »und bestimmt wirst du die Menschen eines Tages durch lange und höchst kunstvolle Bardengesänge erfreuen.« Der König zwinkerte dem Elfjährigen zu, dann wandte er sich wieder an Gwydion und sagte: »Wenn es dir recht ist, wollen wir nun zu meinem Haus gehen, damit ich dich und deine Gefährten so bewirten lassen kann, wie es eurem Rang gebührt.«

In Begleitung Uddyrs und der übrigen Adligen schritten die Großen Wissenden sowie die Druidenschüler über den Festungsanger zum doppelstöckigen Königshaus. Auf dem Weg dorthin kamen sie an Dutzenden von Zelten vorbei, die von den auswärtigen Kriegern aufgeschlagen worden waren, welche Uddyr in seinem Dun zusammengezogen hatte. Die Kämpfer, die sich an diesem sonnigen Vormittag zumeist im Freien aufhielten, grüßten die Gäste ihres Herrschers ähnlich ehrfurchtsvoll wie die Wachen am Torbau; dasselbe galt für die einfachen Bewohner der Ringwallfestung. Im Königshaus sodann ließ Uddyr einen schmackhaften Imbiß und Metheglyn auftragen; später wurde köstlicher Spießbraten serviert, und anschließend saß man noch bis in die Abendstunden an der Tafel zusammen.

Am darauffolgenden Tag tauschten sich der Herrscher und seine Adelskrieger mit den Druiden über die Einzelheiten des bevorstehenden Feldzuges aus. Nachdem eine Reihe strategischer Fragen erörtert worden waren, drehte sich das Gespräch, ganz wie am Vorabend, um den Hochkönig Emrys, auf dessen Klugheit, Integrationsfähigkeit und Tatkraft die Hoffnungen so vieler Menschen ruhten. Aufmerksam lauschte Myrddin den Worten der Erwachsenen; dann – eben hatte ein Großer Wissender die unterschiedliche Wesensart zweier keltischer Volksstämme dargelegt, die im Abstand von mehreren Jahrhunderten nach Britannien eingewandert waren – erklärte Uddyr: »Der Ard Rhi wird seine Aufgabe nur erfüllen können, wenn es ihm nach einem Sieg über Gwrtheyrn gelingt, alle noch freien Keltenstämme auf unserer Insel zu einem festen Bund zusammenzuschmieden. Denn einzig so, auf Biegen und Brechen vereint und unter der energischen Führung von Emrys kämpfend, werden wir imstande sein, auch die Sassenach zu schlagen.«

Gwydion öffnete den Mund, um dem deceanglischen Herrscher zuzustimmen – doch Myrddin kam ihm zuvor. »Du hast recht, Uddyr Pendraig«, sagte er, seltsam entrückt wirkend, zu dem jungen König. »Die britannischen Volksstämme müssen unter einem starken Oberhaupt zu einer verschworenen Gemeinschaft werden. Das erste Bündnis aber, das sodann beispielgebend für alle anderen sein wird, müssen diejenigen Stämme schließen, welche von den Gottheiten dazu auserwählt wurden.«

Überrascht starrte Uddyr den Elfjährigen an; einer der Adligen tadelte Myrddin: »Es steht dir nicht zu, im Rat der Erwachsenen unaufgefordert das Wort zu ergreifen!«

»Doch!« kam es vom König. »Der Enkel des demetischen Herrscherpaares hat aufgrund seiner besonderen Gaben das Recht dazu!« Uddyr schaute zum Pendruid von Barclodiad; nachdem Gwydion zustimmend genickt hatte, forderte der junge König den Knaben auf: »Erläutere uns bitte, was du mit deinem letzten Satz meintest. Welche Volksstämme sollen den übrigen nach dem Willen der Gottheiten vorangehen?«

»Jene, die in Cymru und Cornueille leben«, antwortete Myrddin, in dessen Blick jetzt etwas Visionäres lag. »Denn von diesen westlichsten Landesteilen unserer Insel, in denen der keltische Geist noch ungebrochen herrscht, wird die Erneuerung Britanniens ausgehen! Nie unterwarfen sich die Menschen von Cymru und Cornueille der Tyrannei von Fremden. Sie bewahrten ihre Eigenständigkeit während der Jahrhunderte, da die grausamen Ruheiniog alles Keltische zu unterdrücken versuchten; ebenso verjagen sie heutzutage die Scharen christlicher Missionare, welche auf den Ländereien der Stämme Klöster und Kirchen mit dem Zeichen ihres gekreuzigten Götzen errichten möchten, um von dort aus ihre unsäglichen Lügen über die Natur des Göttlichen zu verbreiten und den Glauben an die alten und ewigen Gottheiten auszurotten. Und weil dies so ist; weil die Volksstämme von Cymru und Cornueille die keltische Wesensart gegen jeden Angriff von außen verteidigt haben und ihre Freiheit mit ungebrochenem Mut auch weiterhin verteidigen werden, sind sie dazu auserwählt, jenes erste Bündnis zu schließen, welches danach beispielgebend für alle übrigen Stämme sein wird.«

Wie gebannt hatten Uddyr und die anderen Edlen der Rede Myrddins gelauscht; nun pflichtete der König dem Enkel des demetischen Herrscherpaares bei: »Du sprichst mir aus dem Herzen, mein junger Freund! Denn auch ich fühle bereits seit langem, daß die wertvollste Kraft Britanniens in den Westländern liegt. Aber nie wurde es mir so klar wie eben, als ich deine inspirierten Worte vernahm.«

»Es wäre gut, wenn wir dem Ard Rhi mitteilen würden, was Myrddin uns kundtat«, kam es von einem Adelskrieger, der zur Linken Uddyrs saß. »Dann würde Emrys vielleicht schon bald die nötigen Schritte unternehmen, um die Stämme von Cymru und Cornueille in einem mächtigen Waffenbund zu vereinigen.«

Zustimmende Rufe wurden laut – plötzlich jedoch stand

der Elfjährige von seinem Platz auf und hob mit fast gebieterischer Geste den Arm.

Sofort trat Stille ein; die Druiden und Adligen sahen, daß jetzt ein Ausdruck tiefster Entrückung auf Myrddins Antlitz lag – im nächsten Moment hörten sie den Königsenkel prophezeien: »Der Ard Rhi, welcher gegenwärtig herrscht, wird zwar viel leisten und Gwrtheyrn besiegen, aber er ist nicht derjenige, welcher die Weststämme zusammenschmieden wird ... Das große Werk wird erst von Emrys' Nachfolger begonnen werden; einem Mann, der selbst in einem gen Sonnenuntergang liegenden Land geboren wurde ... Dieser künftige Hochkönig wird gemeinsam mit einer sehr schönen Fürstin den Grundstein legen, und danach wird ein Dritter erscheinen: ein Kriegsherr von einzigartiger Tapferkeit und Kraft, welcher die Sehnsucht Britanniens stillen wird ...«

Kaum war der letzte Satz verklungen, schien die visionäre Trance schlagartig von dem Elfjährigen zu weichen – und er verließ den Raum beinahe fluchtartig. Uddyr, den Myrddin während seiner Prophezeiung einmal sehr bedeutsam angeblickt hatte, sprang auf und machte Anstalten, dem Königsenkel zu folgen. Doch Gwydion hielt den jungen deceanglischen Herrscher zurück und raunte ihm zu: »Laß Myrddin! Er hat bereits alles verkündet, was nach dem Willen der Anderweltlichen verkündet werden sollte ...«

Daraufhin setzte sich Uddyr wieder; in der Folge sprachen die Druiden und Adligen noch lange über die Weissagung, durch welche der Sohn Arwens und Morvryns seine ovatischen Fähigkeiten so eindrucksvoll demonstriert hatte. So mancher unter den Edlen hätte sich, ähnlich wie der König, nur zu gerne direkt mit dem begnadeten Knaben über dessen Prophezeiung ausgetauscht – aber Myrddin blieb für den Rest des Tages und auch in der Nacht verschwunden.

Erst bei Sonnenaufgang, als sich die Krieger von Uddyrs Heerbann im Halbkreis auf dem Festungsanger gruppierten und die Großen Wissenden von Barclodiad ihre Vorbereitungen für das Abschiedsritual trafen, fand sich auch der Elfjährige ein. Wenig später wurde er Zeuge, wie die Druiden ein Stieropfer darbrachten. Nachdem der schwarze Bulle tot niedergebrochen war, besprengte Gwydion das Banner des Königs, das einen roten Drachen im weißen Feld zeigte, mit dem Blut des Opfertiers; anschließend erflehten die Großen Wissenden den Beistand der Gottheiten für Uddyr und dessen Streitmacht.

Als die letzte Beschwörung verhallt war, schwangen sich der Pendraig und die Adelskrieger auf ihre Rösser; die Fußkämpfer formierten sich in Marschordnung, und gleich darauf zog das Heer, dem das Drachenbanner voranwehte, nach Osten davon. Vom Festungswall aus schauten die Druiden und ihre Schüler der kleinen Streitmacht nach, bis der Heerbann, zu welchem auf dem Festland von Gwynedd weitere Kampfscharen stoßen würden, in einem Wald verschwand. Danach machten sich auch Gwydion und seine Begleiter fertig, um nach Barclodiad y Gawres zurückzukehren; ehe sie aufbrachen, sagte der Pendruid zu Myrddin: »Wollen wir hoffen, daß deine Prophezeiung in Erfüllung geht und Emrys im Krieg gegen Gwrtheyrn siegen wird.«

***

Monatelang kamen keinerlei Nachrichten von den Kämpfen im Osten Britanniens nach Barclodiad; im Herbst endlich hörten Gwydion und die ihm Anbefohlenen von einer sehr blutigen Schlacht, welche im Stammesgebiet der Regnier an der Südküste der Insel stattgefunden hatte.

Wie der Bote erzählte, war es den Tausendschaften des Ard Rhi gelungen, ein starkes Heer, das von dem Verräter Gwrtheyrn und dessen Verbündeten Hengist und Horsa befehligt wurde, in die Strandhügel unweit der Ynys Wyth zu treiben und es dort zu umzingeln. Nachdem die Feinde eingeschlossen waren, hatten Emrys' Krieger alles darangesetzt, sie durch ständige Attacken aufzureiben; zwei Tage hatten die Kämpfe getobt, schon waren die Streitscharen des Ard Rhi da und dort hinter die gegnerischen Dornenverhaue vorgedrungen – doch dann hatten frische Kampfverbände der Sassenach in die Schlacht eingegriffen: um die zwölfhundert Mann, die von einer überraschend erschienenen Schiffsflotte ausgebootet worden waren. Aufgrund dessen hatte sich das Blatt für Emrys' Heer plötzlich gewendet; unversehens waren seine Krieger gezwungen gewesen, nach zwei Seiten hin zu fechten, und zuletzt, kurz vor Einbruch der Nacht, hatte sich der Ard Rhi mit seiner Streitmacht zurückziehen müssen, um eine bereits drohende Niederlage zu vermeiden.

So berichtete der Reitbote, den Uddyr nach Môn gesandt hatte; zur Zeit der Wintersonnenwende sodann langte ein Brief Arwens in Barclodiad an, in dem Myrddins Mutter von hin und her wogenden Kämpfen im Gebiet der Belger schrieb. Dies, so Arwen, hätte sie von einem Kurier Morvryns erfahren, der sich Emrys angeschlossen habe. Ansonsten teilte die Königstochter ihrem Sohn mit, daß dessen Großvater neuerlich erkrankt sei; sie hoffe aber, er werde auch diesmal wieder auf die Beine kommen.

Da die Handelsschiffahrt im neuen Jahr wegen ständiger Stürme bis zur Frühlingsmitte unmöglich war, mußte Myrddin lange um Gruffydd bangen. Erst zwei Wochen nach seinem zwölften Geburtstag durfte er aufatmen, denn durch einen weiteren Brief Arwens erfuhr er von der Genesung seines Großvaters. Außerdem schrieb seine Mutter, daß Morvryn den Feldzug im vergangenen Herbst glücklich überstanden hatte; allerdings werde er schon bald erneut in den Krieg ziehen müssen, weil der Ard Rhi die Heeresmacht der freien Britannier zu Beginn des Sommers abermals gegen die Feinde des Landes führen wolle.

Dasselbe erzählte Uddyr, als er einen Monat nach Beltane zu einem kurzen Besuch in Barclodiad weilte, um an einem nächtlichen Ritual in der uralten Weihestätte über der Meeresbucht teilzunehmen. Myrddin hörte, was der deceanglische König am Nachmittag im Kreis der Druiden berichtete;

einige Stunden später erlebte er mit, wie die Großen Wissenden die Geister jener Kämpfer aus den Duns und Dörfern Môns besänftigten, welche nicht mehr von den Schlachtfeldern heimgekehrt waren. Am nächsten Morgen nahm Uddyr wieder Abschied; ehe er seinen Hengst bestieg, winkte er den Enkel des demetischen Herrscherpaares zu sich heran, legte ihm wie einem vertrauten Freund die Hand auf die Schulter und sagte leise: »Derzeit sieht es leider nicht so aus, als könnten Emrys und wir anderen Fürsten dem Verräter Gwrtheyrn einen tödlichen Schlag versetzen. Doch ungeachtet dessen vertraue ich auf deine Prophezeiung, wonach der Ard Rhi am Ende über den sogenannten Fawr Tigern triumphieren wird.«

»Ich weiß, daß der Tag kommt, an dem Emrys siegt und Gwrtheyrn den Tod findet«, antwortete Myrddin. »Und ich weiß noch mehr; weiß dank der Vision, die ich in Aberffraw hatte, auch etwas über dein künftiges Schicksal, Pendraig. Aber darüber darf ich gegenwärtig nicht sprechen, denn bevor geschehen wird, was geschehen soll, muß das, was in unseren Seelen keimt und uns verbindet, zu fruchtbarer Reife gedeihen.«

Damit trat der Zwölfjährige in die Reihe der übrigen Druidenschüler zurück; Uddyr blieb reglos bei seinem Pferd stehen. Den Blick nach wie vor auf Myrddin gerichtet, sann der junge König dessen rätselhaften Worten nach; schließlich stieg er mit langsamer Bewegung in den Sattel, nickte dem Enkel des demetischen Herrscherpaares noch einmal zu und trabte an der Spitze seiner Eskorte davon.

Eine Woche später führte Uddyr Pendraig neuerlich einen Heerbann nach Osten; während der folgenden zwei Monate gelangten keine Nachrichten vom Kriegsschauplatz in den Hain von Barclodiad. Erst kurz nach Lughnasad traf ein Bote ein, welcher von einer großen Schlacht im Stammesgebiet der Catuvellauner erzählte, die einen vollen Tag lang getobt hatte.

Mit dreizehntausend Kämpfern hatte Emrys eine ähnlich starke Streitmacht der Feinde gestellt, und zuletzt war es den

Kriegern des Ard Rhi gelungen, ihre Gegner zu überwinden. Die überlebenden Sassenach, darunter Hengist und Horsa, hatten die Flucht ergriffen und sich dabei nach Südosten gewandt; Gwrtheyrn und dessen dezimierte Kampfscharen waren in der allgemeinen Verwirrung von ihren germanischen Verbündeten abgedrängt worden und mit knapper Not in nördlicher Richtung entronnen. Weil Emrys' Heer ebenfalls hohe Verluste erlitten hatte, war es dem Ard Rhi nicht sofort möglich gewesen, den Verräter an der britannischen Sache verfolgen zu lassen; daher waren Gwrtheyrn und dessen Männer in urwaldbedecktes Hügelland entkommen. Doch wie der Kurier abschließend berichtete, hatte Emrys noch auf der Walstatt geschworen, seinen verhaßten Widersacher nun gnadenlos jagen zu lassen. Und gleich am nächsten Morgen hatte der Ard Rhi dreitausend seiner Krieger ausgesandt, welche Gwrtheyrn hetzen sollten, während er selbst den Sassenach hinterhergezogen war, um sie ganz von den Ländereien der Catuvellauner zu vertreiben.

Da die Bewohner von Barclodiad zudem erfahren hatten, daß sowohl Uddyr Pendraig als auch Myrddins Vater Morvryn die Schlacht überlebt hatten, durften sie in mehrfacher Hinsicht aufatmen. Im Rahmen einer Zeremonie bei der Weihestätte dankten die Druiden und ihre Schüler den Gottheiten – und rechtzeitig zum Fest Alban Elued, das sieben Wochen nach diesem Ritual anläßlich der Herbsttagundnachtgleiche gefeiert wurde, kehrten der Pendraig und dessen Heerbann nach Môn heim.

Uddyr und seine Kämpfer waren nach der großen Schlacht beim Hauptheer des Ard Rhi geblieben, und es war ihnen tatsächlich geglückt, die schwer angeschlagene germanische Streitmacht aus dem catuvellaunischen Stammesgebiet zu verjagen und sie immer weiter nach Südosten zu drängen, bis sich die Sassenach am Ende in verschiedenen Hügelfestungen über dem Flußtal der Tamesis verschanzt hatten. Auf diese Weise hatte Emrys einen beträchtlichen Teil Britanniens von der

Fremdherrschaft befreit; jetzt leckten die Feinde hinter den Wällen der Fluchtburgen ihre Wunden, und auf keltischer Seite konnte man sicher sein, daß Hengist und Horsa geraume Zeit benötigen würden, um sich von ihrer Niederlage zu erholen. So gesehen, standen die Dinge in diesem Frühherbst gut für die Britannier; dies allerdings nur, was die Bedrohung durch die Sassenach anging – denn Gwrtheyrn war seinen Verfolgern entkommen und stellte damit nach wie vor eine ernsthafte Gefahr für den Frieden im Land dar.

Zunächst freilich hielt der Verräter am eigenen Volk still; im Verlauf des Spätherbstes und Winters aber machten er und seine Männer sich einer Reihe von Greueltaten schuldig, welche selbst bei denen, die bislang noch mit Gwrtheyrn sympathisiert hatten, Abscheu erweckten. Erst im Norden des catuvellaunischen Gebietes und danach in den Ostgauen der Cornovier überfielen die Horden des sogenannten Fawr Tigern Dörfer und Gehöfte und metzelten all jene nieder, welche sich weigerten, Gwrtheyrn als dem vorgeblich rechtmäßigen Hochkönig zu huldigen. Im Anschluß an diese Blutorgien ließ Gwrtheyrn die Ansiedlungen plündern und in Brand stecken; monatelang wüteten die verrohten Scharen, einmal hier, dann wieder dort auftauchend, in den an Cymru angrenzenden Stammesgebieten – bis es einem von Emrys aus dem Südosten herangeführten Aufgebot gelang, die Mord- und Raubhorden des Wahnsinnigen zu stellen.

Es kam zu einer Schlacht, in welcher mehr als drei Viertel von Gwrtheyrns Männern fielen; er selbst jedoch vermochte bei Einbruch der Nacht zusammen mit ungefähr achtzig berittenen Gefolgsleuten und rund vierhundert Fußkämpfern erneut zu fliehen und sich in einen ausgedehnten Forst zu retten. Aufgrund der Dunkelheit und eines zu allem Überfluß einsetzenden Graupelsturmes sahen sich die Krieger des Ard Rhi außerstande, die Feinde im Wald aufzuspüren; als sie den Forst nach Sonnenaufgang durchkämmten, fanden sie ihn menschenleer. Später am Morgen entdeckten Emrys' Späher die Fährten der Flüchtigen in einer Schlucht jenseits des Waldlandes; die Spuren verloren sich aber schon bald auf felsigem Boden, und angesichts dessen konnte der Ard Rhi bloß noch auf eins hoffen: Daß die von ihm ausgesandten Streifscharen die Fährte Gwrtheyrns und seiner Horde irgendwo in der Ferne wiederfinden würden ...

All dies erfuhren die Bewohner des Druidenhains von Barclodiad im Vorfrühling; kurz nach Alban Ailyr sodann kam ein wandernder Barde nach Môn, welcher Gwydion und den ihm Anbefohlenen erzählte: »Emrys sah sich gezwungen, an die Südküste Britanniens zu ziehen, weil dort Schiffe der Sassenach mit frischen Kämpfern gelandet sind. Und was den Götterfeind Gwrtheyrn betrifft, so scheint dieser sich in irgendein Versteck in der Wildnis gerettet zu haben, wo er jeder Verfolgung entzogen ist.«

Diese Nachrichten bereiteten den Großen Wissenden und ihren Schülern neuerlich Sorgen; Myrddin schlief mehrere Nächte schlecht und litt unter beängstigenden Träumen – und noch Schlimmeres mußte er, mittlerweile dreizehnjährig, in der Woche nach Beltane ertragen.

In der Abenddämmerung eines regnerischen Tages nämlich galoppierten fünf Krieger, die ihren erschöpften Pferden offenbar das Letzte abverlangt hatten, auf den Anger des Hains. Als der Sohn Arwens und Morvryns herbeieilte, erkannte er in den Berittenen Männer aus der Herrscherfestung der Demetier. Im nächsten Moment riß ihr Anführer, ein junger Adliger namens Curyll, sein schaumbedecktes Roß vor Myrddin in die Hanken, sprang ab, ergriff beide Hände des Fürstensohnes und sagte mit rauher Stimme: »Es tut mir leid, dir traurige Kunde überbringen zu müssen!«

»Was ist passiert?!« stieß Myrddin hervor.

Der Adelskrieger gab ihm Auskunft; während Curyll sprach, begann der Dreizehnjährige zu weinen – dann wandte er sich Gwydion zu, der unterdessen herangekommen war, und beschied den Pendruid schluchzend: »Man ruft mich dringend heim … Gleich morgen bei Tagesanbruch reite ich … mit Curyll nach Süden …«

***

Zehn Tage später erblickte Myrddin in der Ferne den demetischen Herrscher-Dun; vier Jahre waren verstrichen, seit er die mächtige Ringwallfestung über dem Flußtal des Tywi verlassen hatte, um in die Druidenschule von Barclodiad einzutreten.

Nach eineinhalb Wochen im Sattel war der Königsenkel am Ende seiner Kräfte; trotzdem trieb er sein abgehetztes Pferd jetzt noch einmal an, und dasselbe taten die anderen: Curyll und seine Männer sowie die deceanglischen Krieger aus Aberffraw, die sich den Demetiern auf Gwydions Vermittlung hin angeschlossen hatten. In stuckerigem Galopp überquerten die Rösser eine Heidefläche, trabten anschließend durch einen Wald und bogen danach in eine gewundene, abschüssige Schlucht ein. Als sich der Hohlweg ins Tywi-Tal hinaus öffnete, verlangten die Reiter ihren Tieren eine letzte Anstrengung ab; endlich erreichten sie den Pfad, der zum Torbau des Duns emporführte.

Myrddin drängte sein Pferd an die Spitze der Kavalkade; mit verkrampften Sprüngen und stoßartig atmend überwand das Tier den steilen Anstieg – gleich darauf, als der Dreizehnjährige die von Trauer gezeichneten Gesichter der Wächter am Festungstor sah, wurde er von unsäglichem Seelenschmerz gepackt. Tränen schossen ihm in die Augen; nachdem er den Torschlund passiert hatte, schaute er sich gehetzt um, konnte jedoch keinen seiner Angehörigen ausmachen. Bloß Gruppen einfacher Menschen standen auf dem Anger des Duns, die Frauen und Männer trugen dunkle Gewänder und wirkten zutiefst bedrückt; als Myrddin an ihnen vorbeiritt, starrten sie stumm auf ihn, und niemand rief ihm einen Gruß zu.

Dann plötzlich öffnete sich das Portal des Herrscherhauses. Eine Magd stürzte heraus und rannte dem Königsenkel entgegen; noch bevor sie ganz bei ihm war, stieß sie hervor: »Arwen schickt mich! Du sollst schnell mit mir kommen!«

Myrddin sprang vom Roß und folgte der Dienerin ins Rundhaus seiner Großeltern. In den Räumen des Untergeschosses, deren Türen allesamt offenstanden, hatten sich die Druiden und Adelskrieger aus der Festung versammelt; die Magd führte den Halbwüchsigen aber zum Schlafgemach des Herrscherpaares im oberen Stockwerk. An der mit Schnitzwerk verzierten Bogentür dort blieb die Dienerin zurück; als Myrddin den Raum betrat, erblickte er seine Eltern und Gwendydd – und zwischen ihnen, auf dem Sterbebett liegend, seinen Großvater.

Gruffydds Lider waren geschlossen; der König schien bereits das Bewußtsein verloren zu haben, und nur ein schwaches Röcheln zeigte an, daß noch Leben in ihm war. Mit bebenden Lippen schaute der Halbwüchsige auf den Todgeweihten, den er so sehr geliebt hatte; im nächsten Moment war Arwen bei ihrem Sohn, zog ihn an sich und flüsterte ihm zu: »Wir fürchteten schon, du würdest es nicht mehr rechtzeitig schaffen. Doch nun bist du hier und kannst dank der Gnade Ceridwens Abschied von deinem Großvater nehmen. Er hat wieder und wieder nach dir gefragt, und ich glaube, er wird nochmals zu sich kommen, wenn er jetzt deine Gegenwart spürt.«

Myrddin nickte; nachdem er rasch Gwendydd und Morvryn umarmt hatte, kniete er am Kopfende des Sterbelagers nieder. Behutsam streichelte er die Wange Gruffydds, beugte sich dann vor und raunte dem Todgeweihten etwas ins Ohr, das wie eine Beschwörung klang – fast unmittelbar darauf öffnete Gruffydd die Augen und hauchte: »Du …«

»Ich bin bei dir!« sagte der Dreizehnjährige, der nun auf einmal sehr gefaßt wirkte. »Alle sind wir da, deine ganze Familie.«

Der Sterbende wollte antworten, aber ein Hustenanfall erstickte seine Stimme. Myrddin half seinem Großvater, sich halb aufzurichten; danach stützte er ihn. Bald legte sich das röchelnde Keuchen; Gruffydd vermochte freier zu atmen und flüsterte: »Ich habe die Göttin angefleht ... dich ein letztes Mal sehen zu dürfen ... bevor ich nach Annwn gehe ... Weil ich dir, der du ... von den Andersweltlichen ... auserwählt wurdest ... meinen Segen ...«

Mit zitternder Bewegung hob der Todgeweihte die Rechte, um sie auf das Haupt seines Enkels zu legen; als Gwendydd sah, daß die Anstrengung zu groß für ihren sterbenden Gemahl war, sank sie ebenso wie Myrddin neben dem Bett auf die Knie und führte Gruffydds Hand zum Scheitel des Halbwüchsigen. Ein erleichterter Laut drang aus dem Mund des Todgeweihten; einige schwere Atemzüge lang ließ Gruffydd seine Rechte auf Myrddins Haupt ruhen. Dann hauchte er, kaum noch hörbar: »Mein Abschiedssegen ... soll dich in deinem Leben stärken und schützen ... In deinem Leben ... das nach dem Willen ... der Gottheiten ... von höchster Bedeutung ... für Britannien ... sein wird ...«

Die liebevollen und zugleich prophetischen Worte des scheidenden Königs schienen tief in Myrddins Seele nachzuhallen; im nächsten Moment spürte der Dreizehnjährige, wie sich der Geist seines Großvaters vom Körper löste. Myrddin hatte das Empfinden, als würde das, was unsterblich an Gruffydd war, in sanft schwingender Bewegung vom vergänglichen Leib weichen und nach oben entschweben, und während dies geschah, schienen die Grenzen von Zeit und Raum bedeutungslos zu werden. Der Halbwüchsige hatte das Gefühl, als würde er selbst ein Stück weit ins ewige Pulsen des Kosmos hineingetragen; er wußte nicht mehr, daß er am Totenbett kniete und den zusammengesunkenen Körper seines Großvaters in den Armen hielt – bis er irgendwann wieder zu sich kam und Gwendydds leise Stimme vernahm: »Es ist alles gut! Gruffydd wandert nun auf dem Pfad, der ihn nach Annwn führen wird. Und wir, die wir in der irdischen Welt am innigsten mit ihm verbunden waren, sollten jetzt Ceridwen bitten, ihn auf seinem jenseitigen Weg zu behüten.«

Lange beteten Gwendydd, Arwen, Morvryn und Myrddin am Sterbelager des Königs zur Dreifachen Göttin in ihrer schwarzen Erscheinungsform. Erst gegen Abend verließ die Herrscherfamilie das Gemach und stieg ins Untergeschoß des Hauses hinab, um die dort versammelten Druiden und Adelskrieger vom Tod Gruffydds in Kenntnis zu setzen. Anschließend nahmen auch diese Edlen in kleinen Gruppen Abschied von dem Verstorbenen – und während sie es taten, ertönten draußen auf dem Anger des Duns Trauergesänge aus den Mündern der einfachen Menschen, welche inzwischen ebenfalls Bescheid wußten.

Um Mitternacht sodann, nachdem Gwendydd, Arwen und eine Priesterdruidin den Leichnam gewaschen und dem Toten das königliche Zeremonialgewand angelegt hatten, wurde Gruffydd in feierlicher Prozession zum Weltenbaum im Zentrum der Hügelfestung getragen und dort unter einem Baldachin aufgebahrt. Bis zur Morgendämmerung hielten sämtliche Bewohner des Duns und dazu die Deceanglier, welche Myrddin in seine Heimat begleitet hatten, die Leichenwache bei dem dahingegangenen Herrscher. Danach, kaum daß sich das Firmament im Nordosten gerötet hatte, verließen Dutzende berittener Boten die Festung, um die Bauern- und Handwerkerfamilien, welche im Umkreis von drei Reitstunden um den Königs-Dun lebten, für den übernächsten Tag zum Begräbnis Gruffydds einzuladen.

Myrddin und seine Angehörigen verbrachten die Zeit bis dahin zumeist zurückgezogen und in stillem Gedenken an den Verstorbenen; des Abends, zur Mitternachtsstunde und des Morgens jedoch fanden sie sich beim Weltenbaum mit den übrigen Adligen und den gewöhnlichen Festungsbewohnern zusammen, um gemeinsam mit ihnen für den Toten zu beten und Opfergaben auf einem Brandaltar darzubringen. Myrddin wirkte bei diesen Andachten manchmal wie entrückt; die Rituale halfen ihm, sich mit dem Verlust seines Großvaters abzufinden, und ebenso linderte die liebevolle Zuwendung, welche ihm seine Eltern und Gwendydd schenkten, seinen Schmerz.

Schließlich brach der dritte Tag nach dem Tod des Königs an, und im Lauf des Morgens strömten mehr als tausend auswärtige Trauergäste in den Dun, um an der Beisetzung Gruffydds teilzunehmen. Als die Sonne ihren Höchststand erreicht hatte, zelebrierten Gwendydd und alle anderen Großen Wissenden ein Abschiedsritual zu Ehren des verstorbenen Herrschers; danach erfolgten die Vorbereitungen für die Grablegung Gruffydds.

Die Königswitwe, Arwen, Morvryn und Myrddin hoben den Leichnam von der Bahre und betteten ihn in einen besonderen Sarg, wie er nach jahrhundertealtem britannischen Brauch nur sehr hochrangigen Toten zukam: einen der Länge nach gespaltenen und ausgehöhlten Eichenstamm. Nachdem Gruffydd in diesen Baumsarg gelegt worden war, ordnete Gwendydd noch einmal die Falten seines kostbaren Zeremonialgewandes; anschließend brachten drei Edle die Grabbeigaben herbei: Schwert, Dolch und Speer des dahingegangenen Herrschers. Die Pendruid stattete den Verstorbenen mit den Waffenstücken aus; danach wurde die obere, ebenfalls hohle Hälfte des Eichenstammes auf die untere gehievt, in der Gruffydd ruhte. Als dies geschehen war, verschloß Gwendydd den Baumsarg, indem sie neun Eisennägel ins Holz trieb; drei waren weiß, drei rot und drei schwarz bemalt.

Dann wurde der Eichenstamm von den Angehörigen des Toten und fünf weiteren Edlen zum Begräbnisplatz der Königsfamilie außerhalb der Ringwallfestung getragen; die übrigen Druiden und Adligen sowie die Masse des Volkes folgten dem Sarg in schier endloser Prozession. Im Gräberhain, der von mächtigen Eiben überschattet war und in dem sich Dutzende mannshoher Pyramiden aus Geröllsteinen erhoben, wurde der Eichenstamm in eine bereits vorbereitete Grube gesenkt; nachdem es geschafft war, ließen Gwendydd, Arwen, Morvryn und Myrddin je neun Handvoll Erde auf den Baumsarg rieseln. Anschließend taten die edlen und auch zahlreiche einfache Trauergäste dasselbe, bis das Grab aufgefüllt war; am Ende sodann wurde über der letzten irdischen Ruhestätte Gruffydds, ganz wie über den Gräbern seiner Ahnen, ein kegelförmiger Cairn errichtet.

Später am Nachmittag begann in der Großen Halle und auf dem Anger des Duns das Totenmahl. Reichlich ließ die Herrscherfamilie die Menschen aus nah und fern bewirten; bis tief in die Nacht hinein saßen die Demetier beisammen, immer wieder wurden Trinksprüche auf den verstorbenen König ausgebracht, und zwischendurch würdigten Barden die Taten des Dahingegangenen in Krieg und Frieden durch ihre Gesänge.

Am nächsten Morgen ließ Gwendydd die auswärtigen Trauergäste, welche überall in der Ringwallfestung lagerten, durch Diener ersuchen, noch nicht heimzukehren. Die Pendruid, so erfuhren die Bauern- und Handwerkerfamilien, habe ihnen etwas höchst Wichtiges zu verkünden – und drei Stunden nach Sonnenaufgang trat Gwendydd, gefolgt von Arwen, Morvryn und Myrddin sowie den im Dun lebenden Edlen, aus dem Herrscherhaus.

Die Adligen schritten zum Weltenbaum und warteten dort ab, bis sich die Scharen der einfachen Menschen in einem weiten Halbkreis vor ihnen zusammengedrängt hatten – dann hob die Königswitwe den Arm, gebot der Menge dadurch Schweigen und sagte mit lauter, weithin tragender Stimme: »Ihr habt euch bestimmt schon gefragt, wer den Volksstamm der Demetier nach dem Tod meines Gemahls regieren wird, und manche von euch denken vielleicht, daß ich jetzt die Herrschaft übernehmen sollte. Aber da auch meine Jahre bereits gezählt sind, möchte ich nicht von dem Thronrecht, welches mir das keltische Gesetz einräumt, Gebrauch machen. Vielmehr ist es mein Wunsch, das Geschick unseres Stammes in jüngere Hände zu legen, so wie ich es mit meinem Gatten vor dessen Hinscheiden noch besprochen habe. Und dies bedeutet, daß nach Gruffydds und meinem Willen unsere Tochter Arwen zur Königin erhöht werden soll. Dafür haben mein nun in Annwn weilender Gemahl und ich uns aus sehr guten Gründen entschieden, und nach der Beisetzung Gruffydds stimmten die Druiden und Adelskrieger, die hier unter dem heiligen Eichenstamm stehen, dieser Regelung zu. Doch auch ihr anderen, die ihr in der Herrscherfestung lebt oder hergekommen seid, um an der Trauerfeier teilzunehmen, sollt eure Meinung kundtun können – und deshalb wird Arwen euch jetzt fragen, ob ihr sie zur Königin haben wollt ...«

Damit ergriff Gwendydd die Hand ihrer Tochter; beide traten drei Schritte vor, dann rief Arwen: »Seid ihr damit einverstanden, daß ich künftig in gerechter, menschlicher und nicht machtbesessener Weise über den Volksstamm der Demetier herrsche?«

»Ja!« erscholl es aus tausend Kehlen; gleich darauf ließen die einfachen Männer und Frauen ihre neue, allseits beliebte Königin begeistert hochleben.

Nachdem die Ovationen verklungen waren, dankte Arwen der Menge mit bewegten Worten für das ihr entgegengebrachte Vertrauen und schloß: »Das Herrscherhaus, in dem Morvryn und ich von nun an gemeinsam mit Gwendydd wohnen werden, soll ganz wie bisher jedem, der ein bedeutsames Anliegen hat, offenstehen. Auf diese Art wird der innere Friede in unserem Land gewahrt bleiben, und was die Bedrohungen von außen angeht, so werde ich mich zusammen mit meinem Gatten nach Kräften bemühen, unser Stammesgebiet vor feindlichen Angriffen zu schützen. Dies freilich kann nur im Bündnis mit dem Ard Rhi geschehen, weshalb ich schon in den nächsten Tagen eine Gesandtschaft an Emrys schicken werde, um ihn unserer Treue zu versichern. So haben Morvryn und ich es mit Gwendydd vereinbart – und meine Mutter, die Königswitwe und Pendruid unseres Volksstammes, wird selbstverständlich auch in Zukunft meine und Morvryns wichtigste Beraterin sein und bei den Drunemetons, zu denen sich die Edlen versammeln, den ihr gebührenden Ehrenplatz zu meiner Rechten einnehmen.«

Als sie geendet hatte, umarmte die junge Herrscherin ihre betagte Mutter; anschließend verkündete sie noch: »Und jetzt seid ihr alle zu einem Festmahl eingeladen, denn es ist alter Brauch bei uns Demetiern, daß anläßlich einer Königswahl neun Stiere geschlachtet, am Spieß gebraten und verzehrt werden.«

Das allgemeine Gelage dauerte ähnlich wie am Vortag bis in die Nacht hinein. Am darauffolgenden Morgen verließen die auswärtigen Familien den Herrscher-Dun, und wenig später schwangen sich auch die Adligen, welche dem Hochkönig Arwens Botschaft übermitteln sollten, in die Sättel ihrer Rösser. Diesen Edlen hinterdrein trabten Dutzende von Reitboten durchs Festungstor; sie hatten den Auftrag, die Häuptlinge in den fernen Gauen des Stammesgebietes darüber zu informieren, daß Gruffydds und Gwendydds Tochter zur neuen Herrscherin erhöht worden war.

Myrddin, der kurz nach Sonnenaufgang zum Begräbnishain gegangen war, um dort Zwiesprache mit dem Geist seines Großvaters zu halten, sah eine Gruppe von Kurieren vorbeigaloppieren – und erst da wurde ihm völlig bewußt, zu welch tiefgreifenden Veränderungen es innerhalb weniger Tage im Königs-Dun gekommen war. Bisher hatte sich der Halbwüchsige der Trauer um Gruffydd hingegeben; nun wurde ihm schlagartig klar, daß plötzlich nichts mehr so wie noch vor kurzer Zeit war. Seine Mutter, die nie Herrschafts- oder gar Machtträume gehegt hatte, trug jetzt auf einmal ungeheure Verantwortung; auch Morvryn war als Gemahl der Königin im Rang gestiegen und würde deshalb künftig noch bedeutend schwierigere Pflichten als bislang schon erfüllen müssen. Was schließlich ihn selbst, Myrddin, anging, so war er nicht länger bloß der Enkel des Herrschers, sondern der Sohn des Königspaares und damit der Thronfolger, und als solcher würde er eines Tages vermutlich ganz so wie gestern Arwen an die Spitze des Volksstammes treten müssen.

Eine Anwandlung von Unbehagen und unterschwelliger Furcht befiel den Dreizehnjährigen; im nächsten Moment hörte er hinter sich Schritte. Als er den Kopf wandte, erblickte er seinen Vater; gleich darauf legte ihm Morvryn den Arm um die Schultern und sagte: »Ich hoffte, dich hier zu finden.«

Myrddin spürte die Wärme und Kraft, die von seinem Vater ausstrahlten; dankbar erwiderte er: »Ich bin froh, daß du da bist.«

»Irgendwie hatte ich das Gefühl, du würdest mich brauchen«, kam es von Morvryn. »Zwar war das, was gestern geschah, keine Überraschung für dich, denn wir hatten ja zuvor darüber gesprochen. Aber trotzdem ...«

»Gerade dachte ich über die jähen Umschwünge in unserem Leben nach«, murmelte der Halbwüchsige. »Und so manches, was auf uns zukommen könnte, machte mir angst ...«

Morvryn nickte. »Ich verstehe dich gut, weil ich ähnlich wie du empfinde. Und ebenso fühlt Arwen, auch wenn sie es nach außen hin nicht zeigen darf, sondern um der Menschen unseres Stammes willen Zuversicht und Stärke demonstrieren muß.«

»Mutter benötigt deine, Gwendydds und vielleicht auch meine Hilfe mehr denn je«, sagte Myrddin leise. Er besann sich und setzte gepreßt hinzu: »Doch ich habe mit Gwydion vereinbart, so rasch wie möglich nach Barclodiad zurückzukehren ...«

»Was genau habt ihr abgemacht?« fragte Morvryn.

»Der Pendruid dachte, daß ich in der Woche vor Alban Heruin wieder auf Môn eintreffen könnte«, beschied der Dreizehnjährige seinen Vater.

»Bis dahin ist es nur noch ein Monat«, äußerte Morvryn. »Und sofern wir etwa zwei Wochen für deine Reise rechnen ...«

»Dann bleiben mir gerade ...« Myrddin unterbrach sich, weil er neuerlich Schrittgeräusche vernahm. Als der Halbwüchsige und sein Vater sich umschauten, sahen sie Gwendydd und Arwen heranschreiten. Wie kaum je zuvor wurde dem Dreizehnjährigen bewußt, wie sehr er die beiden Frauen liebte – und in einer spontanen Entscheidung rief er ihnen zu: »Eben habe ich beschlossen, daß ich bis zur Sommersonnenwende bei euch verweilen und erst nach Alban Heruin Abschied nehmen werde.«

»Und dies, obwohl Myrddin eigentlich bereits vor den Sonnwendfeiern in Barclodiad erwartet wird!« fügte Morvryn hinzu; sodann zog er seinen Sohn an die Brust.

Gleich darauf umarmten auch Gwendydd und Arwen den Halbwüchsigen; nachdem sie Myrddin wieder freigegeben hatte, erkundigte sich die junge Königin: »Aber wird Gwydion dein eigenmächtiges Handeln denn billigen?«

»Nicht nur von euch, sondern auch vom Pendruid in Barclodiad y Gawres lernte ich, daß es niemals falsch ist, der Stimme des Herzens zu gehorchen«, antwortete der Dreizehnjährige – und als er die tiefe Dankbarkeit in den Augen seiner Angehörigen sah, begriff er, welch wertvolles Geschenk er ihnen gemacht hatte.

***

Im Verlauf der nächsten fünf Wochen tat Myrddin alles, um seine Eltern und Gwendydd bei der Erfüllung ihrer vielfältigen Pflichten zu unterstützen. Das Wissen, das er sich in der Druidenschule angeeignet hatte, ermöglichte es ihm, sich sinnvoll einzubringen – und was Arwen anging, so wuchs sie schnell in ihre hohe Aufgabe hinein. Als an Alban Heruin die altehrwürdigen Rituale zelebriert wurden, spürte der Sohn des königlichen Paares, daß die Bewohner des Duns und die auswärtigen Festgäste seiner Mutter große und teils sogar liebevolle Achtung entgegenbrachten; dies wiederum erleichterte es ihm selbst, sich innerlich auf die nun unvermeidlich gewordene Abreise vorzubereiten.

Am dritten Morgen nach den Feierlichkeiten umarmte Myrddin ein letztes Mal seine Angehörigen; dann schwang er sich in den Sattel des Pferdes, das ihn zurück nach Môn tragen sollte. An der Spitze der deceanglischen Kriegerschar, die ihn eineinhalb Monate zuvor von der heiligen Insel in den Süden begleitet hatte, trabte er ins Tywi-Tal hinunter. Dort trieb der Anführer des dreizehnköpfigen Reitertrupps, ein Edler namens Cadno, sein Roß neben das Tier des Halbwüchsigen und sagte: »Hoffentlich werden wir unterwegs nicht auf Feinde treffen.«

»Wenn es der Wille der Andersweltlichen ist, wird es so sein – doch es könnte auch anders kommen«, erwiderte Myrddin. Spontan hatte er den Satz ausgesprochen; mit dem nächsten Lidschlag setzte er, wie über sich selbst verwundert, hinzu: »Aber was rede ich da? Unser Ritt vor sechs Wochen verlief friedlich, und daher haben wir wohl auch jetzt keine Gefahren zu befürchten. Denn die Sassenach stehen im Südosten und werden dort von Emrys bedrängt, und Gwrtheyrn scheint spurlos verschwunden zu sein.«

»Wahrscheinlich hast du recht«, nickte Cadno – und während der folgenden elf Tage, in denen der Druidenschüler und seine Beschützer stetig nach Norden ritten, stieß ihnen in der Tat nichts Ungewöhnliches zu.

Am Vormittag des zwölften Reisetages sodann erreichte die Kavalkade, die sich nun bereits weit im Nordwesten von Gwynedd befand, den Glaslyn-Paß, der ins Gebirgsmassiv des Eryri Gwyn emporführte. Entlang eines auf dem Talboden herabschäumenden Flusses drangen die Reiter tiefer und tiefer in die Bergwildnis vor; als die Sonne im Zenit stand, gelangten Myrddin und seine Begleiter an das Gestade eines kleinen Sees.

»Ein guter Rastplatz«, rief Cadno – doch ehe er und die anderen von den Pferden steigen konnten, wurden sie angegriffen.

Urplötzlich brachen um die vierzig Krieger, welche Streitäxte, Langschwerter, Wurfspeere und Helme mit Büffelhörnern trugen, aus einem Waldstück am Ufer des Gewässers hervor. Blitzschnell umzingelten die Germanen den Halbwüchsigen und die Deceanglier. Obwohl ihnen die Feinde mehrfach überlegen waren, zogen die Britannier ihre Schwerter – aber bevor es zum ungleichen Kampf kommen konnte, warnte ein Hüne mit rotblonder Haarmähne, der offenbar der Befehlshaber der Sassenach war, die Kelten in ihrer Sprache: »Besser, ihr steckt die Klingen wieder weg! Sonst schlachten wir euch gnadenlos ab!«

»Und was werdet ihr tun, wenn wir uns ergeben?« fragte Cadno mit gepreßter Stimme.

»Das wird unser Herr entscheiden«, antwortete der germanische Anführer; zugleich drängten sich seine Krieger noch etwas näher an die Britannier heran.

Notgedrungen mußten die Kelten ihre Schwerter zurück in die Scheiden stoßen; nachdem sie es getan hatten, forderte der Rotblonde: »Und jetzt runter von euren Rössern!«

Stumm gehorchten die Deceanglier und Myrddin; als sie abgesessen waren, deutete der Hüne auf einen dichtbewaldeten Hügel mit schroffen Hängen, der sich über dem Westufer des Sees erhob, und erklärte den Kelten: »Ich und meine Männer werden euch nun zum Gipfel dieser Anhöhe bringen.«

Neuerlich blieb den Britanniern nichts anderes übrig, als sich zu fügen. Ihre Pferde an den Zügeln führend und von den Sassenach flankiert, schritten sie zum Hügelfuß und drangen dort in den scheinbar urweltlichen Forst ein. Anfangs war das Vorwärtskommen schwierig; bald jedoch gelangten die Kelten und ihre germanischen Bewacher jenseits einer mit Schlingpflanzen getarnten Felsspalte auf einen gebahnten Pfad. Entlang dieses gewundenen Weges ging es immer höher; schließlich erreichte man die flache, fast ebene Kuppe der Erhebung – und im selben Moment, da der Blick auf das Gipfelplateau frei wurde, blieben Myrddin und die Deceanglier überrascht stehen.

Die Hügelkuppe war gerodet; nur an ihren Rändern rauschte der Wind in den Kronen mächtiger Eichen, die einen natürlichen Sichtschutz um den Platz bildeten. Unter diesen Bäumen lagerten Hunderte von Kriegern; andere saßen vor hölzernen Langhäusern, die an verschiedenen Stellen des Plateaus errichtet worden waren. Bei den Bewaffneten handelte es sich teils um Sassenach, teils um Britannier, wie Myrddin und seine Begleiter bei genauerem Hinsehen feststellen konnten. Dieser Umstand steigerte ihre Bestürzung noch, und für zusätzliche Verwirrung unter den Gefangenen sorgte das, was sie in der Mitte der Hügelkuppe sahen. Denn dort gab es ein doppelstöckiges Balkengebäude, das offenbar für einen Adelsherrn erbaut worden war, und nahebei ragte das zackige Mauerwerk eines unvollendeten rechteckigen Turmsockels empor; eines steinernen Stumpfes, der wie ein riesiger abgebrochener Zahn wirkte.

Der Rotblonde ließ den Deceangliern und Myrddin Zeit, sich einigermaßen wieder zu fassen; sodann wies er zum Zentrum des Gipfelplateaus und befahl grinsend: »Da hinüber! Zum Eichenhaus desjenigen, der über euer Schicksal entscheiden wird.«

Während die Gefangenen zu dem hohen Gebäude neben dem Turmstumpf eskortiert wurden, rannten zahlreiche Krieger herbei, um die kleine Schar der zu Fuß gehenden Reiter zu verspotten; die übrigen Bewaffneten versammelten sich lärmend bei dem Balkenhaus. Als Myrddin und seine Gefährten dort ankamen, schollen ihnen, insbesondere aus den Mündern der Germanen, wilde Drohungen entgegen – gleich darauf aber verstummten die Schreier, weil ein Mann in der metallbeschlagenen Brünne eines Adligen unter dem Portal des Gebäudes erschien und ihnen mit herrischer Geste Schweigen gebot.

Nachdem Ruhe eingekehrt war, wandte sich der etwa vierzigjährige Gepanzerte, dessen narbiges Gesicht mit den stechenden dunklen Augen von seltsam fahlfarbenem Haar umrahmt war, an den Hünen, der vor Cadno und Myrddin stand, und sagte feixend zu ihm: »Statt der Hirsche, die du mit deinen Leuten jagen wolltest, hast du menschliche Beute erwischt. Wer sind denn diese Berittenen, die offensichtlich nicht sehr sattelfest waren?«

»Sie haben es mir bisher noch nicht verraten«, erwiderte, ebenfalls grinsend, der Rotblonde. »Doch dir werden sie gewiß Auskunft geben, wenn sie erfahren, daß du ihr Oberherr bist.«

»Mein Oberherr?!« Myrddin, der ahnte, wer der Mann mit dem zernarbten Antlitz war, hatte nicht länger an sich zu halten vermocht. Jetzt machte er sich von Cadno frei, der ihm unwillkürlich die Hand auf die Schulter gelegt hatte, trat drei Schritte vor, schoß einen zornigen Blick auf den Gepanzerten und fuhr fort: »Ich bin in einem Herrscher-Dun geboren, und meine Familie erkennt einzig den Ard Rhi Emrys als ihren Oberherrn an! Der Hochkönig aber bist du bestimmt nicht, da sich unter deinen Kriegern Scharen von Sassenach befinden! Vielmehr vermute ich, daß dein Name geächtet ist, weil du den denkbar schlimmsten Verrat an den britannischen Volksstämmen geübt hast!«

Unter den Männern des Narbengesichtigen wurde wütendes Murren laut. Der Gepanzerte selbst hingegen zeigte kaum eine Regung; er preßte lediglich die Lippen zusammen, dann fragte er den Halbwüchsigen: »Und wie, glaubst du, heiße ich?«

»Du läßt dich von deinen Gefolgsleuten Fawr Tigern nennen, doch dein wahrer Name lautet Gwrtheyrn«, antwortete Myrddin.

»So ist es!« erklärte der Narbengesichtige. »Ich bin Gwrtheyrn und habe mir den Titel, den ich trage, mit dem Schwert erworben! Und nun würde ich gerne hören, wie man dich nennt, der du wohl ebenfalls von Adel bist, da du in Begleitung einer starken, wenn auch nicht sonderlich tapferen Kriegerschar reist.«

Der Druidenschüler, plötzlich ernüchtert, rang mit sich. Sein Verstand warnte ihn davor, sich zu erkennen zu geben –

aber im nächsten Moment zwang ihn etwas, das seine Befürchtungen überlagerte, zu den Worten: »Ich heiße Myrddin, und meine Mutter Arwen ist die Herrscherin der Demetier!«

Gwrtheyrn erstarrte. Wie gebannt fixierte er den Dreizehnjährigen; endlich stieß er hervor: »Du bist wahrhaftig von edelstem Blut …« Er tat einen tiefen Atemzug, faßte sich und sprach weiter: »Von edelstem Blut, obwohl du der Königsfamilie eines Stammes angehörst, der mir feindlich gesinnt ist. Doch dies ist in unserem Fall zweitrangig …« Er verzog den Mund zu einem bösartigen, tückischen Feixen, welches wie das eines Geistesgestörten auf Myrddin wirkte. »Dies ist nicht so wichtig, denn es zählt letztlich nur eins: Daß das Menschenopfer zu dem Zeitpunkt, da die Gottheiten es von mir verlangen, dargebracht wird!«

»Ein Menschenopfer?!« Empört funkelte der Druidenschüler den Gepanzerten an. »Die Andersweltlichen verabscheuen solche Barbarei, und meine Lehrer auf Môn …«

»Nein, nein!« schnappte Gwrtheyrn. »Die Götter lieben Blut! Insbesondere Blut, das in den Adern eines Herrschersohnes fließt! Deshalb muß es vergossen werden, deshalb muß es den Opferstein tränken! Und sobald es geschehen ist, muß der hingeschlachtete Leib im Turmsockel eingemauert werden! Nur so nämlich kann ich mein Bauwerk vollenden! Den mächtigen Bau, der mich vor meinen Feinden schützen soll …«

Der Wahnsinnige deutete auf den Turmstumpf. »Seit Wochen bemühen sich meine Männer, die Mauern hochzuziehen! Aber immer wieder stürzt das Steingefüge ein! Weil die Gottheiten das Menschenopfer verlangen, ehe sie mir gestatten, den Fluchtturm zu bewohnen! Schon lange ahnte ich, daß die Götter mich eines Tages auf diese Weise prüfen würden! Und jetzt haben sie dafür gesorgt, daß ich sie durch das Blutopfer gnädig stimmen kann! Indem sie dich in meine Hände gaben! Und nun, in dieser Stunde noch, wollen die Gottheiten dein Leben, Sohn der demetischen Königin!«

Mit einigen schnellen Schritten war Gwrtheyrn bei Myrddin und packte ihn am Arm, um ihn zu dem rechteckigen Turmsockel zu zerren. Cadno hastete vor und versuchte, dem Halbwüchsigen beizuspringen; auch die übrigen Deceanglier machten Anstalten, Myrddin zu Hilfe zu kommen – doch es war aussichtslos. Keiner der Krieger aus Aberffraw brachte sein Langschwert aus der Scheide; vielmehr wurden die Männer von jeweils drei, vier Germanen festgehalten und mußten entsetzt mit ansehen, wie der Irrsinnige den Druidenschüler wegschleppte.

Beim Turmstumpf zwang Gwrtheyrn den Dreizehnjährigen auf die Knie, hielt ihn mit brutalem Genickgriff nieder und befahl einer in der Nähe stehenden Gruppe von Sassenach: »Bringt den Felsblock her, der da rechts von euch liegt!«

Die Germanen rollten den Klotz vor Myrddin und Gwrtheyrn hin. Der Wahnsinnige preßte den Oberkörper des Druidenschülers auf den Stein; dann zog er mit der freien Hand seinen Dolch, schwang ihn durch die Luft und rief: »Schaut zu mir herab, ihr Götter! Und nehmt das Opfer an, das ich euch darbringe!«

Gleich darauf holte er mit der scharfen Klinge aus, um Myrddin abzuschlachten – aber im selben Augenblick glückte es dem Halbwüchsigen, Gwrtheyrn zu entschlüpfen.

Es war wie ein Wunder. Eben noch hatte Myrddin scheinbar wehrlos mit der Brust auf dem Felsklotz gelegen; jetzt plötzlich stand er dem Mann, der ihn hatte ermorden wollen, so gegenüber, daß der Stein ihn deckte.

Gwrtheyrn stieß einen Wutschrei aus und duckte sich, um über den Felsblock zu setzen und den Druidenschüler erneut zu packen – doch da erklang Myrddins Stimme: »Halt ein! Fordere die Andersweltlichen nicht weiter heraus! Sonst wirst du nie erfahren, warum du den Turmbau nicht vollenden konntest!«

Der Narbengesichtige prallte zurück, als hätte ihn ein unsichtbarer Hieb getroffen. »Was meinst … du damit?« stammelte er.

»Wenn du mir schwörst, mich nicht länger zu bedrohen, werde ich dir Auskunft geben«, erwiderte der Druidenschüler.

»Ich verspreche es dir«, sagte Gwrtheyrn, der nun auf einmal wie betäubt wirkte. Dann, während seine Krieger betroffen murmelten, schob er mit zitternder Hand den Dolch in die Scheide.

»Sehr gut!« kam es von Myrddin. »Und jetzt, da du mir gehorcht hast, sollst du von mir hören, weshalb es deinen Leuten unmöglich war, den Turm zu errichten …«

Damit erklomm der Dreizehnjährige die lückenhafte Bruchsteinmauer des Bauwerks an einer Stelle, die nur mannshoch war, und wies ins Innere des Turmsockels. »Dort unten rumoren die Kräfte, welche die Arbeit deiner Männer das eine um das andere Mal zunichte machten, Gwrtheyrn. Aber das Mauergefüge brach keineswegs wieder und wieder zusammen, weil die Gottheiten es so beschlossen hatten. Vielmehr liegt die Ursache für das Mißlingen deines Bauvorhabens darin, daß sich unter dem Turmstumpf zwei Drachen verbergen, welche zuweilen miteinander kämpfen und auf diese Weise die Erde erschüttern.«

»Du lügst, Bursche!« brüllte ein grobschlächtiger germanischer Krieger. »Du willst unseren Herrn durch deine Schauermärchen bloß aufs Glatteis führen!«

»Noch in dieser Stunde wirst du das Drachenpaar sehen!« gab Myrddin dem Schreier heraus. Sodann wandte er sich neuerlich Gwrtheyrn zu. »Und auch du sollst die Unterwelttiere erblicken – doch dazu ist es nötig, daß du meinen Gefährten die Erlaubnis erteilst, das Erdreich innerhalb der Mauern aufzugraben.«

»Laß deine Begleiter unverzüglich mit der Arbeit beginnen!« verlangte der Narbengesichtige.

»Ihr habt Gwrtheyrns Befehl gehört!« rief der Druidenschüler den Sassenach zu, welche die Deceanglier festhielten.

Sofort gaben die Germanen Cadno und die anderen Krieger aus Aberffraw frei, und wenig später taten die Deceanglier im Geviert des Turmsockels die ersten Spatenstiche.

Myrddin hatte ihnen einen bestimmten Platz bezeichnet, wo sie graben sollten; nun beobachteten der Druidenschüler, der neben ihm stehende Narbengesichtige und eine Gruppe von Unterführern Gwrtheyrns, wie die fünf auf fünf Schritte messende Grube, welche die Krieger von Môn aushoben, allmählich tiefer wurde. Schließlich, als die Deceanglier, welche direkt auf dem Grund des Erdloches arbeiteten, kaum noch über den Grubenrand schauen konnten, klirrte der Spaten eines der Männer gegen etwas Festes. Der Krieger bückte sich und scharrte mit den Händen; im nächsten Moment richtete er sich auf und beschied Myrddin erregt: »Es liegt etwas sehr Seltsames hier unten!«

»Was genau?« fragte der Druidenschüler.

»Rede schon!« drängte der Narbengesichtige.

»Ich glaube, es handelt sich um eine Platte aus gebranntem Ton«, erklärte der Deceanglier. »Und in ihre Oberseite sind farbige, vielleicht wertvolle Steinchen eingefügt.«

»Reinigt die Tonplatte und ihre Umgebung sorgsam vom Erdreich«, wies Myrddin die Krieger in der Grube an.

Eifrig arbeiteten die Deceanglier weiter. Bald hatten sie eine völlig ebene Fläche freigelegt, welche eine Ausdehnung von drei Schritten in der Länge und einem in der Breite besaß; überall waren dicht an dicht die kleinen, verschiedenfarbigen Steinfragmente zu erkennen.

Jetzt spähte der Druidenschüler, langsam um dessen Rand schreitend, angespannt in das Erdloch; sodann forderte er die Krieger auf: »Kommt nun heraus und laßt euch von Gwrtheyrns Leuten ein paar Schläuche mit Wasser geben.«

Nachdem die Deceanglier aus der Grube gestiegen waren und den Turmstumpf verlassen hatten, knieten Myrddin und die Männer, die bei ihm waren, rings um das Erdloch nieder und versuchten, Genaueres als bisher auf dessen Grund auszumachen. Sie glaubten, vage Umrisse zu erkennen, die geheimnisvolle Figuren erahnen ließen; mehr aber wurde zumindest dem Narbengesichtigen und dessen Gefolgsleuten vorerst nicht deutlich.

Schließlich kamen die Krieger mit den Wasserschläuchen zurück. Der Druidenschüler, Gwrtheyrn und die anderen erhoben sich wieder; dann befahl der Halbwüchsige den Deceangliern: »Schwemmt die freigelegte Fläche in der Grube sauber.«

Die Krieger gehorchten; Wasserguß auf Wasserguß schwappte in das Erdloch – plötzlich stieß der Narbengesichtige hervor: »Die Drachen! Das Drachenpaar, von dem du gesprochen hast, Myrddin!«

In der Tat waren auf dem gereinigten Grubenboden jetzt zwei solcher Andersweltriere zu sehen: Bildnisse geflügelter Drachen mit erhobenen Tatzen und drohend aufgerissenen Rachen, welche sich wie in zornigem Kampf gegenüberstanden. Der eine feuchte Drachenleib schimmerte in changierend rotem, beinahe magischem Glanz; der andere war größtenteils weiß, jedoch liefen über seine Flanken, seinen Schädel und seine Schwingen giftgrüne und fahlgelbe Zackenlinien.

Ein Fußbodenmosaik aus der Zeit, da die Ruheiniog in Britannien herrschten, dachte der Druidenschüler; zugleich hatte er das Empfinden, als könnte er wie durch einen Nebelschleier hindurch die luxuriöse Villa erkennen, welche sich einst auf der Hügelkuppe über dem See erhoben hatte.

Versonnen schaute Myrddin in das Erdloch; dann hörte er Gwrtheyrn murmeln: »Diese abgründigen Tiere, denen zweifellos finstere Macht innewohnt, waren es also, die meinen Turmbau verhinderten.« Der Narbengesichtige packte den Druidenschüler am Arm. »Was wirst du nun unternehmen, um den bösen Zauber der Drachen zu brechen?!«

Myrddin befreite sich von Gwrtheyrns Griff. »Ich habe dir nicht versprochen, meine Kräfte mit denen der Flügeldrachen zu messen. Ich kündigte dir lediglich an, dir das Drachenpaar zu zeigen, das sich unter dem Turmsockel verbarg. Und jetzt, da du die Andersweltiere erblickt hast …«

Der Druidenschüler verstummte. Etwas in seinen Augen veränderte sich; sein Antlitz wirkte jäh entrückt – im nächsten Moment verkündete er in ovatischer Trance: »Die Gottheiten fordern dich auf, deinen Blick auf den Roten Drachen zu richten, Gwrtheyrn! Denn er leidet und wird weiterhin furchtbar leiden. Im Weißen Drachen nämlich hat er einen schrecklichen Widersacher; einen grausamen Feind, der für die Sassenach streitet. Für die Horden der Beilkrieger, die Britannien verheeren, und du, Gwrtheyrn, trägst große Mitschuld daran, daß das Land so fürchterlich geschunden wird. Wegen deines Verrats, Gwrtheyrn, wird es dem Weißen Drachen um so leichter gelingen, den Roten Drachen weiter und weiter zurückzutreiben. Den Roten Drachen, der für die Menschen Britanniens kämpft, die vom Weißen Drachen bedrängt werden. Der Rote Drache aber streitet für die Berge und Täler dieses Landes, welche mehr und mehr verwüstet werden, und für die Flüsse, die sich zunehmend blutig färben …«

Erneut schwieg Myrddin einige Atemzüge lang; sodann, während der Narbengesichtige und dessen Gefolgsleute entsetzt und die Deceanglier wie gebannt auf den Druidenschüler starrten, prophezeite dieser eine Fülle weiterer künftiger Geschehnisse. Er sprach von einem Eber, der in Cornueille zur Welt kommen und die Sassenach zerfleischen würde; er sagte voraus, daß Barden vieler Völker die Taten dieses Königsebers noch in Jahrtausenden preisen würden. Er sprach von neuerlichem Vordringen der Feinde Britanniens in der Zeit nach dem Tod des Ebers; er beschwor Bilder herauf, wonach sich Krieger des Roten Drachen in tiefster Wildnis verstecken müßten. Er sprach von einem Wiedererstarken der Erben des Königsebers in ferner Zukunft; er weissagte, daß der Same des Weißen Drachen ausgetilgt werden würde, weil dessen Sklaven ihre eigene Mutter, die göttliche Erde, aufs schändlichste beleidigt, ausgebeutet und verwundet hätten. Auch sprach er von einem dämonischen Stachel der Gier, durch den sich das Götterfeindliche selbst hinmorden würde; zuletzt sagte er den umfassenden Sieg des Roten Drachen vorher: den Triumph jener, welche sich von der Bösartigkeit des Weißen Drachen nicht hätten unterjochen lassen.

Nachdem Myrddin geendet hatte, herrschte für eine Weile Totenstille; schließlich stieß Gwrtheyrn, die Faust um den Schwertgriff gekrampft, hervor: »Du wagst es, mir solche Dinge zu verkünden?! Mir, der ich dich in meiner Gewalt habe!«

»Ich wage noch mehr!« antwortete der Druidenschüler, der sich inzwischen aus seiner Trance gelöst hatte. »Jetzt nämlich werde ich dir zusätzlich zu dem, was du bereits hörtest, noch etwas mitteilen! Und dieser Prophezeiung solltest du besonders aufmerksam lauschen! Denn sie betrifft dein ganz persönliches Schicksal!«

Der Narbengesichtige erbleichte; er schien innerlich mit sich zu ringen, dann sagte er stockend: »Sprich ... Verheimliche mir nicht ... was dir über mich ... offenbart wurde.«

Myrddin faßte Gwrtheyrn scharf ins Auge. »Die Andersweltlichen haben deinen Untergang beschlossen! Ehe das Jahr sich neigt, wird Emrys, der Ard Rhi, dich in deinem Versteck aufspüren! Und seine Krieger werden dafür sorgen, daß du dein Leben auf dreifache Art verlierst: durch einen Speer, durch einen Turm, der unter dir zusammenstürzt, und durch Feuer!«

Ein keuchender Laut drang aus der Kehle des Narbengesichtigen; einer seiner Unterführer – es war der rotblonde Hüne, welcher den Druidenschüler und dessen Gefährten gefangengenommen hatte – zückte seine Streitaxt und rief zornig: »Erlaube mir, den Burschen zu erschlagen, Gwrtheyrn!«

Doch der Narbengesichtige schüttelte wie benommen den Kopf und ächzte: »Nein ... Das wäre vermessen ... Wäre gegen den Willen der Götter ...«

»So ist es!« erklärte Myrddin mit fester Stimme. »Und nun, Gwrtheyrn, erwarte ich, daß du deinen Männern befiehlst, mich und meine Begleiter unbehelligt davonreiten zu lassen!«

»Ich werde euch selbst zu dem Pfad geleiten, auf dem ihr zum See hinunter gelangt«, versprach der Narbengesichtige, der jetzt noch betäubter als zuvor wirkte.

Gleich darauf machte Gwrtheyrn seine Ankündigung wahr. Er ging dem Druidenschüler und den Deceangliern voran zu deren Pferden; nachdem Myrddin und die Krieger aus Aberffraw sich in die Sättel geschwungen hatten, begleitete der Narbengesichtige sie zum Rand des Hügelplateaus, und niemand wagte es, die Hand gegen die Reiter zu erheben.

Unter den Eichen, welche das gerodete Areal umgaben, blieb Gwrtheyrn zurück. Wie schutzsuchend lehnte er sich an einen der knorrigen Baumstämme und schaute dem Druidenschüler und dessen Gefährten nach, bis sie im Wald verschwunden waren. Sodann wandte er sich um und winkte seine Unterführer herbei, welche abwartend in der Nähe standen.

Langsam, betroffen unter sich tuschelnd, schritten die Kriegsleute zum Saum des Forstes – und dort sagte Gwrtheyrn zu ihnen: »Ich möchte nicht länger auf dieser Anhöhe bleiben … Nach allem, was hier passierte, ist es mir unmöglich. Weist also eure Männer an, daß sie sich zum Aufbruch fertigmachen sollen. Und gleich morgen mit dem ersten Sonnenlicht ziehen wir ab, um uns anderswo einen besseren Zufluchtsort zu suchen …«

***

Als Myrddin am nächsten Tag erwachte, hatte er abermals eine kurze Vision, in welcher er den Heerbann des Narbengesichtigen nach Südwesten marschieren sah. Der Dreizehnjährige und die Deceanglier befanden sich ihrerseits bereits weit nördlich des nun verwaisten Hügels, auf dessen Kuppe der Turmstumpf emporragte – und bis zur Abenddämmerung hatten sie das Gebirgsmassiv des Eryri Gwyn überwunden und sahen die Meerenge vor sich, welche das heilige Eiland Môn vom Festland trennte. Am folgenden Morgen bestiegen sie eine Barke, die sie über den Sund brachte, und danach war es nur noch ein knapp eintägiger Ritt bis Barclodiad y Gawres, wo Myrddin mit Freude und Erleichterung empfangen wurde.

Beim abendlichen Mahl mit Gwydion und den übrigen Druiden erzählte der Halbwüchsige, was in seiner demetischen Heimat geschehen war. Auch über die Begegnung mit Gwrtheyrn und die Ereignisse in dessen abgelegener Bergfestung berichtete er; erschüttert lauschten ihm die Großen Wissenden, und zuletzt äußerte der Pendruid tiefbewegt: »Es waren die Andersweltlichen, Myrddin, welche dich zu demjenigen führten, der Britannien verraten und unsägliche Verbrechen begangen hat! Die Gottheiten sandten dich zu Gwrtheyrn, damit du ihn durch deine geistige Kraft überwinden und ihm sein Ende ankündigen solltest! Und Aufgabe des Ard Rhi ist es jetzt, das Urteil zu vollstrecken, welches die Andersweltlichen als Strafe für dessen Untaten über den Verbündeten des Weißen Drachen verhängten!«

»Ehe ich mich in Aberffraw von meinen Begleitern verabschiedete, suchten Cadno und ich König Uddyr auf«, erwiderte der Dreizehnjährige. »Und dieser schickte sofort einen Kuriertrupp los, dessen Anführer dem Ard Rhi die Botschaft überbringen wird, daß Gwrtheyrn offenbar auf die Lleyn-Halbinsel geflohen ist. Weiter will der Pendraig so rasch wie möglich mit einem Heerbann nach Süden ziehen, um die mächtige Halbinsel abzuriegeln – und sobald dann Emrys zu Uddyr stößt, werden ihre vereinigten Kampfscharen die Bergschluchten und Küstenbuchten auf Lleyn durchkämmen und den Verräter aufspüren, wo immer er sich auch verkrochen haben mag.«

Noch lange saßen die Großen Wissenden und Myrddin in dieser Nacht zusammen; bei Sonnenaufgang des nächsten Tages stieg der Halbwüchsige zur Weihestätte empor und betete in dem uralten Grabmal zu den Gottheiten, den Sídhe und den Toten, die ihn auf seiner Reise beschützt hatten. Danach kehrte er in den Druidenhain zurück, und wenig später lauschte er im Kreis seiner Mitschüler erstmals nach zwei Monaten wieder den Worten des bardisch ausgebildeten Lehrers, welcher die Gruppe an diesem Morgen unterrichtete. Nachmittags vertiefte ein anderer Großer Wissender die astronomischen Erkenntnisse der Jugendlichen; schließlich, als die Sonnenscheibe schon schräg am südwestlichen Himmel stand, widmeten sich die männlichen und teils auch die weiblichen Druidenschüler zum Ausgleich für die mentalen Anstrengungen verschiedenen Waffenübungen.

In diesem abwechslungsreichen Rhythmus von anspruchsvoller geistiger Betätigung und körperlicher Herausforderung verstrichen auch die folgenden Wochen. Allmählich kam der Sommer zur Reife; wie jedes Jahr wurde zur Erntezeit Lughnasad gefeiert, und knapp zwei Monate danach, zur Herbsttagundnachtgleiche, zelebrierten die Großen Wissenden die Rituale anläßlich des Festes Alban Elued. Während der aromatische Rauch des Opferfeuers, das bestimmte Kräuter und geweihte Feldfrüchte verzehrte, zum Firmament aufstieg, hatte Myrddin plötzlich das Gefühl, als würde er von weit her aus dem Süden wildes Kriegsgeschrei vernehmen – und tatsächlich brachte am dritten Tag nach den Herbstfeiern ein Abgesandter Uddyrs die Kunde nach Barclodiad, daß Gwrtheyrn, der Verräter an den britannischen Volksstämmen, ein grauenhaftes Ende gefunden hatte.

Es war alles eingetroffen, was der Dreizehnjährige dem Narbengesichtigen über dessen Tod prophezeit hatte, und der Bote des Pendraig schilderte die Ereignisse so:

»Gemeinsam mit den Kampfscharen des Ard Rhi rückte unser Heerbann auf die Lleyn-Halbinsel vor. Wochenlang forschten wir nach der Mord- und Raubbande Gwrtheyrns; zuletzt, es war an der Nordküste, gab ein Fischer einigen Spähern den entscheidenden Hinweis. Der Mann berichtete, er hätte ein paar Nächte zuvor, als er in seinem Curragh draußen auf See gewesen sei, vielfachen Glutschein in einer von schroffen Felswänden geschützten Meeresbucht beobachtet. Nachdem Emrys davon erfahren hatte, zog er unsere Streitmacht an diesem Ort zusammen; dann stiegen wir, mühsam genug, in die von grauschwarzem Schiefergestein umschlossene Küstenschlucht hinab.

Es war, als drängen wir ins finstere Reich der Fomorier vor; schließlich erblickten wir auf einem Felsrücken tief unten in der Kluft einen Palisadenwall und dahinter einen Holzturm. In dieser offenbar hastig errichteten Festung hatten sich die Feinde verschanzt; wir umzingelten Gwrtheyrns letzte Zufluchtsstätte, und danach entbrannte der Kampf. Da wir in der Übermacht waren, dauerte es nicht lange, bis wir den Dun gestürmt und die meisten Verteidiger niedergemacht hatten. Etwa vierzig Männern jedoch war es gelungen, sich in den Turm zu retten, und unter diesen Kriegern befand sich auch unser schlimmster Feind.

Von der Turmplattform warfen Gwrtheyrn und die anderen Steinbrocken auf uns herab; wir wiederum schleuderten Speere hinauf und schossen mit Brandpfeilen. Nach einer Weile sodann fingen die Balkenstreben des Bauwerks Feuer; immer höher schlug die Lohe empor, und im selben Moment, da sie die Wehrplattform erreichte, wurde der Verräter an der britannischen Sache von einem Wurfspeer in die Halsgrube getroffen. Wiederum einen Augenblick später stürzte der von den Flammen umtoste Turm ein und begrub Gwrtheyrn und die Männer, die bei ihm waren, unter seinen Trümmern, so daß ihre zerschmetterten Leiber in der Feuersbrunst verkohlten.«

Schnell verbreitete sich die Nachricht vom dreifachen Tod desjenigen, der dem Weißen Drachen gedient hatte, in Gwynedd, in Cymru, in Cornueille und in den übrigen Landesteilen. Voller Freude und Erleichterung bejubelten die freien Kelten den endgültigen Sieg des Ard Rhi über den blutsäuferischen Verbündeten der Sassenach; bald in diesem Herbst und Winter taten auch die Barden das Ihrige und schilderten den Kampf in der Küstenschlucht, die jetzt häufig mit dem Namen Nant Gwrtheyrn belegt wurde. Aber nicht nur der Erfolg des Hochkönigs wurde von den Dichtern gewürdigt; auch über Myrddin und dessen Weissagung, die sich bis ins kleinste bewahrheitet hatte, sangen die Barden. So wurde der ovatisch hochbegabte Druidenschüler und Sproß der demetischen Herrscherfamilie weit über die Grenzen seiner Heimat hinaus bekannt; Myrddin selbst jedoch lebte zurückgezogen im Hain von Barclodiad und vertiefte dort sein Wissen über die Natur der irdischen Welt und das Wesen von Annwn.

In den Jahren nach der Schlacht von Nant Gwrtheyrn kümmerte sich der Heranwachsende zudem um einen jüngeren Zögling im Druidenhain: einen stillen Bauernsohn von der Lleyn-Halbinsel, der Fychan hieß und oft unter quälender Sehnsucht nach seinen Angehörigen litt. Freundschaftlich nahm sich Myrddin des sensiblen Knaben an und erleichterte es ihm durch seine Zuwendung, den Pfad des Lernens zu beschreiten. Einmal, Fychan weilte mittlerweile den dritten Sommer in Barclodiad, unternahmen Myrddin und einige ältere Schüler eine mehrtägige Bootsfahrt mit ihm; die Ausflügler besuchten das geheimnisvolle, der Mondgöttin geweihte Eiland Caer Arianrhod südlich von Môn und ruderten anschließend entlang der Lleyn-Küste bis zu deren äußerstem Kap, dem gegenüber die Ynys Vytrin im Meer lag. Als die Druidenschüler auf der Gläsernen Insel aus ihrem Curragh stiegen, sagte Fychan versonnen: »Später, wenn ich meine Ausbildung abgeschlossen habe, könnte ich hier vielleicht als Großer Wissender wirken ...« – und Myrddin, der im Frühling zuvor seinen sechzehnten Geburtstag gefeiert hatte, antwortete lächelnd: »Womöglich haben die Andersweltlichen den Wunsch, den du soeben geäußert hast, vernommen.«

Als der demetische Königssproß sein siebzehntes Lebensjahr vollendete, überraschten ihn Morvryn und Arwen durch ihren Besuch. Das Herrscherpaar blieb eine volle Woche zu Gast in Barclodiad; während dieser Zeit weilte auch Uddyr Pendraig für drei Tage im Druidenhain und tauschte sich ausgiebig mit der Königin aus dem Südwesten Cymrus, deren Gemahl und dem nun fast schon erwachsenen Myrddin aus. Häufig drehten sich die Gespräche um den harten Abwehrkampf, den Emrys im Osten Britanniens gegen die Sassenach führte: gegen Hengist und Horsa und zusätzlich gegen germanische Kriegerscharen von jenseits des Meeres, deren Schiffe einmal hier, einmal dort an den Küsten der Kenten, Trinovanten und Icener landeten.

Weil die Gefahr, welche von den Sassenach ausging, so bedrohlich wie eh und je war, beschlossen Uddyr und Morvryn zuletzt, dem Ard Rhi bereits im übernächsten Monat ein vereinigtes Heer von Deceangliern und Demetiern zuzuführen. Am darauffolgenden Morgen ritt der Pendraig nach Aberffraw zurück, und zwei Tage danach mußten auch Myrddins Eltern wieder Abschied nehmen.

Der Siebzehnjährige schaute der Kavalkade vom Klippenheiligtum aus nach, bis sie am Horizont verschwand; anschließend unternahm er, um sein seelisches Weh zu überwinden, einen langen Spaziergang am Strand. Als er in den Eichenhain heimkehrte, dachte er: Unter Umständen wird die Vereinbarung Uddyrs und Morvryns, eine gemeinsame Streitmacht aufzustellen, beispielgebend auf andere Fürsten wirken und dann sehr reiche Frucht tragen – und während ihm diese Überlegung durch den Kopf ging, hatte er das Gefühl, als sei der Tag, an welchem der Grundstein für ein noch viel mächtigeres Bündnis der Weststämme gelegt werden sollte, nicht mehr allzu fern.

Vorerst freilich widmete sich Myrddin neuerlich seinen Studien. Das Frühjahr, den Sommer und den Herbst hindurch vervollkommnete er seine spirituellen, ovatischen, bardischen und philosophischen Fähigkeiten; darüber hinaus beschäftigte er sich mit den Geheimnissen des Heilens und den Gesetzmäßigkeiten, denen die Fixsterne und Planeten am nächtlichen Firmament unterworfen waren. Ebenso vertiefte er sein Wissen über die Herrscherkunst und die Rechtspflege, und an manchen Tagen unterrichtete er jetzt auch schon selbst eine Gruppe von kleineren Jungen und Mädchen.

Im Spätherbst sodann kam der Pendraig abermals nach Barclodiad y Gawres. Noch ehe sich der deceanglische König in Gwydions Rundhaus zum Mahl mit den Druiden und einigen ihrer Meisterschüler, darunter der demetische Herrschersproß, niederließ, teilte er Myrddin mit: »Dein Vater hat den Feldzug in den Osten dank der Hilfe der Götter gut überstanden, und ich soll dich von ihm grüßen!« Später berichtete Uddyr von äußerst blutigen Kämpfen gegen die Sassenach, welche Tausende von Toten und Verwundeten gekostet hatten, und im Anschluß daran gab er seiner Befürchtung Ausdruck, daß es den Feinden angesichts der hohen keltischen Verluste im neuen Jahr gelingen könnte, weit ins Innere Britanniens vorzustoßen.

Besorgt vernahmen Gwydion und die anderen diese Worte des Königs; danach saßen sie bis tief in die Nacht hinein mit Uddyr Pendraig zusammen und beratschlagten, wie dem Verhängnis zu begegnen sei. Still lauschte der Siebzehnjährige den Gesprächen und hing dabei seinen eigenen Gedanken nach; irgendwann verließ er das Haus, um mit sich allein zu sein.

Draußen im Eichenhain lehnte er sich an den Stamm eines der uralten Bäume und schaute ins vielfach verschlungene Astwerk hinauf. Trotz der Dunkelheit glaubte er zu sehen, wie sich die Zweige im leichten Wind bewegten; er hörte, wie sie im Luftzug leise flüsterten und knisterten – dann plötzlich war es ihm, als würde er entrückt ...

Der dritte weiße Stein
Die Heilige Hochzeit

Spätwinter bis Frühling 468

Wie von ferne vernahm Myrddin feines Knistern; langsam, ganz allmählich, drang das leise Geräusch ins Bewußtsein des Greises, und zugleich spürte er wohlige Wärme, welche die herbstliche Kälte verscheuchte, die eben noch um ihn gewesen war. Als der Siebzigjährige die Augen aufschlug, blickte er ins Herdfeuer, das nahe bei ihm in der Höhle brannte. Nun knackte ein Scheit; für einen Moment überlagerte der berstende Laut das Flüstern der Flammen – mit dem nächsten Lidschlag trat Nimue vor den Todgeweihten hin und sagte: »Mehrmals bist du in deinen Erinnerungen Uddyr Pendraig begegnet, und du wirst ihn wiedersehen, wenn die Magie des Kessels dich erneut in die Vergangenheit führt. Doch ehe dies geschieht, sollst du dich an der Schönheit und dem Zauber eines Naturschauspiels erfreuen, welches sich soeben draußen über dem Meer vorbereitet.«

Die Pendruid von Avalon schenkte dem Greis ein sanftes Lächeln; dann half sie ihm, sich von seiner Liege zu erheben, und führte ihn zum Bogenfenster in der Felswand der Kaverne. Beide schauten auf die See hinaus, deren Fluten auf breiter Bahn das rotgoldene Licht der sinkenden Sonne widerspiegelten; nachdem Myrddin dieses beeindruckende Bild in sich aufgenommen hatte, deutete Nimue zum Himmel und raunte: »Sieh die Wolke dort oben, die sich gerade zu drachenartiger Gestalt ausformt.«

Der Greis hob den Kopf und beobachtete, wie sich der rötlich glühende Wolkenleib streckte; wie Schädel, Tatzen und Flügel entstanden; zuletzt hatte der Siebzigjährige den Eindruck, als würde ein mächtiger Rotdrache von großer Majestät über das Firmament schweben. Gleich darauf trieb von

Süden ein zweites Wolkengebilde heran und wurde in allmählicher Verwandlung zu einer golden strahlenden Frau mit langem, wehendem Haar und erwartungsvoll ausgebreiteten Armen. Weich und lockend bewegte sie sich; langsam schien sie dem Flügeldrachen entgegenzuschreiten – schließlich verschmolz ihr Leib mit seinem, und Myrddin glaubte zu erkennen, wie der Rote Drache seine königliche Gespielin mit leidenschaftlicher Lust begattete.

Einige Herzschläge später verwich die Erscheinung; der Greis tastete nach Nimues Hand und flüsterte: »Die Andersweltlichen zeigten uns noch einmal auf, wie derjenige ins Diesseits gerufen wurde, nach dem die zersplitterten Stämme Britanniens sich so verzweifelt sehnten.«

»Es geschah, weil du den Mut aufbrachtest, drei Menschen edelster Abkunft von der Notwendigkeit des Außergewöhnlichen zu überzeugen«, antwortete die Pendruid von Avalon. »Und bald wirst du abermals zur Klippenfestung in Cornueille reisen, doch zuvor solltest du vielleicht noch eine Weile rasten.«

»Nein!« versetzte Myrddin. »Ich bin nicht müde und sehne mich nach der Wiederbegegnung mit dem Herrscherpaar, welches die Liebe zu unserem Volk über seine eigene stellte.«

Nimue fühlte den Puls des Greises; dann sagte sie: »Ich kann dir den Willen tun, denn dein Herz schlägt ruhig und regelmäßig.«

»Hab Dank für dein Verständnis und deine Fürsorge!« Der Siebzigjährige umarmte die Pendruid; danach ließ er sich von ihr zu seinem Lager mit der schrägen Rückenstütze geleiten und wartete dort ab, bis Nimue ihre Vorbereitungen getroffen hatte, um seinen Geist neuerlich in die Vergangenheit zu senden.

Als der rotgoldene Lichtschein draußen vor dem Felsenfenster zu verblassen begann, war die Pendruid von Avalon soweit. Sie stellte den mit Wasser gefüllten Kupferkessel zu Füßen des Greises nieder und flößte Myrddin den Kräutersud ein, welcher ihm die Rückführung erleichtern würde. Anschließend nahm sie den dritten hellen Stein aus ihrem Hirschlederbeutel und reichte ihn dem Siebzigjährigen; während Myrddin den Kiesel betrachtete, erklärte Nimue: »Dieser Stein lag einst am Sockel eines Menhirs, welcher sich hoch auf der Steilküste nahe dem Herrscher-Dun der Dumnonier erhebt und die Form eines kraftvoll aufgerichteten männlichen Gliedes besitzt ...«

»Ich sah den Phallusfelsen oft«, murmelte der Greis. »Und erstmals schaute ich ihn, als ich zu der Festung kam, um die heilige Aufgabe zu erfüllen, die man mir auf Môn übertragen hatte.«

»So war es«, nickte die Pendruid, wobei sie den ledernen Schnürbeutel wieder verschloß. »Und nun wird der Kiesel dich erneut zum Königs-Dun von Cornueille führen ...«

Myrddin gab Nimue den Stein zurück, beugte sich auf seiner Liege vor und konzentrierte sich auf den Anblick des Kupferkessels. Plötzlich schien dessen edles Rotmetall aufzuglühen und zu pulsen; gleich darauf ließ die Pendruid von Avalon den Kiesel in das Gefäß fallen, und der Greis vernahm Nimues beschwörende Worte: »Tauche jetzt ein in die Flut der Zeit, tauche ein in den dritten Abschnitt deines Lebens ... Laß dich führen vom Stein der Erinnerung ... Und tauche wieder empor aus der Zeitenflut bei der Festung, wo der Menhir gen Himmel ragt ...«

Myrddin hatte das Empfinden, als schlüge der letzte Satz lautlos hallend aus sehr weiter Entfernung an sein Ohr – im nächsten Moment wurde der Geist des Greises entrückt.

***

In strahlendem Sonnenlicht lagen Land und Meer da; warmer Frühlingswind strich über die Felskuppe unweit des Duns hin und bewegte die Blätter der Hasel-, Birken- und Eichenzweige, aus denen der zaunartige Sichtschutz geflochten war, welcher den mächtigen Phallusstein umgab.

Die brusthohe Einfriedung sollte verhindern, daß die riesige Menschenmenge, welche sich auf der Heide zwischen der Königsfestung und der vom Menhir gekrönten Klippe versammelt hatte, allzu genau beobachten konnte, was sich beim Phallusfelsen ereignete. Den Druidinnen und Druiden hingegen, welche den Zaun jeweils paarweise in feierlicher Prozession umschritten, war der Blick über die künstliche Hecke möglich.

Myrddin, welcher den Zug gemeinsam mit der Pendruid der Dumnonier anführte, sah die junge, bezaubernd schöne Frau mit dem langen, goldblonden Haar und den schlanken, muskulösen Mann, dessen Antlitz von dunkelbraunen Locken umrahmt war, unter dem Menhir stehen. Reglos, fast wie gebannt, schauten die beiden einander an; dann löste die Blonde die Schließe ihres Kleides und ließ das Gewand zu Boden gleiten – unmittelbar darauf warf auch der Dunkelhaarige seinen Umhang ab.

Nackt, wie Ceridwen sie geschaffen hatte, berührten sich die Herrscherin aus dem Süden und der König aus dem Norden. Zuerst waren ihre streichelnden Bewegungen noch zurückhaltend; bald aber wurden sie fordernder, und schließlich umschlang der Dunkelhaarige die Blonde beinahe ungestüm. Eng an den Mann geschmiegt, gab sich die Frau dessen Küssen hin; wenig später schien sie zu wanken, sank auf die von Heidekraut bedeckte Erde nieder, zog den Dunkelhaarigen über sich und öffnete die Schenkel für ihn.

Als der Mann in sie eindrang, stieß die Blonde einen kurzen Schrei aus; Myrddin hatte das Gefühl, daß sich in dem Laut intuitiver Widerstand mit jäh aufbrandender Lust mischte. Gleich darauf warf die Frau den Kopf in den Nacken und ließ sich von dem Dunkelhaarigen in den Rausch der Leidenschaft hineinreißen. Myrddin hörte das rhythmische Stöhnen der beiden; er sah, wie ihre Bewegungen schneller und wilder wurden – dann plötzlich bäumte sich der Herrscher aus dem Norden in äußerster Ekstase auf und befruchtete den Schoß der Königin aus dem Süden mit seinem Samen.

Im selben Moment, da dies geschah, veränderte sich etwas in Myrddins Wahrnehmung. Das im Lustrausch verzückte Antlitz des Dunkelhaarigen schien ihm auf einmal zum Greifen nahe zu sein; er vermeinte, tief in die blauen Augen des jungen Herrschers zu blicken. Doch wiederum einen Lidschlag später verwichen die Konturen des edel geformten Männergesichts; es war, als würde flutender Nebel sie auslöschen – und mit dem nächsten Herzschlag schnellte Myrddins Bewußtsein um mehrere Monate in der Zeit zurück ...

***

Der Firn des ausklingenden Winters überkrustete die Äste der uralten Eichen am Rand des Druidenhains von Barclodiad y Gawres. Als der Siebzehnjährige aus dem Haus trat, das er seit einigen Wochen allein mit einer Dienerin bewohnte, fröstelte er im eisigen Morgenwind. Er zog seinen Wollumhang mit den heiligen Webmustern enger um die Schultern; dann ging er rasch zum Rundhaus Gwydions hinüber, vor dem sich bereits die meisten Großen Wissenden aus dem Hain versammelt hatten.

Nachdem Myrddin sich ihnen beigesellt hatte, nickte ihm Gwydion zu und sagte: »Kürzlich, an Alban Arthuan, wurdest du aufgrund deiner außergewöhnlichen Begabung sehr viel früher als üblich in den Druidenrang erhoben. Seither lebst du in deinem eigenen Wohnhaus, genießt alle Privilegien unseres Standes und bist in deinen Entscheidungen einzig den Andersweltlichen verpflichtet. Und am heutigen Tag wirst du erstmals in deiner Eigenschaft als Großer Wissender an der Beratung teilnehmen, welche auf die Bitte des deceanglischen Herrschers hin droben bei der Weihestätte stattfinden soll.«

»Uddyr, den unser allmählich alternder Ard Rhi Emrys ebenfalls zur Wintersonnenwende zu seinem Stellvertreter bestimmte und ihn damit als künftigen Hochkönig designierte, hat eine schwere Pflicht übernommen«, antwortete Myrddin. »Denn die Befürchtungen, welche der Pendraig im vergangenen Herbst hegte, scheinen sich in vollem Umfang zu bewahrheiten!«

»Es steht schlimm um die keltische Sache«, bestätigte Gwydion mit gerunzelter Stirn – gleich darauf wurde er abgelenkt, weil am gegenüberliegenden Saum des Hains Reiter auftauchten.

Es handelte sich um den Herrscher der Deceanglier und dessen Gefolge. Im Trab kamen Uddyr und die Adelskrieger heran; vor dem Rundhaus des Pendruid schwangen sie sich aus den Sätteln, und während Bedienstete herbeieilten, um die Pferde wegzuführen, begrüßten die Edlen und die Großen Wissenden einander. Danach formierten sich die Druiden und Adligen in Dreierreihen und verließen den Eichenhain. In feierlicher, aber stummer Prozession zogen sie zu dem Heiligtum hinauf, das den Hügelgrat über der tief eingeschnittenen Meeresbucht krönte.

Beim gewaltigen Rund der Weihestätte angelangt, sanken die Teilnehmer der Ratsversammlung auf die Knie nieder und zelebrierten ein Gebetsritual. Sie flehten die Gottheiten, die Sídhe und die Toten an, ihnen Weisheit zu schenken, damit die Beschlüsse, die an diesem Tag gefaßt werden mußten, zum Nutzen der britannischen Stämme ausschlagen würden. Anschließend steckte Gwydion einen Holzstoß in Brand, welcher schon am frühen Morgen direkt vor dem Zugang zum Heiligtum aufgeschichtet worden war. Als die Flammen prasselnd zum Himmel loderten, zog Uddyr Pendraig einen güldenen Reif von seinem Unterarm und schwenkte ihn dreimal durchs Feuer; sodann erklomm er, gefolgt von den anderen, die Erdkuppe der Weihestätte und schleuderte das wertvolle Armband als Opfergabe an die Andersweltlichen in die gischtende See hinab.

Nachdem die Wogen den Goldreif verschlungen hatten, kehrten die Großen Wissenden und Edlen zum Eingang des jahrtausendealten Grabmals zurück und stellten sich im Halbkreis um den Scheiterhaufen auf. Als alle ihre Plätze gefunden hatten, wechselte der deceanglische Herrscher einige leise Sätze mit Gwydion; dann trat er aus der Reihe, um das Wort an sämtliche Ratsteilnehmer zu richten.

»Wie euch bekannt ist, kehrte ich erst vor einer knappen Woche mit meinem Heerbann von einem Feldzug heim«, begann Uddyr. »Und die Kämpfe, die wir im Stammesgebiet der Catuvellauner gegen die Sassenach ausfochten, waren härter denn je. Kaum hatten wir einen Verband feindlicher Kriegerscharen aufgerieben oder in die Flucht gejagt, drangen die barbarischen Beilkämpfer, welche überall zu sein schienen, erneut gegen uns vor. Nur mit knapper Not vermochten wir wenigstens einen Teil der bedrohten catuvellaunischen Siedelstätten vor der Vernichtung zu retten – doch wahrscheinlich wäre uns selbst das mißglückt, wenn uns nicht Emrys von Süden her zu Hilfe geeilt wäre, so daß wir die Sassenach zuletzt vertreiben konnten ...«

Der Pendraig unterbrach sich; für einen Moment hing er seinen grauenhaften Erinnerungen nach, sodann fuhr er fort: »Die Feindhorden zogen in nordöstlicher Richtung ab, und vermutlich werden sie nun für eine Weile Ruhe halten. Aber sie werden unweigerlich zurückkommen, werden von Osten oder Süden neuerlich in den Westen vorstoßen; wieder und wieder. So werden sie die Kampfkraft der Stämme im Inneren Britanniens zermürben; irgendwann werden deren Ländereien an die Sassenach fallen, und sofern dies passiert, wird keiner mehr die Feinde daran hindern können, auch Cymru und Cornueille zu überrennen!«

»Niemals darf das geschehen!« rief eine grauhaarige Druidin aus. »Denn wenn die Beilkrieger die westlichen Küstengebiete unseres Landes erobern würden, wäre das geistige Herz Britanniens der Vernichtung preisgegeben. Und was dies bedeuten würde, ist uns allen nur zu gut aus der Vergangenheit bekannt!«

»Und ob!« nickte Uddyr. »Damals, vor vier Jahrhunderten, wüteten die Legionen der Ruheiniog in Cymru und machten sich insbesondere auf Môn der schrecklichsten Verbrechen schuldig. Sie schlachteten die Großen Wissenden ab, welche hier auf dem heiligen Eiland gewirkt hatten, schändeten die Weihestätten und brannten die Haine nieder. Danach lagen diese Plätze, welche zuvor einzigartige Horte der Weisheit gewesen waren, über viele Generationen hinweg verwaist und öde da, und unser ganzes Land litt schwer darunter. Erst nach dem Abzug der Legionen vor zwei Menschenaltern konnten die verwüsteten Orte erneut besiedelt werden; Druiden, welche das alte Wissen in einsamen, nicht von den Ruheiniog besetzten Gegenden Britanniens bewahrt hatten, rodeten den Wildwuchs, legten die Haine neu an und errichteten Häuser für sich und ihre Schüler in ihnen. So begann die Weisheit auf Môn wieder zu blühen – doch jetzt müssen wir fürchten, daß die Sassenach den Boden unserer heiligen Insel abermals mit Blut tränken werden!«

Tiefbewegt hatte Myrddin den Worten des Königs gelauscht; nun stieß er erregt hervor: »Würde Môn erneut von Mörderhorden heimgesucht werden, wäre unendlich viel verloren!« Er faßte sich und sprach in ruhigerem Tonfall weiter: »Doch wir dürfen nicht allein an uns hier denken, sondern müssen alles Menschenmögliche tun, um der tödlichen Gefahr zu begegnen, welche den derzeit noch freien keltischen Stämmen insgesamt droht.«

»Richtig!« pflichtete Uddyr dem Sohn Arwens und Morvryns bei. »Und um eine Antwort auf die drängende Frage zu finden, wie wir uns erfolgreicher als bisher gegen unsere Feinde verteidigen können, habe ich um die heutige Zusammenkunft gebeten.«

Myrddin richtete den Blick auf Gwydion. »Erlaubst du, daß ich dem Herrscher der Deceanglier die Augen öffne?«

Während die Großen Wissenden schweigend verharrten, wurde unter den Adelskriegern aus Aberffraw verblüfftes Gemurmel laut. Gleich darauf aber gebot Gwydion den Edlen durch eine Geste Schweigen und beschied den Siebzehnjährigen: »Ich gestatte es dir, weil du meiner Meinung nach von den Andersweltlichen dazu auserwählt wurdest, Uddyr Pendraig auf jenen Pfad zu führen, welcher ihm vorbestimmt ist.«

Ein feines, kaum sichtbares Lächeln kräuselte Myrddins Lippen; mit dem nächsten Lidschlag wandte er sich wieder an den König und sagte: »Du kennst die Antwort auf die Frage, die dich bewegt, seit unserer ersten Begegnung vor sechs Jahren.«

Der Pendraig überlegte, dann entgegnete er: »Zu jener Zeit, da wir uns in meiner Festung kennenlernten, sprachen wir über ein Bündnis zwischen den Volksstämmen, die in Cymru und Cornueille leben. Von diesen Landesteilen, so erklärtest du damals, müsse die Erneuerung Britanniens ausgehen, denn in ihnen sei der keltische Geist noch ungebrochen. Und weiter meintest du, daß dieser Bund der westlichen Stämme später beispielgebend für alle übrigen Kelten auf unserer Insel sein würde.«

»Dies sagte ich an jenem Tag«, bestätigte Myrddin. Er verließ den Halbkreis der Druiden und Adelskrieger, ging auf den König zu und blieb drei Schritte vor ihm stehen. »Und zweifellos weißt du auch noch, Uddyr, was du mir darauf erwidert hast ...«

»Ich bekannte dir, daß du mir aus dem Herzen gesprochen hattest«, antwortete der Pendraig. »Und ebenso wie die Edlen, die mit uns an der Tafel saßen, wollte ich deinen Vorschlag an den Ard Rhi weiterleiten. Doch wir mußten von diesem Vorhaben Abstand nehmen. Du nämlich sprachst dich in plötzlicher ovatischer Entrückung dagegen aus, und darin sahen wir anderen ein göttliches Zeichen, das wir nicht mißachten durften ...«

Uddyr verstummte, weil Gwydion vortrat und sich neben den Sohn Arwens und Morvryns stellte; im nächsten Moment erklang die Stimme des Pendruid: »Folgende Prophezeiung vernahmen wir aus dem Mund Myrddins, der damals erst elf Jahre zählte und dennoch bereits von andersweltlicher Weisheit erfüllt war: Der Ard Rhi, welcher gegenwärtig herrscht, wird zwar viel leisten und Gwrtheyrn besiegen, aber er ist nicht derjenige, welcher die Weststämme zusammenschmieden wird. Das große Werk wird erst von Emrys' Nachfolger begonnen werden; einem Mann, der selbst in einem gen Sonnenuntergang liegenden Land geboren wurde. Dieser künftige Hochkönig wird gemeinsam mit einer sehr schönen Fürstin den Grundstein legen, und danach wird ein Dritter erscheinen: ein Kriegsherr von einzigartiger Tapferkeit und Kraft, welcher die Sehnsucht Britanniens stillen wird.«

Nachdem Gwydion geendet hatte, war für eine Weile nur das Prasseln des Feuers, das Wehen des Windes und das heisere Schreien der Möwen über den Klippen zu hören; schließlich sagte der Pendraig stockend: »Es ist seltsam ... Ich glaubte, den Orakelspruch genau in Erinnerung zu haben, doch ich hatte mich getäuscht ... Zwar wußte ich immer, daß die Volksstämme Cymrus und Cornueilles vereint werden müssen, und ich wußte auch, daß es Emrys von den Gottheiten verwehrt wird, dies zu vollbringen ... Aber was du weiter prophezeitest, Myrddin, war mir entfallen ... und fast will es mir jetzt scheinen, als hätten die Andersweltlichen es aus meinem Gedächtnis gelöscht ...«

»Wenn sie es taten, hatten sie ihre Absichten dabei«, erklärte der Sohn Arwens und Morvryns. »Doch nun ist dir jede Einzelheit meiner Weissagung wieder gegenwärtig, und du hast auch begriffen, welcher Teil von ihr dir gilt ...«

»Ich wurde erwählt, dereinst die Nachfolge des Ard Rhi anzutreten«, murmelte der König der Deceanglier. »Zudem erblickte ich das Licht der Diesseitswelt hier auf Môn, dem westlichsten Landesteil Cymrus. Und dies kann nur bedeuten ...«

»Daß du es bist, der die Weststämme zusammenschmieden muß!« beschied ihn Myrddin. »Deine Aufgabe ist es, das große Werk in die Wege zu leiten! Und du wirst schon sehr bald damit beginnen müssen!«

»Dies verlangen die Gottheiten, die Sídhe und die Toten von dir, Uddyr Pendraig!« bekräftigte Gwydion.

»Aber wie könnte ich …?!« stieß der König hervor. »Ich meine, in der Prophezeiung ist auch die Rede von einer Fürstin, einer sehr schönen Frau … Und ich wüßte nicht …«

Verwirrt verstummte Uddyr; sein Blick irrte zwischen Gwydion und Myrddin hin und her, dann bat er: »Erläutert mir, was geschehen soll?«

»Derjenige, durch den die Andersweltlichen sprachen, wird es dir darlegen!« äußerte der Pendruid.

Dreimal wiederholten die übrigen Großen Wissenden den Satz, zuletzt stimmten auch die Adelskrieger mit ein; danach richtete der Sohn Arwens und Morvryns das Wort an den König. »Du, Uddyr Pendraig«, sagte er, »bist trotz deiner noch jungen Jahre der am meisten geachtete und mächtigste Stammesherrscher Cymrus. Unter deinem Banner, das den Roten Drachen zeigt, werden sich die Könige der vier anderen Stämme unseres Landes mit dir vereinigen, sofern du sie mit Unterstützung der Druiden dazu aufrufst. Auf diese Weise kannst du einen sehr starken Bund schmieden; ein Bündnis, dem alle fünf Volksstämme Cymrus angehören: neben den Deceangliern auch die Demetier, die Cornovier, die Ordovicen und die Silurer. Damit ist die eine Säule des noch größeren Waffenbundes, der am Ende entstehen soll, in die Erde Westbritanniens eingewurzelt, und zur zweiten Säule muß sodann der tapfere und volkreiche Stamm der Dumnonier werden, der Cornueille bewohnt und von dem jungen Herrscherpaar Ygerna und Gorlois regiert wird …«

»Ygerna!« Unwillkürlich trat Uddyr einen Schritt näher an Myrddin und Gwydion heran. »Landauf, landab rühmen die Barden ihre Schönheit! Und von Gorlois heißt es, er sei der glücklichste Mann Britanniens, weil seine bezaubernde Gemahlin ihm Nacht für Nacht unvergleichlichen Liebesgenuß schenke!«

»Womöglich übertreiben die Dichter ein klein wenig«, bemerkte der Pendruid schmunzelnd. In wieder ernsthaftem Tonfall fügte er hinzu: »Wahr ist jedoch, daß Ygerna außerordentlichen Reiz besitzt, und dies sollte es dir erleichtern, den schwierigsten Teil deiner Aufgabe zu erfüllen, Uddyr Pendraig!«

»Wovon redest du?!« schnappte der König.

»Von einem sakralen Akt, welcher das Bündnis zwischen Cymru und Cornueille unauflöslich macht!« ergriff neuerlich Myrddin das Wort. »Denn es genügt nicht, die sechs Weststämme bloß auf der Grundlage eines gegenseitigen Beistandspakts zu einem Waffenbund zusammenzuführen. Vielmehr muß zur Krönung dieses Bündnisses derjenige gezeugt werden, von dem ich am Schluß meiner Prophezeiung sprach: Der Kriegsherr von edelstem Blut, welcher durch seine Tapferkeit und Kraft die Sehnsucht Britanniens stillen wird!«

Fassungsloses, beinahe erschrockenes Begreifen malte sich auf Uddyrs Antlitz. »Du meinst ...?!«

»Ja!« nickte der Sohn Arwens und Morvryns. »Sobald der Pakt zwischen den Deceangliern, Demetiern, Cornoviern, Ordovicen und Silurern einerseits und den Dumnoniern andererseits beschworen wurde, soll er von dir, dem Oberherrn Cymrus und künftigen Ard Rhi, und Ygerna, der Herrscherin Cornueilles, durch das Ritual einer Heiligen Hochzeit besiegelt werden!«

»Dem wird das dumnonische Königspaar niemals zustimmen!« stieß Uddyr hervor. »Obzwar ich selbst, der ich unverheiratet bin, es in Erwägung ziehen könnte ... Aber nie im Leben wird Gorlois dulden, daß ich mit seiner Gattin ...«

»Was die Einwilligung Ygernas und ihres Gemahls angeht, könnte es in der Tat beträchtliche Schwierigkeiten geben«, erklärte Gwydion. »Doch das Herrscherpaar wird sich hoffentlich von der Notwendigkeit der Heiligen Hochzeit überzeugen lassen – und zwar durch einen Druiden, welcher im Namen der Anderweltlichen spricht.«

»Und wer soll dieser Große Wissende sein?« murmelte Uddyr.

»Das werden die Gottheiten entscheiden ... und sie werden uns schon sehr bald kundtun ... wen sie auserwählt haben«, antwortete Gwydion, der mit einemmal wie entrückt wirkte – und während der Pendruid den Satz sagte, ging Myrddin ein Stück beiseite und schaute, als sei er nicht länger am Geschehen beim Beratungsfeuer interessiert, zum westlichen Firmament empor.

Verwundert blickten Uddyr Pendraig und die Adelskrieger zu ihm hin; Gwydion und die übrigen Druiden hingegen wandten ihre Köpfe jetzt ebenfalls in die Richtung gen Sonnenuntergang – plötzlich tauchten dort, aus einer Wolkenbank hervorschießend, drei edle Vögel auf.

Es handelte sich um ein Sperberpaar und einen Falken; in schnellem Flug kamen sie zur Weihestätte, stießen tief hernieder und umkreisten in weiten Schwüngen dreimal Myrddins Haupt. Reglos stand der schlanke, hochgewachsene Siebzehnjährige da; der Wind spielte in seinem rotblonden, reichgelockten Haar, das ihm bis auf die Schultern fiel, und seine graugrünen Augen leuchteten in freudiger Erregung. Dann, als die Raubvögel wieder in die Lüfte emporstiegen, hob Myrddin die Rechte, deutete auf die Gefiederten und rief: »Beobachtet genau, was sich nun dort oben am Himmel abspielen wird!«

Im nächsten Moment begann der Falke mit dem Sperbermännchen zu kämpfen. In sausendem Sturzflug stieß der größere Vogel auf den kleineren hinab; dieser wich aus, kam zurück, griff seinerseits an. Jetzt floh der Falke; aber nur, um den Sperber unversehens erneut zu attackieren. Gleich darauf ließen beide Raubvögel Federn; dies wiederholte sich noch mehrmals – bis es dem Falken gelang, das Sperbermännchen zu verjagen.

Der unterlegene Vogel verschwand eilig in einer tiefhängenden Wolke; der Sieger tanzte am Firmament, sodann näherte er sich dem Sperberweibchen, das, vom Steigwind getragen, in langsamen Spiralen über den Klippen am Rand der Meeresbucht segelte. Und dort, wo die See das Land begattete, begannen der Falke und das Raubvogelweibchen, dessen Gefährte in die Flucht geschlagen worden war, jetzt ein wildes, leidenschaftliches Paarungsspiel.

Wie gebannt verfolgten der König, die Großen Wissenden und die Adelskrieger den Liebesakt der Gefiederten, bis diese ihre Lust gestillt hatten und sich jäh voneinander trennten. Das Sperberweibchen flog zur Wolkenbank; der Falke schoß in Richtung Aberffraw davon – und als die Vögel nicht mehr zu sehen waren, stieß Uddyr Pendraig hervor: »Die Andersweltlichen haben uns wahrhaftig ein Zeichen gegeben!«

»Es hätte nicht deutlicher ausfallen können!« bestätigte Gwydion; dann verkündete er mit lauter Stimme: »Wir alle erkannten in dem Sperberpaar Ygerna und Gorlois von Cornueille, und in dem Falken wurde uns der König gegenwärtig, welcher den Roten Drachen in seinem Banner führt. Der Pendraig, der in Cymru regiert, paarte sich mit der Herrscherin aus dem Süden; so war es am Himmel über der Weihestätte, und so wird es, sofern die Gottheiten ihren Ratschluß nicht ändern, auch im Land der Dumnonier sein. Und der Druide, der Uddyr und Ygerna zusammenführen soll, damit sie sich im Ritual der Heiligen Hochzeit vereinigen, ist derjenige, dessen Haupt dreimal von den drei edlen Vögeln umkreist wurde.«

»Myrddin!« erscholl es von allen Seiten; nachdem die Rufe verklungen waren, wandte sich Gwydion an den Sohn Arwens und Morvryns, welcher mittlerweile wieder herangekommen war, und fragte ihn: »Fühlst du dich stark genug, das zu leisten, was die Andersweltlichen von dir verlangen?«

»Ich besitze die geistige Kraft, welche zur Erfüllung meiner Aufgabe nötig ist!« erklärte Myrddin mit fester Stimme.

»Sehr gut!« nickte Gwydion; sodann wandte er sich dem König der Deceanglier zu: »Und wie steht es mit dir? Bist du bereit, dem Herrscherpaar der Dumnonier gegenüberzutreten und ihm, zum Nutzen ganz Britanniens, dein Anliegen vorzutragen?«

»Ich darf mich dem Willen der Gottheiten nicht widersetzen«, antwortete der Pendraig.

»Es ist, wie du sagst!« bestätigte Gwydion. Mit segnender Geste legte er die Hände auf die Schultern Uddyrs und Myrddins; danach fügte er hinzu: »Laßt uns nun noch einmal zu den Andersweltlichen beten, ehe wir in den Hain zurückkehren, um die Einzelheiten eurer Mission zu besprechen.«

Wenig später, der brennende Holzstoß begann jetzt allmählich in sich zusammenzufallen, verließ die Prozession der Großen Wissenden und Adligen die Weihestätte wieder. Im Rundhaus des Pendruid wärmte man sich mit heißem Metheglyn auf und genoß einen Imbiß; anschließend beratschlagten die Druiden und Edlen bis zur Mittagsstunde, und zuletzt wurde entschieden, daß Uddyr Pendraig und Myrddin binnen einer Woche in den Süden aufbrechen sollten. Auf ihrer Reise würden sie zunächst die Herrscher-Duns der Cornovier, Ordovicen, Demetier und Silurer aufsuchen, um die dort regierenden Stammeskönige für das Waffenbündnis aller fünf Volksstämme Cymrus zu gewinnen; danach sollten Uddyr und Myrddin nach Cornueille weiterreiten, wo sie den schwierigsten Teil ihrer Aufgabe meistern mußten.

So wurde es beschlossen, und bereits am frühen Nachmittag schwangen sich acht Adelskrieger aus dem Gefolge des Pendraig auf ihre Rösser und galoppierten davon. Gwydion und Uddyr hatten diesen Männern aufgetragen, die Großen Wissenden in den übrigen Druidenhainen Môns von dem Plan in Kenntnis zu setzen, der in Barclodiad y Gawres gefaßt worden war, und ihr Einverständnis dazu einzuholen.

Als die Boten verschwunden waren, bat der junge deceanglische Herrscher den Sohn Arwens und Morvryns, ihn auf einem Spaziergang zu begleiten. Angeregt tauschten sich die beiden aus, während sie entlang des Meeresgestades dahinschritten; auch im Lauf der nächsten Tage verbrachten Uddyr und Myrddin viel Zeit miteinander und vertieften ihre ohnehin schon bestehende Freundschaft. Nach einer halben Woche sodann kamen die ersten der ausgesandten Reitboten wieder und berichteten, daß die Großen Wissenden in den von ihnen besuchten Hainen das außergewöhnliche Vorhaben zur Rettung Britanniens voll und ganz gebilligt hätten – und dasselbe erfuhren Gwydion, der König, Myrddin und die anderen von den restlichen Kurieren, die während der folgenden Tage zurückkehrten.

Eine knappe Woche nach der rituellen Zusammenkunft beim Klippenheiligtum konnte der Pendruid von Barclodiad daher an der Tafel seines Hauses feierlich verkünden: »Die Großen Wissenden von Môn Mam Cymru stehen geschlossen hinter dir, Uddyr Pendraig, und ebenso hinter dir, Myrddin! Aus diesem Grund wird die Kraft des geistigen Herzens Britanniens mit euch sein, wenn ihr nunmehr in den Süden reist! Und zum Zeichen dafür sollst du, Uddyr, auf eurem Weg nach Cornueille eine besondere Waffe tragen, wie sie eigentlich einzig dem Ard Rhi gebührt!«

Damit erhob sich Gwydion. Der Herrscher der Decanglier und Myrddin taten es ihm nach; dann winkte der Pendruid einen Diener heran, der im Hintergrund des Raumes gewartet hatte. Der Mann brachte einen langen, schmalen Edelholzkasten herbei; Gwydion öffnete ihn, nahm eine augenscheinlich uralte Sichellanze mit bronzeüberzogenem Schaft und rotgoldenem Blatt heraus, überreichte sie Uddyr und sagte: »Diese Waffe wird dich vor den Fürsten und Fürstinnen des Südens als denjenigen ausweisen, der von den Großen Wissenden Môns auserwählt wurde.«

»Ich werde mein Bestes tun, um das Vertrauen zu rechtfertigen, das mir von den Druiden des heiligen Eilands entgegengebracht wird!« versprach der Pendraig; sodann senkte er die Zeremoniallanze in Myrddins Richtung. Arwens und Morvryns Sohn legte die Rechte auf das goldene Sichelblatt und erklärte: »Ich schwöre dir, Uddyr, daß ich dich mit all meinen Fähigkeiten bei der Erfüllung deiner schweren Aufgabe unterstützen werde!«

»Dies ist der Wille der Gottheiten, der Sídhe und der Toten!« ergriff neuerlich Gwydion das Wort. Mit feinem Lächeln nickte er Myrddin zu; danach blickte er in die Runde und fuhr fort: »Morgen werden wir Abschied von denen nehmen, welche unter dem Banner des Roten Drachen mit der Sichellanze durch Cymru und Cornueille ziehen sollen. Und jetzt laßt uns noch einmal zur Weihestätte hinaufsteigen, um die Anderweltlichen dort oben mittels eines weiteren Feuerrituals zu ehren.«

***

Bald nach Sonnenaufgang des nächsten Tages brachen Uddyr Pendraig und Myrddin auf; die dreißig Adelskrieger, die mit dem deceanglischen Herrscher nach Barclodiad y Gawres gekommen waren, bildeten ihr Gefolge. Die Großen Wissenden und deren Schüler gaben der Kavalkade das Geleit bis zum Ausgang des Tales, in welchem der Hain lag. Als die Stelle erreicht war, wo sich die Senke ins Heideland hinaus öffnete, wechselte Gwydion einige letzte Sätze mit Uddyr und Myrddin und trat dann beiseite, um ihnen den Weg freizumachen.

Eben als der König und der Sohn Arwens und Morvryns ihre Pferde wieder antreiben wollten, rannte Fychan herbei: der halbwüchsige Druidenschüler von der Lleyn-Halbinsel, mit dem sich der demetische Herrscherspröß einige Jahre zuvor angefreundet hatte. Der Bursche griff nach dem Zaumzeug von Myrddins Roß und stieß atemlos hervor: »Verzeih ... Aber ich muß dir einfach ... noch Glück wünschen!«

»Dafür danke ich dir von Herzen!« Myrddin beugte sich zu Fychan hinunter und drückte dessen Hand. »Und wenn ich zurück bin, unternehmen wir wieder einmal eine Fahrt im Curragh.«

Die Augen des Halbwüchsigen leuchteten auf; Myrddin zwinkerte ihm ermunternd zu, sodann setzte er sein Pferd endgültig in Bewegung, und die von ihm und Uddyr angeführte Kavalkade trabte in Richtung Aberffraw davon.

Eine Stunde später gelangte der Reiterzug zur Königsfestung der Deceanglier; dort wurde die Kavalkade bereits von einem starken Trupp einfacher Krieger hoch zu Roß erwartet. Tags zuvor hatte Uddyr diesen Männern durch einen Boten befohlen, sich marschfertig zu machen; nun reihten sich die sechzig Bewaffneten hinter den Adelskriegern ein, und gleich darauf rief der Pendraig: »Weiter! Damit wir bis zum Abend jenseits der Meerenge auf dem Festland sind!«

Eine Weile vor Sonnenuntergang wurden die Reiter und deren Tiere von Fährleuten über den Sund gerudert; die Nacht verbrachte man in einem Häuptlings-Dun am Fuß des Eryri Gwyn, und am vierten Reisetag erreichte die Kavalkade den Herrschersitz der Cornovier im Norden des zentralen Hügellandes von Cymru. Die in der Ringwallfestung ansässige Königsfamilie ließ sich rasch von der Notwendigkeit des von Uddyr, Myrddin und den Druiden von Môn angestrebten Waffenbündnisses überzeugen; ebenso gestand der cornovische Herrscher dem Pendraig das Recht zu, in Cornueille auch in seinem Namen aufzutreten. Durch ein Ritual unter dem Weltenbaum des Duns wurde das Abkommen besiegelt; anschließend fand ein Spießbratenessen in der Großen Halle der Festung statt, und schon am folgenden Morgen zog der Reitertrupp, dem das Banner mit dem Roten Drachen voranwehte, wieder davon.

Fünfeinhalb Tagesmärsche südwestlich des cornovischen Königs-Duns lag die Herrscherfestung der Ordovicen; dort wurden der Träger der Sichellanze und Myrddin erneut sehr zuvorkommend empfangen, und bald konnte der bewußte Pakt beschworen werden. Damit hatte Uddyr Pendraig jetzt bereits drei der fünf Volksstämme Cymrus vereinigt, und das nächste Ziel der Kavalkade war nun das demetische Stammesgebiet. Nachdem der junge König, Myrddin und ihre neunzig Gefolgsmänner weitere zweieinhalb Tage im Sattel gesessen hatten, gelangten sie zu dem Fluß, welcher die südlichen Gaue der Ordovicen von den nördlichen der Demetier trennte; als sein Pferd die Grenzfurt passierte, dachte der Sohn Arwens und Morvryns beglückt: Jetzt wird es nicht mehr lange dauern, bis ich meine Eltern und Gwendydd wiedersehe!

Eine halbe Woche später erreichte der Reiterzug den mächtigen Dun über dem Flußtal des Tywi, wo Myrddin aufgewachsen war. Seite an Seite mit dem Pendraig trabte der Siebzehnjährige durch den Torschlund; gleich darauf sah er, wie seine Angehörigen aus dem Herrscherhaus traten. Myrddin trieb sein Roß zum Galopp an, jagte quer über den Anger der Ringwallfestung, schwang sich vom Pferd und umarmte Arwen und Morvryn.

Dann wandte er sich Gwendydd zu, um sie ebenfalls an die Brust zu ziehen; plötzlich wurde ihm bewußt, daß seine Großmutter sehr viel älter wirkte, als er sie in Erinnerung hatte. Während er sie in den Armen hielt, meinte er, ihre Gebrechlichkeit und ein leises Zittern ihrer Gliedmaßen zu spüren – doch im nächsten Moment schien sich Gwendydds Körper zu straffen, und sie sagte mit fester Stimme zu ihm: »Ich bin stolz auf dich, mein Junge! Denn du kommst als Gefährte des deceanglischen Königs und künftigen Ard Rhi zu uns, der unter dem Banner des Roten Drachen kämpft. Und dies zeigt mir an, welch hohen Rang du mittlerweile unter den Druiden von Môn einnimmst.«

»Uddyr Pendraig und ich wurden in der Tat gemeinsam ausgesandt, um eine äußerst bedeutsame Mission zu erfüllen«, nickte Myrddin. »Aber darüber können wir nachher sprechen ...« Zärtlich küßte er seine betagte Großmutter auf die Stirn. »Wichtiger ist mir zunächst etwas anderes. Bist du denn gesund und bei Kräften? Eben hatte ich das Gefühl ...«

Gwendydd schenkte ihm ein liebevolles Lächeln. »Mach dir keine Sorgen. Ich denke, es werden noch einige Jahre verstreichen, ehe die Göttin mir den Weg nach Annwn bereitet ...« Sie strich ihrem Enkel über die rotblonden Locken.

»Und nun solltest du mir den jungen Herrscher der Deceanglier vorstellen, den ich bisher nur aus den Gesängen kenne, mit denen die Barden seine tapferen Taten würdigen.«

Myrddin machte Uddyr, der inzwischen bei Arwen und Morvryn stand, mit seiner Großmutter bekannt. Danach geleiteten das Königspaar, Gwendydd und Myrddin den Pendraig zur Versammlungshalle des Duns; die dreißig adligen Deceanglier und die Edlen aus der Festung folgten ihnen. Die demetische Herrscherfamilie und Uddyr nahmen auf dem Hochthron Platz; die übrigen Adligen ließen sich an den Tischen davor nieder. Mägde trugen Platten mit kalten Speisen und Metheglyn auf, und nachdem Arwen den königlichen Gast aus dem Norden und dessen Gefolgsleute feierlich begrüßt hatte, ergriff der Pendraig das Wort und legte dar, warum er und Myrddin in den Südwesten Cymrus gereist waren.

Als Uddyr geendet hatte, beriet sich Arwen kurz mit Gwendydd und Morvryn; sodann beschied sie den deceanglischen Herrscher: »Selbstverständlich treten wir Demetier dem Waffenbund der Weststämme bei, und wir tun dies aus drei Gründen. Erstens, weil wir die Freiheit unseres Landes einzig mit Hilfe des gegenseitigen Beistandspakts bewahren können; zweitens, weil im vergangenen Jahr ohnehin schon ein deceanglisch-demetisches Heer, das von dir, Uddyr Pendraig, und meinem Gemahl befehligt wurde, gegen die Feinde ins Feld zog – und drittens, weil es uns ehrt, daß du meinen und Morvryns Sohn zu deinem Begleiter und druidischen Berater erwählt hast.«

Die Edlen, die ringsum an den Tafeln saßen, stimmten der Erklärung der Königin durch laute Beifallsrufe zu; nachdem wieder Ruhe eingekehrt war, sagte Uddyr zu Arwen, Gwendydd und Morvryn: »Ich danke euch für eure Bereitschaft, an der Vereinigung der Volksstämme Cymrus und Cornueilles mitzuwirken!« Der Pendraig drückte die Hände der beiden Frauen und seines früheren Waffengefährten; danach fuhr er, an die Königin gewandt, fort: »Was du über unser Bündnis sagtest, ist nur allzu wahr – in einem Punkt jedoch muß ich dir widersprechen. Zwar schätze ich deinen und Morvryns Sohn außerordentlich; dennoch traf nicht ich die Entscheidung, daß er mich auf meiner Mission begleiten sollte. Vielmehr bestimmten ihn die Gottheiten zu meinem Ratgeber, indem sie uns an der Weihestätte von Barclodiad y Gawres ein Zeichen durch den Vogelflug gaben. Und dies ehrt Myrddin unendlich mehr als die große Achtung, die ich ihm entgegenbringe.«

»Berichte uns, was beim Heiligtum von Barclodiad im einzelnen geschah«, bat Arwen den Herrscher der Deceanglier.

Daraufhin schilderte Uddyr, wie das Sperberpaar und der Falke am Himmel über der Weihestätte aufgetaucht waren, wie die Gefiederten Myrddins Haupt dreimal umkreist hatten und wie es anschließend zum Zweikampf zwischen den beiden männlichen Vögeln gekommen war. »Der Falke besiegte den Sperber, und dies bedeutet, daß die Mächte von Annwn die Heilige Hochzeit in Cornueille wünschen!« schloß der König; während er es sagte, flüsterte Gwendydd ihrem Enkel zu: »Du stehst noch höher in der Gunst der Andersweltlichen, als ich dachte!«

Im nächsten Moment brachen die demetischen Edlen in begeisterte Hochrufe auf Myrddin aus; die Adelskrieger aus dem Norden fielen ein, und die Ovationen verstärkten sich noch, als sich der junge Druide erhob. In bescheidener Haltung stand Myrddin da; mit leicht gesenktem Kopf wartete er ab, bis die Edlen wieder verstummt waren, sodann erklärte er: »Die Gottheiten haben Uddyr Pendraig und mir eine Aufgabe von größter Bedeutung übertragen. Aber gerade deshalb, weil wir auserwählt wurden, dürfen der Träger der Sichellanze und ich niemals vergessen, daß wir nur Werkzeuge der Andersweltlichen sind. Und aus diesem Grund ersuche ich euch jetzt, den Gottheiten, den Sídhe und den Toten die Ehre zu erweisen, die ihnen gebührt, indem wir ihnen am Baumheiligtum des Duns ein Opfer darbringen.«

Wenig später zogen die Teilnehmer der Ratsversammlung in wohlgeordneter Prozession auf den Festungsanger hinaus. Unter dem Weltenbaum, wo sich rasch auch die einfachen Menschen eingefunden hatten, zelebrierten Gwendydd und Myrddin ein Feuerritual. Nachdem die Opfergaben – heilige Kräuter von fünferlei Art – von der Lohe verzehrt worden waren, begaben sich die Adligen zurück in die Halle. Im Verlauf der folgenden Stunden besprach man dort die Einzelheiten des Bündnispakts zwischen den Demetiern und den übrigen Volksstämmen; am frühen Abend schließlich war das Fleisch des Mastochsen gar, den einige Knechte auf Arwens Anordnung hin geschlachtet und am Bratspieß in der Versammlungshalle geröstet hatten.

Das Festmahl dauerte bis tief in die Nacht hinein; in guter und hoffnungsvoller Stimmung schmausten und tranken die Edlen, und dasselbe taten draußen auf dem Anger die gewöhnlichen Bewohner des Duns sowie die sechzig nichtadligen Gefolgsmänner des deceanglischen Herrschers. Am nächsten Morgen besuchte Myrddin die Gräber seiner Vorfahren; lange verweilte er bei dem Cairn, der sich über der letzten irdischen Ruhestätte Gruffydds erhob, und hielt stille Zwiesprache mit seinem Großvater. Nachmittags unternahm der Siebzehnjährige einen mehrstündigen Ausritt mit Morvryn; der junge Druide genoß es, den Vater endlich wieder einmal ganz für sich zu haben und dessen Zuwendung zu spüren – und das Gefühl, in der vertrauten Gesellschaft seiner Eltern und seiner Großmutter geborgen zu sein, verließ ihn auch während der folgenden Tage nicht.

Eine volle Woche blieben Myrddin und Uddyr in der Königsfestung über dem Tywi-Tal; dann jedoch wurde es höchste Zeit, den Weiterritt anzutreten. Nachdem der Siebzehnjährige bewegten Abschied von Arwen, Morvryn und Gwendydd genommen hatte, zog die Kavalkade, an deren Spitze das Drachenbanner wehte, ins Flußtal hinab, überquerte den Tywi und entfernte sich in südöstlicher Richtung.

Sechs Tage später erreichte der Reiterzug den Herrscher-Dun der Silurer, deren Königspaar durch ordovicische Boten bereits von der Mission des Pendraig erfahren hatte. Daher konnte der Waffenbund sehr schnell besiegelt werden, und schon am Morgen nach der Zeremonie schwangen sich Uddyr, Myrddin und die Krieger ihrer Bedeckung erneut in die Sättel ihrer Pferde, um nunmehr den Weg nach Cornueille einzuschlagen.

Auf dem Weiterritt durchfurteten die Rösser die Flüsse Usk und Wye; bald gelangte die Kavalkade nach Glevum: einer einst von den Ruheiniog gegründeten Stadt am breiten Strom Hafren. Die Steingebäude innerhalb des teilweise eingerissenen Mauergevierts waren zumeist verwaist; nur wenige Menschen lebten noch in den Häusern mit den rechteckigen Grundrissen: entwurzelte Männer, Frauen und Kinder fremdländischer Abstammung, die einen ärmlichen und heruntergekommenen Eindruck machten. Stumm starrten sie die Kelten an, welche in Richtung des Flusses an ihnen vorübertrabten; als sein Pferd die Rampe der weitgehend unbeschädigten, aus Felsquadern erbauten Strombrücke am Stadtrand erklomm, atmete Myrddin erleichtert auf.

Jenseits des Flusses schwenkte die Kavalkade nach Süden ab; während der nächsten Tage folgte der Reiterzug zuerst dem östlichen Ufer des Hafren-Stromes und anschließend dem Gestade des gleichnamigen Meeresarmes, in welchen der Fluß einmündete. Als sich die Förde nach Westen in die freie See hinaus öffnete, war die Grenze des dumnonischen Stammesgebietes nicht mehr fern; eine Woche nachdem Myrddin und Uddyr sich vom silurischen Herrscherpaar verabschiedet hatten, erreichte die Kavalkade den nordöstlichsten Gau des mächtigen Volksstammes, welcher die riesige Halbinsel von Cornueille besiedelte, und der Pendraig beschied seinen druidischen Gefährten: »Drei, höchstens vier Marschtage noch, dann werden wir Tintagel, die Königsfestung der Dumnonier, vor uns sehen!«

Wiederum eine halbe Woche später tauchte der Dun, wo Ygerna und Gorlois über ihr meerumschlungenes Land herrschten, aus einer der dünn flutenden, lichtgeränderten Nebelbänke auf, welche an diesem Nachmittag entlang der Nordküste Cornueilles trieben. Unwillkürlich zügelte Myrddin sein Roß; der Grund für diese überraschte Reaktion des Siebzehnjährigen war der fast andersweltliche Anblick, der sich ihm darbot.

Die Wälle und Gebäude der Königsfestung krönten ein gewaltiges Klippenplateau, dessen Flanken aus rotbraunem Schichtgestein beinahe senkrecht zur See hinunter abstürzten. Machtvoll donnerten die Meereswogen gegen diese Felsbastion; an einer Stelle, direkt unterhalb des östlichen Zugangs zum Dun, schäumte die Flut in eine enge, tiefeingeschnittene Schlucht und schlug an deren Ende turmhoch empor. Insbesondere diese Kluft, zwischen deren Steinwänden die Wassermassen tobten, wirkte finster, bedrohlich und abweisend; Gischtwolken und Felsschatten verschluckten jeden Sonnenstrahl. Hoch oben jedoch erstrahlten der Ringwall, der Torbau und die kegelförmigen Dächer im Inneren der Festung in hellem, goldenem Lichtschein, und etwas seitlich des Duns hing ein zarter, kaum sichtbarer Regenbogen in der Luft, welcher einen flirrenden Pfad nach Annwn zu bilden schien.

Wie gebannt schaute Myrddin von der mit Heidekraut bewachsenen Hügelkuppe, auf der er sein Pferd angehalten hatte, zum Herrschersitz der Dumnonier hinüber. Auch Uddyr, der wie gewöhnlich neben dem jungen Druiden geritten war und sein Roß ebenfalls gezügelt hatte, konnte sich lange nicht an dem halb fomorischen, halb zauberschönen Bild der vom Meer umtosten Königsfestung satt sehen. Geraume Zeit verharrten der Pendraig und der Siebzehnjährige in stummem Hingerissensein; ähnlich erging es den meisten Männern ihres Gefolges – schließlich räusperte sich Uddyr, zog sein Pferd ein wenig herum, suchte den Blick seines Gefährten und sagte mit rauher Stimme: »Es ist, als wollten die Gottheiten uns gleich bei unserer Ankunft hier vor Augen führen, daß an diesem Ort eine Entscheidung von schicksalhafter Bedeutung für ganz Britannien getroffen werden muß!«

»Licht und Finsternis liegen in wildem, immerwährendem Widerstreit miteinander ...« murmelte Myrddin. »Die Drachen kämpfen; sie ringen unentwegt, und oft bleibt ihr Streit unentschieden ... Aber jetzt, da wir angelangt sind, wird sich der Rote Drache für die Spanne eines Menschenalters siegreich aufbäumen ...«

Damit trieb der Sohn Arwens und Morvryns sein Roß wieder an und trabte davon; rasch schloß der Pendraig zu ihm auf, und die Kavalkade zog weiter in Richtung des dumnonischen Herrscher-Duns. Schnell legten die Reiter das letzte Wegstück über das leicht hügelige Heideland bis zur Klippenfestung zurück. Auf einem flachen, teils sehr schmalen Felsband, wo die Pferde im Schritt gehen mußten, umrundeten sie die Schlucht, an deren schroffen Wänden die Meeresbrandung empordonnerte. Jenseits dieser gefährlichen Passage erreichten sie eine Steinrampe, die zum doppelflügeligen, eisenbeschlagenen Tor der hohen Turmbastion im Ostwall des mächtigen Duns hinaufführte – und dort oben, auf der Wehrplattform des Torturmes und den Palisadengängen, erschienen nun plötzlich Dutzende von Bewaffneten, die herausfordernd ihre Wurfspeere schwangen.

Jäh brachten Uddyr und Myrddin ihre Rösser zum Stehen; unwillig stieß der Pendraig hervor: »Was soll das?! Warum empfängt man uns derart unfreundlich?!«

»Irgend etwas stimmt hier nicht!« versetzte Arwens und Morvryns Sohn; im nächsten Moment scholl es von der Turmplattform herab: »Wer seid ihr?! Woher kommt ihr?! Und was gibt euch das Recht, mit Heeresmacht gegen uns heranzuziehen?!«

In einer empörten Aufwallung ließ Uddyr sein Pferd steigen; dann rief er: »Du fragst, wer ich bin?! Erkennst du denn mein Banner nicht?!«

»Welches?« kam es vom Torturm. »Ich kann keines sehen!«

Verwirrt schauten der Pendraig und Myrddin nach hinten, wo sich ihre Gefolgsleute zusammendrängten; gleich darauf begriffen sie, daß sich der Adelskrieger, welcher das Drachenbanner Uddyrs trug, einer Unachtsamkeit schuldig gemacht hatte. Das Bannertuch nämlich hatte sich im böigen Meerwind eng um den Fahnenschaft gewickelt, weshalb das Drachenemblem in der Tat unkenntlich war. Jetzt allerdings, da ihm sein Fehler bewußt wurde, sorgte der Bannerträger hastig dafür, daß sich das Tuch wieder entfaltete – und kaum wehte die Fahne in der Seebrise, erklang es von der Turmplattform herunter: »Der Rote Drache von Gwynedd! Das Banner Uddyr Pendraigs! Verzeih das Mißverständnis, König der Deceanglier!«

»Hoffentlich war dieses peinliche Versehen kein böses Vorzeichen!« sagte Uddyr zu seinem druidischen Begleiter; sodann trieb er sein Roß im Stechtrab vor das Festungstor. Kaum waren der Pendraig und Myrddin dort angelangt, wurden die Torflügel geöffnet, und mehrere Edle kamen heraus. Mit höflichen Worten hieß der graubärtige Adelskrieger, mit dem Uddyr zuvor aneinandergeraten war, den deceanglischen Herrscher und dessen jungen Gefährten willkommen; anschließend beschied er die beiden: »Ich werde sofort einen Reitboten zu Ygerna und Gorlois senden, damit sie von eurer Ankunft erfahren.«

»Das Königspaar von Cornueille weilt also nicht hier im Dun?« erkundigte sich Uddyr überrascht.

»Nein«, antwortete der Edle. »Ygerna hatte vergangene Nacht einen aufwühlenden Traum, und deshalb begab sich das Herrscherpaar heute morgen zu einem Cromlech im Landesinneren, um dort Zwiesprache mit den Andersweltlichen zu halten.«

»Die Göttin säte bereits eine Ahnung von dem, was geschehen soll, in Ygernas Innerstes«, raunte Myrddin dem Pendraig zu.

Uddyr nickte; dann fragte er den Graubärtigen: »Wie lange wird es dauern, bis das Königspaar in der Festung eintrifft?«

»Gorlois und Ygerna werden noch vor Anbruch der Abenddämmerung heimkehren«, erwiderte der Adelskrieger. »Und nun folgt mir bitte zur Großen Halle, wo ihr und die Männer eurer Bedeckung aufs beste bewirtet werden sollt.«

Während der nächsten Stunden saßen der Pendraig, Myrddin und die deceanglischen Edlen mit den im Dun lebenden dumnonischen Adelskriegern und Druiden zusammen. Uddyr und der demetische Herrscherproß sprachen mit den Dumnoniern über das von ihnen angestrebte Bündnis zwischen den Volksstämmen Cymrus und Cornueilles; was jedoch das Mysterium der Heiligen Hochzeit anging, schwiegen sie vorerst aus guten Gründen noch. Am Spätnachmittag sodann kam ein Torwächter angerannt und meldete: »Das Königspaar nähert sich der Festung!«

Bald darauf schritten Ygerna und Gorlois, die nur von einigen wenigen Bewaffneten begleitet wurden, zu der aus Eichenholz gefertigten Tafel nahe des Hochthrons inmitten der Halle, wo der Pendraig und Myrddin Platz genommen hatten. Beim Anblick der jungen Herrscherin schien Uddyr wie verzückt zu erstarren; eben hatte er nach seinem Weinpokal greifen wollen, jetzt hielt er jäh in der Bewegung inne – und dies war kein Wunder, denn Ygerna strahlte trotz des anstrengenden Ritts, den sie und ihr Gemahl hinter sich hatten, außergewöhnlichen Liebreiz aus.

Das Antlitz der höchstens fünfundzwanzigjährigen Königin war von makelloser, beinahe feenhafter Schönheit; goldblondes Haar umfloß ihr Gesicht in weichen Wellen und fiel ihr weit über die Schultern, und das enganliegende, dunkelgrüne Kleid, das Ygerna trug, brachte ihren schlanken Körper mit den vollen Brüsten und den lockenden Hüften auf erregende Weise zur Geltung. Hinzu kam, daß der bis zu den Stiefelschäften reichende Rock des Reitgewandes an beiden Seiten geschlitzt war; während die Königin an Gorlois' Arm zum

Eichentisch unterhalb des Thronsitzes ging, umschmeichelte der kostbare Stoff ihre nackten, wohlgeformten Schenkel und Knie – und auch deswegen schaute der Pendraig wie gebannt auf Ygerna.

Erst als das Herrscherpaar die Tafel fast erreicht hatte, schüttelte Uddyr seine verzückte Betäubung ab. Hastig erhob er sich, richtete den Blick auf den hochgewachsenen, schwarzhaarigen Gorlois, der etwa dreißig Jahre zählte, und sagte: »Ich danke dir und deiner Gattin dafür, daß ihr so rasch zurückgekehrt seid.«

»Das war selbstverständlich«, erwiderte der dumnonische König. »Schließlich bekommen meine bezaubernde Gemahlin und ich nicht jeden Tag Besuch vom künftigen Ard Rhi Britanniens.« Ein leises, kaum sichtbares Schmunzeln spielte dabei um Gorlois' Mundwinkel; es war ihm keineswegs entgangen, wie fasziniert der deceanglische Herrscher Ygerna angestarrt hatte, und daher fügte er nun mit feinem Spott hinzu: »Freilich ist mir nicht ganz klar, ob du durch deine Reise nach Tintagel allein meiner schönen Gattin Ehre erweisen wolltest oder ob du sowohl mit Ygerna als auch mit mir gewisse Angelegenheiten besprechen möchtest, welche das Schicksal unseres Landes betreffen.«

»Es geht in der Tat um wichtige Entscheidungen, die es uns ermöglichen sollen, den Kampf gegen die Sassenach sehr viel erfolgreicher als bisher zu führen«, versicherte Uddyr. »Genauer gesagt, um einen Waffenbund zwischen den Stämmen Cymrus und eurem mächtigen Volksstamm, der seit Jahrhunderten Cornueille bewohnt. Und ich darf euch mitteilen, daß ich und der Sohn der Demetier-Königin Arwen, der hier an meiner Seite steht, die fünf Stämme von Cymru bereits vereinigt haben ...«

Der Pendraig unterbrach sich, weil Ygerna vortrat. Im nächsten Moment hatte die Blondhaarige beide Hände Myrddins ergriffen; aus ihren tiefblauen Augen strahlte sie ihn an und sagte in bewegtem Tonfall zu ihm: »Du also bist der junge

Druide von edelstem Geschlecht, der schon als Dreizehnjähriger den dreifachen Tod Gwrtheyrns prophezeite und der auch später immer wieder durch seine so früh herangereifte Weisheit von sich reden machte! Erlaube mir, dich zu umarmen, mein Freund! Denn es bereitet mir größte Freude, dich kennenzulernen!«

Damit zog Ygerna den demetischen Herrscherspröß an ihre Brust; nachdem sie sich wieder von ihm gelöst hatte, bat sie ihn: »Vielleicht könntest du mir bei Gelegenheit den Traum deuten, der mich letzte Nacht derart verwirrte, daß ich mich heute morgen entschloß, mit Gorlois zu jenem Cromlech zu reiten, von dem man euch wohl bereits erzählt hat.«

»Wir erfuhren von eurem Besuch bei der Weihestätte, wo ihr Zwiesprache mit den Andersweltlichen halten wolltet«, bestätigte Myrddin. »Aber wie es scheint, fandest du dort nicht die Erkenntnis, die du suchtest.«

Die Blondhaarige schüttelte den Kopf. »Nein! Es war, als würden die Schleier, die zu durchdringen ich mich bemühte, immer dichter. Und ähnlich empfand mein Gatte ...«

»Die Stunde, da die Nebel sich lichten werden, ist nicht mehr fern«, beschied Myrddin die Königin. »Schon bald werden wir uns über dein Traumgesicht austauschen. Doch zunächst sollte Uddyr Pendraig die Möglichkeit erhalten, mit dir, deinem Gemahl und euren Vertrauten über den Zusammenschluß der Volksstämme von Cornueille und Cymru zu sprechen.«

»Du hast recht«, nickte Ygerna; gleich darauf ersuchte Gorlois den deceanglischen Herrscher und dessen druidischen Gefährten: »Nehmt bitte gemeinsam mit meiner Gattin und mir auf dem Hochthron Platz, damit die Beratung über das von euch vorgeschlagene Bündnis beginnen kann.«

Ganz wie Uddyr und Myrddin gehofft hatten, ließen sich auch das dumnonische Königspaar und die in Tintagel lebenden Adligen von der Notwendigkeit des Waffenbundes überzeugen. Bereits am Abend wurde der Pakt beschworen, so daß nunmehr alle sechs Stämme Westbritanniens unter dem Drachenbanner des künftigen Ard Rhi vereinigt waren. Um dies gebührend zu feiern, fand im Anschluß an die Ratsversammlung ein Spießbratenessen statt; erst spät nachts begaben sich das Herrscherpaar, der Pendraig und Myrddin zum Königshaus.

Dort waren Schlafräume für Uddyr und den Sohn Arwens und Morvryns vorbereitet worden; Ygerna und Gorlois wünschten ihren Gästen eine erholsame Nachtruhe und wollten sich danach in ihr eigenes Gemach zurückziehen – aber da wechselte Myrddin einen bedeutungsvollen Blick mit dem Pendraig, richtete die Augen wieder auf das dumnonische Herrscherpaar und sagte: »Uddyr und ich bitten euch für morgen um eine weitere Unterredung. Es muß nämlich etwas zwischen uns besprochen werden, das von noch größerer Wichtigkeit ist als das Bündnis, das heute geschlossen wurde. Und weil diese Angelegenheit schicksalhaft für ganz Britannien ist, sollten wir uns ohne Zeugen darüber austauschen.«

Verblüfft schaute das Königspaar auf den jungen Druiden; Gorlois setzte zu einer Frage an – doch Myrddin kam ihm zuvor, indem er erklärte: »Dringt nicht in mich! Denn jetzt, wo wir alle ermüdet sind, ist nicht die Zeit dazu. Aber wenn die Sonne des neuen Tages vom Himmel strahlt, werdet ihr vernehmen, was der Pendraig und ich euch mitzuteilen haben.«

Damit mußte sich das Herrscherpaar vorerst zufriedengeben. Unter verwundertem Flüstern verschwanden Ygerna und Gorlois in ihrem Schlafgemach; auch Uddyr und sein Gefährte gingen zu Bett, und bald war kein Laut mehr im Haus zu hören.

Am nächsten Vormittag sodann, nachdem das Königspaar und dessen Gäste im ebenerdigen Kaminraum des Herrscherhauses gefrühstückt hatten, sagte Gorlois: »Am besten führen wir die vertrauliche Unterredung, um die ihr uns gebeten habt, nicht hier im Erdgeschoß, wo die Bediensteten uns stören könnten, sondern oben im Haus, wo es ein verschwiegenes Gemach gibt, das wir schon früher für ähnliche Zwecke genutzt haben.«

Der Pendraig und Myrddin stimmten zu; wenig später ließen sich das Königspaar und dessen hochgestellte Besucher in einem kleinen, holzvertäfelten Dachraum des Gebäudes um einen Rundtisch nieder. Aus einer silbernen Schnabelkanne füllte Ygerna vier Pokale mit Metheglyn; das Herrscherpaar und seine Gäste stießen miteinander an, und danach forderte Gorlois den deceanglischen König auf: »Teile uns nun mit, was dir und deinem druidischen Berater am Herzen liegt.«

Uddyr deutete auf seine Sichellanze, die er mit heraufgebracht und an eine Balkenstrebe seitlich seines Sessels gelehnt hatte, und erklärte: »Diese uralte Waffe stammt von Môn, und sie wurde mir von den Großen Wissenden des heiligen Eilands zum Zeichen dafür überreicht, daß ich befugt bin, auch in ihrem Namen zu sprechen. Was ich dir, Gorlois, und dir, Ygerna, zu sagen habe, drückt also nicht nur mein und Myrddins Bestreben aus; vielmehr steht der Wille derer hinter uns, welche das geistige Herz Cymrus behüten und damit wiederum von den Gottheiten auserwählte Mütter und Väter ganz Britanniens sind. Und nur, weil dies so ist; weil die Druiden Môns mich und meinen Gefährten zu unserer Mission ermächtigten, habe ich das Recht, euch, die ihr hier in Cornueille regiert, ein besonderes Ritual vorzuschlagen: einen sakralen Akt von höchster Bedeutung für all die Volksstämme unseres Landes, die derzeit noch furchtbar unter der Mord- und Raubgier der Sassenach leiden.«

Der Pendraig griff nach seinem Pokal, um sich durch einen Schluck Honigwein zu stärken; Gorlois wartete ab, bis Uddyr getrunken hatte, dann sagte er: »Ich verstehe dich nicht. Gestern beschworen wir doch ohnehin den Pakt zwischen Cornueille und Cymru; den Waffenbund, der uns die Möglichkeit geben wird, bereits in naher Zukunft siegreiche Schlachten gegen unsere Feinde zu schlagen. Und daher begreife ich nicht, wieso jetzt plötzlich auch noch ein Ritual von solch großer Wichtigkeit für uns sein sollte.«

»Schon oft wurden Bündnisse geschlossen, aber häufig waren sie nur von kurzer Dauer«, antwortete Uddyr. »Wir alle wissen doch, wie sehr Emrys sich um die Vereinigung der Stämme im Osten bemühte. Immer wieder trachtete er danach, und vorübergehend gelang es ihm durchaus, drei oder vier Herrscher zu gemeinsamem Handeln zu bewegen; letztlich aber hatte kein einziger derartiger Pakt Bestand. Dies ist das Verhängnis des Ard Rhi, und da Emrys bereits im fortgeschrittenen Alter steht, wird er vermutlich auch nicht mehr imstande sein, das Ruder herumzureißen. Um so mehr jedoch sind wir verpflichtet, es zu tun. Unser Waffenbund darf unter gar keinen Umständen zerbrechen, denn einzig durch die geballte Macht der sechs Weststämme kann das Überleben des Keltentums in Britannien gesichert werden – und deshalb müssen Cornueille und Cymru zusätzlich durch den besonderen sakralen Akt zusammengeschmiedet werden, von dem ich vorhin sprach.«

»Nun verstehe ich«, kam es von Gorlois; Ygerna fragte: »Welches außergewöhnliche Ritual schlägst du denn vor, Uddyr?«

Der deceanglische König zögerte. Er richtete einen beinahe hilfesuchenden Blick auf Myrddin; erst nachdem dieser ihm zugenickt hatte, sagte er gepreßt: »Die Druiden von Môn regten an, die beiden westlichen Landesteile unserer Insel durch eine Heilige Hochzeit unauflöslich miteinander zu verschmelzen.«

Es dauerte einen Moment, ehe das Herrscherpaar die volle Tragweite dieses Satzes begriff. Errötend senkte Ygerna den Kopf; Gorlois hingegen, der jäh erbleicht war, stieß hervor: »Das kann nicht dein Ernst sein, Uddyr Pendraig!«

Der König von Gwynedd nagte betreten an seiner Unterlippe; für eine Weile war es totenstill in dem kleinen Raum, endlich erklärte Myrddin: »Es ist so, wie Uddyr sagte! Die

Großen Wissenden von Môn Mam Cymru sind der einhelligen Meinung, daß das Ritual unbedingt zelebriert werden sollte.«

»Aber solch eine Heilige Hochzeit darf nur zwischen einer Frau und einem Mann von edelstem Blut vollzogen werden!« erwiderte Gorlois. »Und da es um eine Verbindung von Cornueille und Cymru ginge, müßten ...«

»Ja«, bestätigte Myrddin. »Einzig der Pendraig und deine Gemahlin wären berechtigt, das zu vollbringen, was nach dem Ratschluß der Druiden vollbracht werden soll. Denn Uddyr würde während des sakralen Aktes die fünf durch ihn vereinten Stämme Cymrus und das von ihnen besiedelte Land repräsentieren, und Ygerna stünde für das Volk und die Erde Cornueilles.«

»Nein!« rief Gorlois aus. »Niemals werde ich das zulassen!«

Der dumnonische Herrscher griff nach der Hand seiner Ehefrau und umspannte sie so fest, daß seine Knöchel weiß hervortraten; Ygerna sagte mit bebender Stimme: »So etwas dürften noch nicht einmal die Gottheiten von meinem Gatten und mir verlangen ... Stets waren wir einander treu, und daraus erwuchs uns das Glück, das wir seit unserer Vermählung genossen ...«

Uddyr, der mit peinlich berührter Miene dasaß, murmelte: »Ich fürchtete, daß ihr ablehnen würdet. Und ich verstehe euch ja auch sehr gut ... Doch andererseits solltet ihr vielleicht bedenken: Wir Menschen sind in unserem Tun den Anderweltlichen verpflichtet, und wenn es der Wille der Gottheiten ist ...«

»Schweig!« Zornig funkelte Gorlois den deceanglischen König an. »Du hast die Worte meiner Gemahlin vernommen, und ich denke genauso wie sie! Und sofern dir daran liegt, daß der Waffenbund zwischen Cornueille und Cymru über den heutigen Tag hinaus Bestand hat, solltest du jetzt besser den Mund halten und uns nicht länger durch dein unverschämtes Ansinnen beleidigen!«

»Ich verbitte mir diesen Ton!« fuhr Uddyr wütend auf – bevor daraus aber ein Streit zwischen ihm und dem dumnonischen Herrscher erwachsen konnte, hob Myrddin mit gebieterischer Geste den Arm, faßte den Pendraig scharf ins Auge und sagte: »Ich ersuche dich, mich mit Ygerna und Gorlois allein zu lassen!«

Langsam, wie betäubt, stand Uddyr auf, griff nach seiner Sichellanze und verließ das Gemach; nachdem die Tür hinter ihm zugefallen war, sprach der junge Druide: »Ceridwen ist die Herrin des Lebens, des Todes und der Wiedergeburt. In ihrer weißen, roten und schwarzen Gestalt behütet sie alles Dasein. Nichts ist uns Kelten heiliger und hilfreicher als die Göttin in ihrer dreifachen Erscheinungsform – und da auch wir uns nunmehr zu dritt in diesem Raum aufhalten, glaube ich, daß Ceridwen uns behilflich sein wird, die richtige Entscheidung zu treffen.«

Erneut runzelte Gorlois zornig die Stirn. »Ich dachte, meine Gattin und ich hätten unseren Standpunkt bereits klargemacht!«

»Das habt ihr«, nickte Myrddin. »Und ich möchte mich im Moment auch gar nicht weiter über die Heilige Hochzeit mit euch austauschen. Vielmehr bitte ich dich, Ygerna, mir von dem Traum zu erzählen, der dich vorletzte Nacht so sehr verwirrte.«

»Was soll das denn jetzt?« fragte Gorlois konsterniert.

Auch auf dem Antlitz seiner Gemahlin malte sich Betroffenheit. Die Königin schien mit sich zu ringen; dann legte sie, wie in einem spontanen Entschluß, die Hand auf den Unterarm ihres Gatten und sagte leise zu ihm: »Ich ersuchte den Sohn Arwens und Morvryns bereits gestern, gleich nach unserer Heimkehr vom Cromlech, mir meine Traumbilder zu deuten. Und da ich mittlerweile glaube, daß die Gottheiten es so fügten, bin ich froh über die Bereitschaft unseres Gastes, mich anzuhören.«

»Ich erinnere mich an euer Gespräch«, murmelte Gorlois.

»Und wenn es dein Wunsch ist, dich Myrddin anzuvertrauen ...«

»Danke für dein Verständnis!« Ygerna schenkte ihrem Gemahl ein sanftes, liebevolles Lächeln; danach wandte sie sich wieder dem jungen Druiden zu, um ihm ihren Traum zu schildern.

»Bestimmt bist du selbst schon im Schlaf durch eine unbekannte Landschaft von andersweltlichem Zauber gewandert«, begann die Königin. »Und so erging es auch mir; ich bewegte mich fast schwerelos in einer Gegend, deren lichtdurchflossene Schönheit ich nicht zu beschreiben vermag. Es war mir, als sähe ich vieles gar nicht wirklich; doch um so mehr erahnte ich: Täler, Wälder und Haine, deren Ausstrahlung mir umfassendste seelische Geborgenheit vermittelte; Meeresküsten, deren Brandungsgeräusch wundersame Musik war; dazu Ebenen, Gebirgszüge und Wolkengebilde in Farben, die ich nie zuvor erblickt hatte, und in Formen von äußerster Harmonie. Lange schwebte ich durch diese Landschaft; tiefstes Glücksgefühl erfüllte mich, irgendwann aber verwandelte sich alles, und ich fand mich in einer vertrauten, nicht länger überirdischen Gegend wieder ...«

»Wo war das?« fragte Myrddin.

»Auf der Heide nahe des Duns, in dem wir uns aufhalten«, antwortete Ygerna. »Dort draußen, wo das Land sich mit der See vermählt, ragt auf einer Klippe ein uralter Menhir gen Himmel. Ich sah ihn von ferne; etwas zwang mich, dem Hohen Stein entgegenzugehen, doch bald wurden meine Füße so schwer, daß ich kaum noch vorankommen konnte. Gleich darauf sank ich taumelnd zur Erde; in meiner lähmenden Schwäche weinte ich wie ein hilfloses Kind, bis plötzlich Gorlois über das Heideland heranschritt. Als er bei mir war, kehrte meine Kraft zurück; ich erhob mich, mein Gemahl nahm mich in seine Arme und küßte mich zärtlich. Sodann gingen wir Hand in Hand zum Menhir, und ich wußte, was dort zwischen uns geschehen würde ...«

Die Blondhaarige unterbrach sich; sie schien Hemmungen zu haben weiterzusprechen. Neuerlich suchte sie die körperliche Berührung mit ihrem Gatten; erst nachdem Gorlois seine Finger mit ihren verflochten hatte, fuhr sie fort: »Als wir zu dem Hohen Stein gelangt waren, liebkosten wir uns leidenschaftlich. Rasch wuchs unsere Lust aufeinander, und zuletzt wollte ich nur noch eins: meinen Gemahl tief in mir spüren. Unmittelbar darauf waren wir beide nackt und lagen unter dem Menhir, wo nach alten Sagen in grauer Vorzeit die Könige der Dumnonier gezeugt wurden. Und auch ich, so fühlte ich es in meinem Traum, sollte jetzt bei dem Hohen Stein empfangen. Ich freute mich darauf, sehnte mich inständig danach; aber mit einemmal veränderte Gorlois seine Gestalt. Eben noch hatte ich meinen geliebten Gatten umschlungen; nun plötzlich hielt mich ein fremder Mann in den Armen, und dann passierte das, was mich zutiefst schockierte: Der Unbekannte säte seinen Samen in meinen Schoß, und kaum hatte er sich in mich ergossen, lag erneut Gorlois bei mir, und ich schluchzte in einer Mischung von fast unerträglichem Schmerz und namenloser Freude an seiner Brust.«

Nachdem die Blondhaarige geendet hatte, herrschte für eine Weile Schweigen im Raum; schließlich sagte Myrddin: »Dein Traumgesicht, Ygerna, schenkt dir und deinem Gemahl drei wichtige Erkenntnisse, und ich bin sicher, ihr wißt in eurem Innersten bereits selbst, welche Botschaft euch die Mächte von Annwn vermitteln wollten. Aber bevor wir uns darüber austauschen, möchte ich euch eine Frage stellen: Warum seid ihr gestern zu dem Cromlech geritten, der sich weit entfernt von eurer Festung befindet, um dort Zwiesprache mit den Andersweltlichen zu halten, anstatt dies bei dem Menhir zu tun, wo sich der dritte Teil des Traumgeschehens abspielte?«

»Sowohl meine Gattin als auch ich schreckten aus Gründen, die du bestimmt nachvollziehen kannst, davor zurück, den Hohen Stein aufzusuchen«, erwiderte Gorlois.

»Ich kann eure Furcht verstehen«, nickte der Sohn Arwens und Morvryns. »Doch sie war unbegründet, denn dein Traum, Ygerna, kündigte euch nichts Böses an, wie ihr offenbar geglaubt habt. Vielmehr enthält er, auch wenn euch die Begebenheit am Menhir Angst einjagte, eine tröstliche Verheißung für euch beide.«

»Inwiefern?« kam es kaum hörbar vom König; seine Gemahlin sagte leise: »Bitte erkläre uns, was du meinst, Myrddin.«

»Gerne will ich euch erläutern, was die Traumbilder bedeuten«, antwortete der junge Druide. Er nahm einen Schluck aus seinem Pokal, dann fuhr er fort: »Wie ich schon erwähnte, beinhaltet die Offenbarung, die dir zuteil wurde, Ygerna, drei Botschaften der Mächte von Annwn. Zunächst bist du durch jene zauberhafte Landschaft gewandert, deren Anblick deinem Geist eine Ahnung von der unbeschreiblichen Schönheit der Anderswelt vermittelte – und dies zeigt dir an, daß dein Traum nicht zu den gewöhnlichen zählt, sondern dir in der Tat von denen gesandt wurde, welche die Gefilde von Annwn bewohnen. Anschließend, nachdem du das Jenseitsland erschaut hattest, wolltest du zu dem Hohen Stein auf der Heide nahe eurem Dûn gehen, dessen uralt-sakrale Kraft dir und deinem Gatten bekannt ist. Aber du allein warst nicht imstande dazu; vielmehr hattest du die Begleitung deines Gemahls nötig, um zu dem Menhir zu kommen – und dies heißt, daß du die Hilfe von Gorlois brauchst, um das zu vollbringen, was die Andersweltlichen von dir verlangen.«

Erneut griff Myrddin nach seinem Weinbecher. Er trank jedoch nicht; er spielte lediglich wie versonnen mit dem Pokal, um dem Königspaar Zeit zu geben, das Gehörte zu verarbeiten; nach einer Weile sodann sprach er weiter: »Was schließlich den dritten Teil des Traumgesichts betrifft, so seid ihr euch inzwischen wohl selbst über dessen Sinngehalt klargeworden. Vorhin teilte euch Uddyr ja mit, welches Anliegen die Großen Wissenden von Môn Mam Cymru an euch haben

– und das Traumbild zeigt euch an, daß der Wille derer, die auf dem heiligen Eiland leben, mit dem Wollen der Mächte von Annwn im Einklang steht.«

Gorlois' Mundwinkel zuckten wie in jäher Pein. Es schien, als würde er abermals auffahren, doch letztlich preßte er nur die Lippen zusammen und blieb stumm; Ygerna wiederum flüsterte: »Es mag sein, daß die Andersweltlichen dasselbe von uns verlangen wie die Druiden von Môn … Dennoch ist mir der Gedanke, mit einem anderen Mann als meinem Gatten …«

Die Blondhaarige unterbrach sich und kämpfte mit den Tränen; Myrddin wartete, bis sie sich wieder beruhigt hatte, dann fragte er: »Du leidest unter der Angst, daß das bewußte Ritual die Liebe zwischen dir und Gorlois zerstören könnte, nicht wahr?«

»Ja!« schluchzte Ygerna und schmiegte sich an ihren Gemahl, der wie versteinert dasaß.

»Aber in deinem Traum passierte dies keineswegs!« stellte der Sohn Arwens und Morvryns fest. »Vielmehr sehntest du dich inständig danach, unter dem Hohen Stein zu empfangen, und aus diesem Grund gabst du dich deinem Gatten voller Freude hin. In inniger Umarmung habt ihr eure Leidenschaft genossen; erst kurz vor der Erfüllung verwandelte Gorlois seine Gestalt und wurde zu dem, der seinen Samen in deinen Schoß säte. Unmittelbar darauf jedoch warst du neuerlich mit deinem Gemahl vereinigt und hast an seiner Brust sowohl schlimmen Schmerz als auch namenlose Freude empfunden.«

»Die Seelenpein, die mich quälte, war fast unerträglich!« stieß die Blondhaarige hervor.

»Ich weiß«, nickte Myrddin. »Es ist der Schmerz, unter dem du gegenwärtig leidest; du ebenso wie dein Gatte. Aber diese Pein wird von euch weichen, sobald ihr euch dazu durchgerungen habt, dem Willen der Mächte von Annwn vertrauensvoll zu gehorchen. Dann wird, nachdem die Heilige Hochzeit vollzogen wurde, grenzenloses Glück an die Stelle der Seelenschmerzen treten – und dieses Glücksgefühl wird seine Wurzel in einem ganz besonderen Wissen haben: dem Wissen, daß ihr einen außerordentlich wichtigen Beitrag zur Rettung Britanniens vor seinen Feinden geleistet habt!«

»Du denkst an das Kind, welches ich in der Heiligen Hochzeit empfangen soll ...« flüsterte Ygerna.

»Wenn ihr den Weisungen gehorcht, die du in deinem Traumgesicht erhalten hast, wirst du einen Sohn gebären, dessen Ruhm die Jahrhunderte und Jahrtausende überdauern wird!« erklärte der junge Druide. »Doch ehe ich mich eingehender dazu äußere, möchte ich noch einmal über den Gestaltwandel deines Gemahls sprechen.« Er wandte sich an Gorlois. »Hast du begriffen, welchen Ausweg aus eurer inneren Not euch die Andersweltlichen durch dieses Traumbild vor Augen führen wollten?«

»Vorhin sagtest du, daß Ygerna meine Hilfe benötigen würde, um das zu tun, was die Gottheiten von ihr verlangen«, erwiderte der König, der sich unterdessen gefaßt und Myrddins Ausführungen zuletzt sehr aufmerksam gelauscht hatte. »Und dies bedeutet wohl, daß ich meiner Gattin in uneingeschränkter Zuneigung zur Seite stehen muß, falls wir uns entschließen sollten ...«

»So ist es!« bestätigte der junge Druide. »Ihr müßt den Pfad, der in das Ritual beim Menhir einmündet, ganz wie in Ygernas Traum Hand in Hand zurücklegen. Denn allein auf diese Weise, wenn ihr in unabdingbarem Einklang miteinander handelt, kann eure Liebe beschützt und bewahrt werden. Und nur so wird es möglich sein, daß sich deine Gemahlin zwar einem anderen hingibt, aber dennoch mit dir vereint bleibt – genau wie in ihrem Traumgesicht, wo Ygerna am Anfang und am Ende in deinen Armen lag, während der Fremde, in welchen du dich für eine kurze Zeitspanne verwandelt hattest, nichts weiter als ein flüchtiger, schattenhafter Besucher für sie war.«

Sowohl Gorlois als auch Ygerna rangen mit sich; schließlich sagte die Blondhaarige zu ihrem Gatten: »Sofern wir den Weg beschreiten würden, der uns aufgezeigt wurde, dürfte mir niemand einen Betrug an dir vorwerfen, und du hättest keinen Grund, an meiner Treue zu zweifeln ...«

»Möglicherweise ... könnte man es so sehen ...« murmelte Gorlois und griff mit unsicherer Bewegung nach seinem Pokal.

»Am besten ist es wohl, ihr bedenkt alles in Ruhe und teilt mir eure Entscheidung später mit«, äußerte Myrddin.

Der König nickte und trank; nachdem er sich gestärkt hatte, wollte er das Wort an den jungen Druiden richten – doch Ygerna kam ihm zuvor und forderte Myrddin auf: »Erzähle uns mehr über das Kind, das in der Heiligen Hochzeit gezeugt werden soll ... Ich meine, falls sie tatsächlich stattfinden würde ...«

»Wie ihr bereits wißt, wird derjenige, dessen Geburt die Andersweltlichen wünschen, unsterblichen Ruhm erlangen«, antwortete der junge Druide. »Bis in die fernsten Zeiten werden Barden die Taten des heldenhaften Herrschers preisen, welcher dank der Verschmelzung Cornueilles und Cymrus in der Diesseitswelt erschien. Noch als Säugling, nicht erst mit neun Jahren, wird der Knabe einen Namen erhalten, der ihn aufs innigste mit der Erde Britanniens verbindet; danach aber, wenn er zum unbesiegbaren Kämpfer herangereift ist, wird man ihn auch den Eber von Cornueille nennen. Denn mit der Tapferkeit eines vor Zorn tobenden Wildebers wird er unter dem Banner des Roten Drachen mächtige Keltenheere gegen die Feinde unseres Landes führen und die Schlachtfelder von einer Küste zur anderen mit dem Blut der Sassenach tränken. So wird er die Volksstämme Britanniens vor dem Untergang bewahren; er, der beim Hohen Stein von Tintagel gezeugt werden soll – und dies ist die tröstliche Verheißung, welche die Gottheiten euch und mit euch allen freiheitsliebenden Menschen auf unserer Insel schenken!«

Erschüttert hatten Gorlois und Ygerna den ovatisch klingenden Sätzen Myrddins gelauscht; nun saßen beide in tiefer Versunkenheit da, schließlich flüsterte die Blondhaarige: »Und wir, mein Gemahl und ich, wären dazu ausersehen, das Kind, welches Britannien retten soll, großzuziehen ...«

»Bis zu seinem neunten Geburtstag würde der Knabe bei euch aufwachsen«, bestätigte der junge Druide. »Seine Jugendjahre jedoch müßte er zum Teil auf Môn verbringen, wo man ihn auf seine künftige Aufgabe vorbereiten würde.«

Neuerlich hing das Herrscherpaar schweigend seinen Gedanken nach; dann fragte Gorlois: »Weshalb bist du dir derart sicher, Myrddin, daß meine Gattin einen Sohn gebären würde, falls sie mit Uddyr Pendraig ...«

»Dies wird durch die besondere Kraft des Menhirs bewirkt werden«, erklärte der junge Druide. »Schon in früheren Jahrhunderten wurden ja unter dem Phallusstein die Könige, nicht aber die Königinnen der Dumnonier gezeugt. So berichten es eure Überlieferungen, und auch die Großen Wissenden auf Môn besitzen Kenntnis von der Macht des Menhirs, das Geschlecht eines in seiner Nähe empfangenen Kindes zu beeinflussen. Und angesichts dessen würdest du, Ygerna, neun Monate nach der Heiligen Hochzeit zweifellos einen Sohn zur Welt bringen.«

»Ich könnte ihm das Leben schenken, wenn ich mit Hilfe der Arztdruidin, die auf meine Gesundheit achtet, den günstigsten Zeitpunkt für die Vereinigung mit dem zukünftigen Ard Rhi herausfinden würde ...« murmelte die Blondhaarige.

»Das klingt fast so, als hättest du dich bereits entschlossen!« äußerte Gorlois mit unwilligem Unterton.

»Ihr müßt die Entscheidung, welche euch die Andersweltlichen abverlangen, gemeinsam und im Bewußtsein eurer gegenseitigen Liebe treffen!« kam es von Myrddin. »Und damit euch das möglich ist, will ich euch jetzt allein lassen und nicht länger in euch dringen. Vielmehr werde ich mich nun zusammen mit dem Träger der Sichellanze, dessen Drachenbanner für das Waffenbündnis der Weststämme steht, zu dem Hohen Stein draußen auf der Klippe begeben – und dort werden der Pendraig und ich ausharren, bis ihr euren Entschluß gefaßt habt.«

***

Am Spätvormittag schritten der deceanglische Herrscher und sein druidischer Gefährte auf die Heide hinaus; während sie sich dem Menhir näherten, berichtete Myrddin dem Pendraig, wie das Gespräch zwischen ihm und dem dumnonischen Königspaar verlaufen war. Nachdem er alles erfahren hatte, zeigte sich Uddyr zuversichtlich und sagte: »Zumindest Ygerna war offenbar beinahe schon überzeugt, und deshalb werden wir wohl nicht lange auf die Kunde warten müssen, die wir uns erhoffen.«

Doch darin hatte sich der Pendraig geirrt. Stunde um Stunde saßen er und der Sohn Arwens und Morvryns unter dem Hohen Stein auf der Erde oder wanderten am Klippenabsturz entlang; der Nachmittag ging darüber hin, dann senkte sich langsam die Dämmerung über Land und Meer. Als die Nacht hereinbrach, glaubten Uddyr und Myrddin, die Entscheidung im Dun sei gefallen, denn sie erspähten zwei Menschen, welche aus dem Westtor der Festung kamen. Aber wenig später wurde klar, daß es sich lediglich um einen Knecht und eine Magd handelte, die Feuerholz und einen Imbiß brachten und ansonsten auffallend schweigsam waren; nachdem sich das Dienerpaar wieder entfernt hatte, äußerte der Pendraig: »Fast fürchte ich jetzt, unsere Mission könnte scheitern.«

Sein Gefährte antwortete nicht; auch im Verlauf der folgenden Stunden blieb Myrddin meist stumm, um Mitternacht schließlich legte sich der junge Druide zum Schlaf nieder. Uddyr hingegen blieb wach; mit verspanntem Gesicht hockte er am Lagerfeuer, stocherte manchmal in der Glut oder schob ein frisches Scheit nach, bis das erste fahle Morgenlicht über die Heide fingerte.

Bald darauf sah der Pendraig, wie sein Gefährte die Augen öffnete; mit dem nächsten Lidschlag erhob sich Myrddin, deutete in Richtung des Duns und rief freudig aus: »Schau! Drei Vögel tanzen am Firmament! Die Gottheiten geben uns ein Zeichen!«

In der Tat war es so. Uddyr erkannte ein Sperberpaar und einen Falken; in raschem Flug, einander umschwirrend, näherten sich die Gefiederten dem Menhir, umkreisten ihn dreimal und schossen auf die See hinaus, wo sie in eine Nebelbank eintauchten.

Kaum waren die Vögel verschwunden, schwangen die Torflügel im westlichen Ringwall der Festung auf. Wie am Abend zuvor erschienen zwei Menschen im Torschlund und schlugen den Weg zum Hohen Stein ein; kurze Zeit später stieß der Pendraig erregt hervor: »Es sind Ygerna und Gorlois!«

Schweigend nickte Myrddin; er wirkte versonnen, und auf seinem Antlitz malte sich stille Freude. Dann, als das Königspaar beim Menhir angelangt war, sagte der junge Druide zur Blondhaarigen und ihrem Gatten: »Ich danke euch von ganzem Herzen dafür, daß ihr den Willen der Mächte von Annwn erfüllen wollt!«

»Du weißt also bereits, wie wir uns entschlossen haben?« fragte Gorlois erstaunt.

»Die Andersweltlichen zeigten es Uddyr und mir vorhin durch den Vogelflug an«, erklärte Myrddin. »Doch zweifellos habt ihr schwer um die Entscheidung gerungen.«

»Ja!« bestätigten der König und seine Gemahlin wie aus einem Mund; Ygerna fügte hinzu: »Nun aber sind wir uns klar über die Pflicht, die wir zu erfüllen haben ... und ich fand auch schon Gelegenheit, mit der Arztdruidin meines Vertrauens zu sprechen.«

»Welchen Rat gab sie dir?« erkundigte sich Myrddin.

Anstelle seiner Gattin entgegnete Gorlois: »Die Heilige Hochzeit muß nach den Worten der weisen Frau an Beltane stattfinden.«

»In etwas mehr als einem Monat …« murmelte Uddyr, der mit gesenktem Haupt dastand und plötzlich sehr verlegen wirkte.

Gorlois nickte; im nächsten Moment gab er sich einen Ruck, trat zum Pendraig, ergriff dessen Hände und sagte: »In fünf Wochen wirst du meiner Gemahlin hier am Hohen Stein beiliegen, weil die Gottheiten es so wünschen. Und bis dahin sollst du ebenso wie der Sohn Arwens und Morvryns Gastfreundschaft unter dem Dach des Hauses genießen, das Ygerna und ich bewohnen.«

***

Zunächst in höflichem, später in zunehmend vertrautem Miteinander verbrachten das Königspaar, Myrddin und der künftige Ard Rhi die darauffolgende Zeit. Kurz vor dem Frühlingsfest vollendete der junge Druide sein achtzehntes Lebensjahr; um Myrddin gebührend zu ehren, richtete das Herrscherpaar ein Spießbratenessen in der Versammlungshalle des Duns für ihn aus. Der Hochthron dort war mit Girlanden zeitig erblühter Wildblumen geschmückt – und während der nächsten eineinhalb Wochen begann die Natur auf dem Heideland über der See in immer verschwenderischerer Fülle zu prangen.

Schließlich brach der Beltane-Morgen an, und als die Sonne das erste Drittel ihres Weges am makellos blauen Himmel zurückgelegt hatte, verließ eine lange Prozession die Ringwallfestung und zog in Richtung der Felskuppe, auf welcher der Menhir aufragte. An der Spitze schritten Ygerna und Uddyr; der Pendraig trug den Zeremonialmantel des dumnonischen Königs, den ihm Gorlois unter dem Weltenbaum des Duns umgelegt hatte. Hinter dem Paar gingen die Großen Wissenden aus der Festung, die von Myrddin und der Pendruid der Dumnonier angeführt wurden; dieser Gruppe folgten Ygernas Gatte und eine vielköpfige Schar von Häuptlingen und Adelskriegern, welche teils von weither gekommen waren, um Zeugen der Ritualhochzeit zu werden – und ihnen schlossen sich mehr als tausend einfache Menschen aus dem Dun oder dem Umland der Herrscherfestung an.

In einiger Entfernung vom Hohen Stein blieben die Bauern- und Handwerkerfamilien stehen und gruppierten sich im Halbkreis mit Blick auf die Felskuppe; einen Pfeilschuß vor dem Menhir taten Gorlois und die Adligen dasselbe. Nur die Druiden begleiteten Ygerna und Uddyr zu dem Platz, wo sich der von einem zaunartigen Sichtschutz aus Hasel-, Birken- und Eichenzweigen umgebene Phallusstein erhob. Als die dumnonische Herrscherin und der deceanglische König bei der brusthohen Einfriedung angelangt waren, öffnete Myrddin eine Zugangspforte für das Paar. Ygerna und der Pendraig betraten das abgeschirmte Areal; der Sohn Arwens und Morvryns zog die Flechttür wieder zu, gesellte sich erneut zu den übrigen Großen Wissenden und forderte sie auf: »Laßt uns mit der Umschreitung beginnen.«

Paarweise umrundeten die Druidinnen und Druiden den Menhir; Myrddin und die Pendruid der Dumnonier schritten an der Spitze der Prozession, und über die künstliche Hecke hinweg konnte Arwens und Morvryns Sohn das Geschehen beim Hohen Stein beobachten. Myrddin sah das Paar, das sich jetzt in der Heiligen Hochzeit vereinigen sollte, reglos dastehen; fast wie gebannt schauten die beiden einander an – dann löste Ygerna die Schließe ihres Kleides und ließ das Gewand zu Boden gleiten, und unmittelbar darauf warf auch Uddyr seinen Umhang ab.

Nackt, wie Ceridwen sie geschaffen hatte, berührten sich die zauberschöne blonde Frau und der dunkelhaarige Mann; zuerst waren ihre streichelnden Bewegungen noch zurückhaltend, bald jedoch wurden sie fordernder, und schließlich umschlang der Pendraig die dumnonische Herrscherin beinahe ungestüm. Eng an Uddyr geschmiegt, gab sich Ygerna dessen Küssen hin; wenig später schien sie zu wanken, sank auf die von Heidekraut bedeckte Erde nieder, zog den König der Deceanglier über sich und öffnete die Schenkel für ihn.

Als der Pendraig in sie eindrang, stieß die Blondhaarige einen kurzen Schrei aus; Myrddin hatte das Gefühl, daß sich in dem Laut intuitiver Widerstand mit jäh aufbrandender Lust mischte. Gleich darauf warf Ygerna den Kopf in den Nacken und ließ sich von Uddyr in den Rausch der Leidenschaft hineinreißen. Der Sohn Arwens und Morvryns hörte das rhythmische Stöhnen der beiden; er sah, wie ihre Bewegungen schneller und wilder wurden – dann bäumte sich der Pendraig in äußerster Ekstase auf und befruchtete den Schoß der Blonden mit seinem Samen.

Im selben Moment, da Ygerna empfing, war es Myrddin, als würde er entrückt; flutender Nebel schien das Bild des Paares beim Menhir auszulöschen, und das Bewußtsein des jungen Druiden schnellte um mehrere Monate in der Zeit zurück. Er fand sich in Barclodiad y Gawres wieder; im ausklingenden Winter nahm er noch einmal an der Beratung teil, an deren Ende er und Uddyr dazu bestimmt worden waren, das Bündnis zwischen Cymru und Cornueille zu schmieden und die Sakralhochzeit vorzubereiten; abermals verließ er Môn und ritt an der Seite des Pendraig durch die verschiedenen Stammesgebiete des Westlandes; noch einmal langten er und der Träger der Sichellanze in Tintagel an und traten Gorlois und dessen Gemahlin gegenüber …

Innerhalb weniger Herzschläge kamen und verwichen Myrddins tranceartige Erinnerungen; nun, da er sich aus seiner Entrückung löste, erblickte er über den Flechtzaun hinweg wie zuvor das fürstliche Paar, das sich am Sockel des Hohen Steins geliebt hatte. Soeben barg Uddyr sein Haupt erschöpft an Ygernas Brüsten; eine Weile lag das Paar fast bewegungslos da, schließlich flüsterte die Blonde dem Pendraig etwas zu. Uddyr nickte; sehr zärtlich, als wollte er ihr danken, nahm er Ygernas Gesicht in beide Hände und küßte sie auf die Stirn, dann erhob er sich und warf seinen Mantel über. Unmittelbar darauf bekleidete sich auch die dumnonische Herrscherin wieder; danach ging das Paar zur Pforte in der Umzäunung und wartete dort, bis Myrddin und die übrigen Großen Wissenden herangekommen waren.

Nachdem Arwens und Morvryns Sohn die Flechttür für sie geöffnet hatte, schritten Ygerna und der Pendraig dorthin, wo Gorlois und die Adligen standen; die Druidenprozession folgte ihnen. Als das Paar beim König der Dumnonier angelangt war, schloß dieser seine Gattin liebevoll in die Arme und hielt sie geraume Zeit innig umschlungen. Endlich löste er sich von ihr und wandte sich Uddyr zu; daraufhin sagte der Pendraig zu Gorlois: »Ich bitte dich in tiefer Freundschaft um Verständnis für das, was nach dem Willen der Mächte von Annwn geschehen mußte.«

»Du hast niemanden hintergangen und im Einklang mit mir und meiner Gemahlin zum Wohl ganz Britanniens gehandelt«, antwortete der dumnonische Herrscher. »Und zum Zeichen dafür hast du meinen Zeremonialumhang getragen, als du Ygerna zum Menhir führtest.«

»Unter dem Weltenbaum eures Duns gabst du mir deinen Königsmantel, und ich überließ dir meinen«, entgegnete Uddyr.

»Auf diese Weise war in den Augen der Gottheiten und der Menschen ein Teil von mir bei dir und ein Teil von dir bei mir, während die Heilige Hochzeit vollzogen wurde«, erklärte Gorlois.

»Solch weise Einsicht werden die Barden noch in Jahrtausenden preisen«, kam es von Myrddin. »Und womöglich wird es dereinst sogar heißen, daß der deceanglische Herrscher seine Gestalt in die des dumnonischen Königs verwandelt hätte, damit der Retter unseres Landes gezeugt werden konnte. Doch was immer die Dichter verkünden werden, eines ist gewiß: Nie regierte in Britannien ein selbstloseres Paar als ihr, Ygerna und Gorlois!«

»Sehr wahr gesprochen!« pflichtete Uddyr dem Sohn Arwens und Morvryns bei; im nächsten Moment zog der dumnonische Herrscher den Pendraig an seine Brust – und gleich darauf umarmten beide die Blondhaarige, welche den Samen Uddyrs in ihrem Schoß trug.

Wenig später kehrten die Edlen und alle anderen, die sich auf der Heide versammelt hatten, zur Festung zurück. Beim Weltenbaum auf dem Anger des Duns tauschten Gorlois und der Pendraig, im Kreis der Druiden und Adligen stehend, erneut ihre Umhänge; sodann forderte Ygerna die Edlen auf: »Folgt meinem Gatten, Uddyr und mir jetzt in die Königshalle, damit wir dort sowohl meine Empfängnis als auch Beltane feiern können.«

Während sie die letzten Worte sagte, richtete die Blondhaarige ihre Augen auf Myrddin, und einmal mehr erfüllte der beinahe feenhafte Zauber von Ygernas Schönheit den Sohn Arwens und Morvryns mit tiefer Bewunderung. Nun gönnte ihm die Blonde ein warmes Lächeln; er empfand den Anblick ihres in innigem Glück strahlenden Antlitzes wie ein unendlich wertvolles Geschenk – doch mit dem nächsten Lidschlag schienen Ygernas Gesichtszüge wie hinter sanft wehenden Schleiern zu verweichen, und Myrddins Geist verband sich mit einem weißgefiederten Vogel, der soeben über die Herrscherfestung an der Küste Cornueilles hinwegflog und nach Norden entschwand …

ZWEITES BUCH

Die drei roten Steine

Der erste rote Stein
Caer Arianrhod

Spätwinter 469 bis Frühsommer 484

Im leuchtenden Frühlingslicht hatte der junge Druide letztmals das Antlitz Ygernas erschaut; schwerelos war sein Geist durch azurblaue Gefilde gen Mitternacht gereist. Jetzt aber tauchte das, was Myrddins unsterbliches Wesen ausmachte, unvermittelt in schattenhafte Dämmerung ein. Das Körpergefühl des Druiden verwandelte sich; gerade noch war er voller Jugendkraft gewesen, nun spürte er die Last des Alters – und als Myrddin die Lider öffnete, fand er sich in der kuppelartigen Kaverne auf der Ynys Vytrin wieder und erkannte das Gesicht Nimues.

Die Pendruid von Avalon streichelte dem Greis über das schüttere Haar, dann sagte sie leise: »Die Heilige Hochzeit von Tintagel, welche ohne deine kluge und weitblickende Handlungsweise nie möglich gewesen wäre, vollendete und krönte den ersten, weißen Zyklus deines Daseins. Und auch der erste Tag, den du unter meiner Obhut hier in der Höhle verbrachtest, ist mittlerweile verstrichen. Draußen hat sich die Nacht über Land und Meer gesenkt, und deshalb wäre es gut für dich, wenn du dich nun ebenso wie die Natur zur Ruhe begeben würdest.«

Myrddin blickte zum bogenförmigen Fenster in der Felswand der Kaverne hinüber. Er glaubte, den einen oder anderen funkelnden Stern hinter treibenden Wolken auszumachen; einige Atemzüge lang saß er schweigend da, schließlich antwortete er: »Ja, ich bin sehr müde. Doch ehe ich mich niederlege, sollte ich wohl noch einen kleinen Imbiß zu mir nehmen und etwas trinken.«

»Ich habe schon alles vorbereitet«, beschied ihn Nimue; gleich darauf brachte sie ein Tablett herbei, auf dem ein

Eßnapf und ein Becher standen. Dankbar genoß der Siebzigjährige den Getreidebrei und den Kräutertee; danach führte ihn die Pendruid zu der Nische im Hintergrund des Höhlenraumes, wo sich Myrddins und ihre Schlafstätten befanden.

Kaum hatte Nimue ihn zugedeckt, schlummerte der Greis ein; die Pendruid hingegen saß noch mehrere Stunden am Feuer und hing ihren Gedanken nach, ehe auch sie sich zu Bett begab.

Am nächsten Morgen frühstückte Myrddin mit Appetit; anschließend bat er Nimue, einen kurzen Spaziergang mit ihm zu unternehmen. Die Pendruid begleitete den Siebzigjährigen hinaus ins Freie; im Windschutz der Steinschroffen, die vor dem Zugang zur Kaverne aufragten, schritten beide auf und ab. Tief atmete Myrddin die kühle, nach Salz und Tang duftende Seeluft ein; bald aber begann er im treibenden Nebel zu frösteln, so daß Nimue es für besser hielt, ihn wieder in die Höhle zu bringen.

Dort ließ sich der Greis auf seiner beim Feuerplatz stehenden Liege mit der schrägen Rückenstütze nieder. Geraume Zeit genoß er mit halb geschlossenen Augen die Wärme, die von der knisternden Glut abstrahlte. Die Pendruid von Avalon machte sich unterdessen still in der Nähe des Todgeweihten zu schaffen; endlich sagte Myrddin: »Wenn es dir recht ist, würde ich jetzt gerne neuerlich in die Vergangenheit reisen.«

»Gestern hast du dich in drei geistigen Wanderungen an den ersten, weißen Zyklus deines Lebens erinnert, welcher deine Kindheit und Jugend umfaßte, und heute wirst du dreimal in den mittleren, roten Zyklus deines herangereiften Daseins eintauchen«, antwortete Nimue.

Wenig später stellte die Pendruid den mit Wasser gefüllten Kupferkessel zu Füßen des Greises nieder und flößte Myrddin den Kräutersud ein, welcher ihm die Rückführung erleichtern würde. Anschließend nahm sie einen der drei roten Steine aus ihrem Hirschlederbeutel und reichte ihn dem

Siebzigjährigen; während Myrddin den Kiesel betrachtete, erklärte Nimue: »Dieser Stein, dessen Farbe an Blut gemahnt, lag einst am Strand einer abgeschiedenen Meeresbucht gegenüber jenem Eiland, auf welchem sich das Heiligtum von Caer Arianrhod befindet ...«

»Die jahrtausendealte Weihestätte der Mondgöttin«, murmelte der Greis. »Das Inselheiligtum in der westlichen See ... Fast hätte es aus der Ferne den Mord an dem erschaut, der in der Heiligen Hochzeit gezeugt worden war ...«

»So ist es«, nickte die Pendruid, wobei sie den ledernen Schnürbeutel wieder verschloß. »Und nun wird der Kiesel dich erneut zu der einsamen Felsenbucht an der Küste Cymrus führen ...«

Myrddin gab Nimue den Stein zurück, beugte sich auf seiner Liege vor und konzentrierte sich auf den Anblick des Kupferkessels. Plötzlich schien dessen edles Rotmetall aufzuglühen und zu pulsen; gleich darauf ließ die Pendruid von Avalon den Kiesel in das Gefäß fallen, und der Greis vernahm Nimues beschwörende Worte: »Tauche jetzt ein in die Flut der Zeit, tauche ein in den vierten Abschnitt deines Lebens ... Laß dich führen vom Stein der Erinnerung ... Und tauche wieder empor aus der Zeitenflut in jener Meeresbucht, wo die Wellen um den Bug des Curraghs schäumten, der dich und deinen Schützling trug ...«

Myrddin hatte das Empfinden, als schlüge der letzte Satz lautlos hallend aus sehr weiter Entfernung an sein Ohr – im nächsten Moment wurde der Geist des Greises entrückt.

***

Zur Mitternachtsstunde hatten der Halbwüchsige und sein druidischer Lehrer im Cromlech von Caer Arianrhod ein Ritual zu Ehren der Mondgöttin zelebriert; im Ring der schwarzen Menhire war ihnen die ewig lebenspendende Macht Arianrhods gegenwärtig geworden, und sie hatten dadurch große spirituelle Freude erfahren. Bis zum Morgen waren Myrddin und sein zwölfjähriger Schüler auf dem weltabgeschiedenen Eiland geblieben; dann hatten sie das Boot bestiegen, in welchem sie zu der mit Annwn verbundenen Insel gekommen waren – und jetzt, gegen Mittag, hatten sie das Festland beinahe wieder erreicht.

»Bloß eine kurze Strecke noch, bis wir uns an der kühlen Quelle laben können, welche den Felsteich in der Bucht speist!« rief der einunddreißigjährige Druide, der im Heck des Curraghs kniete, seinem jungen Gefährten zu.

Der Zwölfjährige, welcher sich vorne im Boot befand und das Stechpaddel nicht weniger geschickt als sein Erzieher handhabte, wandte den Kopf und antwortete lachend: »Die Hitze scheint dir ja arg zu schaffen zu machen, weil du dich so sehr nach einem erfrischenden Trunk sehnst.«

Anschließend ruderte der kräftig gebaute und für sein Alter ungewöhnlich große Halbwüchsige in schnellerem Rhythmus weiter. Myrddin, dem die sommerliche Sonnenglut in der Tat den Schweiß aus allen Poren trieb, sah den leichten Fahrtwind im fülligen goldblonden Haar des Zwölfjährigen spielen, und wie oft zuvor schon dachte er: Er ist unübersehbar der Sohn seiner schönen königlichen Mutter!

Wenig später sodann knirschte der Bug des Curraghs auf den Geröllstrand des steil ansteigenden, von schroffen Klippen gesäumten Einschnitts in der Steilküste, an dessen rückwärtiger Flanke das Süßwasser aus einem Felsspalt sprudelte. Nahe des Quellteiches stand auf einer natürlichen, teilweise mit Farn bedeckten Terrasse ein bescheidenes Anwesen, das von einem alleinstehenden Mann bewohnt wurde, der seinen Lebensunterhalt als Fischer und Kleinbauer verdiente. Der Witwer hatte dem Druiden und dessen Zögling tags zuvor das Boot geliehen und versprochen, ihre Reitpferde in einem Pferch hinter seinen Wirtschaftsgebäuden zu versorgen, und nun hätte er eigentlich herbeieilen müssen, um den beiden zu helfen, den Curragh ganz auf den Strand zu ziehen. Doch nichts regte sich bei der einfachen Siedelstätte; selbst als der

Halbwüchsige mehrmals den Namen des Besitzers rief, hallte lediglich das Echo von den Steinwänden der Bucht wider – und zuletzt sagte Myrddin ahnungsvoll: »Irgend etwas ist hier nicht in Ordnung ...«

Gleich darauf, nachdem sie das Boot ein Stück über die Flutlinie gezerrt und ihre Proviantbeutel und Waffen aus dem Curragh genommen hatten, stiegen der Druide und sein Schüler zu dem Anwesen empor. Dort durchsuchten sie das Rundhaus und fanden es leer; ebenso erging es ihnen in den Nebengebäuden der Siedelstätte. Dann, als sie aus der Scheune wieder ins Freie traten, deutete der Zwölfjährige zum Viehpferch hinüber, der von einer brusthohen Bruchsteinmauer umgeben war, und stieß hervor: »Ich glaube, unsere Rösser sind weg!«

Im nächsten Moment rannte der Halbwüchsige los; sein Lehrer folgte ihm, und als die beiden den Zugang zum Pferch erreichten, erstarrten sie vor Schreck – denn inmitten des ansonsten leeren Weidegrundes lag in verkrümmter Haltung ein menschlicher Körper, in dessen Rücken ein Wurfspeer steckte.

»Der Witwer!« rief Myrddin entsetzt aus; als er und sein Zögling den Toten untersuchten, stellten sie fest, daß der Mann offenbar erst vor kurzem ermordet worden war. Der Leichnam war nämlich noch nicht erkaltet, und kaum hatte der Druide dies bemerkt, durchfuhr es ihn: Die Schurken, die den Wehrlosen auf dem Gewissen haben, könnten sich noch in der Nähe befinden!

Myrddin wollte seinem Gefährten mitteilen, was ihm durch den Kopf geschossen war – doch es war bereits zu spät. Urplötzlich sprangen im hinteren Bereich des Viehpferchs vier Männer über die Mauer: fremdländische Krieger, die Streitäxte, Langschwerter und Rundschilde trugen. Brüllend stürmten die Sassenach heran; der Zwölfjährige zog seine eigene Klinge, der Druide riß den Speer aus dem Leib des Toten und schleuderte die Waffe in Richtung der Angreifer.

Der Wurfspeer durchbohrte die Brust des vordersten Feindes; mit einem gellenden Schrei stürzte der Krieger – aber die drei anderen waren jetzt nur noch zwei Dutzend Schritte entfernt.

»Weg!« rief Myrddin seinem Schüler zu. »Hinunter zum Boot!«

Der Zwölfjährige jedoch schüttelte trotzig den Kopf; unmittelbar darauf schwang er das Schwert herausfordernd gegen die Feinde, und daher mußte sein Lehrer bei ihm ausharren. Seite an Seite erwarteten Myrddin und der Halbwüchsige den Ansturm der Sassenach; der Druide, der nun ebenfalls seine schwere Klinge in der Faust hielt, dachte gehetzt: Wenn es mir nicht gelingt, einen der Feinde sofort zu töten, sind wir verloren!

Im nächsten Moment waren die Sassenach da; der größte unter ihnen holte zu einem wuchtigen Schwerthieb aus, um Myrddins Schädel zu spalten. Geschickt lenkte der Druide den Schlag ab; der Hieb des Feindes ging ins Leere, und Myrddin hatte die Chance, auf die er gehofft hatte. Blitzschnell setzte er zu einem sausenden Querschlag an, welcher dem Sassenach den Unterleib aufschlitzen sollte – aber ehe die Klinge des Druiden ins Fleisch des Feindes beißen konnte, wirbelte ein Kampfbeil durch die Luft und fällte Myrddin.

Der Druide brach auf die Knie nieder. Blutfarbenes Flirren war vor seinen Augen, sein Bewußtsein drohte zu schwinden; trotzdem gewahrte er noch, wie die Sassenach jetzt den Zwölfjährigen einkreisten. In unsäglicher Seelenpein schrie Myrddin auf; er meinte zu sehen, wie die Feinde den Blondhaarigen, den er über alles liebte, gnadenlos abschlachteten – dann, in seiner grenzenlosen Angst um den Halbwüchsigen, hatte er das Empfinden, als würde er die zwölf Jahre seit der Geburt seines Schützlings in rasender Geschwindigkeit noch einmal durchleben …

***

An Imbolc hatte Ygerna ihren Sohn, der in der Heiligen Hochzeit gezeugt worden war, zur Welt gebracht; rechtzeitig zum Fest anläßlich des Winterendes waren der achtzehnjährige Myrddin und Uddyr erneut von Gwynedd nach Cornueille geritten. Nun, am neunten Tag nach der Niederkunft der Königin, standen das dumnonische Herrscherpaar, der Pendraig und der junge Druide beim Weltenbaum des Duns an der unter einem Dreibein aus Eichenholz hängenden Wiege des Knaben; nahebei hatten sich die Edlen von Tintagel und etwas weiter entfernt die einfachen Bewohner der Ringwallfestung versammelt.

Jetzt gebot Gorlois der Menge Schweigen und verkündete: »Im Einklang mit dem Willen der Großen Wissenden von Môn haben Ygerna, ich und Uddyr beschlossen, daß das Kind, welches die Andersweltlichen zur Rettung Britanniens ins Diesseits sandten, seinen Namen bereits heute und nicht erst nach Vollendung des neunten Lebensjahres erhalten soll. Weiter kamen wir überein, die Namenswahl demjenigen zu überlassen, auf dessen Anregung hin der Waffenbund zwischen Cymru und Cornueille geschmiedet wurde. Und deshalb«, der König wandte sich an Myrddin, »bitten wir dich nun darum, den Namen dessen, der aus dem Herrscherblut der Dumnonier und der Deceanglier hervorging, erstmals auszusprechen.«

»Es ist mir eine Ehre, euren Wunsch zu erfüllen!« antwortete der Sohn Arwens und Morvryns; sodann hob er den Säugling aus der Wiege, barg ihn behutsam in seiner Armbeuge und fuhr fort: »Noch bevor dieser Knabe gezeugt wurde, erklärte ich euch, Ygerna und Gorlois, daß er durch die Namensgebung aufs innigste mit der Erde unseres Landes verbunden werden würde. Damals sprach ich in ovatischer Entrückung; doch hatten die Mächte von Annwn mir noch nicht mitgeteilt, wie das Kind tatsächlich heißen sollte. In der Nacht aber, da der Knabe geboren wurde, meditierte ich am Menhir draußen auf der Klippe, und dort vernahm ich den Namen, den die Barden bis in die fernsten Zeiten preisen werden, im Wehen des Windes, im Rauschen der See und im Flüstern der Heidegewächse um mich her.«

Myrddin streichelte dem Säugling, der ihm aufmerksam zu lauschen schien, zärtlich über die Wange; dann sprach er, den Blick nicht von dem Kind lassend, weiter: »Der Wind, das Meer und die Pflanzen raunten mir zu, wie du genannt werden sollst. Arddwr lautet der Name, den die Andersweltlichen dir zugedacht haben: Arddwr, der Pflüger. Und dies bezeichnet die Aufgabe, welche du in deinem irdischen Dasein erfüllen mußt: Gleich einem Ackersmann, der im düsteren Herbst die Erde umpflügt, damit im nächsten Frühling die neue Frucht aus ihr sprießen kann, sollst du den Boden Britanniens für das Wiederaufblühen der keltischen Freiheit bereiten!«

Der Säugling strampelte und ließ einen kräftigen Schrei hören; danach lag er wie zuvor still im Arm des jungen Druiden – und jetzt rief Ygerna den Umstehenden zu: »Ihr habt es gehört! Der Sohn, den ich in der Heiligen Hochzeit empfing, hat nach dem Willen der Gottheiten, der Sídhe und der Toten den Namen Arddwr erhalten!«

»Arddwr!« erscholl es aus Hunderten von Kehlen; neuerlich zappelte das Kind und ließ lauthals seine Stimme erklingen. Erst als die Menschen ringsum verstummten, beruhigte sich auch der Säugling, so daß Myrddin ihn zurück in die Wiege legen konnte. Anschließend kümmerte sich die Königin um ihren Sohn; Gorlois wiederum verkündete nun: »Arddwrs Mutter Ygerna sowie Uddyr Pendraig und ich, die wir in gegenseitiger Achtung und Freundschaft die Väter des Knaben sind, wollen euch alle aufs beste bewirten lassen, um die Namensgebung gebührend zu feiern!«

Wenig später begannen die Edlen in der Großen Halle des Duns zu schmausen und zu trinken; die einfachen Bewohner Tintagels taten dasselbe an den Feuern, die draußen auf dem Anger entzündet worden waren. Bis in die Nacht hinein dauerte das Fest, und als Myrddin nach dessen Ende gemeinsam mit dem dumnonischen Herrscherpaar und Uddyr zum Königshaus ging, wo der kleine Arddwr längst friedlich schlummerte, sagte Ygerna zu dem jungen Druiden: »Ich hoffe, du bleibst ebenso wie der Pendraig noch einige Zeit zu Gast bei uns.«

Myrddin versprach es, und während der folgenden Wochen saß er oft an der Wiege des Säuglings, welcher eine tiefe Zuneigung zu ihm zu hegen schien. Erst kurz vor Alban Ailyr verabschiedete sich der junge Druide von Gorlois, Ygerna und Uddyr, um seine eigene Familie im Herrscher-Dun der Demetier zu besuchen und danach seine Studien in Barclodiad y Gawres fortzusetzen.

Der Pendraig hingegen blieb in Tintagel, denn bereits im Winter hatte er mit den übrigen Stammeskönigen Cymrus vereinbart, daß diese bis Beltane ein mächtiges Heer, dem Krieger aller fünf nördlichen Volksstämme angehören sollten, in den Süden entsenden würden. An der Grenze des Stammesgebietes der Durotrigen, welche östlich der Dumnonier siedelten, sollte sich diese Streitmacht mit einem zweiten Heer treffen, das Gorlois aufbieten würde, und anschließend wollten Uddyr und der dumnonische Herrscher mit den vereinigten keltischen Kampfverbänden gegen die Feinde im Osten vorstoßen.

Als Myrddin und die dreizehn deceanglischen Reiter, welche ihn begleiteten, das Land der Silurer im Südosten Cymrus durchquerten, sahen sie überall in den Festungen und Dörfern, die sie passierten, wie sich die waffenfähigen Männer auf den Feldzug vorbereiteten. Im Königs-Dun der Demetier sodann konnte sich der junge Druide über das Wiedersehen mit seinen Angehörigen freuen. Er fand Arwen und Morvryn wohlauf; seine Großmutter Gwendydd jedoch machte einen kränklichen Eindruck. Sie versicherte ihrem Enkel aber, daß sie lediglich an einer verschleppten Erkältung leiden würde, und tatsächlich schien es ihr bald besserzugehen. Deshalb konnte Myrddin, nachdem er zwei Wochen bei seiner Familie verbracht hatte, einigermaßen beruhigt wieder Abschied nehmen. Mit bewegten Worten wünschte er Morvryn, welcher den demetischen Heerbann in Kürze ins dumnonisch-durotrigische Grenzgebiet führen wollte, Glück für den Kriegszug; dann sagte er Arwen und Gwendydd ein letztes Lebewohl und schwang sich in den Sattel.

Drei Tage nach Beltane langten der junge Druide, der kurz zuvor sein neunzehntes Lebensjahr vollendet hatte, und die Reiter seiner Bedeckung in Barclodiad an. Noch am selben Abend berichtete Myrddin den übrigen Großen Wissenden von der Namensgebungsfeier in Tintagel; nachdem sie alles erfahren hatten, fragte Gwydion: »Konntest du dich mit Ygerna und Gorlois auch wegen Arddwrs künftiger Erziehung einigen?«

»Sie gingen gerne auf den Vorschlag ein, den Uddyr und ich ihnen im Namen der Druiden von Môn Mam Cymru machten«, antwortete Myrddin. »Der Knabe wird zunächst im Herrscher-Dun von Cornueille aufwachsen, und ich werde ihn dort regelmäßig besuchen, damit vertrauensvolle Freundschaft zwischen uns entsteht. Am Ende seiner Kindheit sodann soll Arddwr die Heimat seines leiblichen Vaters kennenlernen. Ich werde ihn in den hiesigen Hain bringen; unter meiner und Uddyrs Obhut soll er den Menschen von Môn und Gwynedd begegnen, und zudem wird er von mir auf seine hohe Aufgabe vorbereitet werden.«

»Du wirst Arddwr in die druidische Weisheit einführen und zugleich dafür sorgen, daß er sich in der Waffenkunst der Edlen vervollkommnet«, nickte Gwydion.

»Dies werden die Pflichten sein, die ich an dem zu erfüllen habe, der Britannien retten soll«, bestätigte Myrddin. »Aber die Ausbildung des jugendlichen Arddwr wird nicht nur in Cymru, sondern ebenso in Cornueille stattfinden. Denn einzig so, wenn mein Schützling und ich abwechselnd hier und dort weilen, kann Arddwr sich seiner doppelt königlichen Wurzeln, die ihn mit den beiden westlichen Landesteilen verbinden, bewußt werden – und allein dies wird ihn später befähigen, das zu vollbringen, was er nach dem Willen der Mächte von Annwn vollbringen soll.«

Sämtliche Große Wissende stimmten den Worten von Arwens und Morvryns Sohn zu, und während der folgenden Wochen und Monate wurde im Eichenhain von Barclodiad y Gawres noch oft über die Zeit gesprochen, da Arddwr zum Anführer der britannischen Stämme heranreifen würde.

Vorerst jedoch lag der Säugling in seiner Wiege im Herrscherhaus von Tintagel, und Myrddin widmete sich wie eh und je seinen Studien und den sonstigen Obliegenheiten, die ihm an der uralten Weihestätte oder als Lehrer der ihm anvertrauten Druidenschüler aufgegeben waren. Im Herbst dann kehrte Uddyr Pendraig an der Spitze seines deceanglischen Heerbannes nach Môn heim; bereits am nächsten Tag kam er in den Hain von Barclodiad und setzte die Großen Wissenden über den Verlauf des Feldzuges gegen die Sassenach in Kenntnis.

»Der Waffenbund zwischen den Volksstämmen Cymrus und Cornueilles hat sich aufs beste bewährt«, erklärte Uddyr. »Es gelang uns, einem von Hengist und Horsa befehligten Feindheer, auf das wir im Stammesgebiet der Regnier stießen, eine empfindliche Niederlage beizubringen. Schwer geschlagen mußten sich die Sassenach an die Meeresküste zum Ankerplatz ihrer Schiffe zurückziehen, von wo aus sie ins Landesinnere vorgedrungen waren. Wir sahen sie nach Osten davonsegeln, und nachdem die Feindflotte verschwunden war, führten Gorlois, ich und die übrigen Stammeskönige unsere Streitmacht nach Norden in die Gaue der Atrebaten und machten dort gemeinsam mit den Kampfscharen des Ard Rhi Jagd auf marodierende Sassenach-Horden, welche von Nordosten her in das genannte Stammesgebiet eingefallen waren.«

Weiter erzählte der Pendraig, daß sich Morvryn in der Schlacht nahe der südbritannischen Küste durch besondere Tapferkeit ausgezeichnet hatte; es war ihm sogar gelungen, den feindlichen Herrscher Hengist durch einen Speerwurf am Schildarm zu verwunden. Myrddin empfand tiefe Erleichterung, als er vernahm, daß sein Vater den Kriegszug trotz seines verwegenen Kampfesmutes ohne ernsthafte Verletzung überstanden hatte, und daher leerte er bei der Siegesfeier, die nach Uddyrs Bericht im Rundhaus Gwydions stieg, so manchen Becher Metheglyn.

Der Pendraig wiederum verkündete, vom Honigwein beflügelt, mehr als einmal: »Im kommenden Frühsommer werden die Heere Cymrus und Cornueilles abermals unter dem Drachenbanner gegen die Sassenach ziehen! Dies haben ich und die anderen Könige des Westens mit Emrys vereinbart, und der Ard Rhi war uns sehr dankbar dafür! Die Feinde jedoch werden keinerlei Grund zur Freude haben, wenn sie den Roten Drachen erblicken, denn ähnlich wie heuer werden sie auch im nächsten Jahr fürchterlich unter seinen Tatzenschlägen bluten müssen!«

In der Tat errangen die Britannier im darauffolgenden Sommer einen weiteren bedeutenden Sieg; danach aber gerieten sie neuerlich in Bedrängnis. Hengist und Horsa nämlich sandten Boten zu verschiedenen germanischen Herrschern jenseits des Meeres, und bald landeten Hunderte von Schiffen, die mit Tausenden frischer Kämpfer bemannt waren, an den Gestaden der Icener, Trinovanten und Kenten. Infolgedessen sahen sich die Kelten rasch wieder in der Defensive; zwar konnten sie beträchtliche Teile des südbritannischen Binnenlandes sowie die westlichen Stammesgebiete halten, doch im Osten litten die Menschen ärger denn je unter den Heimsuchungen durch die Sassenach.

Im dritten Jahr nach Arddwrs Geburt wurde ein Keltenheer, das Emrys, Uddyr und Gorlois befehligten, in einer Schlacht auf catuvellaunischem Gebiet dermaßen in die Enge getrieben, daß es um ein Haar zu einem Debakel gekommen wäre; nur mit knapper Not vermochten die Britannier den Einkesselungsring der Feinde zuletzt zu sprengen und sich im Schutz der hereinbrechenden Nacht in dichtbewaldetes Hügelland zu retten. Aber zahllose keltische Krieger waren gefallen, und viele von denen, die überlebt hatten, waren verwundet; darunter auch Morvryn, dessen rechten Oberschenkel ein Pfeil durchbohrt hatte.

Myrddin erfuhr in Tintagel von der Niederlage des britannischen Heeres; wie gewöhnlich war er im Frühling von Môn nach Cornueille gereist, um sich während der warmen Jahreszeit um seinen kleinen Schützling und künftigen Schüler zu kümmern. Jetzt jedoch, als er aus dem Mund eines von Gorlois abgeschickten Kuriers hörte, was seinem Vater zugestoßen war, hielt es ihn nicht länger in der dumnonischen Königsfestung. Noch am gleichen Tag verabschiedete er sich von Ygerna und Arddwr; dabei wurde deutlich, wie sehr der dreijährige Knabe mittlerweile an seinem großen Freund hing, denn immer wieder klammerte er sich an den zweiundzwanzigjährigen Druiden, ehe er sich schließlich damit abfand, daß dieser ihn verlassen mußte.

Nachdem Myrddin dem Kleinen versprochen hatte, so bald wie möglich nach Tintagel zurückzukehren, ritt er an der Spitze seiner deceanglischen Gefolgsleute los. Einen halben Monat später langte er im Herrscher-Dun der Demetier an; Morvryn und dessen zusammengeschmolzener Heerbann waren kurz zuvor in der Ringwallfestung über dem Flußtal des Tywi eingetroffen – und der junge Druide empfand grenzenlose Erleichterung, als er seinen Vater aufrecht im Bett sitzen sah und Morvryn ihm sagte, daß die Schenkelwunde bereits zu vernarben begann.

Schon eine Woche danach unternahmen Myrddin, sein Vater und Arwen einen gemeinsamen Spaziergang; Morvryn schaffte es ohne sonderliche Mühe bis zu dem Eibenhain außerhalb des Duns, wo Gruffydd und die anderen Verstorbenen der demetischen Königsfamilie unter ihren Cairns ruhten. Mit ernster Miene betrachtete der Genesende die Steinpyramiden; dann murmelte er: »Viel hätte nicht gefehlt, und ich wäre ebenso wie jene, deren vergängliche Überreste hier liegen, nach Annwn gewandert.«

Schweigend nickten Arwen und Myrddin; sie fühlten unendliche Dankbarkeit, weil Morvryn lebte – wenige Tage darauf jedoch wurden das Herrscherpaar und dessen Sohn jäh mit dem Tod eines Menschen konfrontiert, den sie über alles geliebt hatten.

Während der vergangenen Jahre war Gwendydd öfter krank gewesen, hatte sich aber stets wieder erholt – doch nun trat die Witwe Gruffydds, vielleicht anstelle des Gemahls ihrer Tochter, völlig überraschend die Reise in die Anderswelt an.

Es geschah am frühen Abend. Gwendydd saß zusammen mit ihren Angehörigen am Herdfeuer im Königshaus; die greise Pendruid wirkte versonnen und beteiligte sich nicht an der leisen Unterhaltung der übrigen. Gelegentlich lächelte sie still; dann auf einmal tastete sie nach Myrddins Hand und sagte mit seltsam entrückter Stimme: »Seit vielen Jahrtausenden lehren die, welche Weisheit besitzen, daß das Sterben zugleich eine Geburt ist ... Eine Geburt ins Land unseres wahren Daseins hinein, das von unbeschreiblicher Schönheit ist ... Und jetzt erschaue ich dieses Land vor mir; die Gefilde von Annwn, wo mein Geist sich auf eine neue Verkörperung im Diesseits vorbereiten wird ...«

Gwendydds letzte Worte waren nur noch ein Hauchen; im nächsten Moment spürte Myrddin, wie das irdische Leben sanft von seiner Großmutter zu weichen begann. Der junge Druide hielt Gwendydd in den Armen, bis ihr Atem aussetzte und ihr Herz zu schlagen aufhörte. Danach streichelte er der Toten dreimal zärtlich über das weiße Haar, schloß ihr behutsam die Lider und flüsterte seinen Eltern zu: »Noch im Sterben machte uns Gwendydd ein großes Geschenk, denn die Sätze, mit denen sie sich verabschiedete, trösten uns in unserer Trauer und geben uns außerdem die Gewißheit, daß wir keinen Grund haben, uns vor dem Ende unseres eigenen diesseitigen Daseins zu fürchten.«

Arwen und Morvryn stimmten ihrem Sohn zu; anschließend, als sie an die Tote herantraten und sie, ähnlich wie

Myrddin, ein letztes Mal liebkosten, blieben sie trotz ihrer Erschütterung gefaßt. Während der folgenden Stunden sodann hielten das Herrscherpaar und Myrddin die Leichenwache bei Gwendydd, deren Körper nunmehr auf einer Eichenbank lag, die Morvryn und sein Sohn zum Feuerplatz getragen hatten. Langsam verstrich die Nacht; irgendwann graute der Morgen – und erst jetzt, nachdem er und seine Eltern im mentalen Austausch mit dem Geist der Verstorbenen inneren Frieden gefunden hatten, verließ Myrddin das Königshaus, um die Edlen in der Ringwallfestung vom Hinscheiden Gwendydds zu verständigen.

Drei Tage später wurde die Pendruid der Demetier zum Eibenhain getragen und an der Seite ihres Gatten Gruffydd beigesetzt; danach lud Arwen die vielen hundert Trauergäste, die teilweise von weither gekommen waren, zur Leichenfeier im Dun ein. Zahlreiche Redner würdigten die Verdienste Gwendydds; immer wieder wurden ehrende Trinksprüche auf die dahingegangene Pendruid ausgebracht, welche sowohl unter den Adligen als auch beim einfachen Volk ungemein beliebt gewesen war. Erst gegen Mitternacht zog sich die Herrscherfamilie in ihr Haus zurück, und ehe Myrddin dort sein Schlafgemach aufsuchte, erklärte er seinen Eltern: »Ich denke, daß ich noch eine Weile bei euch bleiben werde, ehe ich wieder nach Cornueille reite.«

Morvryn und Arwen waren ihrem Sohn sehr dankbar für diese Worte, und während der folgenden Wochen kam Myrddin seinen Eltern wieder so nahe wie einst in seiner Kindheit. Zuletzt jedoch konnte er seine Abreise angesichts des Versprechens, das er Arddwr gegeben hatte, nicht länger hinauszögern. Am Morgen nach Lughnasad betete der junge Druide gemeinsam mit seinen Angehörigen noch einmal am Grab Gwendydds; dann schwang er sich in den Sattel und trabte an der Spitze der deceanglischen Kriegerschar, die mit ihm zur Ringwallfestung über dem Flußtal des Tywi gekommen war, nach Südosten davon.

In der Mitte des Erntemonats langte die Kavalkade in Tintagel an; der dreijährige Arddwr begrüßte seinen schmerzlich vermißten Freund mit überschwenglicher Freude, und kaum weniger herzlich wurde Myrddin von Ygerna und Gorlois, welcher unterdessen von dem so unglücklich verlaufenen Kriegszug heimgekehrt war, willkommen geheißen. Bis Alban Elued blieb der junge Druide im Königs-Dun der Dumnonier zu Gast; nach den Festlichkeiten zur Herbsttagundnachtgleiche machte er sich auf den langen Rückweg in den Nordwesten Cymrus, und kurz vor Samhain konnte Myrddin nach halbjähriger Abwesenheit ein Wiedersehen mit Gwydion und den anderen Großen Wissenden im Eichenhain von Barclodiad y Gawres feiern.

Den Herbst und Winter hindurch beschäftigte sich der Sohn Arwens und Morvryns intensiv mit dem Mysterium des Todes; manchmal ritt er aber auch nach Aberffraw, um sich mit Uddyr über die Verteidigung der noch freien Landesteile Britanniens auszutauschen. Im Frühjahr sodann führte der Pendraig neuerlich einen Heerbann nach Süden; erneut wollten Uddyr und Gorlois dem Ard Rhi im Kampf gegen die Sassenach im Osten beistehen, und Myrddin zog mit der deceanglischen Streitmacht, der sich auf ihrem Weg die Krieger der Cornovier, Ordovicen, Demetier und Silurer anschlossen, ins Stammesgebiet der Belger. Dort vereinigte sich das vieltausendköpfige Heer, dem das Drachenbanner voranwehte, mit den Kampfscharen der Dumnonier und marschierte in Richtung der atrebatischen Gaue, die von den Feinden bedroht waren. Myrddin wiederum reiste mit seiner kleinen Bedeckung nach Tintagel im Westen weiter, wo ihn Ygerna und der mittlerweile vierjährige Arddwr erwarteten.

Ganz wie im Sommer zuvor verstanden sich der aufgeweckte blondhaarige Knabe und der junge Druide bestens; auch während der nächsten vier Jahre, in denen Myrddin regelmäßig vom Spätfrühling bis zum Frühherbst in Cornueille weilte, blieb dies so. Tiefer und tiefer wurde die Freundschaft zwischen Arddwr und dem Sohn Arwens und Morvryns; ebenso wie Myrddin waren Ygerna, Gorlois und Uddyr glücklich darüber – andererseits jedoch litten die Erwachsenen in jener Zeit oft unter dem fatalen Wissen, daß es den Keltenheeren trotz aller Mühen nicht möglich war, die Sassenach entscheidend zu schlagen.

Der Krieg im Osten wogte hin und her; kaum hatten die Britannier einen Vorteil errungen, wurde er durch Gegenstöße der Feinde zunichte gemacht, und wieder und wieder ertönten zur Herbstzeit, wenn die keltischen Kampfscharen in ihre Duns und Dörfer heimkehrten, die Totenklagen aus den Mündern derer, die ihre Söhne, Väter, Brüder oder Gatten verloren hatten. Immer mehr Cairns mußten zum Gedenken an die jungen Männer errichtet werden, die auf den Schlachtfeldern gefallen und in der Fremde begraben worden waren; in vielen Orten, wo fast nur noch Alte, Frauen und Kinder lebten, herrschte bitterer Mangel.

Auch der heranwachsende Arddwr bekam mit, wie es um Britannien stand. Je älter der Knabe wurde, desto öfter sprach er seine Eltern oder Myrddin auf die Not der Menschen an; in seinem achten Lebensjahr, als wieder einmal Verwundete durch das Tor von Tintagel gekarrt wurden, stieß er in Gegenwart Ygernas und seines künftigen druidischen Erziehers außer sich hervor: »Wann endlich werde ich groß genug sein, damit ich die Sassenach bekämpfen und sie für ihre bösen Taten bestrafen kann?!«

»Die Zeit wird kommen, da du unter dem Banner des Roten Drachen gegen unsere Feinde streiten wirst«, beschied ihn Myrddin – und rund achtzehn Monate später, kurz nach Arddwrs neuntem Geburtstag, dämmerte der Morgen, an welchem der Knabe Abschied von den Eltern nehmen mußte, um mit seinem druidischen Gefährten nach Môn Mam Cymru zu reisen.

Wild schäumte die See an diesem Tag im ausgehenden Winter in die enge, tief eingeschnittene Felsenschlucht, über der sich die dumnonische Königsfestung erhob. Der Nordwestwind pfiff eisig; Arddwr und Myrddin fröstelten, als sie ihre Pferde bestiegen, und unwillkürlich dachte der siebenundzwanzigjährige Druide: Warum tue ich dem Jungen das an?!

Im nächsten Moment aber rief ihm Arddwr beinahe übermütig zu: »Mach nicht so ein verbiestertes Gesicht! Sobald wir uns erst warmgeritten haben, werden wir die Kälte nicht mehr spüren!«

»Recht hast du!« antwortete Myrddin erleichtert; wie oft zuvor schon freute er sich über den tapferen Charakter des Knaben, der nicht bereit war, sich vom Wetter und dem Trennungsschmerz, der ihn zweifellos quälte, unterkriegen zu lassen.

Ähnlich wie der Druide schien Ygerna zu empfinden, die nun noch einmal Arddwrs Hand ergriff und zu ihrem Sohn sagte: »Es ehrt dich, daß du mutig nach vorne schaust, mein Großer! Und außerdem werden wir uns ja schon zu Lughnasad wiedersehen, wenn du mit deinem Lehrer nach Tintagel zurückkehrst.«

Im gleichen Sinn äußerte sich Gorlois; anschließend begleiteten das Herrscherpaar sowie die in der Festung wohnenden Edlen die Scheidenden zum Osttor des Duns – und wenig später galoppierten Myrddin, Arddwr und die Bewaffneten ihrer Bedeckung über das leicht hügelige Heideland jenseits der Schlucht, welche den Zugang zur Ringwallfestung schützte, davon.

Die Reise nach Gwynedd verlief ohne unliebsame Zwischenfälle; drei Wochen nach dem Aufbruch von Tintagel erreichte die Kavalkade das Bergmassiv des Eryri Gwyn, und dort erlebten der Neunjährige und sein druidischer Gefährte eine Überraschung. Unweit des Hügels nämlich, auf dem Myrddin einst seine Drachenprophezeiung abgegeben und den Tod des Verräters Gwrtheyrn angekündigt hatte, trafen die Reiter auf Krieger vom Volksstamm der Coritaner, die sich als Gefolgsmänner des Ard Rhi zu erkennen gaben. Erstaunt fragte der junge Druide, ob sich etwa Emrys selbst in der Nähe aufhalte, worauf der coritanische Anführer erwiderte: »Er lagert auf der Anhöhe, wo Gwrtheyrn vergeblich versuchte, seinen Turm zu errichten.«

Kurze Zeit danach traten Myrddin und Arddwr dem bereits grauhaarigen Ard Rhi gegenüber. Kaum hatte Emrys erfahren, wer die beiden waren, umarmte er den Sohn Arwens und Morvryns, der ihm bislang noch nie begegnet war, wie einen alten Freund; ebenso herzlich begrüßte er den Neunjährigen. Dann deutete der Ard Rhi auf einen mächtigen Erdwall, der sich – teils bereits fertiggestellt, teils noch lückenhaft – um die Mitte der Hügelkuppe herumzog, und erklärte: »Du kennst diesen Platz sehr gut, Myrddin! Dort drüben stürzte das Bauwerk, das Gwrtheyrn in seiner Vermessenheit aufrichten lassen wollte, wieder und wieder in sich zusammen. Doch mir widersetzen sich die Mächte von Annwn offenbar nicht, denn die Festung, die jetzt auf meinen Befehl hin an diesem Ort entsteht, wird bald vollendet sein.«

Nachdenklich betrachtete der junge Druide die Baustelle. Er sah mehrere hundert Coritaner, die mit Hacken, Schaufeln und schweren Tragekörben am Ringwall tätig waren; im Inneren des Duns gewahrte er weitere Krieger, welche am Mauerwerk eines steinernen, schon doppelt mannshohen Turmes arbeiteten. Eine ganze Weile stand Myrddin schweigend und in seine Erinnerungen versunken da; schließlich riß er sich los, wandte sich wieder dem Ard Rhi zu und erkundigte sich: »Hast du der Festung bereits einen Namen gegeben?«

Emrys schüttelte den Kopf. »Als Uddyr Pendraig und ich während unseres letzten Feldzuges im vergangenen Herbst übereinkamen, daß der südliche Zugang zum Bergland von Eryri Gwyn durch einen starken Dun geschützt werden sollte, überlegten wir zwar, wie die Festung genannt werden könnte, aber es fiel uns nichts Passendes ein. Und später, nachdem ich mit meinen Gefolgsleuten hierher gezogen war, um das Vorhaben in Angriff zu nehmen, vergaß ich darauf, mir einen Namen für den Dun auszudenken, denn es war angesichts der Unbilden des Winters schwierig genug, den Festungsbau voranzubringen.«

»Ihr mußtet notgedrungen die Frostmonate nutzen, um den Dun zu errichten, weil du in der übrigen Zeit regelmäßig im harten Abwehrkampf gegen die Sassenach stehst«, murmelte Myrddin.

»So ist es!« bestätigte der Ard Rhi. In einer schmerzlichen Anwandlung preßte er die Lippen zusammen; mit dem nächsten Lidschlag jedoch faßte er sich wieder, zwinkerte dem jungen Druiden zu und fragte: »Wie wäre es, wenn du die Festung benennen würdest? Schließlich hast du ja eine ganz besondere Beziehung zu dem Platz, auf dem sie sich erhebt.«

»Das kann man wohl sagen«, nickte Myrddin. Neuerlich schaute er versonnen zur Baustelle hinüber, sodann forderte er Emrys und Arddwr auf: »Begleitet mich zum Dun!«

Kurz darauf standen die beiden Männer und der Knabe am Sockel des Steinturms im Zentrum der Ringwallanlage. Der Ard Rhi wies die hier tätigen Krieger an, ihre Arbeit ruhen zu lassen; nachdem Stille eingetreten war, sprach Myrddin: »Ich will deinen Wunsch erfüllen, Hochkönig der Britannier, und die Festung, welche diese Anhöhe krönt, mit einem Namen bezeichnen ...«

Der Sohn Arwens und Morvryns unterbrach sich, weil zwischen zwei Rössern, die in der Nähe des Wehrturms angepflockt waren, ein jäher Kampf ausbrach. Die Hengste – ein Rotfuchs und ein Schimmel – fingen an, sich zu beißen; ebenso schnell aber, wie der Streit unter den Tieren begonnen hatte, endete er wieder, und Myrddin fuhr fort: »Einst versuchte Gwrtheyrn, hier einen Dun zu erbauen, doch die Drachenkräfte, welche an diesem Ort in der Erde wirkten, machten alle seine Anstrengungen zunichte. Dadurch gaben die Andersweltlichen dem Verräter am Keltentum zu verstehen, daß sie seine bösen Taten nicht länger ungestraft lassen würden; schon wenige Monate danach fand Gwrtheyrn, der ein Sklave des Weißen Drachen war, einen fürchterlichen Tod, und der Hügel, auf dem wir stehen, blieb verlassene, menschenleere Wildnis. Nun aber errichtest du, Emrys, der du ein höchst verdienstvoller Kämpfer des Roten Drachen bist, deine Festung auf dieser Anhöhe, und die Mächte von Annwn legen dir nichts in den Weg. Denn sie wissen, daß du Britannien mit all deinen Kräften dienst; deshalb wird dein Dun schon bald vollendet sein und die Bergwelt des Eryri Gwyn beschützen, und weil dies so sein wird, ist jetzt auch die Zeit gekommen, die Festung zu benennen. Dun Emrys soll sie heißen, und auf diese Weise soll dein Name, Hochkönig der britannischen Stämme, bis in die fernste Zukunft erklingen und niemals im Gedächtnis derjenigen erlöschen, deren Freiheit du so tapfer verteidigt hast.«

Gerührt dankte der betagte Ard Rhi dem jungen Druiden; gleich darauf skandierten die umstehenden Krieger dreimal hintereinander begeistert: »Dun Emrys!« – und anschließend pflanzte sich der Ruf über die ganze Hügelkuppe fort.

Wenig später dann wurden auf Anordnung des Hochkönigs hin zur Feier des Tages mehrere Rinder aus einer Herde geschlachtet, welche die Coritaner, wie Myrddin und Arddwr erfuhren, einige Wochen zuvor aus dem Tiefland ins Gebirge getrieben hatten. Als die Abenddämmerung hereinbrach, waren die Bratenstücke, die an Spießen über verschiedenen Gemeinschaftsfeuern im Freien geröstet worden waren, gar. Bis tief in die Nacht hinein dauerte der allgemeine Schmaus; danach legten sich der junge Druide und sein Gefährte unter dem Dach eines Blockhauses, das Emrys bewohnte, zum Schlaf nieder.

Am folgenden Morgen zogen Myrddin, Arddwr und die Reiter ihrer Bedeckung nach herzlichem Abschied von dem grauhaarigen Ard Rhi und den coritanischen Kriegern in nördlicher Richtung weiter. In der Mitte des nächsten Tages setzte die Kavalkade nach Môn über, und abermals vierundzwanzig Stunden später langte die Reiterschar in Aberffraw an.

Vorfreudig, allen anderen voran, galoppierte der Neunjährige durchs Tor der dortigen Herrscherfestung; er schien es kaum erwarten zu können, seinen leiblichen Vater Uddyr wiederzusehen – doch gleich darauf erlebte er eine Enttäuschung. Denn ein älterer Adliger, welcher den Berittenen über den Anger des Duns entgegenkam, teilte dem Knaben und dessen druidischem Begleiter mit, daß der deceanglische König nicht anwesend war.

»Kürzlich tauchten Piratenhorden, welche vermutlich aus Erinn stammen, an der Nordküste Cymrus auf«, berichtete der Edle. »Sie plünderten und brandschatzten Dutzende von Dörfern und Gehöften, und deshalb sah sich der Pendraig gezwungen, ein Heeresaufgebot in die bedrohte Gegend zu führen. Uddyr hoffte aber, bald nach Môn zurückkehren zu können; dies soll ich euch von ihm ausrichten, und dann«, der Adlige lächelte Arddwr aufmunternd an, »wird er dich sofort in Barclodiad besuchen!«

Damit mußte sich der Knabe zufriedengeben; er tat es mit Einsicht, wollte freilich nicht länger als nötig in Aberffraw bleiben. Infolgedessen trabte die Kavalkade, nachdem die Pferde getränkt worden waren, unverzüglich wieder davon – und noch am gleichen Nachmittag erblickte der Neunjährige erstmals den Hain von Barclodiad y Gawres, wo er auf seine künftige Aufgabe vorbereitet werden sollte.

Gwydion und die übrigen Großen Wissenden hießen Arddwr mit warmen Worten willkommen; nach dem Begrüßungsmahl an der Tafel des Pendruid erklärte Myrddin seinem Schützling: »Wie ich dir schon auf unserem Weg hierher sagte, werden wir von nun an zusammen in meinem Rundhaus leben. Später will ich dir das Gemach zeigen, das dort für dich eingerichtet wurde, doch zunächst sollst du die anderen Druidenschüler kennenlernen.«

Als der Neunjährige und sein Lehrer auf den Anger des Eichenhains hinaustraten, sah Arddwr, daß sich die Genannten im Halbkreis aufgestellt hatten, um ihn und den Sohn Arwens und Morvryns zu erwarten. Jetzt kam der früher so schüchterne Fychan, der inzwischen zu einem selbstbewußten jungen Mann herangewachsen war, auf die beiden zu, ergriff die Hände des Knaben und sprach: »Einst, als ich in deinem Alter stand und meine Studien in Barclodiad aufnahm, fühlte ich mich oft heimwehkrank, denn ich hatte arge Sehnsucht nach meiner Familie auf der Lleyn-Halbinsel. Aber dann schenkte mir Myrddin seine Freundschaft und heilte mein Leid durch seine Zuwendung, so daß ich von da an unbelastet zu lernen vermochte. Nun wird es nicht mehr sehr lange dauern, bis ich an einem der heiligen Orte Cymrus, vielleicht sogar auf der Gläsernen Insel vor dem westlichsten Kap von Lleyn, als Großer Wissender wirken darf, und dies verdanke ich nicht zuletzt dem Sohn des demetischen Herrscherpaares. Denn insbesondere Myrddin sorgte ja dafür, daß mir der hiesige Hain zur zweiten Heimat wurde; von seiner warmherzigen Hilfe gestärkt, konnte ich den Pfad, der zur Erkenntnis führt, unbeschwert beschreiten. Und jetzt ist die Stunde gekommen, da ich das Geschenk, das ich erhielt, weiterzugeben vermag – indem ich dir, Arddwr, meine Freundschaft anbiete!«

Spontan umarmte der Knabe den Älteren; gleich darauf riefen die anderen Druidenschüler im Chor: »Auch wir möchten dich aufs herzlichste in unserer Mitte begrüßen, Arddwr!«

»Ich danke euch allen!« antwortete der Neunjährige, der zutiefst gerührt wirkte; wenig später war er von den Jugendlichen und jungen Erwachsenen umringt, erfuhr ihre Namen und tauschte sich angeregt mit ihnen aus.

Erfreut beobachtete Myrddin, wie rasch sein Schützling Kontakt fand; schließlich forderte er Arddwr auf: »Laß uns nun zu unserem Wohnhaus gehen, denn es wird bald dunkel werden.«

Im Rundhaus wurden sie von der Dienerin empfangen, die sich seit Jahren um den Sohn Arwens und Morvryns kümmerte – und sie hatte sich größte Mühe gegeben, das Gemach des Neunjährigen heimelig auszustatten. Arddwr freute sich über das bequeme, mit Felldecken versehene Bett, die behagliche Sitzecke zwischen den beiden mit durchscheinenden Tierhäuten bespannten Fenstern des Raumes, die Truhe aus Edelholz, in der er seine Kleider verstauen konnte, und das bronzene Waschgeschirr in einer durch einen farbigen Wollvorhang abgetrennten Nische.

Myrddin ließ dem Knaben Zeit, die Einrichtung des Gemachs in Ruhe zu betrachten; nach einer Weile wies er auf die Tür eines schmalen, in die Wand eingebauten Schrankes, welche dem Neunjährigen bisher nicht aufgefallen war, und sagte: »Du solltest auch nachschauen, was sich dahinter verbirgt.«

Als Arddwr die Schranktür öffnete, erblickte er eine Sammlung von wertvollen Waffen, welche der junge Druide in Aberffraw für seinen Schützling hatte anfertigen lassen. Es handelte sich um ein leichtes Kurzschwert in silberner Scheide, einen Rundschild, auf dem ein aus Kupferblech getriebener Drache prangte, drei Eschenspeere mit bronzenen Blättern, einen eisernen Spangenhelm sowie einen Reflexbogen und einen vollen Pfeilköcher.

Arddwrs Begeisterung kannte keine Grenzen; sofort setzte er sich den Helm, der ihm wie angegossen paßte, aufs Haupt, ergriff Schild und Schwert und schwang die Klinge jauchzend durch die Luft. Danach wog er prüfend einen der Speere in der Rechten und bemühte sich, den Bogen zu spannen, was ihm nach einigen Versuchen auch gelang; zuletzt stieß er erregt hervor: »Wann beginnen wir mit den Waffenübungen, Myrddin?!«

»Schon morgen, wenn du willst«, erwiderte der junge Druide lächelnd. »Doch bedenke bitte, daß du hier auf Môn nicht nur die Kampfkunst der Edlen erlernen, sondern zudem deine geistigen Fähigkeiten ausbilden sollst.«

»Ich weiß«, nickte der Neunjährige. »Aber zuallererst möchte ich den Waffen, die du mir geschenkt hast, Ehre antun!« Noch einmal spannte er den Reflexbogen, sodann schlang er in einer Anwandlung von Überschwang die Arme um den Nacken seines Lehrers; im nächsten Moment sprudelte es aus ihm heraus: »Zwar durfte ich bereits in Tintagel manchmal mit einem der Adelskrieger üben, doch ich hatte noch keine eigenen Kampfwaffen. Aber jetzt, da ich Schwert und Schildwehr, Wurfspeere und Bogen besitze, ist alles ganz anders! Denn wenn ich nun fleißig mit dir und vielleicht auch mit den erfahrenen Druidenschülern übe, werde ich womöglich schon bald imstande sein, mir den Kopf eines Sassenach zu holen!«

»Langsam, mein Freund!« Myrddin legte seinem Schützling besänftigend die Hand auf die Schulter. »Ehe du dich erstmals mit einem Feind messen kannst, werden noch Jahre verstreichen!«

»Mag sein«, bekannte Arddwr. »Doch gleich morgen früh fechten wir gegeneinander, ja?! Du hast es mir vorhin versprochen!«

»Dann werde ich dir deinen Wunsch wohl auch erfüllen müssen«, schmunzelte der junge Druide. »Aber jetzt laß uns in unseren gemeinsamen Wohnraum gehen, wo die Magd mittlerweile gewiß das Herdfeuer angeschürt und einen wärmenden Nachttrunk für uns vorbereitet hat.«

Dem war so; gemütlich am Feuerplatz sitzend verbrachten Myrddin und der Neunjährige den Abend, bis Arddwr schließlich zu gähnen anfing und sich in sein Schlafgemach zurückzog.

Am darauffolgenden Tag durfte sich der Knabe erstmals im Übungskampf mit seinem Lehrer versuchen, und er zeigte sich dabei ausgesprochen gewandt. Ebenso glänzte Arddwr nach dem Mittagsmahl, als er am Unterricht einer Schar von jüngeren Schülern teilnahm, durch seine schnelle Auffassungsgabe und seinen wachen Geist; Myrddin saß im Hintergrund des Raumes und wurde Zeuge, wie sein Schützling sich in die Gruppe einfügte. Später unternahmen der junge Druide und der Neunjährige einen Spaziergang zur Weihestätte von

Barclodiad y Gawres und beteten dort zu den Gottheiten, den Sídhe und den Toten; anschließend wanderten beide noch ein gutes Stück an der Meeresküste entlang weiter, und Myrddin vertiefte im Gespräch mit Arddwr die Erkenntnisse, welche dieser während der nachmittäglichen Unterrichtsstunden gewonnen hatte.

Ähnlich verliefen die nächsten Tage; am Ende der ersten Woche, die er im Eichenhain weilte, gestand Arddwr seinem erwachsenen Freund: »Ich hätte nicht geglaubt, daß das Lernen derart spannend sein kann!«

»Natürlich meinst du damit ausschließlich deine Kampfausbildung, nicht wahr?« scherzte Myrddin.

»Die vor allem!« antwortete der Neunjährige grinsend. »Doch«, seine Miene wurde wieder ernst, »ich dachte wirklich nicht bloß daran. Auch das, was ich von dir und den anderen Lehrern zum Beispiel über die Geschichte Britanniens oder die Gesetze der Natur erfahre, finde ich äußerst fesselnd.«

»So soll es sein!« erwiderte der Sohn Arwens und Morvryns augenzwinkernd – und in der folgenden Zeit machte Arddwr unter der Obhut Myrddins und der übrigen Druiden beachtliche geistige Fortschritte. Zudem übte sich der Knabe regelmäßig im Umgang mit den Waffen und erwarb dadurch körperliche Kraft und Geschicklichkeit; als kurz nach Alban Ailyr der deceanglische Herrscher, welcher die Piraten aus Erinn vernichtend geschlagen hatte, nach Barclodiad kam, um Arddwr auf Môn willkommen zu heißen, verblüffte der Neunjährige seinen Vater, indem er seine drei Speere aus zwanzig Schritten Entfernung zielsicher in eine nur kopfgroße Bastscheibe schleuderte. Während der nächsten Monate – Uddyr, der Ard Rhi und die anderen keltischen Heerführer kämpften mittlerweile erneut im Osten gegen die Sassenach – lernte Arddwr, seine Angriffs- und Schutzwaffen mit immer größerer Fertigkeit zu handhaben, und an Alban Heruin, als die Schüler zur Feier der Sonnenwende verschiedene Wettbewerbe untereinander austrugen, schaffte es der Neunjährige bereits, einen zwei Jahre älteren Zögling im spielerischen Gefecht mit Schwert und Schild in die Enge zu treiben.

Eine Woche nach Mittsommer dann packten Arddwr und sein Lehrer neuerlich ihre Reisesäcke, denn entsprechend der Vereinbarung, die Myrddin mit Ygerna und Gorlois getroffen hatte, sollten sie pünktlich zu Lughnasad in Tintagel sein. Auf dem Ritt in den Süden passierte die Kavalkade den inzwischen fertiggestellten Dun Emrys im Bergland von Eryri Gwyn; der Ard Rhi hatte eine ständige Besatzung von dreißig coritanischen Kriegern in der Festung zurückgelassen, und die Männer freuten sich sehr, den jungen Druiden, welcher dem Dun seinen Namen gegeben hatte, und dessen edlen Schüler wiederzusehen.

Zehn Tage später langte der Reiterzug in der Königsfestung der Demetier an. Arwen war überglücklich, ihren achtundzwanzigjährigen Sohn in die Arme schließen zu können, und sie tat alles, um ihm und seinem Schützling den Besuch im Dun über dem Tywi-Tal so angenehm wie möglich zu machen. Auf eine Begegnung mit Morvryn mußte Myrddin freilich verzichten; sein Vater war gemeinsam mit Emrys, Uddyr, Gorlois und den übrigen Herrschern des Westlandes in den Krieg gegen die Feinde Britanniens gezogen.

Der junge Druide und Arddwr blieben eine knappe Woche bei Arwen zu Gast; danach reisten sie nach Cornueille weiter und trafen drei Tage vor Lughnasad in Tintagel ein, wo Ygerna bereits sehnsüchtig auf ihren Sprößling gewartet hatte. Fröhlich feierte man das Erntefest; anschließend, während Spätsommer und Frühherbst verstrichen, unterrichtete Myrddin seinen Schützling auf ähnliche Weise wie in Barclodiad. Jeden Morgen absolvierte Arddwr seine Waffenübungen; an den Nachmittagen lauschte der Knabe den Ausführungen seines Lehrers oder las zusammen mit ihm in alten Schriften, die Myrddin aus dem Druidenhain mitgebracht hatte, und so erwarb sich Arddwr mehr und mehr wertvolles Wissen.

Kurz vor Samhain kehrte Gorlois mit seinem dumnonischen Heerbann in die Ringwallfestung über der Steilküste heim. Der König erzählte von blutigen Schlachten in den Stammesgebieten der Catuvellauner und Trinovanten; ebenso von einem Gefecht im Tal der Tamesis, in dessen Verlauf sowohl der Ard Rhi als auch Uddyr Pendraig verwundet worden waren. Aber dank der Gnade der Götter hatten beide keine allzu schweren Verletzungen davongetragen und waren schon bald wieder in die Sättel ihrer Streitrösser gestiegen; gegen Ende des Feldzuges hatte der deceanglische Herrscher dann sogar noch einen Häuptling der Sassenach getötet, der wegen seiner ungeschlachten Körpergröße und Wildheit allgemein gefürchtet gewesen war.

Zuerst beklommen, danach erleichtert hatte Arddwr den letzten Teil von Gorlois' Bericht mit angehört; am nächsten Tag zeigte er sich im Übungskampf mit Myrddin und zwischendurch auch mit seinem Pflegevater eifriger denn je. Mehrmals lobte Gorlois den Knaben wegen seiner Unerschrockenheit und Geschicklichkeit mit Schwert und Schild – und im Verlauf der Spätherbst- und Wintermonate hatte der König noch öfter Gelegenheit, sich über den tapferen Sinn seines Ziehsohnes zu freuen.

Einige Tage nach Imbolc schließlich traten der nunmehr zehnjährige Arddwr und sein druidischer Freund die Rückreise nach Môn an; knapp einen Monat später trafen sie in Barclodiad ein, wo Uddyr sie diesmal bereits erwartete. Während der nächsten Wochen verbrachten der Knabe und sein leiblicher Vater viel Zeit miteinander; dann allerdings mußte der Pendraig erneut in den Krieg ziehen, und als Alban Heruin vorüber war, machten sich auch Myrddin und Arddwr wieder reisefertig, um ganz wie im vergangenen Sommer nach Tintagel zu reiten.

Genauso hielten es der Druide und sein Schüler in den folgenden beiden Jahren; regelmäßig verbrachten sie die Monate von Lughnasad bis Imbolc in Cornueille und die Zeit dazwischen auf Môn. Als Arddwr sein zwölftes Lebensjahr vollendete, führte er die Waffen bereits so gekonnt, daß er so manchem erwachsenen Kämpfer standzuhalten vermochte; zudem hatte er sich mittlerweile beträchtliches Wissen angeeignet und seinen Geist darüber hinaus für spirituelle Erfahrungen geöffnet – und deshalb erfüllte ihm Myrddin im vierten Frühsommer, den sie gemeinsam im Eichenhain von Barclodiad y Gawres verlebten, auch gerne einen besonderen Wunsch.

Der Halbwüchsige hatte seinen Lehrer gebeten, das geheimnisvolle Inselheiligtum Caer Arianrhod kennenlernen zu dürfen; daraufhin hatte der einunddreißigjährige Myrddin alles Nötige in die Wege geleitet, und jetzt, an einem sonnigen Morgen, setzten der Druide und Arddwr von Môn aufs Festland über.

Als das Fährboot am Strand unterhalb des Bergmassivs von Eryri Gwyn angelegt hatte, waren ihnen die Schiffsleute behilflich, die Pferde von Bord zu bringen; gleich darauf galoppierten Myrddin und sein Schüler ohne weitere Begleitung entlang des Meeresgestades nach Südwesten davon. Gegen Mittag erreichten sie einen von schroffen Klippen gesäumten Einschnitt in der Steilküste; im rückwärtigen Bereich der Felsenbucht erblickten der Druide und Arddwr auf einer natürlichen, teilweise mit Farn bedeckten Terrasse ein bescheidenes Anwesen und in seiner Nähe einen Quellteich. Die einsame Siedelstätte wurde von einem alleinstehenden Mann bewohnt, der seinen Lebensunterhalt als Fischer und Kleinbauer verdiente; Myrddin hatte einige Tage zuvor einen Boten zu ihm gesandt – und nun, da die beiden Reiter ihre Rösser auf den Hofplatz lenkten, begrüßte der Witwer sie ehrerbietig und beschied seine Besucher: »Der Curragh, den ihr benötigt, um nach Caer Arianrhod zu kommen, liegt schon unten am Wasser bereit.«

Wenig später, nachdem der Druide und sein Schüler ihre Pferde zu einem Pferch hinter den Wirtschaftsgebäuden des Anwesens geführt und im Rundhaus des Einsiedlers einen

Imbiß genossen hatten, gingen sie zum Strand, bestiegen das Boot und stießen vom Ufer ab. Während der nächsten Stunden ruderten sie stetig nach Westen; in der Nachmittagsmitte landeten sie auf dem heiligen Eiland, und Arddwr, der bereits eine ganze Weile tiefbewegt zu der Insel hinübergeschaut hatte, stieß hervor: »Ich hätte nicht gedacht, daß Caer Arianrhod so eindrucksvoll ist!«

»Schon vor Jahrtausenden, lange ehe unsere keltischen Ahnen die ersten Duns in Britannien erbauten, zelebrierten die Priester jener Stämme, die vor uns da waren, hier auf diesem Eiland ihre Rituale zu Ehren der Mondgöttin«, antwortete Myrddin. »Und auch wir werden es heute um Mitternacht so halten, doch zuvor wollen wir einen Gang über die Insel unternehmen, damit du ihre dunkle Schönheit auf dich wirken lassen kannst.«

Über eine von der See glattgeschliffene Rampe aus schwarzem, da und dort von hellen Adern durchzogenem Gestein kletterten der Druide und sein Schüler zum Plateau des Eilands hinauf. Oben, als der Blick nach allen Richtungen hin frei wurde, erkannte Arddwr, daß die Insel von dreieckiger Gestalt war; jede Flanke des Felseneilands mochte etwa dreizehnhundert Schritte messen. Im Zentrum der Insel ragten die Hohen Steine eines Cromlechs gen Himmel; der Zwölfjährige wollte sich sofort dorthin begeben, aber sein Lehrer wies auf einen flach in den Felsboden eingetieften Pfad und sagte: »Laß uns diesem Weg, der sich in sakralen Schwüngen über das Eiland zieht, folgen.«

Der Prozessionspfad führte zunächst in einem weiten Kreis um den Steinring herum; anschließend zog er sich näher an den Cromlech heran, und jetzt begriff Arddwr: Er und Myrddin gingen entlang eines Spiralweges. Wieder und wieder umrundeten sie die Menhire; immer deutlicher spürte der Halbwüchsige ein feines, schier andersweltliches Vibrieren, das aus dem Felsgestein unter seinen Füßen zu dringen schien. Nach der neunten Umkreisung endlich, die Sonne stand nun bereits schräg am Firmament, gelangten der Druide und sein Schüler zum Cromlech und betraten den Ring der Hohen Steine.

Vor einem Altarblock, der sich exakt in der Mitte des heiligen Rundes befand und von einem wuchtigen, dreifach gegliederten Bogentor aus nachtdunklen Felsquadern umfangen wurde, knieten Myrddin und Arddwr nieder. Still beteten sie zu Arianrhod, um sich dann wieder zu erheben, und erst jetzt musterte der Zwölfjährige den Cromlech genauer. Er sah, daß der Steinkreis von siebenundzwanzig Menhiren gebildet wurde, und eben als ihm dies bewußt wurde, erklärte sein Lehrer: »Drei mal drei mal drei Hohe Steine – die Zahl der Großen Göttin, welche sowohl die Erdmutter als auch die Mondin in ihren verschiedenen Erscheinungsformen ist, in ihrer dreimaligen Vervielfachung.«

»Die Kraft Ceridwens, die zugleich Arianrhod ist, wirkt hier im Cromlech noch stärker als draußen«, flüsterte Arddwr, unter dessen Fußsohlen der Boden förmlich zu beben schien.

»Die Göttin heißt dich willkommen!« raunte Myrddin. »Und wir werden ihr unseren Dank dafür abstatten, wenn sie in ihrer mütterlichen Vollmondgestalt am Sternenhimmel leuchtet. Vorerst jedoch wollen wir es bei unserer kurzen Andacht hier belassen und uns in einiger Entfernung von diesem Heiligtum einen Lagerplatz suchen, wo wir die Mitternacht erwarten werden.«

Noch einmal verneigten sich der Druide und sein Schüler vor dem Altarblock, über dem sich der Quaderbogen emporwölbte; sodann umschritten sie dreimal das Innere des Cromlechs, und dabei fand der Halbwüchsige Gelegenheit, die uralten sakralen Symbole zu betrachten, welche auf den Hohen Steinen eingegraben waren. Arddwr erblickte sichelförmige Barken und Stierhörner sowie kunstvoll verschlungene Voll- und Halbkreise, und ähnliche heilige Zeichen sah er an den Außenseiten der Menhire, als er und Myrddin zuletzt an der Stelle, wo sie den Cromlech betreten hatten, wieder ins Freie kamen.

Ein Stück östlich des Steinrings entdeckten sie einen windgeschützten Platz, in dessen Nähe es eine Felsmulde mit Süßwasser gab; dort ließen sie sich nieder und öffneten ihre Proviantbeutel. Schweigend genossen der Druide und sein junger Gefährte ihren Abendimbiß; nachdem sie ihren Hunger gestillt hatten, fragte Arddwr: »Was hat es mit dem bogenförmigen Tor auf sich, das über dem Altar inmitten des Cromlechs aufragt?«

»Das Dreifachtor aus nachtschwarzem Fels ...« murmelte Myrddin. »Ja, ich dachte mir schon, daß du mich nach seiner Bedeutung fragen würdest ...« Versonnen schaute er zum Steinkreis hinüber, sodann erklärte er seinem Schüler: »Der Felsbogen ist von den Kräften des Himmels, der Erde und des Meeres erfüllt, und zu gewissen Zeiten, wenn sich die Energien dieser drei Sphären bündeln, wird das Quadertor zu einer Pforte nach Annwn und kann von Eingeweihten durchschritten werden.«

»Aber doch nicht körperlich, oder?!« entfuhr es Arddwr.

»Nein«, entgegnete der Druide. »Der Weg in die Anderswelt ist stets geistiger Art. Dies gilt für die Sterbenden, deren innerstes, unzerstörbares Sein sich im Moment des Todes vom Leib löst und in die jenseitigen Gefilde entschwebt, und ebenso verhält es sich, wenn ein Großer Wissender hier im Cromlech von Caer Arianrhod eine Reise nach Annwn unternimmt. Der Eingeweihte vertraut sich den Kräften des dreifachen Bogentores und damit der Göttin an, und Arianrhod geleitet seinen Geist in die Anderswelt, wo er Erkenntnisse gewinnt, welche die Grenzen all dessen sprengen, was im Diesseits erlernt werden kann.«

Eine ganze Weile sann der Halbwüchsige über die Worte seines Lehrers nach; schließlich erkundigte er sich: »Hast auch du die Pforte nach Annwn schon einmal durchschritten?«

»Ich tat es hier und an weiteren Sakralorten«, erwiderte Myrddin. »Aber ehe ich dazu fähig war, mit meinem innersten Wesen in die Anderswelt einzutauchen und unbeschadet in die irdischen Gefilde zurückzukehren, brauchte es lange Jahre der Vorbereitung. Denn die Wanderung nach Annwn ist für einen lebenden Menschen sehr gefährlich; allzu leicht kann es passieren, daß er den Pfad ins Diesseits nicht mehr findet. Und deshalb dürfen es einzig Druiden mit besonderer spiritueller Ausbildung wagen, sich den Kraftströmen eines Anderswelt-Tores hinzugeben.«

»Ich werde also heute um Mitternacht vorsichtig sein müssen«, flüsterte Arddwr.

»Richtig«, nickte sein Lehrer. »Du solltest dich auf das Ritual konzentrieren, das wir durchführen werden, und dich damit bescheiden.«

Der Zwölfjährige versprach es; danach tauschten sich die beiden noch lange über die Geheimnisse Annwns und der Weihestätte von Caer Arianrhod aus. Die Nacht brach darüber herein; als es dunkel geworden war, entzündete Myrddin eine Öllampe, die er mit auf die Insel gebracht hatte, und in ihrem Schein erwarteten der Druide und sein Schüler den Mondaufgang. Endlich erschien das kreisrunde, in rotgoldener Pracht leuchtende Nachtgestirn am Firmament; langsam und majestätisch stieg es am Himmel empor, und als der Vollmond den Zenit seiner Bahn erreicht hatte, löschte Myrddin das Öllicht und sagte: »Nun wollen wir erneut den Cromlech aufsuchen, um dort die Göttin zu ehren.«

Entlang der innersten Windung des Spiralpfades umschritten die beiden noch einmal das Steinheiligtum, betraten es sodann und stellten sich nebeneinander vor dem Altarblock auf. Zunächst beteten sie, ebenso wie am Nachmittag, still; anschließend öffnete Myrddin drei Ledersäckchen, die er bei sich hatte, streute ihren schwach duftenden Inhalt auf die Altarplatte und steckte die drei Kräuterhäufchen in Brand.

Aromatischer Rauch kräuselte durch die Luft; Arddwr

glaubte zu erkennen, wie sich die wabernden Fäden im Mondschein zu changierenden, knotenartigen Gebilden verschlangen, und jetzt sprach der Druide: »Nimm unseren Dank für das Geschenk deiner Gegenwart an, Arianrhod, die du in deiner Erscheinungsform als Mondin sowohl für die Fülle des irdischen als auch des anderweltlichen Daseins stehst. Denn in Gestalt des jungen Sichelmondes bringst du wieder und wieder neues Leben hervor; in Gestalt des Vollmondes beschützt du alles Dasein gleich einer liebevollen Mutter, und in Gestalt des alten Sichelmondes geleitest du das müde gewordene Leben in den Tod. Dies sind deine für Menschenaugen sichtbaren Emanationen, doch du besitzt eine weitere, unsichtbare Erscheinungsform, die dem Schwarzmond entspricht, und in dieser Gestalt, deiner verborgenen und schönsten, behütest du das im Diesseits erloschene Dasein in Annwn und führst es, damit sich der Kreis deiner allumfassenden Fürsorge zu schließen vermag, seiner Wiedergeburt in der irdischen Welt entgegen. Und auf diese Art, Arianrhod, verknüpfst du das junge, das reife, das absterbende und das sich erneuernde Leben mit heiligen Knoten zum großen Ganzen, das unauslöschlich und ewig ist, und wir, die wir in unserem begrenzten Begreifen mit staunender Ehrerbietung zu dir aufschauen, können dir nur stammelnd für deine unendliche Güte danken!«

Myrddin sank auf die Knie und hob die ausgebreiteten Arme anbetend zum Firmament. Der Zwölfjährige tat es ihm nach; so verharrten sie, bis die Glut der drei Kräuterhäufchen erlosch – und im selben Moment, da es geschah, schien ein unsagbar weicher und warmer Windhauch durch den Cromlech zu wehen. Die Göttin hat unser Rauchopfer und unsere liebevolle Verehrung angenommen, dachte Arddwr und richtete die Augen auf seinen Lehrer. Dieser nickte wie bestätigend; eine Weile knieten die beiden noch vor dem Altar, schließlich raunte der Druide seinem Schüler zu: »Laß uns nun gehen.«

Sie verließen das Steinrund und umschritten es ein letztes Mal; danach kehrten sie zu ihrem Lagerplatz zurück, um dort den Rest der Nacht zu verbringen. Am nächsten Morgen nahmen Myrddin und Arddwr ein erfrischendes Bad im Meer, genossen ein einfaches Frühstück und begaben sich dann zu der Stelle am Gestade von Caer Arianrhod, wo der Curragh lag.

Sie verstauten ihre Proviantbeutel und die Waffen, die sie sicherheitshalber auf das heilige Eiland mitgenommen hatten, im Boot, bestiegen den Curragh und stießen vom Ufer ab. Den ganzen Vormittag über ruderten sie nach Osten; heiß brannte die Sonne vom wolkenlosen Firmament, und als der Druide und sein Schüler gegen Mittag das Festland erreichten, hatten sie nur einen Wunsch: Sich an der Quelle zu laben, deren kühles Wasser in den Felsteich nahe dem Anwesen im hinteren Bereich der Küstenschlucht sprudelte.

Gleich darauf aber stellten Myrddin und Arddwr fest, daß irgend etwas in der Bucht nicht in Ordnung war. Der Witwer, der ihnen eigentlich hätte entgegenkommen müssen, war nirgends zu sehen; vergeblich durchsuchten sie die Gebäude der einsamen Siedelstätte nach ihm. Wenig später bemerkte der Zwölfjährige, daß der Viehpferch hinter dem Anwesen leer war, und stieß hervor: »Ich glaube, unsere Rösser sind weg!«

Der Druide und sein Schüler rannten zu dem verlassenen Weidegrund hinüber. Dort erstarrten sie vor Schreck, denn inmitten des Pferchs lag ein Toter: der Besitzer der Hofstätte, in dessen Rücken ein Wurfspeer steckte. Entsetzt untersuchten sie die Leiche; offenbar war der Witwer erst vor kurzem ermordet worden – und kaum hatten Myrddin und Arddwr dies herausgefunden, erfolgte ein hinterhältiger Angriff auf sie.

Urplötzlich sprangen vier Männer über die Mauer des Viehpferchs: fremdländische Krieger, die Streitäxte, Schwerter und Rundschilde trugen. Brüllend stürmten die Sassenach heran; Arddwr zog sein Langschwert, das ihm Gorlois zum zwölften Geburtstag geschenkt hatte; der Druide riß den Speer aus dem Leib des Hingeschlachteten und schleuderte die Waffe in Richtung der Feinde. Der Wurfspeer durchbohrte die Brust des vordersten Sassenach; der Krieger stürzte – doch die drei anderen waren jetzt nur noch zwei Dutzend Schritte entfernt.

»Weg!« rief Myrddin seinem Schüler zu. »Hinunter zum Boot!«

Der Zwölfjährige aber schüttelte trotzig den Kopf; unmittelbar darauf schwang er das Schwert herausfordernd gegen die Feinde, und daher mußte sein Lehrer bei ihm ausharren. Seite an Seite erwarteten Myrddin und der Halbwüchsige den Ansturm der Sassenach; der Druide, der nun ebenfalls seine schwere Klinge in der Faust hielt, dachte gehetzt: Wenn es mir nicht gelingt, einen der Feinde sofort zu töten, sind wir verloren!

Im nächsten Moment waren die Sassenach da; der größte unter ihnen holte zu einem wuchtigen Schwerthieb aus, um Myrddins Schädel zu spalten. Geschickt lenkte der Druide den Schlag ab; der Hieb des Feindes ging ins Leere, und Myrddin hatte die Chance, auf die er gehofft hatte. Blitzschnell setzte er zu einem sausenden Querschlag an, welcher dem Sassenach den Unterleib aufschlitzen sollte – doch ehe die Klinge des Druiden ins Fleisch des Feindes beißen konnte, wirbelte ein Kampfbeil durch die Luft und fällte Myrddin.

Der Druide brach auf die Knie nieder. Blutfarbenes Flirren war vor seinen Augen, sein Bewußtsein drohte zu schwinden; trotzdem gewahrte er noch, wie die Sassenach jetzt den Zwölfjährigen einkreisten. In unsäglicher Seelenpein schrie Myrddin auf; er meinte zu sehen, wie die Feinde den Blondhaarigen, den er über alles liebte, gnadenlos abschlachteten – dann, in seiner grenzenlosen Angst um Arddwr, hatte der Druide das Empfinden, als würde er die zwölf Jahre seit der Geburt seines Schützlings in rasender Geschwindigkeit noch einmal durchleben …

***

Myrddins Geist jagte durch die Vergangenheit; zugleich wehrte er sich verzweifelt gegen das dumpfe Wummern in seinem Kopf, das ihm die Besinnung rauben wollte. Dennoch hatte er einige Herzschläge später das Gefühl, als würde er endgültig in die Ohnmacht hineingesaugt werden – plötzlich aber schien ihn etwas Unsichtbares aufzufangen: Energie, die ihn aus der anderen Welt heraus berührte.

Der Druide schüttelte seine lähmende Schwäche ab. Er gewahrte, wie Arddwr sich mit äußerster Tapferkeit gegen die drei Sassenach verteidigte, die ihn umringt hatten – unmittelbar darauf begriff Myrddin, daß seine umfassende Erinnerung an das zurückliegende Jahrzwölft nur eine winzige Zeitspanne in Anspruch genommen hatte. Wenige Atemzüge bloß – und nun, da ihm dies bewußt wurde, durchströmte den Druiden neue Kraft.

Myrddin sprang auf, riß seinen Dolch aus der Scheide und schleuderte ihn. Die Waffe bohrte sich in den Nacken eines der feindlichen Krieger, welche den Halbwüchsigen bedrängten; einen gurgelnden Schrei ausstoßend, stürzte der Germane zu Boden. Mit dem nächsten Lidschlag raffte der Druide sein schweres Schwert, das ihm zuvor entfallen war, von der Erde auf und attackierte die beiden noch lebenden Sassenach.

Rasch starb auch der Krieger, dessen heranwirbelndes Kampfbeil beim ersten Angriff Myrddins Schläfe gestreift hatte. Mittels einer Finte verleitete der Druide den Sassenach zu einem unüberlegten Ausfall mit der langen Klinge; so schaffte er es, daß der Germane seine Schilddeckung vernachlässigte – und im selben Moment, da sich sein Gegner diese Blöße gab, stieß ihm Myrddin das Schwert durch die Achselhöhle in den Brustkorb.

Danach duckte sich der Druide, um den letzten Sassenach anzugehen – doch da rief Arddwr, der diesen Krieger bereits am Oberschenkel verwundet hatte: »Überlaß ihn mir!«

Kurz zögerte Myrddin; aber dann unterdrückte er seine Angst um den Halbwüchsigen, senkte die Klinge und beobachtete, wie sich Arddwr im gnadenlosen Kampf mit dem Germanen maß.

Eine Weile vermochte keiner der beiden einen Vorteil über den anderen zu erringen; mit wuchtigen Beilhieben hielt sich der Sassenach, von dessen Bein das Blut troff, den Zwölfjährigen vom Leib. Plötzlich jedoch brachte Arddwr den entscheidenden Schwertschlag an; der machtvoll geführte Hieb zertrümmerte den ohnehin schon beschädigten Schild des zurücktaumelnden Germanen – und während der Krieger sich noch bemühte, wieder festen Stand zu gewinnen, holte der Halbwüchsige gedankenschnell erneut aus und fällte den Sassenach, indem er ihm die Halsschlagader aufschlitzte.

Eine pulsende Blutfontäne schoß aus der Wunde; sterbend brach der Germane zusammen, und der Druide eilte zu seinem Zögling, um ihn zutiefst erleichtert in die Arme zu schließen. Geraume Zeit standen beide stumm da; Arddwr, der noch nie einen Menschen getötet hatte, atmete schwer. Dann auf einmal machte er sich von Myrddin frei, kniete bei dem Sassenach nieder und zog dessen zur Seite gesunkenes Haupt mit der Linken empor.

Der Junge will sich die Schädeltrophäe nehmen! durchfuhr es den Druiden – und tatsächlich setzte Arddwr seine Klinge, die er nach wie vor in der Rechten hielt, jetzt unterhalb der Kinnlade des von ihm besiegten Germanen an.

Mit versteinerter Miene verfolgte Myrddin das Tun des Zwölfjährigen; es schien, als wollte er eingreifen – aber es war nicht nötig. Denn nun ließ Arddwr den Haarschopf des Sassenach los, erhob sich wieder und sagte zu seinem Lehrer: »Nach altem keltischen Brauch hätte ich ein Anrecht darauf, das Haupt dieses Kriegers, den ich überwunden habe, abzutrennen, um es später einzubalsamieren und es zum Beweis meiner Waffenkunst aufzubewahren. Doch ich verzichte darauf, so zu handeln und heute mit dem Sammeln von Feindschädeln zu beginnen. In meinem Leben nämlich werde ich Hunderte von Sassenach in die Anderswelt senden; dadurch werde ich mir unsterblichen Ruhm erwerben, so daß die Barden noch in fernster Zukunft von meinen Heldentaten erzählen werden, und angesichts dessen kann ich es mir ersparen, den Kriegern, die durch meine Hand fallen, die Köpfe zu nehmen.«

Beim letzten Satz des Halbwüchsigen hatte sich der Druide an seine Drachenprophezeiung erinnert, die er einst – fast im gleichen Alter wie Arddwr – in den Bergen von Eryri Gwyn abgegeben hatte; jetzt lobte er den Zwölfjährigen: »Du hast eine Entscheidung getroffen, die dich ehrt!«

Arddwr ließ seinen Blick über die vier toten Sassenach gleiten; dann erwiderte er: »Es geschah durchaus auch aus Dankbarkeit den Gottheiten gegenüber. Denn hätten sie uns nicht im Kampf beigestanden, so wären anstelle der Feinde wir beide nach Annwn gewandert.«

»Da hast du wahrhaftig recht!« antwortete Myrddin und tastete unwillkürlich nach seiner blutverkrusteten Stirnwunde.

Der Halbwüchsige, der selbst völlig unversehrt geblieben war, erkundigte sich besorgt: »Ist dir nicht gut?! Bereitet dir die Verletzung Schmerzen?!«

»Nein«, beruhigte ihn der Druide. »Die Blessur ist ungefährlich. Die Streitaxt, die meine Schläfe streifte, riß bloß die Haut auf.«

»Trotzdem sollten wir deine Wunde reinigen!« Arddwr deutete zum Quellteich hinüber. »Dort gibt es sauberes Wasser.«

Wenig später war der Zwölfjährige seinem Lehrer behilflich, die Schmarre an der Stirn zu säubern; anschließend kümmerten sie sich um die Leichen. Zunächst bestatteten sie den ermordeten Witwer an einer Stelle etwas abseits des Anwesens, wo unter einem schlichten Cairn bereits sein Eheweib ruhte. Danach verscharrten Myrddin und Arddwr die vier Sassenach außerhalb der Umfassungsmauer des Viehpferchs; die Waffen der Germanen allerdings legten sie nicht zu den Toten, weil die Sassenach sie schändlicherweise gegen einen Wehrlosen gebraucht hatten. Vielmehr versenkten der Druide und sein Schüler die Schwerter, Kampfbeile und sonstigen Waffenstücke als Sühneopfer an die Andersweltlichen in der See, und als sie wieder in die Küstenschlucht zurückkehrten, sagte Myrddin: »Irgendwo in der Nähe müssen die Feinde unsere Rösser, die sie aus dem Pferch raubten, verborgen haben.«

»Zweifelsohne«, nickte Arddwr – und in der Tat entdeckten sie die Pferde schon bald in einem Kiefernwäldchen in einiger Entfernung von der Felsenbucht, wo die Germanen ein provisorisches Lager errichtet hatten. Der Druide und sein junger Gefährte rissen die Laubhütten ein und löschten einen Glutrest, der noch in der Feuergrube glomm; dann schwangen sie sich auf ihre Rösser und traten den Heimritt nach Môn an.

Unterwegs rätselten Myrddin und Arddwr über die Frage, woher die Sassenach gekommen sein konnten; schließlich äußerte der Sohn Arwens und Morvryns: »Wahrscheinlich gehörten sie zu einer größeren Mord- und Raubhorde, deren Schiffe irgendwo am westlichen Gestade von Gwynedd gelandet sind. Die vier, die wir töteten, waren wohl auf eigene Faust zugange; ähnlich wie sie streifen vermutlich andere Kriegerscharen an der Küste entlang, und ich fürchte, daß wir bereits in Kürze von weiteren feindlichen Überfällen hören werden.«

Darin hatte sich der einunddreißigjährige Druide nicht getäuscht, denn schon acht Tage nach seiner und Arddwrs Rückkehr in den Hain von Barclodiad kam schreckliche Kunde aus dem Südwesten des deceanglischen Stammesgebietes. Dort hatten die Germanen, welche urplötzlich mit mehreren Segelschiffen bei einem an einer Flußmündung liegenden Dun aufgetaucht waren, entsetzlich gewütet: hatten an die hundert Männer, Frauen, Kinder und Alte hingemetzelt und die Ringwallfestung dann geplündert und zerstört. Im Lauf der darauffolgenden Wochen ereigneten sich noch mehr Greueltaten solcher Art; zuletzt jedoch, kurz vor Lughnasad, glückte es einem Gauhäuptling der Deceanglier, die Feinde zu stellen und sie vernichtend zu schlagen.

Myrddin und sein Schüler erfuhren in Tintagel davon; wie jedes Jahr waren sie pünktlich zum Erntefest in der Herrscherfestung der Dumnonier eingetroffen. Den Herbst und Winter verbrachten der Druide und sein Schützling, deren Freundschaft nach dem Kampf gegen die vier Sassenach noch gewachsen war, in der Gesellschaft von Ygerna und Gorlois, und als sich das Ende der Frostmonate ankündigte, reisten sie wieder nach Môn.

Genauso hielten sie es während der nächsten Jahre, in denen die Schlachten zwischen Kelten und Germanen mit unverminderter Härte tobten. Regelmäßig mußte Arddwr während der Frühlings- und Sommermonate um das Leben seines leiblichen Vaters Uddyr und seines Pflegevaters Gorlois bangen; ähnlich erging es seinem Lehrer, denn auch Morvryn pflegte ungeachtet seines mittlerweile fortgeschrittenen Alters nach wie vor in den Krieg zu ziehen. Aber stets kehrten die beiden Stammeskönige und Arwens Gemahl ohne ernsthafte Verwundungen von ihren Feldzügen heim – dann jedoch, nachdem Arddwr seinen fünfzehnten Geburtstag gefeiert hatte, starb ein Edler, dessen Tod in allen britannischen Herrscher-Duns zutiefst betrauert wurde.

***

Der Frühsommermorgen war mild; gedankenverloren schaute der vierunddreißigjährige Myrddin dem Boot hinterher, das über die ruhige See nach Süden glitt. An Bord des Curraghs befand sich außer den vier Ruderern auch ein junger Druide: Fychan, der Bauernsohn von der Lleyn-Halbinsel, der vor zwei Jahrzehnten als schüchterner Knabe nach Barclodiad gekommen war. Damals hatte sich Myrddin des oft heimwehkranken Zöglings angenommen; durch seine Zuwendung hatte er es ihm erleichtert, den Pfad des Lernens zu beschreiten – und kürzlich, an Alban Heruin, war Fychan von Gwydion in den Rang eines Großen Wissenden erhoben worden. An seinem Ehrentag war der junge Druide überglücklich gewesen, und am Abend, beim gemeinsamen Festmahl, hatte Fychan noch eine weitere Freude erfahren. Der Pendruid hatte ihm nämlich eröffnet, daß sein innigster Wunsch erfüllt werden sollte: »Künftig«, so hatten Gwydions Worte gelautet, »wirst du auf der Ynys Vytrin vor dem äußersten Kap der Lleyn-Küste wirken.«

Als erster hatte Myrddin seinem Freund gratuliert, und nun blickte er dem Boot nach, das Fychan zur Gläsernen Insel bringen würde. Er erinnerte sich an vieles, was den Sohn einfacher Bauersleute und ihn, den Hochadligen, im Streben nach Erkenntnis und Weisheit verbunden hatte; geraume Zeit stand er im Windschatten der uralten Weihestätte über der Klippenbucht von Barclodiad und ließ den allmählich kleiner werdenden Curragh nicht aus den Augen – plötzlich aber fuhr er herum, weil er das Geräusch hastiger Schritte vernahm.

Es war Arddwr, der heranrannte; noch ehe er ganz bei seinem Lehrer angelangt war, stieß er hervor: »Soeben kam ein Bote aus Aberffraw, der überaus schlimme Kunde brachte!«

Myrddin erbleichte. »Was ist passiert?!«

Der Fünfzehnjährige teilte es ihm mit knappen Sätzen mit und fügte hinzu: »Genaueres will der Kurier, den Uddyr vom Kriegsschauplatz im Osten zu uns schickte, erst berichten, wenn sämtliche Große Wissende im Haus Gwydions versammelt sind.«

»Dann laß uns zum Hain eilen!« versetzte Arddwrs Lehrer – und wenig später betraten die beiden schwer atmend das Rundhaus des Pendruid, wo sie bereits von allen übrigen Großen Wissenden sowie den ältesten Druidenschülern erwartet wurden.

Nachdem sich auch Myrddin und sein Schützling auf ihren Plätzen niedergelassen hatten, forderte Gwydion den Boten des Pendraig mit belegter Stimme auf: »Erzähle uns jetzt bitte ausführlich, auf welche Weise Emrys, der von uns allen hochgeachtete Ard Rhi, den Weg nach Annwn beschritt.«

Der Adelskrieger sammelte sich, sodann begann er: »Es geschah während einer Schlacht, die wir im Stammesgebiet der Atrebaten gegen unsere Feinde ausfochten. Wir zählten etwa neuntausend Mann; die Sassenach waren uns stark überlegen, und daher gerieten wir bald ins Hintertreffen. Die Feinde bedrängten uns von zwei Seiten; ganz offensichtlich legten sie es darauf an, uns einzukesseln, um uns anschließend allesamt niederzumetzeln. Wir befanden uns also in einer brandgefährlichen Situation, und angesichts dieser Notlage entschloß sich der Hochkönig zu einem äußerst wagemutigen Gegenangriff. An der Spitze von kaum fünfzig Berittenen attackierte Emrys die Front der Sassenach zu unserer Linken; augenscheinlich wollte er die Kampfreihen der Feinde durchstoßen, um Hengist und Horsa, die sich ein Stück weiter hinten befanden und die Schlacht von einer niedrigen Anhöhe aus beobachteten, vor sein Schwert zu bekommen.«

»Welch heldenhafte Tapferkeit des Ard Rhi!« rief Arddwr aus.

»Du sagst es!« nickte der Edle und fuhr fort: »Wäre es Emrys und seinen Reitern gelungen, die Anführer der Sassenach in Bedrängnis zu bringen oder sie womöglich sogar zu erschlagen, dann hätten wir Britannier aufgrund der Verwirrung der Feinde vielleicht doch noch einen Sieg erringen können. Aber leider wollte das Schicksal es anders, denn zwar schafften es der Ard Rhi und seine Mitstreiter, sich weiter und weiter durch die Front der Sassenach zu kämpfen – doch eben als es so aussah, als könnten sie auch die letzte feindliche Schlachtreihe sprengen, wurde Emrys von einem Wurfspeer in die Brust getroffen. Sterbend stürzte er vom Pferd, und gleich darauf fielen auch die meisten der Männer, die bei ihm waren, weil der Schock über den Tod des Ard Rhi ihre Kampfkraft lähmte ...«

Der Adelskrieger verstummte; für eine Weile herrschte Schweigen im Raum, schließlich fragte Gwydion: »Was geschah, nachdem Emrys sein Leben verloren hatte?«

»Aufgrund des entsetzlichen Verlustes, den wir erlitten hatten, wurde ein Teil unseres Heeres von wilder Raserei erfaßt«, antwortete der Edle. »Insbesondere jene Männer, die mit Emrys stammesverwandt waren, stürmten jetzt gleich Rachedämonen gegen die Sassenach auf unserer linken Flanke an. Wir übrigen folgten ihnen, und so glückte es uns, das zu vollbringen, was Emrys nicht mehr vergönnt gewesen war. Wir durchbrachen die eine feindliche Front; kaum aber waren wir unter fürchterlichen Blutopfern in Richtung auf Hengist und Horsa durchgestoßen, drängten uns jene Kampfverbände der Sassenach, welche uns zuvor von der rechten Seite her zugesetzt und uns nun blitzschnell umgangen hatten, von dem Hügel ab, auf dem sich die feindlichen Anführer aufhielten. Erneut sahen wir uns einer schier unbezwingbaren Übermacht gegenüber; daher wandte sich das Gros unseres Heeres jetzt plötzlich zur Flucht, und wir anderen, die wir trotz allem noch bereit gewesen wären weiterzukämpfen, hatten keine Wahl, als das Schlachtfeld ebenso wie die Scharen der Fliehenden zu räumen.«

Bedrückt senkte der Adelskrieger den Kopf; Arddwr öffnete den Mund, um sich nach Uddyr und Gorlois zu erkundigen, doch Myrddin kam ihm zuvor: »Starben außer dem Ard Rhi noch weitere Herrscher?«

»Der Stammeskönig der Trinovanten, welcher uns kurz vor dem Gefecht einen kleinen Heerbann zur Unterstützung zugeführt hatte, blieb tot auf der Walstatt«, erwiderte der Edle. »Aber dein Vater Morvryn überlebte, und«, er richtete den Blick auf den fünfzehnjährigen Arddwr, »auch Uddyr und Gorlois kamen mit leichteren Verletzungen davon.«

»Was wurde aus Emrys' Leichnam?« wollte nunmehr eine ältere Druidin wissen, die neben Gwydion saß.

»Wir mußten ihn auf dem Schlachtfeld zurücklassen«, erklärte der Adelskrieger. »Doch am darauffolgenden Morgen – wir hatten uns unterdessen in einen uneinnehmbaren Dun gerettet, der sich einen halben Tagesmarsch von der Walstatt entfernt auf einem Bergkamm erhob – näherte sich eine Abordnung der Sassenach unter weißem Banner. Diese berittenen Krieger hatten einen Maultierkarren bei sich, auf welchem der gefallene Ard Rhi lag; man hatte ihn seiner Brünne und der Waffen beraubt und ihm nur das Untergewand gelassen. Nun warfen unsere Feinde die Leiche zwei Pfeilschüsse vor dem Festungstor zu Boden, und ihr Befehlshaber rief höhnisch zu uns herüber, Hengist und Horsa würden uns den toten Hochkönig zum Begräbnis überlassen, und genauso wie Emrys werde ganz bestimmt auch derjenige enden, der nach ihm zum Ard Rhi erwählt würde!«

Zorniges Gemurmel wurde in der Runde laut; als es sich wieder gelegt hatte, berichtete der Edle weiter: »Es war uns verwehrt, die Sassenach für ihr Verhalten zu bestrafen, da die weiße Fahne über ihren Köpfen wehte. So mußten wir sie unbehelligt davonreiten lassen, und nachdem sie verschwunden waren, trugen die Herrscher, die bei uns waren, den Leichnam des Hochkönigs in den Dun. Bei Einbruch der Nacht sodann betteten wir ihn auf einen Scheiterhaufen, der beim Weltenbaum der Festung errichtet worden war, und Uddyr stieß die erste Fackel in den Holzstoß. Auf diese Weise, von der mächtig zum Himmel emporschlagenden Lohe geleitet, reiste Emrys' Geist in die Anderswelt. Im Morgengrauen sammelten wir die Gebeine des Hochkönigs in einer Urne und setzten diese unter dem heiligen Baum bei; danach beriet sich der Pendraig mit den übrigen Stammesherrschern, und gegen Mittag verkündete uns Uddyr, daß wir noch am selben Tag nach Westen abziehen würden.«

»Ins Westland?« erkundigte sich Myrddin ahnungsvoll. »Du meinst, zur Ynys Avallach?«

»Auf die Insel von Avalon«, bestätigte der Adelskrieger. »Denn dort sollte nach dem Ratschluß der Herrscher derjenige, den Emrys in Abstimmung mit den führenden britannischen Druiden schon vor langer Zeit dazu ausersehen hatte, zum neuen Ard Rhi erhoben werden.«

Arddwr vermochte nicht länger an sich zu halten. »Du sprichst von Uddyr Pendraig, nicht wahr?! Von meinem Vater?!«

»Seit drei Wochen bist du der Sohn dessen, der Emrys' Nachfolge antrat«, nickte der Edle. Er griff nach seinem Pokal und trank dem Fünfzehnjährigen zu; sodann brachte er seine Erzählung zu Ende: »Auf dem Twr der Ynys Avallach wurde der Pendraig mit den Abzeichen des Hochkönigtums ausgestattet. Morgana, die Pendruid von Avalon, legte Uddyr einen schweren goldenen Torques um den Nacken, bekleidete ihn mit dem Sakralmantel des Ard Rhi und überreichte ihm die Zeremoniallanze, welche die Macht des Hochkönigs symbolisiert. Anschließend rief der Pendraig erstmals in seiner Würde als Ard Rhi die Gottheiten, die Sídhe und die Toten an und bat sie um Beistand im Kampf gegen die Feinde unseres Landes. Jäh aufgekommener scharfer Wind fegte über die Kuppe des heiligen Hügels hinweg, als Uddyr die Mächte von Annwn anflehte. Dies nahm der Hochkönig zum Zeichen dafür, daß er so rasch wie möglich erneut gegen die Sassenach ins Feld ziehen sollte; bereits am nächsten Tag führte er sein Heer abermals in den Osten – mich jedoch sandte er mit dem Auftrag nach Môn, euch Großen Wissenden hier zu berichten, was sich im Süden ereignete.«

Tiefbewegt hatten die Druiden und ihre herausragenden Zöglinge der Schilderung von der Erhöhung des deceanglischen Herrschers zum Ard Rhi gelauscht; jetzt richteten einige von ihnen, die noch mehr erfahren wollten, verschiedene Fragen an den Adelskrieger. Myrddin und Arddwr aber hatten genug gehört; beide wollten nunmehr mit ihren Gedanken allein sein, und deshalb verließen sie das Haus Gwydions.

Draußen, am Rand des Eichenhains, lehnte sich der Fünfzehnjährige an den Stamm eines der alten Bäume, um unter dem dichten Laubdach über das künftige Schicksal seines Vaters nachzusinnen; Arddwrs Lehrer hingegen wanderte ein

Stück in den Wald hinein. Auf einmal dann zwang ihn etwas, stehenzubleiben und sich umzudrehen; einen Steinwurf entfernt erblickte er seinen Schützling, der jetzt als Sohn des Hochkönigs sehr weit oben in der Adelshierarchie Britanniens stand. Die Andersweltlichen haben dafür gesorgt, daß der Weg für Arddwr bereitet werden konnte, dachte Myrddin, und bald wird derjenige, der in der Heiligen Hochzeit gezeugt wurde, einen weiteren wichtigen Schritt tun, um seine Bestimmung zu erfüllen.

Still betrachtete der vierunddreißigjährige Druide seinen Schüler, dessen goldblondes Haar im Halbschatten der Eiche leuchtete – plötzlich verwich das Bild vor Myrddins Augen, und sein Geist verlor sich in Raum und Zeit …

Der zweite rote Stein
Caladfulch

Spätwinter 485 bis Herbst 488

Rotgolden spiegelte sich der Flammenschein vom blankpolierten Metall des kleinen Kupferkessels wider, den Nimue auf der steinernen Einfassung des Feuerplatzes abgestellt hatte. Für einen Augenblick war es dem aus seiner Trance erwachenden Greis, als könnte er in den schimmernden Reflexen noch immer das Antlitz und das hell leuchtende Haar des fünfzehnjährigen Arddwr erkennen; mit dem nächsten Atemzug jedoch schwand die Illusion. Das Irrlichtern der Lohe schien eine Spur dunkler zu werden; es wurde Myrddin bewußt, daß er sich in der Höhle auf der Ynys Vytrin befand, und gleich darauf vernahm er die Stimme der Pendruid von Avalon: »Du bist zurückgekehrt von der Reise durch jene Zeit, da der, welcher in der Heiligen Hochzeit gezeugt wurde, in die Diesseitswelt kam und heranwuchs.«

»Ich sah ihn eben noch an dem Tag, als er von der Erhöhung seines Vaters Uddyr zum Ard Rhi erfuhr«, murmelte Myrddin.

»Schon bald wirst du erneut an seiner Seite sein und miterleben, wie er als junger Krieger das Schwert Caladfulch für sich errang«, antwortete Nimue. »Vorerst aber solltest du dir ein wenig die Beine vertreten und dann vielleicht etwas Suppe zu dir nehmen.«

»Sei so gut, mir aufzuhelfen«, ersuchte der Greis die Pendruid.

Nimue stützte den Siebzigjährigen, damit er sich von seiner Liege mit dem schrägen Rückenteil erheben konnte; danach führte sie ihn einige Male in der Kaverne hin und her und geleitete ihn schließlich zum Bogenfenster in der Höhlenwand.

Als Myrddin ins Freie hinausschaute, sah er die von diesigen Wolkenbändern verhangene Sonne hoch am Firmament stehen; tief unten rauschte das Meer, über dem da und dort Nebelbänke trieben. Eine ganze Weile ließen der Todgeweihte und die Pendruid von Avalon die spätherbstliche Szenerie auf sich wirken – plötzlich riß der Wolkenschleier am Himmel auf; ein breiter Lichtstrahl schoß auf die See hinab und verband sich mit der wogenden Wasserfläche. Es war ein beinahe magisches Bild; ein Anblick von schier andersweltlichem Zauber, und unwillkürlich flüsterte Myrddin: »Es ist, als ob uns die Mächte von Annwn an die Stunde erinnern wollten, da in der verborgenen Weihestätte der Ynys Avallach eine silbern glänzende Klinge aus schattenhafter Flut gehoben wurde.«

»Auch ich vermeinte soeben, den unterirdischen Teich und den makellos blitzenden Stahl, der aus ihm auftauchte, vor meinem inneren Auge zu sehen«, bestätigte Nimue leise und tastete dabei nach der Rechten des Greises.

Hand in Hand warteten beide ab, bis die Sonnenbahn über dem Meer wieder vom Nebel verschluckt wurde; sodann brachte die Pendruid den Todgeweihten zurück zu seinem Ruhelager.

Nachdem Myrddin sich neuerlich auf der Liege niedergelassen hatte, sagte er: »Jetzt verspüre ich tatsächlich Appetit.«

»Schön«, lächelte Nimue, ging zu dem eisernen Kochkessel, der über dem Feuer hing, und schöpfte schmackhaft riechende Suppe in zwei Eßnäpfe.

Gemeinsam aßen der Greis und die Pendruid; als sie satt waren, wollte Nimue wissen: »Möchtest du nun erst etwas schlafen, oder fühlst du dich kräftig genug, deine nächste Reise in die Vergangenheit sofort anzutreten?«

Versonnen schaute der Siebzigjährige vor sich hin, dann entschied er: »Sende meinen Geist jetzt gleich auf das Eiland von Avalon, wo Caladfulch geschmiedet wurde.«

Die Pendruid streichelte ihm über das schüttere Haar; danach hob sie den mit Wasser gefüllten Kupferkessel von der

Einfassung des Feuerplatzes, stellte ihn zu Füßen des Greises nieder und flößte Myrddin den Kräutersud ein, welcher ihm die Rückführung erleichtern würde. Anschließend nahm sie den zweiten der drei roten Steine aus ihrem Hirschlederbeutel und reichte ihn dem Siebzigjährigen; während Myrddin den Kiesel betrachtete, erklärte Nimue: »Dieser Stein lag einst am Sockel des gewaltigen Menhirs, der auf dem Twr der Ynys Avallach emporragt ...«

»Dort, wo sich der schwarze Pfad öffnet«, murmelte der Greis. »Der Weg in die mit Annwn verbundene Grotte, deren Geheimnisse von den neun Priesterinnen Avalons gehütet werden ...«

»So ist es«, nickte die Pendruid, wobei sie den ledernen Schnürbeutel wieder verschloß. »Und nun wird der Kiesel dich zur Ynys Avallach führen; auf die heilige Insel im Stammesgebiet der Durotrigen, in deren verborgenem Felstempel Arddwr als Träger des Schwertes Caladfulch initiiert wurde ...«

Myrddin gab Nimue den Stein zurück, beugte sich auf seiner Liege vor und konzentrierte sich auf den Anblick des Kupferkessels. Plötzlich schien dessen edles Rotmetall aufzuglühen und zu pulsen; gleich darauf ließ die Pendruid von Avalon den Kiesel in das Gefäß fallen, und der Greis vernahm Nimues beschwörende Worte: »Tauche jetzt ein in die Flut der Zeit, tauche ein in den fünften Abschnitt deines Lebens ... Laß dich führen vom Stein der Erinnerung ... Und tauche wieder empor aus der Zeitenflut auf dem Eiland, wo der Menhir den Twr krönt ...«

Myrddin hatte das Empfinden, als schlüge der letzte Satz lautlos hallend aus sehr weiter Entfernung an sein Ohr – im nächsten Moment wurde der Geist des Greises entrückt.

***

Die Glutwellen, welche von der Esse ausströmten, erfüllten den niedrigen, aus Felsquadern erbauten Raum mit erstickender Hitze. In regelmäßigem Rhythmus fauchte der Blasebalg, der von einer jungen Priesterin bedient wurde. Die scharfen Luftstöße ließen die Holzkohlenschicht, auf welcher die lange Klinge lag, in immer intensiverem Rot glimmen, und ganz allmählich veränderte sich die Oberfläche des Waffenstahls. Das Metall begann in einem ähnlichen Farbton wie das Glutbett zu leuchten, und Myrddin wußte, daß er und Morgana nun bald damit anfangen konnten, dem Schwert seine endgültige Form zu geben. Doch noch war es nicht soweit, und daher beschloß der Sohn Arwens und Morvryns, einstweilen nach draußen zu gehen, um frische Luft zu schöpfen.

»Ich bin sofort zurück«, wandte sich der vierunddreißigjährige Druide an Morgana; die Oberste Priesterin der Ynys Avallach, die ungefähr im gleichen Alter wie Myrddin stand, nickte und trat ein wenig beiseite, damit der Sohn Arwens und Morvryns an ihr vorbei zur Tür der Schmiede konnte.

Als Myrddin ins Freie kam, atmete er tief durch; dann nahm er das eindrucksvolle Landschaftsbild der Insel von Avalon, die unter leicht bewölktem Spätwinterhimmel dalag, in sich auf.

Zu seiner Linken erstreckte sich in einem geschützten Tal, das von mehreren Quellbächen bewässert wurde, ein ausgedehnter Apfelhain; die sorgsam gepflegten Obstbäume gediehen in Dutzenden von ringförmigen Gruppen. Innerhalb der Baumkreise standen die Rundhäuser, welche die neun Priesterdruidinnen, ihre Schülerinnen und ihre Bediensteten bewohnten; zudem gab es etliche Gebäude, wo Besucher beherbergt werden konnten. Der Apfelbaumhain, dessen Früchte von ungewöhnlichem Wohlgeschmack waren, hatte dem Eiland seinen weithin bekannten Namen gegeben; nicht weniger berühmt als die aromatischen Äpfel waren die drei Hügel, welche die Insel überragten. Direkt vor Myrddin stieg der Südhang einer sanften Anhöhe empor, die etwas mütterlich Weiches an sich hatte; der Druide wußte, daß dort drüben der Rote Born der Ynys Avallach entsprang: eine heilkräftige Sakralquelle, zu welcher die Menschen bereits seit Jahrtausenden pilgerten. Weiter westlich erhob sich ein gratartiger Hügelrücken, der an seinem äußersten Ende steil zum Ufer des Sees hinunter abstürzte, welcher die Gestade des Eilands bespülte; auf den Gipfel dieser Anhöhe pflegte man nach uraltem Brauch die Toten zu bringen, ehe sie in ihren Gräbern beigesetzt wurden. Zur Rechten Myrddins schließlich wuchs der Twr von Avalon gen Himmel; er war der machtvollste unter den drei Hügeln, und nachdem der Druide den Blick auf ihn gerichtet hatte, vermochte er sich nicht mehr loszureißen.

Der Twr, der in seiner Form einer weiblichen Brust glich, schien von andersweltlicher Aura umhüllt zu sein; von einem unsichtbaren Kraftfeld, dessen Schwingungen Myrddin schier körperlich zu erspüren glaubte. Es war ihm, als würden die Energieströme entlang des Spiralweges wogen und pulsieren, der sich in schwungvollen Windungen um die Hügelflanken zog: höher und höher, bis er die Kuppe des Twr erreichte. Und dort oben ragte der gewaltige Menhir empor, der schon in grauer Vorzeit aufgerichtet worden war; lange bevor die ersten Keltenstämme Britannien besiedelt hatten. Erhaben und zeitlos zeichnete sich der Hohe Stein vor dem graublauen Firmament ab; einige Tage zuvor war der Druide Zeuge geworden, wie sowohl Weiß- als auch Schwarzvögel den Menhir umschwirrt hatten: Boten aus Annwn, die wie Verkörperungen des ewigen Kreislaufes von Geburt, Tod und Wiedergeburt allen Daseins auf Myrddin gewirkt hatten.

Als er sich daran erinnerte, drängte es den Druiden, still zur Dreifachen Göttin zu beten; in entrückter Andacht schaute er zum Twr hinüber – und eben als er die stumme Zwiesprache mit Ceridwen beendet hatte, hörte er einen Ruf aus dem niedrigen Steinhaus, in welchem der Blasebalg fauchte: »Jetzt können wir die Klinge fertigschmieden, Myrddin!«

Der Vierunddreißigjährige kehrte zu Morgana und der jungen Priesterin zurück; als er neben die Pendruid der Ynys Avallach trat, sah er, daß der Schwertstahl mittlerweile in seiner ganzen Länge rotglühend geworden war. Nun bediente die Helferin den ledernen Luftsack in langsamerem Rhythmus; mit einer Zange hob Morgana die Klinge aus dem Kohlenbett der Esse, legte sie auf den danebenstehenden Amboß, hielt sie dort fest und nickte Myrddin zu. Der Sohn Arwens und Morvryns ergriff einen Rundkopfhammer und fing an, den Stahl zu bearbeiten; dabei dachte er daran, welche Mühe die Pendruid und er sich bereits während der vergangenen drei Tage mit der Klinge gegeben hatten.

Zunächst hatten sie neun dünne Stäbe aus bestem Eisen hergestellt und diese durch Abschrecken in eiskaltem Salzwasser gehärtet. Danach waren die erhitzten Stahlstäbe miteinander verflochten, verschweißt und erstmals zu einer Klinge ausgeschmiedet worden; anschließend hatten die beiden Großen Wissenden den neuerlich glühend gemachten Schwertstahl in engen Spiralwindungen verdreht und ihn abermals in Klingenform gehämmert. Dieses Verfahren war sodann siebenmal wiederholt worden, so daß Myrddin und Morgana zuletzt eine neunfach damaszierte Schwertklinge besessen hatten – und jetzt galt es, die noch stumpfe Waffe zu schärfen.

Sorgfältig formte der Sohn Arwens und Morvryns die eine Seite der Klinge zur glatten, todbringenden Schneide; zwischendurch stieß die Pendruid den Stahl in regelmäßigen Abständen ins knisternde Holzkohlenbett, damit er geschmeidig blieb. Nach einiger Zeit hatte Myrddin die rechte Schwertschneide vom Griffdorn bis zur Spitze vollendet, und nun tauschten er und Morgana Hammer und Zange. Bald darauf hatte die Pendruid von Avalon die linke Klingenseite geschärft; mit leuchtenden Augen hielt Arwens und Morvryns Sohn das handbreite, drei Fuß lange Schwert empor, und die junge Priesterin am Blasebalg rief beeindruckt aus: »Diese Waffe ist eines Königs würdig!«

»Und ein Krieger von edelstem Blut wird sie auch tragen!« versetzte Myrddin; Morgana äußerte: »Ja, wir dürfen mit unserer Arbeit zufrieden sein. Doch einiges bleibt noch zu tun, ehe wir das Schwert in mein Haus bringen können.«

In der Folge dann verbanden die beiden Großen Wissenden die Parierstange und den Bronzegriff der Waffe, die schon fertig bereitlagen, mit der stählernen Klinge. Danach reinigten sie das zweischneidige Langschwert vom Ruß und anderen Verschmutzungen und polierten es schließlich mit verschiedenen Hilfsmitteln, bis es in makelloser Schönheit schimmerte.

Erneut und noch enthusiastischer als beim ersten Mal gab die junge Priesterin ihrer Bewunderung Ausdruck; wenig später verließen Myrddin, Morgana und ihre Gehilfin die Schmiede und schritten zum Wohnhaus der Pendruid im Apfelbaumhain. Vor dessen Portal hatten sich bereits die übrigen sieben Priesterdruidinnen der Ynys Avallach versammelt; jetzt begutachteten sie die Waffe und lobten sie, ebenso wie ihre jüngste Schwester, mit begeisterten Worten. Zuletzt, nachdem sich alle an dem Langschwert satt gesehen hatten, folgten sie Morgana und Myrddin in das hohe Rundhaus – und dort tauschten sich die Druidinnen und der Sohn Arwens und Morvryns bis tief in die Nacht hinein bei Braten und Metheglyn über die Bedeutung der prachtvollen Waffe und über denjenigen aus, welcher das Schwert schon bald in Besitz nehmen sollte.

Während der nächsten Tage bestieg Myrddin häufig den Twr und spähte auf den See von Avalon hinaus; genau eine Woche nach Imbolc erblickte er eine Barke, die sich dem Eiland von Südwesten her näherte. Freudig erregt eilte der Vierunddreißigjährige zum Apfelhain hinunter und teilte Morgana mit, was er beobachtet hatte. Daraufhin bat die Pendruid ihre Mitschwestern, die letzten Vorbereitungen für den Empfang derer zu treffen, die sich an Bord des Schiffes befanden – und eineinhalb Stunden später sodann langten die Besucher im Hain an.

Es handelte sich um den neuen Hochkönig Uddyr Pendraig sowie um Ygerna, Gorlois und den mittlerweile sechzehnjährigen Arddwr. Gemeinsam waren sie von Tintagel zur Ynys Avallach gereist; am südwestlichen Seegestade hatten sie die Männer ihrer Bedeckung und ihre Pferde zurückgelassen und waren an Bord der Barke gegangen, deren Besatzung bereits auf sie gewartet hatte. Nun begrüßten Myrddin, Morgana und die anderen acht Druidinnen die Ankömmlinge aufs herzlichste; als der Sohn Arwens und Morvryns seinen zum Jungkrieger herangereiften Schützling in die Arme schloß, raunte er ihm zu: »Schon morgen wirst du die erste Frucht deiner Ausbildung ernten!«

Arddwr setzte zu einer Frage an, aber sein Lehrer schüttelte nur lächelnd den Kopf; gleich darauf ersuchte die Pendruid von Avalon den Ard Rhi, das dumnonische Herrscherpaar und den Sechzehnjährigen: »Laßt euch jetzt bitte zur Tafel geleiten, die unter meinem Dach für euch gedeckt wurde.«

Bis in den Abend hinein saßen die neun Priesterdruidinnen und ihre Gäste beisammen. Danach begaben sich das Königspaar von Cornueille und Uddyr Pendraig zu den für sie bestimmten Unterkünften, und Arddwr folgte Myrddin in das Haus, welches dieser seit seiner Ankunft auf der Ynys Avallach vor drei Wochen bewohnte. Ehe sie sich zum Schlaf niederlegten, sprachen der Sohn Arwens und Morvryns und dessen Schüler noch über das rituelle Geschehen, das am nächsten Vormittag stattfinden sollte. Myrddin teilte seinem Schützling jedoch bloß mit, daß man den Gipfel des Twr besteigen und den Weg von dort aus in verborgene, anderweltliche Gefilde fortsetzen würde; außerdem beschied der Druide den Sechzehnjährigen etwas dunkel: »Dir wird es dabei auferlegt sein, deinen Mut sowie dein Vertrauen in die Göttin unter Beweis zu stellen, denn nur wenn du diese Prüfung bestehst, darfst du empfangen, was dir zugedacht wurde.«

In der Nacht hatte Arddwr einen Alptraum; wieder und wieder schienen die Worte seines Lehrers dröhnend in sein Innerstes zu dringen, und aufgrund einer finsteren Bedrohung schienen seine Glieder von seltsamer Lähmung befallen zu werden.

Am Morgen wirkte der Sechzehnjährige, der sonst unverwüstliche Lebenskraft ausstrahlte, blaß und in sich gekehrt – und dann kam die Stunde, da die Druidinnen und ihre hochadligen Gäste sich zur Prozession formierten und den Apfelhain in Richtung des mächtigsten der drei Sakralhügel von Avalon verließen.

Morgana und die übrigen Priesterinnen schritten voran; hinter ihnen gingen Myrddin und Arddwr, und das dumnonische Herrscherpaar bildete zusammen mit dem Ard Rhi den Schluß. Der Zug der Großen Wissenden und Edlen passierte die Anhöhe, an deren Flanke der Rote Born entsprang; anschließend erklomm die Prozession entlang des Spiralpfades den Twr. Beim gewaltigen Menhir auf der Hügelkuppe angelangt, gruppierten sich die neun Priesterdruidinnen im Halbkreis; ihnen gegenüber stellten sich die Hochadligen auf. Der Sechzehnjährige, der zum erstenmal in seinem Leben hier oben war, betrachtete staunend den Hohen Stein, welcher die Größe von drei Männern hatte; gleich darauf hörte er Morgana sagen: »Laßt uns diesen innig mit Annwn verbundenen Ort ehren, indem wir zu den Gottheiten, den Sídhe und den Toten beten.«

Eine ganze Weile verharrten die Großen Wissenden und die Edlen in stiller Andacht; endlich ergriff die Pendruid der Ynys Avallach erneut das Wort und verkündete: »Wir, die wir sowohl die geistige als auch die königliche Führungsschicht der Volksstämme Britanniens repräsentieren, sind heute hierher gekommen, weil einer aus unserer Mitte mit der künftigen Bestimmung seines Daseins in Einklang gebracht werden soll.« Morgana richtete den Blick auf Arddwr und fuhr fort: »Von dir, der du in der Heiligen Hochzeit gezeugt wurdest, verlangen die Andersweltlichen, daß du dich einer Prüfung unterziehst, welche nur derjenige zu bestehen vermag, der äußerste Unerschrockenheit beweist. Und nun gib mir Antwort auf meine Frage, ob du bereit bist, dem Willen der Mächte von Annwn zu gehorchen und das zu wagen, was sie von dir fordern?«

Der Sechzehnjährige, in dessen goldblonden Locken der von Westen wehende Wind spielte, trat drei Schritte vor. »Was muß ich tun, damit die Andersweltlichen mit mir zufrieden sind?«

Die Pendruid deutete auf eine gezackte, an einer Stelle mehrere Ellen breite Felsspalte, die sich hart neben dem Sockel des Menhirs öffnete. »Du wirst hier in die Tiefe steigen!«

Sofort wollte sich Arddwr zu der finster gähnenden Kluft begeben – aber Myrddin hielt ihn zurück und beschied ihn: »Ich war und bin dein Lehrer, und deshalb werde ich den Weg in den Abgrund vor dir beschreiten.«

Der Druide ergriff beide Hände seines Schülers und hielt sie einen Atemzug lang fest; sodann ging er zu der Zackenspalte, kauerte sich nieder und ließ sich in die Kluft gleiten.

Als Myrddin verschwunden war, wandte sich Morgana neuerlich an den Sechzehnjährigen: »Jetzt wirst du allein an diesem Platz verweilen und abwarten, bis ich dir anzeige, daß du deinem Lehrer folgen sollst.«

Gehorsam nickte Arddwr; im nächsten Moment formierten sich die neun Priesterdruidinnen, Ygerna, Gorlois und Uddyr Pendraig wieder in Prozessionsordnung und zogen über die Hügelkuppe jenseits des Hohen Steins davon.

Kaum waren die zehn Frauen und die beiden Männer hinter der Abbruchkante des Gipfelplateaus außer Sicht geraten, beschlich den Sechzehnjährigen ein Gefühl grenzenloser Verlassenheit. Unmittelbar darauf kehrte zudem die bedrohliche Empfindung zurück, die ihn schon während seines nächtlichen Alptraums gequält hatte; erneut war es ihm, als würde ihm etwas, gegen das er sich nicht zu wehren vermochte, die Gliedmaßen lähmen.

Geraume Zeit stand Arddwr unter dem riesenhaften Menhir; die Ausstrahlung des Hohen Steins, die er nun in zunehmendem Maße als einschüchternd empfand, verstärkte seine angstvolle Beklommenheit noch. Schließlich, eben als der Sechzehnjährige spürte, wie ihm die namenlose Furcht kalten Schweiß auf die Stirn trieb, erblickte er unten im Tal die Prozession. Der Zug näherte sich einer Gruppe von drei uralten Eichen; dreimal umrundeten die Druidinnen und ihre Begleiter die mächtigen Bäume mit den weitausladenden Kronen – und dann sah Arddwr, wie Morgana den Arm hob und ihm das verabredete Zeichen gab.

Langsam trat der Sechzehnjährige an die Felsspalte heran. Er hatte sich die Stelle, wo Myrddin eingestiegen war, genau gemerkt; jetzt kniete er ebenso wie vorhin sein Lehrer nieder, spähte kurz in die Tiefe, setzte sich sodann auf den Rand der Spalte und rutschte vorsichtig das erste Stück nach unten.

Arddwrs Füße tasteten nach den schmalen Einkerbungen im Fels, die er undeutlich ausgemacht hatte; er fand Halt, entdeckte weitere Tritte und kletterte mit jagendem Puls in die Kluft hinab. Anfangs war noch Dämmerlicht um ihn; bald jedoch verwandelte sich der fahle Schein in schwarze Finsternis, und die undurchdringliche Dunkelheit bewirkte, daß die Angst des Sechzehnjährigen ins schier unermeßliche wuchs. Zwar konnte er nach wie vor die Steinkerben unter seinen Sohlen fühlen; die höchstens spannenbreiten Tritte, die er einmal hier, einmal dort in der Kluftwand ertastete – aber wohin die Kerben ihn führten, wußte er nicht; er ahnte nur: Der finstere Abgrund reichte in gähnende Tiefe, die seinem Empfinden nach bodenlos zu sein schien.

Plötzlich wurde Arddwrs Todesfurcht übermächtig. Schweißgebadet und am ganzen Körper zitternd klammerte er sich an den Fels; preßte seinen Leib gegen das Gestein, als wollte er mit ihm verschmelzen. Ich schaffe es nicht! schoß es ihm durch den Kopf; zugleich vermeinte er abzustürzen: hilflos in den Abgrund zu wirbeln, um irgendwo dort unten zerschmettert zu werden.

Der Sechzehnjährige stöhnte vor Angst; fetzenartige Bilder jagten durch sein Gehirn: blitzschnell heranrasende und wieder verweichende Erinnerungen aus seinem noch so jungen Leben. Arddwr sah sich in Tintagel, auf Môn; er sah sich in der Küstenschlucht, wo er und Myrddin den verzweifelten Kampf gegen die vier Sassenach ausgefochten hatten. Dann, gerade als die Panik ihn völlig zu überwältigen drohte, wurde ihm bewußt, was sein Lehrer ihm in der vergangenen Nacht gesagt hatte – und im selben Moment begriff der Sechzehnjährige, daß er sich mit seinem ganzen Sein der Göttin in ihrer erdmütterlichen Gestalt anvertrauen mußte.

Rückhaltlos gab Arddwr sich der unsichtbaren Gegenwart Ceridwens hin; kaum hatte er der Göttin sein Innerstes geöffnet, glaubte er, eine lautlos hallende Stimme zu hören: *Du brauchst keinerlei Furcht vor dem Tod zu haben, denn ich, in deren Wesen sich Anfang, Ende und neuer Anfang verflechten, bin von Dasein zu Dasein bei dir!*

Das Erkennen dieser ewigen Wahrheit beglückte den Sechzehnjährigen auf nie zuvor gekannte Weise. Schlagartig fiel die Angst von ihm ab; erlöst sog er die kühle Luft in seine Lungen, entspannte seine Muskeln und stieg weiter abwärts. Behende kletterte er tiefer und tiefer, bis er schließlich den Grund der Felsspalte erreichte. Dort unten mündete die Kluft in einen horizontal verlaufenden, mehrfach abknickenden Tunnel – und an dessen Ende erblickte Arddwr einen rötlichen Lichtschimmer.

Nachdem sich der Sechzehnjährige durch den engen Stollenausgang gezwängt hatte, traute er seinen Augen nicht. Er stand am Rand eines großen Höhlenraumes von entrücktem, beinahe andersweltlichem Zauber. Die Wände der Kaverne, auf denen sich Fackelschein widerspiegelte, glänzten feucht; das Wasser, das aus dem porösen Kalkstein rieselte, sammelte sich auf dem Höhlenboden zu einem bläulich leuchtenden Rinnsal, das sich inmitten der Kaverne zu einem kleinen Teich verbreiterte. An manchen Stellen wuchsen Stalagmiten zur

Höhlendecke empor; da und dort berührten ihre Spitzen die herabhängenden Stalaktiten, und bei einer Dreiergruppe dieser filigranen Säulen, nahe dem Wasserbecken, wartete Myrddin auf seinen Schüler.

Der Druide hielt einen Feuerbrand in der Hand; nun winkte er Arddwr zu sich heran, und während der Sechzehnjährige die Kaverne durchquerte, sah er seitlich an den Höhlenwänden diejenigen stehen, welche vor seinem Abstieg in die Felskluft vom Twr ins Tal hinabgezogen waren. Auch sie trugen Fackeln, deren flackernde Lohe ihre reglosen Gestalten geheimnisvoll beleuchtete. Arddwr konnte die einzelnen Priesterinnen unterscheiden; er gewahrte das schöne, von dunklem Haar umrahmte Antlitz Morganas; ebenso erkannte er die Gesichter von Ygerna, Gorlois und Uddyr. Es war ihm, als würden sie ihn alle mit liebevoller Zuneigung betrachten; gleich darauf trat der Sechzehnjährige vor Myrddin hin und vernahm die Worte seines Lehrers: »Du, der du in der Heiligen Hochzeit gezeugt wurdest, hast die Prüfung, die dir auferlegt wurde, bestanden. Dank deines Mutes und deines Vertrauens auf Ceridwens Hilfe hast du die Furcht, die dich lähmen wollte, überwunden und dadurch eine äußerst wichtige Erkenntnis gewonnen. Und weil du dich ungeachtet deiner nur allzu verständlichen Todesangst so tapfer bewährt hast, sollst du jetzt den Lohn für deine Unerschrockenheit erhalten.«

»Caladfulch wird dein Siegespreis sein!« erklang es aus den Mündern der Priesterdruidinnen, des dumnonischen Herrscherpaares und des Hochkönigs, welche unterdessen in einem Halbkreis im Rücken Arddwrs Aufstellung genommen hatten.

»Caladfulch?!« stieß der Sechzehnjährige hervor. »Blitzender Stahl?!«

»So lautet der Name des von Morgana und mir geschmiedeten Schwertes, welches du von heute an tragen sollst«, beschied ihn Myrddin. »Doch weder die Pendruid von Avalon noch ich werden dir die einzigartige Klinge überreichen, vielmehr mußt du sie selbst an dich bringen.«

»Das werde ich!« erklärte Arddwr mit leuchtenden Augen. »Sage mir nur, was ich dazu tun muß!«

»Du wirst es von Morgana erfahren«, antwortete sein Lehrer; im nächsten Moment trat die Pendruid der Ynys Avallach an die Seite des Sechzehnjährigen, hielt ihren Feuerbrand über den Teich und forderte Arddwr auf: »Schau!«

Zuerst sah der Sechzehnjährige lediglich den rötlichen Widerschein der Lohe auf der Wasseroberfläche; dann jedoch gewahrte er das prachtvolle Langschwert, welches auf dem Grund des flachen, nur eine Elle tiefen Steinteiches lag. Wie gebannt starrte Arddwr auf die Waffe, er vermochte seinen Blick nicht loszureißen; endlich flüsterte er: »Ist es mir erlaubt, Caladfulch an mich zu nehmen?!«

»Noch ruht das Schwert im Wasser des Höhlenteiches und damit im Schoß der Göttin«, entgegnete Morgana. »Aber sobald du es ergriffen hast, ist es als Geschenk Ceridwens dein.«

Sofort watete der Sechzehnjährige in den Felsteich, kniete nieder, betete still zur Göttin, holte die Waffe aus der Flut, erhob sich wieder und kehrte zu Myrddin und der Pendruid zurück.

Mit einem Wolltuch, das ihm sein Lehrer gab, rieb Arddwr das Langschwert trocken; danach überreichte ihm Morgana Scheide und Gurt für seine Waffe und sprach: »Verwahre die silbern schimmernde Klinge nun in der Schwertscheide aus rot und schwarz gebeiztem Leder und sei dir dabei bewußt, daß Ceridwen stets mit dir sein wird, wenn du Caladfulch im Kampf gegen die Feinde Britanniens führst. In ihrer weißen und roten Gestalt als Brigid und Dana wird dich die Dreifache Göttin mit lichtem Siegeswillen und unbezwingbarer Kraft erfüllen; in ihrer schwarzen Erscheinungsform wiederum, in der wir sie als Caillech anrufen, wird Ceridwen es dir ermöglichen, tausendfachen Tod unter den Sassenach zu säen. Doch wenn du an der Spitze deiner Krieger in die

Schlacht reitest, mußt du immer bedenken: Du darfst die Waffe, die auf der Insel von Avalon geschmiedet wurde, einzig zur Verteidigung unseres Landes ziehen und sollst sie keinesfalls zur Unterdrückung Schwächerer mißbrauchen!«

»Ich schwöre bei den Gottheiten, den Sídhe und den Toten, daß ich Caladfulch niemals in ehrlosem Streit führen werde!« erklärte der Sechzehnjährige.

Sodann schob er das Langschwert in die Lederscheide, und als er die Waffe verwahrt hatte, bat Myrddin: »Gestatte mir, dir Caladfulch umzugürten.«

»Ich danke dir für den Freundschaftsdienst, den du mir erweisen willst«, antwortete Arddwr.

Sein Lehrer ergriff den Waffengurt, legte ihn dem Sechzehnjährigen an und schloß die kostbare, mit goldenen und silbernen Ornamenten verzierte Schnalle; danach sagte er: »Jetzt, da du das Schwert trägst, das Ceridwen für dich bestimmt hat, sollten wir der Göttin ein Opfer darbringen.«

Daraufhin stellten sich alle Anwesenden im Kreis um den Steinteich auf, und die neun Priesterdruidinnen verbrannten Sakralkräuter auf kleinen Bronzeschalen, die sie bei sich hatten. Dreifarbiger Rauch zog über das Wasserbecken hin; allmählich verschleierten die hellgrauen, rötlichen und dunklen Schlieren die Teichoberfläche, und schließlich, nachdem die Großen Wissenden und Hochadligen stumme und damit um so innigere Zwiesprache mit Ceridwen gehalten hatten, forderte Morgana die anderen auf: »Laßt uns nun diesen Ort, der seit Urzeiten durch die Gegenwart der Göttin gesegnet ist, wieder verlassen.«

Schweigend formierten sich die Priesterinnen, Myrddin, Arddwr, Ygerna, Gorlois und Uddyr zur Prozession; in derselben Ordnung wie auf ihrem Weg zum Twr durchquerten sie den Höhlenraum. Direkt gegenüber der Kluft, durch welche der Sohn Arwens und Morvryns und dessen Schüler in die Tiefe geklettert waren, gelangte der Zug zu einer portalartigen Nische in der Kavernenwand. Dahinter öffnete sich ein

Gang, und durch diesen gewundenen Stollen erreichten die Großen Wissenden und Hochadligen unweit des Platzes, wo die Dreiergruppe der mächtigen Eichen stand, den Talboden am Fuß des heiligen Hügels.

Von dort aus kehrte die Prozession zum Apfelbaumhain zurück. Stolz schritt Arddwr an Myrddins Seite dahin; immer wieder tastete er nach dem Schwert Caladfulch, das er vom Felsgrund des Höhlenteiches ans Licht geholt hatte – und einmal, schon nahe dem Hain, erlebte er eine kurze, visionsartige Verzückung. Er vermeinte, einen Bardengesang aus ferner Zukunft heranhallen zu hören; ein Lied, in welchem die Rede davon war, daß er die Waffe auf wundersame Weise aus verzaubertem Gestein gezogen hätte. Gleich darauf aber verwich die Erinnerung des Sechzehnjährigen an seine flüchtige Entrückung; nichts blieb in seinem Gedächtnis haften, vielmehr dachte er jetzt: Bloß wenige Monate noch, dann werde ich zusammen mit den edelsten Kriegern Britanniens erstmals in die Schlacht ziehen, und auf der Walstatt wird sich Caladfulch vom Blut der Sassenach röten!

Vorerst jedoch durfte Arddwr die Freuden eines friedlichen Festmahles genießen. Unter dem Dach von Morganas Rundhaus feierte man bis in die Nacht hinein; die Dienerinnen der Pendruid trugen köstliche Fleisch- und Fischgerichte auf und kredenzten sowohl Metheglyn als auch gallischen Traubenwein, und zwischendurch erzählte Myrddin von den Jahren, in denen er seinem Schützling druidische Weisheit vermittelt und ihn zugleich in der keltischen Waffenkunst ausgebildet hatte.

Zu vorgerückter Stunde schließlich ergriff Uddyr das Wort und lobte Arddwrs Mut in den höchsten Tönen. »Beim Abstieg in die gähnende Felskluft hast du heldenhafte Unerschrockenheit bewiesen!« sagte er zu seinem Sohn. »Äußerste Tapferkeit, wie sie die Gottheiten nur jenen verleihen, die zu Großem auserwählt sind! Und weil dies so ist, möchte ich dich auf besondere Weise ehren, indem ich dir einen Schwertkampf auf dem Twr anbiete!«

»Wann darf ich Caladfulch an deiner Klinge erproben?« rief der Sechzehnjährige mit blitzenden Augen aus.

»Wenn die Sonne des neuen Tages im Zenit steht«, beschied ihn der Ard Rhi.

»Sehr gut!« kam es von Arddwr. »Dann haben wir das beste Licht für unseren Waffengang.«

»Klug gesprochen«, mischte sich Gorlois ein. »Und da ich deinen wachen Geist würdigen will, trage ich dir ebenfalls einen Zweikampf an.«

»Ich danke dir!« strahlte der Sechzehnjährige; mit dem nächsten Lidschlag richtete er den Blick auf seinen Lehrer und erkundigte sich: »Möchtest du womöglich auch gegen mich antreten?«

»Aber selbstverständlich«, schmunzelte Myrddin. »Denn wenn du deine Waffenkunst an drei Männern von königlichem Blut erproben kannst, so ehrt dich das mehr, als wenn du es bloß mit zweien zu tun hättest.«

Ein wenig besorgt tastete Ygerna nach der Hand ihres Sprößlings. »Fürchtest du nicht, du könntest dir durch den mehrfachen Wettstreit zuviel zumuten?«

»Mach dir keine Sorgen!« erwiderte der Sechzehnjährige lächelnd – und bald danach wurde die Tafel aufgehoben, damit sich Uddyr, Gorlois, Myrddin und Arddwr durch ausreichenden Schlaf für die bevorstehenden Kämpfe stärken konnten.

Am nächsten Vormittag sodann zogen die Priesterinnen und die Hochadligen erneut zum Plateau des Twr hinauf; diesmal folgten ihnen Scharen von Druidenschülern und einfachen Menschen, die von dem Waffenstreit erfahren hatten – und als die Sonne den Gipfel ihrer Bahn erklommen hatte, staunten die Bewohner der Insel von Avalon über die Meisterschaft, mit welcher derjenige, auf dem die Hoffnungen der Eingeweihten Britanniens ruhten, sein silbern schimmerndes Langschwert zu führen wußte.

In freundschaftlichem, jedoch sehr hartem Zweikampf beim Menhir besiegte Arddwr zunächst seinen leiblichen Vater, den Ard Rhi, indem er ihm auf dem Höhepunkt des Gefechts durch eine geschickte Finte die schwere Klinge aus der Hand prellte. Anschließend schaffte es der Sechzehnjährige, seinen Pflegevater Gorlois durch einen Hagel von Hieben auf den Schild in die Knie zu zwingen, und zuletzt überwand Arddwr auf ähnliche Art auch seinen Lehrer; dies freilich erst, nachdem der Kampf zwischen ihm und Myrddin geraume Zeit unentschieden getobt hatte.

Tosender Beifall war der Lohn für den dreifachen Triumph des Sechzehnjährigen; begeistert sagte Uddyr, als die Schwerter wieder in den Scheiden steckten, zu seinem Sohn: »Zweifellos wirst du die Feinde unseres Landes in Angst und Schrecken versetzen, wenn wir im Frühjahr in den Osten marschieren, um die Sassenach zu züchtigen!«

Ähnlich äußerten sich Gorlois und Myrddin; danach begab man sich zurück in den Apfelhain, wo die Hochadligen noch eine Woche zu Gast bleiben wollten. Später dann würde der Ard Rhi in den Norden reiten und den Heeresverband der Volksstämme von Cymru für den geplanten Kriegszug aufbieten; Arddwr und sein Lehrer wiederum wollten gemeinsam mit dem dumnonischen Herrscherpaar nach Cornueille reisen, um sich in Tintagel auf die kommenden Schlachten vorzubereiten.

***

Angespannt spähte Myrddin von einer dicht mit Eichen, Buchen und Birken bewachsenen Uferhöhe ins Tal des Flusses Mearcredesburna hinab. In weiten Windungen strömte das Gewässer, welches die Ostgrenze des Stammesgebietes der Regnier markierte, der nur zwei Reitstunden entfernten Meeresküste entgegen – und von dort näherten sich in schier endlosem Zug die Feindscharen, deren Schiffe vor wenigen Tagen in der flachen Mündungsbucht des Mearcredesburna Anker geworfen hatten.

Die Kundschafter, die von Uddyr Pendraig ausgesandt worden waren, hatten von mehr als achtzig breitbordigen Seglern berichtet, und einer der Spione, dem es gelungen war, sich verkleidet und im Schutz der Dunkelheit ins Lager der Sassenach zu schleichen, hatte sogar den Namen des germanischen Befehlshabers in Erfahrung gebracht. Aelle hieß der feindliche Kriegshäuptling – und nun vermochte Myrddin ihn und die übrigen berittenen Anführer der Sassenach bereits von der Masse der Fußkämpfer zu unterscheiden. Gleich hinter der Vorhut des Feindheeres bildeten die Reiter eine Gruppe für sich; ein Banner von seltsam fahler Farbe wehte im pludernden Frühlingswind über ihren Häuptern, und eine ganze Weile schien sich Myrddin nicht von diesem bedrohlichen Anblick losreißen zu können. Dann aber wandte er sich plötzlich dem an seiner Seite stehenden Arddwr zu und sagte mit rauher Stimme: »Da unten siehst du die Mord- und Raubhorden des Weißen Drachen herannahen!«

»Wir Krieger des Roten Drachen werden heute sehr viele dieser Nichtswürdigen nach Annwn senden!« antwortete der Sechzehnjährige. »Und nicht wenige von ihnen werden unter den Streichen meines Schwertes Caladfulch fallen!«

»Ich bin davon überzeugt, daß du dich in deiner ersten Schlacht bewähren wirst«, erwiderte der Druide. »Doch ich bitte dich, die Lehren zu berücksichtigen, die du von mir erhalten hast. Selbst im wildesten Kampfgetümmel mußt du kühles Blut bewahren und darfst dich keinesfalls vom blindwütigen Wahnsinn des Schlachtenrausches überwältigen lassen!«

»Das weiß ich!« beteuerte Arddwr; im nächsten Moment wurden die beiden abgelenkt, weil ein deceanglischer Krieger herbeirannte und rief: »Der Ard Rhi möchte mit euch sprechen!«

Myrddin und sein Schüler schwangen sich in die Sättel ihrer Rösser und trabten zum Zelt von Uddyr Pendraig, das am Abend zuvor im Schutz einer Felsschroffe auf dem Steilufer des Flusses errichtet worden war. Auf dem Platz vor der schlichten Behausung des Hochkönigs hatten sich schon

Gorlois, Morvryn und die anderen Heerführer der keltischen Streitmacht versammelt; jetzt, als Arddwr und der fünfunddreißigjährige Druide von den Pferden sprangen, zwinkerte der Pendraig seinem Sohn aufmunternd zu, sodann wandte er sich an Myrddin und fragte ihn: »Wie schätzt du unsere Lage ein?«

»Durchschnittlich werden etwa vierzig Kämpfer an Bord jedes Feindschiffes gewesen sein, und damit verfügt Aelle über ein Heer von weit mehr als dreitausend Mann«, entgegnete der Druide. »Dir aber unterstehen nur knapp zweitausenddreihundert Krieger, denn als uns kürzlich die Nachricht von der Landung der Flotte erreichte, sahst du dich gezwungen, einen beträchtlichen Teil unserer britannischen Streitmacht im Norden zurückzulassen, wo ein Angriff Hengists und Horsas auf die Siedelgebiete der Atrebaten zu befürchten ist. Und angesichts dessen wirst du die Kampfscharen, die wir bei uns haben, sehr klug einsetzen müssen, um die Übermacht der Sassenach auszugleichen.«

»Wir dürfen, zumindest anfangs, auf gar keinen Fall eine offene Feldschlacht wagen«, nickte der Ard Rhi. »Vielmehr sollten wir danach trachten, den Vorteil unserer Stellung hier auf der Uferhöhe des Mearcredesburna auszunutzen. Sofern sich die Feinde zu einem Sturmangriff auf die Steilhänge verleiten ließen, könnten unsere Bogenschützen und Speerwerfer ihre Reihen kräftig lichten, und auf diese Weise müßte es uns mit einigem Glück möglich sein, unsere Chancen entscheidend zu verbessern.«

»Wenn uns das gelingen würde, könnten wir die Sassenach anschließend vielleicht doch im Nahkampf Mann gegen Mann schlagen«, kam es von Morvryn. »Aber wie sollen wir die Feinde dazu bringen, uns hier oben zu attackieren?«

»Man müßte sie, ganz wie Uddyr schon sagte, zu einem unüberlegten Angriff verleiten«, äußerte Myrddin. »Das freilich könnte einzig von einer starken Schar unserer berittenen Adelskrieger vollbracht werden. Dieser Reitertrupp müßte den heranmarschierenden Sassenach unten im Tal zu Leibe rücken, sich auf ein kurzes Gefecht mit ihnen einlassen und sich danach wieder zurückziehen. So könnten die Feinde zur Randhöhe des Flusses gelockt werden, und damit hätten wir unser Ziel erreicht.«

»Ausgezeichnet!« rief Gorlois. »Ich sehe es förmlich schon vor mir, wie die Berittenen plötzlich in vollem Galopp davonjagen und die Sassenach zu Hunderten unter den Geschossen unserer Fußkämpfer fallen.«

»Noch besser wäre es, wenn die Vorhut der Feinde den Reitern in eine Schlucht folgen würde«, gab Arddwr zu bedenken. »Denn dort könnten die Sassenach unter Umständen vom Hauptheer abgeschnitten und völlig aufgerieben werden.«

»Eine vorzügliche Idee!« lobte Myrddin seinen Schüler; der Ard Rhi wollte wissen: »Hast du eine bestimmte Kluft im Auge?«

»Sie befindet sich nur ein paar Pfeilschüsse von hier flußaufwärts«, beschied Arddwr den Hochkönig. »Heute früh, als ich mich ein wenig in der Gegend umschaute, entdeckte ich sie, und ich bin sicher, daß sie für unsere Zwecke geeignet ist. Einerseits nämlich sind die Schluchtwände sehr steil und bieten dank ihres dichten Bewuchses gute Deckung für Speerwerfer und Bogenschützen, andererseits jedoch kann man an einer Stelle zu Pferd ins Tal und auch wieder herauf zum Höhenkamm gelangen.«

»Wenn es sich so verhält, sollten wir die Kluft unbedingt nutzen«, erklärte Uddyr Pendraig.

»Dann steht unser Schlachtplan also?« erkundigte sich Morvryn.

»Ja!« bestätigte der Ard Rhi. »Hundert Berittene sollen sich bei der Schlucht sammeln, und du, Arddwr, wirst sie einweisen. Die übrigen Krieger sollen sich geeignete Verstecke auf der Uferhöhe links und rechts der Kluft sowie an den Hängen des Schluchteinschnitts suchen. Und nun, Freunde, sorgt dafür, daß meine Befehle rasch ausgeführt werden, denn es wird nicht mehr allzu lange dauern, bis die Feinde herangezogen sind.«

Die Heerführer bestiegen ihre Rösser; auch Myrddin und Arddwr wollten sich in die Sättel schwingen, aber Uddyr veranlaßte die beiden durch eine Geste, noch zu bleiben. Dann, während die anderen Hochadligen wegritten, trat der Ard Rhi nahe an seinen Sohn heran und sagte: »Zwar beauftragte ich dich, die Reiter, die aus der Kluft hervorbrechen sollen, mit der Örtlichkeit dort vertraut zu machen. Doch das bedeutet nicht, daß du an dem Angriff teilnehmen wirst!«

Enttäuschung malte sich auf Arddwrs Antlitz. »Bei den Zweikämpfen auf dem Twr von Avalon habe ich meine Waffenkunst unter Beweis gestellt – dir, Gorlois und Myrddin gegenüber!«

Der Pendraig nagte an seiner Unterlippe. »Wohl wahr ... Trotzdem mußt du verstehen, daß ich Verantwortung für dich trage. Schließlich besitzt du noch keine Erfahrung auf dem Schlachtfeld, und deshalb haben ich und dein Pflegevater entschieden, dich heute nicht in vorderster Linie fechten zu lassen.«

Der Sechzehnjährige wollte aufbegehren, aber sein Lehrer legte ihm besänftigend die Hand auf den Unterarm und bat ihn: »Füge dich dem Willen von Uddyr und Gorlois, denn sie meinen es nur gut mit dir!«

Arddwr rang mit sich; endlich stieß er hervor: »Ich muß gehorchen ... Doch jetzt laß uns zur Schlucht aufbrechen, wo wir dringend gebraucht werden!«

Damit sprang er auf sein Pferd und galoppierte davon; nachdem er noch einen bedeutsamen Blick mit dem Ard Rhi getauscht hatte, folgte Myrddin seinem Schüler – und wenig später erreichten beide die Kluft, an deren oberem Saum sich bereits die ersten berittenen Adelskrieger und dazu Dutzende von Fußkämpfern eingefunden hatten.

Bald drängten sich hundert Reiter am Schluchtrand, und nun rief Arddwr ihnen zu: »Folgt dem Pfad dort links bei dem

Felsband nach unten. Aber bedenkt, daß der Saumweg zumeist nur Raum für ein einziges Roß bietet und ihr euch daher stets einer hinter dem anderen halten müßt. Erst nahe der Kluftsohle wird der Pfad breiter und flacher, so daß ihr euch, nachdem ihr die Sassenach in die Schlucht gelockt habt, schnell und weitgehend ungefährdet wieder in Sicherheit bringen könnt. Und jetzt los, Männer!«

Widerspruchslos gehorchten die Adligen dem Sechzehnjährigen in der bronzebeschlagenen Brünne; obwohl die Berittenen den verschiedensten west- und südbritannischen Stämmen angehörten, wußten sie alle um die hohe Abstammung Arddwrs und dessen künftige Bestimmung.

Schweigend beobachteten Myrddin und sein Schüler, wie die vordersten Reiter in der Kluft verschwanden; sodann befahl Arddwr den Fußkämpfern, deren Zahl mittlerweile auf rund dreihundert angewachsen war, ihre Stellungen hinter den Bäumen und Büschen im oberen Bereich der Schluchtwände einzunehmen. Rasch kletterten die Bogenschützen und Speerwerfer die Flanken der Kluft hinab; während die Krieger in Deckung gingen, sagte der Druide zu seinem jungen Gefährten: »Hier bleibt uns nichts mehr zu tun. Laß uns also wieder einen Platz aufsuchen, von dem aus wir ins Flußtal hinunterschauen können.«

Kurz darauf zügelten Myrddin und Arddwr ihre Pferde dort, wo sich der südliche Schluchthang mit dem Steilufer des Mearcredesburna verband. Als sie, vom Stamm einer uralten Eiche geschützt, ins Tal hinabspähten, sahen sie, daß die Streitmacht der Sassenach inzwischen nahe herangerückt war. Höchstens sieben Pfeilschüsse trennten die Vorhut der Feinde noch von dem Uferabschnitt, wo jetzt sämtliche keltische Kämpfer in ihren Verstecken lauerten.

Mit wachsender Spannung verfolgten der Druide und sein Zögling den Vormarsch der Sassenach; plötzlich vernahmen sie Geräusche in ihrem Rücken, und als sie herumfuhren, erblickten sie Uddyr und etliche weitere Edle sowie einen Deceanglier, der eine Carynx trug. Nun deutete der Pendraig auf den Mann mit der fünf Fuß langen Kriegstrompete und beschied Myrddin und Arddwr: »Gleich werden die Berittenen unten in der Kluft das Carynx-Signal vernehmen, das sie zum Angriff auffordert! Und dann wird sich das Gefecht hoffentlich so entwickeln, wie wir es geplant haben, so daß Aelle nicht tiefer ins Landesinnere vordringen kann und die wehrlosen Menschen dort von der Mord- und Raubgier unserer Feinde verschont bleiben!«

Mit gepreßten Lippen nickte der Druide; wenig später, die vordersten Kampfscharen der Sassenach waren jetzt bloß noch zwei Pfeilschüsse vom Schluchtausgang entfernt, gab Uddyr dem Carynx-Bläser ein Zeichen. Dreimal hintereinander erscholl das rauhe Röhren der Kriegstrompete – und kaum war der letzte Ton verhallt, brachen die hundert Reiter aus der Kluft hervor.

Im geschlossenen Pulk preschten sie den Sassenach entgegen; kurz vor dem Zusammenprall schleuderten die Berittenen ihre Speere und teilten sich unmittelbar darauf in zwei sich streckende Reihen. Auf diese Weise vermochten sie die Vorhut der Feinde und die dahinter befindliche Reiterschar um Aelle von beiden Seiten in die Zange zu nehmen; im Vorüberjagen hieben die Britannier mit ihren Langschwertern auf die Sassenach ein, fächerten sodann nach links und rechts weg, formierten sich neu und gingen abermals zur Attacke auf die Feinde über.

Doch nun hatten sich die Sassenach gefaßt. Ihre berittenen Anführer galoppierten los und suchten den Nahkampf mit den Kelten; die germanischen Fußkrieger schnellten ihre Wurfspeere gezielter als zuvor auf die Britannier oder griffen die Kelten in raschem Lauf mit Streitäxten und Schwertern an. Eine Weile wogte das Gefecht wild hin und her; dann auf einmal, eben als die Sassenach massive Verstärkung vom Gros ihres Heeres bekamen, ergriffen die britannischen Reiter jäh die Flucht.

Die Adelskrieger, die jetzt noch ungefähr achtzig Mann zählten, sprengten zur Schlucht zurück – und sofort nahmen die germanischen Kampfhaufen, Aelle und die übrigen Anführer allen voran, die Verfolgung auf. Direkt hinter den scheinbar kopflos fliehenden Kelten drangen die Sassenach in die Kluft ein und rannten damit, ganz wie von den Britanniern geplant, in eine tödliche Falle. Denn nun hagelten Hunderte von Pfeilen und Speeren auf sie herab; im Nu waren Dutzende der Germanen gefallen – aber plötzlich gerieten auch die keltischen Reiter in die Bredouille.

Von ihrem Beobachtungsposten aus waren Myrddin, Uddyr Pendraig und Arddwr Zeugen geworden, wie die vordersten Adelskrieger den Saumpfad am Schluchtende erreicht und ihre Pferde nach oben getrieben hatten – doch jetzt stürzten etliche der nachfolgenden Berittenen im allgemeinen Getümmel, und daher kam der Rest des Trupps, um die fünfzig Reiter, nicht weiter voran. Mehr noch: Der feindliche Kriegshäuptling Aelle, der an seinem golden glänzenden Helm kenntlich war, begriff augenblicklich, welche Chance sich ihm und seinen Mitstreitern durch das Unglück der Britannier bot, und er nutzte sie, indem er seine Gefolgsleute zur furiosen Attacke auf die sich zusammendrängenden keltischen Adligen anstachelte.

Uddyr, Arddwr und der Druide sahen, wie wütende Zweikämpfe entbrannten; Freund und Feind waren kaum noch zu unterscheiden, und deshalb konnten die britannischen Bogenschützen und Speerwerfer ihre Fernwaffen nicht länger einsetzen. Dies verschaffte den Sassenach, die in immer größerer Zahl gegen die keltischen Adelskrieger anstürmten, einen entscheidenden Vorteil; die Britannier gerieten in Gefahr, bis auf den letzten Mann abgeschlachtet zu werden – und eben als dieser schreckliche Gedanke durch Myrddins Kopf schoß, hörte der Druide, wie sein Schüler hervorstieß: »Ich muß den Bedrohten beispringen!«

Damit zog Arddwr sein blitzendes Langschwert und riß

sein Roß herum. Der Hochkönig wollte ihm den Weg verstellen – aber der Sechzehnjährige wich ihm durch ein geschicktes Manöver aus und rief dabei seinem Vater zu: »Du hast mir verboten, am Reiterangriff teilzunehmen, doch das hier ist etwas anderes!«

Gleich darauf jagte Arddwr ein Stück am Kluftrand entlang, brachte seinen Hengst in einer Bodenmulde jäh zum Stehen, spähte kurz in die Tiefe und trieb das Roß erneut an. Mit Gewalt zwang der Sechzehnjährige den Hengst dazu, die steile Hangflanke hinunterzupreschen; mehr als einmal schien es, als würden Roß und Reiter einen fürchterlichen Sturz tun. Aber zuletzt galoppierte der Hengst unweit der Stelle, wo der Nahkampf tobte, auf den Schluchtboden hinaus – und im nächsten Moment zeigte Arddwr seine ganze Waffenkunst.

Blitzschnell spaltete er zwei berittenen Feinden die Schädel und köpfte einen dritten; dann spornte er sein Roß zu einem weiten Sprung an und attackierte Aelle. Unter einem schmetternden Schlag Caladfulchs barst der Schild des Germanenhäuptlings; sofort holte der Sechzehnjährige neuerlich aus, um Aelle den Rest zu geben – doch da hämmerte eine Streitaxt auf Arddwrs eigene Schildwehr, so daß sein Hieb abgelenkt wurde.

Die Klinge des Sechzehnjährigen biß sich lediglich in den Schwertarm des Kriegshäuptlings, zerfetzte das Kettenhemd und schlitzte das Fleisch auf. Immerhin aber war es Arddwr geglückt, Aelle ernsthaft zu verwunden, und infolgedessen wandte sich der Häuptling in einem Anfall von Panik zur Flucht. Mehrere seiner Männer niederreitend, sprengte Aelle in Richtung des Kluftausganges; auf dem Weg dorthin streifte ein Wurfspeer seinen Helm und warf den Verletzten auf den Hals seines Pferdes nieder – und daraufhin wichen zahlreiche weitere Sassenach zum Flußtal zurück.

So wendete sich das Blatt in der Schlucht. Der Sechzehnjährige und die überlebenden keltischen Adligen bekamen Luft; wenige Augenblicke später waren auch Myrddin und

Uddyr, die in ihrer Angst um Arddwr den halsbrecherischen Ritt in die Kluft ebenfalls gewagt hatten, zur Stelle – und zusätzlich strömten nun die britannischen Fußkämpfer von den Hängen herab, um in das Gefecht einzugreifen. Daher wurden die Feinde innerhalb kürzester Zeit völlig geworfen; nur einzelnen gelang es, ins Tal des Mearcredesburna hinaus zu flüchten.

Zutiefst erleichtert umarmte der Pendraig seinen Sohn; Myrddin, der aus einer leichten Schenkelwunde blutete, sagte bewegt zu seinem Schüler: »Im Grunde müßte ich dich tadeln, doch angesichts deines Heldenmutes bringe ich es nicht übers Herz!«

»Es galt, die Adelskrieger zu retten, welche draußen im Flußtal ähnliche Tapferkeit wie wir drei hier in der Schlucht bewiesen«, antwortete Arddwr. »Aber jetzt genug davon. Laßt uns lieber dafür sorgen, daß man die Schwerverletzten nach oben schafft. Und auch wir müssen schleunigst wieder zur Uferhöhe empor, denn unsere Kämpfer dort scheinen von den Sassenach bedrängt zu werden!«

Kriegsgeschrei, das von der Flanke des Steilufers herüberscholl, hatte den Sechzehnjährigen zu seiner Warnung veranlaßt, und als der Ard Rhi und seine Begleiter auf dem Höhenkamm anlangten, gewahrten sie, daß die Feinde in einem bestimmten Abschnitt auf breiter Front zum Sturm auf die keltischen Verteidigungsstellungen angetreten waren.

Uddyr, Arddwr und Myrddin, der sich mittlerweile eine Binde um den Oberschenkel geschlungen hatte, galoppierten zu dem bedrohten Teil des Uferhanges. Dort sprangen sie von den Rössern und banden die Zügel der Pferde an die Äste einer vom Sturm gefällten Buche. Im Schutz des umgestürzten Baumes stand ein Maultierkarren, der mit Speerbündeln beladen war; der Ard Rhi und seine Mitstreiter nahmen jeweils mehrere Wurfwaffen an sich und eilten zur Abbruchkante des Hochufers.

Von einem Felsrücken spähten sie in die Tiefe; kaum hatte

er sich ein Bild von der Kampfsituation gemacht, rief Uddyr freudig erregt aus: »Die Sassenach rennen zu Hunderten in den Tod!«

»Seine Niederlage in der Kluft muß Aelle um den Verstand gebracht haben!« versetzte Myrddin. »Da unten sprengt er auf seinem Roß hin und her und hetzt seine Krieger ins Verderben!«

Dem war in der Tat so. Blindwütig, von ihrem durch Arddwrs Schwert verwundeten Kriegshäuptling und den übrigen Anführern zu sinnlosem Blutopfer aufgestachelt, griffen die germanischen Fußkämpfer die Britannier an. Doch die Kelten befanden sich in einer sehr viel günstigeren Position; dank ihrer Stellungen im oberen Teil der Uferflanke vermochten sie die Sassenach, welche den Steilhang mühsam erklimmen mußten, ohne größere eigene Gefahr mit einem mörderischen Hagel von Ferngeschossen einzudecken.

Scharenweise fielen die Germanen; etliche starben durch die Speere, welche der Ard Rhi und seine beiden Gefährten in hohem Bogen talwärts schleuderten – und bereits nach kurzer Zeit hatten die Sassenach derartige Verluste erlitten, daß selbst die Furcht vor Aelle und den anderen Adligen sie nicht mehr davon abhalten konnte, den aussichtslosen Sturm abzubrechen.

In Panik flohen die Germanenkrieger hinunter in die Flußebene; Aberhunderte jedoch blieben tot oder sterbend am Steilufer liegen, und während die Überlebenden in totaler Auflösung auf den Talboden hinausströmten, erklang entlang der Anhöhe tosendes Siegesgeschrei der Britannier.

»Wir haben die Feinde empfindlich geschwächt!« frohlockte Uddyr. »Und sofern Aelle nicht gänzlich von Sinnen ist, wird er sein Heer nun zurück an die Küste führen.«

»Die Sassenach sind uns zahlenmäßig noch immer überlegen«, gab Myrddin zu bedenken.

»Mag sein«, antwortete der Ard Rhi. »Aber ihren Kampfesmut haben sie eindeutig verloren, und daher ...«

Uddyr unterbrach sich und schaute nach links, wo plötzlich das massenhafte Hämmern von Schwertklingen gegen Schilde zu vernehmen war – im nächsten Moment stieß der Ard Rhi hervor: »Das darf doch nicht wahr sein! Sind die Kerle denn wahnsinnig geworden?!«

Gleich darauf begriffen auch Arddwr und Myrddin, was an dem Hangabschnitt, wo der wilde Waffenlärm ertönte, vorging. Zuerst zu Dutzenden, dann zu Hunderten rannten vom Siegestaumel überwältigte keltische Krieger ins Flußtal hinab; offenbar wollten sie die Feinde, deren Streitscharen sich noch nicht wieder geordnet hatten, durch ihren Sturmangriff völlig aufreiben.

»Die Narren verschenken den Vorteil, den wir gewonnen haben!« rief der Druide entsetzt aus.

»Wir müssen sie aufhalten!« kam es von seinem Schüler – und schon hastete Arddwr zu der niedergebrochenen Buche, an deren Astwerk sie zuvor die Rösser angebunden hatten.

Myrddin und Uddyr folgten dem Sechzehnjährigen; wenig später preschten die drei Reiter los – aber sie schafften es nicht mehr, das sich anbahnende Unheil zu verhüten.

Vielmehr ließ sich jetzt beinahe das gesamte Heer der Britannier vom kriegerischen Überschwang der ins Tal vordringenden Streithaufen mitreißen. Mindestens drei Viertel der keltischen Kämpfer strömten in die Flußniederung hinaus; brüllend schwangen sie ihre Waffen, und anfangs schien es sogar, als könnten sie mit ihrer Attacke Erfolg haben, denn die meisten Sassenach wichen eilig in Richtung des Mearcredesburna aus. Plötzlich jedoch schlossen sich die germanischen Berittenen zu einem Stoßkeil zusammen; in voller Karriere jagten sie den Britanniern entgegen – und dann büßten die vordersten keltischen Kriegerscharen auf fürchterliche Weise für ihren Leichtsinn.

Die vom Sattel aus fechtenden Sassenach richteten ein Blutbad unter den britannischen Fußkämpfern an; im Nu waren zahlreiche Kelten gefallen – und viele weitere, welche dem Tod nur mit knapper Not entronnen waren, wandten sich geschockt zur Flucht. Die Haufen der germanischen Fußkrieger andererseits faßten angesichts des Debakels der Britannier neuen Mut und gingen nun ebenfalls zum Angriff vor. In breiter, wenn auch lückenhafter Front attackierten sie die Kelten, und weil auf zwei Britannier drei Sassenach kamen, gelang es den Germanen innerhalb kürzester Zeit, die Kelten sowohl von vorne als auch von den Flanken her in die Zange zu nehmen.

»Wir müssen unseren Kämpfern zu Hilfe eilen!« bedrängte oben auf dem Höhenkamm Arddwr den Ard Rhi. »Wenn wir es nicht wagen, werden sie allesamt abgeschlachtet!«

»Und wir mit ihnen, falls wir tun, was du von mir verlangst!« wies Uddyr seinen Sohn zurecht.

Der Sechzehnjährige wollte erregt widersprechen – aber da galoppierten Morvryn und Gorlois sowie die Stammesherrscher der Regnier, Ordovicen und Silurer heran, welche ebenso wie die übrigen Edlen auf dem Hochufer geblieben waren. Hart vor dem Ard Rhi, Myrddin und Arddwr rissen sie ihre Pferde in die Hanken; mit rauher Stimme stieß der ordovicische König hervor: »Was können wir unternehmen, um die Männer dort unten herauszuhauen?!«

»Wenig genug!« versetzte Uddyr. »Ein Sturmangriff mit den vielleicht fünfhundert Kriegern, die wir noch hier bei uns haben, wäre reiner Selbstmord!«

»Es sei denn, wir könnten den Einkesselungsring im Norden aufsprengen«, mischte sich Myrddin ein. »Wenn uns das glücken würde, könnte sich unser Heer in die Schlucht retten, wo Aelle verwundet wurde. Und sofern wir sodann den Zugang zur Kluft abriegeln würden, wäre ein einigermaßen geordneter Rückzug ins dichtbewaldete Hügelland östlich des Flußtales möglich.«

»Die Feinde wären einzig durch eine massive Reiterattacke zu werfen«, äußerte Morvryn. »Doch wie sollten wir das schaffen?! Den schroffen Uferhang mit seinen Hindernissen hinab?!«

»Uddyr, Myrddin und ich haben heute schon einen ähnlich schwierigen Ritt gemeistert!« rief Arddwr. »Außerdem gibt es da drüben«, der Sechzehnjährige wies nach rechts, »eine schräg verlaufende Geländefalte, die weniger steil ist!«

»Trotzdem wäre es eine Sache auf Leben und Tod, in schnellem, überraschendem Vorstoß an die Sassenach heranzukommen!« wandte Gorlois ein.

»Es gibt keinen anderen Weg!« Kampflustig blitzten Arddwrs Augen – mit dem nächsten Lidschlag spornte er sein Roß an und preschte zu einem nicht sonderlich weit entfernten Platz, wo sich das Gros der Adelskrieger versammelt hatte: etwa einhundertfünfzig Berittene.

Einige Herzschläge lang verharrten der Ard Rhi, Myrddin und die anderen an Ort und Stelle; dann erklärte der Hochkönig, sein Pferd herumziehend: »Arddwr hat recht! Wir müssen so handeln, wie er es vorschlug!«

Die Heerführer folgten dem Sechzehnjährigen im Galopp; unmittelbar nach Arddwr langten sie bei der Reiterschar an, und Uddyr rief den Edlen zu: »Wir riskieren den Angriff!«

Anschließend befahl er dem Carynx-Bläser, der sich unter den Edlen befand: »Du wartest ab, bis wir Berittenen die halbe Strecke bis zum Talboden zurückgelegt haben. Danach signalisierst du den Fußkämpfern, die sich noch über die Hangflanke verteilen, daß sie unsere Attacke unterstützen sollen.«

Damit zog der Ard Rhi sein Schwert, schwang es in Richtung der Geländefalte, von der Arddwr gesprochen hatte, und jagte davon. Sofort spornten auch die übrigen Adligen ihre Rösser an und preschten dem Pendraig hinterdrein; kurz vor der Stelle, wo sich der schütter mit Strauchwerk bewachsene Erdboden schräg zum Uferhang absenkte, schloß der Sechzehnjährige zu seinem Vater auf, überholte ihn und galoppierte als erster zu Tal.

Zum zweitenmal an diesem Tag stellte Arddwr seine bravouröse Reitkunst und seine außergewöhnliche Tapferkeit unter Beweis; über Stock und Stein jagte er in die Tiefe, erreichte einen flachen Ausläufer des Steilufers, riß Caladfulch aus der Scheide und schaute über die Schulter. Der Sechzehnjährige sah, daß Uddyr, Myrddin, Gorlois und Morvryn nahe bei ihm waren; auch die meisten anderen Edlen schienen den halsbrecherischen Ritt heil überstanden zu haben. Zu Dutzenden preschten sie zwischen den Bäumen und Büschen am Saum der Uferhöhe heraus; Arddwr empfand ein heißes, fast berauschendes Glücksgefühl bei diesem Anblick, gleich darauf schaute er wieder nach vorne, lenkte seinen Hengst ein wenig nach links und bereitete sich innerlich auf den Zusammenprall mit den Feindscharen vor.

Die Sassenach hatten ihren Einkesselungsring um die britannischen Fußkrieger mittlerweile noch enger gezogen. Verzweifelt verteidigten sich die Kelten gegen die Übermacht der Germanen – doch jetzt erfolgte der wuchtige Angriff des Reiterpulks. In todesmutigem Ansturm sprengten die britannischen Adligen die Nordfront der Sassenach und erweiterten die Einbruchstelle, indem sie sich teilten und die Feinde nach zwei Seiten hin zurücktrieben. Innerhalb kürzester Zeit fällte der Sechzehnjährige, welcher die Berittenen herangeführt hatte, acht germanische Kämpfer; Hunderte starben unter den Schwerthieben der keltischen Edlen sowie der nun zusätzlich vom Steilufer heranrennenden britannischen Fußkrieger – und aufgrund dessen vermochte die Masse der eben noch von den Feinden eingeschlossenen Kelten in nördlicher Richtung zu flüchten.

Der Ard Rhi und seine Mitstreiter riefen den an ihnen vorbeihastenden Kämpfern zu, daß sie sich in die Schlucht retten sollten, welche Aelle zur Falle geworden war; nachdem die Haufen der Fußkrieger das Schlachtfeld verlassen hatten, deckten die Reiter den Rückzug dieser einfachen Kämpfer und galoppierten anschließend ebenfalls zur Kluft, um deren Zugang abzuriegeln. Dort, nur noch zögerlich von den Sassenach bedrängt, warteten die Adligen ab, bis alle Überlebenden des britannischen Heeres die Uferhöhe gewonnen und sich oben in Marschordnung formiert hatten; sodann – die Abenddämmerung hüllte das Land jetzt bereits in ihre Schatten – ritten auch die Edlen den Schluchtpfad hinauf und führten die zusammengeschmolzene keltische Streitmacht nach Osten davon.

Die ganze Nacht hindurch zog der arg dezimierte Heeresverband durch hügeliges Urwaldgebiet; im ersten fahlen Licht des Morgens gelangte man zu einem großen, von doppelten Ringwällen geschützten Häuptlings-Dun, und in dieser Festung durften sich die erschöpften Männer endlich sicher fühlen. Auch konnten nun die Verwundeten, die mühsam mitgeschleppt worden waren, von Arztdruiden versorgt werden; die Unverletzten wiederum hatten die Möglichkeit, sich in bequemen Quartieren auszuruhen, und all dies bewirkte, daß sich die anfangs sehr gedrückte Stimmung der Krieger allmählich besserte.

Am dritten Tag schließlich, den man hinter den Palisadenwällen des Duns verbrachte, berichtete der Anführer eines Kundschaftertrupps, den Uddyr Pendraig ausgesandt hatte, dem Hochkönig und dessen Vertrauten: »Als wir zum Tal des Mearcredesburna zurückgekehrt waren, fanden wir die Walstatt verlassen vor. Zunächst befürchteten wir, die Feinde könnten weiter ins Landesinnere vorgestoßen sein. Aber eine Untersuchung der Spuren im Flußtal zeigte das Gegenteil; eindeutig waren die Sassenach wieder nach Süden zur Küste marschiert. Vorsichtig folgten wir ihnen ans Meeresgestade, wo wir sie beim Abtakeln ihrer Schiffe und bei der Errichtung eines befestigten Lagers beobachten konnten. Und das bedeutet zweifellos: Aelle will zumindest vorerst in der Mündungsbucht des Mearcredesburna bleiben.«

»Nach der Schlacht hatten nicht nur wir, sondern auch die Feinde schwere Verluste zu beklagen«, sagte Myrddin nachdenklich.

»Insgesamt dürften weit mehr als tausend Männer gestorben sein«, murmelte Gorlois.

»Und viele andere wurden verwundet«, kam es von Morvryn.

»Der Krieg ist nun einmal eine sehr grausame Angelegenheit«, äußerte Uddyr. »Doch immerhin ist es uns gelungen, die Sassenach daran zu hindern, über die landeinwärts gelegenen Siedelstätten der Regnier herzufallen. Ich darf mir gar nicht ausmalen, was hätte passieren können, falls die wehrlosen Bauern- und Handwerkerfamilien der Mord- und Raubgier unserer Feinde ausgeliefert gewesen wären ...«

Für eine Weile herrschte Schweigen am Herdfeuer des Häuptlingshauses, wo der Ard Rhi und seine Berater untergekommen waren; schließlich erklärte Arddwr: »Obwohl wir mit höchstem Einsatz gegen die Sassenach fochten, vermochten wir sie nicht zu überwinden. Zwar sah es anfangs so aus, als könnten wir trotz unserer Minderzahl einen Sieg erringen, aber zuletzt gerieten wir fürchterlich ins Hintertreffen, weil die Kämpfer auf der Hangflanke den Verstand verloren. Und seit ich das miterlebt habe, frage ich mich, ob wir vielleicht versuchen sollten, eine ganz neue Art der Kriegführung zu entwickeln.«

»Hast du denn einen Vorschlag?« erkundigte sich Uddyr.

»Nein ... noch nicht«, antwortete der Sechzehnjährige. »Doch ich werde weiter darüber nachdenken ...«

In der Nacht sodann erwachte Arddwr jäh aus dem Schlaf und wußte plötzlich, was zu tun war – und gleich am Morgen, nachdem er sich eingehend mit seinem Lehrer ausgetauscht hatte, bat er den Ard Rhi: »Erlaube mir, eine eigene Reitertruppe aus besonders wagemutigen jungen Adligen zusammenzustellen!«

***

Während der folgenden beiden Jahre – Myrddin hielt sich in diesem Zeitraum häufig wieder in Barclodiad y Gawres oder in Avalon auf, um sein druidisches Wissen zu vervollkommnen – wuchs der Waffenruhm Arddwrs unaufhörlich.

Noch am selben Tag, da Uddyr ihm gestattet hatte, seine

ungewöhnliche Idee in die Tat umzusetzen, hatte der Sechzehnjährige unter den Edlen des Heeres dreißig Berittene ausgewählt. Diese Adelskrieger, die größtenteils nicht viel älter als Arddwr und daher kaum weniger draufgängerisch als er waren, hatten es als hohe Ehre angesehen, mit dem tapferen Sohn des Ard Rhi und der dumnonischen Königin in den Kampf zu ziehen – und schon am nächsten Morgen war Arddwr an der Spitze seiner kleinen Streitmacht zur Südküste aufgebrochen.

Dort, in Sichtweite von Aelles Lager, hatte sich die Reiterschar auf der Uferhöhe des Mearcredesburna verborgen; eineinhalb Tage lang hatte man die Sassenach beobachtet – und dann war die Gelegenheit gekommen, auf die Arddwr gewartet hatte. Ein ungefähr achtzigköpfiger Trupp der Feinde war zu Fuß flußaufwärts marschiert; vermutlich, um irgendwo im Auwald Brennholz zu schlagen und es auf mitgeführten Karren zurückzubringen. Der Sechzehnjährige hatte seinen Gefährten befohlen, die Sassenach unbehelligt passieren zu lassen; danach waren die Kelten ihren Feinden in einigem Abstand und unter Beachtung äußerster Vorsicht nachgeritten, bis die Germanen jenseits einer Biegung des Stromtales eine offene Wiesenfläche erreicht hatten – und hier, auf optimalem Gelände für eine Reiterattacke, war der von Arddwr bestens geplante Überraschungsangriff auf die Sassenach erfolgt.

Im Nu hatten die unversehens heranpreschenden Britannier vierzig, fünfzig Feinde niedergemacht; der Rest war kopflos nach allen Seiten geflohen, aber die allermeisten dieser Krieger waren von den rasch nachsetzenden Kelten ebenfalls getötet worden. Nur ganz wenige Germanen hatten es geschafft, ins Dickicht am Flußufer zu entrinnen und sich dort zu verbergen, und obwohl es dem Sechzehnjährigen ein leichtes gewesen wäre, auch sie nach Annwn senden zu lassen, hatte er darauf verzichtet; er hatte jedoch mit schallender Stimme in Richtung der Uferaue gerufen: »Sagt Aelle, ihr Feiglinge, daß ich, Arddwr, euch die Niederlage beigebracht habe! Und sagt ihm außerdem, daß er mein Schwert Caladfulch auch künftig fürchten muß!«

Dies war der erste Sieg gewesen, den der Sechzehnjährige auf eigene Faust errungen hatte – und im Verlauf der darauffolgenden Wochen und Monate hielten Arddwr und seine Reitertruppe die Sassenach weiterhin in Atem. Noch mehrmals glückte es ihnen, dem an der Küste lagernden Feindheer empfindliche Schläge zu versetzen. Sieben Tage nach der Attacke auf dem Wiesenplan gelang es Arddwrs berittener Kampfschar, die sich bis dahin in der Wildnis unweit der Mündung des Mearcredesburna versteckt gehalten hatte, kurz hintereinander vier Jagdgruppen der Feinde aufzureiben, welche sich in ihrer Gier nach Wildbret bis zum Saum des Urwaldes über dem Flußtal vorgewagt hatten. Abermals eine Woche später griffen der Sechzehnjährige und seine Truppe nicht weniger erfolgreich einen hundertköpfigen Kundschafterverband an, der entlang des Meeresgestades nach Westen zog. Die jungen britannischen Edlen überrumpelten die Fußkrieger der Sassenach, indem sie in der Morgenfrühe unverhofft aus einer Nebelbank herausgaloppierten; erneut fielen an die sechzig Germanen, während die Kelten, die nach ihrer blitzschnellen Attacke sofort wieder im flutenden Dunst verschwanden, nur einen einzigen Mann verloren hatten.

Aelle tobte vor Wut, als er von diesem neuerlichen Debakel erfuhr; nachdem er sich einigermaßen wieder beruhigt hatte, sandte er mehrere Kampfverbände von jeweils zweihundert Kriegern aus, welche Arddwr und dessen Reiterschar um jeden Preis aufspüren und unschädlich machen sollten. Doch jetzt schienen sich die verwegenen Britannier plötzlich in Luft aufgelöst zu haben. Vergeblich durchkämmten die Sassenach das Küstengebiet; zuletzt, nach zehn Tagen, ließ sich Aelle von seinen Unterführern davon überzeugen, daß die feindlichen Berittenen ihr Heil in der Flucht gesucht hätten. Die germanischen Kämpfer, welche die Gegend um die Mündung des Mearcredesburna in weitem Umkreis durchstreift hatten, wurden zurückbeordert; kaum aber waren sie wieder im Heerlager, schlugen der Sechzehnjährige und seine Gefährten erneut zu – diesmal jedoch auf völlig andere Art als bisher.

In der dunkelsten Stunde der Nacht zischten Dutzende von Brandpfeilen, deren Schäfte mit fettverschmierter Schafwolle umwunden waren, über den östlichen Abschnitt des Lagerwalls. Im Handumdrehen standen innerhalb des Palisadenzauns die Reetdächer zahlreicher Behausungen in Flammen; verzweifelt versuchten die aus dem Schlaf aufgestörten Sassenach die Feuersbrunst zu löschen – und während sie sich mit allen Kräften bemühten, der fauchenden Lohe Herr zu werden, erfolgte im Westen der Befestigungsanlage ein zweiter Angriff.

Abermals zogen glühende Geschosse ihre Bahn am finsteren Himmel; sie hagelten auf die abgetakelten Schiffe nieder, die am Lagerrand auf den Sandstrand gezogen worden waren. Fast augenblicklich fingen etliche der zusammengerollten Segel, die in den offenen Schiffsrümpfen lagen, Feuer; wenig später griffen die Flammen auf die von der Sommerhitze ausgetrockneten Ruderbänke und Planken über. Bald schlug die Lohe an verschiedenen Stellen turmhoch empor; der wilde Funkenflug, gegen den die Germanen hilflos waren, setzte weitere Schiffskörper in Brand – und als der Morgen dämmerte, mußten die Sassenach feststellen, daß siebzehn ihrer insgesamt dreiundachtzig Segelschiffe ein Raub der Flammen geworden waren.

Das von Wall und Graben umschlossene und damit scheinbar bestens geschützte Heerlager war aufs schlimmste in Mitleidenschaft gezogen worden; Arddwr und seine kleine Kampfschar andererseits hatten es geschafft, sich nach dem nächtlichen Überfall ohne Verluste in Sicherheit zu bringen. Spurlos waren sie wieder in den Urwäldern verschwunden; jederzeit jedoch konnten sie von neuem zuschlagen, wie Aelle nun, da er und seine Männer vom Grauen der Brandnacht heimgesucht worden waren, ein für allemal begriffen hatte.

Weil dies so war, entschied sich der Kriegshäuptling, das Küstenlager aufzugeben. Die Germanen brachten die Schiffe, die ihnen noch verblieben waren, zu Wasser und machten sie segelfertig, und bereits am Tag nach der Feuersbrunst fuhr die Flotte nach Osten davon. Im Stammesgebiet der Kenten, das seit Jahren von den Sassenach besetzt war, fanden Aelle und dessen dezimierter Heeresverband Zuflucht. Ein im meernahen Hügelland herrschender germanischer Gauhäuptling, der unter dem Oberbefehl von Hengist und Horsa stand, wies Aelle und seinen Kämpfern ein brachliegendes Siedelgebiet zu, wo sie Wohnstätten errichten konnten. Allerdings bekam Aelle dieses Land nicht ohne Gegenleistung, denn der Gauhäuptling machte ihm klar, daß er sich Hengist und Horsa unterwerfen und ihnen mit der Hälfte seiner Streitmacht unverzüglich Waffenhilfe in ihrem Krieg gegen den Hochkönig der Kelten leisten müsse.

Infolgedessen zog Aelle schon eine knappe Woche nach seiner Landung an der Kentenküste in den Norden, wo sich Britannier und Sassenach in diesem Sommer immer wieder Gefechte lieferten. Derzeit belauerten sich die keltischen und germanischen Heere im Grenzgebiet zwischen den Ländereien der Atrebaten und Trinovanten; Aelle brannte darauf, dort die Schmach zu tilgen, die er in der Mündungsbucht des Mearcredesburna erlitten hatte – aber ehe er mit seinen Streitscharen zu Hengist und Horsa stoßen konnte, griff der Sohn des Ard Rhi und der dumnonischen Herrscherin erneut an.

Arddwrs Reitertruppe war dem Heerbann Aelles auf den Fersen geblieben, und jetzt setzten die jungen britannischen Adligen ihren Feinden durch weitere Attacken zu. Stets erfolgten die Schläge völlig überraschend; blitzschnell jagten die Berittenen aus einem Waldstück, einer Schlucht oder aus der Deckung einer Hügelflanke heraus, töteten ein, zwei Dutzend Sassenach und verschwanden so rasch wieder, wie sie gekommen waren. Dieser Kampftaktik hatten die Germanen kaum etwas entgegenzustellen, denn – wie bei den Sassenach allgemein üblich – besaßen lediglich Aelle und seine Unteranführer Pferde und waren im Reitergefecht erfahren, und weil die Kelten das Feindheer grundsätzlich dort angriffen, wo sich die germanischen Berittenen gerade nicht aufhielten, vermochten Arddwr und seine Gefährten jedesmal ungeschoren zu entrinnen.

Als Aelles Streitmacht schließlich das Feldlager Hengists und Horsas erreichte, hatte der Kriegshäuptling neuerlich über hundert Mann verloren – die Kampfschar seines jungen Widersachers jedoch war mittlerweile auf gut vierzig Reiter angewachsen. Arddwr nämlich hatte in verschiedenen atrebatischen Duns noch mehr draufgängerische Adelssöhne für seine Sache gewonnen, und nun, da Aelle sich ins Hauptquartier der Sassenach gerettet hatte, nutzte der Sechzehnjährige die verstärkte Schlagkraft seiner berittenen Truppe, um den Nachschub der Germanen von der Südküste ins Landesinnere zu stören.

Den ganzen Spätsommer hindurch überfielen Arddwr und seine Mitstreiter Wagenkolonnen oder Maultierzüge der Sassenach, welche Lebensmittel und Ersatzwaffen in den Norden bringen sollten. Im Frühherbst sodann, um die Zeit von Alban Elued, führte der Sohn des Ard Rhi seine unterdessen fast sechzigköpfige Kriegerschar in den Südwesten des trinovantischen Stammesgebietes, wo sich sowohl die Britannier unter dem Befehl Uddyr Pendraigs als auch ihre germanischen Feinde auf die letzte Schlacht dieses Jahres vorbereiteten.

Im Heerlager der Kelten wurden Arddwr und seine Gefährten begeistert empfangen; längst war die Kunde von ihren tapferen Taten durch wandernde Barden oder Späher, die im Südland mit dem verwegenen Reitertrupp zusammengetroffen waren, verbreitet worden. Uddyr, Myrddin, Gorlois, Morvryn und die übrigen Hochadligen ließen es sich nicht nehmen, ein Festmahl zu Ehren des Sechzehnjährigen auszurichten, und zu Beginn des Spießbratenessens verkündete der Hochkönig unter zustimmendem Beifall der anderen: »Dir, Arddwr, gebührt die Heldenportion, denn du hast seit unserem Rückzug aus dem Tal des Mearcredesburna mit äußerstem Mut und darüber hinaus mit außergewöhnlicher Klugheit gegen die Sassenach gefochten!«

Während der folgenden Tage verbrachte der junge Kriegsheld viele Stunden mit seinem druidischen Lehrer; einmal sagte Arddwr zu Myrddin: »Du hast mir eingeschärft, im Kampf nicht allein auf meine Waffenkunst, sondern zusätzlich auf meinen Verstand zu setzen, und dafür bin ich dir unendlich dankbar!«

»In den vergangenen Monaten hast du bewiesen, daß meine Ratschläge bei dir auf sehr fruchtbaren Boden gefallen sind«, antwortete der Druide schmunzelnd; gleich darauf wurde seine Miene wieder ernst, und er fügte hinzu: »Aber obwohl du in diesem Sommer großen Ruhm geerntet hast, solltest du in der bevorstehenden Schlacht nicht leichtsinnig sein!«

Der Sechzehnjährige versprach es – und als das britannische Heer eine halbe Woche später gegen die von Osten heranziehenden Kampfverbände Hengists und Horsas vorrückte, ritten Arddwr und Myrddin ganz wie früher Seite an Seite. In der Nachmittagsmitte erfolgte der Zusammenprall der Streitscharen, bis kurz vor Einbruch der Abenddämmerung dauerte das Schlachtgetümmel an; dann sahen sich die Sassenach gezwungen, die Walstatt fluchtartig zu räumen. Die Kelten hatten einen Sieg errungen, und dies war vor allem ihrer Reiterei zu verdanken, deren Kern die verschworene und mit klugem Geschick geführte Kampftruppe des Sechzehnjährigen gebildet hatte.

Am Morgen nach der Feldschlacht beschloß der Ard Rhi, mit seinem Heeresverband zurück ins Westland zu marschieren; dort sollten die Krieger der wohlverdienten Herbst- und Winterruhe pflegen. Auch Myrddin wollte in seine demetische Heimat, um ein oder zwei gemeinsame Monate mit Morvryn und seiner Mutter Arwen zu genießen; anschließend, so teilte der Druide seinem heldenhaften Schüler mit, würde er nach Môn reisen, wo er von den Großen Wissenden im Hain von Barclodiad erwartet wurde. Arddwr wiederum beratschlagte mit seinen Waffengefährten, und zuletzt entschieden sich die jungen Adligen, vorerst noch in den Stammesgebieten der Trinovanten und Atrebaten zu bleiben, um die Feinde hier weiterhin zu verunsichern.

Nachdem der Sechzehnjährige bewegten Abschied von Uddyr, Myrddin, Gorlois und Morvryn genommen hatte, galoppierte er mit seiner Streitschar nach Südosten davon. Gleich Hetzhunden folgten die Berittenen der Fährte des geschlagenen Germanenheeres; mittags erspähten sie in der Ferne die Nachhut der Sassenach, und eine Stunde später töteten sie, aus einem Wald hervorbrechend, um die zwanzig dieser Krieger. Auch während der nächsten zehn Tage setzten Arddwr und seine Mitstreiter den Germanen immer wieder zu, und erst als der Heeresverband Hengists, Horsas, Aelles und der übrigen Häuptlinge in einer mächtigen Hügelfestung nahe der Meeresküste angelangt war, suchten sich die britannischen Reiter andere Angriffsziele.

Bis in die Herbstmitte hinein attackierten die jungen Adelskrieger kleinere Feindscharen, welche zwischen den verschiedenen Höhenburgen der Sassenach auf den trinovantischen und atrebatischen Ländereien unterwegs waren. Dann, in der Woche nach Samhain, als die Nächte frostig wurden, beriet sich Arddwr erneut mit seinen Gefährten, und am Ende wurde beschlossen, den Kampf vorübergehend einzustellen und nach Cornueille zu ziehen, um dort die Wintermonate zu verbringen.

Zusammen mit den rund neunzig jungen Edlen, die er mittlerweile befehligte, traf der Sechzehnjährige vier Wochen vor Alban Arthuan in Tintagel ein. Ygerna freute sich maßlos, ihren Sprößling, der sich so viel Ruhm erworben hatte, wiederzusehen; Gorlois erzählte seinem Pflegesohn stolz, daß dessen Taten zunehmend von den Barden gepriesen würden. Davon konnte sich der Sechzehnjährige in der folgenden Zeit, wenn wandernde Dichter und Sänger im Herrscher-Dun weilten, selbst überzeugen; an Imbolc sodann, auf dem Höhepunkt eines Festes, das anläßlich von Arddwrs siebzehntem Geburtstag in der Großen Halle des Duns gefeiert wurde, erklang aus dem Mund des Penbardd der Dumnonier erstmals der ehrenvolle Beiname, welchen der Sohn des Ard Rhi und Ygernas von da an tragen sollte.

»Mit dem Mut eines ungebärdigen Wildebers wütest du unter den Feinden Britanniens!« lobte der begnadete Dichter, seine Worte mit Harfenspiel begleitend, den Siebzehnjährigen. »Du, der du in der Heiligen Hochzeit am Hohen Stein von Tintagel gezeugt wurdest; du, der du deine Kindheit unter dem Himmel unserer von den Andersweltlichen gesegneten Halbinsel verbrachtest. Hier, Arddwr, tratest du in dein irdisches Dasein ein; hier wurzeln deine frühesten Erinnerungen und entstand dein Gefühl für Heimat. Und deshalb, weil du zutiefst mit unserem Land zwischen den Meeren verbunden bist, soll der Kriegsname, den du künftig führen wirst, auch zuallererst hier in Tintagel im Kreis adliger Frauen und Männer ausgesprochen werden. Eber von Cornueille lautet er; die Sassenach werden vor Angst erzittern, wenn sie ihn vernehmen, und dereinst werden Tage kommen, da die Feinde den Wildeber wie nichts sonst auf Erden fürchten!«

»Eber von Cornueille!« jubelten Arddwrs Waffengefährten und die Edlen, welche ringsum an den Tafeln saßen, begeistert. Dreimal hintereinander erscholl der Ruf, und während die Ovationen durch die Königshalle tosten, erinnerten sich Gorlois und Ygerna plötzlich an eine bestimmte Stunde vor knapp achtzehn Jahren. Damals hatte Myrddin das Herrscherpaar von der Notwendigkeit der Sakralhochzeit überzeugt und bereits bei dieser Gelegenheit in ovatisch klingenden Sätzen das Erscheinen eines vor Zorn tobenden Wildebers angekündigt, welcher unter dem Banner des Roten Drachen gewaltige Keltenheere gegen die Sassenach führen würde – und jetzt hatte sich der Penbardd, vielleicht in geheimnisvoller geistiger Übereinstimmung mit dem berühmten Druiden, ganz ähnlich wie dieser geäußert und Arddwr jenen Beinamen gegeben, den Myrddin schon fünf Wochen vor der Heiligen Hochzeit erwähnt hatte.

Der dumnonische König umschloß die Hand seiner Gemahlin; Ygerna raunte ihm zu: »Ich wollte, der Sohn Arwens und Morvryns säße bei uns auf dem Hochthron. So hätte er miterleben können, was hier gerade geschah …«

»Ich bin sicher, daß Myrddin, wo immer er sich aufhält, durchaus etwas ahnt«, antwortete Gorlois; im nächsten Moment sah er, wie Arddwr seinen Pokal hob und ihm und Ygerna zutrank.

Das Herrscherpaar tat dem Siebzehnjährigen Bescheid; im weiteren Verlauf des Festes wurde noch so mancher Weinbecher geleert, und die Stimmungswogen schlugen höher und höher. Doch einmal, längst war die Nacht hereingebrochen, dachte die Königin in einer Anwandlung von Wehmut: Bloß wenige Wochen noch, dann wird Arddwr von neuem in den Krieg ziehen …

Am Tag nach Alban Ailyr war es soweit. Auf dem Anger des dumnonischen Herrscher-Duns schwangen sich an die dreihundertfünfzig junge Adlige auf ihre Rösser: jene neunzig, welche Arddwr im Spätherbst nach Tintagel begleitet hatten, und dazu fast zweihundertsechzig andere, die aus ganz Cornueille und teilweise auch aus dem Stammesgebiet der Durotrigen gekommen waren, um sich dem Siebzehnjährigen anzuschließen. Als die Reitertruppe zum Abmarsch bereit war, winkte Arddwr noch einmal seiner Mutter und Gorlois zu; sodann trieb er seinen Hengst an und trabte an der Spitze des berittenen Heerbannes zum östlichen Torbau der Ringwallfestung.

Während der Frühlings-, Sommer- und Herbstmonate brachte der Eber von Cornueille den Sassenach erneut empfindliche Verluste bei. Teils völlig auf eigene Faust, teils in Abstimmung mit Uddyr Pendraig, welcher das keltische Hauptheer anführte, bedrängte Arddwr die Germanen. Der Krieg tobte vor allem in den Siedelgebieten der Atrebaten und Regnier; die Sassenach versuchten alles, um diese fruchtbaren Ländereien endgültig für sich zu gewinnen – aber letztlich konnten die Britannier es verhindern, und die verwegenen Reiter des Ebers von Cornueille hatten beträchtlichen Anteil daran.

In den beiden darauffolgenden Jahren focht Arddwr, der jetzt über eine verschworene Streitmacht von rund fünfhundert Berittenen verfügte, nicht weniger erfolgreich in den Stammesgebieten der Trinovanten, Catuvellauner und Coritaner. Ganz wie der Penbardd der Dumnonier es prophezeit hatte, war der Name des Ebers von Cornueille nun überall unter den Germanen gefürchtet; die britannischen Dichter und Sänger hingegen priesen die Heldentaten des jungen Reiterführers überschwenglicher denn je. Und allgemein hofften die Kelten in dieser Zeit darauf, daß es vielleicht schon bald gelingen könnte, einen entscheidenden Sieg über die Sassenach zu erringen – doch dann erlitt die britannische Sache einen entsetzlichen Rückschlag.

***

Herbstnebel hüllten den mächtigen Dun von Tintagel ein; im Freien herrschte feuchte Kälte, aber unter dem Dach der Großen Halle war es behaglich warm. Zudem verbreiteten sich appetitanregende Düfte vom Feuerplatz her, wo drei feiste Hammel am Bratspieß schmorten. Nicht mehr lange, bis wir das saftige Fleisch genießen können, dachte Myrddin; im nächsten Moment hörte der achtunddreißigjährige Druide Gorlois sagen: »Das Schönste am Tag nach dem Samhain-Fest ist doch immer wieder ein schmackhaftes Mahl unter guten Freunden.«

»Wohl wahr!« bestätigte Uddyr Pendraig, welcher zusammen mit Myrddin von Môn Mam Cymru nach Cornueille geritten war, um die Herbstrituale gemeinsam mit dem dumnonischen Königspaar und Arddwr zu feiern. Auch Morvryn, der sich dem Ard Rhi und dem Druiden unterwegs angeschlossen hatte, pflichtete Gorlois bei; Ygerna wiederum winkte eine Magd zur Thronplattform und wies sie schmunzelnd an: »Fülle unsere Pokale noch einmal auf, damit wir nicht verdursten, bevor der Braten gar ist.«

Wenig später stießen die Hochadligen miteinander an; nachdem er einen kräftigen Schluck Metheglyn zu sich genommen hatte, wandte sich der neunzehnjährige Arddwr, welcher kurz vor Samhain mit der hundertköpfigen Kerntruppe seiner Streitmacht nach Tintagel gekommen war, an Myrddin und erklärte aufgeräumt: »Es macht mir außerordentliche Freude, endlich wieder mit dir an der Festtafel zu sitzen.«

»Mir ergeht es genauso«, antwortete der Druide lächelnd; nachdenklich fügte er hinzu: »Es ist beinahe ein Jahr verstrichen, seit wir uns das letzte Mal sahen ...«

»Damals, im vergangenen Winter, trafen wir uns auf der Ynys Avallach«, nickte Arddwr, der jetzt ebenfalls versonnen wirkte. »Und eines Tages begleitete uns Morgana zu einem gewaltigen, jedoch schon vor Jahrhunderten verlassenen Dun in Sichtweite des heiligen Eilands ...«

»Du meinst die uralte Ringwallfestung Camelot, nicht wahr?« unterbrach Uddyr seinen Sohn.

»Ja, so heißt der Dun«, erwiderte Arddwr. »Er liegt nur drei Reitstunden von Avalon entfernt, und als wir ihn besichtigten, hatte ich den Eindruck, als würde er nur darauf warten, eines Tages von neuem ...«

Der Neunzehnjährige verstummte, weil beim Portal der Halle Unruhe entstand; unmittelbar darauf gewahrten die Edlen auf dem Hochthron einen Bewaffneten, der sich hastig zwischen den Tischreihen am Halleneingang hindurchdrängte.

»Ein Unglücksbote!« stieß Ygerna ahnungsvoll hervor – und rasch wurde klar, daß die Königin sich nicht getäuscht hatte, denn als der Mann, über dessen linke Gesichtshälfte sich eine blutverkrustete Schmarre zog, die Thronplattform erreicht hatte, berichtete er mit rauher Stimme: »Schiffe der Sassenach sind an der Küste weiter westlich gelandet! Die Verfluchten haben unsere Ansiedlung im Morgengrauen umzingelt, die Häuser niedergebrannt und jeden abgeschlachtet, den sie erwischen konnten. Nur mir und ein paar wenigen anderen gelang die Flucht. Und weil ich ein Pferd bei mir hatte, vermochte ich ...«

»Von woher stammst du?!« fiel Gorlois dem Krieger ins Wort.

»Aus Caer Nant«, lautete die Antwort. »Einen halben Tagesritt von hier.«

»Ich kenne das Dorf«, versetzte der dumnonische Herrscher; Uddyr fragte: »Mit wie vielen Schiffen kamen die Feinde?«

»Als ich über die Strandhöhen nach Osten galoppierte, sah ich ein halbes Dutzend in einer felsigen Bucht nahe von Caer Nant ankern«, beschied der Verwundete den Hochkönig.

»Dann sind die Sassenach etwa zweihundertfünfzig Mann stark«, erklärte Morvryn.

»Und wir verfügen hier in Tintagel über annähernd die gleiche Anzahl von Reiterkriegern«, äußerte Gorlois.

»Mehr als genug, um den Feinden eine vernichtende Niederlage beizubringen!« rief Arddwr.

»Richtig!« erklang es ringsum – und bereits eine halbe Stunde später jagte der berittene Kampfverband, welcher aus den im Herrscher-Dun lebenden Adelskriegern, den Gefolgschaften von Uddyr und Morvryn sowie aus der Kerntruppe von Arddwrs Streitmacht bestand, durch das gen Sonnenuntergang gelegene Tor der Ringwallfestung.

Der dumnonische König und der Eber von Cornueille, die zusammen mit dem Ard Rhi, Morvryn und Myrddin an der Spitze ritten, führten den kleinen Heerbann so schnell wie möglich nach Westen. Allmählich verstrich der Nachmittag;

schließlich, die Dämmerung kündigte sich nun bereits an, erblickten die Männer den von den Sassenach zerstörten Ort Caer Nant vor sich.

Ein Stück jenseits des abgebrannten Dorfes stiegen über den Küstenhügeln rotglühende Rauchwolken zum Firmament empor; sie zeigten den Britanniern an, daß die Germanen dort ebenfalls gewütet hatten. »Offenbar suchten die Sassenach jene Ansiedlungen da drüben erst vor kurzem heim!« wandte sich Myrddin an die anderen Hochadligen. »Und wenn ich mich nicht sehr täusche, werden die Mord- und Raubhorden die Nacht kaum an Land verbringen, sondern zu ihren Schiffen zurückkehren ...«

Gorlois deutete in Richtung des Meeresgestades. »Die Ankerbucht liegt dort hinter der zackigen Felsschroffe.«

»Und das zerklüftete Gelände zwischen Caer Nant und der See eignet sich für einen Hinterhalt«, kam es von Arddwr.

»Du hast recht«, nickte Uddyr. »Wir verbergen uns links und rechts des Pfades, der von der Ortschaft zur Küstenbucht verläuft, lassen die Feinde in die Falle rennen und nehmen sie sodann von zwei Seiten in die Zange.«

Rasch versteckten sich die Reiter auf dem von riesigen Steintrümmern übersäten und an manchen Stellen mit Buschinseln bewachsenen Hang, der sich von Caer Nant zum Meer hinabzog. Während sie ihre Angriffspositionen einnahmen, achteten die Männer darauf, daß sie von der ungefähr tausend Schritt entfernten Ankerbucht aus, in der es wahrscheinlich Schiffswachen gab, nicht gesehen werden konnten. Danach spähten die Kelten, in ihren Deckungen lauernd, angespannt nach Südwesten, wo die Brandwolken über den Hügeln hingen – und bald stellte sich heraus, daß Myrddin richtig vermutet hatte.

In einer flachen Talsenke, welche sich unweit des verwüsteten Dorfes Caer Nant zur See hin öffnete, tauchten die Sassenach auf. Obwohl das Land jetzt schon vom Zwielicht der Abenddämmerung verschattet wurde, konnten die Britannier die einzelnen Feindscharen noch gut unterscheiden.

Es handelte sich, ganz wie Morvryn in Tintagel geschätzt hatte, um etwa zweihundertfünfzig Krieger; keiner der Germanen besaß ein Pferd, aber viele von ihnen schienen schwer mit Raubbeute beladen zu sein.

Nun umgingen die Kampfhaufen der Sassenach den zerstörten Ort und schwenkten auf den Weg ein, welcher zur Felsenbucht führte. Die Kelten wiederum begannen jetzt, die Hälse ihrer Rösser zu streicheln und den Tieren besänftigende Worte zuzuflüstern, damit die Pferde beim Herannahen der Feinde ruhig bleiben sollten. Weil die Britannier mit ihren bestens ausgebildeten Kriegsrössern zutiefst vertraut waren, ertönte nirgendwo ein Schnauben oder Wiehern, als die Germanen jenen Abschnitt des Pfades erreichten, welchen die keltischen Befehlshaber für die Attacke ausgewählt hatten. Daher marschierten die Sassenach völlig ahnungslos in die Falle – und dann gab Uddyr Pendraig mit weithin schallender Stimme den Angriffsbefehl.

Die britannischen Reiter preschten aus ihren Verstecken und drangen mit furiosem Ungestüm auf die feindliche Kolonne ein. Innerhalb kürzester Zeit fanden zwei Drittel der Germanen den Tod; jene, welche den ersten Ansturm der Kelten überlebt hatten, suchten ihr Heil in der Flucht. Einzeln und in kleinen Gruppen rannten sie auf dem abschüssigen Weg oder zwischen den Steinblöcken seitlich des Pfades in Richtung der Bucht, wo ihre Schiffe ankerten, doch die Britannier setzten ihnen sofort nach, um möglichst keinen der Sassenach entrinnen zu lassen.

Auch der Ard Rhi blieb einem dieser Feindhaufen hart auf den Fersen; bei Uddyr waren Arddwr, Myrddin, Morvryn und Gorlois. Gemeinsam hetzten sie die ungefähr ein Dutzend Krieger zählende Schar den Küstenweg hinab; sieben, acht Germanen fielen unter ihren Schwerthieben, und eben holte der Ard Rhi erneut mit seiner Klinge aus – aber da zischte plötzlich ein Speer durch die Luft und durchbohrte Brünne und Brust des Pendraig.

Uddyr stürzte vom Pferd; fast im selben Moment wurden Morvryn und Gorlois ebenfalls von Ferngeschossen getroffen und ähnlich wie der Ard Rhi tödlich verwundet. Ein weiterer Wurfspeer schmetterte mit derartiger Wucht gegen Myrddins Schild, daß der Druide auf die Kruppe seines Rosses zurückgeschleudert wurde; eine fünfte Fernwaffe schlitzte Arddwrs Schenkel auf und zersplitterte an einem Felsen hinter dem Eber von Cornueille.

Doch ungeachtet seiner Beinverletzung bemeisterte der Neunzehnjährige seinen erschrocken scheuenden Hengst, trieb ihn von neuem vorwärts und jagte zu einer schräg ansteigenden Klippe am Rand der Ankerbucht, von deren Kuppe die germanischen Schiffswächter ihre Speere geworfen hatten. Myrddin, der sich nun wieder im Sattel aufgerichtet hatte, folgte Arddwr; dasselbe taten mehrere Adelskrieger aus der Kerntruppe des Ebers von Cornueille. In vollem Galopp sprengten Arddwr, der Druide und die übrigen Reiter die steile Felsrampe empor – und gleich darauf erschollen dort oben die Todesschreie der zehn Sassenach, deren Ferngeschosse den Hochkönig, den Herrscher der Dumnonier, den Königsgemahl der Demetier sowie etliche andere keltische Edle gefällt hatten.

Als die Germanen allesamt in ihrem Blut lagen, schien Arddwr auf dem Rücken seines Rosses zusammenzusinken. Myrddin, der nahe bei ihm hielt, hörte, wie der Neunzehnjährige den Namen seines Vaters herausschluchzte. Im selben Augenblick, da Arddwr vom Schmerz übermannt wurde, fühlte auch der Druide unendliches Weh in sich aufsteigen; erst jetzt begriff er, genau wie der Neunzehnjährige, wirklich, was geschehen war: Daß er denjenigen verloren hatte, der ihn einst gezeugt hatte.

Eine Weile, während aus der Tiefe noch immer Kampfgeräusche heraufdrangen, saßen Myrddin und Arddwr wie gelähmt und mit tränenüberströmten Gesichtern in den Sätteln; keiner der Adelskrieger, die mit ihnen Rache an den Speerwerfern genommen hatten, brachte es übers Herz, die beiden

Trauernden anzusprechen. Dann auf einmal bewegte sich der Neunzehnjährige, wischte die nasse Schwertklinge an der Mähne seines Hengstes ab, wies mit Caladfulch zum Küstenpfad hinunter und sagte leise zu seinem druidischen Freund: »Wir müssen dorthin …«

Wenig später knieten Arddwr und Myrddin bei den Leichen von Uddyr, Morvryn und Gorlois. Behutsam drückten sie den Toten die Lider zu; danach beteten sie still für die teuren Gefallenen, bis der Gefolgschaftsführer des Ard Rhi zu ihnen trat und sie beschied: »Es ist kein einziger Sassenach mehr am Leben.«

»Und wie viele Opfer haben wir … außer diesen hier … zu beklagen?« fragte der Druide.

»Nur wenige«, antwortete der Edle. »Aber …« Seine Lippen begannen krampfhaft zu zucken; er senkte das Haupt und vermochte den Satz nicht zu vollenden.

Myrddin und Arddwr achteten seine Seelenpein; sie warteten ab, bis sich der Gefolgschaftsführer wieder gefaßt hatte, sodann befahl ihm der Druide: »Laß die getöteten Feinde auf die Schiffe tragen und diese anschließend in Brand stecken.«

»Unsere eigenen Gefallenen jedoch wollen wir nach Tintagel bringen«, fügte der Neunzehnjährige hinzu.

Der Edle nickte und verschwand; Arddwr und Myrddin versenkten sich erneut in ihre Andacht und baten Ceridwen, die Geister von Uddyr, Morvryn und Gorlois auf ihrem Weg nach Annwn zu behüten.

Irgendwann, nachdem die Leichen der Sassenach im Schein von Fackeln zum Strand geschleppt worden waren, gingen in der Felsenbucht die Kriegsschiffe in Flammen auf. Stundenlang färbte die Lohe den bewölkten Himmel rötlich, um zuletzt, als die Schiffsrümpfe barsten, schlagartig zu erlöschen. Den Rest der Nacht wachten die Britannier bei ihren Toten; als der Morgen graute, wurden die insgesamt achtzehn keltischen Gefallenen auf ihren Pferden festgebunden, und dann verließ der Heerbann, der seinen Sieg so teuer erkauft hatte, die Walstatt.

Gegen Mittag langte man im Herrscher-Dun der Dumnonier an. Kaum hatte Ygerna den Leichnam ihres Gatten erblickt, erlitt sie einen Weinkrampf und mußte, halb besinnungslos vor Schmerz, in ihre Gemächer gebracht werden. Erst am Abend war sie fähig, die Große Halle aufzusuchen, wo die Toten aufgebahrt worden waren – und dort blieb sie bis zur Beisetzung der Gefallenen, die am dritten Tag nach der Schlacht bei Caer Nant stattfand.

Die fünfzehn Adelskrieger, die ihr Leben im Kampf gegen die germanische Mord- und Raubhorde gelassen hatten, wurden in ein Gemeinschaftsgrab auf dem Festungsanger gebettet. Gorlois, Uddyr und Morvryn aber fanden ihre letzte irdische Heimstätte beim Menhir draußen auf der Heide, wo zwei Jahrzehnte zuvor die Heilige Hochzeit gefeiert worden war. Ygerna, Myrddin und Arddwr legten die ersten Gedenksteine auf die Gräber, in denen der Hochkönig, der dumnonische Herrscher und der demetische Königsgemahl in ihren Eichensärgen ruhten. Danach traten die Edlen und die einfachen Menschen aus dem Dun an die Grabstätten heran und folgten dem Beispiel der nunmehrigen Alleinherrscherin, des Druiden und des Ebers von Cornueille.

Mit tränenfeuchten Augen sah Myrddin die Cairns emporwachsen; kurz ehe sie vollendet waren, raunte er Arddwr zu: »Jetzt, da dein Vater die britannischen Heere nicht mehr anführen kann, wirst du seinen Platz einnehmen müssen.«

»Aber ich bin doch viel zu jung, als daß ich zum Ard Rhi erhöht werden könnte!« flüsterte der Neunzehnjährige beinahe erschrocken.

»Ich spreche auch nicht vom Rang des Hochkönigs, sondern von dem eines Rhiotam«, erwiderte der Druide leise.

»Nun verstehe ich …« murmelte Arddwr.

»Gut«, nickte Myrddin; im nächsten Moment richtete er seinen tränenverschleierten Blick neuerlich auf die Cairns – und wiederum einen Lidschlag später schien das Bild der Steinpyramiden wie hinter flutenden Nebeln zu verweichen …

Der dritte rote Stein
Camelot

Vorfrühling 489 bis Frühling 493

Nur undeutlich vermochte der Greis, dessen Geist in die Höhle auf der Gläsernen Insel zurückgekehrt war, das Antlitz Nimues zu erkennen. Es war ihm, als würden die Gesichtszüge der Pendruid von Avalon immer wieder hinter wäßrigen Schleiern verschwinden – aber dann wurde der Blick des Siebzigjährigen klar, denn behutsam hatte Nimue seine Tränen getrocknet.

Nun streichelte ihm die Herrin der Ynys Avallach über das schüttere Haar, ergriff seine Hände und sagte anteilnehmend: »In jenen Tagen, da ihr nach Caer Nant gezogen seid und die Toten in die Herrscherfestung von Tintagel heimgebracht habt, hast du wahrlich sehr großes Leid ertragen müssen.«

»Ebenso wie Arddwr verlor ich meinen Vater«, flüsterte Myrddin. »Und außerdem zwei überaus teure Freunde ...«

»Manchmal prüfen uns die Mächte von Annwn beinahe über die Maßen«, erwiderte Nimue. »Und dich prüften sie wenige Monate nach der Beisetzung von Morvryn, Uddyr und Gorlois ein weiteres Mal.«

Neuerlich wurden die Augen des Greises feucht. »Schon bald stand ich auch am Grab meiner Mutter ... Arwen konnte den Tod Morvryns nicht verwinden ... Noch im Spätwinter folgte sie dem, den sie über alles geliebt hatte, in die Anderswelt ...«

»Sie starb in deinen Armen im Dun über dem Flußtal des Tywi«, nickte die Pendruid. »Und du als ihr einziger Sohn hättest damals die Königswürde erlangen und den Stamm der Demetier regieren können. Zahlreiche Edle baten dich, den Thron zu besteigen, doch du sorgtest dafür, daß ein anderer erhöht wurde.«

Versonnen schaute der Siebzigjährige zum Bogenfenster in der Kavernenwand, durch welches von dünnem Nebel gedämpftes Nachmittagslicht in den Höhlenraum fiel. »Meine Aufgabe war es, denjenigen, der nach dem Willen der Gottheiten zum Rhiotam aufsteigen sollte, auf seinem Weg zu begleiten und ihn zu beraten. Deshalb lehnte ich die Herrschaft über die demetischen Gaue ab und schlug den Adligen vor, einen in Krieg und Frieden verdienten Neffen Arwens zum Stammeskönig zu erwählen.«

»So trat der edle Meurig die Nachfolge deiner Mutter an.« Nimue gab Myrddins Hände frei und bückte sich, um das Herdfeuer zu schüren. »Und ich denke, er regierte durchaus in deinem Sinn.«

»Meurig hatte bereits zuvor, als er noch Gauhäuptling im Westen unseres Siedelgebietes gewesen war, eine Menge geleistet«, antwortete der Greis. »Und nachdem er Herrscher der Demetier geworden war, durften Arddwr und ich uns stets auf seine unabdingbare Treue und selbstlose Unterstützung verlassen.«

»Er diente seinem Volksstamm und Britannien bis zu seinem Tod vor zehn Jahren vorbildlich«, bestätigte die Pendruid.

»Schon wieder reden wir von einem, dessen Sterben mir Schmerz bereitete«, seufzte Myrddin. »Und jetzt, da wir all dieser Abgeschiedenen gedenken, erinnere ich mich an einen weiteren Freund, der in den Monaten nach der Schlacht von Caer Nant nach Annwn wanderte …«

»Du meinst Gwydion, welcher den Großen Wissenden im Hain von Barclodiad y Gawres vorstand?« erkundigte sich Nimue.

»Er war lange Zeit mein Lehrer und führte mich auf seine grundgütige Art tief in die irdische und überirdische Weisheit ein …« sagte der Greis leise. »So viel Erkenntnis schenkte er mir … Erkenntnis, die es mir später unter anderem ermöglichte, die wichtigste Festung des Rhiotam mit der Kraft der verborgenen Welt zu erfüllen …«

»Du sprichst vom Ovalrund der heiligen Bäume, welche du an ganz besonderer Stelle im Dun von Camelot gepflanzt hast …« Erneut tastete die Herrin der Ynys Avallach nach Myrddins Händen. »Morgana und ihre acht Schwestern waren Zeugen, als die Wurzelballen der Eichen in die Erde gesenkt wurden. Und eine der neun Priesterinnen war ich, denn kurz vorher hatte mich Morgana von Môn Mam Cymru nach Avalon gerufen …«

»Fast habe ich das Empfinden, als könnte ich noch einmal die Baumkronen rauschen hören …« murmelte der Siebzigjährige. »Und als könnte ich fühlen, wie der Pulsschlag von Annwn in mein Innerstes dringt …«

»Sehr bald wirst du wieder in der Festung des Rhiotam weilen«, kündigte ihm Nimue an. »Aber ehe du deine nächste Reise in die Vergangenheit antrittst, solltest du dich ein wenig erholen.«

»Ich bin in der Tat müde«, gab der Greis zu und schloß die Lider.

Gleich darauf war Myrddin eingeschlafen – doch sein Schlummer währte kaum eine halbe Stunde, und als er erwachte, sah er, wie die Pendruid seinen Trinkbecher vollgoß.

»Du hast schon alles vorbereitet?« fragte der Todgeweihte.

»Ja«, beschied ihn Nimue. »Denn ich spürte deine seelische Sehnsucht nach Arddwr und Camelot, die dich auch im Schlaf nicht verließ. Und wenn es dein Wille ist, werde ich deinen Geist jetzt abermals in die Gefilde des Gewesenen senden.«

»Laß uns keine Zeit mehr verlieren«, bat Myrddin.

Daraufhin stellte die Pendruid den mit Wasser gefüllten Kupferkessel zu Füßen des auf seiner Liegestatt mit der schrägen Rückenstütze ruhenden Greises nieder und flößte Myrddin den Kräutersud ein, welcher ihm die Rückführung erleichtern würde. Anschließend nahm sie den dritten der drei roten Steine aus ihrem Hirschlederbeutel und reichte ihn dem Siebzigjährigen; während Myrddin den Kiesel betrachtete, erklärte Nimue: »Dieser Stein lag einst an der Quelle, welche beim Torweg unterhalb der dreifach umwallten Festung des Rhiotam entspringt ...«

»Dort, wo tausend Reiter ihre Rösser tränkten«, flüsterte der Greis. »Die Reiter, welche dem Banner des Roten Drachen über dem Haupt Arddwrs folgten ...«

»So war es«, nickte die Pendruid, wobei sie den ledernen Schnürbeutel wieder verschloß. »Und nun wird der Kiesel dich dorthin führen, wo das Drachenbanner den Feinden unseres Landes Angst und Schrecken einjagte ...«

Myrddin gab Nimue den Stein zurück, beugte sich auf seiner Liege vor und konzentrierte sich auf den Anblick des Kupferkessels. Plötzlich schien dessen edles Rotmetall aufzuglühen und zu pulsen; gleich darauf ließ die Pendruid von Avalon den Kiesel in das Gefäß fallen, und der Greis vernahm Nimues beschwörende Worte: »Tauche jetzt ein in die Flut der Zeit, tauche ein in den sechsten Abschnitt deines Lebens ... Laß dich führen vom Stein der Erinnerung ... Und tauche wieder empor aus der Zeitenflut in jenen Jahren, da der Rhiotam in der Blüte seines Daseins stand und sich unsterblichen Schlachtenruhm erwarb ...«

Myrddin hatte das Empfinden, als schlüge der letzte Satz lautlos hallend aus sehr weiter Entfernung an sein Ohr – im nächsten Moment wurde der Geist des Greises entrückt.

***

Böse, bedrohliche Saat ging in der Erde Britanniens auf. Der Same des Weißen Drachen keimte aus; seine Triebe schossen gierig hoch, wucherten in alle vier Himmelsrichtungen und vergewaltigten das Land. Dann verwandelten sich die fahlen Ranken, welche das rote, freudevolle Leben erstickten, in Kriegerscharen und wurden zu Heerhaufen: zu vieltausendköpfigen Heeren der Sassenach. Und kein Hochkönig war da, um den brennenden, raubenden, mordenden Ausgeburten des Weißen Drachen Einhalt zu gebieten; Uddyr Pendraig lag beim Hohen Stein von Tintagel begraben, Uddyr und mit ihm Gorlois und Morvryn. Daher konnten die Kämpfer des Fahldrachen, in schier endlos breiten Schlachtreihen vordringend, den verstörten Menschen in den keltischen Siedelgebieten unsägliches Leid zufügen – bis unter dem Banner des Roten Drachen derjenige gegen die Feinde der Britannier heranstürmte, für den auf der Ynys Avallach das Schwert Caladfulch geschmiedet worden war.

Blutige Furchen pflügte Arddwr, in dessen Adern das Herrscherblut der Deceanglier und Dumnonier floß, durch die Fahlsaat des Weißen Drachen. Fürchterlich wütete der Eber von Cornueille unter den Heerscharen der Sassenach; gleich einem von heiligem Zorn erfüllten Schnitter mähte der Rhiotam mit silbern blitzender Klinge die Reihen der Feinde nieder. Zu Abertausenden fielen die Sassenach; entsetzt flohen die Geister der Erschlagenen aus der Diesseitswelt. Zuletzt war das Land weithin vom Samen des Verderbens, den der Fahldrache ausgesät hatte, befreit – und nun vermochte die britannische Erde, die zum größten Teil von der Mord- und Raubgier des Bösen gereinigt war, höchst wertvolle Früchte hervorzubringen, welche halb im Irdischen und halb in Annwn wurzelten.

An uralter Stätte, wo sich seit Jahrtausenden geheimnisvolle Kraftströme verknoteten, wuchsen mächtige Eichen empor und bildeten ein vollkommenes Oval. Arddwr und zwölf andere Edle verbanden ihr Innerstes unter den rauschenden Baumkronen zu gemeinsamem Wollen und Handeln; zusammen wandelten der Rhiotam und seine Adelsgefährten, ehe sie an der Spitze eines gewaltigen Heeres in ihre triumphalste Schlacht zogen, auf dem spirituellen Pfad, den der druidische Meister des Hains ihnen gewiesen hatte. Auch die neun Priesterinnen der in der Ferne sichtbaren Insel von Avalon hatten verdienstvollen Anteil an dem, was im Eichenrund geschah: Morgana und die übrigen acht – und die Pendruid der Ynys Avallach war zudem eine der wichtigsten Beraterinnen Myrddins gewesen, als es, drei Jahre vor der Entstehung des Baumringes, darum gegangen war, den Eber von Cornueille auf würdige Weise zum Rhiotam der keltischen Volksstämme zu erhöhen …

***

Seite an Seite galoppierten der zwanzigjährige Arddwr und der Sohn Arwens und Morvryns den Kamm des aus heller Kalkerde bestehenden Hügelrückens entlang. Die leicht gewellte Erhebung stellte einen Abschnitt der flachen Bergkette dar, welche den riesigen Talkessel im Grenzgebiet zwischen den Ländereien der Belger und Atrebaten umschloß: jene fruchtbare Ebene, in deren südlichem Bereich der eindrucksvollste Cromlech Britanniens aufragte.

In einer Entfernung von ungefähr einer halben Reitstunde konnten der Eber von Cornueille und Myrddin die kreisförmige Steinsetzung mit den kolossalen, oben durch querliegende Quader verbundenen Monolithen bereits erkennen. Immer wieder schauten sie auf den Talboden hinunter; jedesmal von neuem löste der Anblick des Cromlechs ein ehrfürchtiges Gefühl in ihnen aus, und ähnlich empfanden die Reiter, welche den beiden folgten: die Könige der Deceanglier, Cornovier, Ordovicen, Demetier, Silurer, Durotrigen, Belger, Catuvellauner, Atrebaten und Regnier; dazu Dutzende von Gauhäuptlingen dieser Stämme und schließlich ein kleiner Heerbann, der etwa fünfhundert Adelskrieger von niedrigerem Rang zählte.

Unter klarem, blaßblauem Himmel jagten die Rösser dahin; der Wind, der an diesem Vorfrühlingsmorgen noch kalt wehte, ließ die Gesichter der keltischen Edlen brennen. Doch ungeachtet dessen behielten die Britannier ihr scharfes Reittempo bei, bis sie zu einer Bachsenke gelangten, die sich in die Ebene hinabzog. Erst dort zügelten Arddwr und der knapp neununddreißigjährige Druide ihre Pferde und führten den Reiterzug im Trab in den Talkessel. Unten spornten sie die Tiere erneut an, um jetzt direkt auf den Steintempel aus grauer Vorzeit zuzuhalten – und dann, die Sonne hing erst schräg über der weich geschwungenen Bergkette im Osten, hatten sie den Cromlech erreicht.

Schwarzvögel schwirrten um die mächtigen, von den Decksteinen gekrönten Monolithen und die schlichteren Menhire, welche den zentralen Tempelraum umzirkelten; auch über den Grabhügeln, die unweit des Cromlechs lagen, kreisten Raben und Dohlen. In hundertstimmiger Erregung krächzten die Gefiederten, als Myrddin, der Eber von Cornueille, die zehn Stammesherrscher und die Häuptlinge ins Innere des archaischen Steinrundes schritten; die Adelskrieger stellten sich in einem tiefgestaffelten Kreis ringsum auf, und nachdem Stille unter den Edlen eingekehrt war, ergriff der Sohn Arwens und Morvryns das Wort.

»Wir haben unsere Rösser auf dem Weg zum Côr y Cewri nicht geschont«, wandte sich Myrddin an die Adligen. »Und unser schneller Ritt hierher hatte seinen guten Grund, denn«, der Druide deutete nach Süden, »da drüben auf der Bergkuppe am Saum der Talebene lauern in einem Dun, der einst den Belgern als Festung diente, unsere Feinde!«

»Die Sassenach haben nicht nur diejenigen abgeschlachtet, die zuvor dort wohnten, sondern außerdem ihr verfluchtes Zeichen an der nach Norden weisenden Hügelflanke angebracht!« rief der von den Germanen aus seinem Herrschaftsgebiet vertriebene König des genannten Volksstammes wütend aus.

»Du sagst es!« nickte Myrddin. »Wir alle sehen das weiße Pferd von gewaltigen Ausmaßen am Berghang unterhalb des Duns. Unsere Feinde haben die Erde an der Nordseite des Hügels abgetragen und so den Kalkboden darunter freigelegt, um das Bildnis des Fahlrosses zu formen und uns Kelten dadurch anzuzeigen, daß sie das Gebiet hier für sich beanspruchen.«

»Wir werden kämpfen, um das Land zurückzugewinnen!« stieß Gwenddolau, der junge Herrscher der Deceanglier, hervor. »Diesen Landstrich um Côr y Cewri und dazu alle übrigen Gebiete, die von den Sassenach besetzt sind!«

»Mutig gesprochen!« lobte der Druide den dreiundzwanzigjährigen König von Gwynedd. Gwenddolau war ein Sohn von Uddyr Pendraig; der bei Caer Nant gefallene Ard Rhi hatte ihn in seiner Jugend mit einer Häuptlingstochter aus den Bergen von Eryri Gwyn gezeugt, und kürzlich hatte Gwenddolau, der unter den deceanglischen Adligen wegen seiner Abstammung und seiner Waffenkunst hochgeachtet war, die Nachfolge seines Vaters als Herrscher in Gwynedd angetreten.

»Ich bin der Halbbruder des Ebers von Cornueille und habe mir geschworen, ihn rückhaltlos zu unterstützen!« erwiderte Gwenddolau mit einem freundschaftlichen Seitenblick auf Arddwr.

»Und du wirst reichlich Gelegenheit erhalten, dies zu tun!« erklärte Myrddin. »Du und ebenso die anderen Könige und Edlen, die hier bei uns stehen …«

Der Druide schaute in die Runde und fuhr fort: »Wir alle sind uns einig, daß der Kampf gegen unsere Feinde mit größter Entschlossenheit wiederaufgenommen werden muß. Der Tod des Pendraig, des dumnonischen Herrschers Gorlois und meines Vaters Morvryn darf uns auf gar keinen Fall lähmen. Vielmehr müssen wir die Kraft der britannischen Stämme von neuem bündeln, und deshalb sind wir heute zum Côr y Cewri geritten. Hierher zu dieser uralten Weihestätte, wo sehr weise Menschen schon vor Jahrtausenden eine Brücke nach Annwn errichteten und wo bis zum Vordringen der Mord- und Raubhorden Hengists und Horsas Priester unseres Volkes wirkten – wo wir aber auch das fahle Pferd der Sassenach und damit die Bedrohung durch den Weißen Drachen nur allzu deutlich vor Augen haben. Hier, an diesem uns überaus heiligen Ort im Feindesland und in Sichtweite einer mächtigen Festung der Sassenach, können wir die Notwendigkeit dessen, was geschehen muß, am deutlichsten erkennen. Und weil dies so ist, bin ich sicher, den Willen jedes einzelnen von uns auszudrücken, wenn ich sage: Wir müssen den Tapfersten aus unserer Mitte zum Rhiotam erwählen – zum Kriegskönig, welcher die Kämpfer sämtlicher Keltenstämme unter seinem Banner versammelt und sie gegen die Feinde führt!«

»Arddwr soll zum Rhiotam erhöht werden!« rief Gwenddolau.

»Kein anderer als er!« pflichtete ihm Meurig bei, der seit kurzem im Herrscher-Dun der Demetier über dem Tywi-Tal regierte.

»Der Eber von Cornueille!« kam es von Melwas, dem König der Durotrigen, der etwa im selben Alter wie Gwenddolau stand.

Im nächsten Moment erklang Arddwrs Name aus den Mündern aller Stammesherrscher und Häuptlinge; die Adelskrieger, darunter zahlreiche junge Männer aus dem Reiterverband des Ebers von Cornueille, stimmten begeistert ein – und es dauerte einige Zeit, ehe wieder Ruhe unter den Edlen eingekehrt war und Myrddin erneut das Wort ergreifen konnte.

»Eigentlich wollte ich euch vorhin stellvertretend für die Großen Wissenden, welche in den Hainen von Môn Mam Cymru und auf der Ynys Avallach leben, den von uns Druiden wohlerwogenen Rat geben, Arddwr zum Rhiotam zu erhöhen«, beschied Myrddin die Adligen. »Doch ihr seid mir mit eurer einhelligen Entscheidung zuvorgekommen, was eindrucksvoll beweist, welch hohe Wertschätzung der Eber von Cornueille bei euch genießt. Obwohl Arddwr der jüngste unter unseren Heerführern ist, seid ihr bereit, seinen Befehlen zu gehorchen, sobald der Krieg gegen die Sassenach von neuem beginnt. Und das ist sehr gut so, weil der Sohn des Pendraig und der dumnonischen Königin Ygerna schon vor seiner Geburt von den Gottheiten, den Sídhe und den Toten dazu auserkoren wurde, den kämpferischen Freiheitswillen der britannischen Volksstämme zu verkörpern. Aus diesem Grund wurde der Geist Arddwrs während der Heiligen Hochzeit von Tintagel in die Diesseitswelt gerufen; während des sakralen Zeugungsaktes, in dessen Verlauf sowohl die Leiber Uddyrs und Ygernas als auch die beiden westlichen Landesteile Cymru und Cornueille miteinander verschmolzen. Durch die Heilige Hochzeit wurde bereits damals das Waffenbündnis zwischen den Stämmen der Deceanglier, Cornovier, Ordovicen, Demetier, Silurer und Dumnonier geschmiedet, so daß wir den Feinden unseres Landes nachdrücklicheren Widerstand als zuvor entgegenzusetzen vermochten. Später, als der betagte Hochkönig Emrys gefallen war und Uddyr Pendraig seine Nachfolge angetreten hatte, schlossen sich dem ursprünglichen Bund weitere Stämme an – und nun, da ihr Arddwr zum Rhiotam ausgerufen habt, dürfen wir die berechtigte Hoffnung hegen, daß sich schon bald die Kampfscharen sämtlicher keltischer Volksstämme unter dem Banner des Ebers von Cornueille versammeln werden.«

»Ohne Zweifel wird Arddwrs Heldenmut auch jene, die bis jetzt noch zögern, mitreißen!« rief der Herrscher der Catuvellauner.

»Alle, die an der Seite des Ebers von Cornueille fechten, werden gleich ihm von den Barden gepriesen werden!« verkündete der cornovische König.

»Das blitzende Schwert von Uddyrs und Ygernas Sohn wird die über unserem Land lastende Finsternis erhellen!« ließ sich der vertriebene Herrscher der Belger vernehmen.

Im nächsten Moment winkte der silurische König einen seiner Gauhäuptlinge heran, der einen schweren, brusthohen Schild trug – aber ehe der Adlige die Fürstengruppe erreicht hatte, hob Myrddin den Arm. Sofort blieb der Häuptling stehen; unter den Edlen trat Stille ein, und nun sagte der Druide: »Ihr Stammesherrscher, Gauhäuptlinge und Adelskrieger habt Arddwr zwar bereits zum Rhiotam ausgerufen, doch bevor er nach altem Brauch zum Kriegskönig erhoben werden kann, muß er erklären, daß er die Wahl annimmt!«

Damit wandte sich Myrddin dem Zwanzigjährigen zu, welcher die ganze Zeit über stumm und zumeist mit bescheiden gesenktem Haupt neben ihm abgewartet hatte, und fragte ihn: »Bist du willens, die Aufgabe zu erfüllen, welche dir sowohl die Mächte von Annwn als auch die hier anwesenden Edlen zugedacht haben?«

»Ja!« erwiderte Arddwr mit fester Stimme. »Ich bin bereit, mit all meiner Kraft gegen den Weißen Drachen zu kämpfen! Dies schwöre ich, und die Gottheiten, die Sídhe und die Toten, welche hier im Côr y Cewri unsichtbar unter uns weilen, haben meine Worte gehört!«

»Dein Eid, Rhiotam von Britannien, ist in beiden Welten vernommen worden!« sprach Myrddin feierlich; sodann forderte er die Stammesherrscher auf: »Zelebriert jetzt das ehrwürdige Ritual!«

Der silurische Häuptling schritt weiter und übergab seinem König die schwere Schildwehr; gleich darauf legte der Stammesherrscher den wertvollen, mit ziselierten Bronzeplatten verstärkten Schild zu Füßen Arddwrs nieder. Der Zwanzigjährige stieg auf den mächtigen Rundschild; nunmehr traten ringsum die übrigen neun Könige heran, bückten sich, packten den Rand der Schildwehr und hoben Arddwr hoch über ihre Köpfe empor.

Im selben Augenblick, da es geschah, brachen die Gauhäuptlinge und Adelskrieger in Ovationen auf den jungen Rhiotam aus; wieder und wieder erscholl sein Name – bis Arddwr plötzlich sein Schwert Caladfulch zog und es dreimal in die Luft stieß.

Beinahe schlagartig wurde es still; nun wies der Eber von Cornueille mit seiner Klinge in Richtung des fahlen Pferdes an der Hügelflanke im Süden und rief: »Ich will den Sassenach zeigen, daß Britannien von dieser Stunde an einen Kriegskönig besitzt! Das Herz des weißen Rosses soll von meinem Speer und dazu von den Wurfwaffen der Stammesherrscher, die mich auf dem Schild erhöhten, durchbohrt werden! Schwingt euch also in die Sättel, ihr Häuptlinge und Adelskrieger, und folgt mir, Myrddin und den Königen zum Dun am Saum der Ebene, damit die Feinde unsere Unerschrockenheit erkennen!«

Wenig später preschte der kleine keltische Heerbann los. Nach etwa halbstündigem Ritt erreichten die Britannier den nördlichen Ausläufer des Festungshügels, und dort blieben der Druide, die Gauhäuptlinge und die anderen Edlen von niedrigerem Rang zurück. Arddwr und die Stammesherrscher hingegen sprengten den Hang unterhalb des Duns hinauf; sie ließen sich durch das Gebrüll der vielen hundert Sassenach, die sich oben auf den Wällen drängten, nicht einschüchtern, sondern jagten bis nahe an das Bildnis des weißen Pferdes heran.

Und dann, während von den Palisadenwällen Schauer von Pfeilen herabzischten, die jedoch zu kurz gingen, schleuderten der Rhiotam und die Könige ihre Speere. In der Herzgegend des Fahlrosses hagelten die Wurfwaffen in den Boden und blieben mit schräg gen Himmel gerichteten Schäften stecken. Unmittelbar darauf zwangen Arddwr und die Stammesherrscher ihre Pferde dazu, sich aufzubäumen; zugleich rissen die Reiter ihre Schwerter aus den Scheiden, wirbelten die Klingen um ihre Häupter und verhöhnten auf diese Weise die Feinde.

Das Wutgebrüll auf den Wallkronen schwoll zu frenetischem Toben an, aber die Torflügel der Festung wurden nicht geöffnet; selbst dann nicht, als der junge Rhiotam seinen Hengst noch ein Stück näher an den äußersten Ringwall herantrieb und das Roß direkt auf dem Torweg dreimal hintereinander steigen ließ. Als in hohem Bogenflug ein besonders weitreichender Pfeil herbeifiederte, lenkte Arddwr das Geschoß, das ihn sonst getroffen hätte, durch einen blitzschnellen Hieb mit Caladfulch ab. Sodann gab er den Königen ein Zeichen, und die Schar der Keltenfürsten galoppierte zum Gros des Heerbannes zurück.

Dort rief der zwanzigjährige Rhiotam seinem Freund und Berater Myrddin und den Häuptlingen zu: »Die feige Sassenach-Brut hat es nicht gewagt, den Dun zu verlassen und uns anzugreifen!«

»Eure Speere haben sich tief in den Leib des Weißen Drachen gebohrt und seinen Anhängern den Mut geraubt!« antwortete der Sohn Arwens und Morvryns.

»So war es, und so wird es künftig noch oft sein!« versetzte Arddwr, wobei seine Augen in visionärem Feuer leuchteten.

Mit dem nächsten Lidschlag spornte er seinen Hengst von neuem an und preschte nach Norden davon. Myrddin und die Stammesherrscher folgten ihm dichtauf; die Gauhäuptlinge und Adelskrieger schwenkten hinter ihnen ein – und dann, während auf den Festungswällen wildes, jedoch ohnmächtiges Geschrei erscholl, verschwand der kleine Heerbann wieder in Richtung des Côr y Cewri.

Im Innenrund des Steinheiligtums zelebrierte der Sohn Arwens und Morvryns, im Kreis der Hochadligen stehend, ein Abschiedsritual. Nachdem die Gebete an die Gottheiten, die Sídhe und die Toten gesprochen und die den Mächten von Annwn geweihten Kräuter verbrannt worden waren, zogen die Britannier zu der flachen Hügelkette weiter, von deren Kamm sie am Morgen in die riesige Talebene heruntergekommen waren. Den Rest des Tages schritten oder trabten die ausdauernden Pferde der Kelten stetig nach Nordwesten. In einem Waldstück, wo es einen von einem kräftigen Bachlauf gespeisten Teich gab, verbrachte man die Nacht, und als erneut die Morgensonne am Firmament emporgestiegen war, wurde es für die Angehörigen der verschiedenen Stämme Zeit, sich zu trennen.

Noch einmal umringten die zehn Könige den Rhiotam und dessen druidischen Berater; Arddwr wünschte ihnen Glück auf ihrem Heimweg und fügte hinzu: »Bald werdet ihr eure Stammesheere aufbieten, um sie mir zuzuführen. Und wenn sich die Kriegerscharen auf den Blachfeldern vor euren Duns eingefunden haben und ihr sie mustert, dann sollt ihr ihnen mitteilen, wie nichtswürdig sich unsere Feinde verhielten, als wir sie durch unsere Speerwürfe ins Herz des Fahlrosses herausforderten.«

»Das Wissen um die Feigheit der Sassenach wird den Kampfesmut unserer Männer beflügeln!« äußerte Gwenddolau.

»Und angesichts dessen wird dieses Jahr für uns Britannier hoffentlich erfreulicher als das vergangene verlaufen«, kam es von Meurig.

»Davon bin ich felsenfest überzeugt!« erklärte der Rhiotam. »Und jetzt lebt wohl, bis wir uns in der Woche vor Beltane am vereinbarten Treffpunkt wiedersehen, um mit unserer vereinten Heeresmacht gegen die Feinde ins Feld zu ziehen!«

***

Eineinhalb Monate später führte Arddwr, der nach dem Abschied von den zehn Stammesherrschern zusammen mit Myrddin nach Tintagel geritten war, erstmals in seinem Leben ein mächtiges Heer in den Krieg. Die keltische Streitmacht zählte um die dreizehntausend Kämpfer und verfügte über eine ungewöhnlich starke Reitertruppe, welche der Rhiotam aus den fünfhundert Adelskriegern seiner früheren Gefolgschaft sowie aus zusätzlichen Kampfscharen von besonders tapferen Berittenen gebildet hatte. Damit verfügte Arddwr nun über insgesamt tausend Reiter: einen Heerbann hoch zu Roß, wie es ihn nie zuvor in der Geschichte Britanniens gegeben hatte. Und schon fünfzehn Tage nachdem die zehn berittenen Hundertschaften und die zwölftausend Fußkrieger vom nordwestlichen Stammesgebiet der Belger aus in den Osten aufgebrochen waren, errang der zwanzigjährige Rhiotam einen spektakulären Sieg über die Sassenach.

Die Schlacht fand im Grenzland zwischen den Siedelgebieten der Atrebaten und Regnier statt. Um die keltische Streitmacht am weiteren Vordringen zu hindern, hatte das germanische Königspaar Hengist und Horsa ein Heer von etwa vierzehntausend Kämpfern aufgeboten – und als Arddwr die

Kriegshaufen der Sassenach erblickte, mußte er sich sagen, daß die Feinde ihre Stellungen klug gewählt hatten.

Die Germanen hatten eine links und rechts von dichtbewaldeten Hügelzügen gesäumte Heidefläche abgeriegelt, welche schräg von einem mäandrierenden Bach durchflossen wurde. Jenseits dieses Gewässers gab es eine schütter bewachsene Anhöhe, deren Kuppe durch einen Ringwall geschützt war, der allerdings keine Palisadenbewehrung mehr trug; offenbar handelte es sich um einen alten, schon vor langer Zeit aufgegebenen Dun. Ungefähr ein Viertel der Sassenach hatte diese einst von Britanniern erbaute Festungsanlage besetzt; das Gros der Feindscharen hingegen war in tiefgestaffelter Formation entlang des gewundenen Baches aufmarschiert, und beim Herannahen der keltischen Heeresspitze hatten die Kämpfer der vordersten germanischen Schlachtreihe, welche direkt am morastigen Ufer des Wasserlaufes standen, ihre fast mannshohen Viereckschilde dicht an dicht zu einer Schildmauer zusammengeschlossen.

Angespannt spähte der Rhiotam, der sich mit Myrddin beim Vortrab der britannischen Streitmacht befand, zu den Verteidigungsstellungen der Sassenach hinüber; dann wandte er sich dem neununddreißigjährigen Druiden zu und sagte: »Hengist und Horsa, deren Feldzeichen dort oben auf der Hügelkuppe zu erkennen ist, wollen uns dazu verlocken, auf breiter Front gegen den Bachlauf und den Wall von Schwerbewaffneten dahinter anzustürmen. Aber es wäre Wahnsinn, das zu tun, denn falls wir auf diese Art angreifen würden, hätten wir fürchterliche Verluste zu beklagen. Tausende unserer Fußkrieger würden im Nahkampf mit den Feinden, die sich in einer sehr viel günstigeren Position befinden, fallen. Und sofern es einzelnen Teilen unseres Heeres dennoch gelingen würde, die Schlachtlinie der Sassenach am sumpfigen Bachufer zu durchbrechen, müßten sie unweigerlich damit rechnen, sofort von frischen Feindscharen attackiert zu werden, welche von der Hügelflanke herabrennen würden.«

»Du willst also einen Frontalangriff vermeiden?« fragte Myrddin.

»Ja!« nickte Arddwr. »Ich werde den Kampf statt dessen mit einer Reiterattacke eröffnen – und wenn dieser Vorstoß Erfolg hat, wird es für Hengist und Horsa ein böses Erwachen geben!«

Der Eber von Cornueille zwinkerte seinem druidischen Freund zu; sodann gab er einem berittenen Carynx-Bläser, welcher in der Nähe hielt, einen Wink.

Der Mann blies ein Signal; wenig später galoppierten Gwenddolau, Meurig, Melwas und die übrigen Stammesherrscher, die sich beim keltischen Heeresverband befanden, heran.

Mit kurzen Worten erläuterte ihnen der Rhiotam seinen Plan; danach wies er die Könige an: »Sorgt jetzt dafür, daß sich unsere Fußkämpfer fünfzig Schritt vom Wasserlauf entfernt in Schlachtordnung formieren und die Hälfte unserer Reiterei vor ihnen Aufstellung nimmt!«

Die Stammesfürsten preschten davon; im Verlauf der nächsten halben Stunde wurde Arddwrs Befehl ausgeführt, und nachdem dies geschehen war, zogen sich der Rhiotam und Myrddin hinter die britannischen Linien zurück, welche sich nun ebenso weit wie die Front der Sassenach nach links und rechts ausdehnten. Die fünfhundert keltischen Berittenen dagegen, welche ins vorderste Treffen beordert worden waren, taten jetzt etwas, das die Germanen zutiefst überraschte. Die Sassenach hatten sich bereits auf den Ansturm der Britannier gefaßt gemacht – nun jedoch verblüfften die Keltenreiter ihre Feinde, indem sie ihre Fertigkeit im Sattel und ihre Waffenkunst zeigten.

Zunächst jagten Gruppen von Berittenen hin und her, glitten dabei von den Pferden, rannten ein Stück mit den Tieren, packten die Mähnen der Rösser und sprangen wieder auf deren Rücken. Dann stellten ein Dutzend Reiterpaare ihr Können unter Beweis, indem sie Scheinkämpfe mit Schwertern oder Speeren austrugen, wobei die Krieger teilweise auf den

Kruppen ihrer Pferde knieten oder sogar standen. Schließlich kam es zu einem spielerischen Massengefecht, bei welchem die Scharen der Britannier in zwei langgezogenen, gegenläufigen Kreisen umeinander herum galoppierten – und spätestens jetzt hatten die Germanen nur noch Augen für die fünfhundert Berittenen und achteten daher nicht mehr im geringsten auf das, was sich jenseits der von den keltischen Fußkämpfern gebildeten Schlachtreihen tat.

Dort befanden sich Arddwr und die Kerntruppe seiner Reiterei, deren junge Adelskrieger den Sassenach schon im vergangenen Jahr so hart zugesetzt hatten. Auf den Befehl des Rhiotam hin waren die meisten dieser Berittenen zu Beginn der Waffenspiele unweit der beiden Talränder abgesessen, um die Feinde in trügerischer Sicherheit zu wiegen – nun aber schwangen sie sich plötzlich in die Sättel und preschten los.

In zwei Stoßkeilen von gleicher Stärke jagten die Reiter zu den flachen Hügelausläufern am Saum der Bachebene, wo der Boden nicht morastig war; der Eber von Cornueille führte den einen Kampfverband, Gwenddolau den anderen. Im Nu hatten die Berittenen den Wasserlauf erreicht; jetzt galoppierten die Britannier an den Flanken des Feindheeres durch den nicht sonderlich tiefen Bach, schwenkten nach innen ein, fächerten aus und attackierten die völlig verstörten germanischen Fußkrieger in einem Zangenangriff von links und rechts.

Myrddin, der sich mittlerweile zu seinem Verwandten Meurig gesellt hatte, sah, wie die Sassenach zu Hunderten fielen und die Reiter immer tiefer in die Flügel der feindlichen Streitmacht eindrangen. Dann auf einmal schwenkte der Fahnenträger des Rhiotam das Banner mit dem Bildnis des Roten Drachen, das Arddwr von seinem Vater Uddyr Pendraig übernommen hatte, dreimal im Kreis, und auf dieses Zeichen hin gingen die fünfhundert Berittenen, welche die Germanen durch ihre Waffenspiele getäuscht hatten, ebenfalls zur Attacke vor. Durch das Gewässer preschend, richteten sie ihren Angriff auf die Stelle an der rechten Flanke der Sassenach, wo der Rhiotam focht. Dadurch gerieten die Feinde noch ärger in die Bredouille; gleich darauf war die Front der Germanen auf einer Breite von fünfzig Schritten durchbrochen, und nun nickte der Sohn Arwens und Morvryns dem Carynx-Bläser zu, der sich bei ihm und Meurig befand.

Ein röhrendes Signal erscholl, und sofort rannten die keltischen Fußkämpfer los. Mit wildem Kriegsgeschrei, von ihren Stammeskönigen und Häuptlingen angeführt, strömten zwei Drittel der einfachen britannischen Krieger dorthin, wo die Schlachtreihen der Feinde aufgesprengt worden waren, überquerten den Wasserlauf und drangen auf die Sassenach ein. Der Rest der keltischen Kämpfer riegelte das Bachufer ab, um den Germanen den Fluchtweg in diese Richtung zu versperren – und anschließend wurde wahr, was der Eber von Cornueille in dem kurzen Gespräch mit Myrddin vor Beginn der Schlacht angedeutet hatte.

Die Sassenach, die auf dem flachen Heideland gnadenlos von den britannischen Reitern und dazu den Fußkriegern bedrängt wurden, erlitten eine entsetzliche Niederlage. Nach höchstens einer Stunde hatten die Kelten einen überwältigenden Sieg errungen; das Schlachtfeld war mit unzähligen toten Germanen übersät, und nur wenigen hundert Feinden war es gelungen, sich auf die schütter bewachsene Anhöhe zu retten, welche Hengist und Horsa besetzt hielten.

Jetzt gab Arddwr Befehl, den Hügel mit dem Ringwall zu umzingeln. Als die Britannier den letzten Zufluchtsort der Sassenach eingeschlossen hatten, trabte der Rhiotam, der lediglich von seinem Fahnenträger und seinen zwölf vertrautesten Kampfgefährten sowie von Myrddin begleitet wurde, die Flanke der Erhebung hinauf. Knapp außer Schußweite der germanischen Bogenschützen zügelten die Kelten ihre Rösser, und Arddwr rief Hengist und Horsa, die unter ihrem Feldzeichen auf der Wallkrone standen, zu: »Ihr Sassenach habt abscheuliche Verbrechen an meinem Volk begangen, und dafür sind heute zehntausend eurer Krieger, die unten auf der Heide in ihrem Blut liegen, bestraft worden! Auch euch, die ihr zu feige wart, in die Schlacht einzugreifen, könnte ich nun töten lassen, denn wir Britannier sind euch dreifach überlegen und besitzen außerdem eine Waffe, die ihr bislang noch nicht kennengelernt habt! Doch ich will euch verschonen, sofern ihr mir schwört, zur Meeresküste zu ziehen und euch dort einzuschiffen, um in euer Heimatland zurückzukehren!«

Nachdem der Eber von Cornueille geendet hatte, blieb es eine Weile totenstill auf dem Wall; dann vernahmen der Rhiotam und seine Begleiter die Antwort Hengists: »Du willst uns verhöhnen, du Hund, der du das Banner dessen führst, der im vergangenen Herbst von unseren Kämpfern erschlagen wurde! Niemals werden ich und Horsa unseren Stolz vor dir beugen, und solltest du es wagen, den Sturm auf diesen Festungshügel zu versuchen, so wird seine Erde mit deinem Herzblut getränkt werden!«

»Das Herrscherpaar der Sassenach ersehnt den Tod!« sagte der Sohn Arwens und Morvryns zu Arddwr.

»Schon sehr bald werden Hengist und Horsa ihm begegnen!« versetzte der Rhiotam; mit dem nächsten Lidschlag riß er sein Roß herum und sprengte, gefolgt von Myrddin und den anderen, wieder talwärts.

Unten auf der Heide besprachen sich Arddwr und der Druide kurz mit den Stammeskönigen; anschließend gab der Rhiotam einem Adelskrieger aus der Schar seiner engsten Waffengefährten den Befehl: »Du, Bedwyr, nimmst dir zweihundert Berittene und bringst mit ihnen die Gehörnten nach vorne!«

Der junge Edle galoppierte davon; wenig später preschte die von Bedwyr angeführte Reiterschar in Richtung des westlichen Talausganges und verschwand jenseits einer Waldzunge, welche die Heidefläche dort begrenzte.

Während dies geschah, sammelte sich das Gros der Berittenen auf ein Carynx-Signal hin an der Stelle, wo Arddwrs

Drachenbanner im Wind wehte. Zugleich öffneten die Fußkämpfer, welche den Westhang der vom Dun gekrönten Anhöhe abgeriegelt hatten, den Belagerungsring und formierten sich in zwei langen Linien neu, so daß eine Gasse entstand, die sich ein gutes Stück den Festungshügel emporzog und auf dessen Kuppe wies.

Kaum hatten die einfachen Krieger ihre Reihen geschlossen, drang vom Talende dumpfes Dröhnen heran. Im nächsten Moment bogen urweltlich wirkende Tiere um den Saum des Waldausläufers dort: zuerst einzelne Rudel, sodann eine schier unübersehbare Herde, deren donnerndes Hufgetrommel die Erde erbeben ließ. Es handelte sich um Hunderte halbwilder Rinder, welche die Kelten beim Troß ihres Heeres mitgetrieben hatten, um auf dem Feldzug Frischfleisch genießen zu können, und jetzt jagten Bedwyr und dessen Reiter die beinahe in Stampede dahinstürmenden Gehörnten über die Heide auf den Dun zu.

Von den Berittenen flankiert, raste die Rinderherde durch den Bach und fegte über das Schlachtfeld, auf dem die Gefallenen lagen. Dann preschten die Tiere mit den zottigen Fellen zwischen die Linien der Fußkämpfer; nun ließen sich Bedwyr und seine Reiter zurückfallen, bildeten einen Pulk hinter der Herde – und zu ihnen stießen jetzt, im Galopp heransprengend, der Rhiotam und dessen berittener Heerbann.

Gleich darauf erreichte die Rinderherde den Abhang des Festungshügels. Die dort stehenden Fußkrieger sorgten durch Waffenlärm und Geschrei dafür, daß die Tiere nicht seitlich ausbrachen; dasselbe taten einige Dutzend britannische Reiter, welche nun plötzlich weiter oben an der Hangflanke auftauchten. Wenige Augenblicke später kamen die vordersten Rinder in Reichweite der germanischen Speerwerfer und Bogenschützen; etliche Tiere stürzten, aber die Masse der jetzt in totale Stampede geratenden Herde ließ sich dadurch nicht aufhalten – und dann überwanden die völlig verstörten Rinder den jahrhundertealten und daher teilweise erodierten Erdwall des Duns.

Die meisten Sassenach auf dem bedrohten Wallabschnitt vermochten gerade noch auszuweichen. Um die zwanzig Germanen jedoch wurden niedergetrampelt; sie starben unter den Hufen der mächtigen Tiere, und unmittelbar nachdem diese Männer ihr Leben verloren hatten, hielt der Tod hundertfache Ernte. Denn nun preschten, der Rinderherde direkt hinterdrein, die keltischen Berittenen heran, gewannen die Wallkrone und gingen zum furiosen Angriff auf die Sassenach über. Die britannischen Reiter hetzten ihre Feinde sowohl auf dem breiten Ringwall als auch im Inneren der Festungsanlage, wo die Germanen zusätzlich von den jetzt blindwütig hin und her stürmenden Horntieren bedrängt wurden. Überall erklangen die Todesschreie der Sassenach, die nicht mehr imstande waren, den keltischen Berittenen geordneten Widerstand zu leisten – und kurze Zeit darauf, als auch die Tausendschaften der britannischen Fußkrieger die Anhöhe erklommen hatten, erfüllte sich das Schicksal der Germanen.

Bald türmten sich die Leichen der Sassenach zu Haufen; dann, während ein paar hundert Kelten die Rinderherde aus dem Dun jagten, wurden die letzten noch kampffähigen Germanen – ungefähr ein halbes Tausend – in der Mitte der Ringwallfestung zusammengetrieben. Unter ihnen befanden sich Hengist und Horsa; verzweifelt fochten beide um ihr Leben, aber am Ende fielen sie ebenso wie alle anderen. Arddwr spaltete den Schädel Hengists mit seinem Schwert Caladfulch; Horsa, die sich wie ein Berserker mit ihrer schweren Streitaxt verteidigt hatte, starb durch die Hand des edlen Gwalchmai: eines von Môn stammenden Adelskriegers, der zu den verschworenen Gefährten des Ebers von Cornueille gehörte.

Als das blutige Werk getan war, zogen sich die Britannier in die Talebene zurück und kümmerten sich dort um ihre Verwundeten. Später wurden die getöteten Kelten beigesetzt, und nachdem er sich mit Myrddin ausgetauscht hatte, befahl

Arddwr, auch die gefallenen Germanen zu begraben. Diese Arbeit nahm den Rest des Tages in Anspruch; am frühen Abend sodann verließ das britannische Heer die Walstatt und lagerte die Nacht über in einiger Entfernung vom Schlachtfeld. Bei Sonnenaufgang des neuen Tages marschierten die Kampfverbände des Rhiotam nach Norden, und kurz bevor neuerlich die Dunkelheit hereinbrach, erreichte das Keltenheer, dem das Banner mit dem Roten Drachen voranwehte, den Königs-Dun der Atrebaten.

In der Großen Halle der Herrscherfestung feierten Arddwr und die übrigen Edlen ihren grandiosen Sieg über die Sassenach; immer wieder ließen die Stammeskönige und Adelskrieger den Rhiotam hochleben, der an Myrddins Seite auf dem Hochthron saß – und am lautesten jubelten dem Eber von Cornueille jedesmal jene zwölf jungen Edlen zu, die er zu seinen engsten Vertrauten erwählt hatte: Gwenddolau, der dreiundzwanzigjährige Herrscher der Deceanglier und der etwa gleichaltrige durotrigische König Melwas; dazu der kühne Bedwyr und der rotblonde Gwalchmai, welcher als Verwandter des nun in Annwn weilenden Uddyr Pendraig mit Arddwr und Gwenddolau versippt war; weiter der druidisch gebildete Llancyllodd, der in seiner Jugend auf der Ynys Avallach erzogen worden war, und der hochgewachsene Caihir; außerdem der von Ceridwen mit bardischem Genie gesegnete Taliesin und Owain, der Sohn des Herrschers der Briganten; schließlich Galwad, welcher die von ihm befehligten Kämpfer mit Stentorstimme anzufeuern pflegte, sowie der grimmige Morvan, der erst achtzehnjährige Culhwch und Pereddwr, dessen Vater Evrawg Gauhäuptling im Land der Silurer war.

Auf dem Höhepunkt des Festes pries Taliesin die Tapferkeit des Rhiotam und die Weisheit von Arddwrs Freund und Berater Myrddin in einem vielstrophigen Gedicht, und spät in der Nacht, als der Eber von Cornueille und der Druide ihre Unterkunft aufsuchten, sagte Myrddin zu Arddwr: »In der Schlacht gegen Hengist und Horsa hast du bewundernswertes Feldherrengeschick bewiesen und dadurch deine Erhöhung zum Kriegskönig mehr als gerechtfertigt. Und sofern du unsere Feinde weiterhin mit solch großem Erfolg bekämpfst, werden dich die Stammesherrscher eines Tages womöglich zum Ard Rhi ausrufen.«

»Zum Nachfolger meines Vaters ...« murmelte der Zwanzigjährige. »Bestimmt wäre Ygerna, die in Tintagel trauert, dann stolz auf mich. Ebenso Uddyr und Gorlois ...« Sinnend schaute Arddwr zum Sternenhimmel empor. »Aber was reden wir da ... Vorerst brauchen die Volksstämme vor allem einen Rhiotam, der sie von den Mord- und Raubhorden der Sassenach befreit. Darin sehe ich meine einzige Aufgabe. Und erst wenn die Feinde ganz und gar von unserer Insel vertrieben sind und wir Kelten endlich wieder in Frieden leben können, sollte meiner Ansicht nach über die Wahl eines neuen Hochkönigs nachgedacht werden ...«

»Deine Zurückhaltung ehrt dich«, antwortete der Druide; sodann wechselte er das Thema: »Die Verse deines Waffengefährten Taliesin besaßen einen Wohlklang von beinahe andersweltlichem Zauber, nicht wahr?«

»Mein bardischer Freund wird sich dank seiner Kunst dereinst wohl Unsterblichkeit erringen«, erklärte Arddwr. »Doch auch mit Schwert und Speer ist er ein Meister.«

»Wie jeder der zwölf, die zusammen mit dir den edelsten Totembund unseres Heeres bilden«, nickte Myrddin.

»Den Bund des Roten Drachen!« Unwillkürlich faßte der junge Rhiotam nach dem Griff von Caladfulch. »Und schon bald wird der Weiße Drache abermals schwer unter unseren Schlägen zu leiden haben!«

***

In der Tat errang Arddwr noch im gleichen Jahr einen zweiten wichtigen Sieg über die Sassenach. Im westlichen Grenzgebiet zwischen den Ländereien der Trinovanten und Kenten schlug der Rhiotam ein starkes Feindheer, welches Octha – ein Verwandter Hengists und Horsas, der nach dem Tod des germanischen Herrscherpaares König geworden war – von Norden herangeführt hatte. Einen vollen Tag tobte die Schlacht; zuletzt sahen sich Octhas arg dezimierte Kampfscharen gezwungen, in verschiedene, von den Sassenach besetzte Hügelfestungen an der Meeresküste zu flüchten.

Nachdem er den Feinden diese Niederlage beigebracht hatte, entschied sich Arddwr in Absprache mit Myrddin, seine eigene Streitmacht größtenteils aufzulösen, damit die Fußkrieger zur Feldarbeit in ihre Heimatgaue abziehen konnten. Auch der Druide begab sich unter Bedeckung durch eine durotrigische Kampfschar nach Avalon; der Rhiotam hingegen blieb mit seiner tausendköpfigen Reitertruppe in der Küstengegend und setzte den Feinden dort weiter zu. Bis zum Frühherbst jagten Arddwrs Berittene, die jetzt zumeist in kleineren, voneinander unabhängigen Einheiten operierten, die Sassenach, welche zwischen den einzelnen, durch die Bildnisse der weißen Pferde gekennzeichneten Duns unterwegs waren. Zudem nahmen die Kelten, wie früher bereits, Nachschubtransporte der Germanen weg oder steckten in überraschenden Attacken auf die Hafenorte Schiffe der Feinde in Brand, und erst an Alban Elued verließ der Heerbann des Rhiotam die Gegend und zog nach Westen ab.

Doch auch in den Herbst- und Wintermonaten blieb Arddwr nicht untätig; vielmehr sorgte er nun dafür, daß die Siedelstätten der Britannier im Landesinneren besser als bisher geschützt wurden. Erneut in enger Abstimmung mit seinem druidischen Freund und Berater bezeichnete der Rhiotam seinen zwölf Waffengefährten eine Reihe von Hügelfestungen, die allesamt auf einer von Norden nach Süden verlaufenden Linie nahe der Westgrenze der von den Sassenach gehaltenen Gebiete lagen. Die Kette dieser oft aufgegebenen oder schadhaften Duns erstreckte sich von den Gauen der Coritaner über die Ländereien der Catuvellauner und Atrebaten bis ins Stammesgebiet der Regnier an der Südküste, und jetzt führten die jungen Edlen, welche dem Totembund des Roten Drachen angehörten, ihre Kriegerscharen zu jenen Festungen, um sie nach den Plänen Myrddins und Arddwrs zu besonders effektiven Verteidigungsanlagen auszubauen.

Mit Hilfe der ortsansässigen Bevölkerung wurden die Erdwälle der Duns vom Gestrüpp befreit und die häufig halbverfallenen Torbauten und Palisadenzäune ausgebessert; anschließend sicherte man die Festungen durch eine spezielle Maßnahme zusätzlich gegen feindliche Angriffe. Der druidische Berater des Rhiotam hatte nämlich in alten Buchrollen, die auf der Ynys Avallach aufbewahrt wurden, Zeichnungen von schier unbezwingbaren Wallanlagen gefunden, wie sie vor Jahrhunderten von den Galliern jenseits des Meeres errichtet worden waren, und nach diesem Muster wurden nun auch die Ringwälle der von Arddwr und Myrddin ausgewählten Duns verstärkt. Die bislang schräg ansteigenden Außenfronten der Erdwälle wurden in ihrem unteren Bereich senkrecht abgegraben; sodann rammte man dort mannshohe Eichenpfosten in den Boden, verband diese durch Querstreben, so daß ein mächtiger Fachwerkrahmen entstand, und packte schwere Bruchsteine zwischen die Balken. Zuletzt wurde das Holz- und Felsgefüge durch eine lotrechte Wand aus kantigen Eichenpfählen, die man im Feuer gehärtet hatte, geschlossen – und damit besaßen die Festungen jetzt Außenwälle, an denen jeder Sturmangriff scheitern mußte.

Bis zum Vorfrühling des neuen Jahres waren die Duns fertiggestellt. Nun wählten die örtlichen Häuptlinge erprobte Krieger unter ihren Gefolgsleuten aus, welche als ständige Besatzungen in den Festungen bleiben sollten; die im Umland der Duns lebenden Bauern- und Handwerkerfamilien wiederum hatten jetzt die Möglichkeit, bei einer Bedrohung durch die Sassenach Zuflucht in den Festungen zu suchen. Darüber hinaus konnte die Kette der Duns der Streitmacht des Rhiotam als sicherer Rückhalt im weiteren Kampf gegen Octha dienen – und mit diesem Wissen ritten die zwölf verschworenen Waffengefährten Arddwrs um die Zeit von

Alban Ailyr ins Stammesgebiet der Durotrigen zurück, wo der Eber von Cornueille sie erwartete.

Zuerst trafen Melwas, Gwalchmai und Llancyllodd, welche in den Ländereien der Regnier tätig gewesen waren, im Hauptquartier des Rhiotam ein: in Camelot, dem gewaltigen Dun, der nur drei Reitstunden von Avalon entfernt lag. Als der junge durotrigische König und die beiden anderen Edlen dort anlangten, erkannten sie, daß Arddwr den Herbst und Winter auf ähnliche Weise genutzt hatte wie sie. Denn auch die uralte Hügelfestung, die seit Menschengedenken verödet dagelegen hatte, war wiederhergestellt worden – und zwar in einer Stärke, wie der Dun sie nie zuvor besessen hatte.

Bei einem Rundgang, den sie gemeinsam mit dem Rhiotam und Myrddin durch die bereits von mehr als zweitausend Bewohnern bevölkerte Festung unternahmen, kamen Melwas, Gwalchmai und Llancyllodd aus dem Staunen nicht heraus. Ein dreifacher Erdwall mit tiefen, schluchtartigen Gräben umzirkelte das riesige Areal auf der leicht ansteigenden Hügelkuppe; der innerste und höchste Wall war ebenso wie bei den Duns der Verteidigungslinie im Osten zusätzlich durch Balken- und Felspackungen gesichert worden, und den Wehrgang hinter den Palisaden dort hatte man mit kleinen rötlichen Steinen gepflastert.

»Diese Kiesel sollen den Kämpfern hier oben die Kraft des Roten Drachen verleihen«, erklärte der Druide; der Eber von Cornueille fügte hinzu: »Morgana, die während der vergangenen Monate oft von der Ynys Avallach herüberkam, hatte die Idee dazu.«

Nachdem die fünf Edlen den Innenwall der Festung einmal umschritten hatten, folgten Melwas, Gwalchmai und Llancyllodd dem Rhiotam und Myrddin zu den Gebäuden, welche auf dem Hügelplateau errichtet worden waren. Im Zentrum des ausgedehnten Areals erhob sich eine Große Halle; ringsum gab es Hunderte von Wohnhäusern und dazu zahlreiche solide gezimmerte Pferdestallungen mit angebauten Futterscheunen, von denen freilich noch nicht alle fertiggestellt waren.

»Im Augenblick haben wir die Möglichkeit, an die sechshundert Rösser unterzubringen«, erläuterte Arddwr seinen Waffengefährten. »In Bälde aber wird es Platz für tausend Tiere geben, und bei eurer Ankunft habt ihr gesehen, daß die Pferde unten in der Nähe des Hohlweges, der zum Torbau heraufführt, getränkt werden können. Denn ein ergiebiger Quellbach dort speist einen Teich von beträchtlichem Umfang, den wir zur Versorgung der Tiere angelegt haben.«

»Ich bin äußerst beeindruckt von dem, was ihr hier geleistet habt!« bekannte Llancyllodd. Sinnend ließ der in Avalon erzogene Adelskrieger seinen Blick in die Runde schweifen, dann deutete er in Richtung der Hügelkuppe. »Da droben liegt noch freies Gelände. Was soll dort entstehen?«

»Eine Weihestätte, die Camelot mit Annwn verbinden wird«, beschied ihn der Rhiotam. »Doch Myrddin muß erst herausfinden, auf welche Art das Heiligtum am besten gestaltet werden kann.«

»Du wartest auf eine Erleuchtung?« wandte sich Llancyllodd an den Sohn Arwens und Morvryns.

»Ja«, bestätigte dieser. »Und ich habe das Gefühl, daß noch ein oder zwei Jahre verstreichen werden, ehe die Andersweltlichen mir den entscheidenden Hinweis geben.«

»Es steht uns Irdischen gut an, wenn wir uns dem weisen Willen derer beugen, die in Annwn herrschen«, sagte Llancyllodd leise.

»So ist es«, nickte Myrddin. »Und insbesondere hier in Camelot sollte keinesfalls etwas geschehen, was unter Umständen den Absichten der anderweltlichen Mächte zuwiderlaufen könnte. Dieser Ort nämlich zeichnet sich nicht nur durch seine Nähe zur Ynys Avallach aus, sondern auch durch sein außergewöhnlich ehrwürdiges Alter. Denn die Ursprünge von Camelot wurzeln tiefer in der Zeit als selbst die von Côr y Cewri.«

»Ich hörte es, weiß aber nichts Genaueres«, murmelte Melwas.

»Erzähle uns aus der Geschichte Camelots«, bat Gwalchmai den Druiden.

Myrddin sammelte sich kurz, sodann berichtete er: »Die Erinnerung an die Menschen, welche den ersten Erdwall dieses Duns aufschütteten, wurde in Avalon bewahrt. Es handelte sich um die Ureinwohner Britanniens, die weder Bronze noch Eisen kannten, jedoch meisterlich mit ihren Stein- und Knochenwerkzeugen umzugehen wußten. Diese Bauern und Hirten, deren Priesterschaft schon damals auf der Ynys Avallach lebte, erbauten also vor mehr als dreitausend Jahren hier oben eine Befestigungsanlage, in der sie bei Gefahr Zuflucht finden konnten. Später, als die Stämme unseres Volkes über das Meer gekommen waren, wurde Camelot zu einem keltischen Fürstensitz. Dies geschah vor zehn Jahrhunderten, und ein halbes Jahrtausend war der Dun mit seinen nun sehr viel machtvolleren Ringwällen eine der wichtigsten Festungen deines Volksstammes, Melwas. Aber dann brach fürchterliches Unheil über Britannien herein ...«

»Die Ruheiniog überrannten unsere Insel!« stieß Arddwr hervor. »Und die Legionen, welche den vom Ungeist des Weißen Drachen besessenen Imperatoren in Rom dienten, knechteten unser Volk fast vier Jahrhunderte lang!«

»Die keltischen Stämme litten aufs grausamste!« bekräftigte der Druide. »Sklaverei herrschte in Britannien! Folter und Willkürherrschaft – und schließlich, als die Ruheiniog Christen geworden waren, beleidigten sie auch noch die wahren Gottheiten, die Sídhe und die Toten, indem sie, teils auf dem Boden uralter Weihestätten, Steintempel für ihren unsäglichen Kreuzgötzen errichteten, uns Große Wissende verfolgten oder gar ermordeten und in ihrer abgrundtiefen Dummheit die allumfassende Gegenwart derjenigen leugneten, die in Annwn beheimatet sind!«

»Sogar in Avalon zeigte sich zuletzt die Bösartigkeit der

Christen!« kam es von Llancyllodd. »Über dreihundert Jahre hatten die Druidinnen dort eine kleine Gemeinde von Kreuzanbetern geduldet und beschützt, deren Ahnen einst vor den Ruheiniog aus Judäa geflohen waren, und dann plötzlich ließen selbst diese Christen ihre Maske fallen und versuchten, die Priesterinnen der Dreifachen Göttin von der heiligen Insel zu vertreiben!«

»Das bekam ihnen freilich schlecht, denn kurz nachdem sie begonnen hatten, Unfrieden auf der Ynys Avallach zu säen, jagten durotrigische Krieger sie davon!« grinste Melwas.

»Dies war zu der Zeit, da die Legionen der Ruheiniog Britannien verlassen mußten, weil ihr Imperium zusammenzubrechen begann«, warf Gwalchmai ein.

»Endlich waren die keltischen Volksstämme wieder frei!« nahm neuerlich Myrddin das Wort. »Sie konnten wie früher nach ihren eigenen menschenfreundlichen Gesetzen leben, unbehelligt den alten und ewigen Göttinnen und Göttern dienen und in ihre Duns zurückkehren, welche bis dahin oft von den Legionären besetzt gewesen waren.«

»Hier in Camelot jedoch hatten, wenn ich recht unterrichtet bin, keine Ruheiniog gehaust, oder?« erkundigte sich Llancyllodd.

»Nicht auf Dauer«, entgegnete der Druide. »Aber als die Legionen unser Land eroberten, wurde der Fürstensitz von ihnen niedergebrannt und völlig verwüstet und lag danach mehr als vier Jahrhunderte verödet da, bis Arddwr, Morgana und ich den Entschluß faßten, ihn mächtiger denn je wieder aufbauen zu lassen. Und schon in wenigen Wochen werden sämtliche Gebäude des Duns vollendet sein; nur die Weihestätte fehlt vorerst noch, doch der Tag wird kommen, da auch sie entstehen kann ...« Nachdenklich schaute Myrddin zur Hügelkuppe hinauf; sodann richtete er den Blick wieder auf Melwas, Gwalchmai und Llancyllodd und schloß: »Jetzt kennt ihr die gesamte Geschichte von Camelot. Und künftig wird die uralte Ringwallfestung hier am südlichen Rand der fruchtbaren Ebene, die sich bis hinüber nach Avalon erstreckt, sehr große Bedeutung für euch haben, denn sie soll unserem Rhiotam als Herrschersitz dienen.«

»In Camelot werden die tausend Reiter leben, welche den Kern unseres Heeres bilden«, fügte Arddwr mit blitzenden Augen hinzu. »Und selbstverständlich auch die Frauen und Kinder der Adelskrieger, von denen bereits viele aus ihren Heimatgauen eingetroffen sind. Außerdem Waffenschmiede, Bronzegießer, Sattler, Schildmacher und andere Handwerker, die dafür sorgen, daß unsere berittenen Kämpfer stets bestens ausgerüstet in den Krieg ziehen können. Und was die Verpflegung der Menschen hier angeht, so haben Myrddin, Morgana und ich ebenfalls schon das Nötige in die Wege geleitet. Die Bauern der hiesigen Gegend werden regelmäßig Brotgetreide und andere Lebensmittel in den Dun liefern und erhalten dafür eine angemessene Entschädigung, welche durch Beauftragte der Priesterinnen von Avalon bei den südwestlichen Stämmen erhoben wird.«

»Ihr habt wirklich an alles gedacht!« äußerte Gwalchmai anerkennend. »Auch an ausgedehnte und schon eingefriedete Weidegründe rings um die Hügelfestung für die Rösser.«

»Auf den Koppeln unten in der Talebene finden die Pferde während der warmen Jahreszeit ausreichend Futter«, nickte der Rhiotam. »Und in den Frostmonaten bekommen die Tiere Hafer und Winterheu aus den Vorratsscheunen hier oben im Dun.«

»Das klingt beinahe so, als wolltest du mit deinen Reiterkriegern auf Dauer in Camelot seßhaft werden«, scherzte Melwas.

»Manchmal denke ich in der Tat daran, mir eine wunderschöne Frau zu suchen, die Freuden der Liebe mit ihr zu genießen und den Kampf euch zu überlassen«, ging Arddwr auf den Spaß ein. Gleich darauf aber wurde seine Miene wieder ernst. »Nein – noch müssen wir allesamt unsere ganze Kraft aufbieten, um weitere Siege über die Sassenach zu erringen!«

»Wann soll der nächste Feldzug beginnen?« fragte Llancyllodd.

»Bis Beltane wird sich die Heeresmacht der britannischen Könige hier bei meiner Festung versammeln«, entgegnete der Rhiotam. »Und sofort nach dem Frühlingsfest, das wir Edlen diesmal auf der Ynys Avallach feiern wollen, brechen wir in den Osten auf.«

***

Ähnlich wie im Vorjahr bedrängte der Eber von Cornueille die Feinde auch diesmal wieder sehr erfolgreich. Die Kampfverbände Octhas und der anderen germanischen Anführer wurden mehrfach geschlagen, und Arddwr konnte beträchtliche Teile der von den Sassenach besetzten keltischen Stammesgebiete zurückerobern; insbesondere verschiedene Gaue in den Ländereien der Atrebaten und Regnier. Zudem gelang es den Britanniern, ein Hilfsheer der Germanen zu stellen und aufzureiben, das kurz vor Lughnasad auf mehr als vierzig Schiffen an der westlichen Kentenküste gelandet war. Angesichts all dessen zogen die keltischen Berittenen und Fußkrieger um Alban Elued herum in guter Stimmung wieder in Richtung Camelot – doch dann geschah etwas, das den Eber von Cornueille und dessen Waffengefährten bis aufs Blut reizte.

Arddwr und die übrigen zwölf Mitglieder des Totembundes vom Roten Drachen ritten an diesem Tag gemeinsam mit Myrddin in der Mitte des britannischen Heerwurmes; plötzlich galoppierte ein demetischer Adliger heran, riß sein Roß neben dem Fuchshengst des Rhiotam in die Hanken und rief Arddwr zu: »Da drüben auf der Anhöhe haben die verfluchten Kreuzanbeter heute morgen noch schlimmer als selbst die Sassenach gewütet!«

»Was ist passiert?!« stieß der Rhiotam hervor.

»Ich war soeben mit einem Spähtrupp dort in den Hügeln, um nach versprengten Feinden zu forschen«, antwortete der Edle. »Und dabei entdeckten wir eine völlig zerstörte Weihestätte der Quellgöttin Brigid. Die Birken, welche das Steinbecken mit dem heiligen Wasser umsäumt hatten, waren umgehauen; der Born selbst war auf unsägliche Weise besudelt, und der Schrein, in dem die Menschen dieser Gegend ihre Opfergaben niedergelegt hatten, war ausgeraubt und verbrannt. Fassungslos standen wir an der geschändeten Weihestätte; mit einemmal kroch eine Frau aus einem Ginstergestrüpp, wo sie sich bei unserer Ankunft versteckt hatte, und berichtete uns weinend, daß es Christen von einem nahe gelegenen Monasterium gewesen waren, welche am heutigen Vormittag ...«

»Wo genau befindet sich dieses Kloster?!« unterbrach Arddwr den Demetier.

»Nicht weit von hier«, erwiderte der Adlige. »Man muß lediglich über die Hügelkette, um es in der Ferne zu erblicken.«

»Schon sehr bald wird diese Brutstätte des Bösen den Augen der Sterblichen entzogen sein!« versetzte der Eber von Cornueille grimmig; im nächsten Moment erteilte er eine Reihe von Befehlen – und gleich darauf preschten die dreizehn Angehörigen des Drachenbundes, der Sohn Arwens und Morvryns sowie dreihundert Reiter aus Arddwrs Kerntruppe davon.

Eine halbe Stunde später erreichte der kleine Heerbann das Monasterium, welches in einer von schroffen Felsen geschützten Talsenke erbaut worden war. Die rechteckigen Gebäude des Klosters waren festungsartig um einen Innenhof angeordnet; als der Pulk der Bewaffneten herannahte, wurde das schwere Zugangstor zum Monasterium hastig geschlossen.

Hart vor dem Portal zügelten der Rhiotam und seine Vertrauten ihre Rösser; sodann rief Arddwr zur Torplattform, wo sich etwa ein Dutzend Mönche in braunen Wollumhängen drängten, hinauf: »Ich, der ich von den alten und ewigen Gottheiten sowie den Druiden und Herrschern der britannischen Volksstämme zum Kriegskönig erwählt wurde, fordere Einlaß in dieses Kloster!«

»Weiche von uns, du Ausgeburt des Teufels!« schrie der Abt des Monasteriums, wobei er Arddwr ein mannshohes Kruzifix entgegenstreckte. »Du dienst abscheulichen Götzen, deren belialische Pfuhle, Steine, Schreine und Urwalddickichte dem einzig wahren Gott ein Greuel sind und deshalb vom Angesicht der Erde ausgetilgt werden müssen, und weil du derart satanische Dämonenanbeterei betreibst, wollen wir nichts mit dir zu tun haben!«

Zornig umkrampfte der Rhiotam den Griff seines Schwertes. »Du bist es, der mit dem Abgöttischen im Bunde ist! Denn deine Leute zerstörten das Heiligtum der gnadenvollen Brigid! Der liebreichen Göttin, die mit ihren Quellströmen das Land befruchtet, so daß das pflanzliche, tierische und menschliche Leben in seiner ganzen wunderbaren Vielfalt zu gedeihen vermag!«

»So ist es von Anbeginn der Zeiten, und so wird es immerdar sein!« ergriff nunmehr Myrddin das Wort.

»Christus herrscht von Ewigkeit zu Ewigkeit, und einzig ihm verdankt alles, was existiert, sein Dasein!« brüllte der Abt.

»Wenn es so wäre, hätte es bis vor fünf Jahrhunderten keinerlei Leben geben können, weil der, den ihr für einen Gott erachtet, damals noch gar nicht geboren war!« entgegnete der Druide. »Und jetzt öffnet endlich das Portal für den Kriegskönig Britanniens, damit er sein Urteil über euch sprechen kann!«

»Er hat kein Recht, über uns zu richten, da wir allein Christus als unseren Herrn anerkennen!« scholl es vom Torturm herab.

»Ihr werdet gleich schmerzlich begreifen, wer in diesem Land die wahre Herrschaft ausübt!« rief Arddwr – und raunte seinem Waffengefährten Caihir, der neben ihm hielt, etwas zu.

Der hochgewachsene Adelskrieger grinste und lenkte, während die anderen ein Stück beiseite wichen, sein Pferd ganz an das Portal heran. Dann zog er eine schwere Streitaxt, die er von einem Germanenhäuptling erbeutet hatte, aus dem Sattelhalfter, zwang sein Tier dazu, sich aufzubäumen, und hieb das Kampfbeil in den oberen Querbalken des Klostertores. Kaum hatte sein Roß die Vorderhufe wieder auf der Erde, stand Caihir urplötzlich auf der Kruppe des Tieres, packte den Axtstiel, schwang sich an ihm empor, überwand die niedrige Brüstung der Torplattform und jagte die Mönche mit gezückter Klinge zurück. Wenige Augenblicke später riß Caihir das Portal von innen auf; der Rhiotam, Myrddin und die übrigen Edlen galoppierten, gefolgt von etwa fünfzig weiteren Reitern, in den Hof des Monasteriums, und die restlichen Berittenen umzingelten das Kloster von außen.

Inmitten des Hofplatzes wurden die Christen, deren man sofort habhaft werden konnte, zusammengetrieben, und nachdem auch jene herbeigeholt worden waren, die sich in den Gebäuden verkrochen hatten, ließ Arddwr den Abt der ungefähr hundertzwanzig Mönche vor sich bringen und eröffnete ihm: »Ihr habt die alten und ewigen Gottheiten sowie uns, ihre Anhänger, die wir euch bislang in Britannien geduldet und nicht verfolgt haben, aufs ärgste beleidigt! Zur Strafe dafür könnte ich euch töten lassen, aber ich werde euer Blut nicht vergießen, denn ich wurde in meiner Jugend in die druidische Lehre eingeführt und verschmähe es daher, Wehrlose abzuschlachten. Doch in diesem Land, wo ihr in eurer bösartigen Verblendung das Brigid-Heiligtum geschändet habt, soll eures Bleibens nicht länger sein! Verschwindet also zur Küste und schifft euch nach Gallien ein; dort könnt ihr gewiß bei euresgleichen unterkommen, da die Kreuzanbeter ja jenseits der See viel zahlreicher als hier in Britannien sind. Das Monasterium aber wird zur Sühne für euer Verbrechen niedergebrannt, und sollte ich irgendwann nochmals Christen hier antreffen, so werde ich keinerlei Gnade mehr walten lassen!«

Unverzüglich vollstreckten die keltischen Krieger das Urteil des Rhiotam. Die Mönche wurden aus dem Kloster gejagt und flohen nach Süden; während die Horde in den schmutzig braunen Umhängen auf die Hügel zu rannte, räumten die britannischen Reiter die Scheunen und Keller des Monasteriums leer. Die reichhaltigen Vorräte an Korn und anderen Lebensmitteln, welche die Christen gehortet hatten, wurden auf Karren verladen, von denen es gut ein Dutzend im Kloster gab; danach spannten die Krieger Maulesel aus der Stallung des Monasteriums vor die Fuhrwerke und führten die Zugtiere auf das freie Feld vor dem Kloster. Auch die Mastochsen, die Schweine, die Schafe und das übrige Nutzvieh, das sich die Mönche gehalten hatten, wurden durchs Tor getrieben, und anschließend schleuderten die Reiter lodernde Fackeln ins Innere und auf die Schindeldächer der Gebäude.

Innerhalb kürzester Zeit war das Monasterium von turmhoch emporfauchenden Flammen eingehüllt, und während der kleine Heerbann des Ebers von Cornueille zum Gros der britannischen Streitmacht zurückkehrte, krachten die Bauwerke des Klosters in sich zusammen. So wurden die Christen, welche in ihrem frevelhaften Fanatismus die Weihestätte der lebenspendenden Göttin Brigid zerstört hatten, bestraft; unter den Kampfscharen des Rhiotam hingegen herrschte am Abend dieses Tages große Freude, denn das Fleisch der erbeuteten Tiere wurde an den Lagerfeuern gebraten und sodann genüßlich verzehrt.

Arddwr und seine engsten Vertrauten freilich verzichteten darauf, sich an dem Gelage zu beteiligen. Vielmehr tauschten sie sich in dieser Nacht noch lange über die bösartige Engstirnigkeit der Mönche aus, und zuletzt sagte Myrddin: »Zwar mag es vielleicht einzelne Ausnahmen geben, doch die allermeisten Christen sind offenbar unfähig, den Glauben andersdenkender Menschen zu achten. Sie sind von dem schrecklichen und verderblichen Wahn besessen, der ganzen Menschheit ihre Afterphilosophie aufzwingen zu wollen – und dies, obwohl die Irrlehre der Kreuzanbeter, die allein diesen Christus als Gott gelten lassen möchte, das wahre Wesen des Göttlichen nicht im mindesten erkennt: jenes unendlich vielfältige Wesen, das sich in unserer keltischen Religion naturgemäß auch in der Vielzahl der weiblichen und männlichen sowie der tierisch, pflanzlich oder rein geistig gedachten Gottheiten ausdrückt. Und von daher, weil die Kreuzanbeter von solcher Dummheit und zugleich Unduldsamkeit sind, fürchte ich, daß aufgrund dieses Irrsinns der Christen dereinst grauenhaftes Unheil über unser Land hereinbrechen wird!«

»Beinahe will es mir scheinen, als hättest du dich soeben in ovatischer Weitsicht geäußert«, murmelte der junge decanglische König Gwenddolau, nachdem der Druide geendet hatte.

»Dieses Gefühl habe ich ebenfalls«, kam es nachdenklich vom Rhiotam – und während der nächsten Tage, da der Heeresverband wie zuvor stetig nach Westen marschierte, ritten Arddwr, Myrddin und Gwenddolau häufig Seite an Seite und sprachen über die ihnen so unverständliche spirituelle Beschränktheit und die daraus entstehende Gewaltbereitschaft der Kreuzanbeter.

In der Woche vor Samhain schließlich – der Rhiotam hatte die Stammesherrscher und deren Streitscharen unterwegs nach und nach in ihre heimatlichen Siedelgebiete entlassen – langte das berittene Kernheer der Britannier wieder in Camelot an. In Gesellschaft Arddwrs und seiner verschworenen Waffengefährten, von denen nur die Könige Gwenddolau und Melwas fehlten, verbrachte Myrddin den Herbst und Winter in der mittlerweile völlig fertiggestellten Festung. Manchmal kam Morgana von der Ynys Avallach herüber und verbrachte viele Stunden in vertraulichem Gedankenaustausch mit dem Freund und Berater des Rhiotam; bei anderen Gelegenheiten stattete Myrddin der Pendruid von Avalon Gegenbesuche ab, und auch an den Jahreskreisfesten Alban Arthuan, Imbolc und Alban Ailyr weilte der Sohn Arwens und Morvryns gemeinsam mit Arddwr und den übrigen anwesenden Mitgliedern des Drachenbundes auf dem heiligen Eiland.

Bald nach der Frühjahrstagundnachtgleiche dann kehrten Melwas und Gwenddolau von ihren Herrscher-Duns nach Camelot zurück; kurz vor Beltane feierte Myrddin seinen einundvierzigsten Geburtstag und saß dabei an der reichgedeckten Tafel in der Großen Halle der Ringwallfestung des Rhiotam neben Ygerna, welche aus Tintagel angereist war, um einige Wochen in Gesellschaft Arddwrs zu verleben. Die schöne, aber von ihrer Witwenschaft gezeichnete Königin von Cornueille blieb bis zu dem Morgen Anfang Mai, an welchem das Heer ihres einzigen Sohnes erneut in den Krieg zog, in Camelot; sodann, während die Streitmacht des Rhiotam nach Osten abmarschierte, ritt Ygerna unter der Bedeckung einer Kampfschar dumnonischer Edler wieder nach Westen, wo die von ihr regierten Gaue lagen.

Im Verlauf der darauffolgenden Monate mußten die Sassenach nicht minder schwere Schläge als im Jahr zuvor einstecken. Einmal, bei einer Schlacht im Grenzland zwischen den Stammesgebieten der Trinovanten und Icener, entging der feindliche Herrscher Octha dem Tod nur mit knapper Not; allerdings wurde auch der Barde Taliesin, welcher den Heerführer der Germanen gemeinsam mit Owain, dem Königssproß der Briganten, und dem grimmigen Morvan in die Enge getrieben hatte, verwundet. Eben als Taliesin, der bereits Octhas Schildarm aufgeschlitzt hatte, zu einem mächtigen Schwerthieb ausholte, um dem Herrscher der Sassenach den Schädel zu spalten, traf ihn ein Speerstoß in den Oberschenkel und riß ihn vom Roß. So konnten etliche Gefolgsleute Octhas ihren König heraushauen, und der Barde geriet seinerseits in arge Bedrängnis – bis Galwad, Culhwch und Pereddwr herbeigaloppierten, um dem auf der Erde liegenden Taliesin sowie Owain und Morvan beizuspringen, welche den Barden verzweifelt vor den wütenden Attacken einer plötzlich aufgetauchten Übermacht von Feinden zu schützen versuchten.

Dies geschah am Tag der Sommersonnenwende; am Spätnachmittag waren die Sassenach geschlagen, und die dezimierten Streithaufen der Germanen flohen in völliger Auflösung. Einmal mehr hatten die Britannier unter dem Befehl des nunmehr zweiundzwanzigjährigen Arddwr einen wichtigen Sieg errungen – und dieses Wissen tröstete Taliesin, der sich gezwungen sah, die nächsten eineinhalb Monate in einem trinovantischen Häuptlings-Dun zu verbringen, über seine schmerzhafte Verletzung hinweg. Und schon zwei Wochen nach Lughnasad stieß der Barde wieder zum Heer des Rhiotam; gerade noch rechtzeitig, um an einer weiteren Schlacht teilzunehmen, die im nördlichsten Gau des icenischen Siedelgebietes geschlagen wurde. Dort erlitt Octha eine zweite Niederlage; die Kampfreihen der Sassenach wurden aufgesprengt, danach jagte die keltische Reiterei die Feinde gleich Hasen über das Marschland nahe der westöstlich verlaufenden Küste, und nur die hereinbrechende Nacht verhinderte, daß Octhas Streitmacht total aufgerieben wurde.

Am folgenden Morgen erblickte ein britannischer Kundschaftertrupp draußen auf hoher See mehr als zweihundertfünfzig nach Osten davonsegelnde Schiffe; offenbar hatte die Flotte in einer Flußmündung gelegen, und jetzt brachten sich die überlebenden Sassenach auf dem Wasserweg in Sicherheit.

Nachdem Arddwr den Bericht der Späher vernommen hatte, beriet er sich mit Myrddin und den übrigen Edlen; sodann entschied der Rhiotam: »Wir marschieren nach Süden in Richtung des Kernlandes des feindlichen Herrschaftsgebiets, denn zweifellos wird auch der Schiffsverband dorthin Kurs nehmen, sobald er das Ostkap der Icener-Küste umrundet hat. Und falls Octha es wagen sollte, seine Flotte irgendwo ankern zu lassen, ehe er seine schwerbefestigten Stützpunkte erreicht, werden wir ihm eine dritte Schlacht liefern!«

Dazu jedoch kam es nicht, weil die Germanenschiffe während der nächsten acht Tage, in denen sie ununterbrochen von den keltischen Berittenen beobachtet wurden, stets in respektvoller Entfernung von den Stränden der Icener und später der Trinovanten blieben. Zuletzt erreichte die Flotte für sie ungefährliches Terrain im Südosten der britannischen Insel, wo Hunderttausende von Sassenach siedelten und Dutzende mit weißen Pferden gekennzeichnete Duns lagen – und weil sich die warme Jahreszeit mittlerweile ihrem Ende zuneigte, beschloß der Eber von Cornueille, sein Heer zurück nach Westen zu führen.

Kurz vor Alban Elued trafen die Reitereinheiten des Rhiotam wieder in Camelot ein; den Herbst und Winter über erholten sich die Krieger von den Anstrengungen des Feldzuges, und der Sohn Arwens und Morvryns verbrachte neuerlich viele Stunden in der Gesellschaft Morganas, mit der ihn tiefes menschliches und spirituelles Einvernehmen verband.

Manchmal fragte sich Myrddin, ob daraus vielleicht eines Tages sogar Liebe entstehen könnte – aber immer wurde ihm dann unter leisem Seelenschmerz bewußt, daß ihm das Glück inniger Zweisamkeit in seinem gegenwärtigen irdischen Dasein, da er Unsterblichkeit erringen sollte, nicht vergönnt sein würde. Und im ausgehenden Winter schließlich, in der Nacht, die auf Imbolc folgte, vernahm der Druide eine lautlos hallende Stimme, die wie aus sehr weiter Ferne an sein Ohr drang und ihn ins Grenzland zwischen den Stammesgebieten der Belger und Atrebaten rief …

***

Fünfeinhalb Tage war Myrddin von Camelot aus ohne Begleitung nach Ostnordosten geritten; nun, die Sonne stand gerade im Mittag, überquerte er einen sanft gewellten Hügelkamm, auf dem sich uralte Eiben erhoben – und als das Roß des Druiden jenseits des Waldstücks ins Freie kam, erschaute Myrddin unten in der Talebene ein Bild, das ihn im Innersten berührte.

Der Sohn Arwens und Morvryns, der sein Pferd sofort zum Stehen gebracht hatte, blickte auf die heilige Landschaft von Meini Hirion Afon hinab. Zu seiner Linken sah er einen riesigen, von wuchtigen Monolithen gebildeten Cromlech; von ihm aus führte eine Doppelreihe von Menhiren zu einem zweiten, kleineren Steinring, welcher die Kuppe einer niedrigen Anhöhe am gegenüberliegenden östlichen Talsaum krönte. Halbrechts konnte Myrddin auf einer Bodenwelle die Silhouette eines mächtigen, langgestreckten Hügelgrabes ausmachen, und fast direkt vor ihm ragte ein gewaltiger, nur schütter bewachsener Erdkegel mit flachem Gipfelplateau empor, dessen regelmäßige Form dem Druiden verriet, daß er von Menschen geschaffen worden war.

Geraume Zeit ließ Myrddin die Ausstrahlung der uralten Sakrallandschaft auf sich wirken; endlich trieb er sein Roß wieder an und lenkte es in die Talsenke hinunter. Dort ehrte er die Erbauer der verschiedenen Heiligtümer durch ein Ritual, welches er im Zentrum des größeren der beiden Cromlechs zelebrierte; nachdem der Rauch der Opferkräuter zum Himmel gestiegen war, ritt der Druide zu der Grabanlage, deren Zugang durch archaische Felsblöcke verschlossen war, und hielt stille Zwiesprache mit den Geistern der hier über viele Jahrhunderte hinweg beigesetzten Toten. Zuletzt ließ Myrddin sein Pferd in Richtung des künstlichen Kegelhügels traben, dessen Höhe zwischen hundertzwanzig und hundertdreißig Fuß betragen mochte – und im selben Moment, da der Sohn Arwens und Morvryns bei dieser geheimnisvollsten Sakralstätte von Meini Hirion Afon anlangte, trat eine weißhaarige Greisin in schwarzem Gewand unter einer Dreiergruppe leise im Wind rauschender Birken hervor.

Schweigend musterten die Alte und Myrddin einander; schließlich sagte der Druide: »Ich erkenne in dir eine Große Wissende und grüße dich deshalb als meine Schwester.«

»Ich heiße dich als meinen Bruder willkommen, Freund und Ratgeber des Rhiotam«, antwortete die Greisin. »Und ich habe dich, der du von Ceridwen zu diesem von mir behüteten Ort gerufen wurdest, erwartet.«

Myrddin schwang sich aus dem Sattel, umarmte die Weißhaarige und erklärte danach: »Ich vertraue mich deiner spirituellen Führung an.«

»So komm mit mir auf die heilige Erhebung, wo du Erleuchtung finden sollst«, erwiderte die Alte.

Der Sohn Arwens und Morvryns schlang die Zügel seines Rosses um einen Birkenast und schritt an der Seite der Greisin zur Hügelflanke. Auf einem Spiralpfad, welcher sich dreimal um den Hang des gigantischen Erdkegels wand, geleitete ihn die Weißhaarige zur Kuppe der Anhöhe; dort ließen sich beide unter einer einzelnstehenden Eibe im Moos nieder, und die Alte beschied den Druiden: »Damit du geistige Klarheit gewinnen kannst, mußt du in das verborgene Innere dieses Hügels schauen.«

Myrddin schloß die Augen; eine Weile hörte er lediglich das Windflüstern in den Eibenzweigen, dann vernahm er erneut die Stimme der Greisin: »Die hier in der Gegend lebenden Bauern erzählen nachts an ihren Herdfeuern, daß ein Urkönig, der einen goldenen Kronreif auf dem Haupt trägt und ein Gefäß aus Bergkristall in den Armen hält, in der Tiefe dieser Anhöhe ruht. Und das ist wahr, denn vor sehr langer Zeit, als der Hügel, dessen Aufschüttung durch Menschenhand Jahrhunderte in Anspruch nahm, vollendet war, wurde der damalige Herrscher des hiesigen Stammesgebietes, welcher den letzten Korb Erdreich zum Gipfel heraufgeschafft hatte, hier begraben. Seine sterblichen Überreste liegen dreißig Fuß unter dem Wurzelwerk der Eibe, bei der wir sitzen, und das Kristallgefäß, welches der König, der vor mehr als dreitausend Jahren regierte, an seiner Brust birgt, enthält Humus aus sämtlichen Landschaften Britanniens ...«

»Ich beginne etwas zu ahnen«, flüsterte der Sohn Arwens und Morvryns.

»Schon bald wirst du alles begreifen«, entgegnete die Alte, und nachdem sie wie zuvor einige Atemzüge lang geschwiegen hatte, fuhr sie fort: »Der Stammesherrscher brachte den allerletzten Tragekorb voll Erde auf die Hügelkuppe, und ein anderer König, der ein halbes Jahrtausend früher lebte, trug den allerersten heran. In der Zeit dazwischen aber pilgerten in regelmäßigen Abständen von neununddreißig Mondmonaten Abordnungen der verschiedenen Volksstämme unserer Insel hierher ins Tal von Meini Hirion Afon, die Humus aus ihren jeweiligen Siedelgebieten bei sich hatten. Jeden dritten Sommer trafen die Abgesandten aus den nördlichen und südlichen, östlichen und westlichen Landesteilen hier zusammen, und so wurde die Anhöhe allmählich aufgeschüttet. Immer mächtiger wuchs sie im Lauf der Jahrhunderte empor, und wenn man oben auf ihrer Gipfelfläche stand, konnte man sehen, daß der Boden in gleich große Kreisabschnitte aufgeteilt war, welche jedoch unterschiedliche Beschaffenheit zeigten, weil die Stammesabordnungen das Erdreich, das sie spendeten, stets an denselben, ihren Volksstämmen unveränderlich zugewiesenen Stellen aus ihren Körben rieseln ließen und feststampften. Und dies wurde so gehalten, bis der heilige Hügel in seiner ganzen vollkommenen Schönheit entstanden war; in jener Gestalt, welche die Menschen jetzt bereits seit über dreitausend Jahren bewundern …«

»Die Erhebung erinnert an eine weibliche Brust«, murmelte Myrddin, welcher die Lider wieder geöffnet hatte, aber mit einemmal wie in Trance wirkte.

»Du sagst es«, nickte die Greisin. »In der Form der Anhöhe drückt sich die nährende Kraft der Erdmutter aus; die Kraft der Großen Göttin, die alles Dasein hervorbringt und es durch die Milch der Erkenntnis von Lebenskreislauf zu Lebenskreislauf geistig wachsen und heranreifen läßt – und nun, da du diese Botschaft des Sakralhügels verinnerlicht hast, wirst du auch vernehmen, was dir aus seinem verborgenen Bereich entgegenklingt …«

Ein feines Lächeln spielte um die Lippen der Alten; langsam erhob sie sich, streichelte dem Sohn Arwens und Morvryns zärtlich über die rotblonden Locken, drehte sich um – und war mit dem nächsten Lidschlag verschwunden.

Es schien Myrddin, als wäre der Leib der Greisin unvermittelt mit dem Eibenstamm verschmolzen; beglückt erschauernd raunte der Druide den Namen Ceridwens – und im gleichen Augenblick erfüllte ihn die Erleuchtung, die er sich seit der Wiederbefestigung Camelots erhofft hatte.

Der Sohn Arwens und Morvryns glaubte vor sich zu sehen, wie sich das verschleierte Wesen der heiligen Anhöhe mit dem bislang noch brachliegenden Landstück im oberen Bereich der Hügelfestung des Rhiotam verband. Es war ihm, als würden aus den von verschiedenartigem Humus gebildeten Kreisabschnitten, von denen die Weißhaarige im schwarzen Gewand gesprochen hatte, gewaltige Bäume aufsprießen – und im selben Moment, da er diese Vision hatte, wurde ihm auch klar, daß die Eichen mit den weitausladenden Kronen einzig an jenen Plätzen stehen durften, deren außergewöhnlich starke andersweltliche Schwingungen er bereits vor längerer Zeit erstmals erspürt hatte.

»Auf diese Weise wird Camelot vollendet werden!« stieß Myrddin hervor; sodann betete er inbrünstig zur Dreifachen Göttin und dankte ihr für das Geschenk, das sie ihm gemacht hatte.

Erst bei Einbruch der Abenddämmerung verließ der Druide die Anhöhe, die aus dem Erdreich aller Stammesgebiete Britanniens aufgeschüttet worden war, bestieg sein Pferd und lenkte es zum Ufer eines Flüßchens, das sich durch die Talebene schlängelte. An einer geeigneten Stelle richtete sich Myrddin einen Lagerplatz her; in der Nacht träumte er von dreizehn Edlen, die einen überwältigenden Sieg im Kampf gegen die Feinde seines Landes errangen. Kaum graute der neue Morgen, war der Druide wieder auf den Beinen und ritt noch einmal zum großen Cromlech, um dort ein Abschiedsritual zu zelebrieren; anschließend galoppierte der Sohn Arwens und Morvryns in westlicher Richtung davon.

Knapp zwei Wochen nach Imbolc kehrte Myrddin, der in Meini Hirion Afon Erkenntnis gesucht und gefunden hatte, in die Ringwallfestung des Ebers von Cornueille zurück. Arddwr eilte seinem druidischen Berater von seinem doppelstöckigen Herrscherhaus aus entgegen und begrüßte ihn beim Torbau des Duns; nachdem die Freunde sich umarmt hatten, fragte der Rhiotam: »Hat Ceridwen dir den richtigen Weg aufgezeigt?«

»Ja!« antwortete Myrddin. »Ich habe das, was entstehen soll, im Geiste erschaut und will sofort damit beginnen, dem, was ich in meiner Entrückung erblickte, irdische Gestalt zu verleihen.«

Während der nächsten Tage durchstreifte der Sohn Arwens und Morvryns, abermals allein, die dichten Wälder, die sich auf den Höhenzügen in der Umgebung Camelots erstreckten. Der Druide ließ sich dabei von seiner Intuition leiten, und so entdeckte er nach und nach dreizehn mächtige Eichen, die für sein Vorhaben geeignet waren. Die Stämme all dieser Bäume waren etwa fünf Fuß über dem Boden gegabelt, und dort, wo sich das knorrige Holz teilte, schien die Luft kaum sichtbar zu flirren, was ein Anzeichen dafür war, daß das verbindende Wesen des Gottes Hu-He-Su die Eichen erfüllte. Ansonsten waren die Bäume von ungefähr gleicher Höhe und standen in der Fülle ihrer Kraft, und auch dies war wichtig für Myrddin, denn aufgrund dessen konnten die Eichen, ohne Schaden zu nehmen, verpflanzt werden.

Als der Sohn Arwens und Morvryns seine Auswahl getroffen hatte, besprach er sich mit Arddwr und den übrigen Mitgliedern des Drachenbundes, die sich zu jener Zeit ohne Ausnahme im Dun des Rhiotam aufhielten. Gleich am Morgen darauf ritten der Druide und die dreizehn Edlen dorthin, wo der erste von Myrddin ausfindig gemachte heilige Baum wuchs. Ein Fuhrwerk, das von einem Doppelgespann Ochsen gezogen wurde, folgte den Adligen, und dann sahen die Krieger, welche die Zugtiere geführt hatten, wie Arddwr und dessen Waffengenossen das Wurzelwerk der Eiche ausgruben, den Baum unter Anleitung des Druiden behutsam umlegten und ihn auf das Gefährt luden.

Am Nachmittag wurde der Wurzelballen der Eiche von den

Angehörigen des Totembundes im oberen Bereich der Ringwallfestung des Rhiotam wieder in die Erde gesenkt – und zwar an einer ganz bestimmten Stelle, die Myrddin den dreizehn Edlen mit Hilfe einer Wünschelrute bezeichnet hatte. Auch die neun Priesterinnen der Ynys Avallach waren jetzt zugegen, und nachdem der Baum von neuem aufgerichtet und der Humus um seinen Stamm festgestampft worden war, begossen die Druidinnen die Erde feierlich mit Wasser von der Roten Quelle Avalons.

Auf diese Art sollte die Eiche mit dem Eingriff der Menschen in ihr Dasein ausgesöhnt und Schaden von ihr abgewendet werden – und dasselbe Ritual wurde im Lauf der nächsten zwölf Tage, als die Mitglieder des Drachenbundes einen nach dem anderen die übrigen Bäume umpflanzten, regelmäßig wiederholt.

Zuletzt, genau drei Wochen vor Alban Ailyr, bildeten die dreizehn Eichen ein sehr harmonisch wirkendes Oval quer zur Hügelkuppe, und keiner der gewaltigen Bäume erweckte den Anschein, als hätte er durch die Verpflanzung gelitten. Dennoch wartete der Sohn Arwens und Morvryns bis kurz vor dem Fest zur Frühjahrstagundnachtgleiche ab und untersuchte die Eichen täglich sehr sorgsam, ehe er schließlich den Eber von Cornueille beschied: »Die vom Geist des Gottes Hu-He-Su beseelten Bäume sind kerngesund geblieben, und deshalb kann das sakrale Werk an Alban Ailyr vollendet werden.«

Als Myrddin am Morgen des Festtages aus seinem behaglich eingerichteten Wohnhaus trat, welches direkt neben dem von Arddwr stand, begrüßten ihn der Rhiotam und dessen verschworene Vertraute mit feierlichen Mienen. Gemeinsam schritten der Druide, Arddwr und die Schar der jungen Adligen zum Eichenhain hinauf, bei dem sich bereits die anderen in Camelot lebenden Edlen sowie die Priesterinnen der Ynys Avallach eingefunden hatten. Nun führten Myrddin und Morgana die Adligen und Druidinnen ins Innere des Hains.

Die Großen Wissenden sowie der Rhiotam und dessen zwölf Waffengefährten nahmen in zwei getrennten Gruppen in der Mitte des ovalen Baumrundes Aufstellung; die übrigen Edlen formierten sich im Kreis ringsum, und die einfachen Festungsbewohner, an die dreitausend, drängten sich außerhalb des Eichenhains zusammen.

Nachdem allgemeine Ruhe eingekehrt war, wandte sich der Sohn Arwens und Morvryns an die Pendruid von Avalon und bat sie: »Segne diejenigen, deren Geist durch die Stärke der Bäume, die Kraft der Erde und die Macht von Hu-He-Su vereint werden soll, mit dem Wasser des Roten Borns.«

»Sehr gerne will ich das tun«, antwortete Morgana. »Doch erlaube, daß eine meiner Schwestern mir dabei zur Hand geht …« Sie wies auf die jüngste der Priesterinnen, eine äußerst anziehende Deceanglierin mit dunklem Haar und strahlend blauen Augen, welche kaum fünfundzwanzig Jahre zählte, und fuhr fort: »Wie dir bekannt ist, kam Nimue, die einem Häuptlingsgeschlecht auf Môn Mam Cymru entstammt, erst kürzlich auf die Ynys Avallach. Dennoch hat sie im Apfelbaumhain schon viel Wertvolles bewirkt, und daher möchte ich sie jetzt auszeichnen, indem ich das Ritual gemeinschaftlich mit ihr zelebriere.«

»Es wird Arddwr und seinen Totembrüdern eine Ehre sein, von euch beiden mit dem heiligen Quellwasser geweiht zu werden«, entgegnete Myrddin.

Die Pendruid schenkte ihm ein Lächeln; sodann nickte sie Nimue zu, und die schöne Deceanglierin trat an Morganas Seite. Eine dritte Priesterin übergab Nimue einen kleinen goldenen Kessel, welcher mit dem Sakralwasser gefüllt war, sowie ein Büschel Mistelzweige, und nachdem die Deceanglierin das Gefäß und den Mistelstrauß empfangen hatte, schritten sie und Morgana dorthin, wo der Rhiotam und dessen Waffengefährten standen. Als die Druidinnen herankamen, knieten die Angehörigen des Drachenbundes nieder; zugleich überreichte Nimue der Pendruid den befeuchteten Mistelbuschen, und Morgana benetzte die gesenkten Häupter der Edlen nacheinander mit dem Wasser aus der Roten Quelle von Avalon.

Während die Pendruid dies tat, rief sie in melodischem Gebet den Segen der Dreifachen Göttin auf die dreizehn jungen Männer herab, und die Deceanglierin repetierte die Fürbitten an bestimmten Stellen durch einen mit getragener Stimme gesungenen Refrain. Schließlich begaben sich Morgana und Nimue zu ihren Schwestern zurück; Arddwr und die anderen erhoben sich wieder, und nun ergriff der Sohn Arwens und Morvryns das Wort und hielt eine feierliche Rede.

»Schon vor mehreren Jahren erteilte der Rhiotam den Befehl, den uralten und seit Menschengedenken verwaisten Dun von Camelot neu zu befestigen und ihn mit mächtigeren Bollwerken denn je zu versehen, und dies ist bestens gelungen«, begann Myrddin. »Eine Weihestätte aber fehlte hier oben bisher noch, und sie im Sinn des Roten Drachen zu errichten, sollte meine Aufgabe sein. Lange überlegte ich, wie das Heiligtum gestaltet werden könnte; die Weihestätte hier an diesem Platz, welcher, wie ich bereits bei meinem ersten Besuch des Duns erkannte, mit ganz besonderen Erdkräften erfüllt ist. Doch erst kürzlich, als ich in Meini Hirion Afon weilte, wohin Ceridwen mich gerufen hatte, schenkte mir die Göttin Erleuchtung …«

Für einen Moment stand der Druide schweigend und mit versonnenem Gesichtsausdruck da; dann erklärte er: »In der genannten Sakrallandschaft gibt es einen riesigen kegelförmigen Hügel, der in grauer Vorzeit aus Erdreich aufgeschüttet wurde, das man aus sämtlichen Gegenden Britanniens herbeigeschafft hatte. Auf diese Weise wurden die verschiedenen Stämme, die unsere Insel damals bevölkerten, zu einer unauflöslichen Einheit verbunden; zugleich entstand ein Erdwerk, wie es einzigartig in unserem Land ist – und nachdem ich aus dem Mund derjenigen, welcher ich in Meini Hirion Afon begegnete, davon erfahren hatte, fiel es mir wie Schuppen von den Augen, und ich wußte plötzlich, was ich hier in Camelot zu tun hatte ...«

Myrddin deutete auf die Mitglieder des Totembundes und fuhr fort: »Diese jungen Edlen, deren Tapferkeit von den Barden in begeisterten Gedichten gewürdigt wird, haben sich aus allen Landesteilen Britanniens zusammengefunden, um dem Wüten des Weißen Drachen Einhalt zu gebieten. Gemeinsam befehligen sie den schlagkräftigsten Kampfverband unseres Heeres; in der Schlacht stehen sie selbstlos und mit äußerstem Mut füreinander ein, und weil dies so ist, haben Arddwr und seine Waffenbrüder schon eine ganze Reihe wichtiger Siege errungen. Unverbrüchliches Verschworensein ermöglichte es ihnen und den von ihnen geführten Kampfscharen, das Blatt in der Auseinandersetzung mit den Sassenach zu wenden und die Feinde in den Südosten unserer Insel zurückzutreiben. Aber noch immer sind Octha und seine Horden sehr mächtig; nach wie vor können sie uns Kelten brandgefährlich werden und neuerlich mordend und raubend über unsere Siedelstätten hereinbrechen – und deshalb muß der Bund des Roten Drachen durch die Hilfe der Andersweltlichen noch größere Kampfkraft als bisher gewinnen!«

Der Druide tauschte einen Blick mit dem Rhiotam, aus dessen Augen kriegerisches Feuer leuchtete; mit dem nächsten Lidschlag sprach er weiter: »Die Eichen, die wir aus den Wäldern heranschafften und hier zum heiligen Hain anordneten, werden dir, Arddwr, und deinen zwölf Gefährten die mentale Stärke verleihen, die ihr benötigt, um den Feinden die entscheidende Niederlage beizubringen! Denn ihr dreizehn Vorkämpfer Britanniens sollt magisch mit den dreizehn Bäumen verbunden werden; ein jeder von euch mit der ihm gemäßen Eiche. Und weil die vom Wesen des Gottes Hu-He-Su durchdrungenen Bäume an Plätzen stehen, wo überaus intensiv schwingende Erdkräfte wirken, kann die Macht von Annwn in euch einfließen, wenn ihr miteinander unter den Eichen meditiert. Diese Macht wird euch mit höchster innerer Stärke erfüllen; zugleich werdet ihr durch sie geistig aufs tiefste verschmolzen, so daß ihr wie nie zuvor im gemeinsamen Wollen und Handeln vereint seid. So werdet ihr imstande sein, eine außergewöhnlich große Tat zu vollbringen; eine Heldentat, von der die Barden noch in Jahrtausenden künden werden – und ihr könnt euch diesen unsterblichen Ruhm erringen, weil ihr auf ähnliche Weise verbunden sein werdet wie die verschiedenartigen Erdschichten im Hügel von Meini Hirion Afon, die wie ihr aus sämtlichen Landesteilen Britanniens stammen und zusammen ein einzigartiges Ganzes formen …«

Myrddin ließ den Umstehenden Zeit, das Gehörte zu verarbeiten; sodann schloß er: »Doch die Weihestätte, die hier errichtet wurde, hat noch einen anderen Zweck. Sie bildet nämlich einen sakralen Gegenpol zu den Heiligtümern der Ynys Avallach, und daher werden die Rituale, die hier wie dort zelebriert werden, eine spirituelle Brücke zwischen Camelot und Avalon entstehen lassen. Die weibliche Kraft der Ynys Avallach wird sich mit der männlichen Stärke von Camelot verknoten; dadurch wird vieles von dem, was hier in der Ringwallfestung und drüben auf dem der Dreifachen Göttin geweihten Eiland geschieht, auf die höhere, anderweltliche Ebene gehoben – und auch dies wird im Gedächtnis der Gottheiten, der Sídhe, der Toten und nicht weniger der Menschen so manche unauslöschliche Erinnerung an das, was sich fürderhin ereignen soll, bewahren …«

Nach dieser etwas dunklen, ovatisch klingenden Ankündigung schwieg der Druide abermals eine Weile; dann forderte er die Mitglieder des Drachenbundes auf: »Laßt euch jetzt eure Plätze unter den heiligen Bäumen zuweisen!«

Während die übrigen Edlen in der Mitte des Hains zurückblieben, schritten der Rhiotam und dessen zwölf Waffenbrüder, die Priesterinnen von Avalon und Myrddin zum Saum des sakralen Areals. Dort zeigte der Sohn Arwens und Morvryns dem Eber von Cornueille und dessen Gefährten die einzelnen Eichen, welche für sie bestimmt waren. Einer nach dem anderen ließen sich Arddwr, Gwenddolau, Melwas, Llancyllodd, Gwalchmai, Taliesin, Pereddwr, Culhwch, Morvan, Galwad, Owain, Bedwyr und Caihir unter den knorrigen Bäumen nieder; als sie alle mit untergeschlagenen Beinen in Meditationshaltung dasaßen, begaben sich Myrddin und die Priesterinnen wieder ins Zentrum des Eichenhains, wo die übrigen Adligen warteten. Noch einmal beteten die Großen Wissenden und die bei ihnen stehenden Edlen in stiller Andacht; anschließend verließen sie das Baumrund, damit die dreizehn Angehörigen des Totembundes die Kraft der heiligen Eichen ungestört auf sich einwirken lassen konnten.

Auf dem Weg hinab zur Großen Halle des Duns gingen Morgana und der Sohn Arwens und Morvryns Seite an Seite; nachdem Myrddin der Pendruid für ihre Hilfe bei der Einweihung des Hains gedankt hatte, sagte er: »Nun erspüren Arddwr und seine Vertrauten erstmals gemeinsam das machtvolle Pulsen, das aus der Erde unter den Bäumen dringt.«

»Es wird ihr Bewußtsein erweitern und ihnen nie gekannte geistige Klarheit schenken«, antwortete Morgana.

»So werden sie im Lauf der Zeit den tiefsten Sinn ihres Kampfes gegen den Weißen Drachen erkennen ...« Mit seltsam entrücktem Ausdruck in den Augen blickte der Sohn Arwens und Morvryns nach Norden, wo sich der Twr der Ynys Avallach vor dem graublauen Himmel abzeichnete. »Und selbst wenn der Rhiotam und die anderen letztlich vielleicht in ihrem irdischen Bestreben scheitern sollten, wird keine ihrer Taten sinnlos gewesen sein ... Denn sowohl in Annwn als auch in den Gesängen der Barden wird alles unvergessen bleiben ...«

»Wir beide wissen, daß es keinen endgültigen Sieg über den Fahldrachen geben kann«, flüsterte die Pendruid von Avalon. »Zumindest nicht in diesem Jahrtausend oder im nächsten ...« Mit festerer Stimme fuhr sie fort: »Doch trotzdem müssen die Krieger aufs Schlachtfeld ziehen; müssen den Kampf mit dem Schwert und mit der Waffe des Geistes wagen, um denen ein anfeuerndes Beispiel zu geben, die nach ihnen kommen werden.«

»Arddwr und seine Gefährten werden ein derartiges Zeichen setzen!« beteuerte Myrddin. »Ein leuchtendes Fanal, das noch die fernste Zukunft erhellt!«

»Die Flamme ihrer Tapferkeit wird für immer erstrahlen«, bestätigte Morgana. »Und du hast sie entfacht und nährst sie ...«

Der Sohn Arwens und Morvryns tastete nach der Hand der Pendruid. »Auch du hast großen Anteil daran! Und dereinst, wenn trauernde Adelskrieger den sterblichen Leib des Rhiotam zur Ynys Avallach bringen, wirst du es sein, die ...«

»Schweig!« bat Morgana. »Zwar erahne ich dasselbe wie du, aber heute, da Arddwr und seine Totembrüder gerade erst mit den heiligen Eichen verbunden wurden, möchte ich nicht darüber sprechen.«

»Du hast recht«, nickte Myrddin – danach schritten er und die Pendruid mit versonnenen Mienen weiter, bis sie die mächtige Königshalle erreichten, unter deren Dach sowohl das Fest Alban Ailyr als auch die Einweihung des Eichenhains von Camelot mit einem Spießbratenessen gefeiert werden sollten.

Zunächst freilich mußten sich die Adligen und Großen Wissenden mit einem Umtrunk begnügen, denn der Rhiotam und seine Waffengefährten harrten bis zum Mittag unter den Sakralbäumen aus, ehe auch sie sich in der Halle einfanden und die Mägde die schmackhaften Bratenstücke auftragen konnten. Während des Mahles wirkten die Mitglieder des Drachenbundes in sich gekehrt; erst später wurden sie redselig und tauschten sich mit den Priesterinnen von Avalon und Myrddin angeregt über die spirituellen Erfahrungen aus, die sie gemacht hatten.

Im Verlauf der folgenden Wochen sodann meditierten Arddwr und seine Waffenbrüder regelmäßig im Eichenhain, und kurz nach Beltane führte der Eber von Cornueille das keltische Heer einmal mehr in den Osten, um die Sassenach zu bekämpfen.

Der zweiundvierzigjährige Berater des Rhiotam nahm diesmal, weil er keine wirkliche Notwendigkeit dazu erspürt hatte, nicht am Feldzug teil; vielmehr verbrachte Myrddin die Frühlings- und Sommermonate teils in Camelot, teils auf der Ynys Avallach. Wenn er sich in der Hügelfestung aufhielt, kümmerte sich der Sohn Arwens und Morvryns um die Frauen und Kinder der Reiterkrieger und sprach ihnen Mut zu. Oft auch saß er in Trance unter einer Eibe mit bizarr verschlungenen Ästen, die unweit der Weihestätte im schluchtartigen Graben zwischen dem innersten und dem mittleren Ringwall wuchs und durch unterirdische Kraftströme mit dem Eichenheiligtum verbunden war, und unternahm dort mentale Reisen durch Raum und Zeit. Wenn der Druide in Avalon weilte und auf dem Twr oder am Roten Born meditierte, verschmolz sein Geist ebenfalls mit dem ewigen, allumfassenden Bewußtsein der andersweltlichen Wesenheiten; häufig begleitete ihn Morgana in die Gefilde von Annwn – und insbesondere nach solch gemeinsamen spirituellen Erfahrungen konnte es geschehen, daß die beiden Großen Wissenden sich zutiefst erschüttert im Diesseits wiederfanden, da sie in der Zukunft eine unabwendbare Verknotung von triumphalstem menschlichen Aufstieg und äußerster kreatürlicher Tragik erschaut hatten.

Ansonsten erhielten Myrddin und die Priesterinnen der Ynys Avallach durch Boten Arddwrs regelmäßig Nachrichten von den Kriegsschauplätzen. So erfuhren sie von einer Schlacht, die kurz vor Alban Heruin auf kentischem Stammesgebiet stattgefunden und siegreich für die Britannier geendet hatte; im Spätsommer erzählte ein Kurier von einem weiteren Zusammenprall der keltischen und germanischen Heere im Land der Regnier, und auch dort waren die Kampfverbände Octhas empfindlich dezimiert und zudem mehr als zwanzig Sassenach-Häuptlinge getötet worden. Zwei Wochen nach Alban Elued langte ein dritter Bote an, welcher von der Zerstörung eines bedeutenden feindlichen Hafens an der Südküste gegenüber der Insel Wyth berichtete – und in den Tagen vor Samhain dann kehrten der Eber von Cornueille und die übrigen Angehörigen des Drachenbundes an der Spitze des britannischen Kernheeres nach Camelot zurück.

In der Königshalle des mächtigen Duns wurde das Ende des erfolgreichen Feldzuges gefeiert; auf dem Höhepunkt des Gelages verkündete Arddwr, vom Metheglyn beflügelt, mit blitzenden Augen: »Heuer haben wir den Sassenach schwerere Schläge denn je zugefügt! Und im neuen Jahr werden wir ihnen das Kreuz endgültig brechen! Denn jetzt halten sie nur noch ihre Stützpunkte an den südöstlichen Meeresgestaden, und diese von den weißen Pferden gekennzeichneten Festungen sind nicht mehr sonderlich stark bemannt, so daß wir sie im kommenden Frühling gewiß stürmen können!«

Nachdem der Rhiotam diese Sätze ausgerufen hatte, brandete tosender Beifall auf; auch Myrddin stimmte in die Ovation mit ein – plötzlich jedoch fühlte er, wie ihm ein eisiger Schauer über das Rückgrat rieselte, und im selben Moment durchfuhr es ihn: Es wird ganz anders kommen, als Arddwr meint!

***

»Was sagst du da?!« Fassungslos starrte der Rhiotam, welcher an diesem Nachmittag eben noch friedlich mit seinem druidischen Berater beim Fidchell gesessen hatte, den Kurier an, der auf schaumbedecktem Roß in Camelot eingetroffen war. »Über vierhundert Feindschiffe?! Das kann ich nicht glauben!«

»Es ist so!« beteuerte der Bote. »Die Flotte warf an Alban Ailyr in der Mündungsbucht der Tamesis an der Kentenküste Anker! Und auf den Schiffen waren etwa siebzehntausend Sassenach!«

»Während der letzten Wochen hatten wir stets ruhiges Wetter«, meldete sich der Sohn Arwens und Morvryns mit bleichem Gesicht zu Wort. »Es gab keinerlei Anzeichen für Frühlingsstürme im Osten. Und diese günstige Witterung haben die Anführer der Feindflotte offenbar ausgenutzt, um die Überfahrt nach Britannien zur jetzigen ungewöhnlichen Jahreszeit zu wagen...«

»Octha hat sie wahrscheinlich um Unterstützung gebeten und ihnen im Gegenzug Land auf unserer Insel versprochen«, murmelte Arddwr, der seinen ersten Schreck nun zu überwinden begann. Er räusperte sich und fuhr fort: »Wie auch immer – auf jeden Fall sind die Sassenach neuerlich so stark wie damals, als ich zum Kriegskönig erwählt wurde. Vielleicht sogar noch stärker ...« Die Rechte des Vierundzwanzigjährigen schloß sich um den Schwertgriff. »Aber ich werde mich dadurch nicht einschüchtern lassen! Vielmehr will ich unser Heer so rasch wie möglich in den Osten führen und die Feinde dort zur Schlacht stellen!«

»Es wird dir nichts anderes übrigbleiben!« versetzte Myrddin. »Denn du mußt es den Sassenach um jeden Preis verwehren, erneut tief ins Landesinnere vorzudringen!«

»Keine Frage!« nickte der Rhiotam. »Und glücklicherweise befinden sich die Kampfverbände der Stämme aus dem Westen und Norden bereits auf dem Marsch zu uns, da ich sie diesmal zeitiger als sonst nach Camelot entboten habe. So wird unsere gesamte Streitmacht schon in acht, höchstens neun Tagen hier versammelt sein; rund achtzehntausend Krieger, und sobald ...«

Arddwr unterbrach sich, weil Llancyllodd, gefolgt von Taliesin und Gwalchmai, in den Raum stürmte und atemlos hervorstieß: »Wir waren droben beim Eichenhain ... Sahen den Kurier durchs Tor preschen ... Was ist passiert?!«

Der Rhiotam gab den dreien Auskunft; sodann wollte er wissen: »Wo stecken die übrigen Mitglieder unseres Totembundes?«

»Sie sind zur Jagd geritten«, beschied ihn Taliesin. »Und ich werde ihnen sofort folgen, um sie zu verständigen!«

Damit rannte der Barde wieder nach draußen. Etwa drei Stunden später kehrte er mit Bedwyr, Caihir, Owain, Galwad, Morvan, Culhwch und Pereddwr zurück; nur die jungen Stammesherrscher Gwenddolau und Melwas, welche sich bei ihren heranziehenden Heeresverbänden befanden, fehlten.

Bis in die Nacht hinein tauschten sich die Angehörigen des Drachenbundes und der Druide über den äußerst bedrohlichen Machtzuwachs Octhas aus; am nächsten Morgen galoppierten mehrere Kundschaftertrupps davon, um die Feinde zu beobachten. Eine Woche danach musterte Arddwr die Kampfscharen der keltischen Streitmacht, die sich jetzt vollzählig bei seiner Festung eingefunden hatten – und in der Morgendämmerung des darauffolgenden Tages marschierte das britannische Heer, an dessen Spitze das Banner mit dem Roten Drachen wehte, auf Myrddins Ratschlag hin in südöstlicher Richtung ab.

Eine halbe Woche später stellte sich die Vermutung des Druiden, wonach sich die Kampfverbände der Sassenach, sofern Octha sie unverzüglich zum Angriff gen Westen geführt hatte, in der Küstengegend vorwärts bewegen würden, als richtig heraus. Denn Boten von den Spähtrupps meldeten, daß sich das ungefähr vierundzwanzigtausend Mann zählende Feindheer nun bereits tief im Stammesgebiet der Regnier befand und sich den Gauen der Durotrigen näherte. Die tausend Berittenen und knapp siebzehntausend Fußkrieger der keltischen Streitmacht ihrerseits waren zu dieser Zeit ebenfalls kaum noch eineinhalb Tagesmärsche von der durotrigischen Ostgrenze entfernt, und damit war klar: Die gewaltigen Heere würden im Grenzland zwischen den beiden Stammesgebieten aufeinandertreffen.

»Das Gelände ist dort zumeist flach und deshalb für Reiterattacken geeignet«, sagte Arddwr zu seinen Vertrauten, nachdem die Kundschafter Bericht erstattet hatten. »Und daher können wir trotz unserer Minderzahl guten Mutes in die Schlacht ziehen!«

Ähnlicher Meinung waren die Mitglieder des Totembundes und der Sohn Arwens und Morvryns – doch in der Nacht, die britannische Streitmacht stand jetzt fast schon an der durotrigischen Stammesgrenze, brachte ein weiterer Kurier eine höchst unerfreuliche Meldung.

»Die Sassenach haben den Dun von Badon besetzt!« stieß der Bote hervor. »Viele Tausende von ihnen lagern auf den Wällen und dem Hügel, der sich im Inneren der Festung erhebt, und die anderen haben ihre Zelte außerhalb des Duns aufgebaut!«

»Verflucht!« entfuhr es Melwas, dem König der Durotrigen, der neben dem Rhiotam am Feuer saß. »Die uralte Grenzfestung ist eine der größten, die mein Volksstamm je erbaute, und ich hätte sie durch einen Teil meiner Krieger sichern lassen müssen!«

»Sei froh, daß du es unterlassen hast«, widersprach Pereddwr, der Häuptlingssohn vom Stamm der Silurer. »Denn sonst hätten deine Männer angesichts der Übermacht der Feinde allesamt einen grausamen und dazu völlig sinnlosen Tod gefunden!«

»Richtig!« nickte Arddwr. »Von einem kleinen Kampfverband wäre der riesige Dun unmöglich zu halten gewesen. Und obwohl es schmerzlich für uns ist, daß sich die Festung nun in der Gewalt Octhas befindet, wollen wir dem morgigen Tag mit ungebrochenem Vertrauen auf die Hilfe der Gottheiten entgegensehen!«

Kaum war die Sonne aufgegangen, marschierte das Keltenheer weiter, und in der Vormittagsmitte erreichten die britannischen Streitscharen den westlichen Rand der Ebene von Badon. Etwa zweieinhalbtausend Schritte östlich der sanft geschwungenen Randhöhen, welche die ausgedehnte Niederung säumten, erhob sich der gewaltige Dun mit seinen drei palisadenbewehrten Ringwällen – und vor der südlichen Zugangsbastion der Festung hatten sich Abertausende von germanischen Kriegern in tiefgestaffelter, keilförmiger Schlachtordnung formiert.

Mit zusammengekniffenen Brauen spähte Arddwr, der sich mit Myrddin und den Angehörigen des Drachenbundes beim Vortrab seines Heeres befand, zum Dun hinüber; dann äußerte er: »Das hätte ich nicht erwartet! Zwar war klar, daß Octha durch seine Kundschafter rechtzeitig von unserem Herannahen erfahren würde – doch ich begreife nicht ganz, warum er es offensichtlich auf eine Feldschlacht anlegt, statt unseren Angriff hinter den schützenden Festungswällen zu erwarten.«

»Möglicherweise sind die Wehranlagen in schlechtem Zustand«, gab der Sohn Arwens und Morvryns zu bedenken.

»Das ist wahrscheinlich der Grund für das Verhalten der Feinde«, kam es von Melwas. »Obwohl der Dun von seiner Größe her zu den mächtigsten unseres Landes zählt, weisen seine Verteidigungswerke Schwachstellen auf. Denn seit die Ruheiniog, welche die Ringwallfestung über Jahrhunderte hinweg als Militärlager nutzten, vor beinahe drei Menschenaltern aus Britannien abzogen, lag der Dun von Badon verwaist da.«

»Die Torbauten und Palisadenzäune sind also morsch ...« murmelte der Rhiotam; mit dem nächsten Lidschlag entschied er: »Wir attackieren die Sassenach unverzüglich!«

Wenig später rückte die keltische Streitmacht auf breiter Front gegen die Germanen vor, welche sich jetzt ebenfalls in Bewegung gesetzt hatten. Das erste Wegstück hielten sich die britannischen Reiter, die von Arddwr und dessen engsten Vertrauten angeführt wurden, nahe bei der Phalanx der Fußkämpfer – plötzlich jedoch, als sie bis auf fünfhundert Schritt an die Sassenach herangekommen waren, spornten die Berittenen ihre Rösser zum Galopp an und preschten, während die keltischen Fußkrieger ruhig weiterzogen, in voller Karriere auf das Feindheer los.

Kurz ehe sie die germanische Keilformation erreichten, teilten sich die britannischen Reiter in zwei gleich starke Verbände, jagten zu den Flanken der gegnerischen Streitmacht, umrundeten sie und griffen die Sassenach im Rücken an. Die Speere der keltischen Berittenen hagelten in die Reihen der Feinde, die hastig versuchten, sich umzugruppieren; da jeder der tausend Reiter mehrere Wurfwaffen bei sich hatte, erlitten die Germanen fürchterliche Verluste. Gleich darauf attackierten die britannischen Berittenen, welche sich nun wieder vereinigt hatten, die Sassenach mit ihren Langschwertern, fällten auf diese Weise neuerlich Hunderte von Feinden und schafften es zudem, etwa ein Fünftel des jetzt völlig in Unordnung geratenen Germanenheeres von der Hauptmacht abzusprengen.

Außer sich vor Wut brüllte Octha, der sich inmitten seiner verstörten Streithaufen befand und seinen grobknochigen Schimmel einmal hierhin, einmal dorthin trieb, sinnlose Befehle – und dann, während die keltischen Reiter die nun flüchtigen Scharen der vom Gros ihres Heeres getrennten Sassenach gen Westen trieben, verwandelte sich der blindwütige Zorn des Germanenkönigs in pure Verzweiflung. Denn jetzt kamen die britannischen Fußkämpfer herangerannt, umzingelten die von den Berittenen gehetzten Haufen der Sassenach und machten sie im Verein mit den Reitern draußen auf der freien Heide nieder.

Es gelang Octha nicht, die ihm verbliebenen, ungefähr siebzehntausend Krieger sofort zu einem schnellen, effektiven Entlastungsangriff nach vorne zu führen. Als die verwirrten Germanen sich endlich wieder einigermaßen gefaßt hatten und verschiedene größere und kleinere Kampfverbände bildeten, um gegen die Kelten anzustürmen, lagen die meisten Männer des abgesprengten Heeresteiles bereits tot auf der Walstatt – und damit hatten die britannischen Berittenen nun die Möglichkeit, die zersplitterte Hauptstreitmacht der Sassenach erneut durch furiose Attacken zu bedrängen.

Die Reiter, welche jetzt in starken, jeweils etwa hundertköpfigen Einzelscharen fochten, spalteten die Schlachthaufen der Germanen mit wuchtigen, präzise gezielten Schlägen weiter und weiter auf. Dadurch erleichterten sie es den keltischen Fußkriegern, ihrerseits blutige Ernte unter den Sassenach zu halten – und schließlich, nachdem der Kampf ungefähr eine Stunde getobt hatte, sah sich Octha gezwungen, den Überlebenden seines furchtbar dezimierten Heeres den Rückzugsbefehl zu geben.

Die Lurenbläser, die sich bei der Bedeckung des Germanenherrschers aufhielten, stießen in ihre bronzenen Kriegstrompeten; kaum waren die schmetternden Töne erklungen, lösten sich die demoralisierten Sassenach, so gut sie konnten, vom Feind und strömten dorthin, wo ihr König seinen Schimmel nun mehrmals hintereinander steigen ließ. Die ebenfalls erschöpften britannischen Fußkämpfer setzten den Germanen nur zögerlich nach; auch viele der keltischen Berittenen ließen die Waffen sinken – und so glückte es der zusammengeschmolzenen Streitmacht Octhas, die jetzt bloß noch um die zwölftausend Krieger zählte, sich in die Ringwallfestung zu flüchten.

Durch den südlichen Torbau hasteten die Sassenach in den Dun von Badon; lediglich Arddwr und kleine Teile seiner Reiterei gingen zu einem letzten Angriff auf die Germanen vor und fällten abermals Dutzende von ihnen, ehe die schweren Eichenflügel der Torbastion von innen zugeworfen wurden. Erst dann galoppierten der Rhiotam und seine Mitstreiter wieder ein Stück auf die Heide hinaus; dort zügelte Arddwr seinen Fuchshengst, schleuderte das Blut von der Schwertklinge und rief Myrddin, der sein Roß ein paar Galoppsprünge weiter zum Stehen gebracht hatte, zu: »Die Hälfte der Feinde liegt tot auf der Walstatt, und der Rest sitzt hinter den Festungswällen in der Falle!«

Der Druide wendete sein Pferd, lenkte es neben den Hengst des Rhiotam und entgegnete: »Die Mächte von Annwn haben an unserer Seite gefochten, so daß wir das Schlachtfeld zu behaupten vermochten. Doch den Dun werden die Sassenach nun verzweifelt verteidigen. Und deshalb könnte ein Sturm auf die Palisadenwälle, obwohl sie da und dort schadhaft sind, schreckliche Opfer auf unserer Seite kosten!«

»Ich weiß«, murmelte Arddwr ernüchtert. »Ohnehin haben auch wir bereits Tausende von Toten zu beklagen, und wenn wir jetzt einen Fehler machen ...« Er richtete den Blick auf Melwas, Gwenddolau und die übrigen Drachenkrieger, die mittlerweile bei ihm und Myrddin hielten. »Hat einer von euch eine Idee, wie wir allzu schlimmes weiteres Blutvergießen vermeiden könnten?«

»Vielleicht sollten wir die Rinderherde, die sich bei unserem Troß befindet, als Kampfmittel einsetzen«, kam es von Llancyllodd, der am Schildarm und am linken Oberschenkel verletzt war. »So wie damals in der Schlacht vor vier Jahren, auf deren Höhepunkt Hengist und Horsa fielen ...«

»Unmöglich!« widersprach Taliesin, dessen Brünne an der rechten Brustseite durch einen Beilhieb aufgerissen worden war. »Die Hügelfestung, in welche die Gehörnten zu jener Zeit einbrachen, hatte bedeutend niedrigere Wälle als der hiesige Dun und war außerdem nicht durch Palisaden geschützt.«

»Wollten wir die Rinder hier gegen die Festungsanlage hetzen, so würden sie unweigerlich von den Palisadenzäunen aufgehalten werden«, pflichtete Morvan dem Barden bei. »Und falls sie sodann kehrtmachen und zurück auf die Ebene rasen würden, kämen unsere eigenen Leute in Gefahr!«

»Lassen wir das Hornvieh also besser, wo es ist«, riet Culhwch – aber da schüttelte der Sohn Arwens und Morvryns den Kopf und erklärte: »Es wäre in der Tat Unsinn, die ganze Rinderherde gegen einen Abschnitt des Duns zu treiben. Doch womöglich sollten wir einige der stärksten Tiere dazu benutzen, um eine Attacke völlig anderer Art ins Werk zu setzen ...«

»Wie meinst du das?« fragte der Rhiotam.

Myrddin erläuterte den Angehörigen des Drachenbundes, was ihm in den Sinn gekommen war; nachdem der Druide geendet hatte, stieß der hochgewachsene Caihir begeistert hervor: »Das haben dir die Götter eingegeben!« – und gleich darauf bat Arddwr seine Mitstreiter, das Nötige zu veranlassen, damit Myrddins Plan verwirklicht werden konnte.

Eine Stunde später, das Gros des Keltenheeres hatte sich unterdessen bei der nördlichen Zugangsbastion der Ringwallfestung zusammengezogen, war alles bereit. Fünfzig Schritte vor dem Torturm, der nicht so mächtig wie sein Gegenstück im Süden war, stand ein schweres Fuhrwerk, dessen eisenbeschlagene Deichsel nach hinten wies, wo drei Doppelgespanne stämmiger Zugrinder warteten. Der Wagen war hoch mit Heu- und Strohballen sowie Bündeln von Harzholz beladen; an der Deichselseite hatte man das Gefährt mit einer schrägen Schildwand aus Holzplanken versehen, die doppelt mannshoch emporragte, und dorthin wurden nun die sechs Rinder geführt. Unter der Aufsicht von Gwalchmai und Galwad ketteten ein Dutzend Krieger die Zugochsen, welche schenkelstarke lederne Nackenjoche trugen, an die Deichsel – und zwar so, daß die Tiere das Fuhrwerk vor sich hatten und durch den Plankenschild gegen Speerwürfe und Pfeilbeschuß von der Torbastion aus geschützt waren.

Nachdem die Rinder angeschirrt waren, trabten Gwalchmai und Galwad zu den übrigen Mitgliedern des Drachenbundes, die vor der Front der berittenen britannischen Streitscharen auf ihren Rössern saßen, und kaum waren die beiden Edlen bei der Gruppe um Arddwr angelangt, zog dieser sein Schwert und schwang es dreimal durch die Luft. Daraufhin ließen die zwölf Fußkämpfer, welche die Ochsen an die Wagendeichsel gekettet hatten, ihre Treiberpeitschen knallen. Die Rinder setzten sich in Bewegung und schoben das Fuhrwerk vor sich her: direkt auf den Torturm des Duns zu, auf dessen Wehrplattform sich schreiende und wild gestikulierende Sassenach drängten.

Als das Gefährt nahe genug an sie herangekommen war, begannen die Germanen Speere gegen die Ochsen und die bei ihnen befindlichen Keltenkrieger zu schleudern oder Pfeile abzuschnellen. Aber die Fernwaffen blieben allesamt in der schräg nach hinten weisenden Schildwand des Wagens stecken und richteten daher keinerlei Schaden an; unbeirrt stampften die Rinder, in deren Rücken die Peitschen schnalzten, weiter und weiter – und dann rammte sich die Vorderseite des schwerbeladenen Fuhrwerks im Schlund der Torbastion fest.

Sofort machten sich die Treiber daran, die Ochsen auszuschirren; zugleich jagte ein starker, von Melwas, Bedwyr und Gwenddolau angeführter Reiterverband herbei. Die meisten dieser Berittenen deckten die Sassenach auf dem Torwall mit Pfeilschauern ein, so daß sich die Germanen ducken mußten; etliche der Reiter jedoch schossen Brandpfeile in die leicht entzündliche Wagenladung. Rasch stand das Fuhrwerk in Flammen; brüllend flohen die sechs Rinder, welche mittlerweile losgekettet worden waren, auf die Heide hinaus, und auch die Fußkrieger, welche die Tiere befreit hatten, brachten sich in Sicherheit.

Die Berittenen hingegen blieben in der Nähe des Torbaues, an dem die Lohe emporschlug, und verhinderten jeden Versuch der Sassenach, das Feuer zu löschen, durch Pfeilbeschuß. Schließlich konnten die Germanen die grausame Hitze nicht länger ertragen; sie sahen sich gezwungen, den Torturm sowie die angrenzenden Wallabschnitte zu räumen – und kaum war dies geschehen, brachten die Britannier auf drei Fuhrwerken noch mehr Brennholz heran, warfen es in die Lohe und verursachten dadurch ein wahres Flammeninferno. Zuletzt dann, es war jetzt früher Nachmittag, krachte das verkohlte Balkenwerk der ohnehin vom Zahn der Zeit angenagten Torbastion in sich zusammen.

Kurz danach war das Feuer weitgehend erloschen, und nun rannten Scharen von keltischen Fußkämpfern herbei. Während die Bogenschützen die Feinde erneut auf Abstand hielten, zerrten die Fußkrieger mit Hilfe von Ketten die glosenden Holztrümmer beiseite – und sobald der Torschlund freigeräumt war, erschollen von dort, wo das Drachenbanner des Ebers von Cornueille im Wind flatterte, röhrende Carynxen-Signale.

Daraufhin formierten sich die britannischen Reiterverbände in Kampfordnung und rückten, von Arddwr und dessen engsten Vertrauten geführt, im Trab gegen die zerstörte Torbastion vor; auch die Streitscharen der Fußkrieger setzten sich jetzt in Bewegung und folgten den Berittenen im Laufschritt. Als sie bis auf Speerwurfweite an den brandgeschwärzten Torschlund herangekommen waren, spornten Arddwr und seine Waffengefährten ihre Pferde zum Galopp an; wenige Augenblicke später hatten sie den Zugang zur Festung erreicht – und dann erlebte Myrddin, der zusammen mit Gwenddolau und Melwas unmittelbar nach dem Rhiotam in den Dun von Badon eindrang, noch einmal das Grauen des Nahkampfes auf Leben und Tod.

Die Sassenach hatten den breiten Erdgraben rechts hinter dem Torwall durch eine hastig errichtete Barriere aus aneinandergeketteten Karren und Spitzpfosten gesperrt; zur linken Hand dagegen bildeten etwa zweihundert Germanenkrieger eine tiefgestaffelte Menschenmauer – und dort prallte die keltische Angriffsspitze nun auf die Feinde. Der Druide sah, wie Arddwrs Hengst, sich halb aufbäumend und mit den Vorderhufen trommelnd, in die Schlachtreihen der Sassenach einbrach; im nächsten Moment hatten auch Myrddin, Melwas und Gwenddolau ihre Rösser tief in die germanische Phalanx getrieben. Genau wie die anderen Edlen setzte der Druide alles daran, die feindliche Riegelstellung zu durchstoßen; mit mächtigen Schwerthieben fällte er drei, vier Sassenach; während er einem fünften Gegner den Schädel spaltete, prellte ihm ein heranwirbelndes Wurfbeil den Schild beiseite und fetzte ihm die Brünne über der Hüfte auf. Aber es wurde Myrddin gar nicht bewußt, daß er verwundet war; verbissen, fast wie in einem alptraumhaften Rausch fechtend, tötete er weitere Feinde – plötzlich erblickte er ein Stück freier, mit schütterem Heidekraut bedeckter Erde vor sich.

Die Sassenach, welche den Weg ins Festungsinnere zu sperren versucht hatten, waren geworfen; jetzt preschten der Rhiotam und die übrigen Reiter die Böschung des Ringwalles hinauf. Schräg über den nicht sonderlich steilen Hang emporgaloppierend, gelangten sie auf die Wallkrone und drängten die Feinde, die sich dort oben befanden, zurück. Nachdem die Berittenen den Erdwall über eine beträchtliche Strecke hin geräumt hatten, sorgten verschiedene Reiteranführer dafür, daß ihre Männer die morschen Palisaden auf einer Länge von ungefähr fünfzig Schritt einrissen; die Berittenen benutzten dazu Seile, deren Enden sie an den Sätteln ihrer Pferde festgebunden hatten.

Kaum war der Palisadenzaun zerstört, strömten Tausende von keltischen Fußkriegern in den Dun und vereinigten sich mit jenen anderen einfachen Kämpfern, welche bereits hinter den Reitern durch den Torschlund in die Festung gestürmt waren. So vermochten die Britannier nun massiert gegen die Sassenach vorzugehen – und im Verlauf der nächsten Stunden wurden die germanischen Streitscharen zum zweitenmal an diesem Tag fürchterlich dezimiert. Myrddin, der nach wie vor in vorderster Linie focht, erlebte mit, wie die Sassenach immer mehr in die Enge getrieben wurden; Octhas Krieger, die grauenhafte Verluste erlitten, mußten einen Wallabschnitt nach dem anderen aufgeben – und zuletzt flohen die Reste des Germanenheeres, höchstens noch zwölfhundert Mann, durch das mittlerweile ebenfalls von den Kelten aufgesprengte Südtor des Duns.

Im Schutz der hereinbrechenden Nacht retteten sich die überlebenden Sassenach, allen voran Octha, in die Wälder, welche sich weithin in Richtung der Meeresküste erstreckten. Arddwr verzichtete darauf, sie verfolgen zu lassen; wichtiger war es ihm, daß die zahllosen Verwundeten seiner eigenen Streitmacht, darunter auch Myrddin, Llancyllodd, Gwenddolau, Gwalchmai, Taliesin und Pereddwr, versorgt wurden.

Glücklicherweise stellten sich die Blessuren des Druiden und der fünf Mitglieder des Drachenbundes als nicht allzu schwer heraus. Deshalb konnten sie am vierten Morgen nach der Schlacht, als sich das britannische Heer auf den Abmarsch nach Westen vorbereitete, allesamt schon wieder in den Sattel steigen.

Von der zentralen Hügelkuppe der Ringwallfestung aus beobachteten Myrddin, der Rhiotam und dessen verschworene Waffengefährten, wie sich unten im Tal die Kolonnen der etwa neuntausend Keltenkrieger formierten, welche dem Tod auf der Walstatt entgangen waren. Rund die Hälfte unserer Männer ist nach Annwn gewandert, dachte der Sohn Arwens und Morvryns beklommen. Mit einem wehen Gefühl im Herzen schaute er zu einer Bodenfalte nordwestlich des Duns hinaus, wo sich die großen Erdhügel aufwölbten, die über den Massengräbern der gefallenen Britannier und ebenso der Germanen aufgeschüttet worden waren. Lange ruhte der Blick des Druiden auf den vielen Dutzend Grabhügeln; endlich wandte er sich Arddwr zu und sagte: »Noch in fernsten Zeiten werden die Barden von dem überwältigenden Sieg erzählen, den du hier in Badon errungen hast. Doch ich empfinde tiefen Seelenschmerz, wenn ich mir vor Augen führe, mit welch entsetzlichen Opfern an Menschenleben wir unseren Triumph über die Sassenach erkaufen mußten ...«

»Mir ergeht es ähnlich«, bekannte der Rhiotam. Er schwieg einige Atemzüge lang, spielte gedankenverloren mit der Mähne seines Fuchshengstes; dann fuhr er fort: »Aber die Gewißheit, daß Octhas Macht völlig gebrochen ist und er uns nie mehr gefährlich werden kann, lindert meine innere Pein über den Verlust all der tapferen Kämpfer, die dort drüben unter der Erde liegen.«

»Sie sind nicht sinnlos gestorben«, nickte Myrddin. »Durch ihren Tod haben sie unserem Land die Freiheit bewahrt und den Volksstämmen unserer Insel eine lichte Zukunft geschenkt.«

Arddwr tastete nach der Hand seines Freundes und Beraters. »So ist es! Jetzt wird für lange Zeit Frieden in Britannien herrschen, und die keltischen Stammesgebiete, in denen der Krieg seit beinahe einem halben Jahrhundert wütete, werden nach all der Finsternis wieder aufblühen können!«

Als der Sohn Arwens und Morvryns diese Worte des Rhiotam vernahm, fühlte er sich trotz seiner Trauer über die zahllosen Gefallenen getröstet – im selben Moment schien die Luft auf dem Hügelplateau in flirrende, durcheinanderschleiernde Bewegung zu geraten, und wiederum einen Lidschlag später schwebte der Geist des Druiden in raum- und zeitlose Gefilde davon …

DRITTES BUCH

Die drei schwarzen Steine

Der erste schwarze Stein
Gwynhwyfara

Sommer 493 bis Vorfrühling 509

»Lichte Zeit nach all der Dunkelheit ... Sie war uns tatsächlich vergönnt ...« Noch halb in Trance, mit geschlossenen Lidern, flüsterte der Greis die Sätze; gleich darauf öffnete er die Augen, erblickte Nimue und begriff, daß er sich wieder in der kuppelförmigen Höhle auf der Gläsernen Insel befand.

Die Herrin der Ynys Avallach stand neben dem auf seiner Liege mit der schrägen Rückenstütze ruhenden Siebzigjährigen; nun kniete sie nieder, nahm Myrddins Gesicht in beide Hände und sagte leise: »Die Jahre nach der Schlacht von Badon, in denen Camelot wie nie zuvor leuchtete, werden für immer im Gedächtnis der Menschen bewahrt bleiben.«

»Die vom Eichenhain gekrönte Festung des Rhiotam war ein Hort des Friedens und der Gerechtigkeit, welcher den Bewohnern unseres Landes, die so lange unter der Bösartigkeit des Weißen Drachen gelitten hatten, neue Hoffnung und Daseinsfreude schenkte«, murmelte der Greis versonnen. »Doch dann«, sein Antlitz verspannte sich, »brach erneut Finsternis über Britannien herein, weil ein Machtbesessener, der entsetzlichen Verrat ...«

»Still!« Die Pendruid von Avalon legte ihm ihren Zeigefinger auf die Lippen. »Laß uns jetzt nicht von diesen Dingen sprechen! Es würde dich zu sehr aufwühlen und dir womöglich die Nachtruhe rauben, die du dringend nötig hast.«

»Ich fühle mich wirklich etwas müde und schwach«, bekannte der Siebzigjährige.

»Das ist kein Wunder ...« Nimue deutete auf das Bogenfenster in der Felswand der Kaverne. »Während du dich an jenen Abschnitt deines irdischen Weges erinnert hast, welcher den zweiten, roten Zyklus deines Lebens vollendete, hat sich draußen die Nacht herniedergesenkt.« Die Herrin der Ynys Avallach streichelte dem Greis über das schüttere Haar; sodann fragte sie: »Möchtest du noch einen kleinen Imbiß zu dir nehmen, ehe ich dich zu deiner Schlafstätte geleite?«

Myrddin schüttelte den Kopf. »Ich bin nicht hungrig, nur durstig...«

Daraufhin goß Nimue warmen Kräutertee für ihn in einen Becher; nachdem der Siebzigjährige getrunken hatte, brachte ihn die Pendruid von Avalon zu der Höhlennische, in welcher die Betten standen. Wenig später war der Greis eingeschlummert; auch Nimue legte sich alsbald nieder, und dann waren in der Kaverne bloß noch die Atemzüge der Schlafenden und das gelegentliche Knistern der Glut in der Feuerstelle zu vernehmen.

Zeitig am nächsten Tag erwachte die Pendruid wieder; mit behutsamen Bewegungen machte sie sich am Herdplatz zu schaffen, und als Myrddin die Lider aufschlug, hatte Nimue bereits das Frühstück vorbereitet. Der Siebzigjährige aß eine Schale Getreidebrei und genoß dazu neuerlich frisch aufgebrühten Tee; danach unternahmen er und die Herrin der Ynys Avallach ganz wie am Morgen zuvor einen kurzen Spaziergang im Freien.

Kaum waren sie in die Höhle zurückgekehrt, bat Myrddin die Pendruid: »Sende meinen Geist nun abermals in die Vergangenheit, damit ich die Wanderung durch den dritten, schwarzen Zyklus meines Daseins beginnen kann.«

»Auf dem Pfad, den du jetzt betrittst, wirst du in drei Abschnitten von der Reife deines Lebens bis hin zu seiner verschleierten Erfüllung schreiten«, entgegnete Nimue; sodann war sie dem Todgeweihten behilflich, erneut auf der Liege mit dem schrägen Rückenteil Platz zu nehmen.

Als Myrddin es sich bequem gemacht und seinen Körper entspannt hatte, hantierte die Pendruid von Avalon einmal mehr an der Feuerstelle; nach einer Weile setzte sie den mit Wasser gefüllten Kupferkessel zu Füßen des Greises nieder und flößte Myrddin den Kräutersud ein, welcher ihm die Rückführung erleichtern würde. Anschließend nahm sie den ersten der drei schwarzen Steine aus ihrem Hirschlederbeutel und reichte ihn dem Siebzigjährigen; während der Todgeweihte den Kiesel betrachtete, erklärte Nimue: »Dieser Stein wurde vor Urzeiten von einem Berggrat hinunter ins Tal von Camlann gespült und von dem Wildbach, welcher durch die einsame Niederung strudelt, im Lauf der Jahrtausende rundgeschliffen ...«

»Camlann«, flüsterte der Greis. »Das düstere Gebirgstal, wo die abgrundtiefe Arglist des Weißen Drachen zum unsäglichen Leidwesen Britanniens über den Eber von Cornueille triumphierte ...«

»So war es«, nickte die Pendruid, wobei sie den ledernen Schnürbeutel wieder verschloß. »Und nun wird der Kiesel dich nochmals in jenes menschenverlassene Grenztal im Südosten von Gwynedd führen, dessen Erde vom Blut des schändlich Verratenen getränkt wurde ...«

Myrddin gab Nimue den Stein zurück, beugte sich auf seiner Liege vor und konzentrierte sich auf den Anblick des Kupferkessels. Plötzlich schien dessen edles Rotmetall aufzuglühen und zu pulsen; gleich darauf ließ die Pendruid von Avalon den Kiesel in das Gefäß fallen, und der Greis vernahm Nimues beschwörende Worte: »Tauche jetzt ein in die Flut der Zeit, tauche ein in den siebten Abschnitt deines Lebens ... Laß dich führen vom Stein der Erinnerung ... Und tauche wieder empor aus der Zeitenflut in jenen Jahren, da der, welcher in der Heiligen Hochzeit von Tintagel gezeugt wurde, sowohl seiner großen Liebe Gwynhwyfara als auch dem Tod in Gestalt Medrauts begegnete ...«

Myrddin hatte das Empfinden, als schlüge der letzte Satz lautlos hallend aus sehr weiter Entfernung an sein Ohr – im nächsten Moment wurde der Geist des Greises entrückt.

***

Obwohl es heller Tag war, schien unwirklich fahle Dunkelheit über dem gewundenen Hochtal unweit des himmelstürmenden Bergpasses Bwlch Oerddrws zu lasten. Derart leblos-graue und von bedrohlich-gestaltlosen Schemen durchhuschte Nebelfinsternis, daß Myrddin zu Anfang seiner mentalen Annäherung kaum Einzelheiten der Landschaft auszumachen vermochte. Doch dann schälten sich die Konturen von Felsklötzen, windzerzausten Bäumen und eines in ungebärdigen Katarakten über Steinschroffen herabschießenden Gießbaches aus dem treibenden, so seltsam lichtlosen Dunst – und wiederum einen Augenblick später gewahrte der Druide inmitten Tausender weiterer Bewaffneter, die in mörderischem Zorn aufeinander einhieben, die beiden blutsverwandten, in tödlicher, widernatürlicher Verstrickung gefangenen Kämpfer: Arddwr und Medraut.

Der Rhiotam und der Häuptling aus dem Norden fochten in blindwütigem Haß; schrill klirrten ihre Schwerter, dumpf dröhnten ihre Schilde, wenn die schweren Klingen in Bronzebeschläge und lederbezogenes Hartholz bissen. Lange tobte der wilde Waffengang; endlich hatte Myrddin, der sich nun auf schäumendem Roß verzweifelt Bahn durch die Feindscharen zu brechen versuchte, das Gefühl, als würde Arddwr die Oberhand gewinnen – aber unmittelbar darauf sah der Druide, wie Schatten, die an fahlweiße Zackenschwingen gemahnten, gegen den Rhiotam heranpeitschten.

In entsetzlichem Seelenschmerz schrie Myrddin auf. Mit dem nächsten Herzschlag floh sein grausam gepeinigter Geist von der Walstatt und raste nach Süden; raste sechzehn Jahre zurück in die Vergangenheit, bis der Sohn Arwens und Morvryns sich in Camelot wiederfand: in der Herrscherfestung Arddwrs, welche in der Zeit nach der Schlacht von Badon in tiefem Frieden dalag …

***

An Beltane waren die siegreichen Reiterkrieger, denen das Banner des Roten Drachen voranwehte, in den Königs-Dun des Ebers von Cornueille heimgekehrt. Die neun Priesterinnen der Ynys Avallach hatten das berittene Kernheer des Rhiotam bereits erwartet; gemeinsam mit den Druidinnen hatte Myrddin in der Nacht des Frühlingsfestes ein Feuerritual im Eichenhain von Camelot zelebriert. Am darauffolgenden Tag waren Arddwr und seine engsten Vertrauten zusammen mit Morgana und ihren priesterlichen Schwestern zur heiligen Insel gezogen. Dort hatte man den Gottheiten, den Sídhe und den Toten für den überaus erfolgreichen Ausgang des Feldzuges gegen die Sassenach gedankt, und auf der Kuppe des Twr hatte der Rhiotam im Angesicht der Mächte von Annwn den Schwur geleistet, alles zu tun, damit die Wunden verheilen konnten, welche die Jahrzehnte des Krieges den keltischen Stämmen geschlagen hatten.

Danach, im behaglichen Rundhaus Morganas, hatten Arddwr, die Großen Wissenden und die Mitglieder des Drachenbundes Einzelheiten besprochen. Man war übereingekommen, daß sowohl die Herrscher und Gauhäuptlinge der verschiedenen Volksstämme als auch die Druidengemeinschaften Britanniens tatkräftige Hilfe beim Wiederaufbau der vielen zerstörten Ansiedlungen in den östlichen, jetzt befreiten Stammesgebieten leisten sollten. All dies würde in der Festung des Rhiotam koordiniert werden, und sofern es not tat, sollten auch Teile von Arddwrs Reitertruppe zur Unterstützung der von den Hochadligen und Großen Wissenden entsandten Helferscharen eingesetzt werden.

Im Zusammenhang damit beratschlagte man zudem über die allgemeine Situation, die nach Octhas verheerender Niederlage auf der Walstatt von Badon entstanden war. Der grimmige Morvan eröffnete diesen Meinungsaustausch, indem er zum Rhiotam sagte: »Nach unserem Sieg über die Sassenach hast du öfter beteuert, daß nun eine längere Friedenszeit kommen werde. Und vermutlich hast du damit ja recht, denn die Feinde werden viele Jahre brauchen, um sich von dem fürchterlichen Schlag zu erholen, den wir ihnen versetzten. Doch irgendwann, spätestens dann, wenn bei ihnen eine neue

Kriegergeneration herangewachsen ist, werden sie wieder stark genug sein, um uns abermals gefährlich zu werden – und deshalb frage ich mich, ob es nicht besser wäre, die Sassenach möglichst bald noch einmal anzugreifen, um sie völlig zu vernichten.«

Arddwr wechselte einen Blick mit Myrddin; sodann antwortete er: »Ich verstehe deine Bedenken, Morvan. Trotzdem bin ich anderer Meinung als du …«

»Warum?« unterbrach der draufgängerische Bedwyr den Rhiotam. »Nach unserem vorletzten Feldzug im vergangenen Herbst sprachst du schließlich selbst davon, die von den weißen Pferden gekennzeichneten Küstenfestungen zu erstürmen und den Feinden dadurch endgültig das Kreuz zu brechen!«

»Damals besaß unser Heer noch seine volle Kampfkraft von achtzehntausend Mann«, erwiderte Arddwr. »Heute hingegen könnten wir kaum mehr die Hälfte aufbieten, denn auch wir hatten auf dem Schlachtfeld von Badon schreckliche Verluste zu beklagen, wie du weißt. Und daher wäre es höchst riskant, die Sassenach jetzt oder in den nächsten Jahren ein weiteres Mal zu attackieren. Denn angesichts unserer geringen Kriegsstärke könnte ein derartiges Unternehmen in einer Katastrophe für uns selbst enden, und wir würden in diesem Fall alles verlieren, was wir durch den Sieg von Badon gewonnen haben!«

»Die Andersweltlichen haben dafür gesorgt, daß sich eine Situation ergab, in der sowohl wir als auch unsere Feinde Frieden halten müssen«, nahm Morgana das Wort.

»Doch wir Kelten befinden uns in einer ungleich günstigeren Lage als die Sassenach, weil wir mit Ausnahme der südöstlichen Küstengebiete endlich wieder das gesamte Land in Freiheit bewohnen können«, fügte Myrddin hinzu.

»Diesen Vorteil verschafften uns die Mächte von Annwn für die Gegenwart«, nickte der Rhiotam. »Und was die Zukunft angeht«, er faßte Morvan und Bedwyr ins Auge, »so könntet ihr durchaus erleben, was ihr euch in euren tapferen Herzen ersehnt. Eines Tages nämlich werden wir wohl oder übel den Entscheidungskampf mit unseren Feinden austragen müssen. Aber dies wird erst geschehen, wenn wir neuerlich ein mächtiges Heer auf die Walstatt führen können.«

»Du willst also abwarten, bis auch bei uns die nächste Kriegergeneration herangewachsen ist, und möchtest diese jungen Kämpfer sodann in Ruhe und damit desto gründlicher ausbilden lassen?« erkundigte sich Morvan.

»Ja«, bestätigte der Eber von Cornueille. »Und die Zeit bis dahin wollen wir nutzen, um die Stammesgebiete Britanniens, so wie wir es vorhin besprochen haben, wieder zum Blühen zu bringen!«

***

Im Verlauf der folgenden Jahre setzten die Edlen von Camelot und die Druidinnen der Ynys Avallach dieses Vorhaben nach besten Kräften in die Tat um. Zahlreiche Duns und Dörfer in den Siedelgebieten der östlichen Volksstämme, die von den Sassenach niedergebrannt oder aufgrund der Kriegswirren von ihren Bewohnern verlassen worden waren und nun verwaist dalagen, wurden von neuem bevölkert. Teils kehrten die geflüchteten Bauern- und Handwerkerfamilien dorthin heim; teils erklärten sich jüngere Leute aus der Landesmitte oder den Westgauen dazu bereit, in die befreiten Stammesgebiete der Regnier, Atrebaten, Trinovanten, Icener oder Coritaner zu ziehen.

Häufig ritten auch Arddwr, Myrddin und die Angehörigen des Drachenbundes in die Ostgaue, um sich von den Fortschritten zu überzeugen, welche die Wiederbesiedelung der genannten Landesteile machte, und jedesmal wenn der Sohn Arwens und Morvryns sah, wie in einem fruchtbaren Talboden oder auf einer von Ringwällen umkränzten Hügelkuppe eine vom Krieg geschlagene Wunde durch friedliches Bemühen geheilt wurde, empfand er tiefe innere Freude. Stets dankte er dann den Anderweltlichen dafür, daß sie den vor kurzem noch so arg geplagten Menschen einen hoffnungsvollen Neuanfang ermöglichten – und schließlich, im dritten Frühling nach der Schlacht von Badon, machten die Mächte von Annwn auch demjenigen, der jetzt in Camelot faktisch als Hochkönig herrschte, obwohl er diese Würde nach eigenem Entschluß erst nach der völligen Vertreibung der Feinde aus Britannien beanspruchen wollte, ein außerordentlich wertvolles Geschenk.

Arddwr lernte die bezaubernd schöne Gwynhwyfara in Avalon kennen. Anläßlich des Beltane-Festes hatte der siebenundzwanzigjährige Rhiotam das heilige Eiland aufgesucht; am Vorabend der Rituale begegneten er und die junge Druidin mit dem kupferfarbenen Haar und den geheimnisvollen, tiefblauen Augen sich erstmals an der Roten Quelle – und kaum hatten die beiden einander erblickt, war ihr künftiges gemeinsames Schicksal besiegelt. Arddwr und Gwynhwyfara verbrachten die ganze Nacht zusammen am Born der Göttin; am nächsten Tag erschienen sie Hand in Hand und strahlend vor Glück im Apfelbaumhain, und die Kupferhaarige erklärte Morgana, von der sie kurz nach ihrem vierundzwanzigsten Geburtstag auf die Ynys Avallach eingeladen worden war: »Als mich deine Botschaft erreichte, wonach es der Wille Ceridwens sei, daß ich nach Avalon reisen sollte, war ich sehr überrascht. Doch nun ist mir auf wunderbare Art klargeworden, welche Absicht die Dreifache Göttin damit verband, und ich bin ihr und dir aus tiefstem Herzen dankbar …«

»Das gleiche gilt für mich«, bekannte der Rhiotam und zog Gwynhwyfara an seine Brust.

Die Pendruid der Ynys Avallach sah, wie die beiden sich zärtlich küßten; nachdem Arddwr die Kupferhaarige wieder freigegeben hatte, sagte Morgana mit feinem Schmunzeln zu Gwynhwyfara: »Ceridwen wußte eben, wie inständig du dich auf der Insel Manx, wo deine Mutter als Oberhaupt der dortigen Priesterschaft wirkt und dein aus königlichem Geschlecht stammender Vater Gauhäuptling ist, nach der Liebe eines außergewöhnlichen Mannes sehntest. Und ich für meinen Teil hatte im letzten Herbst, als wir uns auf deinem heimatlichen Eiland zwischen Cymru und Erinn erstmals begegneten, das Gefühl, als solltest du unbedingt den Rhiotam von Britannien kennenlernen ...«

»Dies um so mehr, da Arddwr bereits viel zu lange in höchst bedauernswerter und manchmal fast schon trübsinniger Vereinsamung unter dem Dach seines Herrscherhauses in Camelot dahinvegetierte«, scherzte Myrddin, welcher sich in diesem Moment zu dem Paar und der Pendruid gesellte.

»Du solltest Gwynhwyfara besser nicht zu viele fragwürdige Dinge aus meiner Vergangenheit verraten, denn sonst könnte sie es am Ende noch bereuen, mir ihre Zuneigung geschenkt zu haben«, ging der Rhiotam auf den Spaß ein; anschließend nahm er die Kupferhaarige erneut in die Arme, und im nächsten Augenblick schienen die beiden alles um sich herum zu vergessen.

So hatten sich Arddwr und Gwynhwyfara dank der Weisheit der Göttin und des vorausschauenden Gespürs Morganas gefunden, und noch im selben Jahr beschlossen der Rhiotam und die junge, mit herausragenden Geistesgaben gesegnete Druidin, welche auf Manx eine Priesterin Ceridwens gewesen war, die Ehe einzugehen. Die Hochzeit sollte am nächsten Beltane-Fest gefeiert werden; als Alban Arthuan und Imbolc vorüber waren und sich wiederum der Frühling ankündigte, wuchs die Vorfreude Arddwrs und Gwynhwyfaras, die jetzt bereits seit längerer Zeit im Königshaus von Camelot lebten, von Woche zu Woche – dann aber, zwei Tage vor dem Frühjahrsfest, mußte der Rhiotam es hinnehmen, daß seine zauberhaft schöne Braut geraubt wurde.

Gegen Mitternacht – Arddwr saß zu dieser Stunde mit Myrddin und den meisten Mitgliedern des Drachenbundes in der Großen Halle der Ringwallfestung beim Metheglyn – drang der durotrigische Herrscher Melwas zusammen mit etlichen Adelskriegern ins Schlafgemach Gwynhwyfaras im

Rundhaus des Ebers von Cornueille ein. Blitzschnell wurde die Kupferhaarige überwältigt und nach draußen gebracht, wo gesattelte Pferde standen; unmittelbar darauf preschten die Reiter zur Torbastion des Duns, gelangten durch den Hohlweg ungehindert auf die Talebene hinaus und verschwanden mit Gwynhwyfara in der Dunkelheit.

Erst eine halbe Stunde danach wurden der Rhiotam und dessen Zechgenossen durch einen Torwächter von der Entführung der Kupferhaarigen verständigt. Der Krieger erstattete seine Meldung unter seltsamem, beinahe schadenfrohem Grinsen; der Eber von Cornueille indessen schien dies nicht zu bemerken und erkundigte sich lediglich: »Konntest du ausmachen, in welche Richtung die Berittenen flohen?«

»Es sah aus, als wollten sie in den Norden«, lautete die Antwort des Torwächters.

»Dann werden wir wohl früher oder später von dort Nachricht erhalten«, mischte sich nunmehr Myrddin ein.

»Ohnehin wäre es jetzt, in der finsteren, mondlosen Nacht, unmöglich, die Brauträuber zu verfolgen«, äußerte Gwenddolau, und die übrigen, sonst so tatkräftigen Angehörigen des Drachenbundes pflichteten ihm einhellig bei.

»Also haben wir keine andere Wahl, als uns in Geduld zu üben«, stellte der Rhiotam fest, wobei er nach seinem Pokal griff; anschließend tranken Arddwr und seine Gefährten noch geraume Zeit weiter – und am nächsten Morgen tauchte tatsächlich ein Bote von Melwas in der Versammlungshalle der Ringwallfestung auf, wo die Edlen neuerlich an der Tafel saßen.

»Der König der Durotrigen macht dir das Anrecht auf die Heirat mit Gwynhwyfara streitig!« beschied der Adelskrieger den Rhiotam. »Aus diesem Grund hat Melwas deine Braut in seine Gewalt gebracht, und sofern du sie zurückgewinnen möchtest, wirst du um sie kämpfen müssen!«

»An welchem Ort wird Gwynhwyfara gefangengehalten?« fragte der Eber von Cornueille.

»Auf dem Twr von Avalon«, erwiderte der Bote.

»Ein guter Schauplatz für einen Waffenstreit zwischen mir und dem durotrigischen Herrscher!« versetzte Arddwr; sodann befahl er dem Adelskrieger: »Reite sofort zur Ynys Avallach zurück und teile deinem Herrn mit, daß ich schon sehr bald mit blanker Klinge vor ihn hintreten werde!«

Der Bote verließ die Halle, schwang sich draußen auf sein Roß und galoppierte davon; wenig später, nachdem sie ihre Brünnen angelegt und ihre Schwertgurte umgeschnallt hatten, jagten auch der Rhiotam und dessen engste Vertraute durch den Torschlund des Duns und folgten dem Adelskrieger nach Norden.

In der Mittagsstunde erreichten der Eber von Cornueille und seine Begleiter den Fuß des höchsten Hügels von Avalon und lenkten ihre Tiere auf den Spiralpfad, der sich zum Gipfelplateau des Twr emporzog. Oben wurden sie bereits erwartet – und zwar nicht nur von Melwas und dessen schwerbewaffneter Bedeckung, sondern auch von den Priesterinnen der Ynys Avallach. Morgana und ihre Schwestern hatten sich an der einen Seite des Menhirs, der den Zugang zur Grotte im Inneren der heiligen Anhöhe behütete, aufgestellt; ihnen gegenüber bildeten die Adelskrieger des Durotrigenkönigs eine zweite Gruppe – und Melwas selbst stand, auf seine lange Klinge gestützt, direkt vor dem Hohen Stein, an welchen die Kupferhaarige gefesselt war.

Nun, während seine Gefährten ein Stück hinter ihm von ihren Rössern stiegen, zwang Arddwr seinen Fuchshengst dazu, sich dreimal aufzubäumen; danach rief er dem durotrigischen Herrscher zu: »Du hast mich zum Zweikampf um Gwynhwyfara herausgefordert! Und wie du siehst, kam ich auf dem schnellsten Weg hierher, um die Frau zu befreien, die ich über alles liebe!«

Melwas zückte sein Schwert. »Bist du denn auch bereit, dein Leben für sie zu geben?!«

»Bei den Gottheiten, den Sídhe und den Toten schwöre ich,

daß ich nicht zögern würde, es für meine Braut zu opfern!« erwiderte der Rhiotam.

»Wenn es sich so verhält, solltest du hier und jetzt den Beweis für die Wahrheit deiner Worte erbringen!« verlangte der Durotrigenkönig.

»Das werde ich!« stieß Arddwr hervor; mit dem nächsten Lidschlag schwang er sich aus dem Sattel, zog seine schwere Klinge aus der Scheide und drang auf Melwas ein.

Der Schwertkampf freilich währte nur kurz, denn nachdem der Rhiotam und der durotrigische Herrscher neun Hiebe getauscht hatten, ließ Melwas seine Waffe sinken, kniete vor Arddwr nieder und sagte zu ihm: »Ich erkläre mich für besiegt, da ich angesichts der uneingeschränkten Selbstlosigkeit, mit der du für Gwynhwyfara eintrittst, machtlos gegen dich bin!«

Der Rhiotam reichte seinem vertrauten Freund die Hand, half ihm lächelnd wieder auf die Beine und umarmte ihn. Danach schritt er zum Menhir, zerschnitt die Fesseln der Kupferhaarigen, küßte seine strahlende Braut und rief den Umstehenden zu: »Ihr habt mit angesehen, wie ich um Gwynhwyfara stritt, die nach uraltem Brauch von einem Ebenbürtigen aus meiner Königsfestung entführt wurde. Und nun sollt ihr bezeugen, daß ich mir dadurch das unverbrüchliche und endgültige Recht erworben habe, die wunderschöne Frau, der mein Herz gehört, am morgigen Beltane-Fest zu meiner Gemahlin zu machen!«

»Dies bestätigen wir Gwynhwyfara und dir mit Freuden!« antworteten Morgana, Myrddin und Melwas im Chor; die übrigen Edlen wiederholten den Satz, und dann umringten alle Anwesenden das Brautpaar, um der Kupferhaarigen zu dem besonderen, altüberkommenen Liebesbeweis zu gratulieren, den Arddwr ihr zu Ehren erbracht hatte.

Während der folgenden Stunden saß man fröhlich schmausend im Apfelbaumhain; später am Nachmittag brachen der Rhiotam, Gwynhwyfara, Myrddin, Morgana und die anderen Adligen und Großen Wissenden nach Camelot auf, wo man bald nach Einbruch der Nacht anlangte. Arddwr und seine Braut luden die Edlen noch zu einem Umtrunk in der Großen Halle des Duns ein; lange indessen blieb man nicht mehr beisammen, denn alle wollten am nächsten Tag, da der Rhiotam und Gwynhwyfara im Ehebund vereint werden sollten, ausgeruht sein.

Am Beltane-Morgen sodann zog eine schier unüberschaubare Menschenmenge zum Eichenrund im oberen Bereich der Ringwallfestung hinauf. Die Hochzeitsgäste, darunter eine ganze Reihe von Stammesfürsten, waren teilweise von weither nach Camelot gekommen, und jetzt erlebten all die Adligen, einfachen Krieger, Bauern, Handwerker und ihre Familienangehörigen mit, wie Morgana und Myrddin die Liebenden in der unsichtbaren Gegenwart der Andersweltlichen zusammengaben.

Unter den leise im Wind rauschenden Baumkronen versprachen Arddwr und Gwynhwyfara einander Treue bis in den Tod; zudem leisteten sie den Schwur, von nun an gemeinsam mit aller Kraft für das Wohl der keltischen Volksstämme einzutreten, und zuletzt riefen Myrddin und Morgana den Segen der Gottheiten, der Sídhe und der Toten auf das Brautpaar herab. Als die beiden Großen Wissenden dies taten, lief es wie ein Beben durch das knorrige, weitausladende Astwerk der dreizehn Eichen; zugleich erschien in den Lüften, von Westen heranfliegend, ein Vogelschwarm, und die Gefiederten kreisten dreimal über dem Hain, ehe sie wieder gen Sonnenuntergang verschwanden.

Nach der Trauungszeremonie beschieden der Rhiotam und seine bezaubernde Gemahlin die Hochzeitsgäste, daß zur Feier des Tages dreißig Mastrinder an den Bratspießen geröstet werden sollten. Ab der Mittagsstunde dann tafelten die Edlen in der Großen Halle des Herrscher-Duns; die einfachen Menschen hingegen ließen es sich im Freien gutgehen, wo überall zwischen den Rundhäusern und Pferdestallungen lange Tische und Bänke aufgestellt worden waren.

Bis zum Abend wurden zahllose fröhliche, launige oder auch tiefsinnige Trinksprüche auf Arddwr und Gwynhwyfara ausgebracht; als sich schließlich die Nacht über die Ringwallfestung herabsenkte, entzündeten die Priesterinnen der Ynys Avallach das Beltane-Feuer. Knechte und Mägde hatten den riesigen Holzstoß unweit des Eichenhains aufgeschichtet; nun prasselte die Lohe turmhoch empor und fand wenig später ihren Widerschein in Dutzenden von weiteren rotglühenden Flammensäulen draußen im Flachland.

Von der Wallkrone aus blickte das Hochzeitspaar auf die Ebene hinunter; geraume Zeit standen die beiden eng umschlungen und in versonnenem Schweigen da, endlich wies Arddwr nach Westsüdwesten und sagte: »Dort hinüber werden wir morgen einen Ausritt unternehmen.«

»Warum denn das?« fragte Gwynhwyfara überrascht.

Doch ihr Gatte lächelte nur geheimnisvoll; gleich darauf gesellte sich Myrddin zu ihnen und äußerte: »Ich störe euch zwar nur ungern – aber allmählich solltet ihr daran denken, in die Königshalle zurückzukehren, unter deren Dach die meisten eurer Gäste mittlerweile erneut an den Festtafeln sitzen.«

Als das Brautpaar und der Druide die Halle betraten, klangen ihnen von allen Seiten ausgelassene Rufe entgegen, und während der folgenden Stunden schlugen die Stimmungswogen immer noch höher. Um Mitternacht sodann geleiteten die Adligen das Hochzeitspaar in feierlichem Zug zum Herrscherhaus; dort hob Arddwr seine vor Glück strahlende Gemahlin hoch und trug sie über die Schwelle – und nachdem Myrddin und Morgana die Tür unter dem Beifall der übrigen Edlen langsam von außen geschlossen hatten, ließ man die Liebenden allein …

Am darauffolgenden Vormittag erinnerte Gwynhwyfara ihren Gatten an die Ankündigung, welche er ihr auf dem Ringwall des Duns gemacht hatte. Neuerlich schmunzelte Arddwr verschmitzt und forderte die Kupferhaarige auf, sich noch etwas zu gedulden. Nach dem Mittagsmahl schließlich teilte der Rhiotam den Adligen und Großen Wissenden in der Festhalle mit, daß er einen kleinen Reitausflug mit Gwynhwyfara unternehmen würde; dann bot er seiner Gemahlin den Arm und führte sie ins Freie, wo bereits zwei Stallknechte mit Arddwrs Fuchshengst und einer rassigen rehbraunen Stute für Gwynhwyfara warteten.

Ohne Begleitung verließ das Paar die Königsfestung; die Rösser trabten durch die bukolische Landschaft westlich des Duns, in der sich von gewundenen Bachläufen durchzogene Pferdekoppeln, Waldinseln und Dörfer mit strohgedeckten Rundhäusern abwechselten – und nach ungefähr einer Stunde näherten sich der Rhiotam und die Kupferhaarige einem Gutshof, der in einer fruchtbaren Talsenke am Saum eines sanften Hügelzuges lag.

Kaum hatte Gwynhwyfara das offensichtlich erst vor kurzer Zeit erbaute Anwesen erblickt, zügelte sie ihre Stute und rief mit bewegter Stimme aus: »Das ist doch nicht möglich! Dieser Edelsitz sieht fast genauso aus wie die Hofstätte, die meine Großeltern mütterlicherseits auf Manx besaßen und wo ich in meiner Kindheit und Jugend so viele unvergeßlich schöne Erlebnisse hatte!«

»Der Gutshof gefällt dir also?« erkundigte sich Arddwr.

»Ja, sehr«, nickte die Kupferhaarige. »Je länger ich zu ihm hinüberschaue, desto mehr fühle ich mich an meine Heimat im Norden und meine Familie dort erinnert.«

»Dann hättest du wohl auch nichts dagegen, wenn wir gelegentlich dort wohnen und die ländliche Ruhe genießen würden, oder?« fragte der Rhiotam nun.

Verdutzt musterte Gwynhwyfara ihren Gatten. »Was soll das heißen? Ich meine, das Anwesen gehört schließlich irgend jemandem, und wir könnten bestimmt nicht einfach ...«

»Dieser Jemand, von dem du redest, sitzt neben mir im Sattel eines lichtbraunen Pferdes«, unterbrach Arddwr mit vergnügtem Funkeln in den grünblauen Augen seine Gemahlin.

Es dauerte einen Moment, ehe die Kupferhaarige begriff und hervorstieß: »Willst du damit sagen, daß der Gutshof mir ...?«

»Er ist dein Eigentum!« erklärte der Rhiotam. »Ich habe das Anwesen insgeheim für dich errichten lassen und schenke es dir hiermit zum Dank für die Liebe, die du mir entgegenbringst.«

Gwynhwyfara drängte ihre Stute nahe an Arddwrs Roß heran und verschmolz in einem langen, leidenschaftlichen Kuß mit ihrem Gatten; danach wollte sie wissen: »Aber wie ist diese verblüffende Ähnlichkeit der Hofstätte mit dem Edelsitz meiner Großeltern möglich?«

»Morgana beschrieb mir den Gutshof auf Manx, der dir einst so viel bedeutete, in allen Einzelheiten«, antwortete der Rhiotam. »Und das vermochte die Pendruid von Avalon, weil du ihr damals, als ihr euch auf deiner heimatlichen Insel kennenlerntet, das Anwesen deiner Muttereltern zeigtest.«

»Richtig«, entsann sich die Kupferhaarige. »Wir verbrachten einen vollen Tag dort, und ich erzählte Morgana von meinen Jugendjahren. Doch was für wunderbare Folgen das haben würde, ahnte ich natürlich nicht ...«

Erneut umschlang Gwynhwyfara ihren Gemahl und bewies ihm durch ihre zärtlichen Liebkosungen, welch große Freude er ihr mit seiner ungewöhnlichen Morgengabe gemacht hatte; nach einer Weile sodann bat sie ihn: »Laß uns weiterreiten, damit ich den Edelsitz, auf dem wir ganz gewiß herrliche Zeiten der vertrauten Zweisamkeit genießen werden, kennenlernen kann.«

Wenig später stiegen Arddwr und die Kupferhaarige vor dem doppelstöckigen Wohnhaus des Gutshofes von ihren Pferden. Ehrerbietig begrüßten die ungefähr dreißig Bediensteten, denen der Rhiotam die Bewirtschaftung des Anwesens anvertraut hatte, das Herrscherpaar; nachdem Arddwr und Gwynhwyfara sich kurz mit dem Gutsverwalter sowie einigen Knechten und Mägden unterhalten hatten, führte der

Rhiotam seine Gattin ins Wohngebäude. Drinnen gab es einen behaglich möblierten Kaminraum und ein halbes Dutzend weiterer gemütlicher Zimmer, durch deren Fenster der Blick auf die frühlingsgrün daliegenden Feldbreiten, Rinder- und Roßkoppeln sowie einen binsenumsäumten Teich am bogenförmigen Rand eines Wäldchens hinausging.

Als sich Gwynhwyfara an alldem satt gesehen hatte, zeigte ihr Arddwr auch die bestens ausgestatteten Stallungen, Scheunen und sonstigen Wirtschaftsgebäude des Edelsitzes; zuletzt dann, nachdem sie sich auf einer Bank unter einer blühenden Buche in der Mitte des Hofplatzes niedergelassen hatten, erklärte der Rhiotam seiner Gemahlin: »Das Gut soll dir nicht nur das Gefühl geben, daß du in deiner neuen Heimat ein Stück von deiner alten besitzt, sondern dich zudem mit regelmäßigen Einkünften ausstatten. Denn die Erträge des Anwesens stehen selbstverständlich zu deiner freien Verfügung, und du bist niemandem, auch mir nicht, Rechenschaft über ihre Verwendung schuldig.«

Die Kupferhaarige tastete nach der Hand Arddwrs und verflocht ihre Finger mit seinen. »Du beweist mir durch dein königliches Geschenk und deine Worte, wie sehr du mich achtest. Und ich will es dir vergelten, indem ich dich im Kampf gegen den Weißen Drachen nicht weniger treu als Myrddin, Morgana und die Mitglieder deines Totembundes unterstütze!«

»Dein druidischer Rat wird mir bei der Vollendung des Werkes, das ich vor vielen Jahren unter der weisen Führung von Arwens und Morvryns Sohn begonnen habe, stets wertvoll sein«, erwiderte der Rhiotam.

»Vor vielen Jahren?« Ein neckisches, höchst reizvolles Lächeln malte sich auf Gwynhwyfaras Antlitz. »Das hört sich fast so an, als wärst du, obwohl du doch erst achtundzwanzig Sommer zählst, schon ein alter Mann. Einer, der bereits reichlich abgeklärt ist und deshalb auch nicht mehr so recht weiß, was er mit einer jungen Frau, die sich ganz inständig nach seiner Liebe sehnt, anfangen soll ...«

»Na warte!« Arddwr sprang auf. »Ich werde dir auf der Stelle zeigen, daß du dich da gründlich täuschst!«

»Wie denn ...?« kam es lockend von der Kupferhaarigen.

»So!« stieß ihr Gatte hervor; mit dem nächsten Lidschlag zog er Gwynhwyfara von der Bank hoch, hob sie auf seine Arme und trug die Kupferhaarige, die sich lachend gegen sein Ungestüm wehrte, zum Wohnhaus des Edelsitzes, um den behaglichen Schlafraum dort lustvoll mit ihr einzuweihen.

Erst in der Abenddämmerung kehrten der Rhiotam und seine Gemahlin nach Camelot zurück und gesellten sich wieder zu den Adligen in der Großen Halle. Am darauffolgenden Tag sodann verabschiedeten sich die Stammesfürsten und sonstigen Edlen, die von auswärts zur Hochzeit gekommen waren, und traten die Heimreise an. Eine Woche später machten sich auch Arddwr, Gwynhwyfara, Myrddin und dreißig ausgewählte Adelskrieger für einen längeren Ritt fertig; das junge Paar und der Druide wollten nach Tintagel, um dort Ygerna, die Mutter des Rhiotam, zu besuchen, welche aufgrund einer Erkrankung, von der sie kurz vor der Eheschließung ihres Sohnes befallen worden war, nicht an den Vermählungsfeierlichkeiten hatte teilnehmen können.

Als das Königspaar und Myrddin im Herrscher-Dun von Cornueille anlangten, befand sich Ygerna, die an einer Gürtelrose gelitten hatte, dank der Kunst der Arztdruiden bereits wieder auf dem Weg der Besserung. Dennoch stellte Myrddin, welcher die Königin der Dumnonier jahrelang nicht gesehen hatte, insgeheim fest, daß sie erschreckend gealtert war; offenbar hatte Ygerna den frühen Tod ihres Gatten Gorlois nie wirklich zu verwinden vermocht. Ungeachtet ihres Seelenleids jedoch, das vielleicht auch zum Ausbruch der Krankheit geführt hatte, empfing die Königin ihre Schwiegertochter aufs herzlichste, und im Lauf der nächsten Tage freundeten sich die beiden Frauen rasch an.

Während der drei Wochen, welche die Gäste aus Camelot in Tintagel weilten, verbrachten Ygerna und Gwynhwyfara viele Stunden im vertrauten Gespräch miteinander, und die Kupferhaarige erhielt dabei von der dumnonischen Herrscherin so manchen guten Rat bezüglich ihrer künftigen Aufgaben als Gemahlin des Rhiotam. Arddwr und Myrddin wiederum unternahmen, wenn Ygerna und Gwynhwyfara sich unter vier Augen austauschten, gemeinsame Ausflüge im Sattel und hingen bei solchen Gelegenheiten ihren Erinnerungen an die Zeit nach, da der Rhiotam noch halbwüchsig und der Sohn Arwens und Morvryns sein Lehrer gewesen war.

Einmal ritten Arddwr und der Druide auch zu der Küstenbucht beim Dorf Caer Nant, an deren Zugang neun Jahre zuvor Gorlois, Uddyr Pendraig und Myrddins Vater ihr Leben im Gefecht gegen die Sassenach verloren hatten. Lange standen der Rhiotam und der Druide schweigend auf dem von Felsblöcken gesäumten Klippenpfad, wo es passiert war, und nachdem sie zur Königsfestung zurückgekehrt waren, zelebrierte Myrddin bei dem Menhir, unter welchem die Heilige Hochzeit stattgefunden hatte und in dessen Nähe später die drei teuren Toten beigesetzt worden waren, ein stilles Ritual.

Am Abend dieses denkwürdigen Tages äußerte Ygerna den Wunsch, daß der Friede, den Arddwr und all die anderen unter solch großen Opfern erkämpft hatten, bewahrt bleiben möge – und eine knappe Woche später, als ihre Besucher wieder Abschied nahmen, sagte die dumnonische Herrscherin zu ihrer Schwiegertochter: »Mein Sohn hat in dir eine ausnehmend kluge und warmherzige Gefährtin gefunden, und ihr beiden könnt bestimmt erreichen, was ihr euch vorgenommen habt, wenn ihr nur fest zusammenhaltet und stets an einem Strang zieht.«

»Wir werden unser Bestes geben, damit Britannien, das in den Jahrzehnten des Krieges so furchtbar verheert wurde, von neuem aufblühen kann!« beteuerte Gwynhwyfara.

»Ja, das werdet ihr!« nickte Ygerna. »Und du«, sie richtete den Blick auf Myrddin, »wirst meinen Kindern durch deinen weisen Ratschlag dabei helfen …«

Danach gab die Königin der Dumnonier dem jungen Paar und dem Druiden das Geleit zum Torbau von Tintagel – und von dort aus schaute Ygerna, in deren Augen nun Tränen brannten, dem Reiterzug nach, bis er am Horizont verschwand.

***

Im Verlauf der folgenden Monate und Jahre wuchs Gwynhwyfara mehr und mehr in ihre Pflichten als Gattin des Rhiotam hinein, und schon bald begannen die Barden sie ebenso wie den Eber von Cornueille, den Sohn Arwens und Morvryns und die Mitglieder des Drachenbundes in ihren Gesängen zu preisen. Manchmal hieß es in den Dichtungen sogar, mit der Kupferhaarigen wäre eine von Myrddin aus den Gefilden Annwns herbeigerufene Sídhe nach Camelot gekommen; eine Fee, die aufs innigste mit der Dreifachen Göttin verbunden sei und deshalb so viel Gutes für das Land bewirke.

Arddwr war glücklich über die achtungs- und liebevolle Zuneigung, die seiner Gemahlin entgegengebracht wurde; dasselbe galt für den Sohn Arwens und Morvryns, welcher sich mit der druidisch gebildeten Gwynhwyfara ähnlich wie mit Morgana, Nimue und den übrigen Priesterinnen von Avalon auf höchster geistiger Ebene auszutauschen pflegte. Zuweilen geschah dies im Eichenhain, den Myrddin einst hatte pflanzen lassen, denn dort fanden jetzt regelmäßige Zusammenkünfte von Großen Wissenden und führenden Edlen statt, bei denen grundlegende Beschlüsse hinsichtlich der Maßnahmen gefaßt wurden, die dem Wiedererstarken der keltischen Siedelgebiete dienen sollten.

Immer nahmen an diesen Versammlungen das Herrscherpaar, der Sohn Arwens und Morvryns, die neun Druidinnen der Ynys Avallach sowie die Angehörigen des Drachenbundes teil, und sie saßen dabei in gleichberechtigtem Miteinander um eine mächtige kreisrunde Tafel aus schwerem, mit kunstvollem sakralen Schnitzwerk verziertem Eichenholz, welche bei solchen Gelegenheiten im Zentrum des Hains aufgestellt wurde. Sehr viele segensreiche Entscheidungen wurden in den Jahren nach Arddwrs und Gwynhwyfaras Hochzeit von den vierundzwanzig ständigen Mitgliedern der Tafelrunde getroffen – und oft luden der Rhiotam, Morgana und Myrddin auch Große Wissende und Fürsten von anderswo ein, um deren Meinung zu bestimmten wichtigen Angelegenheiten zu hören.

Daher kamen zuzeiten Abordnungen von den heiligen Inseln in der westlichen See oder Stammeskönige aus dem fernen Norden und sogar aus dem Land der Pikten nach Camelot, und einige Male ließ sich ein alter Freund von Arwens und Morvryns Sohn mit an der Eichentafel nieder: Fychan, Myrddins ehemaliger Mitschüler im Druidenhain von Barclodiad y Gawres, welcher später seine Wirkungsstätte auf der Gläsernen Insel vor dem äußersten Kap der Lleyn-Halbinsel gefunden und sich seither einen hervorragenden Ruf als priesterlicher Mittler zwischen Diesseits- und Anderswelt erworben hatte.

Wenn sich Fychan in Arddwrs Ringwallfestung aufhielt, konnten der Sohn Arwens und Morvryns und dessen früherer Schulfreund ihren Erinnerungen an Môn Mam Cymru halbe Nächte hindurch nachhängen, und einmal, als sie in Myrddins behaglichem Rundhaus beim Metheglyn saßen, sagte der Sohn Arwens und Morvryns versonnen: »Die Mächte von Annwn sorgten dafür, daß wir im Lebensabschnitt unserer Jugend mehrere Jahre zusammen verbrachten, und soeben hatte ich das Gefühl, als würden wir am Ende meines gegenwärtigen irdischen Daseins abermals gemeinsam ein Stück Weges wandeln: ein letztes Wegstück auf jenem Pfad, der hin zu den verschleierten Gefilden führt ...«

»Bis unser Geist die Nebel durchdringt und erlöste Geborgenheit in seiner wahren Heimat findet, wird wohl noch einige Zeit verstreichen«, antwortete Fychan; wenige Tage danach sodann trat er nach bewegtem Abschied von Myrddin die Rückreise nach Gwynedd und zur Ynys Vytrin an.

Das Gespräch zwischen dem Inseldruiden und dem mittlerweile fünfzigjährigen Sohn Arwens und Morvryns hatte im siebten Sommer nach der Schlacht von Badon stattgefunden. Seit ebenso vielen Jahren herrschte nunmehr Frieden in Britannien, und dank der menschenfreundlichen Arbeit, die in Camelot geleistet wurde, waren zahlreiche Landesteile wieder aufgeblüht. In den Duns und Dörfern der Stammesgebiete spielten Zehntausende von Kindern, die nach dem großen Sieg des Ebers von Cornueille geboren worden waren und den Krieg daher nur mehr vom Hörensagen kannten. Diese Jungen und Mädchen waren die Hoffnung und die Zukunft Britanniens, und die Fürsten, welche das befreite Land unter der segensvollen Oberherrschaft Arddwrs, Morganas und Myrddins regierten, taten alles, damit die Kinder unbeschwert ins Morgen hineinwachsen konnten.

Dies war jedoch auch deswegen möglich, weil die Sassenach, wie in stillschweigender Übereinkunft mit den Kelten, keinen weiteren Versuch machten, von ihren durch die weißen Pferde gekennzeichneten Festungen an der britannischen Südostküste ins Landesinnere vorzudringen. Trotzdem achteten der Rhiotam und die Angehörigen des Drachenbundes darauf, daß die Verteidigungsbereitschaft des keltischen Kernheeres erhalten blieb. Nach wie vor meditierten Arddwr und seine vertrautesten Waffengefährten an bestimmten Tagen unter den ihnen zugeordneten Eichen im Hain von Camelot, um auf diese Weise ihr spirituelles Miteinander zu bewahren – und regelmäßig nach solchen Zusammenkünften formierten sich draußen auf der Ebene am Fuß der gewaltigen Ringwallfestung die tausend Reiterkrieger, die mit ihren Familien im Dun wohnten, zu taktischen Einheiten und trugen unter dem Kommando der dreizehn Edlen verwegene Scheinkämpfe gegeneinander aus. So blieben die Berittenen, die im Notfall wie früher unter dem Banner des Roten Drachen fechten würden, in ständiger Übung, und die einfachen Menschen der britannischen Stämme wußten, daß der Friede durch den Rhiotam und dessen Adelskrieger gesichert wurde.

Stets beobachtete Gwynhwyfara die eindrucksvollen Waffenspiele von der höchsten Wallkrone der Festung aus, und sie empfand dann jedesmal stillen Stolz auf ihren Gemahl, welcher den Oberbefehl über den außerordentlich schlagkräftigen und in ganz Britannien einzigartigen Heerbann hatte. Auch sonst erlebte die Kupferhaarige in ihrer Ehe mit Arddwr viele erfüllte Stunden; im zehnten Herbst nach der Schlacht von Badon allerdings erhielten der jetzt vierunddreißigjährige Rhiotam und seine Gattin eine traurige Nachricht aus Tintagel.

Kurz vor ihrem sechzigsten Geburtstag war Ygerna, die an einer scheinbar harmlosen Erkältung gelitten hatte, plötzlich und unerwartet nach Annwn gewandert; eigentlich hatten Arddwr und Gwynhwyfara den Ehrentag der dumnonischen Königin mit ihr in Cornueille feiern wollen – nun mußten sie sich auf den Weg machen, um Ygerna zu ihrer letzten diesseitigen Ruhestätte zu geleiten. Als das Herrscherpaar, dem sich Myrddin angeschlossen hatte, in Tintagel eintraf, konnte der Rhiotam seine zwölf Tage zuvor verstorbene Mutter immerhin noch einmal sehen, denn die Arztdruiden hatten Ygernas Leichnam einbalsamiert.

Mit entrücktem Gesichtsausdruck lag die heimgegangene Königin, welche den tragischen Verlust ihres geliebten Gemahls Gorlois niemals völlig verwunden hatte, unter dem Dach der Großen Halle auf einem Katafalk; lange standen Arddwr, Gwynhwyfara und der Sohn Arwens und Morvryns bei der Toten, und der Rhiotam schämte sich seiner Tränen nicht. Am nächsten Morgen wurde Ygerna in den Sarg gebettet; zahllose Trauernde folgten dem Schrein, als er zum Hohen Stein draußen auf der Heide getragen wurde: zum Menhir, unter dem einst die Heilige Hochzeit stattgefunden hatte. Dort, zwischen den Gräbern von Gorlois und Uddyr Pendraig, ließen die Sargträger die Totenlade neun Fuß tief in die

Erde hinab, und nachdem die Grube wieder aufgefüllt worden war, sagte Arddwr leise zu Myrddin: »Jetzt sind die drei, deren irdische Schicksale du nach dem Willen der Andersweltlichen vor fünfunddreißig Jahren auf geheimnisvolle Weise verflochten hast, von neuem vereint ...«

»In Annwn werden Ygerna, Gorlois und Uddyr noch inniger als zu ihren Lebzeiten im Diesseits verbunden sein«, entgegnete der Druide; sodann legte er einen roten Stein, den er aus Camelot mitgebracht hatte, auf der Grabstätte nieder. Der Rhiotam und Gwynhwyfara taten dasselbe; danach folgten die Edlen von Tintagel sowie die anderen Trauergäste ihrem Beispiel, und so wuchs langsam der Cairn empor, welcher bis in die ferne Zukunft an die verstorbene Herrscherin der Dumnonier erinnern würde.

Im Anschluß an das Begräbnis fand in der Königshalle von Tintagel eine Leichenfeier statt, die bis Mitternacht dauerte; am Tag darauf berieten Arddwr, Myrddin und Gwynhwyfara mit den Großen Wissenden und Adligen des dumnonischen Volksstammes über die Frage, wer von nun an in Cornueille regieren sollte. Zunächst drängten sämtliche Edle den einzigen Sohn Ygernas dazu, sich zum Stammeskönig ausrufen zu lassen, aber Arddwr erklärte: »Zweifellos besäße ich das Recht, die Nachfolge meiner Mutter anzutreten, doch ich möchte angesichts der Pflichten, die ich als Rhiotam zu erfüllen habe, darauf verzichten.«

»Aber wer könnte dann an deiner Stelle die Geschicke unseres Stammes lenken?« rief ein Gauhäuptling. »Hast du denn einen Vorschlag, Arddwr?«

»Mein Freund und Ratgeber Myrddin wird euch einen sinnvollen Weg aufzeigen«, erwiderte der Rhiotam.

Daraufhin ergriff der Sohn Arwens und Morvryns das Wort und beschied die Versammelten: »Ygerna herrschte vorbildlich hier im südwestlichsten Landesteil Britanniens, und um ihrem Andenken Ehre zu erweisen, schlage ich vor, daß erneut eine Frau an die Spitze des Volksstammes der Dumnonier tritt. Zudem sollte diese Regentin über hohe druidische Weisheit verfügen – und solch Großes Wissen wird von alters her am äußersten Ende eures Landes gehütet, wo die am weitesten gen Sonnenuntergang gelegenen Klippenbastionen Cornueilles von den gewaltig heranschäumenden Meereswogen bespült werden …«

»Du meinst das Kap Gwlad Diwedd«, stellte ein Adelskrieger fest, welcher aus der genannten Gegend stammte.

»Richtig«, bestätigte Myrddin. »Und die Pendruid der uralten Weihestätte von Gwlad Diwedd weilt unter uns …« Er deutete auf eine etwa fünfundvierzigjährige, warmherzig aussehende Ceridwen-Priesterin, welche direkt vor der Thronplattform Platz genommen hatte, und fuhr fort: »Ihr alle kennt Esyllt, die sich unter den Großen Wissenden unseres Landes einen ausgezeichneten Ruf erworben hat und auch schon öfter mit an der Runden Tafel im Hain von Camelot saß. Und weil dies so ist, möchte ich anregen, daß Esyllt zur Stellvertreterin Arddwrs im Königs-Dun von Tintagel ernannt wird und in Friedenszeiten mit allen Rechten einer Herrscherin regieren kann. Falls jedoch eines Tages von neuem Kämpfe mit unseren Feinden ausbrechen sollten, würde der Rhiotam seine königlichen Aufgaben als Heerführer auch der dumnonischen Streitmacht wahrnehmen und die Krieger des hiesigen Stammesgebietes unter seinem Banner versammeln.«

»Das wäre eine Lösung, die von allen gebilligt werden könnte«, kam es von dem Gauhäuptling, der bereits zuvor gesprochen hatte; die übrigen Edlen stimmten ihm zu, und als wieder Ruhe in der Halle eingekehrt war, wandte sich Arddwr an die Pendruid von Gwlad Diwedd und fragte sie: »Bist du bereit, die Pflichten einer Regentin von Cornueille zu erfüllen und als Nachfolgerin meiner verstorbenen Mutter hier in Tintagel zu herrschen?«

»Ich danke dir und allen anderen für das Vertrauen, das ihr mir entgegenbringt, und will mich bemühen, den Stamm der

Dumnonier im Geist von Camelot zu regieren«, antwortete Esyllt.

Während in der Großen Halle Beifall aufbrandete, stiegen der Rhiotam, Gwynhwyfara und Myrddin vom Thronsitz, begaben sich zur Pendruid von Gwlad Diwedd, umarmten sie und geleiteten sie zur Tafel auf der erhöhten Balkenplattform, wo sich Esyllt zwischen ihnen niederließ. Danach blieben die Adligen und Großen Wissenden noch bis zum Abend beisammen und tauschten sich mit der Regentin über die vielfältigen Aufgaben aus, die jetzt vor ihr lagen. Als schließlich die Nacht hereingebrochen war, zogen die Edlen mit Feuerbränden in den Händen zum Menhir auf der Heide hinaus und erflehten an den Gräbern von Ygerna, Gorlois, Uddyr und Morvryn den Segen der Gottheiten, der Sídhe und der Toten für das Herrschertum Esyllts.

Drei Tage später traten Arddwr, Gwynhwyfara und Myrddin den Heimritt an; gegen Herbstende trafen sie wieder in Camelot ein, und als das Königspaar in seinem Rundhaus allein war, sagte der Rhiotam leise zu seiner Gattin: »Nun, da ich meine Mutter verloren habe, brauche ich deine Liebe mehr denn je.«

»Sie wird dich immer umfangen, wärmen und behüten!« Grenzenlose Zuneigung strahlte bei diesen Worten aus den tiefblauen Augen der Kupferhaarigen; mit dem nächsten Lidschlag schmiegte sie sich innig an ihren Gemahl und linderte sein seelisches Weh durch einen zärtlich lockenden Kuß.

***

Mit der Zeit überwand Arddwr seinen Schmerz über den Tod Ygernas; Gwynhwyfara hingegen trug in den Jahren nach dem Heimgang der dumnonischen Herrscherin zunehmend leidvolle Besorgnis im Herzen. Denn obwohl sie sich inständig ein Kind von ihrem Gemahl ersehnte, rundete sich ihr Leib nicht. Selbst als die Kupferhaarige mit Hilfe bestimmter Kräutertränke eine Empfängnis herbeizuführen versuchte, blieb ihr eine Schwangerschaft verwehrt, und in der Folge hatte die Gattin des Rhiotam manchmal das Gefühl, als wollten die Mächte von Annwn aus Gründen, die menschliches Begreifen überstiegen, die Geburt jungen Lebens im Königshaus von Camelot verhindern.

Allmählich fand sich Gwynhwyfara mit dieser Vorstellung ab; es gelang ihr, weil ihre Ehe mit Arddwr weiterhin harmonisch verlief und der Rhiotam ihr nie Vorwürfe machte. Einmal schenkte Arddwr seiner Gemahlin sogar sehr viel Trost, als er ihr nämlich eines Nachts, ihren stillen Kummer erspürend, zuflüsterte: »Wir haben ja schon öfter darüber gerätselt, warum uns ein Kind versagt bleibt, und jetzt meine ich eine Erklärung gefunden zu haben. Vielleicht verweigern uns die Andersweltlichen die Elternschaft, weil wir gleichsam Vater und Mutter für ganz Britannien sein sollen und wir dafür unsere gesamte Kraft brauchen. Aber wir wissen, daß nach unserem gegenwärtigen Dasein wiederum eines kommen wird, und wenn unsere Liebe nur stark genug ist, werden wir in einem neuen Leben das, was wir in diesem vermissen, in Fülle erhalten ...«

Von da an schwand Gwynhwyfaras Leid und wandelte sich in noch selbstlosere Fürsorge zum Wohl der Menschen um, deren Geschicke dem Rhiotam und ihr anvertraut waren. Dank der Anstrengungen des Herrscherpaares, Myrddins, Morganas und der übrigen Edlen in Camelot und in den anderen, geistig mit der Königsfestung verbundenen Fürsten-Duns setzte sich der Aufschwung des Landes fort, und die Barden priesen die humanen Taten derer, die dies bewirkten. Camelot, so hieß es häufig in den Gesängen der Dichter, sei zu einem von den Gottheiten gesegneten Hort des Friedens, der Gerechtigkeit und der Weisheit geworden, und dies war in der Tat der Fall – dann jedoch, im vierzehnten Sommer nach der Schlacht von Badon, kam es zu einem höchst unerfreulichen Auftritt in der Ringwallfestung des Ebers von Cornueille.

In der Großen Halle des Duns saßen Arddwr, Gwynhwyfara, Myrddin und die Mitglieder des Drachenbundes an diesem Tag kurz vor Lughnasad beim Mahl; plötzlich eilte ein verprellt wirkender Torwächter herein und beschied den Rhiotam: »Eben ist ein Adliger mit vierzig schwerbewaffneten Gefolgsleuten zu Pferd eingetroffen, und er verlangt, daß du ihn sofort empfängst.«

Unwilliges Gemurmel wurde an der Tafel laut; Arddwr fragte den Krieger: »Wie ist der Name des Fremden?«

»Er nennt sich Medraut«, antwortete der Torwächter.

»Das kommt mir irgendwie bekannt vor …« murmelte der Rhiotam und wandte sich an Gwenddolau. »Könnte es sein, daß der Mann aus Gwynedd stammt?«

»So ist es«, bestätigte der deceanglische Herrscher. »Medraut wurde im Küstenland nordöstlich des Eryri Gwyn geboren und regiert seinen Heimatgau als Häuptling.«

»Nun weiß ich Bescheid«, nickte Arddwr. »Und wenn ich mich nicht täusche, ist dieser Edle sogar mit uns verwandt, oder?«

»Ja«, erwiderte Gwenddolau. »Unser gemeinsamer Vater Uddyr kämpfte einst, als er noch jung war, an der Nordostküste von Gwynedd gegen Piraten aus Erinn, und nachdem er die Raubhorden verjagt hatte, verliebte er sich in die hübsche Tochter eines am Meeresgestade ansässigen Adelskriegers. Er zeugte einen Knaben mit ihr, der Emwnt genannt wurde, und machte diesen später zum Gauhäuptling. Und vor einigen Jahren, als Emwnt bald nach seinem vierzigsten Geburtstag starb, folgte ihm sein Sohn Medraut in der Häuptlingswürde nach.«

»Dieser Deceanglier ist also ein Neffe von uns beiden …« äußerte der Rhiotam nachdenklich. »Und eigentlich hätte er sich schon längst einmal in Camelot sehen lassen können … Aber wie auch immer. Jetzt ist er da, und selbstverständlich wollen wir es ihm nicht verweigern, bei uns Platz zu nehmen.«

Arddwr gab dem Torwächter einen Wink. Der Mann verschwand wieder nach draußen; gleich darauf betrat Medraut die Halle und schritt zu der Eichentafel, an welcher das Königspaar, der Druide und die Angehörigen des Drachenbundes ihn erwarteten.

Während der ungefähr fünfundzwanzigjährige Deceanglier herankam, betrachtete Myrddin ihn aufmerksam – und dabei beschlich ihn das Gefühl, daß mit dem hochgewachsenen, dunkelhaarigen Gauhäuptling in der schwarzen, mit Silberschuppen beschlagenen Brünne irgend etwas nicht stimmte. Dann plötzlich, als Medraut nur noch wenige Schritte entfernt war, erkannte der Druide auf dem vierkantigen, ungewöhnlich großen Schwertknauf des Deceangliers eine Gravur, deren Anblick ihn unwillkürlich zusammenzucken ließ – doch ehe Myrddin die anderen darauf hinzuweisen vermochte, forderte der Rhiotam den Dunkelhaarigen freundlich auf, sich an der Tafel niederzulassen.

Medraut setzte sich. Arddwr füllte einen Pokal für ihn; nachdem sie einander zugetrunken hatten, stellte der Rhiotam dem Gauhäuptling seine Tischgenossen vor und fragte den Dunkelhaarigen anschließend: »Welches Anliegen führt dich, in dessen Adern das Blut des unvergessenen Pendraig kreist, zu mir?«

»Ein Wunsch, den du mir um deiner selbst willen nicht abschlagen solltest«, entgegnete Medraut.

Leises Erstaunen malte sich auf Arddwrs Antlitz. »Erkläre dich bitte genauer.«

Der Dunkelhaarige fixierte den Rhiotam; ein seltsames Feixen spielte um seine Mundwinkel, sodann antwortete er: »Ich bin nahe mit dir versippt; darüber hinaus wird meine Waffenkunst überall in Gwynedd gerühmt, und deshalb ersuche ich dich, mich in den Totembund deiner engsten Mitstreiter aufzunehmen!«

»Du willst Mitglied des Drachenbundes werden?!« Verblüfft musterte Arddwr den Gauhäuptling von oben bis unten – mit einemmal erstarrte er und stieß hervor: »Unmöglich!«

»Wieso?!« schnappte Medraut.

»Ich bin dir keine Rechenschaft schuldig!« fuhr ihn der Rhiotam an; mit dem nächsten Atemzug deutete er zum Hallenportal und forderte den Dunkelhaarigen in noch barscherem Tonfall auf: »Verschwinde! Auf Nimmerwiedersehen!«

Zornbebend erhob sich Medraut und hastete davon; als er das Tor der Halle hinter sich zugeworfen hatte, legte Gwynhwyfara die Hand auf den Unterarm ihres Gatten und erkundigte sich: »Warum hast du diesen Mann derart schroff abgewiesen?«

Anstelle Arddwrs erwiderte Myrddin: »Medraut gehört zu denen, welche die alten und ewigen Gottheiten verraten!«

»Er trug das Zeichen des Kreuzes am Knauf seines Schwerts!« fügte der Rhiotam mit gepreßten Lippen hinzu. »Er, ein Nachfahr des Pendraig! Ein Blutsverwandter von Gwenddolau und mir! Ich kann es nicht fassen!«

»Mir ergeht es ebenso!« kam es vom Herrscher der Deceanglier. »Wenn ich geahnt hätte, daß Medraut ...«

Erschüttert verstummte Gwenddolau; der bardisch gebildete Taliesin knurrte: »Unerhört, mit welcher Tücke der Weiße Drache sich in unseren Bund einzuschleichen versuchte!«

»Bisweilen erhebt das Abgründige sein fahles Haupt gerade dort, wo man es am wenigsten erwartet«, murmelte Myrddin; der zutiefst ergrimmte Morvan rief: »Du solltest den Kreuzanbeter als Gauhäuptling absetzen und ihn aus seinem Dun jagen, Arddwr, damit sich die götterfeindliche Irrlehre, der Medraut anhängt, nicht unter den Menschen im Norden verbreiten kann!«

»Ich werde über deinen Rat nachdenken«, entgegnete der Rhiotam; dann bat er Llancyllodd: »Folge dem Anhänger des Kreuzgötzen und sorge dafür, daß er Camelot unverzüglich verläßt!«

Der Drachenkrieger ging hinaus; kurz darauf kehrte er zurück und berichtete: »Medraut und seine vierzig Bewaffneten sind in voller Karriere davongaloppiert.«

»Mögen sie sich den Hals brechen!« äußerte Gwalchmai; anschließend drehte sich das Gespräch noch lange um den Häuptling aus dem Norden des deceanglischen Stammesgebietes und die Bedrohung der druidischen Weisheit durch die Christen, welche in ihrer verblendeten Engstirnigkeit sowohl die Existenz der alten und ewigen Gottheiten als auch das innige Verflochtensein von Diesseits- und Anderswelt sowie das seit Urzeiten überkommene heilige Wissen um die Wiedergeburt leugneten.

Genau wie die übrigen Edlen empfand Arddwr unsäglichen Ärger angesichts solcher Dummheit; noch Tage später furchte sich eine Zornesfalte zwischen den Augenbrauen des Rhiotam ein, wenn er an Medraut dachte – aber letztlich entschloß er sich, nicht so zu handeln, wie Morvan es vorgeschlagen hatte.

Der Hauptgrund für Arddwrs Entscheidung, den Gauhäuptling unbehelligt zu lassen, war dessen Abstammung von Uddyr Pendraig. Der Rhiotam brachte es schlicht nicht übers Herz, Medraut, der mit ihm, Gwenddolau und außerdem, wenn auch weitläufiger, mit dem deceanglischen Hochadligen Gwalchmai versippt war, seiner Häuptlingswürde zu entkleiden. Darüber hinaus lehnte Arddwr es innerlich ab, den Dunkelhaarigen wegen seines Glaubens zu bestrafen; der Rhiotam wollte keinesfalls wie die Christen handeln, welche Andersdenkende durchaus zu verfolgen pflegten, sofern sie die Macht dazu besaßen. Zudem vermutete Arddwr, daß Medrauts kreuzanbeterische Einstellung in Gwynedd ohnehin auf breite Ablehnung stieß, denn insbesondere in Cymru herrschte die alte Religion noch völlig ungebrochen, weshalb dort, nach Einschätzung des Rhiotam, gewiß nicht die Gefahr einer Ausbreitung der christlichen Irrlehre über die engste Gefolgschaft des Dunkelhaarigen hinaus bestand.

Ähnlicher Meinung wie Arddwr waren auch Gwynhwyfara und Myrddin; daher ließ man die leidige Angelegenheit am Ende auf sich beruhen, und das Leben in Camelot nahm wieder seinen gewohnten Gang. An Lughnasad dankten die Bewohner der Ringwallfestung zusammen mit den Bauern des Umlandes der Dreifachen Göttin für die reichlich ausgefallene Ernte; in den Tagen von Alban Elued fand im Eichenhain ein Drunemeton von Druiden und Fürsten aus dem südlichen Britannien statt, und an Alban Arthuan weilten das Königspaar, der Sohn Arwens und Morvryns sowie die Angehörigen des Drachenbundes auf der Ynys Avallach, um dort gemeinsam mit Morgana und ihren Priesterinnen die Rituale zur Wintersonnenwende zu zelebrieren.

Im Frühling des neuen Jahres sodann unternahmen der Rhiotam und Myrddin, der kurz zuvor seinen achtundfünfzigsten Geburtstag gefeiert hatte, einen mehrwöchigen Ritt in die südöstlichen Stammesgebiete, um dort verschiedene schwerbefestigte Duns zu inspizieren, die Arddwr als Bollwerke gegen einen möglichen Angriff der Sassenach an der Grenze des keltischen Siedellandes hatte errichten lassen. Der Eber von Cornueille und sein druidischer Freund und Ratgeber fanden die Festungen allesamt in bestem Zustand und ihre Besatzungen in voller Kampfkraft vor; rechtzeitig zu Alban Heruin kehrten der Rhiotam und Myrddin nach Camelot heim – und in der Nacht der Sommersonnenwende, als Arddwr und seine Gemahlin in Gesellschaft Dutzender weiterer Paare auf dem Anger von Gwynhwyfaras Gutshof unter dem prachtvollen Sternenhimmel tanzten, sagte die Kupferhaarige mit verliebtem Lächeln zu ihrem Gatten: »Ich hoffe, du machst dein Versprechen wahr, wonach du dich für den Rest des Jahres nicht mehr von mir trennen willst.«

»Du kannst fest darauf bauen, daß ich mein Wort, schon in meinem ureigensten Interesse, treu halten werde«, beteuerte Arddwr augenzwinkernd und zog Gwynhwyfara enger an sich.

»Sehr gut ...« flüsterte die Kupferhaarige; gleich darauf küßten sie einander – und konnten dabei nicht ahnen, welch furchtbare Kunde bereits wenige Monate später in Camelot eintreffen sollte.

***

Auf schaumbedeckten Rössern war der Kuriertrupp durch das Tor des Duns geprescht und weiter zur Großen Halle galoppiert; jetzt rief der adlige Anführer der Reiterschar dem Rhiotam und den anderen, die beim Abendmahl saßen, außer Atem zu: »Die Feinde ...! Eine Unzahl von Schiffen ...!«

Der neununddreißigjährige Arddwr erbleichte; im ersten Schreck brachte er keinen Ton heraus, dann stieß er hervor: »Was genau ist passiert?! Los, rede schon!«

»Laß den Mann erst zur Ruhe kommen«, mischte sich Myrddin ein und reichte dem Boten einen gefüllten Pokal.

Der Kurier trank; danach berichtete er: »Naddanleodd, der Herrscher der Regnier, hat mich zu euch gesandt. Er braucht dringend Waffenhilfe, weil mehr als hundertfünfzig Schiffsbesatzungen der Sassenach an der Küste unseres Stammesgebietes gelandet sind. Die Feinde haben schon zahlreiche Dörfer in Meernähe gebrandschatzt und aufgrund ihrer Übermacht einen hastig zusammengerufenen Heeresverband Naddanleodds geschlagen. Nun versucht der König verzweifelt, das Vordringen der Sassenach ins Landesinnere zu verhindern. Doch allein wird er den Feinden nicht lange Widerstand leisten können, und deshalb bittet er euch um möglichst rasche Unterstützung!«

»Selbstverständlich werden wir Naddanleodd beispringen!« erklärte Arddwr; der durotrigische Herrscher Melwas fragte: »Wer ist der Anführer der Sassenach?«

»Ein gewisser Cerdic«, antwortete der Bote.

Der Rhiotam richtete den Blick auf seinen druidischen Berater. »Hörten wir diesen Namen nicht in einer der Festungen, die wir im Sommer besuchten?«

Myrddin nickte. »Wir sprachen damals mit einem Gauhäuptling, welcher uns erzählte, daß Octha, der mittlerweile hinfällig gewordene König unserer Feinde, jenen Cerdic zu seinem Mitregenten und Nachfolger bestimmt hat.«

»Und jetzt möchte der Thronerbe wohl sein Kriegsglück erproben«, äußerte Galwad mit dröhnender Stimme. »Und hat sich zu diesem Zweck offenbar mit mord- und raublüsternen Streitscharen von jenseits der See verbündet!«

»Zweifellos«, bekräftigte Arddwr. »Aber diesen Friedensbruch soll Cerdic bitter bereuen!« Der Eber von Cornueille überlegte einen Moment, ehe er fortfuhr: »Ich denke, die tausend Berittenen, die wir hier in Camelot haben, dazu die Kampfverbände, welche wir auf unserem Marsch zur Küste an uns ziehen können, sowie die Krieger, über die Naddanleodd noch verfügt, werden genügen, um die Horden der Sassenach zu Paaren zu treiben!«

»Ganz gewiß!« rief der kühne Bedwyr; Owain und Caihir erkundigten sich wie aus einem Munde: »Wann ziehen wir ins Feld?!«

»Morgen bei Sonnenaufgang«, erwiderte Arddwr; danach wandte er sich Gwynhwyfara zu und sagte leise: »Es tut mir unendlich leid, daß ich das Versprechen, welches ich dir in der Nacht von Alban Heruin gab, nun doch nicht halten kann …«

Kaum graute der neue Tag, verabschiedete sich der Rhiotam von seiner Gemahlin, und wenig später marschierte der Heerbann der tausend Reiter, an dessen Spitze das Drachenbanner wehte, unter frühherbstlichem Himmel in südöstlicher Richtung ab. Die Kupferhaarige und der Sohn Arwens und Morvryns, welcher angesichts seines fortgeschrittenen Alters beschlossen hatte, in Camelot zu bleiben, schauten der Streitmacht von der Torbastion des Duns aus nach, bis sie am Horizont verschwunden war; dann seufzte Gwynhwyfara, sich wie trostsuchend an Myrddins Schulter lehnend: »Hoffentlich kommen bald gute Nachrichten von Arddwr!«

Dies war, zumindest anfangs, der Fall. In der Samhain-Woche gelang es dem Rhiotam, die Germanen zu einer Schlacht zu stellen und Cerdics Heer empfindlich zu dezimieren. Anschließend trieb der Eber von Cornueille die Feindhaufen Zug um Zug zum Meeresgestade zurück; dies freilich kostete Zeit, weil die Sassenach zwischendurch immer wieder Zuflucht in dichten Wäldern oder unwegsamen Sumpfgebieten fanden. Und zuletzt, kurz vor Alban Arthuan, glückte es Cerdic, das Blatt noch einmal zu seinen Gunsten zu wenden. Einer der Boten, welche der Rhiotam regelmäßig nach Camelot sandte, brachte die unerfreuliche Kunde, daß es die meisten der überlebenden Feinde bei Nacht und Nebel geschafft hatten, zu ihren in einer Flußmündung ankernden Schiffen zu gelangen und auf die Ynys Wyth überzusetzen, welche in einer Entfernung von ungefähr einer Segelstunde vor der Südküste der Regnier in der See lag.

Auf dieser großen Insel durften sich die Sassenach sicher fühlen, denn Arddwr hatte keine Möglichkeit, ihnen dorthin zu folgen; andererseits wollte er aber auch nicht aus der Küstengegend abrücken, da er die Feinde dadurch geradezu herausgefordert hätte, erneut aufs Festland vorzudringen. Deshalb blieb der Rhiotam mit seinen Kampfscharen in Meeresnähe und wartete auf das Eintreffen keltischer Handelsschiffe aus Cornueille, mit deren Hilfe er seine Reiterverbände auf die Ynys Wyth bringen konnte. Am Ende der Frostmonate, wenn keine Gefahr durch Winterstürme mehr drohte, sollten die breitbordigen Segler ankommen; sobald sie zur Stelle waren, wollte Arddwr die Sassenach zur Entscheidungsschlacht zwingen – doch noch ehe die Schiffe aus den Häfen der Dumnonier auszulaufen vermochten, preschte ein Kuriertrupp aus dem Norden in die Herrscherfestung des Rhiotam, und der Adelskrieger, welcher die Berittenen anführte, übermittelte dem Sohn Arwens und Morvryns und der Gattin Arddwrs eine erschütternde Nachricht.

»Medraut, der Kreuzanbeter, hat sich gegen den König der Deceanglier erhoben und beträchtliche Teile von Gwenddolaus Stammesgebiet in seine Gewalt gebracht!« stieß der Edle hervor, als er vor Myrddin und Gwynhwyfara hintrat.

Die Kupferhaarige starrte den Mann entgeistert an; der Druide fragte mit bebender Stimme: »Wie, bei allen Gottheiten, konnte dem unbedeutenden Gauhäuptling das gelingen?!«

»Durch ungeheuerliche Tücke!« versetzte der Adelskrieger; sodann äußerte er sich präziser: »Medraut muß seine hochverräterische Tat schon seit längerem geplant und sich bereits im vergangenen Jahr mit landfremden Häuptlingen und Abenteurern verbündet haben. Außerdem scheint er bestens darüber informiert gewesen zu sein, daß der Rhiotam mit seinem Heer an der Südküste steht und Arddwrs Kräfte durch die Bedrohung gebunden sind, die von Cerdic ausgeht. Diesen Umstand nutzte der Hundsfott, um dem deceanglischen Herrscher und damit auch dem Rhiotam die Treue aufzukündigen und nach der Macht in Gwynedd zu greifen, und das fiel ihm um so leichter, als Gwenddolau ja wie üblich unter dem Banner Arddwrs kämpft.«

»Auf welche Weise ging Medraut vor?« erkundigte sich Gwynhwyfara.

»Anläßlich seines Geburtstages, den er vier Wochen nach Alban Arthuan feierte, lud er die übrigen Häuptlinge der Deceanglier zu einem mehrtägigen Gelage in seinen Dun ein«, antwortete der Edle. »Etwa zwei Drittel der Hochadligen ritten ahnungslos zur Küstenfestung Medrauts, und als sie und ihre Gefolgsleute in der Großen Halle dort versammelt waren, ließ der verfluchte Anbeter des Kreuzgötzen sie überwältigen und gefangennehmen ...«

»Unerhört!« unterbrach die Kupferhaarige den Adelskrieger. »Wie konnte Medraut das Gastrecht, das bei allen keltischen Volksstämmen stets heilig war, bloß derart infam mißachten?!«

»Vermutlich riet ihm der Christenpriester, welcher schon seit einiger Zeit in seinem Dun lebt, dazu«, erklärte der Edle in bitterem Tonfall. »Schließlich predigen diese Diener des Abgöttischen doch, daß zum Zweck der Verbreitung der Kreuzreligion selbst Mord und Totschlag erlaubt seien!«

»So ist es vielfach in den biblischen Büchern der Christen nachzulesen«, nickte Myrddin; dann forderte er den Boten aus dem Norden auf: »Erzähle, was weiter geschah.«

»Nachdem die deceanglischen Gauhäuptlinge, ein gutes Dutzend, zu Geiseln des Hundsfotts geworden waren, rückte dieser mit einem Heer von viertausend Kämpfern in den Süden vor«, fuhr der Adelskrieger in seinem Bericht fort. »Teils bestand diese Streitmacht aus Medrauts eigenen Gefolgsmännern; teils handelte es sich um Horden aus den Stammesgebieten der Briganten und Parisier, wo es zahlreiche Klöster der Kreuzanbeter gibt, und zudem waren christliche Kampfscharen aus Erinn zum Heer des Verräters gestoßen. Mit dieser Kriegsmacht marschierte Medraut nun ins Innere von Gwynedd, ließ dort eine Häuptlingsfestung nach der anderen umzingeln und verlangte von den führerlosen Bewohnern, sich ihm zu unterwerfen und ihm den Treueid zu leisten. Weil er den Menschen in den Duns androhte, daß die in seiner Gewalt befindlichen Hochadligen hingerichtet würden, falls man ihm Widerstand entgegensetze, wagten es die Festungsbewohner zumeist nicht, zu den Waffen zu greifen. So gerieten zehn Gauhäuptlings-Duns unter die Oberherrschaft dessen, der dem Kreuzgötzen dient; in vier Festungen aber, wo man sich weigerte, die Knie vor Medraut zu beugen, richteten dessen Kämpfer ein Blutbad an und ließen keinen wehrfähigen Mann am Leben – und zuletzt wurden auch die Geiseln, welche der Verräter mitgeschleppt hatte, grausam ermordet.«

»Entsetzlich!« rief Gwynhwyfara aus.

»Die Götter verhüllten ihr Antlitz angesichts dieser Schandtaten!« bekräftigte der Edle und schloß: »So gewann der Hundsfott die Macht über drei Viertel des deceanglischen Stammesgebietes, und nur das heilige Eiland Môn Mam

Cymru, die Lleyn-Halbinsel sowie die Berge von Eryri Gwyn blieben verschont, denn diejenigen, welche dort herrschen, hatten es strikt abgelehnt, der Einladung des nichtswürdigen Christen zu folgen.«

»Môn und die benachbarten Landstriche sind also noch frei!« seufzte Myrddin erleichtert; mit dem nächsten Lidschlag verdüsterte sich seine Miene wieder, und er fragte den Boten: »Denkst du, daß Medraut auch diese Gegenden angreifen wird?!«

»Dies könnte er höchstens unter hohen Verlusten tun, da sich alle, die Gwenddolau treu geblieben sind, dorthin geflüchtet haben«, antwortete der Adelskrieger. »Sollte der Verräter es jedoch darauf anlegen, dann wäre der Westen von Gwynedd angesichts seiner Truppenstärke wohl nicht auf Dauer zu halten ...«

»Das bedeutet, daß Arddwr nach Cymru ziehen muß, um Medraut zur Schlacht zu stellen!« kam es von der Kupferhaarigen.

»Unbedingt!« pflichtete ihr der Druide bei. »Und das auch deshalb, weil sich der Aufstand des Kreuzanbeters nicht allein gegen Gwenddolau, sondern ebenso gegen deinen Gemahl richtet! Offenbar möchte sich Medraut zum König der Deceanglier aufwerfen, um als solcher Arddwrs Stellung als Rhiotam schwächen zu können, und das muß um jeden Preis verhindert werden!«

»Der Hundsfott hat in der Tat bereits verkündet, daß er die Oberherrschaft Arddwrs über Britannien nicht länger anerkennt und die deceanglischen Gaue aus dem Bündnis der keltischen Volksstämme herauslösen will!« warf der Bote ein.

»Niemals wird er das schaffen!« Tiefe Empörung blitzte aus Gwynhwyfaras Augen. »Vielmehr wird er schon sehr bald für seine Verbrechen bestraft werden!«

Bereits eine Stunde später sodann schwangen sich der Adelskrieger aus Gwynedd und die Männer seiner Bedeckung in die Sättel frischer Pferde und galoppierten nach Südosten weiter, um den Rhiotam von Medrauts Rebellion zu verständigen und ihm einen Brief Myrddins zu überbringen, in dem nur ein einziger Satz stand: »Du mußt so rasch wie möglich dorthin marschieren, wo der Weiße Drache sein abstoßendes Haupt erhoben hat!«

***

Fünf Tage nach Imbolc las der Eber von Cornueille, welcher an diesem Jahreskreisfest sein vierzigstes Lebensjahr vollendet hatte, das kurze Schreiben des Druiden und vernahm den Bericht des deceanglischen Edlen; eine knappe Woche darauf langten der Rhiotam und die Mitglieder des Bundes vom Roten Drachen mit vierhundertfünfzig Reitern in Camelot an. Es handelte sich um die eine Hälfte der Berittenen, über die Arddwr nach den Kämpfen gegen Cerdic noch verfügte; die andere Hälfte hatte er unter dem Befehl des Regnier-Königs Naddanleodd im Küstenland gegenüber der Ynys Wyth gelassen.

Der Rhiotam und seine Gefährten übernachteten in der Ringwallfestung; schon am nächsten Morgen zog der kleine Heerbann wieder davon, und ganz wie im Herbst des Vorjahres schaute die Kupferhaarige ihrem Gatten vom Torbau des Duns aus nach. Myrddin hingegen verließ Camelot an Arddwrs und Gwenddolaus Seite; er hatte es sich nicht nehmen lassen wollen, den Rhiotam und den Herrscher der Deceanglier in den Norden zu begleiten, um ihnen auf der Walstatt beizustehen.

Für den Marsch durch die Stammesgebiete der Belger, Silurer und Ordovicen sowie durch die Südgaue der Cornovier benötigte die Streitmacht des Ebers von Cornueille wegen der ungünstigen spätwinterlichen Witterung einen knappen Monat; unterwegs schlossen sich dem Rhiotam starke Kampfverbände der genannten Volksstämme an, und als das Heer zwei Wochen vor Alban Ailyr den nördlichsten Landstrich der cornovischen Siedelgebiete erreichte, zählte es fast viereinhalbtausend Mann.

»Wir verfügen jetzt über rund sechshundertfünfzig Reiter und etwa dreitausendachthundert Fußkrieger«, sagte Arddwr zu seinen Vertrauten, als sie an dem schnell dahingurgelnden Grenzfluß hielten, welcher die Ländereien der Cornovier von denen der Deceanglier trennte. »Und dies bedeutet, daß wir Medraut, der viertausend Kämpfer befehligt, leicht überlegen sind.«

»Aber die Feinde befinden sich in einer ungleich besseren Position als wir«, gab Taliesin zu bedenken. »Denn sie haben sich, wie unsere Späher meldeten, hoch in den Bergen da drüben am Scheitel des Bwlch Oerddrws verschanzt, um uns den Zugang ins Innere von Gwynedd zu verwehren.«

»Der Gebirgspaß, von dem du sprichst, stellt in der Tat ein beinahe unüberwindliches Hindernis dar«, kam es von Gwalchmai. »Vor etlichen Jahren überquerte ich ihn und mußte dabei mehrmals vom Roß steigen, weil der Pfad streckenweise außerordentlich steil ist.«

»Wollten wir unseren Heeresverband durch die Schlucht des Bwlch Oerddrws führen, könnten die Krieger des Kreuzanbeters uns allein durch Steinlawinen, die sich wohl unschwer von den Felshängen des Passes losbrechen ließen, fürchterliche Verluste zufügen«, murmelte Llancyllodd.

»Auf diese Weise verteidigten wir Deceanglier unser Stammesgebiet einst sehr erfolgreich gegen eine Legion der Ruheiniog«, nickte Gwenddolau.

»Du denkst also, ein Sturm auf Medrauts Stellung durch den Bergpaß wäre sinnlos?« wandte sich der Rhiotam an den König von Gwynedd.

»Wir sollten es besser nicht wagen!« bekräftigte Gwenddolau. »Andererseits müssen wir natürlich an die Feinde heran, und dazu gibt es meiner Meinung nach nur eine einzige Chance ...«

»Das Tal von Camlann!« ergriff Myrddin das Wort. Er deutete auf einen gewaltigen Gebirgsstock, welcher ein Stück westlich des Bwlch Oerddrws emporragte, und fuhr fort:

»Dort drüben seht ihr den Cadair Idris, auf dessen Gipfel sich ein Steinheiligtum aus grauer Vorzeit erhebt. Von den östlichen Ausläufern dieses Bergmassivs zieht sich ein gewundenes, nicht sonderlich schwer begehbares Quertal zum Scheitelpunkt des Passes hinüber, der uns so viel Kopfzerbrechen bereitet – und sofern wir dieses Tal von Camlann entlangmarschieren würden, könnten wir einen Angriff durch die Klüfte des Bwlch Oerddrws vermeiden.«

Kaum hatte der Druide das gesagt, wurde er von seltsamer seelischer Beklemmung befallen; zugleich erklärte Arddwr: »Wir werden deinen Rat befolgen, Myrddin, und Medrauts Streitmacht von der Flanke her packen!«

Jäh drängte es den Druiden, einen Einwand zu erheben; mit dem nächsten Herzschlag aber spürte er mit unverbrüchlicher Gewißheit, daß er damit gegen den Willen der Andersweltlichen gehandelt hätte. So schwieg er – und wenig später überschritt das Heer des Rhiotam den Grenzfluß an einer Furt und zog in Richtung der Osthänge des Cadair Idris weiter.

Die von grauen Wolken vergangene Sonne stand zu dieser Zeit noch nicht sehr hoch am Firmament; um die Mittagsstunde gelangten die Kampfscharen zur westlichen Ausmündung des bewußten Quertales und bogen dort in die Niederung ein. Da das Vorrücken der Reiter und Fußkrieger zweifellos von feindlichen Kundschaftern beobachtet wurde und deshalb ein plötzlicher Überfall nicht ausgeschlossen werden konnte, sandte Arddwr Sicherungstrupps auf die Randhöhen des Camlann-Tales. Diese Männer, die sich stets einige Pfeilschüsse vor der Spitze des Heerwurms hielten, sollten Alarmsignale mit Carynxen geben, falls sie herannahende Kampfhaufen bemerken würden. Doch im Verlauf des frühen Nachmittags hatten sie keinerlei Anlaß, ihre Kriegstrompeten ertönen zu lassen; Medraut schien seine Position auf dem Scheitel des Bwlch Oerddrws nicht aufgeben zu wollen, und daher dauerte es bis zur Nachmittagsmitte, ehe der

Eber von Cornueille und seine Gefährten die Streitmacht des Verräters an der britannischen Sache erblickten.

In tiefgestaffelten Schlachtreihen warteten die Feinde am Ende des gewundenen Talbodens, zwischen dessen Hängen das Heer des Rhiotam heranmarschierte. Im Vorfeld seiner Front hatte Medraut Verhaue aus Felstrümmern und Baumstämmen errichten lassen, welche den Ansturm auf seine Stellung erschweren sollten; zusätzlich durften sich die Kämpfer des Kreuzanbeters durch einen Gießbach geschützt fühlen, der zu ihrer Linken in ungebärdigen Katarakten über Steinschroffen herabschoß, schräg über die Talsenke schäumte und zur Rechten von Medrauts Phalanx zwischen windzerzausten Bäumen in einer schmalen, von Felsklötzen umsäumten Klamm verschwand.

Nun formierten sich auch Arddwrs Streitscharen in Schlachtordnung, und nachdem die Fußkrieger in breitem Keil hinter den Reitern Aufstellung genommen hatten, trabte der Rhiotam ein Stück auf die Feindfront zu, ließ seinen Fuchshengst dreimal steigen und forderte Medraut, der an seiner schwarzen, mit Silberschuppen beschlagenen Brünne kenntlich war, mit weithin schallender Stimme auf: »Komm her, du Widersacher der alten und ewigen Gottheiten, und stell dich mir zum Zweikampf!«

Der Verräter, welcher auf dem Rücken eines fahlgrauen Rosses saß, antwortete: »Wenn ich deinem Ansinnen nachgeben und den Bach überqueren würde, müßte ich befürchten, von deinen Gefolgsleuten niedergemetzelt zu werden!«

»Du wärst zweifelsohne imstande, einen solch ehrlosen Anschlag ins Werk zu setzen!« rief Arddwr. »Aber meine Art ist das nicht – und sofern du zu feige bist, mir im Waffenstreit Mann gegen Mann auf offenem Feld gegenüberzutreten, bin ich gezwungen, dich die Schärfe meines Schwertes Caladfulch inmitten deines Heeres spüren zu lassen!«

Damit zog der Rhiotam seine Klinge, spornte seinen Hengst zum Galopp an und jagte in Richtung der feindlichen Phalanx.

Sofort preschten auch die Pferde Myrddins, der Angehörigen des Drachenbundes und der übrigen Edlen los; der Druide sah, wie Arddwrs Fuchshengst in weitem Sprung über den Gießbach setzte, einem der Stein- und Holzverhaue auswich und auf die vorderste Schlachtreihe Medrauts prallte. Gleich darauf fällte der Eber von Cornueille mit blitzschnellen Schwerthieben drei, vier gegnerische Fußkrieger, brach im nächsten Moment tief in die feindliche Phalanx ein und schuf den Reitern, die ihm hinterdreingaloppierten, auf diese Weise Bahn.

So gelang es den Berittenen, die Riegelstellung Medrauts aufzusprengen; die Fußkämpfer des Rhiotam erweiterten die Einbruchstelle, und wenig später wurden die Kriegshaufen des Verräters links und rechts zu den Rändern des Tales von Camlann zurückgedrängt. Medraut befand sich dort, wo der Sturzbach über die Steinstufen herabdonnerte; bisher war er verschiedenen Attacken Arddwrs geschickt ausgewichen – doch jetzt trieb der Eber von Cornueille den Kreuzanbeter in die Enge und zwang ihn zum Zweikampf.

Myrddin sah, wie der Rhiotam und der abtrünnige Gauhäuptling in blindwütigem Haß fochten; obwohl der Druide ein gutes Stück von den beiden entfernt war, vermeinte er, das schrille Klirren ihrer Schwerter und das dumpfe Dröhnen der Schilde zu hören, wenn die schweren Klingen in Bronzebeschläge und lederbezogenes Hartholz bissen. Lange tobte der wilde Waffengang; schließlich hatte Myrddin, der sich nun auf schäumendem Roß sehr viel näher an Arddwr und Medraut herangekämpft hatte, das Gefühl, als würde der Eber von Cornueille die Oberhand gewinnen – aber plötzlich geschah das Schreckliche.

Es war dem Druiden, als würde sich der Himmel über dem Hochtal jäh verdüstern. Leblos-graue und von bedrohlich-gestaltlosen Schemen durchhuschte Nebelfinsternis schien sich auszubreiten; mit dem nächsten Lidschlag glaubte Myrddin zu sehen, wie Schatten, die an fahlweiße Zackenschwingen gemahnten, auf den Rhiotam herniederpeitschten.

Im selben Augenblick, da der Druide das abgründige Flügelrauschen des Weißen Drachen wahrnahm, strauchelte Arddwrs Fuchshengst und knickte auf der Vorderhand ein, so daß der Rhiotam im Sattel wankte und um ein Haar zu Fall gekommen wäre. Sein Feind nutzte die Gelegenheit, um einen sausenden Schwertstreich zu führen, welcher die Brünne des Ebers von Cornueille an der linken Körperseite durchdrang und den Rhiotam auf die Kruppe seines Pferdes zurückwarf; ein zweiter fürchterlicher Schlag Medrauts traf Arddwrs Schildarm und riß eine klaffende Wunde auf – und dann holte der Kreuzanbeter zum entscheidenden Hieb aus …

Myrddin schrie gellend auf. Mit aller Gewalt trieb er sein Roß vorwärts, um dem Rhiotam beizuspringen; dasselbe taten mehrere andere Reiter, die ebenfalls erkannt hatten, daß der Eber von Cornueille in tödlicher Gefahr schwebte. Doch ehe die Berittenen einzugreifen vermochten, spaltete der dritte mörderische Schwertschlag Medrauts den Helm Arddwrs. Der Rhiotam stürzte vom Pferd und blieb reglos auf der Erde liegen; auch der Kreuzanbeter glitt aus dem Sattel und zückte seine Waffe, um Arddwrs Brust zu durchbohren – aber da richtete sich der Eber von Cornueille noch einmal halb auf und stieß dem Verräter die Klinge seines Schwertes Caladfulch ins Herz.

Sterbend brach Medraut zusammen; im nächsten Moment waren der Druide und die übrigen Reiter bei Arddwr, der jetzt wieder niedergesunken war – und als Myrddin das blutüberströmte Antlitz und die erstarrten Augen seines vertrauten Freundes erblickte, begriff er, daß der Geist des Rhiotam die Reise nach Annwn angetreten hatte.

Der Druide empfand unsäglichen Schmerz; zugleich wußte er um die tiefere, andersweltliche Bedeutung von Arddwrs jähem, tragischem Tod, und es schien ihm, als hätte sich ein Kreis geschlossen, damit in ferner Zukunft, mit der spirituellen Wiederkunft des Rhiotam, ein neuer keltischer Daseinszyklus aufblühen konnte. Diese ahnungsvolle Gewißheit erfüllte den Sohn Arwens und Morvryns mit der Intensität einer Vision; kurz verharrte er wie in Trance – dann fand er in die Realität der Schlacht zurück und sah, wie Horden von Feinden herbeistürmten.

»Arddwrs Leichnam darf um keinen Preis in die Hände der Kreuzanbeter fallen!« rief der Druide den Berittenen zu, die zuvor von allen Seiten herangesprengt waren. Unmittelbar darauf hatten Myrddin und die in seiner Nähe befindlichen Edlen den hingestreckten Leib des Rhiotam umringt, um ihn gegen die Gefolgsleute Medrauts zu verteidigen. Gemeinsam mit dem Druiden fochten die Könige Melwas und Gwenddolau, dazu Llancyllodd, Gwalchmai, Culhwch und Pereddwr; bald gesellten sich auch Owain und Taliesin sowie weitere Adelskrieger zu ihnen, unter denen sich ein Durotrige, dem Myrddin öfter in Camelot begegnet war, durch besondere Tapferkeit auszeichnete. Er trug ein Rabenamulett als Totemzeichen um den Hals und hieß Cadog; im Verlauf des wütenden Kampfes fällte er mehr als ein Dutzend Feinde, und nachdem sein Roß erstochen worden war, stellte er sich direkt neben die Leiche Arddwrs und deckte sie – ähnlich wie etliche andere, die ihre Pferde ebenfalls verloren hatten – mit seinem Schild.

Während dies geschah, taten jene Mitglieder des Drachenbundes, die sich nicht beim Leichnam des Rhiotam befanden, alles, um Arddwrs Tod durch einen Sieg über die Anbeter des Kreuzgötzen zu rächen. Kurz vor Einbruch der Abenddämmerung sodann gelang es den Streitscharen, welche von Morvan, Caihir, Bedwyr und Galwad angeführt wurden, jene Feindhaufen, die zu diesem Zeitpunkt noch kampffähig waren, in Richtung des Bwlch Oerddrws zurückzutreiben. Ungefähr achthundert der Krieger, die Medraut auf die Walstatt gefolgt waren, schafften es, durch den Paß talwärts zu flüchten; mehr als dreitausend Anhänger des Kreuzanbeters hingegen waren erschlagen worden.

Doch auch die Kämpfer aus dem Süden hatten schwere Verluste erlitten; von den knapp viereinhalbtausend Männern, die unter Arddwrs Banner gefochten hatten, lebten nur noch etwa zweieinhalbtausend. Diese Krieger versammelten sich nun allesamt an dem Platz, wo der Eber von Cornueille und dessen verräterischer Blutsverwandter Medraut gefallen waren, und wenig später wurden sie Zeugen, wie Myrddin, Gwenddolau, Melwas und Gwalchmai die Leiche des Rhiotam vom Schlachtfeld trugen.

Unter einer uralten Eiche, die ein Stück weiter hinten im Camlann-Tal wuchs, betteten die vier Hochadligen den entseelten Leib Arddwrs ins Moos; danach zelebrierte der Sohn Arwens und Morvryns ein Totenritual, und nachdem der Rauch der Opferkräuter zum Firmament emporgestiegen war, ließen sich Myrddin und die Angehörigen des Drachenbundes, von denen etliche verwundet waren, im Kreis um den Rhiotam nieder, um bis zum Morgen im Schein von lodernden Feuerbränden bei ihm auszuharren.

In stillem Gedenken an den teuren Freund, den sie verloren hatten, saßen die dreizehn Edlen da; während sie die Totenwache hielten, wurden auf der von Scheiterhaufen beleuchteten Walstatt die Körper der vielen anderen Gefallenen in Massengräbern beigesetzt. Als der neue Tag graute, waren dort, wo der Kampf getobt hatte, über zwanzig große Grabhügel zu sehen. Diejenigen, unter denen der Verräter an der britannischen Sache und dessen Verbündete lagen, waren schmucklos; auf den übrigen hingegen, welche die sterblichen Überreste der Krieger aus dem Süden bargen, hatte man Cairns aufgeschichtet.

Einzig Arddwrs Leichnam ruhte jetzt noch unbestattet unter der mächtigen Eichenkrone, und die von der Beerdigungsarbeit erschöpften Männer, die sich dem knorrigen Baum nun in Scharen näherten, rätselten untereinander, was wohl mit dem Leib des Rhiotam geschehen würde. Schließlich faßte sich der Durotrige Cadog, der Arddwrs Leiche mit seinem Schild gedeckt hatte, ein Herz, trat vor Myrddin hin und fragte: »Hast du schon entschieden, wie und wo der Rhiotam beigesetzt werden soll?«

In beinahe entrücktem Sinnen betrachtete der Druide das mittlerweile vom Helm befreite Haupt Arddwrs. Er schien den Blick nicht von der tiefen Schwertwunde losreißen zu können, die sich über Stirnansatz und Schädeldecke des Rhiotam zog; endlich löste er sich aus seiner Versunkenheit, richtete die Augen wieder auf Cadog und antwortete ihm: »Die Gottheiten, die Sídhe und die Toten wünschen, daß derjenige, der heldenhaft wie keiner unter dem Banner des Roten Drachen kämpfte, seine Grabstätte auf der Ynys Avallach findet.«

»Das ist sehr gut …« flüsterte der durotrigische Totemkrieger; im nächsten Moment begann er lautlos zu weinen, wandte sich ab und ging mit langsamen Schritten zu seinen Gefährten zurück.

Myrddin schaute ihm bewegt nach; plötzlich hatte er das Gefühl, als würde er Cadog, kurz bevor sein eigenes irdisches Dasein erlöschen sollte, noch einmal unter ganz besonderen Umständen begegnen – und im selben Moment, da er dies ahnte, schien sich die Gestalt des Adelskriegers wie in einem saugenden Luftwirbel aufzulösen …

Der zweite schwarze Stein
Der Druidenfürst

Frühling 509 bis Herbst 514

Aus schlierenden Schleiern heraus formten sich die Umrisse eines Frauengesichts; als die Wahrnehmung des Greises klarer wurde, erkannte er Nimue, die sich über ihn beugte. Gleich darauf trocknete die Pendruid von Avalon behutsam die schweißfeuchte Stirn sowie die Augen des Siebzigjährigen, in denen Tränen brannten, und sagte leise zu ihm: »Du bist offenbar direkt von dem uralten Eichenbaum im Tal von Camlann, unter welchem der Leichnam des Rhiotam lag, zu mir zurückgekehrt.«

»Eben noch sah ich Arddwrs totenstarres Antlitz vor mir«, murmelte Myrddin. »Und ich beschied einen durotrigischen Edlen, daß der Rhiotam auf der Ynys Avallach beigesetzt werden sollte. Um einen Totemkrieger handelte es sich, einen Adligen namens Cadog …« Der Greis unterbrach sich, sann nach und fügte hinzu: »Und jetzt weiß ich auch wieder, warum ich damals, am Morgen nach der Schlacht, das Empfinden hatte, als würde Cadog am Ende meines Lebens ein weiteres Mal bedeutsam für mich werden. Er ist ja der Anführer der Kriegerschar, unter deren Schutz du zu Beginn dieses Herbstes in meinen Wildapfelbaum-Hain im Coed Celyddon kamst und die uns beide vom Urwald im Norden hierher auf die Gläserne Insel begleitete …«

»So verknüpften sich die Fäden von deinem und Cadogs Schicksal über mehr als ein Jahrzehnt hinweg zu einem Knoten«, stellte Nimue fest; sodann erkundigte sie sich: »Möchtest du vielleicht aufstehen und dir die Beine vertreten?«

»Das würde mir guttun«, antwortete der Siebzigjährige; daraufhin war ihm die Pendruid behilflich, sich von seiner Liege mit der schrägen Rückenstütze zu erheben. Nachdem

Nimue den Greis einige Male in der Höhle hin und her geführt hatte, geleitete sie ihn zum Bogenfenster in der Kavernenwand, deutete hinaus und sagte: »Schau! Die düsteren Wolken, die vorhin noch über dem Meer hingen, treiben davon, und der Himmel hellt sich auf.«

»Du willst mir zu verstehen geben, daß selbst die tiefste und schmerzlichste Dunkelheit im menschlichen Dasein nicht endlos andauert und wir irgendwann trotz allem wieder einen Hoffnungsschimmer erkennen können«, flüsterte Myrddin.

»War es denn nicht so für die Demetier in jener Zeit, da du als König deines Volksstammes im Dun über dem Flußtal des Tywi regiertest?« fragte die Pendruid.

Mit versonnener Miene nickte der Greis; Nimue schwieg eine Weile, damit der Todgeweihte seinen Gedanken nachhängen konnte, dann wollte sie wissen: »Hast du nun Appetit auf einen mittäglichen Imbiß? Soll ich etwas für dich zubereiten?«

Myrddin schüttelte den Kopf. »Ich bin nicht hungrig, bloß ein wenig durstig. Aber wenn du ...«

»Ich habe vorhin bereits eine Kleinigkeit gegessen«, beschied ihn die Pendruid; danach brachte sie den Siebzigjährigen zu seinem Ruhelager zurück und goß Kräutertee für ihn in einen Becher.

Der Greis schlürfte nur ein paar Schlucke des warmen Getränks; gleich darauf ersuchte er Nimue: »Laß meinen Geist jetzt von neuem zu jenen wandern, welche zusammen mit mir die Leichenwache unter der Eiche am Rand des Schlachtfeldes von Camlann hielten.«

Die Pendruid von Avalon streichelte dem Todgeweihten zärtlich über das schüttere Haar; sodann hob sie den mit Wasser gefüllten Kupferkessel von der Einfassung der Feuerstelle, setzte ihn zu Füßen des Greises nieder und flößte Myrddin den Sud ein, welcher ihm die Rückführung erleichtern würde. Anschließend nahm sie den zweiten der drei schwarzen Steine aus ihrem Hirschlederbeutel und reichte ihn dem Siebzigjährigen; während der Todgeweihte den Kiesel betrachtete, erklärte Nimue: »Dieser Stein kam aus der Tiefe der Erde auf der Ynys Avallach zutage, als das Grab des Rhiotam ausgeschachtet wurde …«

»Die Gruft, welche den Sarg dessen aufnahm, der wie keiner sonst den Mut, die Kraft und die Schönheit des keltischen Britannien verkörpert hatte«, flüsterte der Greis.

»So ist es«, nickte die Pendruid, wobei sie den ledernen Schnürbeutel wieder verschloß. »Und nun wird der Kiesel dich erneut zu den Männern und Frauen führen, welche gemeinsam mit dir an der Grabstätte desjenigen standen, der in der Heiligen Hochzeit von Tintagel gezeugt wurde …«

Myrddin gab Nimue den Stein zurück, beugte sich auf seiner Liege vor und konzentrierte sich auf den Anblick des Kupferkessels. Plötzlich schien dessen edles Rotmetall aufzuglühen und zu pulsen; gleich darauf ließ die Pendruid von Avalon den Kiesel in das Gefäß fallen, und der Greis vernahm Nimues beschwörende Worte: »Tauche jetzt ein in die Flut der Zeit, tauche ein in den achten Abschnitt deines Lebens … Laß dich führen vom Stein der Erinnerung … Und tauche wieder empor aus der Zeitenflut auf dem von Ceridwen behüteten Eiland im Süden …«

Myrddin hatte das Empfinden, als schlüge der letzte Satz lautlos hallend aus sehr weiter Entfernung an sein Ohr – im nächsten Moment wurde der Geist des Greises entrückt.

***

Der neunundfünfzigjährige Druide sah, wie sich die Schneiden schwerer Äxte in den Stamm der uralten Eiche gruben, die im Tal von Camlann unweit der Walstatt aufragte. Einen Lidschlag später stürzte der knorrige Baum; wiederum einen Augenblick danach war der Stamm gekürzt, der Länge nach halbiert, ausgehöhlt und glattgebeilt, so daß Arddwrs Leiche in sein Inneres gebettet werden konnte. Zusammen mit

Gwenddolau, Melwas und Gwalchmai erfüllte Myrddin diese Pflicht an dem Toten; als sie den Leichnam in den archaischen Eichensarg legten, roch der Neunundfünfzigjährige den strengen Duft von Baumharz, Essig, Salzessenzen und konzentriertem Absud von Färberwaid, und er dachte daran, wie er und die übrigen Großen Wissenden, die sich beim Heer befanden, den Körper des Rhiotam einbalsamiert hatten. Abermals einen Herzschlag später gewahrte Myrddin, wie der nun geschlossene und mit dem Drachenbanner bedeckte Sarg auf einem von drei Rappen gezogenen Wagen, der inmitten schweigend marschierender Kriegerkolonnen fuhr, ins Südland gebracht wurde; schon war das Ziel nahe – doch ehe der Heerwurm es erreichte, schien der Druide sich unvermittelt mannstief unter der Erdoberfläche zu befinden.

Der Sohn Arwens und Morvryns schaute in die Sarghöhlung und sah, wie der Leib des Ebers von Cornueille im Lauf der Jahre austrocknete, sich aber nicht wesentlich veränderte; dann auf einmal bemerkte er, daß Licht in den Eichensarg fiel, und im selben Moment wurde er Zeuge, wie eine Edle, die in ihrem diesseitigen Dasein spirituell eng mit ihm verbunden gewesen war, neben Arddwr zur letzten Ruhe gebettet wurde. Ihr Haar war von seltenem, kupferfarbenem Rot; ihre jetzt erloschenen Augen hatten einst in tiefblauem Glanz geleuchtet, und während Myrddin ihr Antlitz betrachtete, glaubte er Camelot endgültig ins Nichts verweichen zu sehen.

Doch zugleich erblickte der Druide, nun wieder in der Welt der Lebenden weilend, eine mächtige Ringwallfestung im Südwesten Cymrus; der Dun erhob sich in geringer Entfernung von der Meeresküste über der Flußniederung des Tywi, und in seiner Königshalle herrschte er, Myrddin, jetzt in der Nachfolge seiner Großeltern Gruffydd und Gwendydd, seiner Mutter Arwen und seines Verwandten Meurig. Ungeachtet seines fortgeschrittenen Alters bemühte er sich mit aller Kraft, den ihm anvertrauten Menschen Halt und Zuversicht für die Zukunft zu schenken; manchmal war es ihm, als stünde der Eber von Cornueille dabei an seiner Seite – und nun, da der Neunundfünfzigjährige einmal mehr voller Liebe an Arddwr dachte, löste er sich aus seiner tranceartigen Versunkenheit, in deren Verlauf die teils reale, teils ovatische Bilderflut auf ihn eingestürmt war, und es wurde ihm bewußt, daß er sich auf der Ynys Avallach befand und hinter dem Eichensarg des im Camlann-Tal gefallenen Rhiotam herging.

***

Obwohl nur noch fünf Tage bis Beltane fehlten, war die Witterung wenig frühlingshaft. Heftiger Ostwind trieb finstere Wolken über die Insel von Avalon hin und peitschte die Äste der Apfelbäume; gelegentlich fegte ein kurzer, immer nur ein paar Dutzend Schritte weit anhaltender Regenschauer auf die Prozession der Großen Wissenden und Adligen hernieder. Myrddin, Gwynhwyfara und Morgana führten den Trauerzug an; ihnen folgten die anderen acht Priesterinnen der Ynys Avallach, darunter Nimue, sowie die Angehörigen des Drachenbundes, und dann kamen die übrigen Edlen von Camelot sowie zahlreiche weitere Häuptlinge und Adelskrieger von den verschiedenen Stämmen aus dem Westen und Süden Britanniens.

Langsam bewegte sich die Prozession auf den gratförmigen Hügelrücken zu, welcher den gen Sonnenuntergang gelegenen Ausläufer des heiligen Eilands überragte. Als die Rapphengste, welche den Leichenwagen zogen, den Saum der Erhebung erreichten, trat vorübergehend Windstille ein; kaum aber war die Spitze des Trauerzuges auf dem Gipfel der hier steil zum Seeufer hinunter abstürzenden Anhöhe angekommen, heulten drei gewaltige Sturmstöße heran.

»Caillech grüßte deinen verstorbenen Gemahl!« raunte der Sohn Arwens und Morvryns der Kupferhaarigen zu, nachdem sich der Aufruhr wieder gelegt hatte. Wenig später, als sämtliche Trauergäste auf der Hügelkuppe angelangt waren und sich um das Gefährt mit dem Eichensarg geschart hatten, trat

Morgana vor und leitete das Abschiedsritual für den Eber von Cornueille ein.

»Seit der erste Apfelhain auf der Insel von Avalon gepflanzt wurde, ist es Brauch, die irdischen Körper derjenigen, deren Geist nach Annwn gewandert ist, vor ihrer Beisetzung auf diese Erhebung zu bringen«, rief die Oberpriesterin der Ynys Avallach den Umstehenden zu. »Aber noch nie sahen die Gottheiten, die Sídhe und die Toten einen solch tapferen und zugleich solch friedliebenden und menschenfreundlichen Herrscher wie Arddwr, den Sohn Ygernas und Uddyr Pendraigs, hier oben. Und deshalb bin ich gewiß, daß die Andersweltlichen dem unvergänglichen Wesen des Rhiotam eine Wohnstätte im innersten Herzen von Annwn bereiten werden.«

»In den schönsten, heiligsten und strahlendsten Gefilden jenseits der Schleier soll Arddwrs Geist seine Wiedergeburt erwarten!« sprachen Myrddin, Gwynhwyfara und die acht übrigen Druidinnen im Chor; die Hochadligen wiederholten den Satz, und danach erscholl er ein drittes Mal aus den Mündern der vielen anderen Edlen.

»Die Mächte von Annwn werden dem heimgegangenen Rhiotam das Geschenk der Verklärung nicht verweigern«, erklärte Morgana; anschließend entzündeten sie und ihre Schwestern rings um den Sargwagen neun von Sakralkräutern gespeiste Feuer.

Während der aromatische Rauch zum jetzt allmählich aufklarenden Firmament emporstieg, würdigte Myrddin die Taten des Verstorbenen in einem getragenen bardischen Sprechgesang. Die Hymne endete im selben Moment, da die Flammen erloschen, und nachdem der Druide verstummt war, forderte die Oberpriesterin von Avalon die Trauergäste auf: »Laßt uns denjenigen, der in der Heiligen Hochzeit von Tintagel gezeugt wurde, nun zu seiner letzten diesseitigen Ruhestätte geleiten!«

Neuerlich formierten sich die Großen Wissenden und Adligen zur Prozession; sodann bewegte sich der Leichenzug wieder die langgestreckte Flanke des gratartigen Hügels hinunter und bog am Fuß der Anhöhe in nordöstlicher Richtung ab. Nach halbstündigem, langsamem Marsch erreichte die Prozession den Ort, welchen die Druidinnen der Ynys Avallach für die Beisetzung Arddwrs ausgewählt hatten: eine sanfte Talsenke westlich jener Erhebung, an deren Hang der Hain mit der Roten Quelle lag.

Über der Niederung, welche da und dort mit kleinen Gruppen von Apfelbäumen bewachsen war, schien unsagbar tiefer, beinahe andersweltlicher Friede zu weben. Inmitten des Talbodens hatten die Priesterinnen von Avalon bereits das Grab für den Rhiotam ausheben lassen; jetzt stellten sich die Trauernden in einem weiten Kreis um die Erdgrube auf, und als jeder seinen Platz gefunden hatte, traten Myrddin, Gwenddolau, Melwas und Gwalchmai an den Pferdewagen mit dem Eichensarg heran.

Behutsam hoben die vier Männer den archaischen Totenschrein von der Ladefläche des Fuhrwerks, schlangen Seile um den Sarg und hievten ihn dann langsam ins Grab hinab. Als Myrddin und die Mitglieder des Drachenbundes die Taue entfernt hatten, kniete Gwynhwyfara neben der Grube nieder. Lange verharrte die siebenunddreißigjährige Witwe Arddwrs stumm und gebeugt an der offenen Grabstätte; schließlich ließ sie drei Feldblumen von weißer, roter und dunkelblauer Farbe auf den Eichensarg hinunterfallen. Danach stand sie mit tränenüberströmtem Gesicht auf und suchte den Blick Myrddins. Der Druide, der sich ganz in Gwynhwyfaras Nähe befand, kam zu ihr, barg sie an seiner Brust und führte sie ein paar Schritte abseits.

Von dort aus sahen Myrddin und die schluchzende Witwe, wie das Grab geschlossen wurde. Gwenddolau, Melwas, Gwalchmai sowie die übrigen neun Angehörigen des Drachenbundes taten diese Arbeit, und nachdem sie fertig waren, legten Gwynhwyfara, der Sohn Arwens und Morvryns, die vertrautesten Gefährten des Rhiotam und die Druidinnen der Ynys Avallach die ersten Gedenksteine auf die festgestampfte

Erde. All die anderen Edlen folgten ihrem Beispiel; Steinbrocken um Steinbrocken wuchs der Cairn empor, welcher an den Eber von Cornueille erinnern sollte – und als er vollendet war, verließen die vielen hundert Menschen, welche sich zur Beisetzung des Rhiotam zusammengefunden hatten, die Talsenke.

Während der folgenden drei Tage blieben Myrddin, die Witwe Arddwrs und die Drachenkrieger noch auf dem Eiland von Avalon. Dies geschah insbesondere deswegen, weil sie eine letzte Pflicht an dem teuren Toten zu erfüllen hatten: Caladfulch, das einzigartige Schwert des Rhiotam, das einst auf der Ynys Avallach geschmiedet worden war, mußte – um es profanem Zugriff zu entziehen – der Großen Göttin übergeben werden.

Daher zogen die Genannten und die Priesterinnen von Avalon in der Abenddämmerung des Tages nach dem Begräbnis zum Gipfel des Twr hinauf, entzündeten dort Fackeln und stiegen in die Tropfsteinhöhle ab, wo Arddwr vierundzwanzig Jahre zuvor die damaszierte Klinge aus dem unterirdischen Teich geholt hatte. Nun wurde das Schwert Caladfulch im Rahmen eines feierlichen Rituals wieder in dem heiligen Gewässer versenkt, und nachdem der Sohn Arwens und Morvryns die Waffe auf dem Teichgrund niedergelegt hatte, schien es ihm und denen, die bei ihm waren, als würden schimmernde andersweltliche Schleier im Wasser aufschweben und die Klinge sachte verhüllen.

Erst geraume Zeit nach Einbruch der Nacht verließen Myrddin, Gwynhwyfara, Morgana und die übrigen die Grotte durch den Felsstollen, welcher auf den Talboden am Hangfuß des mächtigen Sakralhügels hinausführte. Unter dem Dach des Rundhauses der Pendruid im Apfelbaumhain saß man anschließend noch lange beieinander, und während der beiden nächsten Tage beratschlagten die Großen Wissenden und die Adligen über viele Stunden hinweg, um Lösungen für all die drängenden Probleme zu finden, welche durch den unverhofften Tod des Rhiotam entstanden waren. Zwischendurch weilte Gwynhwyfara oft an der Grabstätte ihres so früh von ihr gegangenen Gemahls, und auch am Morgen des vierten Tages nach der Beisetzung hielt sie, bei dem hohen Cairn kniend, nochmals stille Zwiesprache mit dem Geist des so außergewöhnlich tapferen und warmherzigen Mannes, den sie über die Maßen geliebt hatte.

In der Vormittagsmitte sodann begaben sich die Herrscherwitwe, der Sohn Arwens und Morvryns und die Mitglieder des Drachenbundes zum Hafen der heiligen Insel und bestiegen eine Barke, die sie über den See brachte. Am Nachmittag langten sie in Camelot an; im Königshaus der Ringwallfestung tauschten sie sich ein letztes Mal über die Entscheidungen aus, welche im Druidinnen-Hain auf der Ynys Avallach getroffen worden waren – und am darauffolgenden Morgen nahmen die Angehörigen des Drachenbundes Abschied von Gwynhwyfara und Myrddin.

Der deceanglische Stammesherrscher Gwenddolau wollte zusammen mit seinem Verwandten Gwalchmai nach Gwynedd zurückkehren, um versprengte Anhänger Medrauts, die sich nach der Schlacht von Camlann höchstwahrscheinlich in dem einen oder anderen Dun verschanzt hatten, zu verjagen und so die Ordnung endgültig wiederherzustellen. Der durotrigische König Melwas hatte die Aufgabe übernommen, einen Heerbann an die Südküste zu führen, wo Naddanleodd, der Herrscher der Regnier, noch immer im Abwehrkampf gegen die Streitmacht Cerdics stand, welche unterdessen erneut von der Ynys Wyth auf das Festland vorgedrungen war. Bedwyr, Llancyllodd, Taliesin und Morvan hatten sich bereit erklärt, Melwas auf seinem Kriegszug zu begleiten; Caihir, Owain, Galwad, Culhwch und Pereddwr ihrerseits wollten zu ihren jeweiligen Volksstämmen reiten, um den Menschen dort Halt in den schweren Zeiten zu geben, die aufgrund von Arddwrs Tod vermutlich bald anbrechen würden.

Nachdem die Mitglieder des seines Hauptes beraubten

Drachenbundes und ihre Gefolgsleute die Festung verlassen hatten, beherbergte Camelot kaum mehr hundert Bewaffnete – und noch am selben Tag wurden diese Krieger und ihre Familienangehörigen Zeugen, wie auch Gwynhwyfara zu Pferde stieg und ihre Stute zum Torbau des Duns lenkte. Der Sohn Arwens und Morvryns trabte zu ihrer Linken, und eine Stunde später erreichten die beiden den westlich von Camelot in einer fruchtbaren Talsenke gelegenen Gutshof, welchen der Rhiotam seiner Gattin zur Hochzeit geschenkt hatte.

Hier wollte die Kupferhaarige künftig leben; sie hoffte, daß die innige Nähe zur Natur, zu den Feldern, Wiesen und Wäldern, welche den Edelsitz umgaben, ihr helfen würde, den Schmerz über den Verlust des geliebten Gemahls besser zu ertragen und – vielleicht – irgendwann seelischen Frieden zu finden. Myrddin wiederum hatte Gwynhwyfara vorgeschlagen, in den nächsten Monaten bei ihr zu bleiben, und sie hatte sein Angebot dankbar angenommen. Jetzt bezogen beide ihre Gemächer; am Abend sodann ließen sie sich vor dem Kaminfeuer im behaglichen Wohnraum des Gutshauses nieder. Still schauten die Kupferhaarige und der Druide eine Weile in die Flammen; schließlich sagte Gwynhwyfara: »Es wird nie mehr so sein, wie es war ...«

Mit gepreßten Lippen nickte Myrddin. »Du und ich, wir haben denjenigen verloren, der uns in dieser irdischen Welt am meisten bedeutete ... Und Camelot ist zerbrochen ... Ohne Arddwr ist die Festung nur noch eine von vielen in den Stammesgebieten ...«

»Er allein war fähig, die Könige unseres Landes und dazu die tausend Adelskrieger an Camelot zu binden ...« flüsterte die Kupferhaarige mit tränenfeuchten Augen.

»Einzig er«, bestätigte der Druide. »Aufgrund seines überragenden Könnens als Feldherr, seiner unvergleichlichen Waffenkunst und seiner beispiellosen Tapferkeit schaffte er es, die Edlen sämtlicher Volksstämme mitzureißen. Ungeachtet ihrer unterschiedlichen Herkunft schweißte er sie zu einem

Ganzen zusammen, und so erkämpfte er die Freiheit für Britannien.«

Einige Atemzüge lang sann Gwynhwyfara den Worten Myrddins nach; dann murmelte sie: »Doch nun … da Arddwr die Reise nach Annwn angetreten hat … besteht die Gefahr, daß wir Kelten neuerlich unter der Mord- und Raubgier unserer Feinde zu leiden haben werden …«

»Zweifellos wittern die Sassenach jetzt Morgenluft«, erwiderte der Druide. »Aber wir sollten die Dinge trotzdem nicht zu schwarz sehen. Denn noch immer gibt es die Drachenkrieger, und sie werden alles tun, um unsere Stammesgebiete zu verteidigen. Melwas, Bedwyr, Llancyllodd, Taliesin und Morvan haben es heute morgen bewiesen, als sie mit ihrem Heerbann abmarschierten, um Naddanleodd gegen Cerdic beizustehen.«

»Doch keiner von ihnen ist wie Arddwr …« stieß die Kupferhaarige mit erstickter Stimme hervor.

Myrddin beugte sich zu ihr hinüber, umfaßte ihre Hände und schenkte ihr auf diese Weise die Zuwendung, die sie in ihrem jäh aufgebrochenen Schmerz brauchte; nachdem die Witwe des Rhiotam sich beruhigt hatte, sagte der Druide: »Sofern die Andersweltlichen es wollen, wird die Heldenkraft, die Arddwr auszeichnete, eines Tages womöglich in einem seiner zwölf Waffenbrüder wiedergeboren werden.«

»Denkst du dabei an ein bestimmtes Mitglied des Drachenbundes?« fragte Gwynhwyfara.

»Unter Umständen könnte dereinst, wenn die Zeit gekommen ist, Gwenddolau zum Rhiotam erhöht werden«, entgegnete Myrddin. »Aber zunächst muß er an seinen Aufgaben im Norden noch wachsen; an den Herrscherpflichten, die er auf dem Festland von Gwynedd sowie in seinem Königs-Dun auf Môn zu erfüllen hat. Ich hoffe inständig, daß er sich darin in den harten Jahren, die uns bevorstehen, ähnlich vorbildhaft bewähren wird wie sein und Arddwrs Vater Uddyr Pendraig. Und sofern er dies schafft; sofern er sich sowohl im

Frieden als auch im Krieg von dem ruhmvollen Beispiel anspornen läßt, das Uddyr und mehr noch Arddwr ihm gaben, könnte Gwenddolau eines Tages den Rang des Rhiotam beanspruchen ...«

Eine Weile war nur das Knistern des Kaminfeuers zu hören; schließlich bekannte die Kupferhaarige: »Falls der deceanglische König, der Halbbruder meines Gatten, Arddwrs Nachfolge antreten würde, wäre das vielleicht ein gewisser Trost für mich.«

»Du tust gut daran, das so zu sehen«, antwortete der Druide. »Denn wenn Gwenddolau auf den Schild gehoben würde, könnte man sagen, daß ein Teil vom Wesen des Ebers von Cornueille an die Spitze der britannischen Heere zurückgekehrt sei ...«

Versonnen griff Myrddin nach einem Schürhaken, welcher an der Einfassung der Feuerstelle lehnte, und stocherte in der Kaminglut; sodann fuhr er fort: »Arddwrs Wesen, seine Tapferkeit ... Der unsterbliche Ruhm, den er sich auf den Schlachtfeldern und später als Friedensfürst in Camelot errungen hat ... Die Erinnerung daran wird niemals verblassen, wird noch in Jahrhunderten und Jahrtausenden unter den Menschen lebendig sein ...«

»Arddwr hätte es wahrhaft verdient ...« flüsterte Gwynhwyfara.

»Es wird so kommen!« beteuerte der Druide. Er stellte das Schüreisen wieder beiseite und sprach weiter: »Die Barden werden dafür sorgen! Sie werden alles tun, damit die Taten und das Bestreben des Ebers von Cornueille unvergessen bleiben. Und die Gesänge, die Arddwrs Wirken preisen, werden bis in die fernste Zukunft ihren Widerhall in den Herzen jener finden, die sich nach dem endgültigen Sieg des Roten Drachen über den Weißen Drachen sehnen.«

»Das bedeutet doch aber, daß der Drachenkampf noch sehr lange toben wird«, kam es von der Witwe des Rhiotam.

Myrddin nickte. »Ich erahne viele Jahrhunderte der Finsternis, in denen der Weiße Drache, besessen von unersättlichem, menschenverachtendem Machthunger, über den Roten Drachen triumphieren wird. Zuletzt jedoch, mehr als eineinhalb Jahrtausende nach unserer Zeit, wird der Fahldrache unterliegen. Dann wird all das, was die Erde besudelte und die Gottheiten, die Sídhe und die Toten beleidigte, von welterschütterndem Sturmtosen hinweggefegt werden. Caillech und Taranis werden die Kraft des Rotdrachen verdreifachen; diese dreifache Stärke wird den von ungeheuerlichen Feuersäulen überglühten Erdkreis bis in seine Grundfesten erbeben lassen. Danach wird die Bösartigkeit des Weißen Drachen, der sich den dämonischen Stachel seiner Gier ins eigene Fleisch jagte, fast gebrochen sein – und Krieger des Roten Drachen, welche aus Gebirgsklüften und Bergeshöhlen heraus angreifen und in die in Trümmern daliegenden Städte ihrer Feinde eindringen, werden dem in Agonie zuckenden Fahldrachen den Todesstoß versetzen.«

Zutiefst aufgewühlt hatte Gwynhwyfara den prophetischen Sätzen von Arwens und Morvryns Sohn gelauscht; nun sagte sie stockend: »Jetzt entsinne ich mich wieder … daß dir dies bereits in deiner Jugend in Dun Emrys offenbart wurde.«

»Damals, als ich dem falschen Hochkönig Gwrtheyrn gegenübertrat und ihm sein nahes Ende ankündigte, erschaute ich das künftige Geschehen noch nicht so deutlich wie heute«, antwortete der Druide. »Doch nun vermag ich es in größter Klarheit vor meinem inneren Auge zu erkennen – und in engem Zusammenhang mit dem, was sich nach Ablauf von dreimal fünf Jahrhunderten ereignen wird, steht das, was Arddwr vollbrachte …«

Neuerlich stocherte Myrddin in der Glut des Kamins; sodann erklärte er: »Von Generation zu Generation werden die Dichtungen der Barden die Erinnerung an die Taten und die edlen Ziele deines Gatten bewahren. Und überall in den Stammesgebieten Britanniens und ebenso in den Ländern jenseits der See werden sich unsere keltischen Brüder und Schwestern daran aufrichten; von Menschenalter zu Menschenalter, bis in jene ferne Zeit, da sich erfüllen soll, was in der Heiligen Hochzeit von Tintagel, auf der Walstatt von Badon und im Eichenhain von Camelot begonnen wurde. Auf diese Weise wird der Traum von einer in Schönheit, Frieden und Gerechtigkeit erstrahlenden Welt, den Arddwr, du, ich, Morgana, Gwenddolau und so viele andere lebten, unzerstörbar bleiben. Genau dadurch aber wird der endgültige Triumph des Weißen Drachen verhindert werden, so daß schließlich, wenn eineinhalb Jahrtausende der Dunkelheit verstrichen sind, der Rote Drache siegen und für immer herrschen kann.«

Die Kupferhaarige tastete nach der Hand ihres väterlichen Freundes. »Jetzt begreife ich, worin die tiefste Bedeutung im Dasein meines Gemahls lag. Und warum selbst sein tragischer Tod im Kampf gegen den Verräter Medraut letztlich keineswegs eine Niederlage war. – Doch du, der du Arddwrs geistiger Führer auf seinem Pfad in die Unsterblichkeit warst, hattest all dies längst verstanden und das frühe Hinscheiden meines Gatten vielleicht sogar vorhergesehen ...«

»In manchen Stunden erahnten Morgana und ich, was dem Rhiotam in der reifen Blüte seines Lebens bestimmt sein würde«, erwiderte Myrddin. »Aber diese Erkenntnis, die unser Innerstes durch die Schleier hindurch berührte, ließ uns nicht verzweifeln. Denn wir wußten um die Notwendigkeit des Opfers, das Arddwr zu erbringen hatte; des Opfers, dessen Heiligkeit auf bardischer und damit andersweltlicher Ebene wirksam werden wird, wie dir nun ebenfalls klargeworden ist ...«

Zum drittenmal griff der Druide nach dem Schürhaken; im nächsten Moment lohte das Kaminfeuer, das bislang eher schwach geglommen hatte, hoch auf und tauchte den ganzen Raum in beinahe überirdisch warmen, purpurroten Schein. Es war, als wollte die weich pulsende Glut, deren Bewegung knotenartig verflochtene Gebilde an die Wände zu malen schien, Myrddin und Gwynhwyfara bergen und sanft umfangen – und die beiden gaben sich dem Anhauch dessen, was sie aus den Gefilden von Annwn heraus überstrahlte, hin, bis die Flammen langsam wieder in sich zusammensanken.

***

Während der folgenden Wochen und Monate saßen der Druide und die Witwe des Rhiotam noch oft am Feuerplatz im Gutshaus und tauschten sich in vertrauten Gesprächen aus. So und dank der Nähe zur Natur schöpfte Gwynhwyfara allmählich neuen Lebensmut; zuzeiten freilich, besonders dann, wenn sie nachts aus dem Schlaf aufschreckte und ihr bewußt wurde, daß Arddwr nie mehr an ihrer Seite liegen würde, kehrte der grausame Schmerz, den sie bei der Nachricht vom Tod ihres Gemahls empfunden hatte, jäh zurück. In solchen Nächten litt die Kupferhaarige oft bis zum Morgengrauen unter ihrer erneut aufgebrochenen Seelenpein, und häufig fragte sie sich in ihrer einsamen Verzweiflung, ob sie es je schaffen würde, den Verlust des über alles geliebten Gatten zu verwinden. Doch diese Anwandlungen kamen und gingen – und im Herbst nach Arddwrs Beisetzung sodann erhielten Gwynhwyfara und Myrddin erfreuliche Kunde aus dem Süden.

Im Bündnis mit Naddanleodd hatten Melwas und dessen Mitstreiter Bedwyr, Llancyllodd, Taliesin und Morvan das Heer Cerdics vernichtend geschlagen. Die von der Walstatt entronnenen Sassenach waren auf kaum zwei Dutzend Schiffen in den Südosten Britanniens geflohen, so daß das Stammesgebiet der Regnier jetzt wieder befreit war – und nachdem die Kupferhaarige und der Druide aus dem Mund des von Melwas abgesandten Boten davon gehört hatten, sagte Gwynhwyfara zu Myrddin: »Du hattest damals im Frühling, an unserem ersten Abend hier im Gutshaus, recht. Der Geist meines Gatten lebt weiter und hat die beiden Könige und die Drachenkrieger in ihrem siegreichen Kampf gegen die Feinde unseres Landes beflügelt.«

An Samhain, als sich Melwas, Llancyllodd, Bedwyr, Morvan und Taliesin vorübergehend in Camelot aufhielten, erfuhren die Kupferhaarige und der Druide Einzelheiten von dem erfolgreichen Feldzug. Sechs Wochen später – der durotrigische König und die anderen vier Mitglieder des Drachenbundes waren bald nach dem Totenfest in ihre Heimatgaue abgeritten – brach der Winter härter als seit Menschengedenken über die Siedelgebiete der südbritannischen Stämme herein. Fast zweieinhalb Monate blieben die Felder und Weidegründe von verfirntem Schnee bedeckt; erst drei Wochen nach Imbolc begannen die Eiskrusten abzutauen, und endlich konnten die Bauern ihre Pflüge und Eggen für die Frühjahrsbestellung der Ackerbreiten vorbereiten.

Ab Alban Ailyr dann schien die Sonne, wie zum Ausgleich für die schweren winterlichen Heimsuchungen, beinahe schon so kräftig wie sonst an Beltane, und fünf Tage nach den Feierlichkeiten zur Frühlingstagundnachtgleiche genossen Gwynhwyfara und Myrddin, der mittlerweile nur noch gelegentlich auf dem Edelsitz zu Gast war und ansonsten in Avalon oder Camelot weilte, das herrliche Wetter auf einem gemeinsamen Reitausflug. Seite an Seite trabten die beiden auf dem Kamm des sanft geschwungenen Hügelzuges dahin, welcher die Talsenke mit dem Gutshof begrenzte – plötzlich stutzte die Kupferhaarige, zügelte ihre Stute, deutete in die Niederung hinab und rief aus: »Da unten jagt ein Mann in vollem Galopp heran!«

»Möglicherweise ein Kurier, der uns eine wichtige Botschaft bringt«, erwiderte der Sohn Arwens und Morvryns.

Gleich darauf preschten die beiden dem Berittenen, der vom Edelsitz kam, entgegen – aber als sie sich dem Mann bis auf etwa hundert Galoppsprünge genähert hatten, stellten sie fest, daß es sich um den Verwalter des Gutes handelte.

Wenig später riß der Reiter sein Roß vor der Witwe des Rhiotam und dem Druiden in die Hanken und stieß hervor: »Ein Hochadliger aus dem Westen ist eingetroffen! Er kommt aus deiner demetischen Heimat, Myrddin! Und er sagte, er hätte eine sehr bedeutungsvolle Nachricht für dich!«

»Worum geht es denn?« fragte der Druide überrascht.

Der Gutsverwalter zuckte die Achseln. »Das wollte der Edle mir nicht mitteilen. Doch er läßt dich durch mich bitten, sofort zum Hof zurückzukehren!«

»Das klingt wirklich nach einer dringenden Angelegenheit«, wandte sich Gwynhwyfara an ihren Begleiter.

Myrddin nickte; mit dem nächsten Lidschlag trieb er seinen Hengst wieder an, und nach ungefähr einer halben Stunde trabten die drei Pferde auf den Anger des Gutshofes.

Rings um die mächtige Hoflinde dort standen an die dreißig fremde Rösser; in den Bewaffneten, welche sich bei den Tieren zusammenscharten, erkannte der Sohn Arwens und Morvryns Adelskrieger aus dem Herrscher-Dun der Demetier. Diese Männer begrüßten den Druiden und die Witwe Arddwrs nun durch laute Zurufe, welche beinahe etwas von einer Ovation an sich hatten; sodann trat der älteste Krieger vor Myrddins Hengst hin und beschied den Druiden: »Dein Verwandter Maddonwy, den wir aus deinem heimatlichen Stammesgebiet hierher geleiteten, erwartet dich im Haus der Herrin dieses Edelsitzes.«

»Maddonwy?« erkundigte sich Myrddin erstaunt und fuhr, an Gwynhwyfara gewandt, erklärend fort: »Er ist Gauhäuptling und ein Halbbruder meines Großneffen Meurig, welcher nach dem Tod meiner Mutter zum König des demetischen Volksstammes erwählt wurde.« Danach richtete der Druide den Blick erneut auf den Adelskrieger und wollte wissen: »Was bewog Maddonwy, der doch ebenso wie ich schon im Herbst seines Lebens steht, die lange und beschwerliche Reise zu mir zu unternehmen?«

Der Reiterkrieger, dessen Gesichtsausdruck auf einmal seltsam ernst wirkte, wies zum Portal des Gutshauses und antwortete: »Das wird dein Blutsverwandter dir und der Witwe des Ebers von Cornueille selbst erläutern ...«

Als Myrddin und Gwynhwyfara zu dem Gebäude hinüberschauten, gewahrten sie den Hochadligen, welcher soeben über die Schwelle trat. Der Druide und die Kupferhaarige lenkten ihre Pferde zum Hauseingang; gleich darauf umarmten sich Myrddin und Maddonwy, und nachdem der etwa fünfundsechzigjährige Gauhäuptling auch Gwynhwyfaras Hände gedrückt hatte, sagte der Sohn Arwens und Morvryns ahnungsvoll zu seinem Verwandten: »Wenn ich mich nicht täusche, kommst du aus einem unerfreulichen Anlaß zu uns ...«

»Laßt uns ohne Zeugen darüber sprechen«, bat Maddonwy – und eine Weile später, als er, Myrddin und Gwynhwyfara im Kaminraum des Gutshauses Platz genommen hatten, erfuhren der Druide und die Kupferhaarige, welch trauriger Beweggrund den Gauhäuptling vom Stamm der Demetier zum Witwensitz Gwynhwyfaras geführt hatte.

»Dreizehn Tage vor Alban Ailyr ist Meurig verstorben!« erklärte Maddonwy mit leiser Stimme. »Und der letzte Satz, den unser Herrscher auf dem Totenbett flüsterte, galt dir, Myrddin ...«

Der Sohn Arwens und Morvryns senkte das Haupt; sein Atem ging schwer, und er saß wie erstarrt da. Schließlich faßte er sich und fragte seinen Verwandten: »Wie lauteten die Worte des scheidenden Königs?«

»Er raunte, daß du nach dem Willen der Andersweltlichen seine Nachfolge antreten müßtest«, erwiderte Maddonwy.

Fast abrupt erhob sich der Druide, ging zu einem der Fenster der Wohnhalle und blickte geraume Zeit auf die Felder und Weidegründe hinaus. Endlich kam er mit schleppenden Schritten zum Kaminplatz zurück, setzte sich wieder und murmelte: »In wenigen Wochen werde ich sechzig. Und in diesem Alter soll ich noch eine derart schwere Bürde auf mich nehmen?«

»Derjenige, der nach Annwn wanderte, verlangte es von dir«, entgegnete der demetische Gauhäuptling.

Es sah aus, als wollte Myrddin einen Einwand machen; letztlich jedoch schwieg er, so daß Maddonwy Gelegenheit fand fortzufahren: »Und nicht nur der Geist des Dahingegangenen fordert dich auf, den Thron zu besteigen. Auch ich und alle übrigen Hochadligen der Demetier hegen diesen Wunsch!«

Als der Druide weiterhin stumm blieb, wandte sich Gwynhwyfara an den Gauhäuptling: »Ihr demetischen Edlen habt also einstimmig beschlossen, dem Sohn Arwens und Morvryns die Herrscherwürde anzutragen?«

»So ist es«, bestätigte Maddonwy. »Das Drunemeton fand am dritten Tag nach Meurigs Tod statt, und die Entscheidung war innerhalb kürzester Zeit gefallen.«

Die Kupferhaarige legte ihre Rechte auf Myrddins Unterarm. »Die Edlen deines Stammes haben dir dadurch ihr uneingeschränktes Vertrauen ausgedrückt, und du solltest sie nicht enttäuschen!«

»Aber wenn ich ihrem Anliegen willfahren würde, könnte ich mich kaum noch um dich kümmern«, antwortete der Druide.

»Du hast mir seit dem Begräbnis Arddwrs sehr viel seelischen Halt gegeben – doch nun brauchen dich die Menschen deines Volksstammes nötiger als ich«, erwiderte Gwynhwyfara.

Der Sohn Arwens und Morvryns rang mit sich; dann ergriff er die Hand der Kupferhaarigen, umschloß sie für einen Moment fest, gab sie wieder frei und beschied seinen Verwandten: »Ich werde mit dir in mein Heimatland reiten.«

Maddonwys Augen leuchteten auf. »Heißt das, du bist bereit, die Königswürde zu akzeptieren?«

»Ja«, nickte der Druide. »Denn ich darf mich den Pflichten, welche mir durch den Ratschluß der Andersweltlichen und den Willen sowohl Meurigs als auch der demetischen Hochadligen auferlegt wurden, nicht entziehen.«

»Ich danke dir im Namen all derer, die ihre Hoffnungen in dich setzen«, sagte der Gauhäuptling bewegt. »Und ebenso gilt mein Dank dir, Gwynhwyfara, weil du es Myrddin durch deine Selbstlosigkeit erleichtert hast, den Wunsch seiner Stammesangehörigen zu erfüllen.«

Für eine Weile blieb es still im Raum; schließlich räusperte sich Maddonwy und fragte den Sohn Arwens und Morvryns: »Wann, denkst du, können wir in den Westen aufbrechen?«

»Gib mir eine Woche Zeit, damit ich in Ruhe Abschied von hier zu nehmen vermag«, antwortete Myrddin, nachdem er sich kurz bedacht hatte.

Der Gauhäuptling erklärte sich einverstanden; während der folgenden Stunden sodann tauschten sich die drei Edlen eingehend über die Herausforderungen aus, welche der Sohn Arwens und Morvryns schon bald würde meistern müssen – und im Verlauf der nächsten Tage saß Myrddin viele Stunden im Sattel.

Gemeinsam mit der Kupferhaarigen besuchte er noch einmal Camelot; in der Ringwallfestung des gefallenen Rhiotam meditierten die beiden im Eichenhain, und anschließend sprach der Druide mit den Bediensteten, welche sein Rundhaus im Dun versorgten, und bat sie, auch weiterhin für ihn dazusein, wenn er bei späteren Gelegenheiten wieder vorübergehenden Aufenthalt in Camelot nehmen würde.

Am Morgen danach ritt Myrddin allein zum See von Avalon, ließ sich und sein Roß auf einer Barke zur heiligen Insel übersetzen, verweilte bis Sonnenuntergang an der Grabstätte des Ebers von Cornueille und verbrachte die Abendstunden sowie die zwei folgenden Tage in Gesellschaft Morganas, Nimues und der anderen Priesterinnen. Zusammen mit der Pendruid und Nimue, die in den vergangenen Jahren zur engsten Vertrauten Morganas geworden war, stieg der Sohn Arwens und Morvryns an seinem letzten Abend auf der Ynys Avallach in die Tropfsteinhöhle im Inneren des Twr hinab, wo Arddwrs Schwert Caladfulch im Wasser des unterirdischen Teiches ruhte. Dort hielten die drei Großen Wissenden Zwiesprache mit dem unsterblichen Geist des Rhiotam; erst im

Morgengrauen verließen sie die Grotte wieder, und gegen Mittag begleiteten die neun Priesterinnen den künftigen Herrscher der Demetier zum Hafen des Eilands.

Bei der Anlegestelle des Fährbootes nahm Morgana ihren alten Freund ein Stück beiseite und sagte leise zu ihm: »Über viele Jahre hinweg sahen wir uns regelmäßig, und jede Stunde, die ich mit dir verleben durfte, stellte eine seelische Bereicherung für mich dar. Aber jetzt, weil du der Bestimmung folgen mußt, welche die Gottheiten, die Sídhe und die Toten dir zugedacht haben, werden wir uns nur noch selten begegnen. Doch ich will mich nicht darüber beklagen; vielmehr wünsche ich dir dreifach Gutes auf dem Pfad, den du nun beschreiten wirst – und außerdem weißt du ja, daß meine Liebe überall mit dir ist ...«

Myrddin zog die Herrin von Avalon an seine Brust. Schweigend, in tiefster, innigster Verbundenheit, standen beide da; schließlich lösten sie sich behutsam wieder voneinander und gingen Hand in Hand zu der Stelle, wo Nimue den Hengst des Druiden am Zügel hielt. Dort angelangt, berührte Myrddin zärtlich Morganas Wange und strich ihr sanft eine ergraute Haarlocke aus der Stirn; sodann griff er nach dem Halfter seines Pferdes und führte das Tier an Bord der Barke. Gleich darauf stieß das Fährboot vom Ufer ab, und während die Barke über den See glitt, schaute der Sohn Arwens und Morvryns mit feuchten Augen zum Gestade der heiligen Insel zurück und sah, wie die Gestalten der neun Priesterinnen allmählich von den lichtdurchflossenen, über dem Wasser schwebenden Nebelbänken verschluckt wurden.

Die restlichen beiden Tage der Woche, die er sich von Maddonwy ausbedungen hatte, nutzte Myrddin, um nochmals zu verschiedenen sakralen Plätzen im Umland von Camelot zu reiten, an denen er einst mit Arddwr gebetet und Opfergaben dargebracht hatte. Eine dieser Weihestätten, einen Born, der inmitten einer uralten Steinsetzung entsprang, suchte der Druide am letzten Nachmittag, der ihm verblieb, gemeinsam mit Gwynhwyfara auf – und dann dämmerte der Morgen, an welchem der Sohn Arwens und Morvryns sich auch von der Kupferhaarigen verabschieden mußte.

Gwynhwyfara zeigte sich tapfer; obwohl ihr das Herz sehr schwer war, schaffte sie es, die Tränen zu unterdrücken und Myrddin mit beherrschter Stimme den Beistand Ceridwens und damit Glück und Segen für seine zukünftige Aufgabe zu wünschen. Der knapp sechzigjährige Druide wiederum versprach der Witwe des Rhiotam, ihr regelmäßig Reitboten mit Briefen zu senden; augenzwinkernd, um die Kupferhaarige aufzumuntern, fügte er hinzu: »Und ich hoffe inständig, daß auch du dich nicht als schreibfaul erweisen wirst, obwohl ich mir da bei einer so jungen, schönen Frau wie dir, die gewiß Wichtigeres zu tun haben wird, nicht ganz sicher bin ...«

Mit einem Lächeln, das freilich etwas gequält wirkte, dankte Gwynhwyfara ihrem väterlichen Freund für das scherzhafte Kompliment; sodann umarmte sie Myrddin, preßte sich wie schutzsuchend an ihn und stieß im nächsten Moment hervor: »Jetzt steig schon auf dein Roß!«

Ohne ein weiteres Wort schwang sich der Druide, welcher nun ebenfalls Mühe hatte, sich seinen Trennungsschmerz nicht allzusehr anmerken zu lassen, in den Sattel; gleich darauf trabten er und Maddonwy an der Spitze der dreißig demetischen Adelskrieger über den Anger des Gutshofes davon.

Mit brennenden Augen schaute die Kupferhaarige der Kavalkade nach, bis die Berittenen hinter einer Waldzunge verschwanden; kaum waren die Reiter außer Sicht, vermochte Gwynhwyfara sich nicht länger zu beherrschen. Weinend lief sie zum Wohnhaus und flüchtete sich in den Kaminraum, wo sie so oft mit Myrddin zusammengesessen hatte – und dann, als sie auf die verkohlten Holzreste in der Feuerstelle starrte und an die vielen trostreichen Gespräche dachte, die sie mit ihrem betagten Freund geführt hatte und die es jetzt nicht mehr für sie geben würde, kehrte der Seelenschmerz über den Verlust ihres Gemahls so schneidend scharf zurück, daß die

Kupferhaarige in einem plötzlichen Anfall abgrundtiefer Verzweiflung das Gefühl hatte, den Tod Arddwrs nie überwinden zu können.

***

Knapp eineinhalb Wochen nach dem Aufbruch von Gwynhwyfaras Edelsitz erreichten Myrddin, Maddonwy und ihre Gefährten den Grenzfluß, welcher das Stammesgebiet der Demetier von den Siedelstätten der Silurer schied – und zwei Tage später, in der Stunde der langsam einfallenden Abenddämmerung, zügelte der Druide bewegt seinen Hengst.

Seit Myrddin den demetischen Herrscher-Dun, hinter dessen Ringwällen er aufgewachsen war, letztmals erblickt hatte, waren lange Jahre vergangen. Dennoch hatte der Druide nun auf einmal das Empfinden, als wäre er nur kurze Zeit weg gewesen; es war ihm, als käme er lediglich von einem Ausflug zur Königsfestung seines Volksstammes zurück. Denn das Bild, das er vor sich sah, war ihm noch immer unendlich vertraut: der gemächlich in seinem fruchtbaren Tal dahinströmende Tywi und unmittelbar jenseits des in weiten Bögen mäandrierenden Flusses der mächtige Hügel mit der felsigen Ostflanke, auf dessen Kuppe sich der Dun erhob. Gewaltige Palisadenwälle, die sich in ihren Ausmaßen freilich nicht mit denen von Camelot vergleichen ließen, schützten den Herrschersitz der Demetier; über den Wehrgängen, wo die Wächter patrouillierten, reflektierten Lanzenspitzen das rotgoldene Licht der sinkenden Sonne, und von den kegelförmigen Hausdächern im Festungsinneren kräuselten dünne Rauchfäden zum Himmel empor.

Versonnen schaute Myrddin zum Dun hinüber; er erinnerte sich an seine Kindheit, an die Jahre vor seiner Namensgebungsfeier, als seine Eltern und seine Großeltern Gruffydd und Gwendydd ihn noch mit seinem Kosenamen Tarddu Rhi gerufen hatten; ebenso dachte er an seine Jugend- und frühen Erwachsenenjahre, da er als Druidenschüler und später als Großer Wissender zu Besuch in der Herrscherfestung seiner

Familie geweilt hatte. Endlich löste sich der Sohn Arwens und Morvryns aus seiner Versunkenheit, wandte sich an Maddonwy, der neben ihm hielt, und sagte: »Ich ahnte nicht, wie schön es für mich sein würde, diesen Dun, der einst mein Zuhause war, wiederzusehen.«

»Du bist noch immer hier daheim und wirst es stets sein, denn die Wälle der hiesigen Festung behüten die Wurzeln deiner Herkunft«, antwortete der Gauhäuptling.

Gleich darauf trieben die beiden Hochadligen ihre Pferde wieder an; rasch legten die Reiter das letzte Wegstück bis zur Torbastion des Duns zurück – und dann, als die Rösser den aus schwerem Balkenwerk gezimmerten Torschlund passiert hatten und auf den Festungsanger trabten, erlebte Myrddin einen Willkomm, der ihm deutlich machte, wie inständig die Menschen im Königs-Dun auf einen Erfolg von Maddonwys Mission gehofft hatten.

Die Festungsbewohner, welche durch die Wachtposten auf dem Ostwall von der Annäherung der Kavalkade benachrichtigt worden waren, hatten sich unter dem Weltenbaum im Zentrum des Duns versammelt. Offenbar hatte man abgemacht, den Sohn Arwens und Morvryns an diesem besonderen Platz feierlich zu empfangen – aber jetzt vergaßen die Männer, Frauen und Kinder diesen Vorsatz und rannten dem Druiden lachend und winkend entgegen. Einige Augenblicke später sah sich Myrddin von den jubelnden Demetiern umringt; von allen Seiten drängten sich die Edlen, die Knechte, die Mägde und die Kleinen an den Hengst des Druiden heran, so daß das Tier förmlich in der Menschenmenge eingekeilt war, und während Myrddin sein Pferd so gut wie möglich im Zaum hielt, erschollen aus den Mündern der Festungsbewohner ununterbrochen Hochrufe.

Erst nach einer ganzen Weile legte sich der begeisterte Aufruhr einigermaßen; nun war es dem Druiden möglich, sich Gehör zu verschaffen und die Menge dazu zu bewegen, eine Gasse für ihn und seine Begleiter zu öffnen, damit sie zum heiligen Eichenstamm durchkommen konnten. Beim Weltenbaum angelangt, bildeten die Berittenen einen Halbkreis im Rücken Myrddins; danach gebot der Druide den Demetiern, die sich jetzt vor den Reitern zusammenscharten, durch eine Geste Ruhe.

Als Stille eingetreten war, dankte Myrddin den Bewohnern des Duns mit humorvollen Worten für die überschwengliche Begrüßung und fügte hinzu: »Ich bin zu euch heimgekehrt, um die Nachfolge Meurigs anzutreten, den ihr in den einundzwanzig Jahren seines Königtums als weisen, gerechten und menschenfreundlichen Herrscher geachtet habt. Mein Bestreben wird es sein, im gleichen Geist wie der Verstorbene zu regieren; im Geist des Toten und ebenso des Roten Drachen, der wohlmeinende Väter oder Mütter ihrer Volksstämme auf den Thronbänken Britanniens sehen will. Und damit ihr erkennt, daß ich nicht nur leere Versprechungen mache, lade ich euch hiermit allesamt zu einem Fest in die Große Halle ein. Dort sollen die Bratspieße mit neun feisten Hammeln aus königlichem Besitz bestückt werden, und der Honigwein aus dem Keller des Herrscherhauses soll reichlich fließen, damit wir unser Wiedersehen so feiern können, wie es der althergebrachte keltische Brauch verlangt.«

Nachdem der Sohn Arwens und Morvryns dies verkündet hatte, ließ ihn die Menge neuerlich hochleben; wenig später sodann begaben sich die Adligen und die einfachen Bewohner des Duns zur Königshalle und saßen unter deren Dach bis tief in die Nacht hinein bei Spießbraten und Metheglyn beieinander.

Am nächsten Morgen verabschiedete sich Maddonwy von Myrddin, um in seinen Heimatgau zurückzukehren. Als der Häuptling und dessen Bedeckung die Ringwallfestung verlassen hatten, stieg der Sohn Arwens und Morvryns ebenfalls zu Pferde und ritt ohne Begleitung zum Begräbnisplatz seiner Familie, der sich ein Stück außerhalb des Duns befand. Lange stand Myrddin dort am frischen Grab seines Vorgängers Meurig; schließlich nahm er einen schwarzweiß gemusterten Kiesel, den er von der Ynys Avallach mitgebracht hatte, aus seiner Gürteltasche und legte ihn behutsam auf der Spitze des Cairns nieder, der zum Andenken an den heimgegangenen Stammesherrscher errichtet worden war. Danach meditierte der nunmehrige Druidenfürst auch an den Grabstätten seiner Mutter Arwen und seiner Großeltern Gruffydd und Gwendydd; zuletzt dann wandte er den Blick nach Süden, wo sich jenseits des Horizonts die Halbinsel von Cornueille ins Westmeer hinaus erstreckte, und hielt mentale Zwiesprache mit dem Geist seines Vaters Morvryn, welcher zusammen mit Uddyr Pendraig, Ygerna und Gorlois bei dem Menhir nahe der dumnonischen Herrscherfestung Tintagel ruhte.

Nachdem Myrddin die Toten geehrt hatte, schwang er sich wieder in den Sattel und lenkte seinen Hengst ins Tywi-Tal hinab. Langsam trabte das Roß entlang des Flußufers in Richtung der See; gegen Mittag gelangte der grauhaarige Stammeskönig zur Mündungsbucht des Tywi, wo es ein kleines Fischerdorf gab. Auf dem Anger der bescheidenen Ansiedlung zügelte Myrddin sein Tier; gleich darauf war er von Männern, Frauen und Kindern umringt, und der Dorfälteste, welcher ihn erkannte, lud ihn freudig bewegt zu einem Imbiß in sein Haus ein.

Der Sohn Arwens und Morvryns jedoch antwortete: »Lieber wäre es mir, wenn ich Speise und Trank mit euch allen hier draußen im Freien teilen dürfte. Denn so könntet ihr mir, während wir zusammensitzen, ganz ungezwungen von euren Lebensumständen und vielleicht auch von euren Sorgen und Nöten erzählen.«

Im Verlauf der folgenden drei Stunden tauschte sich der Druidenfürst angeregt und verständnisvoll mit den einfachen Menschen aus. In der Nachmittagsmitte sodann erklärte er den Dörflern, daß er jetzt allmählich den Heimritt antreten wollte; daraufhin ergriff der älteste Fischer seine Hand, drückte sie und sagte: »Wir danken dir von Herzen für die Anteilnahme und Zuwendung, die du uns geschenkt hast!«

»An mir ist es, euch dankbar zu sein, denn ihr habt mir sowohl durch eure Gastlichkeit als auch durch euer uneingeschränktes Vertrauen im Gespräch Ehre erwiesen«, erwiderte Myrddin.

Wenig später erklomm das Roß des demetischen Herrschers die Uferhöhe nördlich der Tywi-Mündung. Auf dem Hügelkamm angekommen, schlug Myrddin aber nicht den direkten Weg zurück zum Königs-Dun ein; statt dessen lenkte er seinen Hengst durch lichte Mischwälder, welche sich etwas abseits des Flußtales ausbreiteten. Unter den Kronen der Eichen, Buchen, Birken, Linden und Eiben fand der Druidenfürst die Ruhe, die er brauchte, damit er einmal mehr über seine künftige Aufgabe nachdenken konnte – und bei Sonnenuntergang, kurz bevor er seine Herrscherfestung erreichte, faßte Myrddin den Entschluß, während der nächsten Monate sämtliche Gaue seines Stammesgebietes zu bereisen, um in den Duns und Dörfern möglichst viele seiner Untertanen persönlich kennenzulernen.

Vorerst jedoch blieb der neue König der Demetier noch in dem doppelstöckigen Rundhaus, das bereits seine Großeltern, seine Eltern und Meurig bewohnt hatten. Eine Woche nach seinem Besuch im Fischerdorf an der Mündungsbucht des Tywi vollendete Myrddin sein sechzigstes Lebensjahr, und elf Tage darauf erfüllte er erstmals seine Repräsentationspflicht als Stammesherrscher, indem er die festlichen Zeremonien anläßlich der Beltane-Feierlichkeiten leitete. Dann aber, am dritten Morgen nach dem Frühlingsfest, brach der Druidenfürst, nur von einer dreizehnköpfigen Schar ausgewählter Adelskrieger begleitet, zu seinem Ritt durch die demetischen Siedelgebiete auf.

Zunächst reisten Myrddin und seine Gefährten entlang der Südküste des Landes gen Sonnenuntergang, bis sie zu den tiefeingeschnittenen Meeresbuchten und gewaltigen Klippenbastionen im äußersten Westen des Stammesgebietes gelangten. Eineinhalb Wochen vor Alban Heruin schaute der Sechzigjährige bei besonders klarem Wetter vom Felswall eines Häuptlings-Duns, der auf einem himmelstürmenden, von der See umtosten Kap erbaut worden war, nach Erinn hinüber. Gerade noch vermochte Myrddin die zartblaue Silhouette des fernen Gestades, die andersweltliche Verheißung in sich zu bergen schien, auszumachen – und ein ähnlicher Anblick von fast jenseitigem Zauber war dem König der Demetier am Tag der Sommersonnenwende, als Myrddin und seine Gefolgsleute am majestätischen Cêp Mynyw weiter im Norden weilten, nochmals vergönnt.

Der Druidenfürst mußte sich jedoch auch mit profaneren Dingen beschäftigen, denn er hatte sich vorgenommen, all jene Küstenfestungen zu inspizieren, welche den Bauern und Fischern der westlichen Gaue bei Piratenüberfällen oder Angriffen von Sassenach-Flotten Zuflucht bieten sollten. Zu seiner Beruhigung fand Myrddin die Verteidigungsanlagen der Duns durchweg in gutem Zustand vor, und die Festungsbesatzungen waren überall wachsam und kampfbereit, so daß sich der demetische Herrscher keine ernsthaften Sorgen um die Sicherheit der Menschen im Westland zu machen brauchte.

Daher konnten der Druidenfürst und dessen Gefährten zwischen Alban Heruin und Lughnasad vom nordwestlichsten Gau des Stammesgebietes aus, wo der Fluß Teifi in die malerische Ceredigion-Bucht strömte, beruhigt ins Landesinnere abreiten. Die Kavalkade schlug eine südliche Richtung ein; unterwegs sprach Myrddin in jedem Dorf einige Stunden mit den einfachen Leuten, und am dritten Tag nach dem Aufbruch von der Mündung des Teifi erreichten die Berittenen eine geheimnisvolle, legendenumwobene Gebirgsgegend, welche die Demetier als Mynydd Preselie bezeichneten.

Auf manchen der einsamen, wie verwunschen wirkenden Berghänge oder Hügelkuppen erhoben sich Menhire und Dolmen; bei einem der urzeitlichen Grabmäler, dessen mächtige Trag- und Decksteine seltsam bläulich schimmerten, richteten sich der Stammeskönig und seine Begleiter einen Lagerplatz für die Nacht her – und wenig später, als sich die Dunkelheit herniedergesenkt hatte und das Kochfeuer brannte, erzählte Myrddin seinen Gefährten, welch heilige Bedeutung die Landschaft von Mynydd Preselie seit vielen Jahrhunderten besaß.

»Die dunklen Blaufelsen, welche in diesem Gebirge da und dort auf natürliche Weise zutage treten, sind in ihrem Wesen mit Annwn verbunden«, erklärte der Druidenfürst. »Sofern Eingeweihte ihren Geist mit den Schwingungen jener besonderen, von den Sídhe behüteten Steine in Einklang bringen, öffnet sich ihnen ein spiritueller Pfad in die Anderswelt, und sie vermögen höchste Erkenntnis zu gewinnen. All die Großen Wissenden, welche hier in der Abgeschiedenheit von Mynydd Preselie beigesetzt wurden, waren dazu fähig, und die ersten, die ihre Grabstätten in diesen Bergen fanden, lebten Jahrtausende vor der Zeit, da unsere keltischen Ahnen nach Britannien kamen …«

Sinnend betrachtete Myrddin den vom Schein des Lagerfeuers überflackerten Dolmen. Eine Weile war nur das Prasseln der Flammen und das Wehen des Windes zu hören; schließlich fragte einer der Adelskrieger: »Gibt es denn nicht eine Verbindung zwischen den magischen Felsen von Mynydd Preselie und dem riesigen, weithin berühmten Steinrund von Côr y Cewri im Süden Britanniens, wo der Eber von Cornueille einst zum Rhiotam erhöht wurde?«

»So ist es«, bestätigte der Sohn Arwens und Morvryns. »Ein Teil der Menhire, welche den Cromlech von Côr y Cewri formen, stammt aus dem hiesigen Gebirge. Unter größten Mühen wurden die Blaufelsen vor mehr als zweitausend Jahren von hier aus in jene Gegend gebracht, wo die Stammesgebiete der Belger und Atrebaten aneinandergrenzen, und für den Bau des gewaltigen Steinkreises dort verwendet.«

»Und wie schafften es die Menschen in grauer Vorzeit, die mächtigen Felsblöcke von Cymru ins Südland zu transportieren?« erkundigte sich ein anderer Edler.

»Wie uralte Überlieferungen berichten, wurden die Monolithen zunächst mit Hilfe von Holzrollen und Seilen über die Berge zur Meeresküste gezogen«, erwiderte Myrddin. »Dort verlud man die Steinblöcke auf Schiffe, und diese fuhren entlang der Gestade von Cymru nach Osten, bis sie die Stelle erreichten, wo der Fluß Afon in den Meeresarm mündet, den wir als Hafren bezeichnen. Dem genannten Flußlauf folgte der Schiffszug stromaufwärts; so gelangten die Blaufelsen nahe an den Platz heran, wo der Steintempel von Côr y Cewri steht, und auf dem letzten Wegstück wurden die Menhire neuerlich über Land geschleppt.«

»Fast möchte man meinen, du wärst selbst dabeigewesen, als die geheiligten Blausteine an ihren Bestimmungsort im Süden Britanniens gebracht wurden«, murmelte ein dritter Adelskrieger.

»Wer weiß ...« entgegnete der König nachdenklich. »Vielleicht gehörte ich in einem früheren Dasein tatsächlich zu jenen, welche ihren Beitrag zum Bau der Weihestätte von Côr y Cewri leisteten ... Denn auf dem Pfad unserer Wiedergeburten wandern wir durch sehr viele irdische Lebenszyklen, und die Jahrtausende zählen nichts vor den Augen Ceridwens, welche uns die Fülle des Daseins im Diesseits und in Annwn schenkt, damit wir Schritt für Schritt immer höhere Erkenntnis erringen können ...«

Nachdem Myrddin dies geäußert hatte, blieb es geraume Zeit still am Feuer. Ebenso wie der Druidenfürst saßen die dreizehn Edlen in innerer Versunkenheit da; erst als das Rauchfleisch, das im eisernen Kessel über der Glut kochte, durchgegart war und verteilt wurde, kam allmählich wieder eine Unterhaltung in Gang. Bald hatten die Männer ihr Nachtmahl eingenommen; wenig später sodann schauten sie noch einmal nach den rings um den Dolmen angepflockten

Pferden, und anschließend legten sich Myrddin und die Adelskrieger zum Schlaf nieder.

Während der beiden nächsten Tage zogen der Stammeskönig und seine Gefährten langsam durch das Gebirge von Mynydd Preselie und machten lange Rastpausen bei verschiedenen anderen Steinsetzungen, damit der Druidenfürst an den mit Annwn verbundenen Heiligtümern meditieren konnte. Zuletzt dann, nachdem die Reiter das wilde Paßtal von Foel Cwmcerwyn am Südrand des Bergmassivs durchquert hatten, erreichten sie wieder tiefergelegenes, bäuerlich genutztes Land.

Erneut verbrachte Myrddin viele Stunden im Gespräch mit den einfachen Menschen, welche in dieser fruchtbaren Gegend ihre Felder bestellten und ihr Vieh hüteten. Auch im Verlauf der folgenden Wochen, in denen sich die Kavalkade zuerst noch in südlicher und danach in östlicher Richtung weiterbewegte, tauschte sich der Herrscher der Demetier angeregt mit Hunderten von Ackerbauern, Hirten, Handwerkern und Fischern aus, und nicht weniger aufgeschlossen zeigte sich Myrddin bei den Unterredungen mit örtlichen Adligen, in deren Duns die Reisenden zumeist übernachteten.

Einen halben Monat nach Lughnasad schließlich durchfurtete die Reiterschar den gemächlich dahinströmenden Fluß Cynin, welcher das Zentralland des demetischen Stammesgebietes von dessen Ostgauen trennte – und abermals zwei Wochen später, als sich bereits der Frühherbst ankündigte, kehrten der Druidenfürst und seine Begleiter in die Ringwallfestung über dem Tywi-Tal heim, von der aus sie kurz nach Beltane zu ihrem Ritt durch die Ländereien der Demetier aufgebrochen waren.

Jubelnd hießen die Bewohner des Königs-Duns die auf den Anger trabenden Edlen willkommen; am Abend feierte man in der Großen Halle bei Spießbraten und Metheglyn, und zu fortgeschrittener Stunde hob einer der daheimgebliebenen Adelskrieger seinen Pokal in Richtung des Stammesherrschers und brachte den Trinkspruch aus: »Dank sei den Gottheiten für deine glückliche Rückkunft nach Caer Myrddin!«

»Caer ... was?« kam es verblüfft von Arwens und Morvryns Sohn.

»Caer Myrddin!« wiederholte der Adlige schmunzelnd. »Du hast schon richtig gehört. So wird deine Königsfestung seit einiger Zeit im Volksmund genannt.«

»Deine Untertanen drücken dadurch die achtungsvolle Liebe aus, die sie dir entgegenbringen«, rief ein anderer Edler.

Es war dem Druidenfürsten anzusehen, wie sehr ihn das, was er soeben von den beiden Adelskriegern erfahren hatte, bewegte. Einen Moment saß er stumm da; dann griff er nach seinem Weinbecher und sagte: »Wenn die Menschen, deren Wohl mir von den Andersweltlichen anvertraut wurde, unseren Dun so bezeichnen wollen, soll es ihnen nicht verwehrt werden. Doch ich denke, sie erweisen mir dadurch allzuviel Wertschätzung ...«

»Deine Bescheidenheit ehrt dich!« erklärte der Edle, welcher den Trinkspruch formuliert hatte. »Und nun solltest du mir die Freude machen, mit mir auf den vom Volk gewünschten Namen der demetischen Herrscherfestung anzustoßen.«

»Caer Myrddin!« erscholl es in der Runde; gleich darauf klangen die Pokale des Adelskriegers und des Königs zusammen, und die übrigen Edlen ließen den Druidenfürsten im Chor hochleben.

***

Während der folgenden Herbst- und Wintermonate bemühte sich Myrddin, seine vielfältigen Pflichten im Herrschergau zur Zufriedenheit aller zu erfüllen, und als sich der Frühling ankündigte, durfte sich der König dankbar sagen, daß das erste Jahr seiner Herrschaft ausnehmend friedlich verlaufen war. Keine feindliche Streitmacht hatte die Grenzen des Stammesgebietes im Südwesten Cymrus bedroht, und auch im Osten Britanniens hatten die Sassenach, nachdem Cerdics Heer von

Melwas, Naddanleodd, Bedwyr, Llancyllodd, Taliesin und Morvan so vernichtend geschlagen worden war, stillgehalten. Dies wußte Myrddin von Gwynhwyfara und Morgana, mit denen er im Briefwechsel stand, und als der Druidenfürst kurz vor Beltane sein einundsechzigstes Lebensjahr vollendete, hoffte er inständig darauf, daß der Friede auch künftig erhalten bleiben würde. Aber dann, wenige Tage nach Alban Heruin, brachte ein Eilbote, den Melwas abgesandt hatte, schlimme Kunde in den Herrscher-Dun der Demetier.

Der durotrigische Adlige berichtete dem Sohn Arwens und Morvryns von einem Großangriff Cerdics auf die Ostgaue der Regnier und Atrebaten; er schilderte, wie brutal die Sassenach in den Siedelgebieten dieser Stämme gehaust hatten, und fügte hinzu: »Jetzt bereiten sich die Feinde, wie unsere Kundschafter meldeten, ganz offensichtlich darauf vor, noch tiefer ins Landesinnere vorzustoßen! Und Melwas und Naddanleodd, die im Augenblick völlig allein gegen die Sassenach stehen, werden die feindlichen Kampfverbände kaum am weiteren Vordringen hindern können, wenn sie nicht rasch Unterstützung bekommen!«

»Sie werden Hilfe erhalten!« versprach Myrddin, welcher den Sätzen des Kuriers betroffen gelauscht hatte; mit dem nächsten Lidschlag fragte er: »Doch wie ist es möglich, daß Cerdic nach der verheerenden Niederlage, die er im vorletzten Jahr erlitt, so schnell wieder zum Angriff überzugehen vermochte?«

»Vor einigen Monaten verstarb der betagte König Octha, welcher bis dahin die Oberherrschaft über die Sassenach ausgeübt hatte«, antwortete der Bote. »Und seitdem besitzt Cerdic, der von dem hinfälligen Octha ja noch zu dessen Lebzeiten zum Mitregenten und Nachfolger ernannt worden war, die uneingeschränkte Königsmacht. Daher war er imstande, erneut ein mächtiges Heer aufzustellen, und wie es scheint, konnte er seine Mord- und Raubhorden zusätzlich durch frische Kräfte von jenseits des Meeres verstärken.«

Der Druidenfürst schwieg einen Moment; sodann erkundigte er sich: »Wie viele Krieger befehligt Cerdic?«

»Etwa achttausend«, erwiderte der Kurier. »Melwas und Naddanleodd hingegen verfügen nur über dreieinhalbtausend Kämpfer. Allerdings dürften bereits etliche Mitglieder des einstigen Drachenbundes zu den beiden Stammesherrschern unterwegs sein, um ihnen weitere Streitscharen zuzuführen. So zum Beispiel Llancyllodd, der beim Ausbruch der Kämpfe in Camelot weilte und deshalb rasch verständigt werden konnte, und Pereddwr, der Silurer, mit dem ich auf dem Ritt zu dir selbst sprach.«

»Jeder von denen, die früher Schild an Schild mit dem Eber von Cornueille fochten, wird zu den Waffen greifen, wenn er von der Gefahr erfährt, in der sich die Südstämme befinden«, erklärte Myrddin. »Und auch ich will, wie gesagt, nicht zurückstehen. Hier in den demetischen Ostgauen vermag ich ungefähr neunhundert Krieger aufzubieten, und ich verspreche dir, daß sie binnen drei, höchstens vier Tagen abmarschbereit sein werden.«

Der König hielt Wort. Eine halbe Woche nachdem der durotrigische Edle und dessen Gefolgsmänner durchs Tor der Festung über dem Tywi-Tal galoppiert waren, zogen sie zusammen mit dem Heerbann der Demetier wieder gen Sonnenaufgang davon. Der einundsechzigjährige Druidenfürst jedoch ritt nicht an der Spitze der Kampfscharen. Angesichts seines fortgeschrittenen Alters hatte er darauf verzichtet, das Heeresaufgebot persönlich anzuführen, und sich entschlossen, den Oberbefehl einem kriegserfahrenen Häuptling namens Rhonwyn zu übertragen.

Während der Sommer- und Herbstmonate trafen in mehr oder weniger regelmäßigen Abständen Boten Rhonwyns im demetischen Herrscher-Dun ein. So erfuhr Myrddin von drei Schlachten, die in den westlichen Stammesgebieten der Atrebaten und Regnier getobt hatten, ohne daß freilich eine Entscheidung zwischen den nun etwa gleich starken Heeren der

Britannier und ihrer Feinde gefallen war. Kurz nach Samhain schließlich, an einem Tag, da böiger, regenschwangerer Wind über das Land fegte, kehrten Rhonwyn und seine Kämpfer zurück – und als der Sohn Arwens und Morvryns die arg dezimierten Streithaufen und die vielen Verletzten erblickte, dachte er erschrocken: Die Männer müssen zuletzt noch Furchtbares mitgemacht haben!

Dem war in der Tat so, wie der am Schwertarm verwundete Rhonwyn wenig später in der Großen Halle berichtete. Mit rauher Stimme erzählte der Häuptling dem einundsechzigjährigen Stammeskönig und den übrigen älteren Adligen aus der Festung, die sich nicht am Feldzug beteiligt hatten, von einem vierten mörderischen Gefecht, das unweit von Badon stattgefunden hatte: »Im Verlauf dieser Schlacht kämpften sowohl wir Kelten als auch die Sassenach mit äußerstem Einsatz, um vor Einbruch des Winters doch noch einen Sieg zu erringen. Einmal, in der Nachmittagsmitte, sah es fast so aus, als wollte sich die Waagschale zu unseren Gunsten neigen. Aber dann wendete sich das Blatt wieder, und in der Abenddämmerung, nachdem Tausende gestorben waren, endete der Kampf neuerlich unentschieden. Melwas führte unsere völlig erschöpften Scharen in den Schutz einer Hügelkette im Nordwesten der Walstatt; die überlebenden Feinde verschwanden in aufgelöster Ordnung nach Osten, und am nächsten Tag sahen unsere Späher die Sassenach in Richtung von Cerdics Herrschaftsgebiet abziehen ...«

»Immerhin vermochtet ihr die Feinde daran zu hindern, weiter ins Westland vorzudringen«, murmelte einer der Edlen.

»Ja, das schafften wir«, versetzte Rhonwyn. »Bloß bezahlten wir einen grausam hohen Preis dafür ...«

Der Häuptling senkte den Kopf; Myrddin fragte ahnungsvoll: »Warum sagtest du soeben, daß Melwas euch vom Schlachtfeld führte? Wieso erwähntest du Naddanleodd, welcher doch gemeinsam mit dem Herrscher der Durotrigen das Oberkommando hatte, nicht?«

»Der König der Regnier blieb tot auf der Walstatt«, entgegnete Rhonwyn tonlos. »Und dasselbe gilt für zahlreiche andere Adlige, darunter auch Angehörige des ehemaligen Drachenbundes ...«

»Von welchen Drachenkriegern sprichst du?!« stieß der Druidenfürst zutiefst erschüttert hervor.

Wie geistesabwesend starrte der Häuptling ins Leere; erst als einer der Edlen drängte: »Rede schon!«, faßte er sich wieder und sagte stockend: »Fünf von denen, die einstmals zusammen mit Arddwr im Eichenhain von Camelot gesessen hatten, gingen nach Annwn ... Als erster Gwalchmai, welcher an der Seite seines Blutsverwandten, des deceanglischen Herrschers Gwenddolau, auf das Schlachtfeld geritten war ... Später an jenem unseligen Tag der hochgewachsene Caihir, der grimmige Morvan und Culhwch, dessen Leib von den Streitäxten der Sassenach förmlich zerfleischt wurde ... Und schließlich Owain, der Sohn des Königs der Briganten, welcher uns aus dem fernen Norden zu Hilfe geeilt war ...«

Nachdem Rhonwyn verstummt war, blieb es für eine Weile totenstill in der Runde; endlich forderte Myrddin die Adligen auf: »Laßt uns draußen unter dem Weltenbaum ein Gedenkopfer für die teuren Gefallenen darbringen!«

Schweigend und mit tränenfeuchten Augen begaben sich die Edlen auf den Anger des Duns hinaus. Bald stieg der von heiligen Kräutern genährte Rauch des Opferfeuers zum düsteren, von Regenwolken verhangenen Firmament empor; der Wind trug die rasch zerfasernde Rauchfahne nach Westen davon – und als der Druidenfürst ihr hinterherblickte, ahnte er, daß die Kunde vom Schlachtentod der fünf Mitglieder des Drachenbundes überall im Land tiefste Trauer und womöglich sogar verzweifelte Hoffnungslosigkeit auslösen würde.

Während der folgenden Wochen und Monate bewahrheitete sich Myrddins Befürchtung. Viele Menschen im demetischen Stammesgebiet litten seelisch aufs schlimmste unter der schrecklichen Nachricht, die sich schnell verbreitet hatte;

der Druidenfürst erfuhr durch andere Große Wissende und Adlige, die in ihrer Besorgnis oft von weither zu ihm kamen, von der immer mehr um sich greifenden Mutlosigkeit – und zuletzt, an Imbolc des neuen Jahres, beschloß er, ein Zeichen zu setzen, welches der allgemeinen Niedergeschlagenheit entgegenwirken sollte.

Der Sohn Arwens und Morvryns schickte Reitboten zu sämtlichen Festungen und in die sonstigen bedeutenderen Ansiedlungen seines Volksstammes, und die Kuriere luden je drei Vertreter aus den Duns oder Dörfern nach Caer Myrddin ein. Rechtzeitig zu Alban Ailyr sollten sich die Abordnungen in der Hügelfestung über dem Tywi-Tal versammeln, und zur Frühjahrstagundnachtgleiche – so teilten die Boten den Männern und Frauen in den verschiedenen Gauen mit – würde der König den Scharen der Abgesandten und damit auch allen übrigen Demetiern durch eine besondere spirituelle Tat neue Kraft schenken.

In der Woche vor Alban Ailyr trafen die aus allen Himmelsrichtungen kommenden Gruppen nach und nach im Herrscher-Dun ein; am Morgen des Festtages sodann trat der Druidenfürst unter dem Weltenbaum vor die mehrtausendköpfige Menschenmenge hin, die sich auf dem Anger der Ringwallfestung drängte, und verkündete: »In meiner Eigenschaft als König unseres Stammes und ebenso als Ovate, welchem die Gottheiten die Gabe der Zukunftsschau verliehen, heiße ich euch allesamt aufs herzlichste willkommen! Später, wenn die Sonne im Zenit steht, will ich euch mit Spießbraten und Metheglyn bewirten lassen, und wir wollen dann gemeinsam unsere Sorgen vergessen und miteinander fröhlich sein. Aber zunächst möchte ich euch bitten, mir zu einem bestimmten Platz unten im Tal zu folgen, welchen die Mächte von Annwn mir bereits vor einiger Zeit als den richtigen Ort für ein magisches Vorhaben bezeichneten …«

Nachdem Myrddin seine kurze und am Schluß reichlich rätselhafte Rede gehalten hatte, gab er einem beim Herrscherhaus wartenden Edlen einen Wink. Der Adelskrieger führte ein Pferd für den Druidenfürsten heran: ein noch junges, fuchsfarbenes Kampfroß mit prächtigem Zaumzeug und Sattel, welches sich auf dem Weg zum Weltenbaum mehrmals halb aufbäumte und dabei schmetternd wieherte. Kaum jedoch hatte der Sohn Arwens und Morvryns die Zügel des ungebärdigen Hengstes ergriffen und dem Tier den glänzenden Hals geklopft, beruhigte sich das Kriegsroß und benahm sich plötzlich lammfromm. Nun schwang sich der Druidenfürst auf den Rücken des fuchsroten Hengstes und lenkte ihn zum Torbau des Duns; die vielen hundert Männer und Frauen schritten dem Reiter hinterdrein, und wenig später erreichte der Zug einen Wiesengrund östlich des Festungshügels, in dessen Mitte auf einer sanften Bodenwelle ein gewaltiger Kantstein emporragte.

Der wuchtige Menhir erhob sich jedoch nicht lotrecht, sondern schien schräg über einer Erdgrube zu hängen, und als diejenigen unter den Demetiern, welche sich direkt bei Myrddin befanden, nahe genug an den Quaderstein herangekommen waren, erkannten sie, daß der Menhir an seiner Rückseite durch drei Holzstangen gestützt wurde.

Fünf Pferdelängen vor dem Felsquader zügelte der Sohn Arwens und Morvryns sein Roß und forderte die Fußgänger auf, sich im Kreis um den Menhir herum zu gruppieren. Unter erregtem Raunen gehorchten die Demetier; geduldig harrte der Druidenfürst im Sattel aus, bis sich der Menschenring gebildet hatte – dann nickte er drei Edlen aus dem Königs-Dun zu, welche sich unterdessen zu der seltsamen Steinsetzung begeben hatten.

Die Adelskrieger bückten sich, hoben eine dicke Seilrolle vom Boden auf und knoteten das eine Ende des Taus ganz oben um den Menhir. Danach begaben sie sich dorthin, wo Myrddin mit Blick auf den Hohen Stein wartete, und befestigten das andere Seilende am bronzebeschlagenen Sattelhorn des fuchsfarbenen Hengstes. Als sie damit fertig waren, traten die Edlen ein Stück beiseite, und jetzt brachte der Sohn Arwens und Morvryns sein Roß dazu, langsam zurückzugehen.

Das Tau, welches bislang auf der Erde gelegen hatte, straffte sich; es spannte sich immer stärker zwischen dem Menhir und dem nun wieder ungebärdig stampfenden und mit aller Kraft ziehenden Streithengst – und plötzlich kippte der Felsquader in die Senkrechte; sein Sockel rutschte mit dumpfem Geräusch in die Bodengrube, und die Stangen, welche ihn zuvor in der Schräglage fixiert hatten, fielen nieder.

Im nächsten Moment brach unter den Demetiern begeisterter Jubel los; aus Tausenden von Kehlen erscholl der Name des Druidenfürsten, welcher den Hohen Stein auf solch ungewöhnliche Weise in seine endgültige, majestätische Position gehievt hatte. Lächelnd nahm Myrddin, während die Adelskrieger das Seil vom Sattel seines Rosses und sodann auch vom Menhir lösten, die Ovationen entgegen. Schließlich gebot der Sohn Arwens und Morvryns den Beifallskundgebungen der Menge Einhalt, indem er seinen Fuchshengst dreimal steigen ließ, und nachdem Ruhe auf dem Wiesengrund eingekehrt war, rief der Druidenfürst seinen Untertanen zu: »Ihr habt gesehen, daß ein einziger Mann, wenn er nur den festen Vorsatz dazu gefaßt hat, einen gigantischen Stein vom Vielfachen seines eigenen Körpergewichts zu bewegen vermag! Und genauso ist es möglich, auch in schweren Zeiten, wie wir sie gegenwärtig ertragen müssen, den Mut und das Vertrauen in die Zukunft zu bewahren! Dies wollte ich euch vor Augen führen, als ich den Menhir lotrecht aufrichtete – und damit der Hohe Stein, mit welchem ich hiermit das Schicksal unseres Volksstammes verknüpfe, noch in Jahrtausenden ungebeugt steht, soll mein Kampfroß die Erde um seinen Fuß jetzt in feierlichem Tanz feststampfen!«

Unter neuerlichen Jubelrufen der Menschenmenge ließ der Sohn Arwens und Morvryns seinen fuchsroten Hengst neunmal in großen Bögen um den Menhir traben, wo die drei Edlen mittlerweile mit Schaufeln zugange waren. Eben als Myrddin seinen neunten Umritt beendete, war die Bodengrube zugeschüttet, und nun lenkte der Druidenfürst sein Roß so nahe an den Hohen Stein heran, daß er tun konnte, was er zuvor angekündigt hatte.

Wieder und wieder tänzelte der Streithengst an den Seiten des Menhirs hin und her, bis der vordem lockere und aufgewölbte Erdboden völlig glattgestampft war. Danach brachte der Sohn Arwens und Morvryns sein feuriges Roß erneut dazu, sich dreimal aufzubäumen, und gleich darauf vernahmen die Demetier die weithin hallenden Worte des Druidenfürsten: »Ich belege diesen heiligen Stein mit dem Namen, den ich selbst trage! Maen Myrddin soll er hinfort heißen! Und ich prophezeie, daß die Herrscherfestung Caer Myrddin und ebenso der Volksstamm, dem wir alle angehören, nicht untergehen werden, solange der Menhir, den ihr vor euch erblickt, steht!«

Zutiefst ergriffen schauten die vielen hundert Menschen auf ihren König, der ihnen durch seine Weissagung inneren Halt und Zuversicht für die künftigen Jahre und Jahrzehnte geschenkt hatte – dann auf einmal sahen die drei Adelskrieger, welche sich nach wie vor in unmittelbarer Nähe des Hohen Steins aufhielten, wie das Antlitz Myrddins auf seltsame Art erstarrte. Ein Ausdruck ovatischer Trance malte sich auf den Gesichtszügen des Druidenfürsten; mit dem nächsten Lidschlag hob der Stammeskönig den Arm und rief: »Vernehmt eine weitere Prophezeiung, ihr Männer und Frauen der Demetier! Mehr als ein Jahrtausend wird dieser Menhir unangetastet hier aufragen, aber in ferner Zukunft wird ein von Goldgier Besessener auf vermessene Weise Hand an ihn legen! Und so wird es geschehen, daß Raben das Blut des Frevlers von diesem Stein trinken!«

Nachdem Myrddin dies verkündet hatte, trieb er seinen Hengst an und lenkte ihn im Schritt durch die Menschenmenge. Schweigend, wie gebannt auf ihren Herrscher blikkend, wichen die Demetier nach links und rechts zurück, um dem Druidenfürsten sodann in Richtung der Ringwallfestung zu folgen.

Auf dem Anger des Duns sprach Myrddin, der jetzt wieder leutselig wirkte, ein drittes Mal vom Sattel aus zu seinen Untertanen. In einer kurzen, humorvollen Rede forderte er die Männer und Frauen auf, nunmehr frohen Herzens seine Gastfreundschaft zu genießen, und als sich die Demetier an den mittlerweile überall auf dem Festungsanger aufgestellten Langtischen niedergelassen hatten, wurden sie von Knechten und Mägden aus dem Dun mit Honigwein und Appetithappen bewirtet.

Später, als die über zahlreichen Feuerstellen an Spießen brutzelnden Hammel- und Schweinehälften durchgebraten waren, begann der eigentliche Festschmaus. Bis in die Nacht hinein saßen die einfachen Menschen und die Edlen an den üppig gedeckten Tafeln; am nächsten Vormittag dann wünschte der Druidenfürst den Abgesandten aus den Dörfern und Adelsfestungen seines Landes eine gute Heimreise, und danach zogen die vielen hundert Menschen wieder nach allen Himmelsrichtungen davon, um in ihren Heimatgauen von den ungewöhnlichen Erlebnissen zu berichten, die sie in Caer Myrddin gehabt hatten.

***

Während der darauffolgenden Wochen und Monate besserte sich die allgemeine Stimmung im demetischen Stammesgebiet deutlich. Dank der Weissagung des Königs vom Fortbestehen des Volksstammes über die kommenden Jahrhunderte hinweg hatten die Bauern, Handwerker, Fischer, Händler und Adligen neuen Mut geschöpft, und in diesem Wissen konnte Myrddin in der Frühlingsmitte seinen zweiundsechzigsten Geburtstag feiern. Sowohl Morgana als auch Gwynhwyfara hatten ihm zu diesem Anlaß Geschenke geschickt, und der Sohn Arwens und Morvryns freute sich sehr über den schweren goldenen Armreif sowie die wertvolle Buchrolle, die er von der Witwe des Rhiotam beziehungsweise der Pendruid von Avalon erhalten hatte. Zusätzlich durfte Myrddin seinen Ehrentag in der Gewißheit verleben, daß die Sassenach in diesem Frühjahr keinerlei Anstalten machten, abermals zum Angriff vorzugehen. Vielmehr verhielten sie sich, wie der Druidenfürst von den Boten Gwynhwyfaras und Morganas erfahren hatte, erstaunlich ruhig; auch den Sommer und Frühherbst hindurch blieb dies so – doch dann, zwischen Samhain und Alban Arthuan, brachte ein Kurier von der Ynys Avallach eine Nachricht in den Herrscher-Dun der Demetier, welche den Sohn Arwens und Morvryns bis ins Mark erschütterte.

»Die Gemahlin des Ebers von Cornueille weilt nicht mehr unter uns«, beschied der junge durotrigische Edle, welchen die Pendruid von Avalon nach Caer Myrddin gesandt hatte, den grauhaarigen Stammeskönig. »Heute vor fünfzehn Tagen wanderte Gwynhwyfaras Geist nach Annwn, und vor eineinhalb Wochen wurde ihr Leib auf der Ynys Avallach beigesetzt.«

Der Druidenfürst, welcher den Boten in seinem Rundhaus empfangen hatte, schien in seinem Lehnstuhl am Feuerplatz zusammenzusinken. Eine ganze Weile saß er reglos da; endlich fand er die Kraft, sich zu erkundigen: »Starb sie denn an einer plötzlichen Krankheit? Ich meine, sie war ja erst vierzig Jahre alt und noch im Spätsommer, als ich letztmals einen Brief von ihr bekam, bei bester Gesundheit, wie sie mir damals schrieb …«

Der Kurier schüttelte den Kopf. »Nein, sie mußte nicht leiden. Zumindest nicht körperlich …«

Myrddin begriff. »Du willst damit sagen, ihr jäher Tod hatte seelische Ursachen …«

»Morgana vermutet es«, antwortete der Durotrige. »Die Herrin von Avalon glaubt, daß Gwynhwyfara den Verlust ihres Gatten einfach nicht zu überwinden vermochte und innerlich von ihrer Trauer aufgezehrt wurde, obwohl sie sich nach außen hin stets bemühte, Tapferkeit zu zeigen.«

Ich hätte bei ihr bleiben müssen! durchfuhr es den Sohn Arwens und Morvryns.

Als hätte der Bote Myrddins Gedanken erraten, erklärte er in beschwörendem Tonfall: »Morgana bittet dich inständig, dir keine Vorwürfe zu machen, weil du dich nicht mehr so hingebungsvoll wie früher um Arddwrs Witwe kümmern konntest. Und ich soll dir außerdem ausrichten, es sei der Wille der Gottheiten gewesen, dem Gwynhwyfara sich beugte, um in der Anderswelt von neuem mit ihrem geliebten Gemahl vereint sein zu dürfen …«

Der Zweiundsechzigjährige sann den Sätzen des Durotrigen nach; schließlich nickte er langsam, atmete tief durch und bat den Kurier: »Erzähle mir, auf welche Weise die Heimgegangene begraben wurde.«

»Es war Gwynhwyfaras letzter Wunsch auf dem Sterbelager, an der Seite ihres Gatten in dessen Eichensarg beigesetzt zu werden«, sagte der Durotrige leise. »Und die Priesterinnen der Ynys Avallach sorgten dafür, daß es so geschah. Auf dem heiligen Eiland wurde der Totenschrein des Ebers von Cornueille freigelegt und geöffnet, und danach betteten Morgana, Nimue und eine dritte Druidin die Königswitwe neben den Rhiotam, dessen kaum verwester Leichnam fast noch wie im Leben wirkte.«

Unvermittelt hatte Myrddin das Empfinden, als würde er in leichte Trance fallen. Er vermeinte, das Herrscherpaar von Camelot in der Sarghöhlung liegen zu sehen; zugleich hatte er den Eindruck, als könnte er Arddwr und Gwynhwyfara in weiter Ferne jenseits von lichtdurchfluteten Nebelschleiern erblicken: in den Gefilden von Annwn, wo die beiden Hand in Hand durch eine überirdisch schöne Landschaft wandelten. Einige Herzschläge später verwich die Vision wieder, und mit beinahe glücklichem Gesichtsausdruck raunte der Sohn Arwens und Morvryns: »Wenn die Zeit sich erfüllt hat, werden der Eber von Cornueille und seine Gemahlin ins Diesseits zurückkehren, und dann wird die Sehnsucht der Menschen nach dem endgültigen Sieg des Roten Drachen über den Weißen Drachen gestillt werden ...«

»Das einstige Königspaar wird das zukünftige sein!« flüsterte der durotrigische Adlige tiefbewegt.

»So haben es die Gottheiten, die Sídhe und die Toten beschlossen«, bekräftigte der Druidenfürst; danach tauschten er und der Bote Morganas sich noch ungefähr eine Stunde in gedämpftem Tonfall aus, bis der Zweiundsechzigjährige den Durotrigen schließlich ersuchte: »Laß mich jetzt allein, damit ich meinen Erinnerungen an die teure Verstorbene nachhängen kann.«

Schweigend verließ der Kurier den Raum. Drei Tage später nahmen er und die Krieger seiner Bedeckung Abschied von Myrddin und den Bewohnern der Ringwallfestung, um den Heimritt anzutreten, und in der Satteltasche hatte der durotrigische Edle ein Schreiben des demetischen Herrschers an Morgana, in dem es unter anderem hieß: »Sobald der Winter verstrichen ist, will ich zur Ynys Avallach reisen und dort, wo Gwynhwyfara und Arddwr ruhen, einen Stein vom Gestade des Tywi niederlegen.«

***

Kurz nach Alban Ailyr des neuen Jahres brach Myrddin, von dreißig berittenen Adelskriegern eskortiert, nach Avalon auf. Als der Druidenfürst und seine Gefährten im Hafen der heiligen Insel an Land gingen, wurden sie bereits von den neun Priesterinnen erwartet, und noch am selben Nachmittag, nachdem sich Myrddin im Rundhaus Morganas ein wenig ausgeruht hatte, begleiteten die Druidinnen den Sohn Arwens und Morvryns zum Grab des Königspaares von Camelot.

In der mit kleinen Apfelbaumgruppen bewachsenen Talsenke westlich des Hügels der Roten Quelle meditierten Myrddin, Morgana, Nimue und die übrigen Priesterinnen lange bei dem Cairn, der sich über der letzten Ruhestätte Arddwrs und Gwynhwyfaras erhob. Am Ende der Andacht nahm der Herrscher der Demetier einen hellen Quarzkiesel mit rötlichen, spiralförmigen Einschüssen aus seiner Gürteltasche, schob ihn behutsam zwischen zwei dunkle Basaltbrocken auf der Spitze des Steinkegels und sagte: »Jedes in der irdischen Welt erloschene Dasein wird von Ceridwen in Annwn auf seine Wiedergeburt vorbereitet. Immer von neuem wandelt sich im Schoß der Göttin Schwarzes in Weißes und Rotes um. Und deshalb ist der diesseitige Tod stets ein hoffnungsvoller Übergang zu einem weiteren Leben.«

»Von Ewigkeit zu Ewigkeit webt Ceridwen unsere irdischen und andersweltlichen Daseinsknoten zum allumfassenden, zeit- und grenzenlosen Geflecht«, bestätigte die Pendruid der Ynys Avallach. Danach entzündete sie drei Häufchen von Sakralkräutern am Cairn, so daß dreifarbige Rauchfäden an den Steinen emporkräuselten, und eine Weile später, als die aromatisch duftende Glut erloschen war und seltsam warmer und weicher Wind aufkam, welcher die Asche davontrug, machten sich Myrddin und die Priesterinnen auf den Rückweg zum Hain der Druidinnen.

Während der nächsten Tage verbrachten der demetische König und Morgana viele Stunden in vertrautem Gespräch; gelegentlich gesellte sich Nimue zu ihnen und tauschte sich mit den beiden grauhaarigen, ungefähr im gleichen Alter stehenden Großen Wissenden über jene glücklichen Jahre aus, da Camelot unter der Herrschaft des Rhiotam und seiner kupferhaarigen Gemahlin geblüht hatte. »Die Gottheiten haben Britannien in der Zeit, als Arddwr und Gwynhwyfara auf dem Thron saßen, eine Verheißung geschenkt, die sich dereinst ganz gewiß erfüllen wird, wenn die Menschen sie nur in ihren Herzen bewahren«, sagte Nimue einmal, und Myrddin freute sich über diese Worte der auf Môn Mam Cymru geborenen Druidin, welche auf dem Eiland von Avalon als Morganas eifrigste Helferin wirkte – und eine weitere Freude erlebte der Sohn Arwens und Morvryns eine halbe Woche später, denn auf der Ynys Avallach trafen zwei Edle ein, denen er lange nicht mehr begegnet war.

Es handelte sich um Melwas und Llancyllodd; im Königs-Dun der Durotrigen hatten die ehemaligen Mitglieder des Drachenbundes durch einen Boten Morganas von der Anwesenheit Myrddins auf der Insel von Avalon erfahren und waren unverzüglich losgeritten, um ein Wiedersehen mit ihm zu feiern. Nun konnte der Druidenfürst die früheren Mitstreiter des Rhiotam mit Tränen in den Augen begrüßen, und bis tief in die Nacht hinein schwelgten die drei in gemeinsamen Erinnerungen.

An einem der darauffolgenden Tage unternahmen Myrddin, Melwas und Llancyllodd einen Ausflug nach Camelot. In der mächtigen Ringwallfestung wurden sie von den treuen Bediensteten, welche das einstige Wohnhaus des Druidenfürsten hüteten, sowie von den dreihundert jetzt noch im Dun stationierten Reiterkriegern und deren Familienangehörigen begeistert willkommen geheißen. In der Großen Halle der Festung genossen die beiden Könige und Llancyllodd zusammen mit allen anderen einen mittäglichen Imbiß; am Nachmittag schritten Myrddin und seine alten Freunde zum Eichenhain hinauf, wo sie bis zur Abenddämmerung miteinander meditierten.

Weil mit dem Sinken der Sonne böiger Wind aufkam und leichter Nieselregen zu fallen begann, entschieden sich der Druidenfürst und seine Gefährten, in Camelot zu übernachten. Im Rundhaus Myrddins machten sie es sich an der Feuerstelle bequem; eine Dienerin trug Metheglyn, Brot und kalten Braten auf, und nach dem Abendessen gedachte man einmal mehr der früheren Zeiten und auch jener fünf Angehörigen des Drachenbundes, welche seit der letzten Schlacht gegen die Sassenach im Herbst vor eineinhalb Jahren nicht mehr unter den Lebenden weilten.

Am nächsten Morgen, das Wetter war nun wieder freundlich, unternahmen der Druidenfürst, Melwas und Llancyllodd einen Abstecher zu dem Gutshof, auf dem Gwynhwyfara verstorben war. Bewegt stellte Myrddin fest, daß der Verwalter des Edelsitzes die Räume des Gutshauses völlig unverändert gelassen hatte; fast hatte der Sohn Arwens und Morvryns während eines stillen Rundganges mit seinen Begleitern den Eindruck, als könnte die Kupferhaarige jeden Moment durch eine der Türen treten. Ebenso vermeinte Myrddin, die unsichtbare Gegenwart Gwynhwyfaras zu spüren, als er, diesmal allein, ein Stück über die Felder und Weiden im Westen des Edelsitzes wanderte. So war es dem knapp dreiundsechzigjährigen Druidenfürsten vergönnt, nochmals sehr persönlichen inneren Abschied von der Kupferhaarigen zu nehmen – und danach lenkten Myrddin und seine Gefährten ihre Pferde zurück nach Norden und langten am Spätnachmittag wieder auf der Ynys Avallach an.

Auf dem heiligen Eiland verbrachte der Sohn Arwens und Morvryns eine weitere Woche in der Gesellschaft von Melwas und Llancyllodd; dann freilich kam die Stunde der Trennung, denn die beiden ehemaligen Mitglieder des Drachenbundes mußten in den Osten aufbrechen, wo sie in den Gauen der Regnier, Atrebaten und Trinovanten zusammen mit den dortigen Stammesherrschern eine Reihe von Grenzfestungen inspizieren wollten. An der Spitze von fünfzig berittenen Kriegern, die aus Camelot zum See von Avalon gekommen waren, zogen Melwas und Llancyllodd davon, und Myrddin schaute dem Reiterverband vom Twr aus nach, bis er in der Ferne verschwand. Kaum war die Kavalkade außer Sicht, beschlich den Druidenfürsten das Gefühl, als würde er dem König der Durotrigen und Llancyllodd in seinem derzeitigen irdischen Dasein nie mehr begegnen. Myrddin verspürte seelischen Schmerz und hatte einige Herzschläge lang das Empfinden, wie verlassen im Diesseits zu stehen; gleich darauf jedoch faßte er sich und dachte: Falls es tatsächlich so sein sollte, hätte sich bloß abermals ein Kreis geschlossen.

Lange blieb der Druidenfürst an diesem Vormittag auf dem Gipfel des der Dreifachen Göttin geweihten Hügels und hielt geistige Zwiesprache mit jenen, deren Leben mit dem seinen über den körperlichen Tod hinaus verflochten war. Erst als die Sonne allzu heiß vom wolkenlosen Himmel zu brennen begann, machte sich Myrddin auf den Weg ins Tal; im Apfelhain begegnete er Morgana, und die Pendruid, die sofort erkannte, was am Morgen in ihm vorgegangen war, nahm ihn wortlos in die Arme.

Eine Woche später zelebrierte der Sohn Arwens und Morvryns gemeinsam mit den neun Priesterinnen die Beltane-Rituale, und drei Tage nach dem Frühlingsfest verabschiedete er sich von Morgana, Nimue und den anderen Druidinnen. Ehe er sich mit seinen dreißig Gefolgsmännern zum Hafen begab, betete Myrddin noch einmal an der Grabstätte Arddwrs und Gwynhwyfaras; sodann setzten die Demetier auf das Festland über und traten den Heimritt nach Cymru an.

Ohne daß ihnen unterwegs irgend etwas Bedrohliches zugestoßen wäre, erreichten der Druidenfürst und seine Begleiter knapp zwei Wochen nach Beltane den Dun über dem Flußtal des Tywi, und als sie auf dem Anger der Ringwallfestung von den Pferden stiegen, sagte der Anführer der Adelskrieger zu Myrddin: »In allen Stammesgauen, durch die wir kamen, war es friedlich, und ich hoffe, dies wird für den Rest des Jahres so bleiben.«

»Die Gottheiten, die Sídhe und die Toten mögen deinen Wunsch, welcher auch der meine ist, erfüllen!« entgegnete der Sohn Arwens und Morvryns – und in der Tat schien es im Verlauf der nächsten Monate so, als hätten die Mächte von Annwn die Worte des Druidenfürsten vernommen.

Während des Sommers und Herbstes nämlich gelangten keinerlei Nachrichten von größeren Zusammenstößen zwischen keltischen und germanischen Kampfverbänden in den demetischen Herrscher-Dun; Myrddin und seine Vertrauten hörten lediglich von unbedeutenden Scharmützeln im Südosten Britanniens. Den Winter hindurch hielten die Sassenach völlig still; ebenso schien der feindliche König Cerdic im Frühling des neuen Jahres, als der Druidenfürst seinen vierundsechzigsten Geburtstag feierte, nicht die mindeste Lust zu verspüren, mit seinen Mord- und Raubhorden über die Siedelgebiete der Kelten herzufallen. Deshalb glaubten die meisten Demetier, daß ihnen und ihren Nachbarn im Osten auch in den Sommermonaten keine Gefahr drohen würde – doch dann, zwischen Alban Heruin und Lughnasad, brach der Krieg urplötzlich von neuem aus.

Cerdic, der abermals Unterstützung durch Germanenhäuptlinge von jenseits des Meeres erhalten hatte, drang mit siebentausend Kämpfern ins atrebatische Stammesgebiet vor. Gleich beim ersten Treffen gelang es einem Beilkrieger der Sassenach, den Herrscher der Atrebaten zu erschlagen; anschließend brannten die Feinde Dutzende Dörfer und vier Duns nieder – bis die germanischen Streitscharen von Melwas, Llancyllodd, Bedwyr, Pereddwr sowie den Königen der Belger und Regnier gestellt wurden. Es kam zu einer Schlacht, die freilich unentschieden endete, weil auf ihrem Höhepunkt ein fürchterliches Gewitter und ein Hagelsturm einsetzten, so daß die Kämpfer beider Seiten die Walstatt fluchtartig verlassen mußten. Danach belauerten sich die Heeresverbände mehrere Wochen lang im Hügelland an der atrebatisch-trinovantischen Grenze; zur Zeit des Erntefestes führten der deceanglische Herrscher Gwenddolau, der Barde Taliesin und Galwad ein britannisches Hilfsheer aus dem Nordwesten ins Kriegsgebiet, und nach dessen Eintreffen zwangen die Kelten ihre Feinde zu einer zweiten Schlacht.

Die Sassenach hatten sich in einer bereits vor Jahrhunderten aufgegebenen trinovantischen Bergfestung verschanzt; die Britannier versuchten den Dun, der teilweise von Felswänden geschützt war, zu stürmen, wurden aber zweimal zurückgeworfen. Beim dritten Massenangriff sodann glückte es einer keltischen Kampfschar, an deren Spitze Gwenddolau, Bedwyr, Taliesin und Pereddwr fochten, den Festungswall zu überrennen und ein Stück in den Dun vorzustoßen. Doch kaum hatte ein Carynx-Bläser, der sich beim König der

Deceanglier befand, seine Kriegstrompete röhren lassen, um weitere britannische Streitscharen von den Flanken des Festungshügels herbeizurufen, setzten die Sassenach zu einer wütenden Gegenattacke an. In wildem Kampfrausch hieben und stachen die Kelten und Germanen aufeinander ein – plötzlich stürzte Pereddwrs Roß.

Das Tier riß seinen Reiter mit sich zu Boden; im nächsten Moment umringten vier Beilkrieger den einstigen Waffengefährten Arddwrs, der hilflos auf der Erde lag, und ließen ihre Streitäxte unter blutrünstigem Gebrüll auf ihn niedersausen. Unmittelbar danach geriet auch Bedwyr, der seinen Hengst verzweifelt vorwärts gespornt hatte, um Pereddwr zu Hilfe zu eilen, in ärgste Bedrängnis. Ein Schwertstreich riß die Halsschlagader seines Rosses auf; sterbend brach das Pferd zusammen, so daß der Drachenkrieger abspringen und zu Fuß fechten mußte. Aber weil Bedwyr schon aus mehreren schweren Wunden blutete und zudem sein Schild geborsten war, vermochte er sich nur noch kurze Zeit gegen die Sassenach zu verteidigen, die von allen Seiten auf ihn eindrangen – und erlitt am Ende dasselbe grausame Schicksal wie Pereddwr.

Gwenddolau und Taliesin, die von den Germanen abgedrängt worden waren, hatten gar nicht mitbekommen, daß die beiden Drachenkrieger gefallen waren. Jene Britannier jedoch, die sich in der Nähe Bedwyrs und Pereddwrs befanden, wurden jetzt angesichts des schrecklichen Todes der früheren Kampfgefährten Arddwrs von jäher Mutlosigkeit erfaßt und wichen, zahlreiche andere keltische Krieger mit sich reißend, zum Ringwall zurück. Aufgrund dessen konnten sich auch die übrigen britannischen Reiter und Fußkämpfer, die in den Dun vorgestoßen waren, nicht länger halten und mußten die Bergfestung hastig wieder räumen. Während aus den Kehlen der Sassenach triumphierendes Geschrei erscholl, sammelten sich die Kelten, deren dritter Sturmangriff nun ebenfalls gescheitert war, unten auf dem Talboden – und oben im Dun machten sich die Germanen daran, die Leichen der Britannier über die Wallkrone zu werfen.

Den Rest des Tages und die Nacht hindurch blieben die leblosen Körper am Festungshang liegen; es war unmöglich, sie zu bergen. Am Morgen dann gingen die Kelten von neuem gegen ihre Feinde vor. Jetzt aber vermieden sie den Massenangriff und errichteten statt dessen an den Hügelflanken um die fünfzig Verhaue aus rasch gefällten Bäumen. Von diesen Schanzen aus vermochten sie die Sassenach, welche notgedrungen auf den nicht mit Palisaden bewehrten Erdwällen ausharren mußten, um der Gefahr eines vierten Sturmangriffs zu begegnen, mit Pfeilschauern unter Beschuß zu nehmen. Auf diese Weise gelang es den Britanniern im Lauf des Tages, ihren Feinden empfindliche Verluste beizubringen, und als sich neuerlich die Abenddämmerung über das Land senkte, sagte Melwas zu Gwenddolau, Llancyllodd, Taliesin und Galwad, die neben ihm hinter einem der Verhaue kauerten: »Bald werden wir den Dun erobern und dadurch den Tod unserer Freunde rächen können!«

Die Sassenach jedoch vermieden den Entscheidungskampf und zogen im Schutz der Dunkelheit ab. Da eine Verfolgung in der Nacht allzu riskant für sie selbst gewesen wäre, verzichteten die Kelten darauf, den Feinden nachzusetzen. Sie begnügten sich damit, ihrerseits in die Festung einzuziehen, und bei Sonnenaufgang des nächsten Tages erfüllten die Krieger des britannischen Heeres die traurige Pflicht, ihre Gefallenen zu bestatten.

Die ungefähr achthundert Toten, welche auf keltischer Seite zu beklagen waren, wurden in Massengräbern auf dem einstigen Anger des Duns zur letzten irdischen Ruhe gebettet. Pereddwr und Bedwyr hingegen erhielten jeweils ein Einzelgrab unter einer mächtigen Eibe, die ihre dunkelgrün benadelten Äste in einer abgeschiedenen Talsenke westlich der Bergfestung ausbreitete. Nachdem die britannischen Gefallenen beerdigt worden waren, formierten sich die keltischen

Streitscharen in Marschordnung, um den flüchtigen Heerhaufen der Germanen nach Osten zu folgen, und an den Leichen der Sassenach, welche unbestattet auf den Wällen und im Inneren des Duns lagen, taten sich alsbald Schwärme von Schwarzvögeln und Geiern gütlich.

Während der nächsten Wochen kam es nochmals zu mehreren Scharmützeln zwischen den Britanniern und ihren Feinden, bis Cerdic und dessen zusammengeschmolzene Horden schließlich das fest in germanischer Hand befindliche ehemalige Siedelgebiet der Kenten erreichten, wo sich die Sassenach sicher fühlen durften. Das Keltenheer blieb noch einige Zeit an der Grenze des germanischen Territoriums und brannte dort, zur Warnung für die Feinde, etliche von ihren Bewohnern verlassene Dörfer nieder. Einen Monat nach Lughnasad sodann zogen die Britannier ab; ein paar Tage später lösten sie ihren Heeresverband auf, und die Krieger der verschiedenen Volksstämme machten sich auf den Rückweg in ihre jeweiligen Heimatgaue.

All dies erfuhr Myrddin, der zuvor lediglich vom Ausbruch der Kämpfe in der ersten Sommerhälfte gehört, aber kein Hilfeersuchen von Melwas erhalten hatte, aus dem Mund des deceanglischen Königs Gwenddolau, welcher dem Druidenfürsten kurz nach Alban Elued einen Besuch in der Ringwallfestung über dem Flußtal des Tywi abstattete. Als der Herrscher aus Gwynedd geendet hatte, sagte Myrddin mit feuchten Augen: »Nun sind von euch zwölfen, die ihr früher gemeinsam mit dem Eber von Cornueille unter dem Banner des Roten Drachen gefochten habt, nur noch fünf am Leben ...«

Schweigend, ebenfalls zutiefst bedrückt, nickte Gwenddolau. Eine Weile saßen die beiden Stammeskönige – der im reifen Mannesalter stehende Deceanglier und der grauhaarige Demetier – stumm und in sich gekehrt da; schließlich faßte sich Gwenddolau und erklärte: »Trotzdem werden Melwas, Llancyllodd, Taliesin, Galwad und ich die keltischen Siedelgebiete auch weiterhin mit ungebrochenem Mut gegen Cerdic verteidigen!«

Myrddin griff nach der Rechten des deceanglischen Herrschers, in dessen Adern das Blut Uddyr Pendraigs und Arddwrs floß. »Das weiß ich – und vielleicht ist es dir sogar bestimmt, irgendwann, wenn die Stunde dafür gekommen ist, die Nachfolge des Ebers von Cornueille als Rhiotam Britanniens anzutreten.«

»Falls die Mächte von Annwn das wünschen sollten, dürfte ich mich ihrem Willen nicht widersetzen ...« murmelte Gwenddolau – und dann tauschten sich die seit vielen Jahren befreundeten Könige bis zur Mitternacht in vertraulichem Gespräch aus.

Schon am Morgen darauf nahm der Herrscher aus Gwynedd wieder Abschied von Myrddin. An der Spitze der dreißig Berittenen, die er bei sich hatte, galoppierte der König der Deceanglier seinem nach Norden marschierenden Heerbann hinterdrein, von dem er sich vorübergehend getrennt hatte, um den Sohn Arwens und Morvryns zu sehen. Dieser schaute der Kavalkade von der Wallkrone des Duns aus nach; als die Reiterschar am Horizont außer Sicht geriet, dachte Myrddin in einer beklommenen Anwandlung: Gwenddolau und die anderen haben so tapfer gekämpft, dennoch werden wir alle weiterhin unter der abgründigen Bösartigkeit des Weißen Drachen zu leiden haben ...

Kaum war ihm das durch den Kopf gegangen, empfand der Druidenfürst etwas wie seelische Müdigkeit; inständig sehnte er sich nach Ruhe und Frieden in seinem nun allmählich erlöschenden Dasein – doch dieses Geschenk sollte ihm nicht vergönnt sein.

Denn zwei Wochen vor Samhain preschte ein durotrigischer Botentrupp auf schaumbedeckten Rössern durchs Tor der Festung über dem Tywi-Tal und weiter zum Herrscherhaus. Dort sprang der Anführer der Schar aus dem Sattel, eilte ins Innere des Gebäudes und beschied Myrddin, welcher allein am Feuerplatz saß: »Ich komme im Auftrag Nimues und muß dir mitteilen, daß der Geist der Pendruid von Avalon nach Annwn gewandert ist.«

»Morgana ...« stieß der König erschüttert hervor. Mit dem nächsten Lidschlag verbarg er das Gesicht in den Händen und schluchzte leise; endlich versiegten seine Tränen, und er fand die Kraft, zu fragen: »Wann starb sie ... und wie geschah es?«

»Vor neun Tagen wurde die Herrin der Ynys Avallach, die vorher nicht im geringsten siech gewesen war, des Morgens tot in ihrem Bett aufgefunden«, antwortete der Bote. »Und auf ihrem Antlitz war nicht die mindeste Spur von Todesqualen zu erkennen.«

»Ceridwen hat sie sanft und liebevoll zu sich genommen«, flüsterte der Sohn Arwens und Morvryns.

»Die Göttin erwies Morgana große Gnade«, bestätigte der Durotrige. »Und jetzt wird die heimgegangene Herrin von Avalon den ihr gemäßen Platz unter ihren Vorgängerinnen finden.«

»In der überaus heiligen Felsengruft, die stets nur zur Bestattung einer Pendruid geöffnet wird ...« raunte der Druidenfürst.

»Das jahrtausendealte Steinportal im Schoß des Twr soll aufgetan werden, wenn du auf der Ynys Avallach eingetroffen bist«, sagte der Bote.

»Es wird in der Nacht von Samhain geschehen«, murmelte Myrddin wie entrückt – gleich darauf war es ihm, als würden sich die Wände des Gemachs ins grenzenlos Ewige hinaus ausweiten und ihn mit sich aus der beengten irdischen Welt saugen ...

Der dritte schwarze Stein
Rhydderch Hael

Herbst 514 bis Frühherbst 520

Das eben noch Endlose zog sich zusammen, bildete Schatten und festere Konturen aus und formte sich zum kuppelartigen Höhlenraum, in dessen Mitte rötlicher Feuerschein glühte. Der Greis spürte die Wärme, die von der Herdstelle ausstrahlte und seinen Körper umfächelte; dankbar gab er sich der angenehmen Empfindung hin – dann trat Nimue an die Liege mit der schrägen Rückenstütze heran und sagte leise: »Ich kann es dir ansehen ... Die letzte Erinnerung, die du in deiner Rückführung durchlebtest, war das Gespräch mit dem Boten, welcher dir die Nachricht vom Tod Morganas überbrachte.«

»Du hattest ihn zu mir gesandt ...« flüsterte Myrddin. »Und kaum graute damals der neue Morgen, machte ich mich mit dem durotrigischen Kurier und seinen Begleitreitern auf den Weg zur Ynys Avallach, wo der Leichnam meiner verstorbenen Freundin von dir und den anderen Priesterinnen für die Beisetzung im verborgenen Gruftheiligtum vorbereitet wurde ...«

Nimue streichelte dem Siebzigjährigen über das schüttere Haar. »Schon sehr bald wirst du das uralte Felsentor, durch das wir Morgana trugen, noch einmal durchschreiten. Aber zunächst solltest du dich von deiner Reise ins Vergangene erholen.«

»Ja ...« hauchte der Greis; fast mit demselben Atemzug fielen ihm die Lider zu, und er sank in leichten Schlaf.

Während Myrddin schlummerte, betrachtete die bei ihm sitzende Pendruid von Avalon in liebevoller Versunkenheit sein bleiches Antlitz mit den eingefallenen und zugleich ehrfurchtgebietenden Zügen. Nach etwa einer Stunde erwachte der Todgeweihte wieder, schaute zum Bogenfenster in der Kavernenwand, hustete röchelnd und murmelte: »Das letzte Tageslicht schwindet ...«

»Die Nacht senkt sich über Land und Meer«, bestätigte Nimue mit ernster Stimme. »Und sofern du bereit bist ...«

»Der Pfad, auf den du mich nun geleiten wirst, führt durch äußerste Finsternis«, flüsterte der Greis. »Doch ich fürchte mich nicht davor, ihn zu betreten. Denn der andersweltliche Lohn für das Herzzerreißende, das ich nach Morganas Bestattung ertragen mußte, war tiefste und umfassendste ovatische Erkenntnis.«

»Im Coed Celyddon schenkten dir die Mächte von Annwn Visionen, welche dir die Zukunft Britanniens, des Abendlandes und des gesamten Erdkreises über zwei Jahrtausende hinweg erhellten«, sagte die Pendruid versonnen.

Myrddin nickte; sodann berührte er Nimues Arm und bat: »Laß uns angesichts der kurzen Lebensspanne, die mir noch verbleibt, keine Zeit mehr verlieren.«

Daraufhin erhob sich die Pendruid, um die nötigen Vorbereitungen zu treffen; wenig später stellte sie den mit Wasser gefüllten Kupferkessel zu Füßen des Greises nieder und flößte Myrddin den Kräutersud ein, welcher ihm die Rückführung erleichtern würde. Anschließend nahm sie den dritten schwarzen Stein aus ihrem Hirschlederbeutel und reichte ihn dem Todgeweihten; während Myrddin den Kiesel beschaute, erklärte Nimue: »Dieser Stein stammt aus dem Dunkel der dreifach gewölbten Grotte, in deren Schoß Morgana und alle ihre Vorgängerinnen ruhen ...«

»Die Hohen Priesterinnen der Großen Göttin«, raunte der Greis. »Die aufs innigste mit der Anderswelt verbundenen Frauen, welche die Sakralstätten der Ynys Avallach seit den Kindheitstagen der Menschheit behüteten und die Stammesgebiete ringsum durch ihr segensreiches Wirken zum Blühen brachten ...«

»So ist es«, bekräftigte die Pendruid, wobei sie den ledernen Schnürbeutel wieder verschloß. »Und jetzt wird der Kiesel dich, an den Bannern der grausamsten Feinde der alten und ewigen Gottheiten vorbei, nochmals in jene Samhain-Nacht führen, in der wir Eingeweihten das Portal der heiligen Höhle öffneten ...«

Myrddin gab Nimue den Stein zurück, beugte sich auf seiner Liege vor und konzentrierte sich auf den Anblick des Kupferkessels. Plötzlich schien dessen edles Rotmetall aufzuglühen und zu pulsen; gleich darauf ließ die Pendruid von Avalon den Kiesel in das Gefäß fallen, und der Greis vernahm Nimues beschwörende Worte: »Tauche nun ein in die Flut der Zeit, tauche ein in den neunten und finalen Abschnitt deines Lebens ... Laß dich leiten vom Stein der Erinnerung ... Und tauche wieder empor aus der Zeitenflut im Herbst des Jahres, da du zum Totenritual auf die Ynys Avallach kamst und am Horizont der Fahlschatten des Weißdrachen zum sich verfinsternden Firmament aufstieg ...«

Myrddin hatte das Empfinden, als schlüge der letzte Satz lautlos hallend aus sehr weiter Entfernung an sein Ohr – im nächsten Moment wurde der Geist des Greises entrückt.

***

Dumpfes, die Erde erschütterndes Tosen drang durch dunkel wirbelnde Nebel; Eisentosen, Marschtritt-Tosen, Hufschlagtosen, das etwas grauenhaft Bedrohliches an sich hatte. Myrddins Bewußtsein bemühte sich, das lichtlose Wallen zu durchdringen; zugleich war abgrundtiefer panischer Schrekken in ihm, welcher seine Wahrnehmung lähmen wollte – bis er den Angstbann jäh überwand und das in Schlachtordnung von einem flachen Hügelkamm herabziehende Feindheer erblickte.

Mit demselben Lidschlag glaubte er den zu erkennen, der sich von den Göttinnen und Göttern abgewandt hatte: Rhydderch Hael, den Christenfürsten; den Herrscher aus dem Norden, der so entsetzlichen Verrat an Britannien geübt hatte.

Und über dem Haupt des Despoten von Rheged, der eine pechschwarze Brünne mit silbrig schimmerndem Brustemblem trug, wehte eine riesige, fahlweiße Fahne im Wind; ein Banner, auf dem ein kantiges, finsterfarbenes Balkenkreuz zu sehen war: das Zeichen der Götzenanbeter, welche das uralte Druidenwissen um das wahre Wesen der Gottheiten haßerfüllt auszutilgen versuchten.

Es schien dem Sohn Arwens und Morvryns, als würde das Kreuzbanner von pestilenzischem Drachenatem gegen ihn herangepeitscht; gegen ihn, Gwenddolau und die Streitscharen der Demetier und Deceanglier, welche sich auf dem welligen, da und dort von Felsschroffen durchsetzten Heideland von Arfderryd zur Phalanx formiert hatten, um den spirituellen Absturz Britanniens zu verhindern. Aber die Feinde waren deutlich in der Übermacht; Myrddin, dessen Herz jetzt erneut in Panik raste, hatte den Eindruck, als könnten die Kriegshorden des Fahldrachen ihn und seine Verbündeten jeden Augenblick niederstampfen – doch ehe es geschehen konnte, riß sich sein Geist in einem wilden Aufbäumen los und jagte dorthin, wo Ceridwen ihre Dienerin Morgana so liebevoll durch die Schleier zwischen Diesseits- und Anderswelt geleitet hatte.

***

Die heilige Nacht war angebrochen; die Nacht von Samhain, in welcher die Tore nach Annwn geöffnet waren. Im Apfelbaumhain von Avalon hatte sich eine schier unübersehbare Menschenmenge versammelt: Fischer- und Bauernfamilien von der Insel und dazu zahllose andere Hochgestellte und Niedrige, welche teilweise von weither auf die Ynys Avallach gekommen waren, um Abschied von der verstorbenen Pendruid zu nehmen.

In kleinen Gruppen traten die Adligen und einfachen Menschen vor den von Fackeln beleuchteten Katafalk im Zentrum des Hains hin, auf welchem der einbalsamierte Leib Morganas lag. Myrddin, Nimue und die übrigen Priesterinnen, welche zu Häupten der Toten standen, sahen die Tränen der Männer, Frauen und Jugendlichen und hörten ihr Schluchzen oder ihre flüsternd gesprochenen Gebete. Stunde um Stunde ging dies so; erst als die Sterne am klaren Himmel die Mitternacht anzeigten, endete das Defilee, und nun stellte sich die ungefähr dreitausendköpfige Menge in Prozessionsordnung auf. Dann, als sämtliche Trauernde, von denen viele Feuerbrände trugen, ihre Plätze eingenommen hatten, raunte Nimue dem vierundsechzigjährigen König der Demetier, der wie in Trance wirkte, zu: »Es ist Zeit …«

Myrddin, der auf seine Weise Zwiesprache mit dem Geist der Verstorbenen gehalten hatte, löste sich aus seiner Versunkenheit und begab sich zu einem ganz in der Nähe stehenden Baum, an dessen Stamm eine frische, dreifach gegabelte Fackel lehnte. Der König nahm sie an sich und entzündete ihre drei Kopfteile an einem der Feuerbrände, die beim Katafalk lohten. Danach wartete er ab, bis Nimue und die sieben anderen Druidinnen das Totenbrett aus Eibenholz, auf dem Morganas weißgewandeter Leichnam ruhte, vom schwarzverhangenen Gerüst gehoben hatten, und als die Priesterinnen zum Abmarsch bereit waren, schritt Myrddin ihnen in Richtung des Twr voran.

Mit seiner dreiflammigen Fackel wies der Sohn Arwens und Morvryns den Druidinnen, welche die auf dem Eibenbrett liegende Verstorbene trugen, den Weg durch die Nacht, und die vielhundertköpfige Menschenmenge folgte der Schar der Großen Wissenden. Langsam und schweigend zog die Prozession auf den hohen Hügel zu, dessen schräg ansteigende Gipfelsilhouette sich vor dem sternenbesäten Firmament abzeichnete. Nach etwa einer halben Stunde sodann erreichten Myrddin und die Priesterinnen eine sanft geneigte Talsenke am Fuß der Anhöhe. Dort flüsterte der leichte Wind in den weitausladenden Kronen dreier mächtiger Eichen; nahe den Bäumen öffnete sich der kluftartige Zugang zu dem natürlichen Felsstollen, welcher zur Tropfsteinhöhle im Inneren des

Twr führte, und hier trennten sich die Großen Wissenden vom Gros der Trauernden.

Während die gewöhnlichen Prozessionsteilnehmer auf dem Talboden stehenblieben und in stiller Andacht verharrten, schritten der demetische Herrscher und die acht Druidinnen an den Eichen vorüber und verschwanden in der Felskluft. Durch den gewundenen unterirdischen Gang brachten sie die Leiche in die Grotte, wo Arddwr einst sein Schwert Caladfulch aus dem Wasser des sakralen Teiches geholt hatte. Am Saum des Steinweihers, auf dessen Grund im Schein von Myrddins Feuerbrand die berühmte Waffe des Rhiotam blitzte, ließen die Priesterinnen das Totenbrett behutsam auf den Boden nieder. Danach nahm Nimue weitere Fackeln aus einem Korb, welcher beim Teich stand, und verteilte sie an ihre Schwestern. Nachdem die Druidinnen ihre Feuerbrände entfacht hatten, so daß ringsum die rötlich überflackerten Höhlenwände auszumachen waren, hoben sie den Leichnam wieder hoch und trugen ihn zum Rand der Grotte jenseits des Felsweihers.

Als der Sohn Arwens und Morvryns dort an die Kavernenwand herantrat, erblickte er ein archaisches Steinportal, das von zwei senkrecht aufragenden und einem waagrecht darüberliegenden Monolithen gebildet wurde. Das urzeitlich wirkende, kaum mannshohe Tor war mit kopfgroßen Felsbrocken verschlossen, und Myrddin wußte um seine Bedeutung: Hinter diesem Portal befand sich das Gruftheiligtum, welches die sterblichen Überreste aller Vorgängerinnen Morganas barg.

Jetzt stellten die Druidinnen das Totenbrett abermals ab und begannen damit, die Steine aus der wuchtigen Portalfassung zu räumen. Bald hatten sie es geschafft, und als der letzte Felsbrocken beiseite gelegt war, wandte sich Nimue an den König der Demetier und bat ihn: »Geh du uns voraus in die Grotte, welche stets nur dann geöffnet werden darf, wenn die Herrin von Avalon nach Annwn gewandert ist.«

Myrddin durchschritt das Steintor und gelangte in einen

engen, aus wulstigen Felsrippen geformten Schlund, der steil anstieg. Doch schon nach neun Schritten hatte der Vierundsechzigjährige das beschwerliche Wegstück überwunden, und der Stollen mündete von unten her in einen weiten Höhlenraum, dessen Ausmaße Myrddin freilich bloß erahnen konnte, weil das Licht seiner Fackel nicht ausreichte, um ihn zu erhellen. Erst als auch die Priesterinnen mit ihren Feuerbränden in die Kaverne kamen, wurden die Wände und die Decke der Grotte sichtbar – und im selben Moment erkannte der demetische Herrscher, daß er sich in einer ungemein eindrucksvollen Weihestätte befand.

Die kuppelförmige Höhle, in deren Mitte Myrddin und die Druidinnen standen, hatte etwas zutiefst Weibliches an sich; unwillkürlich, in einem mentalen Zurückgleiten in die Monate vor seiner Geburt, fühlte sich der Sohn Arwens und Morvryns, als er die weichen, beinahe organisch wirkenden Steinschwünge wahrnahm, an das Geborgensein im Mutterschoß erinnert. Eine ganze Weile verharrte Myrddin bewegungslos und gab sich der unsagbar behütenden Ausstrahlung der Grotte hin; erst dann bemühte er sich, Einzelheiten aufzunehmen. Als er seinen Blick über die Felswände gleiten ließ, sah er, daß das Gestein des Höhlenraumes, durch den ein leichter Luftzug strich, ringsum an drei verschiedenen Stellen sanfte Einbuchtungen von vollkommener Harmonie bildete. Neuerlich hatte der Sohn Arwens und Morvryns eine Assoziation; diesmal vermeinte er, in der Gestalt des Grotteninneren den vollendet schönen Umriß eines Kleeblattes zu erkennen – und gleich darauf hörte er Nimues leise Aufforderung: »Laß dich von mir zu denjenigen führen, die hier im Lauf der vergangenen Jahrtausende bestattet wurden.«

Während die übrigen Priesterinnen bei der Leiche blieben, geleitete Nimue den König der Demetier zur ersten der mächtigen, haushohen Wandeinwölbungen, und als sie nahe genug herangekommen waren, gewahrte Myrddin im Fackelschein Dutzende von Grabnischen, die offenbar vor Urzeiten in den

Fels eingehauen worden waren. Die meisten dieser im Halbrund und jeweils dreifach übereinander angeordneten Aushöhlungen waren mit Schieferplatten oder Geröll verschlossen; manche waren aber auch offen, weil die Steine sich irgendwann gelöst hatten und herabgestürzt waren. In diesen Felsnischen erblickte der Sohn Arwens und Morvryns Totenschädel und anderes Gebein; bewegt betrachtete er diese Relikte menschlicher Körper, und dann flüsterte Nimue: »Die weisen Frauen, welche hier beigesetzt wurden, waren die geistigen Führerinnen von Stämmen, deren Angehörige noch keinerlei Metallgegenstände herstellten, jedoch meisterlich gefertigte Steinwerkzeuge benutzten.«

»Diese Menschen erbauten die Dolmen, errichteten die Cromlechs und pflanzten die Menhire in die Erde, deren heilige Kraft bis heute ungebrochen ist«, raunte Myrddin.

»So wurden die Landschaften Britanniens erstmals mit den andersweltlichen Gefilden verbunden«, kam es andächtig von Nimue; danach begaben sich der König und die Druidin zur zweiten Einbuchtung in der Grottenwand. Auch dort gab es zahlreiche Grabnischen, und in einer davon, deren Verschlußplatte zu Boden gerutscht war, sah Myrddin ein bauchiges, mit sakralen Mustern verziertes Tongefäß stehen.

»Am Ende der Epoche, in welcher die Bewohner unserer Insel lernten, Kupfer und Zinn zu verschmelzen und auf diese Weise bronzene Waffen und Werkzeuge zu gießen, wurden die verstorbenen Oberpriesterinnen der Ynys Avallach verbrannt, und anschließend füllte man ihre Asche in solche Urnen«, beschied Nimue den demetischen Herrscher. »In den vorangegangenen Jahrhunderten jener Zeit aber wurden die Herrinnen von Avalon genauso bestattet wie die weisen Frauen der ältesten Stämme, deren spirituelles Erbe sie angetreten hatten.«

»Von Jahrtausend zu Jahrtausend hüteten die Vertrauten der Dreifachen Göttin das Große Wissen und schenkten es von Generation zu Generation weiter«, flüsterte der König.

»Sehr viele Knoten wurden zum Geflecht der druidischen Erkenntnis verknüpft«, nickte Nimue. »Und dort drüben«, sie deutete zur dritten Einwölbung in der Kavernenwand, »ruhen die Leiber derjenigen, welche seit der Ankunft unserer keltischen Volksstämme in Britannien als Mütter der Priesterinnengemeinschaften auf der Ynys Avallach wirkten.«

Als Myrddin und seine Begleiterin die letzte halbkreisförmige Felseinbuchtung betraten, hatte der Herrscher der Demetier das Empfinden, durch unsichtbare und dennoch fast körperlich fühlbare Schleier zu schreiten. Er spürte, wie sich sein Bewußtsein erweiterte; im nächsten Moment glaubte er hinter den durchweg unversehrten Schieferplatten, welche die hier befindlichen rund fünfzig Gesteinsnischen mit Ausnahme einer einzigen, offensichtlich frisch ausgehauenen Grabhöhlung abdeckten, die Gesichter und Körper äußerst ehrfurchteinflößender Frauen zu erblicken. Es schien Myrddin, als wären zumindest die Leiber jener Druidinnen, welche man im oberen Bereich der Felswände beigesetzt hatte, kaum von der Verwesung angegriffen worden. Wie gebannt, im Innersten berührt, stand der Sohn Arwens und Morvryns da; mit einemmal wich seine Trance von ihm, und er hörte Nimues Worte: »Du hast soeben die Gestalten und dazu etwas vom unzerstörbaren Wesen all der Herrinnen von Avalon gesehen, welche Morgana nach Annwn vorausgingen.«

»Vor zehn Jahrhunderten wurde die erste keltische Pendruid der Ynys Avallach hier bestattet«, raunte Myrddin.

»Da liegt sie ...« Nimue wies auf eine Nische ganz unten in der Grottenwand. »Und dort in der Höhe«, sie deutete auf die erst kürzlich geschaffene Grabhöhlung, »soll nunmehr Morgana ihre letzte irdische Ruhestätte finden.«

Damit begab sich Nimue wieder dorthin, wo die übrigen Priesterinnen mit dem Leichnam warteten. Der demetische König blieb in der dritten Kaverneneinwölbung zurück; wie selbstvergessen betastete er das Höhlengestein – und mit demselben Herzschlag erlebte er eine Vision, die ihm bestätigte, was er zuvor in seiner tranceartigen Intuition nur erahnt hatte.

Die Felsplatten, welche die Beisetzungsnischen verschlossen, schienen wegzuschmelzen, und im rötlich durchwaberten und durchpulsten Halbdunkel dahinter wurden die mumifizierten Körper der früheren Herrinnen von Avalon sichtbar. Allesamt lagen sie, im schwarzen, weich gemuldeten Steinschoß geborgen, in heiliger Haltung da. Jede Pendruid war in einem weißen Gewand bestattet worden, und um ihre Nacken trugen die Frauen den sakralen Reif; den goldenen Torques, dessen reich verzierte, einander bedingende Endknäufe das Urgesetz des allumfassenden Daseins symbolisierten: die immerwährende Wanderung des unsterblichen Geistes zwischen Diesseits- und Anderswelt; den ewigen Kreislauf von Geburt, Tod und Wiedergeburt.

In beglückter Erschütterung verharrte Myrddin; um die fünfzig von überragender Weisheit erfüllte Lebenspfade verbanden sich mit seinem eigenen, und es war ihm, als würden ihn die einstigen Herrinnen der Ynys Avallach und durch sie die Göttin in liebevoller Zuneigung umarmen. Dann, als die Entrückung sanft von ihm wich, wurde ihm bewußt, daß diese metaphysische Vereinigung schon in wenigen Jahren noch sehr viel inniger werden würde; er vermeinte sich in einer anderen Grotte zu sehen, weit im Nordwesten, wo er an der Brust der neuen Pendruid von Avalon dahinschied – und eben als er dieses Bild erschaute, schien die Felshöhlung, in der er sich befand, in unbeschreiblich warmem Rot aufzuglühen …

Mit dem nächsten Lidschlag gewahrte der Sohn Arwens und Morvryns, daß die Priesterinnen mit der Leiche Morganas herbeikamen. Gleich darauf stellten sie das Totenbrett auf dem Kavernenboden ab, und Nimue sagte zu ihren Schwestern: »Laßt uns jetzt die Rampe errichten.«

Aus Steinquadern, die außerhalb der Grotteneinwölbung bereitlagen, erbauten die Druidinnen eine mannshohe Treppenrampe, die es ermöglichen sollte, den Leichnam in die für ihn bestimmte Grabnische zu bringen. Nachdem die Arbeit getan war, bat Nimue den König der Demetier: »Komm mit mir nach oben.«

Myrddin folgte der Priesterin auf die höchste Rampenstufe; als die beiden sich dort niedergekniet hatten, hoben die übrigen Druidinnen den Leichnam vom Eibenholzbrett, und vier von ihnen trugen ihn die Steintreppe empor. Droben betteten Nimue und der König Morganas Leiche in die Felsnische – und zwar so, daß die heimgegangene Pendruid ebenso wie die vor ihr verstorbenen Herrinnen der Ynys Avallach in all den anderen Grabhöhlungen die Körperhaltung eines zusammengekauert im Mutterleib schlafenden, seiner Geburt entgegendämmernden Kindes einnahm. Zuletzt rückte Myrddin behutsam den schweren Goldtorques zurecht, welcher um den Hals der Toten lag, und Nimue streichelte Morgana noch einmal zärtlich über das graue Haar.

Danach stiegen beide die Rampe hinab und gesellten sich wieder zu der siebenköpfigen Schar der Priesterinnen, welche den Beisetzungsakt schweigend beobachtet hatten. Der Sohn Arwens und Morvryns sah Tränen über die Wangen der Frauen rinnen; er erkannte aber auch das unverbrüchliche Wissen um die Unvergänglichkeit des zwischen den Welten wandernden Geistes in den Augen der Druidinnen – und dann hörte er Nimue sagen: »Nun ist es Zeit, die geweihten Kräuter zu entzünden.«

Wenig später hüllte heller, rötlicher und dunkler Rauch die Öffnung der Steinnische über den Köpfen des demetischen Herrschers und der Priesterinnen ein. Während die aromatisch duftenden Rauchwolken sich auf geheimnisvolle Weise zu spiralig schleiernden Gebilden verbanden, erklang harmonischer Sakralgesang, und nachdem das Ritual sein Ende gefunden hatte, kletterten Nimue und zwei weitere Druidinnen nochmals zur Grabhöhle hinauf und verschlossen sie mit einer Schieferplatte.

Anschließend brachten die Priesterinnen die Quader, aus

denen sie die Treppenrampe errichtet hatten, in den Hauptraum der Grotte zurück, und danach erklärte Nimue: »Jetzt wird das, was an Morgana sterblich war, in Frieden hier ruhen. Jahr um Jahr wird vergehen, bis irgendwann die Rampe erneut erbaut werden muß. Denn wenn der Tag gekommen ist, wird auch die nächste Pendruid von Avalon in dieser Höhle bestattet werden.«

»So wird es sein«, antwortete eine der Priesterinnen. »Doch derzeit ist das Haus der Pendruid verwaist, und die Ynys Avallach hat keine Herrin.«

»Ceridwen, welche die Knoten unseres Daseins zum ewigen Geflecht verwebt, möchte, daß eine aus unserer Mitte zur Nachfolgerin Morganas erwählt wird«, sagte eine andere der Frauen.

Die Blicke sämtlicher Druidinnen richteten sich auf Nimue; diese senkte das Haupt – und an ihrer Stelle fragte Myrddin: »Wer soll künftig als Herrin von Avalon wirken?«

»Morgana bestimmte diejenige dazu, welche in bescheidener Haltung an deiner Seite steht«, erwiderte die Priesterin, die als erste gesprochen hatte. »Und wir alle billigen diese weise Entscheidung der Heimgegangenen von ganzem Herzen!«

Der König der Demetier ergriff Nimues Hand. »Es wäre auch mein Wunsch ...«

Stumm umarmte ihn die Druidin. Dann begab sie sich zu den übrigen Frauen, um sie, eine nach der anderen, ebenfalls an ihre Brust zu ziehen, und nachdem Nimue dies getan hatte, verkündete sie: »Ich will die Pflichten, welche nun auf mich zukommen werden, im Einklang mit den Absichten der Göttin und voller Liebe zu euch allen erfüllen!«

»Die Ynys Avallach hat eine neue Herrin!« erscholl es dreimal hintereinander in der Runde; die Worte schienen hallendes jenseitiges Echo von den Grottenwänden her zu finden, und als es wieder still in der Höhle geworden war, sagte Nimue: »Laßt uns jetzt in die Welt der Lebenden zurückkehren.«

Daraufhin nahm eine der Priesterinnen das Totenbrett an sich, das zum Gedenken an Morgana auf dem Anger des Apfelbaumhains aufgestellt werden sollte; sodann verließen die Druidinnen und Myrddin die Grabgrotte. In der Tropfsteinkaverne mit dem unterirdischen Teich angelangt, verbauten die Frauen sorgsam das von den drei archaischen Monolithen eingefaßte Portal zur verborgenen Höhle. Nachdem der letzte Felsbrocken eingefügt war, schritten der demetische Herrscher und die acht Priesterinnen zur Mündung des gewundenen Stollens, der in die Talsenke am Fuß des Twr hinausführte – und als sie dort ankamen, sahen sie, daß die vielen hundert Trauergäste, welche dem Leichnam Morganas das Geleit bis hierher gegeben hatten, noch immer unter dem sternenbesäten Nachthimmel ausharrten.

Nun, da Myrddin und die Druidinnen aus dem Stollenmund traten, drängten die fackeltragenden Menschen näher – und gleich darauf rief der König der Demetier ihnen zu: »Der Leib der verstorbenen Pendruid von Avalon ruht im Schoß Ceridwens. Und zur Nachfolgerin Morganas wurde Nimue erwählt, die bereits seit Jahren die engste Vertraute der Heimgegangenen war.«

»Nimue!« erklang es aus Tausenden von Kehlen; es dauerte geraume Zeit, ehe die Ovationen verstummten, und als wieder Stille auf dem Talboden eingekehrt war, breitete die neue Pendruid der Ynys Avallach mit segnender Geste die Arme aus und flehte den Schutz der Andersweltlichen auf die Menge herab.

Anschließend folgten die Scharen der Männer, Frauen und Jugendlichen dem demetischen Herrscher und den acht Priesterinnen in langer Prozession zurück zum Apfelhain. Auf dem Wiesenplan zwischen den Baumgruppen dort wurde das Eibenholzbrett, auf dem Morganas Leiche gelegen hatte, in einer letzten feierlichen Zeremonie in die Erde eingepflanzt. Danach zogen die vielen hundert Trauergäste zum Hafendorf oder zu den Gehöften des Eilands davon, um für den Rest der

Samhain-Nacht an den Herdfeuern zu wachen und Zwiesprache mit den Gottheiten, den Sídhe und den Toten zu halten. Auch Myrddin und die Druidinnen taten dies; bis zum Morgengrauen saßen sie in spiritueller Versunkenheit im Rundhaus der verstorbenen Herrin von Avalon beisammen, und erst als die Sterne am Firmament verblaßten, begaben sie sich zur Ruhe.

Während der nächsten drei Tage verrichteten die Priesterinnen keinerlei profane Arbeiten; statt dessen meditierten sie und der Sohn Arwens und Morvryns häufig beim Totenbrett, auf den Gipfeln der heiligen Hügel oder an der Roten Quelle. Am vierten Morgen nach Samhain dann siedelte Nimue in das ehemals von Morgana bewohnte Haus über. Myrddin war ihr behilflich, sich dort einzurichten, und in der Abenddämmerung, als alle persönlichen Besitztümer der neuen Pendruid an Ort und Stelle waren, bat Nimue den König der Demetier: »Sei so lieb, mir noch eine Weile Gesellschaft zu leisten.«

Myrddin stimmte gerne zu; die beiden ließen sich auf bequemen Lehnstühlen am Feuerplatz nieder, und nachdem die siebenundvierzigjährige Pendruid, die einst von Môn Mam Cymru auf die Ynys Avallach gekommen war, für ihren Gast und sich zwei Becher mit Metheglyn eingeschenkt hatte, sagte Myrddin: »Ich bin gewiß, daß du die Aufgaben, die jetzt vor dir liegen, im Einklang mit dem Willen der Mächte von Annwn meistern wirst.«

»Leicht wird es nicht werden«, entgegnete Nimue. »Schon wegen der ständigen Bedrohung durch die Sassenach ... Aber die erste Pflicht, die ich zu erfüllen habe, wird mir Freude bereiten.«

»Der Kreis der neun Priesterinnen von Avalon muß wieder vervollständigt werden ...« Der Sohn Arwens und Morvryns nahm einen Schluck aus seinem Pokal. »Deshalb wirst du eine geistig besonders hochstehende Frau aus einem anderen Hain hierher auf die heilige Insel berufen. Hast du dich denn bereits für eine bestimmte Druidin entschieden?«

»Ich denke an eine Schwester im Dienst der Dreifachen Göttin, die sich einen außerordentlich guten spirituellen und menschenfreundlichen Ruf im Stammesgebiet der Catuvellauner erworben hat«, antwortete Nimue. Sie trank ebenfalls, sodann fuhr sie fort: »Ich möchte diese Druidin, ihr Name ist Branwyn, jedoch noch aus einem weiteren Grund auf der Ynys Avallach haben. Sie besitzt nämlich viel Erfahrung in der Auseinandersetzung mit den Kreuzanbetern, die ja schon früher und in letzter Zeit vermehrt für Unfrieden in den Gauen mancher Volksstämme sorgten.«

Myrddin runzelte die Stirn. »Ich hörte auf meinem Ritt nach Avalon von Übergriffen der Christen im Norden. Aber die Berichte waren verworren und widersprüchlich. Doch du weißt offenbar Genaueres ...«

Die Pendruid nickte. »Bei den Catuvellaunern und ebenso bei den Coritanern und Briganten zerstörten Anhänger des Kreuzgötzen eine ganze Reihe von Weihestätten. Zumeist handelte es sich um Schreine, Quellhaine oder Steinsetzungen in einsamen Gegenden, weshalb die Christen, nachdem sie die Heiligtümer geschändet hatten, unerkannt entkommen konnten. Darüber hinaus kam es in einigen Fällen aber auch zu offenen Angriffen von Kreuzanbetern auf keltische Sakralstätten. So beispielsweise erst vor wenigen Wochen in einem der brigantischen Nordgaue, wo eine Christenhorde ein Dorf überfiel und eine uralte, dem Gott Taranis geweihte Eiche fällte, welche seit Jahrhunderten von den Menschen dieser Ansiedlung verehrt worden war.«

»Und die Briganten nahmen dies ohne Gegenwehr hin?!« stieß der demetische Herrscher aufgebracht hervor.

Nimue schüttelte den Kopf. »Keineswegs! Vielmehr leisteten sie den Wahnsinnigen, die auf ihren Dorfanger gestürmt waren, um den vom Geist des Donnergottes beseelten Baum umzuhauen, erbitterten Widerstand. Doch die Christen waren in der Überzahl und außerdem besser bewaffnet. Daher mußten die Dorfbewohner, nachdem es Dutzende von Toten und Verletzten unter ihnen gegeben hatte, flüchten. Und bald darauf stürzte die Eiche unter den Axthieben der Kreuzanbeter nieder.«

Erschüttert starrte Myrddin ins Feuer; eine Weile war nur das Knistern der Flammen und das Wehen des Herbstwindes draußen zu vernehmen – schließlich richtete der König den Blick wieder auf die Druidin mit dem dunklen Haar und den tiefblauen Augen und sagte: »Diese Christen sind Ausgeburten des Weißen Drachen, und ihre Lehre ist eine einzige Lüge! Denn zum einen leugnen sie in abgründiger Vermessenheit die Existenz der ewigen Gottheiten, und zum anderen predigen sie heuchlerisch Barmherzigkeit und Nächstenliebe, während sie in Wahrheit nur eins im Sinn haben: alles auszurotten, was aus jahrtausendealter spiritueller Erfahrung und Weisheit erwachsen ist.«

»Genau dies fordert ihr Götze, wie in ihrem sogenannten heiligen Buch, das sie als Bibel und zudem als göttliche Offenbarung bezeichnen, nachzulesen ist«, kam es von Nimue. »Dort heißt es sinngemäß, daß Menschen wie wir, die nicht an ihren Moloch Jahwe glauben, erschlagen oder versklavt werden müßten.«

»Falls diese mörderische Irrlehre sich ausbreiten und umfassende Macht gewinnen würde, müßte die Welt in einem Meer von Blut und Tränen versinken«, murmelte Myrddin.

»Die gesamte Menschheit würde wie nie zuvor in ihrer Geschichte leiden«, pflichtete die Pendruid ihm bei. »Es würde zu einer endlosen Kette von Kriegen und zu ständiger brutaler Verfolgung unseresgleichen durch die Kreuzanbeter kommen. Einzig dies könnte aus der christlichen Afterphilosophie entstehen, die jegliche geistige Freiheit mit Füßen tritt.«

»Die Kreuzanbeter trachten nach Verknechtung der Seelen und setzen, sofern sie die Möglichkeit dazu haben, auf rohe Gewalt, um dieses Ziel zu erreichen«, nickte der Herrscher der Demetier. »Und vielleicht sollten wir den Stammesfürsten im Norden, wo die Christen offenbar bösartiger denn je agieren, zu entschlossenen und unnachsichtigen Maßnahmen raten.«

»Es darf nicht länger Duldsamkeit gegenüber der verbrecherischen Unduldsamkeit der Kreuzanbeter geben!« stimmte Nimue dem Sohn Arwens und Morvryns erneut zu. »Und dies um so mehr, als die Christen jenseits des Meeres, in Gallien, bereits zahlreiche Städte und riesige Teile der dortigen Stammesgebiete unter ihr Joch gezwungen haben.«

»Das schafften sie mit Hilfe der Ruheiniog, welche den Götzenkult schon vor Generationen zu ihrer Staatsreligion erhoben haben«, äußerte Myrddin grimmig. »Aber aus Britannien wurden die Legionen verjagt; seit einem Jahrhundert sind wir, den Südosten, wo sich die Sassenach eingenistet haben, ausgenommen, wieder Herren in unserem Land. Und deshalb wird es uns doch wohl gelingen, den Kreuzanbetern so entgegenzutreten, wie sie es verdienen, und sie, wenn es nicht anders geht, aus Britannien auszuweisen.«

Die Pendruid nagte an ihrer Unterlippe, dann sagte sie: »Dein Vorschlag, in dieser Sache Verbindung mit den Königen des Nordens aufzunehmen, ist sehr sinnvoll.«

»Am besten wäre es, wenn du die Stammesherrscher schon im nächsten Frühling oder Sommer zu einem Meinungsaustausch auf die Ynys Avallach einladen würdest«, riet der Sohn Arwens und Morvryns.

»Wärst du bereit, ebenfalls zu einer solchen Ratsversammlung zu kommen?« wollte Nimue wissen.

»Selbstverständlich«, erwiderte Myrddin; die Pendruid dankte ihm – und danach saßen beide noch mehrere Stunden in vertrautem Gespräch an der Feuerstelle, bis der demetische König zuletzt schläfrig wurde und sich zu seiner eigenen Unterkunft begab.

Auch während der darauffolgenden Tage verbrachten Myrddin und die neue Pendruid von Avalon viel Zeit miteinander, und als der Sohn Arwens und Morvryns eineinhalb Wochen nach der Bestattung Morganas den Heimritt nach

Cymru antrat, begleitete Nimue ihn und die Adelskrieger seiner Bedeckung das erste Wegstück bis zum Quellheiligtum von Ffynnon Llawer.

Im Sattel ihrer edlen Stute trabte die dunkelhaarige Pendruid neben Myrddin dahin; am späten Vormittag erreichte man die nordöstlich der Ynys Avallach gelegenen Haine, wo die zahlreichen, der Göttin Brigid geweihten Borne aus der Erde sprudelten. An einer der Quellen, welche Nimue besonders liebte, zelebrierten die beiden Großen Wissenden ein Ritual; sodann, als die wolkenverhangene Sonne im Zenit stand, nahmen der Herrscher der Demetier und die Pendruid Abschied voneinander.

Allein galoppierte Nimue in Richtung des Sees von Avalon davon; die von Myrddin angeführte Kavalkade zog nach Norden weiter – und nach zweiwöchiger Reise unter zumeist bedecktem und oft einschüchternd düster wirkendem Herbsthimmel langte die Reiterschar in der Königsfestung über dem Tywi-Tal an.

Ein dünner Regenguß fegte auf die Palisadenwälle und die Häuser des Duns hernieder, als der Druidenfürst und seine Gefährten das Festungstor passierten. Drinnen rannten die Bewohner des Duns herbei, um den Stammesherrscher zu begrüßen, und trotz der Kälte und Nässe, die ihn ständig frösteln ließen, empfand Myrddin angesichts der Wiedersehensfreude seiner Untertanen ein warmes Glücksgefühl im Herzen. Gerührt drückte er die Hände, die sich ihm entgegenstreckten; zärtlich streichelte er einem Kind, das zu ihm emporgehoben wurde, über die feuchten Locken. Aber dann plötzlich verkrampfte sich sein Antlitz wie in jähem Schmerz; er wankte auf dem Pferderücken – und im nächsten Moment befiel ihn derart starker Schwindel, daß er fürchtete, das Bewußtsein zu verlieren, und kaum noch merkte, wie ihn einige erschrockene Frauen und Männer vom Roß hoben.

***

Einen vollen Monat kämpfte der Vierundsechzigjährige gegen die Krankheit, die er sich während der letzten Tage des anstrengenden Ritts zugezogen hatte. Immer von neuem litt er unter Fieberanfällen; zeitweise schmerzte ihn jeder Atemzug, und manchmal, wenn er vor lauter stechender Pein in seinen Lungen kaum noch Luft zu holen vermochte, lag er in fast ohnmächtiger Schwäche da. Erst in der Woche nach Alban Arthuan kehrten seine Kräfte allmählich zurück; nun konnte er das Bett stunden- und bald halbtageweise verlassen und sich, zugedeckt in einem Sessel sitzend, am Feuerplatz seines Gemachs wärmen. Doch es dauerte nochmals eine Woche, bis sich Myrddin soweit erholt hatte, daß er einen kurzen Spaziergang über den Festungsanger zu unternehmen vermochte, und als er sich endlich wieder stark genug fühlte, um einen kleinen Ausritt in die Umgebung des Duns zu wagen, war Imbolc bereits nahe.

Die Sonne strahlte an diesem Nachmittag beinahe schon frühlingshaft vom lichtblauen Firmament, und der Druidenfürst, der von drei Adelskriegern begleitet wurde, genoß es, sich von seinem Fuchshengst über die vom Frost befreiten Felder und Wiesen tragen zu lassen. Schließlich zügelten die vier Demetier ihre Pferde auf einem Hügelkamm, um ins Tywi-Tal hinabzuschauen, und nachdem Myrddin eine Weile versonnen auf den gemächlich dahinströmenden, im Sonnenschein glitzernden Fluß geblickt hatte, sagte er bewegt zu seinen Gefährten: »Als ich ans Krankenlager gefesselt war, befürchtete ich in so manch quälender Nacht, nie mehr einen Tag wie diesen erleben zu dürfen ...«

»Aber jetzt hast du sowohl die Wochen des Siechtums als auch den Winter glücklich überstanden«, erwiderte einer der Adelskrieger. »Und außerdem darfst du dich auf die Festlichkeiten anläßlich deines fünfundsechzigsten Geburtstages freuen, den wir in Bälde feiern werden.«

Der König atmete tief durch. »Ja, es wird mir dank Ceridwens Gnade vergönnt sein, mit euch und all den anderen zu schmausen und zu trinken. – Und nun laßt uns hinunter zum Tywi reiten, denn ich will eine Strecke an seinem Ufer entlangtraben ...«

Im Verlauf der folgenden beiden Monate gewann Myrddin seine frühere Spannkraft völlig zurück, und kurz vor Beltane, als der Druidenfürst sein fünfundsechzigstes Lebensjahr vollendete, ging es in der Ringwallfestung einen ganzen Tag sowie den größten Teil der Nacht hoch her. Die vielen hundert Menschen, die in der Großen Halle und auf dem Anger des Duns tafelten, vertilgten ein halbes Dutzend am Spieß gebratener Mastochsen und leerten zahlreiche Fässer Honigwein. Wieder und wieder wurden Trinksprüche auf den grauhaarigen Stammesherrscher ausgebracht; verschiedene Barden priesen die Taten Myrddins in Krieg und Frieden, und als der Druidenfürst zwischen Mitternacht und Morgengrauen sein doppelstöckiges Rundhaus aufsuchen wollte, um der Nachtruhe zu pflegen, ließen es sich die Edlen unter den Geburtstagsgästen nicht nehmen, ihm das Ehrengeleit bis zum Portal des Königshauses zu geben.

Der Sohn Arwens und Morvryns hatte sein Geburtstagsfest unbeschwert genießen können, da zu dieser Zeit überall in den britannischen Stammesgebieten Frieden herrschte, und als Myrddin eineinhalb Wochen nach der ausgelassenen Feier die Beltane-Rituale zelebrierte, hoffte er, daß es den Kriegern der keltischen Volksstämme auch später im Jahr erspart bleiben würde, zu den Waffen greifen zu müssen.

Doch dem war nicht so, denn als sich der Frühling in den Sommer drehte, brachte ein von Melwas abgesandter Bote die Kunde vom Ausbruch neuer Kämpfe in die demetische Königsfestung. »Cerdic ist von seinem Herrschaftsgebiet im Südosten mit einem mehrtausendköpfigen Heer nach Norden gezogen und über die coritanischen Ländereien hergefallen«, berichtete der durotrigische Adlige dem Druidenfürsten und dessen Vertrauten. »Melwas und etliche weitere Stammeskönige aus dem Süden haben sich mit einer rasch aufgestellten Streitmacht in Marsch gesetzt, um den Coritanern zu Hilfe zu eilen. Unterwegs will Melwas sein Heer durch trinovantische und catuvellaunische Kriegerscharen verstärken; außerdem hat er Kuriere zu den Briganten, Silurern, Ordovicen und Cornoviern geschickt, und diese Boten sollen die Herrscher der genannten Stämme ersuchen, ebenfalls mit Kampfverbänden zum Hauptheer zu stoßen.«

»Es könnte gewiß nicht schaden, wenn Melwas zusätzliche Unterstützung von demetischer Seite bekäme«, äußerte der Sohn Arwens und Morvryns, nachdem der Durotrige geendet hatte.

Die übrigen Edlen nickten zustimmend – aber der Kurier erklärte: »Dein Angebot ehrt dich, Myrddin! Doch ich bin nicht in der Absicht gekommen, euch Demetier um Waffenhilfe zu bitten. Mein König hält das für unnötig, da er sicher ist, die Feinde auch so schlagen zu können. Daher war es lediglich meine Aufgabe, euch über das neuerliche Aufflammen des Krieges zu informieren – und ansonsten soll ich dir, Myrddin, von Melwas ausrichten, daß du dich nach der schweren Krankheit, die du durchgemacht hast, schonen mögest.«

»Mein alter Freund hörte also von meinem Zusammenbruch?« erkundigte sich der Fünfundsechzigjährige überrascht.

»Wandernde Barden und sonstige Reisende erzählten in den Duns und Dörfern des Südlandes davon«, beschied ihn der Durotrige. »Und überall beteten die Menschen für deine Genesung.«

Tiefe Rührung malte sich auf dem Antlitz des Druidenfürsten; einen Moment saß er schweigend da, sodann fragte er den Kurier: »Befinden sich denn die ehemaligen Drachenkrieger Taliesin, Llancyllodd und Galwad bei Melwas' Heer? Und was ist mit Gwenddolau und seiner Streitmacht? Warum erwähntest du vorhin die Deceanglier nicht?«

»Taliesin und die beiden anderen zogen zusammen mit Melwas an der Spitze des Hauptheeres in den Norden«, antwortete der Durotrige. »Gwenddolau hingegen muß Gwynedd schützen …«

»Wieso?« unterbrach Myrddin den Kurier.

»Weil sich vor den Gestaden des deceanglischen Stammesgebietes seit Alban Ailyr immer wieder einmal fremde Schiffe gezeigt haben«, erklärte der Durotrige. »Teilweise handelte es sich sogar um kleinere Flottenverbände, und dies könnte bedeuten, daß Überfälle auf abgelegene Küstensiedlungen bevorstehen. Durch Reitboten Gwenddolaus, die während der vergangenen Monate zu ihm kamen, hat Melwas vom Auftauchen der Feindschiffe erfahren. Und deshalb sandte er sofort nach dem Angriff der Sassenach auf die Coritaner einen Eilkurier zum Herrscher der Deceanglier, welcher Gwenddolau dringend ersuchen sollte, Gwynedd auf gar keinen Fall zu verlassen.«

»Damit hat Melwas zweifellos das Richtige getan«, murmelte der Druidenfürst. »Und wenn Gwenddolau, was wir freilich nicht hoffen wollen, in ernsthafte Bedrängnis geraten würde, könnten wir Demetier ihm innerhalb kurzer Zeit beispringen.«

»Das wäre sehr wichtig«, äußerte der durotrigische Edle. »Denn Melwas und seine Mitstreiter werden im Lauf des Sommers ihre ganze Kraft benötigen, um Cerdic und dessen Mord- und Raubhorden aus den coritanischen Siedelgebieten zu verjagen.«

Stumm nickten die demetischen Adligen; während der folgenden Stunden dann tauschten sie sich mit dem Kurier in reichlich gedrückter Stimmung noch weiter über das erneute Losbrechen der Kriegsfurie aus – und am Morgen darauf galoppierten der Durotrige und dessen Bedeckung wieder nach Osten davon, um zu dem von Melwas befehligten Heer zurückzukehren.

Erst als die Kavalkade schon fast am Horizont verschwunden war, erinnerte sich Myrddin, welcher dem Reitertrupp vom Palisadenwall der Festung aus nachschaute, an das Gespräch, das er kurz nach Morganas Bestattung mit Nimue geführt hatte. Damals hatten er und die neue Pendruid von Avalon vereinbart, daß auf der Ynys Avallach eine Unterredung mit den Königen der Catuvellauner, Coritaner und Briganten stattfinden sollte, um Maßnahmen zu erwägen, mit denen man den bedrohlichen Umtrieben der Christen in den nördlichen Stammesländern Einhalt gebieten konnte. Aber nun, so dachte der Druidenfürst beklommen, ist dies nicht mehr möglich, weil die Herrscher des Nordens allesamt gegen die Sassenach kämpfen.

Mit dem nächsten Herzschlag hatte der Sohn Arwens und Morvryns das Empfinden, als würde sich in seinem Innersten etwas schmerzhaft zusammenkrampfen. Zugleich vermeinte er, fern am Himmel schwarze, fahlweiß umzüngelte Kreuzbalken zu sehen, deren kantige Konturen das Firmament mit rasender Schnelligkeit verdunkelten. Doch einen Augenblick später wich das visionäre Erschrecken wieder von Myrddin; nur seltsam lähmende, beinahe betäubende Müdigkeit durchflutete ihn jetzt noch. Der Fünfundsechzigjährige taumelte und tastete nach einem Palisadenpfahl, um sich festzuhalten. Ein Dutzend gequälte Atemzüge lang stand er in gebeugter, hilflos wirkender Haltung da; endlich faßte er sich, winkte einen in der Nähe befindlichen Wachtposten heran und forderte ihn mit bebender Stimme auf: »Bring mich bitte … zu meinem Haus.«

»Ist dir nicht gut?!« erkundigte sich der Mann bestürzt.

»Bestimmt bloß eine harmlose Nachwirkung … meiner Erkrankung …« murmelte Myrddin; dann stützte er sich auf den Arm des Kriegers und ließ sich von ihm wegführen.

Obwohl sich der Fünfundsechzigjährige nach einigen Stunden Ruhe völlig erholt hatte, sorgten sich die Bewohner des Duns, die aus dem Mund des Wachtpostens vom Schwächeanfall ihres Königs gehört hatten, noch tagelang um Myrddin. Aber dessen Gesundheit blieb stabil, und im Verlauf des Frühsommers unternahm der Druidenfürst häufig ausgedehnte

Reitausflüge, bei denen er im Sattel nicht weniger Ausdauer als seine bedeutend jüngeren Gefährten zeigte.

So verstrich die Zeit bis Alban Heruin; wie üblich zelebrierte Myrddin zur Sommersonnenwende ein feierliches Ritual unter dem Weltenbaum der Herrscherfestung, und anschließend richtete er Fürbitten an die Mächte von Annwn, welche den Keltenkriegern zugute kommen sollten, die unterdessen wohl schon auf den Schlachtfeldern im Osten Britanniens gefallen waren.

Boten, die von den Kämpfen hätten berichten können, waren bisher nicht im Königs-Dun der Demetier eingetroffen. Daher blieb dem Druidenfürsten und seinen Untertanen nur die Hoffnung, daß das von Melwas kommandierte Heer den Sieg erringen würde – doch dann, vier Tage nach Alban Heruin, preschte ein Kurier durchs Festungstor, der schlimme Kunde brachte.

Der Reitbote, der von Llancyllodd abgeschickt worden war, erzählte von einer Schlacht, in deren Verlauf Melwas eine böse Verwundung am Oberschenkel erlitten hatte. Man war gezwungen gewesen, den kampfunfähigen Herrscher der Durotrigen in einen abgelegenen und damit ungefährdeten Häuptlings-Dun zu bringen, wo er von Arztdruiden wieder gesundgepflegt werden konnte, und danach hatten die übrigen Hochadligen den tapferen Llancyllodd zum Befehlshaber des keltischen Heeresverbandes erhoben. »Er wird es aber schwer haben«, schloß der Kurier. »Die Feinde kämpfen nämlich verbissen wie nie, und deshalb kann sich der Krieg unter Umständen noch monatelang hinziehen.«

Nachdem der Bote, der sich bloß wenige Stunden in der demetischen Königsfestung aufgehalten hatte, wieder davongeritten war, überlegte Myrddin sehr ernsthaft, ob er nicht doch ein Hilfsheer in den Osten entsenden sollte. Dazu aber kam es letztlich nicht, denn bereits zwei Tage später galoppierte ein Trupp deceanglischer Krieger auf schaumbedeckten Rössern auf den Anger des Duns über dem Flußtal des

Tywi – und der Anführer der Schar, ein Edler namens Daragh, übermittelte dem Druidenfürsten, der ihn rasch in sein Rundhaus geleitet hatte, eine fürchterliche Nachricht des Herrschers von Gwynedd.

»Gwenddolau, der Sohn und Erbe Uddyr Pendraigs, läßt dich durch mich bitten, so schnell wie möglich und mit so vielen Kämpfern, wie du nur aufzubieten vermagst, nach Norden zu marschieren!« teilte Daragh dem König der Demetier mit.

»Was ist passiert?!« stieß Myrddin hervor.

»Ein übermächtiges, ungefähr siebentausend Mann starkes Heer hat die Nordostgrenze unseres Stammesgebietes überrannt!« erwiderte der Deceanglier. »Es handelt sich durchwegs um Christen, und Anführer der Kreuzanbeter ist Rhydderch Hael, der nichtswürdige Herrscher der Carvetier, welche südlich der piktischen und scotischen Ländereien ...«

»Rhydderch Hael?!« fiel der Druidenfürst dem Kurier ins Wort. »Der Feigling, der sich stets verweigerte, wenn er um Beistand im Krieg gegen die Sassenach ersucht wurde.«

»Rhydderch behauptete immer, er sei mehr Scote als Britannier und hätte daher mit unseren Angelegenheiten wenig zu schaffen«, versetzte Daragh grimmig. »Doch das war offenbar nur eine heuchlerische Ausrede. In Wahrheit ging es ihm darum, seine Streitmacht zu schonen, bis sich eine Chance für ihn ergeben würde, einen Eroberungszug in den Süden zu unternehmen.«

»Und er hat den Zeitpunkt für seinen infamen Angriff auf Gwynedd äußerst schlau gewählt«, sagte Myrddin mit gepreßter Stimme. »Denn fast alle Stammeskönige, die mit Gwenddolau verbündet sind, haben ihre Heeresverbände in den Osten geführt, um gegen Cerdic zu kämpfen. Einzig wir Demetier sind imstande, euch Deceangliern beizuspringen ... aber es wird mindestens zweieinhalb Wochen dauern, bis ich mit meinen Streitscharen zu Gwenddolau stoßen kann.«

»Du bist also bereit, zu helfen!« stellte Daragh aufatmend fest.

»Selbstverständlich!« erwiderte der Druidenfürst. »Ich werde sofort alles Nötige veranlassen, um den demetischen Heerbann ...« Er verstummte, schien einen Augenblick wie verstört über etwas nachzusinnen, faßte sich und fuhr fort: »Doch ehe ich mich mit meinen Vertrauten bespreche, muß ich noch eins wissen ... Wie kommt es, daß Rhydderch Hael plötzlich über eine derart gewaltige Streitmacht verfügt? Über bedeutend mehr Krieger, als er normalerweise in seinen Ländereien hätte aufbieten können. Und wie ist es möglich, daß Rhydderch, wie du vorhin sagtest, ausschließlich christliche Kämpfer befehligt?«

»Das fragte sich Gwenddolau, als er die Kunde vom Anrücken des übermächtigen Heeresverbandes erhielt, ebenfalls«, entgegnete der Deceanglier. »Und es gibt nur eine logische Antwort: Der Herrscher der Carvetier, den wir stets für einen Anhänger der keltischen Religion hielten, muß insgeheim schon vor Jahren zum Kreuzanbeter geworden sein. Zusammen mit ihm fielen wahrscheinlich zahlreiche Hochadlige vom Glauben an die wahren Gottheiten ab, und im Bündnis mit diesen Häuptlingen sowie den im carvetischen Gebiet ansässigen Mönchen und anderen Christen scheint es Rhydderch kürzlich gelungen zu sein, seinen ganzen Stamm unter das Joch des Kreuzgötzen zu zwingen.«

»So wird der Verrat an der druidischen Lehre wohl ins Werk gesetzt worden sein«, nickte Myrddin bedrückt. »Doch das erklärt noch nicht, warum der König der Carvetier siebentausend Krieger ins Feld zu stellen vermag. Unter gewöhnlichen Umständen hätte er schließlich höchstens drei- bis viertausend Kämpfer unter sein Banner rufen können ...«

»Das ist in der Tat völlig rätselhaft«, kam es von Daragh.

»Waren es denn wirklich bloß carvetische Krieger, die eure Grenze überschritten?« erkundigte sich der Druidenfürst.

»Ich weiß es nicht«, erwiderte der Deceanglier. »Als der Angriff auf unseren nordöstlichen Grenzgau erfolgte, befand ich mich bei Gwenddolau in dessen Herrscherfestung Aberffraw auf Môn, und wir erfuhren erst Tage später von Rhydderch Haels Friedensbruch. Zuerst brachten etliche bäuerliche Flüchtlinge, die sich unterwegs beritten gemacht hatten, die Nachricht vom Vordringen der Feinde in den Königs-Dun. Aber diese Männer hatten Rhydderchs Kampfhaufen nur von weitem gesehen und sie lediglich an ihren vielen kreuzförmigen Feldzeichen als christlich erkannt; nähere Angaben über die Zusammensetzung des Feindheeres vermochten sie nicht zu machen. Ein paar Stunden nach der Ankunft der Bauern dann galoppierte ein Kurier in die Festung, der vom Befehlshaber eines kleinen, von den Mord- und Raubhorden bedrohten Grenz-Duns abgeschickt worden war. Dieser Krieger, der zuvor einem Kundschaftertrupp angehört und die Feinde auf ihrem Anmarsch gemeinsam mit seinen Kameraden einen Tag und eine Nacht lang beobachtet hatte, nannte uns die ungefähre Zahl der Kreuzanbeter. Außerdem teilte er uns mit, daß es sich beim Feldherrn des Christenheeres um den Herrscher der Carvetier handeln müsse, denn nach Einbruch der Dunkelheit, als es den Spähern gelang, sich im Schutz eines Gestrüpps bis auf Pfeilschußweite an das Feindlager heranzuschleichen, hörten sie, wie eine Kampfschar der Kreuzanbeter den Namen Rhydderch Hael brüllte und den carvetischen König als Obersten Anführer hochleben ließ. Doch mehr fanden die Kundschafter nicht heraus, da sie die Feinde nachts bloß undeutlich wahrnehmen konnten und sich tagsüber von ihnen fernhalten mußten. Und deshalb vermag ich dir leider keine Antwort auf deine Frage zu geben, ob sich bei den Carvetiern auch Angehörige anderer Volksstämme befinden ...«

»Gwenddolau wird inzwischen genauer informiert sein«, äußerte Myrddin.

»Sicherlich«, bekräftigte Daragh. »Denn unmittelbar nachdem die Schreckensbotschaften in Aberffraw eingetroffen waren, beschloß der Sohn Uddyr Pendraigs, sich dem Christenkönig so rasch wie möglich entgegenzustellen. Und nun hat er bestimmt schon Feindberührung und weiß infolgedessen mehr über die Horden, die Rhydderch Hael in den Süden gefolgt sind.«

»Siebentausend blutrünstige Kreuzanbeter ...« flüsterte der Druidenfürst. »Und Gwenddolau konnte in der Eile vermutlich noch nicht einmal zweitausend Krieger aufbieten ...« Die Stimme des Fünfundsechzigjährigen schien zu versagen; einen Moment starrte Myrddin ins Leere – dann räusperte er sich rauh und sprach weiter: »Aber wenigstens sandte mein alter Freund mir durch dich, Daragh, sofort Nachricht von der fatalen Lage. Und jetzt wollen wir keine Zeit mehr verlieren, sondern umgehend dafür sorgen, daß Gwenddolau nicht länger als unbedingt nötig allein im Kampf gegen den Christenkönig steht.«

Der Druidenfürst wandte den Blick zur Tür, rief einen Diener in den Raum und wies ihn an: »Entbiete sämtliche Edle aus dem Dun hierher in mein Haus!«

»Die Adligen warten bereits draußen, und sie haben von den Begleitern deines Gastes auch schon erfahren, was in Gwynedd passiert ist«, beschied ihn der Bedienstete.

»Um so besser«, versetzte Myrddin – wenig später sodann teilte er den Edlen, die sich um ihn und Daragh drängten, mit: »Ich werde an der Spitze des demetischen Heerbannes nach Norden ziehen, um Schild an Schild mit dem in entsetzliche Gefahr geratenen Herrscher der Deceanglier zu fechten!«

»Wir alle brennen darauf, Gwenddolau beizuspringen und die verfluchten Kreuzanbeter zu Paaren zu treiben!« erwiderte einer der Adelskrieger. »Und es ehrt uns, daß du uns persönlich anführen möchtest. Doch verzeih, wenn ich ...«

»Du denkst, ich sei zu betagt, um nochmals aufs Schlachtfeld zu reiten«, unterbrach der Sohn Arwens und Morvryns den Mann.

»Ja«, bekannte der Edle; andere Adlige stimmten ihm zu, und einer riet Myrddin: »Am sinnvollsten wäre es, wenn du das Oberkommando über unsere Streitmacht dem kühnen und vielfach kampferprobten Gauhäuptling Rhonwyn übertragen würdest. Schließlich war er bereits vor vier Jahren, als Melwas und Naddanleodd die Stammesgebiete der Regnier und Atrebaten gegen Cerdic verteidigten, der Befehlshaber des Hilfsheeres, das du zur Unterstützung der beiden Könige in den Osten schicktest.«

»Rhonwyn focht damals mit größter Tapferkeit, und ich will seine Verdienste keinesfalls schmälern«, antwortete der grauhaarige Herrscher der Demetier. »Aber ihr müßt verstehen, daß ich angesichts der furchtbaren Bedrohung, die von Rhydderch Hael ausgeht, unmöglich tatenlos hier in der Festung zurückbleiben kann. Denn in Gestalt des Christenheeres greift der Weiße Drache den Roten Drachen an; den Rotdrachen, dessen Bildnis Gwenddolau in der Nachfolge Uddyr Pendraigs und des Ebers von Cornueille in seinem Banner führt – und meine heilige Pflicht und druidische Aufgabe war es zeitlebens und wird es immerdar sein, der Bösartigkeit des Fahldrachen mit all meinen Kräften Widerstand zu leisten!«

Myrddin deutete zu einer hohen, bogenförmigen Wandnische nahe der Feuerstelle und fuhr fort: »Dort hängen meine Brünne und meine Waffen! Und ich schwöre euch, daß mein Schwert die Erde mit dem Blut der Kreuzanbeter tränken soll und meine Speere ihre Leiber durchbohren werden!« Mit blitzenden Augen schaute er in die Runde, dann schloß er: »Und nun, ihr Edlen, laßt uns das Erforderliche tun, damit wir dem König der Deceanglier in seinem Kampf gegen den Götzenanbeter Rhydderch Hael beistehen können!«

Schon eine halbe Stunde später verließen Dutzende von berittenen Kurieren den Herrscher-Dun und jagten in verschiedene Himmelsrichtungen davon, um die Häuptlinge sämtlicher demetischer Gaue zur Heerfolge aufzurufen. Fünf Tage darauf hatten sich knapp zweitausend Reiter und Fußkrieger in der Ringwallfestung oder auf den Auwiesen am Tywi-Ufer versammelt, und am nächsten Morgen zogen diese Kampfscharen in nördlicher Richtung ab. Der Druidenfürst und die Gauhäuptlinge – darunter Rhonwyn, den Myrddin vor dem Aufbruch zu seinem Bannerträger ernannt und ihn dadurch geehrt hatte – führten den Heeresverband in Eilmärschen zu einem Dun im Grenzland zwischen den Siedelgebieten der Demetier und Ordovicen; als die Streitmacht dort anlangte, wurde sie bereits von weiteren zwölfhundert Kriegern aus den demetischen Nordgauen erwartet.

Damit verfügte Myrddin nun über etwas mehr als dreitausend Kämpfer, und im Verlauf der nächsten eineinhalb Wochen durchquerte das Heer die Stammesgebiete der Ordovicen und Cornovier sowie das südliche und zentrale Bergland von Gwynedd. Als die Kriegerscharen der Demetier das Gebirgsmassiv des Eryri Gwyn hinter sich gebracht hatten und sich die Bergflanken zur deceanglischen Nordküste hin abzusenken begannen, stieß der Vortrab des Heeresverbandes, bei dem sich an diesem Nachmittag auch der Druidenfürst, Rhonwyn und Daragh befanden, auf einen Flüchtlingstreck. Von den verstörten Bauern und Fischern erfuhr Myrddin, daß Gwenddolau unterdessen in äußerste Bedrängnis geraten war: Zwar hatte es der König von Gwynedd während des vergangenen Monats geschafft, die Kreuzanbeter durch geschickte Taktik am Vorstoß ins Landesinnere zu hindern; doch kürzlich war er aufgrund der feindlichen Übermacht gezwungen gewesen, sich mit seinem Heerbann in einer zuvor nur schwach bemannten Hügelfestung zu verschanzen – und dort wurde er jetzt von Rhydderch Hael belagert.

Die Flüchtlinge nannten auch den Namen des Duns, und kaum hatte Daragh ihn vernommen, rief er erregt aus: »Wenn wir uns sputen und einen Teil der Nacht marschieren, können wir die Christen schon morgen um diese Stunde angreifen!«

»Dann wollen wir keine Zeit mehr verlieren!« versetzte Myrddin, wandte sich an Rhonwyn und befahl ihm: »Reite zum Gros des Heeres zurück und teile den übrigen Häuptlingen mit, daß wir von nun an so rasch wie irgend möglich weiterziehen werden!«

Rhonwyn galoppierte davon, und nachdem der Druidenfürst den Bauern- und Fischerfamilien mit einigen warmherzigen Sätzen Mut zugesprochen hatte, trieb auch er seinen Fuchshengst wieder an. Für den Rest des Tages sodann blieben Myrddin und Daragh ständig an der Spitze des Heeresverbandes und führten ihn stetig nach Nordosten. Bei Einbruch der Dunkelheit entzündete Daragh, welcher mit der Gegend vertraut war, eine Fackel und ritt von da an unter dem sternklaren Firmament vor dem Druidenfürsten her. So wies er Myrddin und damit der gesamten Streitmacht der Demetier, die zum Vortrab aufgeschlossen hatte, den Weg, und erst um Mitternacht lagerte das Heer in einer von flachen Höhenzügen geschützten Talsenke.

Im Morgengrauen schwangen sich die Adelskrieger neuerlich auf ihre Pferde; die Fußkämpfer bildeten abermals Marschgruppen – und gegen Mittag erreichte das Heer den letzten Ausläufer des nördlichen Gebirgslandes von Gwynedd. Links in der Ferne war die blaugrün schimmernde See zu erkennen; zur Rechten erstreckte sich am Rand der Küstenebene eine mäßig hohe Hügelkette, und auf einem ihrer Gipfel mußte die Festung liegen, von welcher die Flüchtlinge gesprochen hatten.

Unter einer breitästigen Eiche zügelte der fünfundsechzigjährige Druidenfürst, welcher die Anstrengungen des Gewaltmarsches mit eisernem Willen gemeistert hatte, seinen Hengst und spähte zu den Hügelkuppen hinüber. Nach einer Weile vermochte er den Dun auszumachen, welchen der König der Deceanglier mit seinen Streitscharen gegen die Kreuzanbeter verteidigte – und im selben Moment hörte er Daragh, der an seiner Seite hielt, sagen: »Ungefähr vier Stunden noch, bis wir die Christen gemeinsam mit Gwenddolau in die Zange nehmen können!«

»Gut!« nickte Myrddin. »Doch wie sieht es mit einem Überraschungsangriff auf das Feindheer aus? Glaubst du, es wird uns glücken, nahe an die Kreuzanbeter heranzukommen, ohne daß sie uns bemerken?«

»Ja!« antwortete Daragh. »Verlaß dich dabei nur auf mich …«

Im Lauf des Nachmittags sodann machte der deceanglische Edle sein Versprechen wahr. Zunächst führte er die demetischen Kampfverbände im Sichtschutz der Wälder, welche die tiefergelegenen Hänge des Bergausläufers bedeckten, an den westlichen Saum der Hügelkette heran. Danach zogen die Reiter und Fußkrieger in geringer Distanz vom südlichen, gebirgsseitigen Rand der Küstenhügel in der Deckung einer gewundenen Wildbachschlucht weiter – und als die Spitze des Heeres am kesselförmigen, von schieferschwarzen Gesteinsschroffen umgebenen Ausgang dieser Klamm anlangte, sah der Druidenfürst die von der Ringwallfestung gekrönte Anhöhe direkt vor sich.

Der Festungshügel war nur dreihundert Schritte entfernt; da und dort auf den Palisadenwällen konnte Myrddin das Blitzen von Waffen im Licht der bereits niedrig am Himmel stehenden Sonne erkennen, und dies zeigte ihm an, daß der Dun noch immer von Gwenddolau gehalten wurde. Aber die deceanglischen Kämpfer, das wurde dem Druidenfürsten einen Augenblick später klar, waren offenbar erst vor kurzem gezwungen gewesen, einen Sturmangriff abzuschlagen, bei welchem die Feinde Brandgeschosse eingesetzt hatten. Denn über dem Festungstor und auch über einem Palisadenabschnitt ein Stück seitlich hingen Rauchwolken, und an der Hügelflanke unterhalb schienen Haufen von Leichen zu liegen. Jäh durchzuckte den Fünfundsechzigjährigen die herzbeklemmende Angst, sein Freund Gwenddolau könnte bei der Verteidigung des Duns gefallen sein; mühsam unterdrückte er die panische Anwandlung, spähte jetzt auf den Talboden zur Linken der Festung hinaus – und erschrak von neuem.

Die vieltausendköpfige christliche Streitmacht nämlich, deren schier unüberschaubare Scharen sich auf der Ebene nordwestlich des Duns drängten, formierte sich soeben zu einem weiteren Angriff. Aus der Front des Feindheeres wuchsen vier keilförmige Spitzen heraus; der Wind, der vom Meer kam und landeinwärts wehte, trug das Röhren von Kriegstrompeten zu dem Felskessel, in dem sich die vordersten Kampfverbände der Demetier stauten – und nun vernahm Myrddin die erregte Aufforderung Rhonwyns: »Wir müssen die Kreuzanbeter attackieren! Sofort!«

»Du hast recht!« stieß der Druidenfürst hervor. Gleich darauf löste er seinen kleinen Reiterschild vom Sattelhorn, zog einen Speer aus dem Lederfutteral, welches am Nackenansatz seines Fuchshengstes festgeschnallt war, ließ das Roß steigen, schwang die Wurfwaffe um den Kopf und rief: »Alle Berittenen und Fußkrieger mir nach!«

Im nächsten Moment galoppierte Myrddin aus der Wildbachschlucht. Daragh sowie Rhonwyn und die übrigen Häuptlinge folgten ihm auf dem Hufschlag; ihnen schlossen sich die Pulks der anderen Reiter an, und diesen Adelskriegern hinterdrein rannten die einfachen Kämpfer talwärts. Auf dem Weg in die Ebene hinab gewannen die Berittenen einen Vorsprung von etwa zweihundert Schritten vor den Fußkriegern; dennoch zögerten die nur ungefähr hundertfünfzig Reiter nicht, das Christenheer, dessen überraschte und teils reichlich kopflos reagierende Kämpfer jetzt unter wildem Gebrüll eine Phalanx gen Süden zu bilden versuchten, ohne Verzug anzugreifen.

In furiosem Ansturm sprengten der Druidenfürst und die Edlen den rechten Flügel von Rhydderch Haels Streitmacht auf. Mit seinen Wurfspeeren, die er nacheinander aus dem Lederköcher am Hals seines Hengstes riß, fällte Myrddin fünf Feinde; anschließend griff er zum Schwert und säte mit der schweren Klinge Tod und Verderben unter den Kreuzanbetern. Dann, während die Berittenen um den Druidenfürsten mit Dutzenden von carvetischen Adelskriegern zu tun bekamen, die sich auf ihren Rössern rücksichtslos Bahn durch die verstörten Haufen der eigenen Fußkämpfer brachen, strömten die einfachen demetischen Krieger auf die Walstatt. Sie stießen in die breite Lücke in der Flanke des Christenheeres vor, die von Myrddins Reiterei aufgesprengt worden war; wenig später vereinigte sich das Gros der Demetier mit den berittenen Edlen, die unter dem Banner des Druidenfürsten fochten – und zugleich erscholl vom Festungshügel her tosendes Kampfgeschrei aus vielen hundert Kehlen.

Die Deceanglier hatten die mächtigen Torflügel des Duns geöffnet, um in die Schlacht eingreifen zu können; nun stürmten sie über den steilen Hang der Anhöhe ins Tal und attackierten die Kreuzanbeter von Osten her. Infolgedessen geriet etwa ein Siebtel der christlichen Streitmacht jetzt zwischen zwei Fronten und erlitt äußerst empfindliche Verluste; aufgrund dieses Debakels verloren viele der übrigen Kreuzanbeter, die immer wieder scharf von der demetischen und deceanglischen Reiterei bedrängt wurden, zunehmend den Kampfesmut – und plötzlich erklangen von dort, wo sich das trotz allem noch weitgehend intakte Zentrum des Christenheeres befand, Trompetensignale.

Daraufhin zogen sich die Scharen der Kreuzanbeter fast fluchtartig zurück und schlossen sich an der Stelle, wo Rhydderch Hael mit seiner Kerntruppe hielt, eng zusammen. Die Demetier und Deceanglier setzten ihren Feinden kaum nach; nur einzelne Berittene jagten auf die tiefgestaffelte Schildmauer der Christen zu und sandten Speere in deren Reihen. Aber auch diese Angriffe hörten auf, als die Kreuzanbeter langsam von der Walstatt wichen. In einem gewaltigen Karree marschierten die Christen nach Nordosten in Richtung der Meeresküste ab; inmitten der Streithaufen, die enge Fühlung untereinander hielten, wehte die Fahne Rhydderch Haels: das riesige Bannertuch, das ein kantiges, pechschwarzes Balkenkreuz auf fahlweißem Grund zeigte. Myrddin, der schwer atmend und von Kopf bis Fuß mit Blut bespritzt auf seinem Fuchshengst saß, starrte mit grimmiger Miene auf die verhaßte Feindfahne – bis er auf einmal abgelenkt wurde, weil jemand seinen Namen rief.

Als der Druidenfürst den Kopf wandte, erkannte er Gwenddolau. Im Galopp preschte der deceanglische König, der ähnlich wie Myrddin vom harten Kampf gezeichnet war, herbei, riß sein Roß in die Hanken und stieß hervor: »Du lebst! Den Göttern sei Dank! Während ich dich überall auf dem Schlachtfeld suchte und nicht fand, fürchtete ich schon ...«

»Und ich machte mir große Sorgen um dich!« Damit schwang sich der Druidenfürst aus dem Sattel; Gwenddolau tat dasselbe, und gleich darauf lagen sich die beiden Freunde in den Armen.

Nachdem sie sich wieder voneinander gelöst hatten, deutete der Herrscher von Gwynedd zum davonziehenden Christenheer hinüber und sagte: »Unsere Feinde, die meiner schwachen Streitmacht fast dreifach überlegen waren, hätten die Hügelfestung womöglich noch an diesem Abend gestürmt, wenn du nicht gewesen wärst. Ihr Demetier habt mit höchster Tapferkeit gekämpft und wahrlich alles gegeben, um uns herauszuhauen.«

»Du hättest dasselbe für mich getan«, antwortete Myrddin.

Stumm nickte Gwenddolau, dann fragte er: »Was soll nun weiter geschehen? Wollen wir die Kreuzanbeter denn einfach entweichen lassen? Sollten wir sie nicht verfolgen und den Versuch machen, noch mehr von ihnen nach Annwn zu senden?«

»Im Moment sind unsere Krieger zu erschöpft, um den Feinden nachzustoßen«, entgegnete der Druidenfürst. »Außerdem ist die Abenddämmerung schon nahe, und ehe die Dunkelheit hereinbricht, muß ich unbedingt etwas herausfinden ...«

»Was?« erkundigte sich der König der Deceanglier.

»Rhydderch Hael befehligte rund siebentausend Kämpfer«, erwiderte Myrddin. »Das heißt, er hat neben seinen Carvetiern auch Krieger von irgendwelchen anderen Stämmen aufgeboten, und ich möchte wissen, von woher sie kamen.«

»Da habe ich einen bestimmten Verdacht«, murmelte Gwenddolau. »Doch um uns Gewißheit zu verschaffen, sollten wir uns die gefallenen Feinde einmal näher ansehen …«

»Genau das wollte ich dir vorschlagen«, erklärte der Druidenfürst; sodann machten sich die beiden Stammesherrscher daran, die in ihrer Nähe liegenden Christenleichen zu untersuchen.

Schweigend schritten Myrddin und Gwenddolau von einem Toten zum nächsten. Immer wieder bückten sie sich und musterten die Kleider und Waffen der landfremden Gefallenen; schließlich, nachdem sie etwa hundert Leichname betrachtet hatten, rekapitulierte der deceanglische König: »Ungefähr jeder zweite feindliche Kämpfer trägt die Tracht der Carvetier und focht mit dem typischen schilfblattförmigen Kurzschwert, das bei dem nördlichen Grenzstamm allgemein in Gebrauch ist. Ansonsten fanden wir vereinzelte Catuvellauner, Coritaner und Briganten, welche die alten und ewigen Gottheiten verraten haben. Aber die meisten von denen, die nicht Rhydderch Haels Volksstamm angehören, sind, wie ich bereits vermutet habe, Scoten.«

»Und zwar von diesseits und jenseits des Meeres, das Britannien und Erinn trennt«, präzisierte der Herrscher der Demetier. Er wies auf einen Erschlagenen, in dessen Schädel eine fürchterliche Hiebwunde klaffte. »Dieser hier ist am Webmuster seines Umhanges als scotischer Krieger aus den Ländereien kenntlich, welche im Nordwesten an das carvetische Stammesgebiet angrenzen. Doch jener Scote dort drüben«, Myrddin deutete auf einen anderen Gefallenen, »kam eindeutig aus Ulaid, wie das Farbgewebe seines Mantels beweist.«

»Aus dem Nordosten Erinns …« murmelte Gwenddolau. »So ist das also …«

»Und jetzt begreifst du wohl auch, was die Schiffe zu bedeuten hatten, die in der Zeit vor Rhydderchs Überfall immer wieder vor den Küsten deines Landes gesichtet wurden«, sagte der Druidenfürst mit belegter Stimme.

»Die scotischen Kampfscharen aus Ulaid segelten auf den Barken nach Rheged, um sich mit den Carvetiern, den britannischen Scoten und den Christenkriegern aus den übrigen nördlichen Stammesgebieten zu vereinigen ...« Der König von Gwynedd starrte in Richtung des abziehenden Feindheeres; dann fuhr er fort: »Rhydderch Hael hat einen Waffenbund geschmiedet, der noch viel gefährlicher ist, als ich glaubte. Und obwohl ich schon während der Belagerung des Duns den Verdacht hegte, daß zahlreiche scotische Krieger aus Britannien bei der gegnerischen Streitmacht standen, hätte ich die Anwesenheit von Kämpfern aus Erinn nie und nimmer für möglich gehalten.«

»Die Farbmuster, welche die Gewänder der hiesigen und fremdländischen Scoten zeigen, sind einander ziemlich ähnlich«, erklärte Myrddin. »Deshalb waren sie für dich und deine Männer aus der Distanz nicht zu unterscheiden, und wenn ihr in Gefechte mit den Feinden verwickelt wart, hattet ihr Wichtigeres zu tun, als auf die Umhänge der Kreuzanbeter zu achten.«

»Das war in der Tat so!« seufzte Gwenddolau in der Erinnerung an die harten Kämpfe, in denen er sich im Lauf des Sommers hatte bewähren müssen. Eine Weile stand er schweigend da und schaute abermals nach Nordosten, wo das Christenheer soeben eine Bodenwelle überwand; schließlich sprach er weiter: »Doch nun ist uns klargeworden, daß Rhydderch ein höchst bedrohliches Bündnis mit den Anbetern des Kreuzgötzen aus Ulaid geschlossen hat! Mit jenen scotischen Verrätern an den keltischen Gottheiten, die bereits große Teile Erinns unterjocht haben!«

»Den Verehrern des zutiefst ehrlosen und neunmal verfluchten Patricius!« Unwillkürlich krampfte sich die Rechte des demetischen Herrschers um den Schwertgriff. »Jenes Patricius, der sich jenseits der See ungeheuerlicher Verbrechen schuldig machte, nachdem er vor drei Menschenaltern vom römischen Oberhaupt der Christen auf die einstmals so blühende und friedliche Insel im Westen gesandt worden war. Zuerst setzte sich dieser Götterfeind, der Aberhunderte von kreuzanbeterischen gallischen Kriegern bei sich hatte, in Ulaid fest und vertrieb die Königssippe, die bis dahin in Emain Macha geherrscht hatte; in der heiligen, aus drei Ringwallanlagen bestehenden Tempelfestung, die von alters her der Großen Göttin geweiht gewesen war. Anschließend, während die ihrer angestammten Rechte beraubte Königsfamilie ihr Dasein landlos und verarmt in Connaught fristen mußte, feierte Patricius seinen Triumph, indem er im Herzen von Emain Macha eine Christenkirche errichten ließ und dieses nichtswürdige Bauwerk zum geistigen Mittelpunkt Erinns erklärte. Und zuletzt, als er durch Gewalt, Lügen und Intrigen noch mehr Macht auf dem westlichen Eiland gewonnen hatte, krönte Patricius, dem seine Anhänger jetzt als ihrem Erzbischof huldigten, seine Verbrechen durch brutalste Verfolgung der Druiden ...«

Dem Sohn Arwens und Morvryns versagte die Stimme; der Herrscher von Gwynedd flüsterte: »Überall wurden die Großen Wissenden hingeschlachtet, und weil sie nach uraltem Brauch oftmals Abbilder des Roten Drachen auf den Armen eintätowiert hatten, behaupteten die Kreuzanbeter später zynisch, Patricius hätte Erinn von einer gräßlichen Schlangenplage befreit.«

»In Ulaid und anderswo spie der Fahldrache sein Gift aufs infamste gegen den Rotdrachen, und dieser war gezwungen, sich in der Wildnis abgelegener Landstriche zu verbergen«, murmelte Myrddin. »Und nun hat der Weiße Drache aus Erinn sein Haupt über das Meer gereckt und paktiert mit dem König der Carvetier. Mit Rhydderch Hael, der in seinem Stammesgebiet, ohne daß wir es ahnten, bereits ein äußerst gefährliches christliches Machtzentrum begründet hat, von dem aus er die Götzenanbeterei mit Feuer und Schwert in den Süden tragen will.«

»Die Brutstätte des Fahldrachen in Rheged muß ausgeräuchert werden!« rief Gwenddolau mit blitzenden Augen aus.

»Unbedingt!« bekräftigte der grauhaarige Herrscher der Demetier. »Es ist unsere Pflicht, Rhydderch Hael zu einer zweiten Schlacht zu stellen, denn durch ihn wird die keltische Religion aufs furchtbarste bedroht! Doch das Risiko, das wir eingehen, wenn wir das Feindheer verfolgen, ist beträchtlich!«

»Du meinst, weil Rhydderch nach wie vor über bedeutend mehr Krieger als wir verfügt?« fragte der deceanglische König.

»Das ist das eine«, erwiderte Myrddin. »Schätzungsweise liegen hier auf der Walstatt achthundert bis tausend tote Feinde, und damit zählen die Kreuzanbeter noch immer um die sechstausend Mann. Von meinen dreitausend demetischen Kämpfern andererseits dürften etwa zweieinhalbtausend einsatzfähig geblieben sein, und was deine Deceanglier angeht ...«

»Ich hatte anfangs, als ich dem Christenheer von Môn aus entgegenzog, knapp neunzehnhundert und später durch Zulauf zweitausendvierhundert Krieger unter meinem Banner, doch jetzt werden wohl keine zweitausend mehr die Waffen führen können«, beschied Gwenddolau seinen Freund. »Und das heißt, daß nun auf drei Kämpfer von uns vier Kreuzanbeter kommen.«

»Angesichts dessen werden wir unsere Streitmacht sehr klug befehligen müssen, um uns gegen die Feinde zu behaupten«, stellte der Druidenfürst fest. »Aber das ist noch nicht alles. Es will mir nämlich scheinen, als hätte Rhydderch Hael das Schlachtfeld nach dem relativ kurzen Kampf gegen unsere vereinigten Stammesheere mitnichten kopflos geräumt. Vielmehr glaube ich, er verband eine bestimmte Absicht damit, und auch aus diesem Grund sollten wir vorsichtig sein.«

»Was könnte der Christenkönig planen?!« kam es vom deceanglischen Herrscher.

»Ich nehme an, er möchte uns in den Norden locken«, antwortete Myrddin. »Möglichst weit weg von dem mächtigen Heeresverband der Könige aus dem Süden, der von Llancyllodd kommandiert wird und bloß acht, neun Tagesmärsche östlich von hier im coritanischen Stammesgebiet steht, wo er sich mit den Sassenach herumschlägt. Rhydderch scheint zu befürchten, daß wir Kontakt mit Llancyllodd aufnehmen und Hilfstruppen von ihm erhalten könnten, obwohl wir dies in Wahrheit leider nicht erwarten dürfen, weil die Streitmacht der Südstämme nach meinen Informationen in schwere Auseinandersetzungen mit Cerdic verwickelt ist. Doch das weiß der Christenfürst wahrscheinlich nicht, und deshalb trachtet er vermutlich danach, uns die Entscheidungsschlacht in einer nördlichen Gegend zu liefern; vielleicht sogar erst in seinem eigenen Herrschaftsgebiet, was ihm eventuell den Vorteil verschaffen würde, dort auf Kampfscharen zurückgreifen zu können, die er womöglich noch in Reserve hält.«

»Aber das hat Rhydderch Hael doch gar nicht nötig, denn er ist uns schon jetzt deutlich überlegen«, wandte Gwenddolau ein.

»Er befehligt mindestens eineinhalbtausend Mann mehr als wir«, nickte der König der Demetier. »Aber sofern er unsere totale Vernichtung anstrebt …«

Einen Moment blieb es still zwischen den beiden Stammesfürsten; dann sagte Gwenddolau mit rauher Stimme: »Zweifellos begeben wir uns in große Gefahr, wenn wir den Kreuzanbetern nach Norden folgen. Doch angesichts der entsetzlichen Bedrohung, die von Rhydderch Hael ausgeht, bleibt uns keine Wahl!«

»Es ehrt dich, daß du nach wie vor so denkst!« Bewegt, mit sehr ernster Miene, umarmte Myrddin seinen Freund; danach forderte er ihn auf: »Und nun laß uns alles Nötige veranlassen, damit unsere Gefallenen unter die Erde kommen.«

Wenig später, während sich allmählich die Dämmerung über das Land senkte, begannen die deceanglischen und demetischen Krieger mit dem Ausschachten von Massengräbern. Die beiden Stammeskönige wiederum saßen jetzt im Kreis der Häuptlinge in der Versammlungshalle der Ringwallfestung und machten ihren Unterführern die Notwendigkeit klar, dem nur scheinbar geschlagenen Christenheer bereits am nächsten Tag nachzurücken. Zwei Stunden vor Mitternacht sodann zelebrierte Myrddin zwischen den Grabhügeln der Toten aus Cymru ein Ritual; anschließend legten sich die von der Schlacht und von der Bestattungsarbeit erschöpften Männer im Dun zum Schlaf nieder, und nur die Wachtposten blieben auf den Palisadenwällen.

Kaum graute der neue Morgen, war der Sohn Arwens und Morvryns wieder auf den Beinen. Er schickte einen Trupp von dreißig Kundschaftern los, welche den Feinden auf ihren schnellen Pferden nachjagen, sie beobachten und dem Hauptheer regelmäßig Meldungen über die Marschrichtung der Kreuzanbeter zukommen lassen sollten. Im rötlichen Schein der noch niedrig am Firmament stehenden Sonne galoppierten die Späher davon; das Gros von Myrddins und Gwenddolaus Streitmacht hingegen brach erst am Mittag auf, denn der Druidenfürst hatte den Kämpfern nach den Anstrengungen des Vortages ein wenig zusätzliche Ruhe gönnen wollen. Nun aber setzte sich der knapp viereinhalbtausend Mann starke Heeresverband mit Ausnahme von fünfzig Kriegern, denen die Versorgung der in der Hügelfestung liegenden Verwundeten anvertraut worden war, in Bewegung und zog auf der breiten Fährte, welche das Christenheer hinterlassen hatte, nach Nordosten ab.

Die beiden Stammesherrscher ritten an der Spitze ihrer Streitmacht; als Myrddin nach einer Weile noch einmal zum Dun zurückschaute, sah er über der Walstatt Schwärme von Geiern, Raben und Krähen fliegen. Die Vögel hatten sich, ehe sie von den über das Schlachtfeld marschierenden Kampfscharen aufgestört worden waren, an den vielen Leichen der Kreuzanbeter gütlich getan, welche man nicht beigesetzt hatte; jetzt warteten die Braun- und Schwarzgefiederten ab, bis der Nachtrab des Heeres ein Stück entfernt war, und dann balgten sie sich neuerlich um das Fleisch der gefallenen Christen.

Der Anblick der hin und her schwirrenden Aasvögel hatte dem Sohn Arwens und Morvryns seelische Beklommenheit verursacht; den ganzen Nachmittag wirkte er in sich gekehrt und wechselte nur gelegentlich ein paar Sätze mit Gwenddolau. Der König von Gwynedd zeigte Verständnis für die bedrückte Stimmung seines grauhaarigen Freundes; auch ihm machte das Wissen um die extreme Gefährlichkeit der Mission, welche die demetisch-deceanglische Streitmacht zu erfüllen hatte, innerlich zu schaffen. Als schließlich die Abenddämmerung hereinbrach, errichteten die Heermänner ein Lager auf einem mit Strandhafer bewachsenen Dünenrücken in Sichtweite der See, die während der vergangenen beiden Stunden stets zur Linken der rasch dahinziehenden Kriegerscharen geschäumt hatte – und bald nachdem die Kochfeuer entfacht worden waren, kehrte einer der von Myrddin ausgesandten Kundschafter zurück und berichtete, daß sich das Feindheer ungefähr einen Tagesmarsch voraus befand und offenbar das brigantische Stammesgebiet zum Ziel hatte.

Im Verlauf der nächsten fünf Tage folgten die Kampfverbände aus Cymru dem Christenheer um die riesige, vielfach gegliederte Meeresbucht herum, die sich zwischen dem nordöstlichen Landesteil von Gwynedd und den Südgauen der Briganten erstreckte. Da sich beide Heere in etwa mit derselben Geschwindigkeit vorwärts bewegten, mußten die deceanglischen und demetischen Krieger zumindest nicht befürchten, plötzliche Feindberührung zu bekommen – dann jedoch, eine gute Woche nach dem Abmarsch von der Ringwallfestung, wurden die Streitscharen aus Cymru trotzdem mit brutalster Grausamkeit konfrontiert.

In der Vormittagsmitte preschte ein Späher auf den Vortrab des Heeresverbandes zu und beschied die beiden Stammesherrscher mit nur mühsam unterdrückter Erregung: »Eine Reitstunde weiter, ein Stück landeinwärts, haben die Kreuzanbeter ein fürchterliches Verbrechen begangen!«

Nachdem Myrddin und Gwenddolau kurz mit dem Kundschafter gesprochen und Einzelheiten erfahren hatten, entschlossen sie sich, ihr Heer zu der bewußten Örtlichkeit zu führen. Bald erreichte die Streitmacht eine bukolisch anmutende, von einem mäandrierenden Bach durchflossene Talsenke – aber der erste, ungemein friedliche Eindruck täuschte, denn einige hundert Schritte weiter hinten in der Niederung hatten Rhydderch Haels Bewaffnete aufs entsetzlichste gewütet.

Die uralten Eichen eines Druidenhains waren umgehauen worden; die Rundhäuser, mehr als drei Dutzend, hatte man niedergebrannt, und die Großen Wissenden sowie ihre Bediensteten waren allesamt abgeschlachtet worden. Um die hundert Leichen, die meisten auf unsägliche Art verstümmelt, lagen auf dem Anger des geschändeten Eichenhains, und dort, wo sich die Leiber der Ermordeten am höchsten auftürmten, ragte ein primitives, aus Baumästen gefertigtes Christenkreuz empor.

Fassungslos, die Faust um den Schwertgriff geballt, nahm der demetische König die schrecklichen Bilder in sich auf; Tränen liefen über sein Antlitz, endlich bat er die Reiter, welche bei ihm und Gwenddolau waren: »Begrabt die Toten.«

Schweigend machten sich die Adelskrieger ans Werk; wenig später wurden sie von einfachen Kämpfern unterstützt, und nach einer Stunde konnten die hingemetzelten Menschen bestattet werden. Als der Erdhügel über dem Massengrab aufgeschüttet war, sprach Myrddin, welcher die ganze Zeit über fast reglos im Sattel seines Fuchshengstes ausgeharrt hatte, ein Gebet für die Seelen der Ermordeten und schwor bei den Mächten von Annwn, die Anhänger des Kreuzgötzen auf der

Walstatt für ihre Freveltat zu bestrafen. Danach lenkte er sein Roß zu der Stelle, wo das Astkreuz stand, zog seine schwere Klinge, hieb das abstoßende Konstrukt in Trümmer und rief den Kriegern, die sich auf dem Anger drängten, zu: »Ihr habt gehört, welchen Eid ich leistete – und ich denke, daß ich meinen Schwur im Einklang mit eurem Willen getan habe!«

»Ja!« – »So ist es!« – »Tod den Christen!« erscholl es von allen Seiten, und nachdem sich der Aufruhr wieder gelegt hatte, erklang Gwenddolaus Stimme: »Jeder von uns brennt darauf, die abgründige Schandtat, die hier geschah, zu rächen, und daher sollten wir nun ohne Verzug weitermarschieren!«

Bald lag der zerstörte Eichenhain wieder verlassen da, und der Heeresverband zog wie zuvor entlang der Westküste des brigantischen Stammesgebietes nach Norden. Während der nächsten zehn Tage sodann stießen die Reiter und Fußkämpfer aus Cymru noch mehrfach auf Stätten, wo die Kreuzanbeter auf zutiefst verbrecherische Weise gehaust hatten. Abermals mußten in verschiedenen verwüsteten Hainen die Leichen von brutal Abgeschlachteten begraben werden; ebenso fand man umgestürzte Menhire und gräßlich besudelte Dolmen. Mühsam wurden die Hohen Steine erneut aufgerichtet und die uralten Bestattungskammern von den Exkrementen der Christen gereinigt; einmal, als die Krieger des Vortrabs der Streitmacht damit beschäftigt waren, die Sockel von vier niedergerissenen Menhiren eines Cromlechs von neuem in die Erde zu senken, kamen Landleute vom Volksstamm der Briganten heran, und eine greise Frau erzählte dem Herrscher der Demetier weinend, daß die Kreuzanbeter nicht nur den Steinring beschädigt, sondern zudem den betagten Wächter der altehrwürdigen Weihestätte, welcher den Christen Einhalt gebieten wollte, erschlagen hatten.

Myrddin tröstete die weißhaarige Bauersfrau und deren Begleiter, so gut er konnte; anschließend ließ er sich von ihnen zu der Stelle unweit des Cromlechs führen, an der sie den Hüter des Heiligtums beigesetzt hatten. Dort betete er mit feuchten Augen für den Ermordeten – und auch im Lauf der folgenden Tage, in denen das Heer die Nordgaue des brigantischen Siedelgebietes durchquerte, stand der Sohn Arwens und Morvryns noch einige Male erschüttert an Plätzen, wo die Anbeter des Kreuzgötzen ihrer Bösartigkeit die Zügel hatten schießen lassen.

Erst als die Streitmacht aus Cymru das Stammesgebiet der Carvetier erreichte, berichteten die Späher nicht länger von frevlerischen Übergriffen durch Rhydderch Haels bestialische Horden. Myrddin und Gwenddolau vermuteten, daß der Christenfürst es vermeiden wollte, seine eigenen Untertanen, von denen zweifellos sehr viele nach wie vor Anhänger der keltischen Gottheiten waren, gegen sich aufzubringen. Insofern vermochten die beiden Könige die Handlungsweise des carvetischen Herrschers leicht zu durchschauen – Rätsel gab ihnen allerdings eine Änderung der Marschrichtung des Feindheeres auf.

Bisher waren die Kreuzanbeter stets nahe dem Meeresgestade gen Mitternacht marschiert; jetzt jedoch, nachdem ihre Streitmacht in der zweiten Woche nach Lughnasad die südwestlichen Grenzgaue von Rheged passiert hatte, schwenkten die Christen plötzlich nach Nordosten ins Landesinnere ab. Die Befehlshaber des Heeresverbandes aus Cymru konnten sich dieses Verhalten nicht erklären, und ebensowenig vermochten sie sich einen Reim auf Meldungen zu machen, die während der nächsten sechs Tage von den Kundschaftern kamen. Zweimal in dieser Zeit brachten Späher die Nachricht, daß kleine feindliche Reiterscharen nach Osten galoppiert und nicht wieder zurückgekehrt waren, aber einen Grund dafür konnten die Kundschafter nicht nennen. Auch Myrddin und Gwenddolau fanden trotz angestrengten Nachdenkens keine schlüssige Antwort auf die Frage, welche Aufgabe diese Berittenen wohl zu erfüllen hätten – doch als der Sohn Arwens und Morvryns in der Nacht nach dem Eintreffen der zweiten Botschaft über die ominösen Reitertrupps schlaflos in seinem Zelt lag, befielen ihn jäh, von einem Herzschlag auf den anderen, seltsam dunkle, ahnungsvolle Ängste.

Es war ihm, als wollten ihn die Mächte von Annwn vor etwas warnen und ihn zugleich auf etwas Unausweichliches vorbereiten; schweißgebadet schwebte der Druidenfürst zwischen kreatürlicher Furcht und einer sich zwar andeutenden, aber nicht wirklich greifbar werdenden Vision – bis sein mentales Empfinden plötzlich von schier tödlicher Müdigkeit ausgelöscht wurde und er von nichts mehr wußte. Am Morgen hatte Myrddin kaum noch eine Erinnerung an den quälenden Nachtmahr; er fühlte sich lediglich wie betäubt, und erst im Lauf des Vormittags, als das Heer wie bereits während der vergangenen halben Woche durch einsames, teilweise felsiges Bergland zog, löste sich die dumpfe innere Lähmung des Fünfundsechzigjährigen allmählich.

Vier Tage danach, die Streitmacht aus Cymru hatte unterdessen den Saum des ausgedehnten Mittelgebirges erreicht, preschte ein Späher auf die Vorhut des Heeresverbandes zu, riß sein Roß vor Myrddin und Gwenddolau in die Hanken und stieß hervor: »Nun kann ich euch sagen, welches Ziel Rhydderch Hael hat!«

»Rede schon!« drängte der König von Gwynedd.

»Unsere Feinde marschieren zur Kampfheide von Arfderryd«, beschied ihn der Kundschafter.

»Nie gehört ...« murmelte Gwenddolau; der demetische Herrscher hingegen sann einen Moment mit gerunzelter Stirn nach, sodann äußerte er: »Vor Jahrzehnten sprach ich einmal mit einem Häuptling der Parisier über Arfderryd ... Ja, jetzt fällt es mir wieder ein! Auf dem Landstück, das diesen Namen trägt, ist in der Vergangenheit sehr viel Blut geflossen. Denn immer wenn es schwere Konflikte unter den Stämmen hier im Norden gab, trafen sich ihre Heere aus alter Tradition heraus zur Entscheidungsschlacht auf der genannten Walstatt.«

»Und gewiß kennt Rhydderch diese Gegend ganz genau, was ihm einen Vorteil über uns verschaffen könnte, sofern er uns dort zum Kampf erwartet«, kam es vom König der Deceanglier.

Myrddin pflichtete ihm bei; dann fragte er den Späher: »Wieso kennst du das Marschziel der Feinde? Liegt die Heide von Arfderryd etwa bereits so nahe, daß dir und deinen Kameraden deutlich wurde, wohin die Kreuzanbeter wollen?«

Der Kundschafter schüttelte den Kopf. »Die Kampfheide ist noch ungefähr dreieinhalb Tagesmärsche entfernt. Doch heute morgen begegneten meine Gefährten und ich einem Schäfer, über dessen Weideland das Christenheer vorgestern zog. Und diesem Mann gegenüber prahlten einige Krieger Rhydderch Haels, sie würden uns auf dem Schlachtfeld von Arfderryd allesamt über die Klinge springen lassen.«

»Damit ist es klar!« nickte der Druidenfürst, und nachdem er den Späher gebeten hatte, auch die weiter hinten bei ihren jeweiligen Streitscharen befindlichen Gauhäuptlinge über die Absichten der Feinde zu informieren, trieb er seinen Fuchshengst wieder an.

Während der nächsten Tage setzte der Heeresverband aus Cymru seinen Weg nach Nordosten mit gesteigerter Vorsicht fort; zuerst durch die Täler, die sich zwischen den Randhügeln des Berglandes erstreckten, anschließend über eine Tiefebene, die manchmal von flachen Anhöhen gegliedert war. Am dritten Abend nach dem Eintreffen des Kundschafters, der Myrddin und Gwenddolau das Ziel der Kreuzanbeter genannt hatte, schlugen die Kriegerscharen ihr Lager im Schutz eines schütteren Waldstreifens auf. Bald nach Einbruch der Dunkelheit kamen die restlichen Späher zurück, welche das Christenheer weiterhin beobachtet hatten, und ihr Anführer meldete den beiden Stammesherrschern: »Die Kampfheide von Arfderryd liegt bloß noch vier Marschstunden von hier gen Sonnenaufgang!«

»Dann wird es also morgen zur alles entscheidenden Schlacht kommen«, stellte Gwenddolau in gepreßtem Tonfall fest; Myrddin wiederum wandte sich an Rhonwyn, der neben ihm stand, und gab ihm die Anweisung: »Laß bis Tagesbeginn zusätzliche Wachtposten am Waldrand patrouillieren, damit wir vor einem Überraschungsangriff der Feinde sicher sind!«

Doch die Nacht verlief ereignislos; keiner der Wächter mußte Alarm geben, und kaum fingerten die ersten Strahlen der Morgensonne durch den Forst, machten sich die demetischen und deceanglischen Krieger zum Abmarsch auf die Walstatt von Arfderryd fertig. Als das Heer den Wald verließ, ritten der Druidenfürst und der König von Gwynedd wie gewöhnlich an der Spitze; Stunde um Stunde führten sie ihre Streitmacht stetig nach Nordosten – und am Spätvormittag erblickten sie die Kampfheide vor sich.

Das leicht hügelige Gelände wirkte seltsam rauh und abweisend; teils war es mit Wildgras, teils mit niedrig wucherndem Ginster- und Distelgestrüpp bedeckt. Da und dort waren zwischen den Strauchinseln steinige Bodenfalten zu sehen; anderswo wuchsen flache, zackenförmige Felsschroffen aus der Erde. Am Firmament über dem Schlachtfeld kreisten Raben – und am dichtesten schwirrten die Schwärme der Schwarzvögel über jenem Areal der Kampfheide durcheinander, wo der sechstausend Mann starke Heeresverband des carvetischen Herrschers stand.

Die Kriegshaufen der Kreuzanbeter hatten sich zu einer tiefgestaffelten Phalanx formiert; nach Süden zu, wo die Streitscharen aus Cymru heranzogen, hatten die Christen eine dichtgeschlossene Schildmauer gebildet, und ein Stück dahinter, genau in der Mitte des Heeres, wehte das Banner Rhydderch Haels im Wind. Rings um den Verräter an den alten und ewigen Gottheiten hielten mehrere hundert Reiter; jetzt, da die Kampfverbände der Demetier und Deceanglier auf die Walstatt vordrangen, ließen zahlreiche der berittenen Anbeter des Kreuzgötzen herausfordernd ihre Rösser steigen, und die christlichen Fußkrieger hämmerten ihre Waffen gegen die Schildwehren, so daß dumpf dröhnender, weithin hörbarer Lärm erklang.

Gleich darauf – es schien fast, als seien sie durch das Verhalten der Feinde eingeschüchtert worden – zügelten die Edlen, welche die Streitmacht aus Cymru anführten, ihre Pferde. Myrddin hatte das Zeichen dazu gegeben; nun, während sich die Scharen der Fußkämpfer im Rücken der Adligen stauten, wandte sich der Druidenfürst an Gwenddolau und fragte ihn: »Wie sollen wir vorgehen? Was meinst du?«

»Angesichts der Übermacht der Kreuzanbeter haben wir lediglich eine einzige Chance, den Sieg zu erringen«, erwiderte der König von Gwynedd. »Wir müssen die Front der Christen im ersten Ansturm durchbrechen und danach alles tun, um Rhydderch Hael rasch zu töten oder ihn zumindest in große Bedrängnis zu bringen. Denn nur auf diese Weise, wenn wir das Feindheer in Verwirrung stürzen und es so daran hindern, seine Überlegenheit auszuspielen, kann die Schlacht trotz unserer Minderzahl zu unseren Gunsten entschieden werden. Deshalb rate ich zum todesmutigen Sturmangriff mit aller Kraft – und ich hoffe, du bist einverstanden, Myrddin!«

Der Fünfundsechzigjährige starrte auf die Kampfheide hinaus. Für die Dauer einiger Atemzüge wirkte er völlig geistesabwesend, beinahe wie entrückt; schließlich faßte er sich und antwortete leise: »Ja ... Es gibt keinen anderen Weg ...«

Gwenddolau, dem die Unsicherheit in Myrddins Stimme nicht entgangen war, zögerte einen Moment; dann aber, als sein Roß plötzlich unruhig zu stampfen begann, winkte er einen Carynx-Bläser heran und befahl ihm: »Laß deine Kriegstrompete neunmal hintereinander ertönen!«

Der Krieger gehorchte; röhrend erschollen die Signale, welche den knapp viereinhalbtausend Streitern aus Cymru verkündeten, daß die beiden Stammesherrscher die sofortige Attacke auf das Christenheer beschlossen hatten. Kaum waren die Mark und Bein durchdringenden Carynx-Töne verklungen, trabten sämtliche Reiter des Heeresverbandes nach vorne; hinter ihnen formierten sich die Fußkämpfer zu einem gewaltigen Stoßkeil – und als alle Bewaffneten ihren Platz gefunden hatten, zog der Druidenfürst einen Speer aus dem Lederköcher am Hals seines Fuchshengstes, schwang ihn dreimal um den Kopf und spornte sein Roß zum Galopp an.

In voller Karriere jagten die etwa zweihundertfünfzig Berittenen auf die feindliche Phalanx zu; die Fußkrieger folgten ihnen im Laufschritt, und als die einfachen Kämpfer ungefähr die Hälfte der Strecke bis zu den Schlachtlinien der Kreuzanbeter überwunden hatten, prallte die Reiterei aus Cymru auf die Schildmauer der Christen. Myrddin, der bereits zuvor mehrere Feinde mit seinen Wurfspeeren getroffen hatte und jetzt mit dem Schwert focht, köpfte einen Scoten, der eine Gabellanze gegen ihn zückte; unmittelbar darauf hieb er einen hünenhaften Carvetier nieder und trieb seinen Hengst mit dem nächsten Lidschlag gegen einen Anbeter des Kreuzgötzen, dessen Schild das verhaßte Balkenemblem zeigte. Sich halb aufbäumend und mit den Vorderhufen trommelnd, drängte das Roß des Druidenfürsten den Christen zurück; als der Mann sich eine Blöße gab, stieß ihm Myrddin seine schwere Klinge in die Brust, riß sie wieder heraus und ging zum Angriff auf einen weiteren Feind über.

Ähnlich furios wie der demetische König kämpften Gwenddolau und die übrigen Edlen; innerhalb kürzester Zeit sprengten sie die tiefgestaffelte Phalanx der Kreuzanbeter auf – und dann griffen auch die einfachen Krieger aus Cymru in das Gefecht ein. Mit ihren Kurzschwertern und Stoßlanzen fällten sie die Christen zu Hunderten und verbreiterten die Lücke in der gegnerischen Front, welche die Berittenen aufgerissen hatten; wenig später wandten sich die ersten Feindhaufen zur Flucht – und wiederum nach einer Weile sah Myrddin, wie das, was er eigentlich gar nicht zu hoffen gewagt hatte, geschah.

Rhydderch Hael und dessen Reiter, die es bislang vermieden hatten, sich den Adligen der Demetier und Deceanglier zu stellen, räumten das Schlachtfeld. Im Pulk wichen sie von der Walstatt und trabten in nördlicher Richtung davon: auf eine mit fahlgrauen Gesteinsschroffen besetzte Bodenerhebung zu, die ihnen wohl bei einem totalen Durchbruch der Kampfverbände aus Cymru Schutz gewähren sollte.

Feiglinge! durchfuhr es den Druidenfürsten; gleich darauf bemerkte er, daß sich die Streithaufen der Fußkrieger im Zentrum des Christenheeres, wo sich die Berittenen befunden hatten, enger zusammenschlossen und langsam nach Süden vorrückten. Offenbar waren sie im Gegensatz zu den Reitern willens, das Schlachtfeld zu behaupten; ebenso schienen sich die meisten anderen Kampfscharen der Kreuzanbeter nun wieder zu ermannen und fochten ungeachtet des Abzugs ihres Befehlshabers verbissen weiter. Doch sie hatten keinerlei Unterstützung durch die Berittenen, und dies ermutigte die demetischen und deceanglischen Krieger jetzt zusätzlich. Die Kämpfer aus Cymru gewannen mehr und mehr Raum; sie gaben ihr Bestes, um die Feinde endgültig zu werfen – und auch Myrddin, der sich während des Rückzugs Rhydderch Haels in der Deckung eines Ginsterbusches eine kurze Verschnaufpause gegönnt hatte, attackierte die Christen nun erneut mit vollem Einsatz.

Der Druidenfürst preschte mitten in einen scotischen Kriegerhaufen hinein und trieb ihn, mit seinem Langschwert Tod und Verderben säend, auseinander; anschließend wandte er sich gegen eine Schar von etwa zwanzig Kreuzanbetern, die sich soeben anschickten, ein Dutzend Kämpfer aus Gwynedd zu umzingeln. Mit Hilfe seines Rosses, das wild nach allen Seiten auskeilte, zersprengte Myrddin die sichelförmige Reihe der Christen und bannte dadurch die Gefahr für die Deceanglier. Einen Moment später, während die Männer aus Gwynedd jetzt Verstärkung durch etliche Demetier bekamen, spaltete der Druidenfürst einem auf ihn eindringenden Fußkrieger den Schädel und erschlug sofort danach einen zweiten Kreuzanbeter; als er sich so für einige Atemzüge Luft verschafft hatte, riß er seinen Hengst im Halbkreis herum, um Ausschau nach Gwenddolau zu halten.

Er gewahrte den deceanglischen Herrscher zu seiner Linken; gerade hatte auch Gwenddolau einen Feind gefällt, nun spähte er seinerseits zu Myrddin herüber. Für die Dauer eines Herzschlags verschmolzen ihre Blicke; der König der Demetier glaubte, Siegeszuversicht auf dem Antlitz des Freundes zu erkennen. Auch Myrddin selbst hatte das beinahe berauschende Gefühl, daß es seinem und Gwenddolaus Heer wider Erwarten tatsächlich glücken könnte, die gegnerische Streitmacht zu überwinden – unmittelbar darauf jedoch zuckte er, tödlich erschrocken, zusammen.

Denn auf einem langgestreckten Hügelrücken östlich der Walstatt tauchten plötzlich weitere feindliche Kriegerscharen auf: Aberhunderte von Männern, die in breiter Front heranstürmten. Und es waren, wie der Druidenfürst mit dem nächsten Lidschlag erkannte, keine britannischen, sondern fremdländische Kämpfer: fellbekleidete, mit langstieligen Streitäxten, gehörnten Helmen und Rundschilden bewaffnete Sassenach – und zwischen ihnen, im Mitteltreffen der Angriffslinie, mehrere starke, in Karrees gegliederte Einheiten von Kriegsleuten, die allesamt Kammhelme, Kettenhemden, Viereckschilde und kurze Stoßlanzen trugen.

Ruheiniog! schoß es Myrddin durch den Kopf. Fast im selben Moment hieb er einen gegnerischen Kämpfer nieder, der Anstalten machte, seinem Fuchshengst den Bauch aufzuschlitzen; während der Mann mit einem gurgelnden Schrei stürzte, dachte der demetische Herrscher: Unmöglich! Schon seit einem Jahrhundert gibt es keine Legionäre auf unserer Insel mehr! Doch die Kämpfer in den blitzenden Rüstungen sahen genauso aus wie jene, die einst Britannien tyrannisiert hatten; Myrddin kannte Steinbildnisse und Zeichnungen in alten Buchrollen, auf denen die Ruheiniog exakt so dargestellt waren wie jene Kriegsleute, welche dort drüben im Laufschritt anrückten.

Verwirrt, jäh an seinem Verstand zweifelnd, starrte der Druidenfürst nach Osten; dann zischte von der anderen Seite her ein Speer hart an seinem Körper vorbei. Myrddin riß den Schild hoch und fuhr herum; er konnte den Feind, welcher die Wurfwaffe geschleudert hatte, nicht mehr ausmachen – sah aber, wie Gwenddolau jetzt mehrmals hintereinander sein Roß steigen ließ und dabei hektisch mit dem Schwert in Richtung Norden gestikulierte. Und als der König der Demetier nun ebenfalls dorthin schaute, schien ihm erneut das Blut in den Adern gefrieren zu wollen.

Denn im nördlichen Bereich des Schlachtfeldes, wo der götzenanbeterische Herrscher der Carvetier mit seiner berittenen Kerntruppe vorhin schon zurückgewichen war, wendete sich soeben das Blatt. Das riesige Kreuzbanner Rhydderch Haels wurde jetzt in wildem Sturmangriff wieder nach vorne getragen – und Myrddin begriff, daß der scheinbare Rückzug der gegnerischen Reiterei nur eine Finte gewesen war, um die Kämpfer aus Cymru von der Gefahr abzulenken, die ihnen von Osten her drohte. So hatten sich die Sassenach und die eisengepanzerten Krieger, die wie Ruheiniog aussahen, der Walstatt weitgehend unbemerkt nähern können – und kaum hatte der Druidenfürst die Zusammenhänge erkannt, entwickelte sich die Schlacht für die demetischen und deceanglischen Streitscharen zum Debakel.

Während der Kampfverband, über dem das fahlweiße Banner mit dem pechschwarzen Balkenkreuz wehte, tief in die nun verstört wankenden Reihen von Myrddins und Gwenddolaus Heermännern eindrang, griffen die so überraschend aufgetauchten Hilfstruppen des Christenkönigs die Flanke der Streitmacht aus Cymru an. Angesichts dessen mußte sich das Heer der beiden verbündeten Stammesherrscher jetzt nach zwei Seiten hin verteidigen, was die Verwirrung der Krieger und bald auch ihrer Anführer noch steigerte. Zunehmend verbreitete sich Kopflosigkeit bis hin zur Panik unter den Kämpfern aus dem Süden – und schließlich wurde der Waffengang auf der Heide von Arfderryd zur fürchterlichen Katastrophe für die Streitmacht, die Myrddin und Gwenddolau nach Rheged geführt hatten. Mehr und mehr artete die Schlacht in ein Gemetzel an den in die Zange genommenen Demetiern und Deceangliern aus; ebenso wie ihre Männer fochten die Könige aus Cymru verzweifelt um ihr Leben – dann plötzlich sah Myrddin, wie Gwenddolau samt seinem Roß von mehreren Gegnern niedergerissen wurde und wie ein über und über mit Blut besudelter feindlicher Krieger sein Langschwert schwang, um dem Gestürzten den Rest zu geben.

In unsäglichem Seelenschmerz schrie der Druidenfürst den Namen des Freundes heraus. Den Namen des vertrauten Gefährten aus der Zeit von Camelot, der mit dem Rhiotam und den anderen im ovalen Eichenhain gesessen hatte; den Namen seines Schützlings, der nach dem Tod von Uddyr Pendraig in dem Land geherrscht hatte, wo Arddwrs Vater geboren worden war und der Eber von Cornueille durch die Tücke der Natter Medraut sein tragisches Ende gefunden hatte. Den Namen des heißblütigen, bis zur Selbstaufgabe tapferen Gwenddolau, auf den so viele, auch Myrddin, die Hoffnung gesetzt hatten, er könnte, wenn die Zeit erst gekommen sei, das Werk des Rhiotam erneuern.

Gellend hallte der schmerzerfüllte Schrei des demetischen Königs über die Walstatt hin; zugleich zwang Myrddin seinen Hengst mit aller Gewalt vorwärts, um dem Herrscher von Gwynedd in todesverachtendem Ansturm zu Hilfe zu eilen – aber da sauste ein Speer heran, und die messerscharf geschliffene Spitze der Wurfwaffe bohrte sich hart unterhalb der Schulter in den Schildarm des Druidenfürsten.

Der Aufprall war so heftig, daß Myrddin den Halt im Sattel verlor; um ein Haar hätte sein scheuendes, seitlich ausbrechendes Roß ihn abgeworfen – doch dann schaffte es der Fünfundsechzigjährige, das Tier wieder zu bemeistern und das Speereisen aus seinem Fleisch zu reißen. Die Pein raubte ihm fast die Besinnung; feurige Funken schienen vor seinen Augen zu wirbeln. Im nächsten Moment verwich der Anfall so jäh, wie er gekommen war – und Myrddin erblickte, ganz nahe, das blutüberströmte Antlitz Gwenddolaus.

Der helmlose deceanglische König, der sich noch einmal gegen den Feindkrieger aufgebäumt haben mußte, kniete auf der Erde; in seiner Schädeldecke klaffte eine fürchterliche Schwertwunde – und nun kippte der Sterbende vornüber. Der Druidenfürst sah, wie Gwenddolaus Oberkörper auf dem zerstampften Boden aufschlug; unmittelbar danach streifte der Beilhieb eines Sassenach die Kruppe von Myrddins Fuchshengst. Schrill wiehernd ging das Roß durch, preschte nach Norden: genau dorthin, wo das Banner Rhydderch Haels wehte. Von unbändigem Racheverlangen erfüllt, ließ der Druidenfürst den Hengst rennen; er wollte jetzt nur noch eins: den Christenherrscher, auch wenn es sein eigenes Leben kosten sollte, töten!

Aber gleich darauf, weil ein Kreuzanbeter mit seiner Stoßlanze gegen das Tier ausholte, bockte Myrddins Streitroß, warf sich herum und raste zum nordöstlichen Rand des Schlachtfeldes. Der Druidenfürst, der nun neuerlich einer Ohnmacht nahe war, brachte nicht die Kraft auf, den dahinstürmenden Hengst zu zügeln; er bemerkte kaum, wie das Roß einen Kämpfer in Legionärsrüstung beiseite schleuderte, der es am Zaumzeug zu packen versuchte – dann verlor der Fünfundsechzigjährige das Bewußtsein völlig, und als er wieder zu sich kam, erkannte er, daß sein Fuchshengst, der jetzt ruhiger galoppierte, ihn ein beträchtliches Stück von der Walstatt weggetragen hatte.

Roß und Reiter befanden sich in einer schmalen, menschenleeren Talsenke; der Schlachtenlärm drang nur noch gedämpft aus der Ferne heran, und als Myrddin sein Pferd anhielt, es wendete und zurückschaute, gewahrte er, daß die Reste des Heeresverbandes, den er und Gwenddolau befehligt hatten, in totaler Auflösung und von übermächtigen Christenhorden verfolgt, nach Süden flohen. Womöglich wird nicht einer entrinnen! durchfuhr es den Fünfundsechzigjährigen; er verspürte den Drang, sein Roß anzuspornen und den geschlagenen Kriegern aus Cymru nachzujagen, um ihr Schicksal zu teilen – doch da vermeinte er eine lautlos hallende Stimme zu hören, die ihn anwies, seinen Weg gen Mitternacht zu nehmen.

Erneut wie in halber Betäubung gehorchte Myrddin; er warf seinen irgendwann im Kampf zerbrochenen Schild fort, stieß das Schwert in die Scheide, verband seine Armwunde notdürftig mit einem Tuch, das er aus der Satteltasche nahm, und trabte nach Norden davon. Auf dem ersten Wegstück hämmerte es dumpf und schmerzhaft hinter seiner Stirn; er vermochte keinen klaren Gedanken zu fassen – aber allmählich löste sich seine körperliche und seelische Anspannung und fiel schließlich so weit von ihm ab, daß er sich seinen Erinnerungen an das Gemetzel auf der Heide von Arfderryd stellen konnte. Ein weiteres Mal durchlebte er die grauenhaften Szenen; noch einmal glaubte er zu sehen, wie das verhaßte Kreuzbanner Rhydderch Haels im Wind wehte und wie die Kampfscharen der Sassenach und der Ruheiniog über den Hügelrücken stürmten – und gleich darauf begriff der Sohn Arwens und Morvryns, welch abgrundtief bösartiges Spiel der Christenfürst getrieben hatte.

Die kleinen Reitertrupps, welche die Streitmacht Rhydderch Haels während des Marsches nach Arfderryd in östlicher Richtung verließen, brachten dem landfremden Hilfsheer die Befehle des carvetischen Herrschers, dachte Myrddin. Rhydderch ist mit Cerdic oder anderen Anführern der Sassenach verbündet; hat sich mit ihnen ebenso verständigt wie mit den christlichen Scoten von diesseits und jenseits des Meeres. Doch das ist noch längst nicht alles. Den ärgsten Verrat des Carvetiers an Britannien bezeugten die Einheiten der Legionäre. Es müssen tatsächlich Ruheiniog gewesen sein; Söldner aus Gallien, wo das römische Oberhaupt der Kreuzanbeter ja mittlerweile sehr große Gewalt besitzt. Der Papst, wie sie ihn nennen; derjenige, welcher in der Hauptstadt des Imperium Romanum als Stellvertreter des Kreuzgötzen regiert, wie die Christen behaupten. Selbst mit ihm, diesem schlimmsten Götterfeind von allen, schloß Rhydderch Hael einen Waffenpakt; mit dieser übelsten Ausgeburt des Weißen Drachen, die in ihrer molochischen Machtgier das gesamte Abendland versklaven will und sich zu diesem Zweck mit von ihr verblendeten Königen wie dem Carvetier zusammentut ...

Zutiefst erschüttert, zügelte der Sohn Arwens und Morvryns sein Pferd; mit tränenüberströmtem Gesicht kauerte er im Sattel, und erst nach einer ganzen Weile war er imstande, seinen Ritt fortzusetzen. In quälendes Nachsinnen versunken, hielt er auf den dunkelgrünen Saum eines vom westlichen bis zum östlichen Horizont reichenden Waldes zu; nach etwa eineinhalb Stunden sodann, als der Rand des urweltlich wirkenden Forstes bloß noch wenige hundert Schritte entfernt war, bemerkte Myrddin, daß sein Hengst auf der Hinterhand zu lahmen begann.

Der Fünfundsechzigjährige saß ab und gewahrte eine Wunde auf der Kruppe des Tieres: die Verletzung, welche vom Beilhieb des Sassenach am Ende der Schlacht stammte. Die Blessur war nicht sonderlich tief und hatte dem Fuchshengst bislang kaum Beschwerden verursacht; jetzt aber schienen sich die Muskeln des Rosses dennoch verkrampft zu haben, weshalb die Beilwunde ihm Schmerzen bereitete. Myrddin reinigte die verletzte Stelle, so gut er konnte; danach führte er den Hengst, um ihn zu schonen, am Zaum. Bald war der Urwaldsaum erreicht; nachdem der Fünfundsechzigjährige und sein Pferd eine Strecke in den Forst eingedrungen waren, gelangten sie zu einem von Moospolstern umgebenen Quellteich.

Hier wusch Myrddin die mit geronnenem Blut und staubgetränktem Schweiß verkrustete Blessur seines Tieres aus; anschließend schritt er, den Hengst wie zuvor am Zügel leitend, in nördlicher Richtung weiter. Bei Sonnenuntergang suchte er einen Lagerplatz für sich und das Pferd, sammelte Holz, entfachte ein Feuer und hockte bis zum Morgengrauen schlaflos bei der leise knisternden Glut. Mit brennenden Augen dachte er an Gwenddolau und die zahllosen anderen Toten aus Cymru, die auf der Walstatt von Arfderryd geblieben waren; zwischendurch vermeinte er neuerlich die lautlos hallende Stimme zu hören, die ihn zu einem unbekannten Ort im Norden rief.

Als die Schatten der Nacht wichen, tränkte der Sohn Arwens und Morvryns den Fuchshengst an einem Bachlauf, der sich einen Steinwurf von der Feuerstelle entfernt schlängelte. Während das Roß soff, untersuchte Myrddin die Wunde des Tieres und hoffte dabei, daß seine eigene Armverletzung ihm im Lauf der nächsten Tage nicht noch mehr Beschwerden als ohnehin schon bereiten würde. Nachdem sich der Hengst satt getrunken hatte, stieg der Fünfundsechzigjährige in den Sattel und lenkte das Roß ein paarmal im Kreis herum. Erleichtert stellte er fest, daß das Tier offenbar wieder schmerzfrei auftrat, und gleich darauf setzten das Pferd und sein Reiter ihren Weg fort.

Bis zum Spätnachmittag verlief der Ritt durch die Wildnis ereignislos – doch dann passierte das Unglück. Auf einer Hangflanke, die von Steintrümmern übersät und zwischen den Felsblöcken mit Adlerfarn bewachsen war, glitt der Fuchshengst aus und tat einen schweren Sturz. Myrddin wurde dabei vom Rücken des Pferdes geschleudert und prallte ebenfalls hart auf den Boden. Stöhnend richtete er sich wieder auf, schleppte sich zu seinem Tier, das unter peinvollem Schnauben und mit zuckender linker Hinterhand dalag – und begriff das Schreckliche: Der Hengst hatte das Bein gebrochen!

Angesichts dessen blieb dem Fünfundsechzigjährigen nichts anderes übrig, als das Schwert zu ziehen und dem treuen Tier den Gnadenstoß zu geben. Weinend durchbohrte Myrddin das Herz des Fuchshengstes; der Anblick des Blutes, das auf die Farnwedel spritzte, löste abermals grauenhafte Erinnerungen an das Gemetzel von Arfderryd bei dem Fünfundsechzigjährigen aus – und kaum hatte er die Klinge mit zitternder Bewegung zurück in die Scheide geschoben, erlitt er einen Nervenzusammenbruch.

Haltlos schluchzend, von einem Weinkrampf gepeinigt, kauerte er auf der Erde; irgendwann kroch er weg, verkroch sich am Fuß einer Steinschroffe, schrie dort seinen Schmerz heraus, verlor die Besinnung und kam erst in der Nacht wieder zu sich. Schräg am Firmament hing ein dünner Sichelmond; undeutlich nahm Myrddin ihn wahr, als er davonhastete, stolperte, weiterrannte. Stunden später, während der Sohn Arwens und Morvryns nun durch Gestrüpp tappte, gegen einen knorrigen Baumstamm prallte und in völliger Erschöpfung niedersank, stand die Mondsichel hoch am Himmel und beleuchtete mit ihrem fahlen Schein den erneut ohnmächtig gewordenen Fünfundsechzigjährigen.

Erst eine ganze Weile nach Tagesanbruch öffnete Myrddin die Lider. Pochende Schmerzwellen in seinem verletzten Oberarm hatten ihn geweckt; nachdem er die Nachwehen seiner Bewußtlosigkeit einigermaßen überwunden hatte, begriff er, daß sich der vom Speereisen aufgerissene Armmuskel entzündet haben mußte. Zudem glühte seine Stirn im Wundfieber, und als der Fünfundsechzigjährige dies erkannte, wurde er zuerst von Todesangst und dann von Panik befallen.

Er sprang auf und flüchtete vor seiner Furcht, indem er von neuem loslief; tiefer und tiefer in den Urwald hinein, bis wiederum die Nacht kam und nach der Dunkelheit abermals der Morgen. Auch während der folgenden Tage irrte Myrddin, der in seiner Verstörung und im Fieberwahn jetzt kaum noch einen Zeitbegriff hatte, durch die Wildnis – und zuletzt öffnete sich im schier endlosen urweltlichen Forst eine Lichtung für ihn: ein von seinen früheren druidischen Bewohnerinnen verlassener Apfelhain am Sonnenhang eines von Felsrippen gegliederten Hügels, an dessen Rand ein Quellbach rieselte.

Taumelnd vor Schwäche schleppte sich der Fünfundsechzigjährige zu einem halbverfallenen Rundhaus, welches inmitten des Kreises der Wildapfelbäume stand, und unter dem von Wind und Regen durchlöcherten Reetdach des schadhaften Gebäudes verlor er einmal mehr die Besinnung.

***

Todkrank hatte Myrddin den Platz im Coed Celyddon erreicht, wo er nach dem Willen der Dreifachen Göttin den finalen Abschnitt seines irdischen Daseins durchleben sollte. Bald erholte er sich vom Wundfieber; dank der Baumfrüchte, die zur Zeit seiner Ankunft gerade ausgereift waren, mußte er nicht hungern, und später, nachdem er das Haus ausgebessert und es mit einigen einfachen, selbstgefertigten Möbeln ausgestattet hatte, ging er häufig auf die Jagd und legte sich einen Rauchfleischvorrat für den Winter an.

Im Frühling sodann befreite er ein ehemaliges Kornfeld und etliche Gemüsebeete, die er im Hain entdeckt hatte, vom Wildwuchs und fand zwischen dem wuchernden Unkraut Emmerbüschel sowie einzelne samentragende Pastinaken, Schwarzwurzeln und Rüben. Hingebungsvoll bemühte er sich, das Feld und die Beete wieder ertragreich zu machen; zur Erntezeit konnte er Korn und Erdfrüchte im Rundhaus einlagern, und als er dies tat, wußte er, daß es ihm aufgrund von Ceridwens Güte auch in den nächsten Jahren nicht an Nahrung mangeln würde.

Während des halben Jahrzehnts, das der einstige Herrscher der Demetier im Herzen des Urwaldes verbrachte, war die Göttin stets bei ihm; sie versorgte ihn mit allem, was sein Körper benötigte, und gab ihm seelischen Halt, wenn ihn die grausamen Erinnerungen an die Schlacht von Arfderryd und an das blutüberströmte Antlitz Gwenddolaus heimsuchten. Doch Ceridwen und die Mächte von Annwn schenkten ihm noch ungleich mehr; sie öffneten Myrddins Drittes Auge weit wie nie und sandten ihm eine Fülle von Visionen, welche über zwei Jahrtausende hinweg bis in die fernste Zukunft reichten.

***

Die erste seiner ovatischen Entrückungen erlebte der Sohn Arwens und Morvryns in einer Wintersonnwendnacht; das Astwerk eines prachtvollen Apfelbaumes schien sich dabei unendlich behütend über seinem Haupt auszubreiten, und in einem dreistrophigen prophetischen Lied faßte der greise Druide in Worte, was er in seiner Trance sah:

Myrddin erschaute die Wiederkunft des Ebers von Cornueille; erneut ritt Arddwr auf die Walstatt von Camlann, um dort, im Angesicht des Bwlch Oerddrws, abermals gegen Medraut anzutreten. Und jetzt siegte der, welcher der Rhiotam Britanniens gewesen war und es von neuem sein würde, über seinen tückischen Widersacher. Ein Held namens Cadwallad focht an Arddwrs Seite, und Gwynhwyfara besang die Waffentaten der beiden Könige; besang ihren Triumph über den Weißen Drachen.

Ebenso sah Myrddin, wie Jahrhunderte nach der zweiten Schlacht von Camlann die Wiedergeburt Cadwallads erfolgte; Cadwallads und eines nicht weniger tapferen keltischen Herrschers, der Cynan hieß. Diese Könige trieben die Sassenach zu Paaren; in erfolgreichen Feldzügen jagten sie die Feinde nach Osten zurück, und in den westlichen Stammesgebieten verkündete harmonischer Hörnerschall das Glück des Friedens.

Schließlich erschaute Myrddin andersweltliche Bilder von sehr hoher Bedeutung. Jenseitiges berührte das Diesseits und zeugte zu Beginn einer sturmdurchtobten, noch Millennien entfernten Erdenstunde Grünes; ein heiliges Bündnis, das falschen, dem Verderben verpflichteten Herrschern ein Stachel im Fleisch war. Auch wurde das römische Oberhaupt derjenigen, welche den Kreuzgötzen anbeteten, vom Sonnengott Lugh angegriffen und überwältigt; außerdem wurde der fahldrachige Ungeist der Sassenach vernichtet, der in seiner

Mord- und Raubgier große Teile des Erdkreises verseucht hatte, und die Bardenkunst, welche lange darniedergelegen hatte, konnte nach dem Sturz ihrer Feinde neuerlich erblühen.

All diese ovatischen Erkenntnisse übermittelten die Mächte von Annwn dem Druiden in dessen sechsundsechzigstem Lebensjahr. Im Frühherbst nach seinem siebzigsten Geburtstag sodann erschien dem Sohn Arwens und Morvryns eines Abends ein weiterer Andersweltbote: ein mächtiger Wildeber, welcher direkt aus der purpurrot glühenden, tief am westlichen Firmament stehenden Sonnenscheibe in die irdischen Gefilde einzutreten schien. In archaischer Wut raste das riesige schwarze Tier auf Myrddin zu; urplötzlich verwandelte es seine Erscheinungsform, wurde zum hellgefärbten Jungtier, ließ sich friedlich vor dem Greis nieder, gab sich als Geist des Ebers von Cornueille zu erkennen und raunte Myrddin Verborgenes ins Ohr – und der Druide drückte die spirituelle Botschaft, die er erhielt, in einem dreizehnstrophigen ovatischen Lied aus:

Die Macht Rhydderch Haels, so die Kunde aus Annwn, würde in Kürze gebrochen werden. Schon hätten Llancyllodd, Melwas, Taliesin, Galwad und andere den Christenkönig, welcher das Südland verheert habe, nach Rheged zurückgetrieben, und sehr bald werde der Kreuzanbeter vor einem, der den wahren Gottheiten diene, im Staub knien müssen.

Cymru sei befreit, werde jedoch in künftigen Jahrhunderten von Feinden überrannt werden. Aber dann werde Llywelyn, ein Fürst aus der Blutlinie der rechtmäßigen Herrscher von Gwynedd, aufstehen und die Unabhängigkeit der Stämme für zwei Menschenalter wiederherstellen.

Danach würden die Deceanglier, Cornovier, Ordovicen, Silurer und Demetier erneut unter Unfreiheit leiden; die Edelsten müßten vor den Christen in den fernen Norden fliehen und dort unter wilden Tieren hausen.

Auch Erinn, obwohl längst zum Hort des Kreuzgötzen geworden, sei vor dem mörderischen Blutdurst der Christen nicht sicher. Die Wohnstätten auf der Insel im Westen würden von Normannen erstürmt; denselben Horden, die sich zuvor schon in Britannien festgesetzt hätten: Kriegshorden, deren Rösser schwere Rüstungen trügen und deren Lanzen gnadenlos den Tod säten.

Ein Sommer werde heraufziehen, in welchem das Volk von Gwynedd seinen Unterdrückern den Tribut verweigere. Und eine Schiffsflotte, die von weither über das Meer gekommen sei, werde in einem Hafen der Demetier anlegen, um die Menschen Cymrus in ihrem Freiheitskampf zu unterstützen. Doch die fremden Krieger würden Gwynedd niemals erreichen.

Derjenige aber, der unter einem Schweifstern geboren und ein später Nachfahr Uddyr Pendraigs sei, werde in harten und siegreichen Schlachten gegen die Feinde von Cymru streiten; Owain Glyndwr laute sein Name.

Zu Beginn seines Kampfes würde Owain in überraschender Attacke eine mächtige Stadt seiner Gegner in seine Gewalt bringen; anschließend werde er gleich einem wiedergeborenen Cadwallad über das Eiland von Môn ziehen, und von da an würde der Stern seiner Widersacher sinken.

Vom Land der Deceanglier würden Gesandte Owains zu sämtlichen Siedelstätten Cymrus kommen, um die Männer und Frauen zu befragen, wer ihr rechtmäßiger Fürst sei. Aus vielen tausend Kehlen werde der Königsname erschallen, und der Rote Drache werde den Willen des Volkes freudig billigen.

Etwa zur gleichen Zeit würden die Kreuzanbeter tiefer und tiefer im Sumpf ihrer eigenen Ruchlosigkeit versinken. Bischöfe würden in ihren Kirchen zu Diebstahl und Raub aufrufen, und Mönche würden sich bezahlen lassen, um anderen verblendeten Christen Vergebung für ihre Sünden zu gewähren.

Im darauffolgenden Jahrtausend sodann werde sich das Schicksal derer, die aus dem Samen der Sassenach gezeugt worden seien, aufs schrecklichste erfüllen, denn sie würden endgültig vom Zorn der Kelten überwunden werden.

Dies werde sich nach einer Epoche der geistigen Finsternis ereignen, in der abgrundtiefe Dumpfheit das Bardentum verhöhne. Die Barden würden in jener von nichtswürdigster Oberflächlichkeit und Vergnügungssucht gekennzeichneten Zeit grausam zurückgesetzt werden; man werde sie wie Bettler von den Türen weisen und sie um den ehrenvollen Lohn betrügen, der ihnen nach dem Ratschluß der Andersweltlichen zustehe.

Dem Untergang der Feinde würden neun große Schlachten vorangehen; erst wenn man am äußersten Westkap von Cornueille keinen Rehbock mehr finden könne, werde der Friede einkehren. Und dann werde eine Druidenfürstin auf einem Sakralhügel zur Herrscherin erhöht werden; eine Königin voller Liebreiz.

Nach ihr werde ein Ard Rhi regieren, und beide würden die Wunden des Landes heilen, welche zuvor durch eine ungeheure Katastrophe entstanden seien. Zuletzt werde anstelle einer zerstörten eine neue Brücke über den Tywi geschlagen, und dadurch würde das Ende aller Kämpfe angezeigt werden.

Dies raunte der junge Wildeber dem Sohn Arwens und Morvryns ins Ohr; unmittelbar darauf tauchte er östlich des Apfelbaumhains in die zartrot leuchtende Scheibe der aufgehenden Sonne ein, und im nächsten Moment hatte der Greis den Eindruck, als würde sich die Tiergestalt wieder in ihre schwarze, zornschnaubende Erscheinungsform verwandeln. Es war, als wollte der unsterbliche Geist Arddwrs abschiednehmend bestätigen und vertiefen, was Myrddin in seiner Vision erschaut hatte – und in heftigster seelischer Erschütterung empfing der Greis diese letzte, noch sehr viel umfassendere Botschaft des Ebers aus Annwn.

Myrddin erblickte eine Flut von Bildern aus seinem eigenen und den beiden nächsten Millennien; die Ereignisse spielten sich in Britannien, anderswo im Abendland und schließlich auch auf fernen Erdteilen ab, und die Bilderflut setzte – noch nicht sonderlich weit von der Lebenszeit des greisen Druiden entfernt – mit Schiffen ein, welche fahle Drachenhäupter am Bug trugen.

Die Drachenschiffe, von Germanen bemannt, erschienen aus dem Norden; zu Tausenden fuhren sie über die Meere, und die Häuptlinge, welche die Flotten befehligten, wurden zu Königen, die in verschiedenen Reichen bis hin zu den Küsten Afrikas herrschten. Zugleich verteidigte ein Sassenach-Fürst, der eine bronzene Rüstung trug, das von seinen Ahnen geraubte Land im Südosten Britanniens gegen die Krieger aus Mitternacht. Verzweifelt kämpfte dieser König, und es gelang ihm, die Macht zu behaupten; die Streitscharen seiner Nachkommen jedoch wurden von den Schwertern der Seekrieger niedergemäht, und Harold, der letzte Sassenach-Herrscher, fand einen gräßlichen Tod auf dem Schlachtfeld.

Bald danach wurden gigantische Christenkirchen erbaut, an deren Außenmauern Ungeheuer, Dämonenfratzen, speiende Tierbestien und Hohepriester des Kreuzgötzen zu sehen waren, so daß die Steine auf abgründige Weise zu sprechen schienen. Wiederum eine Zeitspanne später focht ein Bauer aus Alba namens William Wallace mit äußerster Tapferkeit für die Freiheit seiner Heimat, wurde aber von einer Schlange verraten und auf einem Schandgerüst zerfleischt. Doch auch im Süden Britanniens flossen Ströme von Blut, denn die führenden Adelsgeschlechter bekämpften einander über viele Jahre hinweg in einem Krieg der Rosen.

Sodann bestieg einer den Thron, welcher die christlichen Mönche aus ihren Klöstern vertrieb und sie vielfach zur Eheschließung zwang; auch trennte dieser König die Kirche seines Reiches von Rom ab und jagte die Rompriester außer Landes. Ein Menschenalter danach wurde Maria Stuart, die Herrscherin von Alba, geköpft; der Mordbefehl war von der Königin des Südens ausgegangen: der unverheirateten, kinderlosen Elisabeth.

Jenseits des Meeres, in Gallien, legten diejenigen, die sich für Edle hielten und es nicht waren, verschwenderischste Prunksucht an den Tag; zugleich knechteten sie ihre Untertanen wie nie zuvor. Während dies geschah, warf sich in Britannien, wo ein weiterer Herrscher enthauptet worden war, ein fanatisch bibelgläubiger Kreuzanbeter namens Cromwell zum Regenten auf, richtete ein Blutbad an und trug seine Bösartigkeit bis Erinn. Gut ein Jahrhundert verstrich; dann erzitterte die gallische Hauptstadt, weil ein brüllender Löwe auf den Plan trat. Zu Abertausenden polterten die abgeschlagenen Schädel der falschen Adligen in Weidenkörbe; ein gewaltiges Beilmesser, das vom Himmel herabzustürzen schien, hielt außerordentlich blutige Ernte, und das Löwengebrüll ließ auch jene vor Schreck erschauern, die in den Festungen Britanniens und anderer Reiche saßen.

Die britannischen Städte wurden vom Fallbeil verschont, doch bald brach kaum weniger schlimmes Unheil über die Insel herein. Die Erfindung eiserner Moloche, welche Maschinen genannt wurden, ließ zahllose Handwerker brotlos werden; hungernd, hohläugig und in äußerstes Elend getrieben, irrten die Verarmten durch die Straßen – bis die britannischen Könige ein Imperium errichteten, das sich über den halben Erdkreis erstreckte. Nun strömte unermeßlicher Reichtum ins Land, und die ehedem Halbverhungerten hatten wieder Nahrung, aber der Wohlstand wurde durch unsägliches Leid der ausgebeuteten braun- und schwarzhäutigen Völkerschaften erkauft.

In Germanien erhob sich zu jener Zeit ein reißender Widermenschlicher, dessen Zeichen ein Kreuz mit scharf gekanteten Enden war und der sich an menschlichem Blut mästete. In einem Krieg, der sich über die ganze Welt hin ausbreitete, schlachteten die Söldner seiner Heere Millionen und wurden millionenfach abgeschlachtet; auch ließ der Bestialische Millionen von Angehörigen eines wehrlosen Volkes in Vernichtungslager verschleppen und ihre Leichen in riesenhaften Öfen verbrennen.

Nachdem auch der Widermenschliche sein Ende im Feuer gefunden hatte, erlebte das Abendland eine längere Epoche des Friedens, und seine Bewohner erschauten Neuerungen von nie dagewesener Art. Die Meerenge, welche Britannien und Gallien trennte, schien zu einer schmalen Fahrrinne zu schrumpfen, weil die Schiffe jetzt pfeilschnell über die See rasten; ein Mann, der an dem einen Ufer stand, vermochte mit einem Mann am anderen Ufer zu sprechen – und schließlich wurde ein Fahrweg unter dem Meer gegraben, so daß, von diesem unterseeischen Stollen aus gesehen, die britannischen Küstenfelsen höher als zuvor aufragten.

Der Wegfall der natürlichen Grenzen bewirkte jedoch alsbald Bedrohliches für die auf der Insel eingesessenen Menschen. Unzählige Fremde, die nun teils auch in den Bäuchen eiserner Vögel ankamen, ließen sich in Britannien nieder. Dies gereichte den Einheimischen, die sich verängstigt ducken mußten, zum Schaden; vielfach entstand aus Mißverständnissen zwischen Hell- und Dunkelhäutigen Streit, und die althergebrachten Sitten der Inselbewohner verloren zunehmend ihre Bedeutung.

Irrsinniges Denken verbreitete sich. Scharlatane, die fälschlich als Große Wissende bezeichnet wurden, trachteten danach, das innerste Wesen des Lebens zu verändern. Sie beeinflußten die Eigenschaften von Pflanzen; manipulierten etwa Lindenbäume, so daß Eicheln aus ihren Zweigen wuchsen – und ernteten dafür lautstarken Beifall von Narren, die hohe Ämter bekleideten.

Dann aber bäumte sich die Erdmutter gegen die Frevler auf. Jäh schoß das Wasser in der Meerenge des Hafren aus sieben Mündungen heraus; sieben Monate kochte der Fluß Usk vor Hitze, und die Fische dieses Stromes starben in der Glut und wurden von gräßlichen Schlangen verschlungen, welche Ausgeburten der vergifteten Fluten waren. In der Stadt London, wo sich das Tamesis-Wasser in Blut verwandelte, fanden zwanzigtausend Menschen den Tod; später fiel Blutregen und vernichtete die Ernte, wodurch eine entsetzliche Hungersnot ausbrach.

Drei gewaltig schäumende Quellen drangen in Winchester aus dem Erdboden; aus ihnen ergossen sich drei gigantische Ströme und zerschnitten den Süden der britannischen Insel in drei Teile. Wer aus dem ersten Wasserlauf trank, gewann ein langes Leben und war gefeit gegen jegliche Krankheit. Wer aus dem zweiten trank, starb an unersättlichem Hunger, der sich selbst durch exzessive Nahrungsaufnahme nicht stillen ließ. Wer aus dem dritten trank, war sofort darauf des Todes, und sein Leib konnte nicht beigesetzt werden. Man versuchte alles, um solche Leichen mit verschiedenen Materialien zu bedecken, doch welcher Stoff auch dazu verwendet wurde, er verwandelte sich augenblicklich in eine andere Materie. Sobald sie einen derartigen Leichnam berührte, erstarrte Erde zu Stein; ebenso wurden Steine flüssig, Holz verging zu Asche, und aus Asche wurde Wasser.

Unbeschreibliches Grauen erfaßte die Menschheit; vergeblich flehten die Anbeter des Bibelgötzen zu ihrem falschen Gott; andere betäubten ihre namenlose Furcht, indem sie sich maßlos berauschten – und während dies geschah, veränderten die Himmelskörper ihren Lauf. In wildem Tanz taumelten die Sterne am nächtlichen Firmament durcheinander; zugleich tobten die Ozeane in äußerster Wut, und titanische Wirbelstürme, wie das Menschengeschlecht sie niemals in seiner Geschichte erlebt hatte, rasten um den Erdball.

Der Norden eines riesigen Doppelkontinents, welcher in der westlichen Hemisphäre lag und die schlimmste Brutstätte des Weißen Drachen in jener Endzeit war, wurde völlig verwüstet. Aber auch anderswo löschte der Zorn der Mächte von Annwn Dutzende von Völkern aus, und die wenigen Überlebenden verließen die zerstörten Stätten ihrer Geburt, um sich in der Fremde Siedelland zu suchen, das noch notdürftig bewohnbar war.

Britannien war nicht gänzlich vernichtet worden; insbesondere in Cornueille, Cymru und Alba hatten die Gottheiten das Ärgste verhindert. Dennoch waren die Menschen, welche die Katastrophe überstanden hatten, zutiefst verzweifelt – doch dann kam aus dem gallischen Carnuten-Wald eine Druidin über die See, befragte die Orakel und ließ die verderblichen Quellströme versiegen.

Durch ähnliche Taten, die von weiteren Großen Wissenden vollbracht wurden, konnte die Insel vom Abgründigen gereinigt werden. Tierungeheuer unterschiedlichster Art, die während des allgemeinen Zusammenbruches auf dem Land und im Meer aufgetaucht waren und ihre Gestalten zu verändern vermochten, wurden ausgerottet. Nachdem diese ursprünglich von irrwitziger menschlicher Vermessenheit gezeugten Kreaturen verschwunden waren, fanden die Flüsse in ihre Betten zurück, und die Wunden Britanniens begannen zu vernarben.

In manchen zusammengestürzten Städten aber erhob der Ungeist, welcher das Strafgericht der Andersweltlichen nötig gemacht hatte, jetzt von neuem sein Haupt. Über den Trümmern stellten Wahnsinnige erneut die verfluchten Symbole des Bibelgötzen auf und trachteten nach der Wiedererrichtung all des Widergöttlichen, Verbrecherischen und Schändlichen, das zum globalen Untergang geführt hatte – doch dieser Irrsinn wurde sofort und mit harter Faust im Keim erstickt. Aus den Wäldern nämlich kamen Kämpfer, die keltische Waffen und Gewänder trugen; sie stürmten die Ruinenstädte, richteten Blutbäder unter den Anhängern des Fahldrachen an und ließen nach ihrem umfassenden Sieg die Banner des Roten Drachen wehen.

So geschah es auf der britannischen Insel sowie in allen anderen Ländern, wo einstmals keltische Volksstämme gelebt hatten; Rom war bis auf den letzten Stein niedergerissen und die abgrundtiefe Bösartigkeit seiner falschen Priester mit der Wurzel ausgetilgt worden – und während die Gebeine des Weißen Drachen verrotteten, erklommen die Keltenkrieger, welche Eberzähne als Schmuck trugen, die erhabensten Berggipfel, stiegen immer höher und verschmolzen, ganz wie in den alten, so glücklichen Zeiten, geistig mit den Gottheiten, den Sídhe und den Seelen ihrer in Annwn weilenden Ahnen, um ein neues, leuchtendes Menschengeschlecht zu zeugen.

Im Innersten erschüttert hatte Myrddin die Bilderflut seiner letzten und bedeutendsten Vision erschaut. Nun, da die Erscheinung des schwarzen Wildebers sich inmitten der zartroten Scheibe der Morgensonne auflöste, schwanden dem Greis die Sinne – und das, was sein unsterbliches Wesen ausmachte, trieb wie von weichen, warmen Wellen getragen davon …

EPILOG

Der Weißdornstrauch

Spätherbst 520

Mühsam öffnete der Siebzigjährige die Lider. Verschwommen gewahrte er ein Frauengesicht; erst nach einer Weile erkannte er das vom Feuerschein beleuchtete Antlitz Nimues und begriff, daß er sich in der kuppelförmigen Höhle auf der Gläsernen Insel befand.

Jetzt umschloß die Pendruid der Ynys Avallach behutsam seine Hände und sagte leise: »Es ist späte Nacht, und du hast die lange Erinnerungsreise durch die neun Abschnitte deines nunmehr erlöschenden Daseins beendet ...«

»Das heißt ... die Erfüllung naht ...« flüsterte Myrddin.

»So ist es!« antwortete Nimue in sehr bedeutungsvollem Tonfall; sodann barg sie sein Haupt an ihrer Brust.

Der Todgeweihte vernahm den Herzschlag der Druidin; es schien ihm, als würden die Töne in einem dreifach pochenden Rhythmus an sein Ohr dringen und ihm zutiefst behütende Ruhe schenken. Dankbar gab er sich diesem Gefühl hin; irgendwann hatte Myrddin das Empfinden, er könnte sich, wenn er es nur wünschte, schwebend von seinem Leib lösen – aber er wollte es nicht tun, ohne Abschied von Nimue zu nehmen.

Daher hob der Todgeweihte noch einmal den Kopf und hauchte: »Ceridwen möge dir vergelten ... was du für mich getan hast ...«

Die Pendruid streichelte ihm zärtlich über das schüttere Haar. »Ich bin unsagbar froh, daß ich dir diesen letzten Liebesdienst zu erweisen vermochte. Denn so konntest du abschließende und damit völlig umfassende Erkenntnis über den Sinn deines Lebens gewinnen, bevor du nun jenen wiederbegegnest, die deine Wegbegleiter waren. Und auch ich selbst erfuhr während deiner Rückführungen, bei denen mein ebenfalls entrückter Geist stets an deiner Seite war, höchst wertvolle spirituelle Bereicherung.«

»Die Mächte von Annwn ... knüpften einen unzerstörbaren Knoten ... zwischen uns ...« raunte Myrddin.

»Ja«, bestätigte Nimue. »Und was ich mit deinen Augen sah, wird bis in die fernste Zukunft unvergessen unter den Menschen sein.«

»Sie dürfen die Hoffnung ... nie aufgeben«, flüsterte der Sterbende. »Die Hoffnung ... auf den Sieg ... des Roten Drachen ...«

Damit schloß Myrddin die Lider und ließ sein Haupt an die Brust der Pendruid von Avalon zurücksinken. Nimue spürte, wie der Sohn Arwens und Morvryns noch drei langsame, von Mal zu Mal schwächer werdende Atemzüge tat; dann erschlaffte sein Körper in ihren Armen, und sie wußte: Die Große Göttin hatte dem greisen Druidenfürsten sanft die Hand gereicht, um ihn durch die Schleier zu geleiten.

***

Bis zur Morgendämmerung blieb die Herrin der Ynys Avallach bei dem Toten sitzen. Als draußen vor dem Fensterbogen in der Kavernenwand die Schatten der Nacht wichen, vernahm Nimue vom Höhlenzugang her Geräusche; gleich darauf traten der Inseldruide Fychan und die dreizehn durotrigischen Totemkrieger, welche die Pendruid und Myrddin während der Reise vom Coed Celyddon zur Ynys Vytrin eskortiert hatten, in die Grotte. Die Männer des Kriegerbundes trugen Fackeln; Fychan hatte einen Weißdornstrauch mitgebracht, dessen Wurzelballen in einem Ledersack steckte – und nun, nachdem er tiefbewegt auf den Verstorbenen geblickt hatte, sagte der Inseldruide zur Herrin von Avalon: »In meinem Innersten erlebte ich das Hinscheiden unseres geliebten Freundes mit und grub daraufhin die geheiligte Pflanze in dem von mir gehüteten Hain aus der Erde, um sie nach Myrddins und deinem Wunsch hierher auf den Gipfel des Gläsernen Eilands zu tragen.«

»Hab dreifachen Dank dafür«, antwortete Nimue. »Der Weißdorn wird unser Abschiedsgeschenk an den Sohn Arwens und Morvryns sein. Doch ehe wir das Wurzelwerk des Strauches von neuem ins Erdreich senken, wollen wir den Leib Myrddins in das Felsengrab legen, welches bereits vorbereitet wurde, und die Totenwache für den teuren Verstorbenen halten.«

»Das wollen wir tun!« bekräftigten Fychan und die dreizehn Durotrigen. Anschließend löschten die Angehörigen des Kriegerbundes ihre Feuerbrände, und als dies geschehen war, begaben sich die beiden Großen Wissenden und Cadog, der Anführer der Totemkrieger, in den Hintergrund der Kaverne.

In der Höhlenwand dort gab es eine Grabnische, welche bislang noch mit Steinen verbaut gewesen war. Jetzt entfernten Nimue, Fychan und Cadog die Felsbrocken; danach hoben sie den Leichnam von der Liege mit der schrägen Rückenstütze und betteten ihn in der Beisetzungsnische zur letzten Ruhe.

Während der folgenden drei Tage und Nächte harrten die Pendruid der Ynys Avallach, der Inseldruide und die Durotrigen in stiller Versunkenheit vor der offenen Grabstätte aus und begleiteten die Seele Myrddins geistig auf ihrem Weg in die Anderswelt. Am vierten Morgen nach dem Tod des Druidenfürsten verschlossen Nimue, Fychan und Cadog die Gruft in der Grottenwand, und als der Schlußstein eingefügt war, forderte die Herrin von Avalon den Befehlshaber der Totemkrieger auf: »Laß nun alle profanen Einrichtungsgegenstände aus der Höhle entfernen.«

Cadog nickte; wenig später hatten die Durotrigen die Möbelstücke ins Freie geschafft und sie ein Stück abseits des von Felsschroffen umsäumten Kavernenschlundes zusammengestellt, so daß sie verbrannt werden konnten. Die verkohlten Holzreste wurden vergraben; sodann klomm Nimue zu einem kleinen Plateau direkt über dem Höhleneingang empor.

In einer breiten Gesteinsspalte dort oben hatte sich eine dicke Humusschicht abgelagert; die Pendruid der Ynys Avallach grub ein Loch, und als es tief genug war, bat sie Fychan: »Reiche mir jetzt den Weißdorn herauf.«

Der Inseldruide tat es; Nimue pflanzte den heiligen Strauch in die Felsspalte, und die Männer, welche sie dabei beobachteten, wußten: Wann immer das unsterbliche Wesen Myrddins durch die diesseitigen Gefilde schweifen und die Ynys Vytrin besuchen wollte, würde es hier, von der Sakralpflanze beschützt, friedliche Rast halten können.

Nachdem der Weißdornstrauch eingewurzelt war, zelebrierte die Pendruid von Avalon ein Gebetsritual, und danach machten sich Nimue, Fychan und die Totemkrieger an den Abstieg zum Hafendorf der Gläsernen Insel, wo die Barke wartete, welche den todgeweihten Druidenfürsten zur Ynys Vytrin gebracht hatte.

Noch am selben Tag gingen die Herrin von Avalon und die Durotrigen an Bord des Schiffes, um in ihre Heimat im Süden zurückzukehren. Unter sonnigem Himmel und mit gutem Wind stach die Barke in See; Nimue stand auf dem Achterdeck und schaute versonnen zu dem Eiland hinüber, in dessen Grottenschoß Myrddins Körper ruhte – und dann auf einmal sah die Pendruid, wie sich die Gläserne Insel mit feinen Nebeln überzog, sich sachte von der Wasseroberfläche löste und wie von aller irdischen Schwere befreit über den Wogen schwebte …

Glossar

Keltische Jahreskreisfeste

Imbolc: Fest zum Winterende (1. Februar)
Alban Ailyr: Frühjahrstagundnachtgleiche (21. März)
Beltane: Frühlingsfest (1. Mai)
Alban Heruin: Sommersonnenwende (21. Juni)
Lughnasad: Sommer- und Erntefest (1. August)
Alban Elued: Herbsttagundnachtgleiche (23. September)
Samhain: Herbst- und Totenfest (1. November)
Alban Arthuan: Wintersonnenwende (21. Dezember)

***

Aberffraw: Heutzutage ein kleiner Ort an der Südwestküste der Insel Anglesey. Zur Handlungszeit des Romans Königssitz des keltischen Stammes der ➔ Deceanglier. In der Ringwallfestung von Aberffraw, die heute unter hohen Dünen begraben ist, herrschte Uddyr Pendraig (Uther Pendragon), der Vater Arddwrs.

Afon: Der Fluß Avon, der im Südwesten Englands in den Bristol-Kanal (Severn) mündet.

Alba: Alte keltische Bezeichnung für Schottland.

Annwn: Die keltische, geheimnisvoll mit der Diesseitswelt verflochtene Anderswelt, in der – neben den Gottheiten und verschiedenen Geistwesen, den ➔ Sídhe – auch die Toten leben und sich auf ihre Wiedergeburt vorbereiten.

Ard Rhi: Hochkönig.

Arddwr: Arthur (Artus). Das inselkeltische/walisische Wort Arddwr bedeutet: Der Pflüger, der Pflügende.

Arianrhod: Übersetzt: Silbernes Rad. Arianrhod ist eine keltische Mondgöttin, die für das Wachsen (zunehmender Mond), Reifen (Vollmond) und Vergehen (abnehmender Mond) des Daseins steht, also Lebenskreislaufgöttin ist und von daher mit der ➔ Großen Göttin korrespondiert.

Atrebaten: Keltischer Stamm, der im heutigen Südengland lebte.
Avalon: Der See mit der heiligen Insel lag dort, wo heute die südwestenglische Stadt Glastonbury steht; der einstige See ist seit dem Spätmittelalter verlandet.
Barclodiad y Gawres: Sehr bedeutendes prähistorisches Hügelgrab im Südwesten der Insel Anglesey (zwischen Aberffraw und Rhosneigr) mit Großsteinkammern im Inneren.
Barde: Keltischer Poet und Sänger, der zugleich das Geschichtswissen seines Stammes oder Volkes bewahrte und damit quasi auch Historiker war. Barden (und Bardinnen) standen im Druidenrang.
Bedwyr: Keltischer Name des Freundes und Mitstreiters von Arddwr, der in der späteren Literatur zu Bedevere oder Bedivere verändert wurde.
Belger: Keltischer Stamm, der in etwa auf dem Gebiet der heutigen südwestenglischen Grafschaft Wiltshire lebte.
Bodhran: Keltische Handtrommel.
Briganten: Keltischer Stamm, der in Nordengland lebte.
Brigid: Die weiße, jugendliche und strahlend schöne Erscheinungsform der Großen Göttin → Ceridwen. Damit auch Göttin der Quellen oder anderer »junger« Gewässer.
Brünne: Mit Metallbeschlägen besetzte Lederrüstung frühmittelalterlicher Krieger, die entweder als Koller (eine Art schwerer, ärmelloser Jacke) oder aufwendiger auch als knielanger Kriegsmantel gearbeitet war.
Brytonisch: Der eine Zweig der keltischen Sprache, der in verschiedenen Abwandlungen (Bretonisch, Kornisch, Walisisch und im Idiom der Insel Man) bis heute lebendig geblieben ist. Der andere Zweig des Keltischen ist das Gälische, das in Irland und Schottland gesprochen wird.
Buchrolle: In der Spätantike und im Frühmittelalter hatten Bücher eine andere Form als heute. Es handelte sich um lange, schmale Pergamentbahnen, die von beiden Enden her auf runden Holzstäben aufgerollt waren. War die Buchrolle geschlossen, sah man also zwei parallele, dick mit Pergament umwickelte Stäbe; wollte man im Text lesen, so öffnete man die Buchrolle abschnittsweise.
Bwlch Oerddrws: Dieser äußerst eindrucksvolle Bergpaß, von welchem das Tal von Camlann abzweigt, wo Arddwr im Kampf gegen

Medraut fiel, liegt in der Nähe des Städtchens Dolgellau östlich des sagenumwobenen Berges ➔ Cadair Idris an der Grenze zwischen den beiden nördlichen walisischen Landesteilen ➔ Gwynedd und Powys.

Cadair Idris: Bergmassiv im nordwestwalisischen Landesteil ➔ Gwynedd unweit des Städtchens Dolgellau. Auf dem Gipfel des Cadair Idris (übersetzt: Sitz/Thron des Idris) befinden sich prähistorische Steinsetzungen, von denen die Sage geht, daß sie einst einem Astronomenpriester namens Idris als Observatorium gedient hätten. In keltischer Zeit wiederum scheinen im Gipfelheiligtum Bardeninitiationen stattgefunden zu haben, denn es heißt in alten Überlieferungen, wer eine Nacht auf dem Cadair Idris verbringe, sei am nächsten Morgen entweder geistesgestört, tot – oder ein begnadeter Dichter.

Cadwallad: Sagenhafter britannischer Heldenkönig, der ebenso wie Uddyr Pendraig und Arddwr mit ➔ Gwynedd verbunden ist.

Caer Arianrhod: Übersetzt: Ort/Sitz/Festung/Stadt der Arianrhod. – Heute eine Felsklippe im Meer südlich von Anglesey; in früheren Jahrtausenden, als der Meeresboden vor der britannischen Westküste noch höher lag, war Caer Arianrhod eine kleine dreieckige Felseninsel, auf der sich ein Heiligtum der Mondgöttin ➔ Arianrhod befand. Hauptelement der Sakralstätte war ein Steinkreis, dessen Menhire bis heute unter Wasser zu erkennen sind; teils stehen die Steine noch aufrecht, teils sind sie umgestürzt.

Caer Llundain: Ein keltisches Heiligtum, das auf dem Areal des heutigen Londoner Stadtteils Highgate lag. Aus dem Namen dieser Weihestätte wurde später London.

Caer Myrddin: Ort/Sitz/Festung/Stadt Myrddins. Durch Lautverschiebung wurde daraus in späterer Zeit Caer Fyrddin – und dies ist bis heute der walisische Name der Stadt Carmarthen im Südwesten von Cymru, die nur wenige Kilometer von der einstigen Hügelfestung Myrddins entfernt liegt. Die Ringwallfestung selbst ist unter dem Namen Bryn Myrddin (Hügel Myrddins) bekannt.

Caer Nant: Der heutige Ort Carnanton nordöstlich von Newquay an der Nordküste Cornwalls.

Caihir: Übersetzt: Cai der Hohe, der Großgewachsene. In der mittelalterlichen Literatur über Arddwr wurde daraus Kai.

Caillech: Die schwarze, mit dem Tod verbundene Erscheinungsform der Großen Göttin → Ceridwen.
Cairn: Pyramide aus losem Gestein, welche in keltischer Zeit entweder eine Grabstätte markierte oder der Erinnerung an Tote diente, die anderswo bestattet waren, weil sie beispielsweise nicht mehr aus einem Krieg heimgekehrt waren.
Caladfulch: Übersetzt: Blitzender Stahl. Diesen Namen trägt Arddwrs Schwert in den ältesten britannischen Überlieferungen; später wurde daraus Caladbolg oder Caliburn und in einer mittelalterlichen Verballhornung schließlich Excalibur.
Carnuten-Wald: In diesem zentralfranzösischen Wald lag der bedeutendste Druidenhain des keltischen Gallien.
Carvetier: Keltischer Stamm, der im äußersten Norden des heutigen England lebte.
Carynx: Keltische Trompete, ähnlich einer → Lure, auf der zehn bis fünfzehn Töne gespielt werden konnten.
Catuvellauner: Keltischer Stamm, der im südlichen Mittelengland lebte.
Cêp Mynyw: Das Kap St. David's Head im äußersten Westen von Südwales.
Ceredigion: Cardigan/Cardiganshire im südwestlichen Mittelwales.
Ceridwen: Britannischer Name der Dreifachen oder Großen Göttin der Kelten, die als junge, mütterliche und alte Frau erscheint. Auf diese Weise verkörpert sie den Lebenskreislauf von der Geburt über die Reife bis zum Tod sowie die Wiedergeburt. Ihre Farben sind in der Folge ihrer Erscheinungsformen Weiß, Rot und Schwarz (bzw. Dunkelblau).
Coed Celyddon: Kaledonischer Wald. Ein riesiges Urwaldgebiet, das sich zur Handlungszeit des Romans entlang der Südwestgrenze des heutigen Schottland erstreckte.
Connaught: Der nordwestliche Landesteil von Irland.
Coritaner: Keltischer Stamm, der im Osten Mittelenglands lebte.
Cornovier: Keltischer Stamm, der ursprünglich in Mittel- und Ostwales lebte und zur Handlungszeit des Romans auch die angrenzenden Gebiete des heutigen England bewohnte.
Cornueille: Cornwall.
Côr y Cewri: Stonehenge.

Cromlech: Prähistorischer Steinkreis.
Cromwell: Lordprotektor Englands (1599–1658). Er errichtete eine zutiefst intolerante puritanische (streng bibelorientierte) Diktatur, ließ den englischen König Charles I. köpfen und eroberte Irland, das anschließend noch mehr als England unter der puritanischen Schreckensherrschaft litt.
Culhwch: Der keltische Name dieses Gefährten von Arddwr ist im Mabinogion, einer sehr alten walisischen Textsammlung, überliefert. In den späteren mittelalterlichen Dichtungen taucht der Name nicht auf.
Curragh: Siehe: Schiffe und Boote der britannischen Kelten.
Cymru: Wales.
Cynan: Sagenhafter britannischer Heldenkönig von ähnlicher Bedeutung wie ➔ Cadwallad.
Dana: Die rote, mütterlich das Leben behütende Erscheinungsform der Großen Göttin ➔ Ceridwen.
Demetier: Der Volksstamm, dem Myrddin angehörte. Die Demetier lebten im Südwesten von Wales; ihre Königsfestung – heute als Bryn Myrddin (Hügel Merlins) bezeichnet – lag ganz in der Nähe der heutigen Stadt Carmarthen.
Deceanglier: Keltischer Stamm, der in ➔ Gwynedd lebte.
Dolmen: Großes Steinkammergrab, »Hünengrab«.
Drachen: Eine Dualität von Drachen spielt im keltischen Weltbild eine besondere Rolle. Der Rote Drache steht für das Positive, der Weiße Drache für das Negative. Entsprechend der Drachenprophezeiung Myrddins wird der Rote Drache nach jahrtausendelangen Kämpfen den Weißen Drachen besiegen.
Dreifache Göttin: Siehe Ceridwen.
Druide: In keltischer Sprache Druwid. Dru heißt groß, Wid bedeutet Wissen/Weisheit; Druwid läßt sich also am besten mit Großer Wissender/Weiser oder Große Wissende/Weise übersetzen. In der keltischen Gesellschaft nahmen die Druiden den höchsten Rang ein. Sie waren teils Priester und Philosophen; teils Poeten, Sänger und Historiker (Barden); ebenso Fürstenberater, Ärzte, Richter, Lehrer, Astronomen und Propheten (Ovaten). Die Druiden genossen große Privilegien und waren darüber hinaus keinem menschlichen Gesetz unterworfen, sondern in ihrem Tun allein den Gottheiten verantwortlich. Dies galt auch im Krieg; manche Drui-

den nahmen eine pazifistische Position ein und lehnten es ab, zu kämpfen – andere übten sich in den Waffen und waren oft herausragende Krieger.

Drunemeton: Übersetzt: Große Zusammenkunft. Solche Ratsversammlungen der Kelten konnten verschiedenartigen Charakter haben. Es gab regelmäßige Volksversammlungen nach durchaus demokratischen Prinzipien; in anderen Fällen versammelten sich die keltischen Aristokraten, also Adlige und Druiden, zum Drunemeton.

Dun: Keltische Ringwallfestung auf einem Hügel. Entweder Sitz einer Adelsfamilie oder Fluchtburg für die Bevölkerung eines bestimmten Landstriches.

Dun Emrys: Moderne Bezeichnung: Dinas Emrys; beides bedeutet: Festung des Emrys. Heute ein Hügel mit einer bescheidenen Festungsruine in den Snowdonia-Bergen nahe der Ortschaft Beddgelert. Vor eineinhalb Jahrtausenden Schauplatz der Begegnung des noch jugendlichen Myrddin mit dem »falschen« Hochkönig ➔ Gwrtheyrn oder ➔ Vortigern; jener Begegnung, in deren Verlauf Myrddin seine Drachenprophezeiung abgab.

Durotrigen: Keltischer Stamm im Südwesten des heutigen England, der auch das Umland von ➔ Avalon besiedelte.

Ehrenportion: Die Vergabe der Ehrenportion bei einem Festmahl stellte einen sehr wichtigen keltischen Brauch dar. Oft wurde der tapferste anwesende Krieger durch die Ehrenportion ausgezeichnet; es konnte durch dieses Tafelritual jedoch auch die Weisheit eines Druiden, die Großherzigkeit eines Herrschers oder die Schönheit einer Frau gewürdigt werden – und ebenso war es, wie im vorliegenden Roman, möglich, daß die Hauptperson einer Namensgebungsfeier die Ehrenportion erhielt.

Emain Macha: Keltischer Königssitz von Ulster, der sich dort befand, wo heute die nordirische Stadt Armagh liegt. Emain Macha war zugleich eines der bedeutendsten Heiligtümer Irlands; die Archäologen haben drei sakrale Ringwallanlagen nachgewiesen, und aus der Gründungslegende Emain Machas geht hervor, daß diese Erdtempel der Göttin ➔ Rhiannon und damit einer Erscheinungsform der ➔ Dreifachen Göttin geweiht waren.

Emmer: Getreideart, die schon in der Jungsteinzeit aus Wildgras gezüchtet wurde und unter den alteuropäischen Völkern weit verbreitet war.

Erinn: Irland.
Erntemonat: August.
Eryri Gwyn: Übersetzt: Weißer Adler. Der keltische Name des Snowdonia-Gebirgsmassivs im Nordwesten von Wales.
Färberwaid: Eine Kreuzblütlerpflanze, aus deren Blättern ein blauer Extrakt gewonnen werden kann. Dieser Extrakt diente seit der europäischen Antike zum Färben von Kleiderstoffen. Manche Keltenstämme benutzten ihn wegen seiner antiseptischen Wirkung aber auch zur Körperbemalung im Krieg, und dank seiner antibakteriellen Eigenschaften konnte der Färberwaid-Extrakt zudem zur Einbalsamierung von Leichen verwendet werden.
Farben der keltischen Mythologie: Weiß, Rot und Schwarz (manchmal auch Blau) sind die Farben der Dreifachen Göttin ➔ Ceridwen und damit heilig. Dennoch kann vor allem die Farbe Weiß manchmal auch negative Bedeutung haben; besonders wenn sie in Verbindung mit ➔ Drachen auftaucht.
Fawr Tigern: Übersetzt: Großer Herr. Nicht näher definierter Adelstitel, der zur Handlungszeit des Romans im keltischen Britannien in Gebrauch war.
Fidchell: Keltisches Brettspiel, das eine gewisse Ähnlichkeit mit Schach hatte. Fidchell bedeutet: Klugheit des Holzes (der hölzernen Spielfiguren).
Fomorier: Lebewesen der keltischen Mythologie, welche die Erde am Anfang bewohnten. Fomorisch: urweltlich, archaisch – aber auch abgründig, dämonisch, grauenhaft.
Ffynnon Llawer: Übersetzt: Viele Quellen. Der Ort, wo heute die Stadt Wells in der Grafschaft Somerset steht. Zur Handlungszeit des Romans befanden sich auf dem noch unbebauten Areal bedeutende keltische Quellheiligtümer. Einige Jahrhunderte später wurden diese heidnischen Sakralstätten christlich vereinnahmt; die Kathedralenstadt Wells wurde errichtet – doch die Quellen sind, teils im breiten Wassergraben um den Bischofspalast, bis heute zu sehen.
Galwad: Übersetzt: Der Rufer. Aus dem keltischen Namen wurde in der späteren Literatur Galahad.
Glaslyn-Paß: Bergpaß, der von Süden her in das nordwestwalisische Snowdonia-Massiv hineinführt. Der Paß ist nach dem Fluß Glaslyn benannt, der von den Hängen des Mount Snowdon herabströmt.

Glevum: Gloucester.
Grabscheit: Hölzernes, stockartiges Gerät zum Pflügen und Besäen eines Ackers, das von einer Person bedient werden konnte.
Große Göttin: Siehe Ceridwen.
Große Halle: In jedem keltischen → Dun gab es eine mächtige Balkenhalle, die oft mehrstöckig war und im Inneren umlaufende Holzgalerien besitzen konnte. Die Großen Hallen wurden für festliche Gemeinschaftsveranstaltungen aller Art benutzt.
Gwalchmai: Übersetzt: Der Maifalke. Aus Gwalchmai wurde in den hochmittelalterlichen Versionen der Arthur-Geschichte der verballhornte Name Gawain oder Gawan.
Gwlad Diwedd: Lands End; das westlichste Kap von Cornwall.
Gwrtheyrn: → Nant Gwrtheyrn und → Vortigern.
Gwynedd: Der nordwestliche Landesteil von Wales mit der Insel Anglesey, welcher vom Snowdonia-Massiv beherrscht wird. Zur Handlungszeit des Romans lebte dort der Volksstamm der → Deceanglier.
Hafren: Der Severn-Fluß, welcher Wales im Südosten begrenzt; ebenso die Severn-Meerenge zwischen Wales und dem südwestlichen England.
Handharfe: Kleine, tragbare Harfe, die von keltischen Barden benutzt wurde.
Harold: Letzter König der Angelsachsen in England. Er starb im Jahr 1066 in der Schlacht von Hastings gegen das Normannenheer Wilhelms des Eroberers. Harolds Tod war grausam: Nachdem ein Pfeil sein Auge durchbohrt hatte und er vom Pferd gestürzt war, hieben normannische Ritter ihn buchstäblich in Stücke.
Heldenportion: Siehe Ehrenportion.
Hengist und Horsa: Übersetzt: Hengst und Stute. Diese Bedeutung der alten germanischen Namen beweist, daß es sich bei Hengist und Horsa nicht um zwei Männer handelte, wie es in der Geschichtsschreibung oft dargestellt wird, sondern um ein Paar, wobei Horsa offenbar gleichberechtigt mit ihrem Gatten Hengist herrschte.
Hu-He-Su (auch Esus): Keltischer Gott, der sich in der ersten Stammgabelung eines Baumes manifestiert. Hu-He-Su wird als die Kraft gedacht, welche alles Leben in seinen unterschiedlichen Ausformungen miteinander verbindet. Damit hütet der Gott sozu-

sagen das gemeinsame Wesen allen Daseins in seinen mannigfaltigen Gestalten. In der keltischen Mythologie ist das Zeichen von Hu-He-Su oft auch die heilige Mistel.

Icener: Keltischer Stamm, der im Südosten Englands lebte. Der Volksstamm ist in der britischen Geschichte bis heute berühmt, weil seine letzte Königin Boadicea die britannischen Kelten im ersten nachchristlichen Jahrhundert in einem heroischen Freiheitskampf gegen die Römer anführte.

Imperium Romanum: Römisches Reich.

Kenten: Keltischer Stamm, der auf dem Gebiet der südenglischen Grafschaft Kent lebte.

Krieg der Rosen: Der langjährige Thronkampf zwischen den englischen Adelshäusern Lancaster und York im Spätmittelalter.

Kriegerbünde: Keltische Krieger bildeten oft Kampfbünde, die stets aus dreizehn Männern bestanden. Äußeres Zeichen einer solchen Bundeszugehörigkeit war ein → Totem.

Llancyllodd: Übersetzt könnte der keltische Name des in der späteren Literatur als Lancelot bekannten Gefährten von Arddwr bedeuten: Hitzige Jugend. Daß Llancyllodd in Avalon erzogen wurde, ist überliefert.

Lleyn-Halbinsel: Große Halbinsel in Nordwestwales, südlich von Anglesey.

Llywelyn: Hochmittelalterliches Adelsgeschlecht aus → Gwynedd. Im Jahr 1218 befreite Llywelyn der Große einen beträchtlichen Teil Cymrus von der englischen Herrschaft und regierte bis 1240 als souveräner Prinz von Wales. Sein Enkel Llywelyn ap Gruffydd erweiterte das freie Gebiet noch; 1282 jedoch fiel er in einer Schlacht, und Cymru geriet erneut unter die Herrschaft der Engländer.

Lugh: Zum einen der keltische Sonnengott, zum anderen der unübertroffene Meister aller Künste (auch der Waffenkunst) und handwerklichen Fähigkeiten. Als Sonnengott trägt Lugh auch den Namen Belenos oder Bel.

Lure: Germanische Sakral- oder Kriegstrompete aus Bronze, die eine gewundene Form aufwies und bis zu zweieinhalb Meter lang sein konnte.

Maen Myrddin: Stein Myrddins (heute als Carreg Fyrddin bezeichnet). Der Menhir befindet sich noch immer an Ort und Stelle

– und die Rabenprophezeiung Myrddins traf in der Neuzeit ein, als sich ein Schatzsucher einbildete, er könnte Gold unter dem Hohen Stein finden. Während der Frevler grub, stürzte der Menhir um und erschlug den Mann. Erst Stunden später fand man den zerquetschten Leichnam, und zu diesem Zeitpunkt sättigten sich bereits Raben am Blut des Toten.

Manx: Die Insel Man in der Irischen See. In keltischer Zeit existierten dort ähnlich wie auf → Môn bedeutende Druidenschulen.

Mearcredesburna: Der Fluß Arun in der südenglischen Grafschaft West Sussex, der bei Littlehampton ins Meer mündet. Die im Roman geschilderte Schlacht wurde wahrscheinlich nahe der heutigen Stadt Arundel mit ihrer mächtigen mittelalterlichen Burg geschlagen.

Meini Hirion Afon: Übersetzt: Die Hohen Steine am (Fluß) Avon. Gemeint sind die prähistorischen Steinsetzungen von Avebury in Südengland. – Der im Roman beschriebene kleinere Steinring auf der Anhöhe am östlichen Rand des Tals von Avebury existiert heute leider nicht mehr. Dieser Cromlech, der ebenso wie die übrigen Sakralanlagen von Avebury vor mehr als viertausend Jahren errichtet wurde, fiel Anno 1724 der menschlichen Zerstörungswut zum Opfer. Die Menhire, die in zwei konzentrischen Reihen angeordnet waren, wurden entfernt, damit man die Hügelkuppe landwirtschaftlich nutzen konnte. – Bei dem langgestreckten Hügelgrab, das im Romantext erwähnt wird, handelt es sich um das Ganggrab, das unter dem Namen West Kennet Long Barrow bekannt ist, und der Kegelhügel im Roman ist der archäologisch hochinteressante Silbury Hill.

Metheglyn: Met.

Môn: Die Insel Anglesey, auch Môn Mam Cymru (Môn, Mutter von Wales) genannt. Diese Insel beherbergte bis zur Mitte des ersten nachchristlichen Jahrhunderts die bedeutendsten Druidenschulen Britanniens und Irlands; zur genannten Zeit allerdings wurden die Großen Wissenden von den römischen Eroberern Britanniens, die auch nach Môn vordrangen, grausam abgeschlachtet, wie Tacitus berichtet. In nachrömischer Zeit, ab dem frühen fünften Jahrhundert, erlebte die Insel dann eine keltisch-heidnische Renaissance, und die uralten Druidenstätten wurden neuerlich als solche genutzt.

Monasterium: Christliches Kloster.
Morvan: Ein historischer Gefährte Arddwrs, welcher in der frühen walisischen Literatur auftaucht. Morvan bedeutet Seerabe, und in alten Überlieferungen wird berichtet, daß Morvan oft grimmig wirkte.
Mynydd Preselie: Die Prescelly Mountains in Südwestwales, aus denen ein Teil der Monolithen von Stonehenge stammt.
Nant Gwrtheyrn: Übersetzt: Schlucht des Gwrtheyrn. Der Ort auf der ➔ Lleyn-Halbinsel, wo der »falsche« britannische Hochkönig Gwrtheyrn oder ➔ Vortigern starb.
Ogham-Schrift: Keltische Schrift, welche aus verschiedenen Strichgruppen (Buchstaben) bestand, die sich oberhalb oder unterhalb einer Mittellinie befanden beziehungsweise diese Linie im rechten Winkel oder schräg schnitten.
Ordovicen: Keltischer Stamm, der in Mittelwales lebte.
Ovate: Keltischer Zukunftsdeuter, Prophet, Orakelausleger wohl in schamanistischer Tradition. Ovaten (und Ovatinnen) standen im Druidenrang.
Owain Glyndwr: Der letzte legitime, frei vom Volk erwählte Prinz von Wales. Owain Glyndwr stammte mütterlicherseits von den alten keltischen Königen von Gwynedd ab; er wurde ca. 1345 geboren und führte ab 1400 den letzten großen Freiheitskampf der Waliser gegen die Engländer an, in dessen Verlauf er die Unabhängigkeit seines Landes für dreizehn Jahre noch einmal herstellte.
Parisier: Keltischer Stamm, der im Nordosten Englands lebte. Die ursprünglichen Wohnsitze der Parisier lagen an der Seine in Frankreich, und der Name der französischen Hauptstadt erinnert bis heute an diesen Volksstamm, von dem große Teile nach Cäsars Angriff auf Gallien im letzten vorchristlichen Jahrhundert nach Britannien flohen.
Patricius: Besser bekannt als Patrick (ca. 385–461), welcher die Christianisierung Irlands einleitete und das katholische Erzbistum von Armagh in Ulster auf dem Areal des uralten keltischen Heiligtums von ➔ Emain Macha begründete. Patrick gilt bis heute als Nationalheiliger Irlands, und die christlichen Legenden behaupten, er hätte das Land friedlich missioniert. Die Wahrheit freilich sieht anders aus: Patrick führte als Beauftragter des Papstes und mit militärischer Unterstützung aus dem bereits christianisierten

Gallien eine Zwangsmissionierung großer Teile Irlands durch und ließ insbesondere die heidnischen Druiden brutal verfolgen und sie vielfach ermorden.

Pendraig: Pendragon. Übersetzt: Haupt des Drachen. Titel von ➔ Uddyr, dem König der ➔ Deceanglier.

Pendruid: Übersetzt: Druidenhaupt; Oberster Druide oder Oberste Druidin einer Gemeinschaft Großer Wissender.

Pereddwr: Der Name dieses Gefährten von Arddwr ist in der frühen walisischen Literatur als Pereddwr ap Evrawg (Peredur, Sohn des Evrawg) überliefert.

Pikten: Keltischer, möglicherweise auch keltogermanischer Stammesbund, der zur Handlungszeit des Romans einen großen Teil des heutigen Schottland bewohnte.

Presbyter(in): Priester(in).

Regnier: Keltischer Stamm, der auf dem Gebiet der heutigen südenglischen Grafschaften Hampshire und West Sussex lebte.

Rhi: König, Königin.

Rhiannon: Auch Rhi Annwn. Eine Erscheinungsform der Dreifachen Göttin ➔ Ceridwen, welche in Gestalt einer edlen Stute auftreten kann. Rhiannon ist die Schutzgöttin der Barden, aber auch der berittenen Krieger. Als Rhi Annwn (Königin der Anderswelt) korrespondiert sie zudem mit Ceridwen in ihrer schwarzen Erscheinungsform und führt die Menschen über den Tod zur Wiedergeburt.

Rhiotam: Übersetzt: König des Krieges, Kriegskönig. Der Titel, den Arddwr trug.

Ruheiniog: Bezeichnung der britannischen Kelten für die Römer.

Sassenach: Keltische Bezeichnung für die Germanen (Angeln, Sachsen und Jüten), die ab der Mitte des fünften Jahrhunderts große Teile Britanniens eroberten.

Schiffe und Boote der britannischen Kelten: Auf Flüssen, Seen und an den Meeresküsten benutzten die Inselkelten Curraghs: einfache Holzboote, die außen mit Leder bespannt waren. Darüber hinaus besaßen viele Stämme aber auch hochseetüchtige Segelschiffe für den Fernhandel. Im Aussehen ähnelten diese hochbordigen Schiffe, die aufgrund ihrer sehr soliden Konstruktion auch im Krieg benutzt werden konnten, den mittelalterlichen Hansekoggen.

Schildfessel: Handgriff im Inneren eines Schildes.
Schweifstern: Komet.
Scoten: Der keltische Stamm der Scoten lebte ursprünglich in Ostirland, besiedelte in den ersten nachchristlichen Jahrhunderten aber allmählich auch den Südwesten des heutigen Schottland und dehnte seinen Einfluß im frühen Mittelalter weiter nach Osten und Norden aus, so daß das ganze nördliche Britannien schließlich Scotland, Land der Scoten, genannt wurde.
Sídhe: Allgemeine Bezeichnung für die nichtgöttlichen Bewohner der Anderswelt. Unter den Sídhe (Singular: Sídh) versteht man also sowohl die in ➔ Annwn lebenden Toten als auch Feen, Alben und sonstige andersweltliche Wesen.
Silurer: Keltischer Stamm, der im Südosten von Wales lebte.
Taliesin: Der berühmteste britannische Barde aus der Zeit Myrddins und Arddwrs. Sein Name bedeutet: Welch ein (geistiger) Glanz! Laut walisischer Überlieferung (Mabinogion) war Taliesin einer der Waffengefährten von Arddwr.
Tamesis: Die Themse.
Taranis: Der keltische Donner- und Stiergott. Herr der Elemente, aber auch der Zeit.
Torques: Schwerer, oft sehr kunstvoll gearbeiteter Halsring aus Edelmetall, der in der keltischen Welt von Druiden und Adligen als Abzeichen ihres Ranges getragen wurde.
Totem: Sakraler Gegenstand oder sakrales Abbild, das seinen Träger vor Gefahren schützt und in Totembünden auch als Bundeszeichen dient. In der keltischen Kultur, in der es häufig totemistische ➔ Kriegerbünde gab, waren vor allem Tierbildnisse als Totem beliebt.
Trinovanten: Keltischer Stamm, welcher im Südosten Englands südlich der ➔ Icener lebte.
Triskele: Keltisches Schmuckstück mit sakraler Bedeutung, das aus drei in der Mitte verbundenen, nach außen schwingenden Armen besteht. Die Triskele ist ein Symbol für das Wesen der ➔ Dreifachen Göttin.
Twr der Ynys Avallach: Einer der drei Hügel auf der Insel von ➔ Avalon. Diese Erhebung wurde bereits seit der Jungsteinzeit kontinuierlich sakral genutzt. Im Inneren des Hügels befindet sich eine Tropfsteinhöhle, die ebenfalls heilige Bedeutung hatte; heute jedoch sind die Zugänge zu ihr leider verschlossen.

Tywi: Englisch Towy. Fluß, der südlich der Stadt Carmarthen in Südwestwales ins Meer mündet.
Uddyr: Uther. Vater von ➔ Arddwr/Arthur. Siehe auch ➔ Pendraig.
Ulaid: Der nordöstliche irische Landesteil Ulster, welcher zur Handlungszeit des Romans von ➔ Scoten besiedelt war.
Usk: Fluß, der im Südosten von Wales bei der Stadt Newport in den Severn-Meeresarm mündet.
Vortigern: Verballhornung des Titels Fawr Tigern (Großer Herr), den der »falsche« britannische Hochkönig Gwrtheyrn trug. Gwrtheyrn hatte die Macht usurpiert, indem er sich mit dem angelsächsischen Führerpaar ➔ Hengist und Horsa gegen seine eigenen Landsleute verbündete. Deshalb wurde Gwrtheyrn von verschiedenen Stammeskönigen bekämpft und fiel Anno 463 in einer Küstenklamm auf der ➔ Lleyn-Halbinsel, die bis heute ➔ Nant Gwrtheyrn heißt.
Weltenbaum: Großer, mit sakralem Schnitzwerk versehener »Totempfahl«, welcher in der keltischen Religion eine wichtige Rolle spielte. Der Weltenbaum stellte die Verbindung zwischen Diesseits- und Anderswelt her.
William Wallace: Schottischer Freiheitskämpfer von einfacher Abstammung, der seine Landsleute im ausgehenden 13. Jahrhundert zum Aufstand gegen den englischen König aufrief. Wallace hatte zunächst großen Erfolg, wurde dann aber von einem Mitglied seines eigenen Clans an die Feinde verraten und hingerichtet. Im Jahr 1314 jedoch konnte der Hochadlige Robert the Bruce das Werk von Wallace vollenden; Bruce wurde schottischer König, und das Land erlebte noch einmal eine längere Epoche der Unabhängigkeit.
Ynys Avallach: Übersetzt: Insel der Äpfel. Die Insel von ➔ Avalon.
Ynys Enlli: Übersetzt: Insel der Strömungen. Die Insel Bardsey vor der nordwestwalisischen Lleyn-Halbinsel.
Ynys Vytrin: Übersetzt: Gläserne Insel; eine Insel, die mit der Anderswelt verbunden ist. Gläserne Inseln können nach uraltem, keltischem Glauben zeitweise durchscheinend werden oder scheinbar über dem Wasser schweben, wobei möglicherweise bestimmte Naturphänomene eine Rolle spielen – und dies trifft auch auf die

Insel Bardsey zu, wo nach walisischer Tradition Myrddin beigesetzt wurde.
Ynys Wyth: Die Insel Wight bei Southampton.
Zahlen der keltischen Mythologie: Die Drei steht für die Dreifache Göttin ➔ Ceridwen; die Neun für deren kosmische Dimension und damit für absolute Vollendung. Die Fünf ist die Druidenzahl; sie steht für druidische Weisheit und eine fünfdimensionale Kosmologie der Großen Wissenden, welche die dreidimensionale Diesseitswelt, die Anderswelt sowie eine alles umfassende fünfte Dimension beinhaltet. Die Dreizehn ordneten die Kelten entsprechend den dreizehn Mondmonaten eines Jahres dem Mond und damit der Mondgöttin ➔ Arianrhod zu.

Manfred Böckl: Hexen, Seher und ein deutscher Robin Hood

Agnes Bernauer
Hexe, Hure, Herzogin
Eine große Liebe – eine große Tragödie. Augsburg im Jahre 1428: Im Badehaus ihres Vaters muß Agnes den Männern zu Diensten sein. Sie verliebt sich in einen seltsamen Gast, den Thronfolger des Herzogtums Bayern, Albrecht von Wittelsbach. Mutig bekennt sich das ungleiche Paar zu seiner Liebe und besiegelt damit Agnes' Schicksal: Albrechts Vater schmiedet ein grausames Komplott, um die Erbfolge des Reiches nicht zu gefährden.
Roman. 278 Seiten. AtV 1290

Jennerwein
Bayern 1848: Inmitten politischer Unruhen bringt ein junges Mädchen einen unehelichen Sohn zur Welt: Georg Jennerwein. Fasziniert von der Jagd, die nur den Reichen gestattet ist, beginnt er, als Vierzehnjähriger in den bayerischen Wäldern zu wildern und das Fleisch an die hungernde Bevölkerung zu verteilen. Ein spannender Roman über das zur Legende gewordene Leben des »deutschen Robin Hood«.
Roman. 173 Seiten. AtV 1291

Mühlhiasl
Die Weissagungen des Sehers vom Rabenstein
Der Mühlhiasl von Apoig ist bis heute für seine Prophezeiungen bekannt: Im 18. Jahrhundert sagte er den Ausbruch der beiden Weltkriege auf den Tag genau voraus und warnte eindringlich vor einem dritten und letzten weltweiten Krieg. Außerdem prophezeite er das Aufkommen von Autos, Flugzeugen, Eisenbahnen und Dampfschiffen sowie den Untergang der Feudalherrschaft ebenso wie den der Kirche ... Manfred Böckl erzählt das spannende Leben des »Sehers vom Rabenstein«. Im Anhang sind seine Prophezeiungen abgedruckt.
Roman. 301 Seiten. AtV 1292

Die Bischöfin von Rom
Branwyn, eine keltische Seherin im Britannien des 4. Jahrhunderts, soll eine Brücke schlagen zwischen dem alten Wissen der Druiden und den jungen christlichen Gemeinden des Westens. Sie begibt sich nach Rom und wird alsbald sogar zur Bischöfin gewählt. Doch sie hat nicht mit dem erbitterten Widerstand der römischen Priesterschaft gerechnet.
Roman. 504 Seiten. AtV 1293

Mehr unter
www.aufbau-verlagsgruppe.de
oder bei Ihrem Buchhändler

Manfred Böckl

Merlin

Leben & Vermächtnis
des keltischen Menschheitslehrers

Merlin, Fürst und Druide, Erzieher und Berater von König Artus. In seinen Prophezeiungen kündigte er die Wiedergeburt der keltischen Welt am Beginn eines neuen Zeitalters an.

Manfred Böckl erzählt vom Leben Merlins, seinem Einfluß auf Artus und die Tafelrunde, er berichtet von keltischem Gedanken- und Kulturgut – und liefert eine bestechende Interpretation der Visionen des Druiden für die heutige Zeit.

Das letzte Kapitel widmet er dem besonderen Vermächtnis von Merlin: der Wiederkehr der alten Götter!

176 Seiten, 30 farbige Abb., 17 x 24 cm, Broschur
ISBN 978-3-935581-95-0
€ 18,00 / 31,90 SFR

Inhaltsverzeichnis, Leseproben, Bilder, Shop:

www.arun-verlag.de